신소설, 언어와 정치

권보드래(Kwon, Boduerae) 1969년 서울 출생. 서울대 국문과와 같은 대학원 졸업. 동국대 교양교육원 조교수를 거쳐 현재 고려대 국어국문학과 부교수로 일하고 있다. 지금까지 지은 책으로『한국 근대소설의 기원』,『연애의 시대』,『1910년대, 풍문의 시대를 읽다』와『1960년을 묻다』(공저),『아프레걸 사상계를 읽다』(공저) 등이 있다.

신소설, 언어와 정치

초판인쇄 2014년 11월 15일 **초판발행** 2014년 11월 25일
지은이 권보드래 **펴낸이** 박성모 **펴낸곳** 소명출판 **출판등록** 제13-522호
주소 서울시 서초구 서초중앙로6길 15(서초동 1621-18 란빌딩 2층)
전화 02-585-7840 **팩스** 02-585-7848 **전자우편** somyong@korea.com **홈페이지** www.somyong.co.kr

값 24,000원 ⓒ 권보드래, 2014
ISBN 979-11-85877-80-8 93810

신소설, 언어와 정치

권보드래

'NEW NOVEL' IN KOREA: ITS LANGUAGE AND POLITICS

소명출판

일러두기 | 1. 소설 텍스트의 경우 각 장별로 처음 인용할 때만 서지(書誌)를 밝히고 이후 문맥상 인용 텍스트가 분명할 때는 본문 괄호 안에 인용 쪽수만 표시한다.
2. 인용문은 현대어 맞춤법에 따라 고치되 의미가 불확실한 경우는 각주를 통해 설명한다.
3. 기사명은 「」, 신문·잡지명은 『』로 표시한다. 소설의 경우 단행본으로 출간된 일이 있거나 그에 상응하는 분량일 경우 『』, 그에 못 미치는 분량일 경우 「」로 표시한다.

책머리에

대체로 홀가분하게 쓴 글이다. 1998년부터 최근까지 쓴 연도는 다양하다. 돌이켜보면 신소설은 나를 퍽 즐겁게 해 주었다. 모방일 수밖에 없고 B급일 수밖에 없는 그 양식이 어찌 그리 흥미진진했던지. 신소설은 모방이고 B급임에도 흥미로운 것이 아니라 모방이고 B급이라 흥미로운 양식이었다. 허약한 이념적 기반에 일관성 없는 성격에 뒤가 무른 주인공들이며, 앞뒤 어긋나고 인과 부족한데다 대략 얼버무리는 서사는 되풀이 비슷해도 계속 읽게 만드는 힘이 있었다. 위인 앞에서 늘 의기소침해지는 나는 신소설의 부족한 주인공들과는 그럭저럭 잘 사귀었던 것 같다.

신소설이란 양식은 한국근대문학사의 첫머리를 차지하고 있다. 해방 후 이 명제를 바꿔내기 위한 시도가 끊이지 않았고, 이들 시도는 앞으로도 계속되겠지만, 부분적 동요를 넘어 신소설의 확고한 위상 자체가 흔들리는 일은 좀체 일어나지 않을 듯 보인다. 『혈의누』로써 첫손꼽는 신소설은 무엇보다 후대 작가들에게 강한 영향을 미친 양식이다. 김동인, 채만식, 이기영이나 한설야는 한결같이 어린 시절 신소설에서 얼마나 큰 영향을 받았는지 회고한 바 있다.

한국 근대문학사 전체를 부정하지 않는다면 신소설을 부정하긴 어렵다. 물론 신소설에 대해 회의와 불만과 비판의 의식을 다 버리긴 더 어렵다. 최초의 신소설 작가 이인직이 이완용의 비서로 1910년 '한일협약' 체결을 막후에서 보조했고, 이인직과 나란히 신소설 전성기를 일군 이해조가 1910년대 초 『매일신보』 연재소설란을 담당했다는 사실은 아직도 뜨거운 낙인이다. 신소설이 얼마나 독창적이었느냐 하는 점도 논란거리다. 최근 안국선의 『금수회의록』이 번안작이라는 사실이 밝혀진 바 있듯 신소설이라는 양식은 언제나 번안 혹은 번역의 의혹 속에 있다. 요컨대 신소설이란 온전히 자랑스러워하긴 어려운 유산이다. '친일'과 '모방', 그것은 한국 근대의 아킬레스건이며 아직도 적응하지 못한 트라우마다.

'친일' 문제는 미뤄두자. 번역과 모방은 신소설의 존재론적 근거다. 최초의 신소설 『혈의누』부터 그 논란에서 자유롭지 않다. 헌데, 선구자적 존재가 모방에 의해 태어난다는 역설은 거의 보편적인 사실인 듯하다. 조중환의 『장한몽』이 오자키 고요尾崎紅葉의 『금색야차』를 번안했다는 사실은 잘 알려져 있으나, 『금색야차』 자체가 영어 소설의 번안작임이 판명된 사정은 또 어떤가. 괴테는 페르시아 시풍을 본떴고 인도 시극 『사쿤탈라』를 모방해 『파우스트』를 시작했다지 않는가. 유럽 회화의 인상파는 일본의 전통 회화 우키요에에서 크나큰 영감을 얻었다고 하고, 유럽의 인권 사상은 식민지에서 원주민-노예라는 존재와 씨름하면서 싹텄다고 한다.

우리는 그렇듯 뒤섞인 존재들이다. 신소설 연구가 새로 시작된다면 그 출발점은 이 부근 어딘가가 되어야 할 것으로 생각한다. 근대성과 민족주의는 한국에서 아직 절실한 가치이지만, 그 극복 역시 절실하다는 전제 위에서 그렇다. 절실성이 더했던 시절, 신소설은 서사라는 형식으로 과제에 부응하고 또 그것을 넘어서려 했다. 1912~1913년 이후 파행과 좌절로써 끝나고 말지만 신소설의 모험을 기억해야 할 필요는 그것만으로 충분하다. 이상적 자아만을 구출하기 위해 어지간히 노력해 왔으나, 지금 이 난마(亂麻) 같은 현실은 '처음부터 다시' 사유할 힘을 요구하고 있다.

이 책을 내기 위해 열세 편의 글을 묶었다. 1/3 정도는 별로 고치지 못한 채 실었고, 1/3 정도는 대폭 수정했으며, 1/3 정도는 새로 써 보탰다. 제1부 3장, 제3부 1·2·3장, 제4부 1장이 새로 쓰거나 새로 쓰다시피 한 부분이다. 일관된 계획하에 쓴 글이 아니라 들쭉날쭉한 곳이 적지 않다. 어떤 논점은 지나칠 정도로 반복해 짚은 반면 어떤 지점은 제대로 일별(一瞥)도 하지 못했고 어디서는 서술이 서로 어긋나기도 했다. 서지(書誌)도 다 통일하지 못했다. 그럼에도 성(性)과 계급이라는 문제의식은 전반적으로 짙게 남아 있다.

신소설의 주인공은 왜 대부분 젊은 여성인가. 이 단순한 질문에서 시작한 여정(旅程)이 길어졌다. 가족 재형성—국가 재구성이라는 프로젝트의 사회적 좌표를 살펴보기도 하고, 여성 주인공들의 출신과 행동거지를 따져보기도 했으며, 비유와 수사학에 주목하기도 했다. 결론적으로는 '서리(胥吏)의 딸'로 주인공들의 전형적 정체성을 규명하고 신소설 작가들의 계층 감각 또한 그 연장선상에서 해명해 보려 했다. 1900년대에 외국어학교나 상업학교·측량학교 등을 나와 하급 관료를 거쳐 정치·사회적으로 입신하는 것이 신흥 계층의 전형적 생애라 할 때 신소설 작가 대부분의 일생은 그것과 겹친다. 실증은 한마디도 보태지 못했지만, 1905~1910년, 그 애국과 계몽의 시대에도 저마다의 욕망과 이해는 생생하게 작동했을 터이다.

민족뿐 아니라 성과 계급을, 애국만이 아니라 공화와 자유를. 이렇게 써 놓고 나니 이 책에서 제안한 시각 전환이란 새로울 것도 급진적일 것도 없다. 최근 몇 해 사회과학 연구자들을 중심으로 1900년대에 대한 시각 전환이 활발하게 논의되고 있는 중이기도 하다. 한국문학 연구에서도 조심스럽게나마 문제 제기가 있었다고 생각한다. 더 골똘히 탐구하다 보면 '친일'이라는 블랙홀에 대해서도 좀 더 지혜로운 대응이 가능하리라고 여기고 있다. '친일'은 1972년 말 '친일문학의 밤' 이후 정치 담론화하기 시작한 듯한데, 본래 반(反) 유신의 사상적 자산이었던 '친일파 청산론'은 수십 년 세월을 거쳐 이제 그로테스크한 형태로 자라나 있다. 1900년대는 '친일'의 최초의 원천일 터, 이 시기와의 씨름도 필요하리라.

그러나 무엇보다 신소설을 읽고 분석하는 일은 즐거웠다. 모자라다고 타박당하는 존재를 내 눈으로 새로 발견하는 것 같은 즐거움이 있었다. 자란 내력을 듣고 그 나름의 자긍과 가책을 이해하고, 눈에 안 띄는 세부를 꼼꼼히 털어내 보고, 왜 그런 옷차림에 왜 그런 행동거지인지 고개 끄덕이고 — 오독이라도 즐거운 오독이었다. 어쩔 수 없이 '합리화'의 시선이 작동하고 만 곳이 여럿 있는데, 그것이 존재 자체를 크게 손상시키진 않았기를 바란다. 책을 다 쓰고 나니 『귀의성』의 점순이 성공했다면 어떤 인생을 살았을까 궁금해진다. 최씨의 정식 처가 돼 황해도 연안으로 이사해 살겠다고 했는데, 처음엔 마름 명색이지만 곧 전장(田庄)을 제 것으로 삼겠노라 자신만만했는데 —신소설은 점순 같은 존재의 소유는 아니지만 적어도 그런 존재에 가까이 접근했던 서사 양식이다.

10년 훌쩍 넘는 세월에 걸쳐 쓴 글인지라 어쩔 수 없이 세월의 자취가 묻어 있다. 이 책의 기원이 된 것은 2000년에서 2002년 사이, 연구공간 수유＋너머에서 '계몽의 수사학'이라는 이름하에 고미숙 선배와 개설했던 두 차례의 강의다. 수강생은 몇 안 됐지만 풍요로운 강의였다. 몇몇 세미나의 흔적도 남아 있다. 대학원 시절의 신소설 세미나, 연구공간 수유＋너머에서의 『불여귀』 비교 강독 세미나 등에서, 이제는 다 흩어져 버린 그 사람들과 함께 골똘하게 자료를 읽었다. 2012년에는 고려대학교 대학원 수업을 통해 신소설 자료를 다시 볼 수 있었다. 대학원생 중 특히 최은혜는 원고를 정돈하는 내내 귀중한 도움을 주었다.

마흔이면 불혹이라더니 웬걸, 아는 것도 가진 것도 늘었는데 미혹은 심해진 듯하다. 수미일관해 보였던, 혹은 보다 깊이 묵직하게 미혹했던 스승들이 부럽다. 천재(淺才)로 세월을 건너다 보니 변명만 느는 게 아닌가 싶어 두렵기도 하다. 그래도 완성된 원고를 놓고 보니 기쁘다. 오랜만에 소명출판에 빚을 갚은 것 같아 더 기쁘다. 10년 가까운 세월을 잊지 않고 기다리고 채근해 준 힘이 없었다면 이 책은 세상에 나오지 못했을 것이다. 소명출판이 없었다면 한국 근대문학 연구자들은 얼마나 쓸쓸했을까. 고마운 일이다. 아무리 베풀어도 다 갚지 못할 빚을 지면서, 그래도 그 빚에 힘입어 또 한동안을 건너가 볼 수 있겠다. 오래된, 그리고 새로운 인연에 다 감사드린다.

2014년 11월
권보드래

차례

제1부

소설, 국가의 무의식

가족과 국가의 새로운 상상력

여성 주인공의 상징성

1. 가족 · 민족 · 국가라는 말

대부분의 어휘가 그렇듯 가족 · 민족 · 국가 등의 단어 역시 그 자체로 새삼스런 관심을 끄는 일은 별로 없다. '가족(家族)' · '민족(民族)' · '국가(國家)'라고 한자로 바꾸어 놓고 생각해 보아도 그렇다. 이들 단어는 또렷한 실체를 갖지는 않을지라도 그때 그때의 맥락 속에서 일정한 합의를 생산하면서, 투명한 의미 전달체(vehicle)로 행세하고 있다. 그렇지만 '가(家)'의 족(族)', '민(民)의 족(族)', '국(國)이라는 가(家)'라고 단어를 분해해 본다면 좀 다르다. 한 집의 무리, 백성의 무리, 나라라는 집이란 무슨 뜻인가? 근대 들어 새로 창안된 번역어 '민족'은 물론이거니와 '가족'과 '국가' 역시 자의(字意)를 규명함으로써 의미를 속속들이 밝힐 수 있는 단어는 아니다. 곧 이곧대로의 자의는 오히려 원래의 글자 뜻이 어떻게 오늘날의 다양한 용법으로 변화했는지, 곧 어떻게 수사학적 전이가 이루어졌고 어떤 결과를 낳았는지 하는 질문을 떠올리게끔 해 준다.

'가족'이란 본래 가문의 구성원을 총칭하는 개념이었다. 『한서(漢書)』「공손하전(公孫賀傳)」에 "家族巫蠱之禍, 起自朱安世, 成於江充"라는 서술이 있으니 주안세와 강충의 멸문지화(滅門之禍)를 일컬은 것이요, 포조(鮑照)의 시에 "一身仕關西, 家族滿山東"이라는 구절이 나오니 멀리 벼슬길을 떠나온 후 가깝고 먼 친족이 모두 산동 지방에 남아 있음을 탄식한 것이다. 이때 '가족'이란 부부 한 쌍을 중심으로 하는 오늘날의 '가족'과는 사뭇 의미가 다르다. '국가' 또한 왕실 및 그 영토를 가리켰으나 보다 좁게는 경(卿)·대부(大夫)의 관할지를 뜻하였고, "國家年少"라 쓸 때처럼 때로 천자를 의미하기도 했다. 일본의 에도 시대에 '국가'란 번(藩, 한)을 가리키는 말이었다.[1] 독립 관할지라는 뜻에 가까웠던 '국가'가 nation의 번역어로서 정착하게 되기까지는 방국(邦國)·국(國) 등과의 경쟁을 거쳐야 했으며[2] 국(國)과 가(家)를 연결시키는 발상 자체를 새롭게 정비해야 했다. '가족'과의 상사성에 기반해 생겨난 '민족'이라는 신조어 또한 '국가'의 새로운 용법을 만들어 가는 데 크게 기여하였다. 수신(修身)·제가(齊家)·치국(治國)·평천하(平天下)라는 유명한 충고를 떠올려 본다면 신(身) → 가(家) → 국(國) → 천하(天下)로 이어지는 확산의 상상력은 예나 지금이나 별 변화가 없는 것 같지만, 그 구체적인 내용이나 관계는 근대 들어 근본적인 변화를 겪었던 것이다.

"저가 진실로 개혁 쇄신한 정치 아래 살며 나라집에 한 충실한 신민이

1 　丸山眞男·加藤周一, 임성모 역, 『번역과 일본의 근대』, 이산, 2000, 27쪽.

2 　일본의 『만국공법』(漢譯本, 1867)에서는 'nation'을 '邦國'으로, 'states'를 '國'으로 번역하였고, 和譯本(1869)에서는 國 혹은 '國國'으로 번역하였다(丸山眞男·加藤周一 編, 『飜譯の思想』, 岩波書店, 1991, 4쪽 참조). 한국에서는 유길준이 『서유견문』(1895)에서 邦國·國·국가라는 단어를 혼용한 바 있다.

되기를 바라더니"[3]라든가 "우리 시조 단군께서 / 태백산에 강림하사 / 나라집을 창립하여 / 우리 자손 주시셨네"[4](강조-인용자)에서의 '나라집'이라는 낯선 어휘 또한 이 과정에서 생겨났다. '국가'라는 한자어의 한글 대응어인 '나라집'은 근대의 '국가'라는 단어가 나라와 집이라는 단위를 서로 연결시키면서 정립되었다는 사실을 웅변한다. '국가'는 근대적 변이를 거쳐 새롭게 유행하면서 "一人이 積하야 一家를 成하고 一家가 積하야 一鄕을 成하고 一鄕이 積하야 一國을 成"[5]한다는 인(人)·가(家)·향(鄕)·국(國)의 선 중에서, 또한 신·가·국·천하라는 전통적 연상 중에서 가(家)와 국(國)을 특별히 강조하였고 둘을 직선으로 연결시켰다. '국가'라는 단어에서 나라와 집의 연결을 목도(目睹)하고 그 관계를 통해 사회의 새로운 이념과 조직 원리를 개발해 내려는 상상력 — 1900년대는 이런 상상력의 토양이자 그 산물이었다.

2. 나라와 집 - 은유와 환유의 놀이

나라, 건축물 혹은 가족

'국가'라는 단어는 나라와 집 사이의 연관을 직접 함축한다. 서구의 'nation'이 가족과의 관련을 간접적으로 보장받아야 하는 데 비해, '국가'라는 말은 단어 자체로서 나라와 집을 동시에 연상시킬 수 있다. '국가'라

---

3 『라란부인전』, 대한매일신보사, 1907, 6쪽.
4 「사조」, 『대한매일신보』, 1909.8.6.
5 박성흠, 「애국론」, 『서우』 1호, 1906.12, 27쪽.

는 단어가 유행하기 전부터 있었던, 집의 조직 원리를 통해 더 큰 단위를 이해하려는 발상은 '국가'의 유행 속에서 새롭게 구성되기에 이르렀다. "愛君如愛父 / 憂國如憂家"라는 조광조의 유명한 절명시가 보여주듯 군주에게서 부모의 모습을 겹쳐 보는 상상력은 널리 퍼져 있었고 나라와 집을 같은 원리로 설명하려는 논리 또한 그러했으나, 1900년대 들어 나라와 집은 새로운 사회적 관계, 새로운 수사적 관계를 맺게 되었다.

연상의 경로는 다양했다. 한국어의 '집'이라는 단어가 가옥과 혈연 집단을 동시에 가리킨다는 특수성 때문에, 나라와 집을 연관짓는 상상력은 처음부터 두 갈래로 갈릴 수밖에 없었다. 하나가 국가를 가옥에 빗대는 쪽이라면, 다른 하나는 국가와 가족의 관계를 다양하게 설정해 보는 쪽이다. 국가를 가옥에 비유하는 상상력은 지금은 별 설득력을 발휘하지 못하는 양 보이지만 1900년대 당시로서는 관습적 수사가 될 정도로 널리 활용되었다. "국가라 하는 것은 만민의 자기 가옥"[6]이라는 발상은 위기에 대한 경계를 촉구하는 데 효과적이어서, 낡은 가옥의 예를 들어 애국의 필요성을 설득하는 수사학이 특히 자주 등장한다. "큰 집이 하나 있는데 잘못하다가 무너지기가 쉽거늘 (…중략…) 힘을 다하여 그 집을 일으켜 세울 생각은 적고 만일 그 집이 무너지면 다른 데 또 큰 집이 있는 줄로 생각하더라"[7]는 비유는 곧 국가의 위망을 구해야 한다는 결심을 촉구하는 것이었다. "나라는 곧 일개 큰 집"이니 "대저 민족이 집을 잃으면 그 민족은 멸망되"기 마련이라고 했다.[8] 가옥으로서의 '집'이 혈연으로서의 '집'을 배제하지는 않았다. 오히려 이 둘은 서로 구분되면서도 함께 얽혀

---

6   안국석, 「애국심」, 『여자지남』 1호, 1908.4, 40~41쪽.
7   『독립신문』, 1896.5.23.
8   「나라는 곧 일개 큰 집」, 『대한매일신보』, 1909.5.13.

있는 경우가 많았다. 가옥을 잃을 위기를 말하고는 이어 사천 년 동안 이어져 온 족보, 삼천리에 달하는 전장(田庄), 그리고 한 조상이 자손인 이천만 민족을 들어 한국이 "엄연히 일개 큰 집"에 비견될 수 있다고 설파하는 격이다.

가옥으로서의 '집'을 연상시킬 때 '국가'의 용법이 비교적 단순한 데 비해 혈연 집단으로서의 '집'에 이어지는 '국가'의 의미는 좀 더 복잡하다. 그 복잡성은 어떤 가족상을 전제하느냐에 따라서, 또한 나라와 집의 일치를 어떤 각도에서 설명하느냐에 따라서 결정된다. 나라는 가옥과 마찬가지이니 무너지면 몸 붙일 곳이 없으리라고 설득할 때, 나라와 가옥은 당연히 1대 1의 자격으로 수사학적 일치를 이룬다. 그러나 나라를 가족에 빗댈 때라면 그 관계는 1대 1의 대응일 수 있는 동시에 여러 가족이 모여 국가를 이룬다는 집합적 증식일 수도 있다.

①여보시오 동포님네 내 육신이 생겨나면 한 집안의 혈속이나 이천만의 형제 되어 한 강토에 생장한다 나라이라 하는 것이 한 집안과 일반되니 몸과 나라 그 관계가 이렇듯이 밀접하고[9]

②수夫 國이란 者는 일가족의 결집체(西諺에 云, 국가란 者는 가족 二字의 大書)며 역사란 자는 일국민의 譜牒이라.[10]

③나라라 하는 것은 여러 가정을 합한 것이라. 좋은 가정이 합하면 그 나라도 좋고 좋지 못한 가정이 합하면 그 나라도 좋지 못하나니, 이러므로 나라를 다스

---

9 「시사평론」, 『대한매일신보』, 1909.9.12.
10 신채호, 「역사와 애국심의 관계」, 『대한협회회보』 2호, 1908.6, 5쪽.

리는 도는 반드시 가정에서 시작할 것이요 가정을 다스리는 도는 실로 혼인에서 시작할 것이라.[11]

국가라는 말에서 가족이라는 혈연 집단을 연상하는 상상력은 크게 두 가지로 방향을 잡는다. ①처럼 나라란 한 집안과 마찬가지라고 역설하는 쪽이 하나의 방향이라면 ③처럼 국가란 여러 가정의 총합이라고 주장하는 쪽이 또 하나의 가능성이다. 각각 은유의 상상력과 환유의 상상력이라고 불러도 좋을 이 두 축[12] 사이에 ②와 같은 절충이 있다. 신채호는 먼저 "國이란 (…중략…) 일가족의 결집체"라고 함으로써 여러 가족이 모여 국가를 구성한다는 환유의 상상력을 지지하는 듯하지만, 괄호 안의 주석을 통해 "국가란 자는 가족 二字의 大書"라고 할 때부터 환유는 교란되기 시작한다. 가족을 확대한 것이 국가라는 말은 곧 일가(一家)의 상상력으로 국가를 해석할 수 있음을 의미한다. 이어 "역사란 자는 일국민의 譜牒"이라는 말로써 국가와 가족의 1대 1 대응 관계를 승인하면서 수사는 환

11 　주시경, 「일찍이 혼인하는 폐」, 『가정잡지』 4호, 1906.10, 1쪽.

12 　'나라=집'의 상상력을 은유와 연결짓는 데는 별다른 장애가 없겠지만, '나라=집+집+집……'이라는 사고를 환유적 상상력이라 하기에는 몇 가지 무리가 있다. 환유란 의미를 다양한 요소들의 결합으로 분해하는 데 근거하고 있는 것으로서, 예컨대 의자=등판+방석+팔걸이+다리라고 하는 식으로, 분해된 요소들은 '각기 다른' 것일 수밖에 없다. 이러한 분해 및 결합 속에서 하나의 요소가 전체를 표상하게 될 때, 말하자면 '그 낡은 팔걸이'라는 말로 의자 전체를 표상할 때 환유가 성립하는 것이지, 의자=등판+등판+등판……이라는 관계 속에서 환유를 논하기는 어렵다. 은유와 환유를 대비시킬 때 흔히 떠올리는 야콥슨 식의 분석 또한 이 글에서 말하는 은유·환유와는 별 관련이 없다. 여기서 사용하는 '환유'라는 말은 엄밀한 술어라기보다는 '나라=집+집+집……'이라는 특수한 결합 관계를 지시하는 다소 자의적인 표현이다. 이 관계를 가리킬 만한 특별한 용어를 찾기 어려웠다는 이유 때문에, 또한 은유적 상상력과의 대비 속에서 이 관계를 조명해도 좋으리라는 이유 때문에 무리를 무릅쓰고 빌어온 용어라 할 수 있다. 은유·환유 자체에 대한 논의로는 R. Jacobson, 신문수 편역, 『문학 속의 언어학』, 문학과지성사, 1989, 110~116쪽 및 T. Todorov, 「제유」, 김현 편, 『수사학』, 문학과지성사, 1985 참조.

유에서 은유로의 이동이라는 양상으로 일단 종료된다.

　가족을 국가의 은유로 바라보든 국가의 일 요소라는 환유적 상상력으로 바라보든, 국가가 "일정한 토지와 인민"을 구성 요소로 하는 정치적 결사체라는 생각은 1900년대에 탄탄하게 자리를 잡았다. 비록 "인민과 토지가 생긴 후에는 임금이 통치하는 권리가 있어"라는 식으로 군주의 존재를 상기시키는 첨언(添言)이 종종 따라다니기는 했지만[13] "백성은 오직 나라 근본"[14]이라는 생각이 뿌리를 내렸던 것이다. '국가'라는 말이 일정한 지역과 군주·조정을 함께 의미했던 전근대의 공존은 이로써 점차 자취를 감추게 되었다. 동시에 '국가'라는 말을 둘러싼 상상력 또한 차츰 변화하지 않을 수 없었다. 근대 이전에도 그러했거니와, 1900년대 초에 우세를 점한 쪽은 나라가 한 집안과 마찬가지로 구성되어 있다는 은유적 상상력이었다. 군주를 부모에 빗대는 수사학의 영향력 또한 아직 뚜렷하였다. "임금은 집안 어른이요 백성은 자식들"[15]이니 임금은 백성을 애휼하고 백성은 임금을 사랑해야 한다고 했다. 군주가 곧 국가는 아니요 다만 통치자일 뿐이라는 제한이 역설되는 가운데서도 군주의 특별한 지위는 거듭 인증되었다.

가부장–군주의 쇠락과 형제애의 가능성

　이같은 상상력은 조선 후기에 확립된 가부장제 가족의 모습을 국가의

13　유호기, 「국가정신」, 『여자지남』 1호, 1908.4, 39쪽.

14　「논설」, 『매일신문』, 1899.1.28.

15　「논설」, 『협성회회보』, 1898.3.5.

상에 겹쳐 보려는 시도이기도 했다. 이른바 서류부가(婿留婦家) 관습에 따라 남편과 아내 양쪽의 가족을 모두 포괄하는 가족 형태가 다수를 점한 것이 조선 전기까지의 사정이었다면, 17세기 이후에는 남편 쪽 부자 관계를 중심으로 하는 직계 가족이 지배적인 가족 형태가 되면서 가부장을 중심으로 하는 체제가 확고해졌다.[16] 조선 후기 들어 유교 윤리가 강화되고 신분제도가 엄격해지면서 일어난 변화였다. 가부장제적 상하 질서는 1894년의 갑오개혁을 거친 후에도 오랫동안 살아남았고 상상력의 중요한 근거가 되기도 했지만, 다른 한편 '국민'이라는 새로운 동일성이 남녀·노소·상하의 구별 일체를 점차 압도해 갔다는 점에서, 1900년대의 정치·사회상은 가부장제적 상상력과 부조화를 빚을 수밖에 없었다. 더욱이 이 부조화는 가부장제 질서 자체에 대한 비판을 바탕으로 한 것이라, 부모의 자애와 자녀의 자발적 애정을 강조하는 전환 정도로 해결될 수 있는 것이 아니었다.

신(神)을 대군주(大君主)·대부모(大父母)로 선전한 기독교의 영향력도 컸다. "성경 중에 세상 사람은 다 한 아버님의 자녀라 하는 말"[17]은 부모-자식의 관계를 신-인간의 영역으로 이월시키면서 국민으로서의 평등한 권리를 각인시키는 논리가 되었다. 뒤늦게 전파된 프로테스탄트교가 "교황의 명령만 준행"하는 가톨릭과의 차별성을 강조하면서 스스로를 "사람마다 각기 제 권리가 있어 각기 스스로 빌게 하매 남이 대신하기를 허락지 아니"하려는 자세로 설명한 것[18] 역시 모든 국민의 평등이라는 사상으로 합류되었다. 이전에는 "나라가 위태한 때를 당하여도 백성은 전혀 권리가

---

16 안호룡, 「조선시대 가족형태의 변화」, 한국사회사학회, 『한국의 사회제도와 사회변동』, 문학과지성사, 1996, 83쪽 참조.

17 『매일신문』, 1898. 5. 28.

18 『제국신문』, 1902. 10. 3.

없으므로 나라의 위망을 정부에다만 미루"[19]는 무책임한 태도로 일관했으나 "국가의 성쇠가 진신과 평민에게 관계가 다르지 아니하"[20]는 사실을 깨달은 이상, 공동의 책임 의식을 가져야 한다는 것이다.

군주-백성의 관계를 부모-자식 관계에 견줌으로써 국가를 이해하려는 은유가 힘을 잃었을 때 새롭게 제시될 수 있었던 은유 중 가장 유력한 것은 아마 형제 관계를 앞세우는 상상력이었을 터이다.[21] 형제·자매를 가리키는 '동포(同胞)'라는 말이 민족 전체를 일컫는 말로 확대되었다는 사실은 형제의 은유가 새로운 국가상을 형성하는 데 유력한 근거일 수 있었음을 시사해 준다. 동료 신자를 형제·자매라 불렀던 기독교 수사학의 영향도 있었다. "예수를 믿는 형제 자매"[22]라는 수사는 관습적인 것이었으니, 예컨대 『눈물』에서 악녀 평양집을 구원한 구세군은 '자매'라는 호칭을 쓰면서 회개를 촉구하였으며 『부벽루』의 최운영 내외 또한 기독교에 귀의한 후 '형제'·'자매'로 불렸다. 의로 맺은 형제 관계라는 설정 또한 신소설에 종종 나타난다. 『월하가인』에서 남편이 노동 이민을 떠난 후 갖은 고난을 겪던 장씨 부인은 장시어와 의남매를 맺은 후 그 보조에 의탁해 살아가고, 시가에서 쫓겨난 『봉선화』의 박씨 부인 역시 의남매로 결연한 차두형·갈춘영의 도움으로 연이은 위기를 벗어나며, 『능라도』의 도영은 간호부 생활을 시작하면서 부인 다과점을 경영하는 김운경과 "형제지의"를 약속한다. 특히 『월하가인』에서의 장씨 부인-장시어와 『봉선화』의 박씨 부인-차두형은 희생자 대 유혹자였던 관계에서 의남매 관계

---

19   「민권론」, 『독립신문』, 1898.12.16.

20   「대한진신」, 『독립신문』, 1898.12.10.

21   프랑스 혁명기에 등장했던 형제·자매의 도상학을 참조로 할 수 있다. L.Hunt, 조한욱 역, 『프랑스 혁명의 가족 로망스』, 새물결, 1999, 84~124쪽 참조.

22   「聲聞于天」, 『대한매일신보』, 1905.11.19.

로 변화를 겪었다는 점에서 주목을 요한다. 온통 순결성의 위협으로 가득
차 있는 세계에서 이들은 예외적으로 호의적 변화를 보여주고 있기 때문
이고, 또한 여성과 남성이 '동포(同胞)'의 관계로 다시 조정될 수 있음을 알
려주고 있기 때문이다.

　　비록 1910년대의 소산이기는 하지만 이들 작품은 명백하게 국가 의식
의 흔적을 보여준다.[23] 일찍이 1907년에 창작된 『빈상설』에서 쌍둥이 남
매라는 설정을 통해 표현된 남·녀 사이의 상징적 동등권은 1910년대까
지도 변주되고 있었던 것이다. 『빈상설』은 이질성 사이의 위계를 혼란시
킨다는 이유로 오랫동안 금기시되어 온 남·녀 이란성 쌍둥이를 주인공
으로 내세운 바 있다. 쌍둥이 남동생이 누이로 가장함으로써 위기를 벗
어난다는 『빈상설』의 설정은 현실적이라기보다 상징적이다. 여기서 '남
매'라는 관계는 위기극복의 발판으로 기능한다. 이렇게 보면 『빈상설』은
남·녀 사이의 새로운 관계를 제안하고 더 나아가 국민 모두가 '동포'로
서 결속될 가능성을 암시했다는 점에서 수사학적 진실성을 겨냥한 것이
라 할 수 있다.

　　그러나 부모의 권위를 부정하고 형제애를 앞세우기에는 기존 가부장
제의 질서가, 또한 군주의 위상이 너무나 막강하였다. 장자(長子)의 특권
이나 적서(嫡庶) 차별의 전통 또한 걸림돌이었다. 평등한 형제애가 지배

---

[23]　1910년대에 일본과 한국이 왕왕 형제 관계로 선전되었다는 사실에 비추어 보면 1910
　　년대 신소설에서의 형제·자매의 의미는 전혀 다르게 해석할 수 있을지도 모른다. 그
　　러나 1910년 이후 '국가'나 '국민'이라는 말이 조심스럽게 통제되었음에도 '민족'이란
　　여전히 중요한 어휘였고, "동포를 사랑하는 진정"이 조선인에 대한 시혜로 표현된다
　　는 설정에서 보이듯(최찬식, 「춘몽」, 『한국신소설전집』 4, 을유문화사, 1968, 325쪽
　　참조) 신소설에서도 '민족'과 '동포'는 1900년대의 의미를 잇고 있었다. 조선인이라면
　　다같은 형제라는 의식이 국가의 상실 이후에도 지속되었고, 이것은 일본과 한국 사이
　　의 형제 관계를 설득하는 선전보다 더 유력했던 것으로 보인다.

적 이념이 되기에는 현실적 난관이 많은 상황이었다. 가족과 국가를 연결시키는 상상력은 이 지점에서 방향을 튼다. 가족의 모습을 빌어 직접 국가를 표상하기보다 가족이 국가의 중요한 요소임을 설파하기 시작한 것이다. 전근대와 다른 '국가'의 상을 세우는 데는 환유의 상상력이 효과적이었다. 가족–국가 관계를 환유로 파악하는 대표적 문장은 "나라라 하는 것은 여러 가정을 합한 것"이라거나 "만일 내가 없으면 나라에 일개인이 없어서 나라에 일분 힘이 감하나니"라는 류의 것이다. 개인 및 집단을 국가의 한 요소로 평가하는 발상이 핵심이라 할 수 있다. 한편으로는 국가란 "참 나", "큰 나"이고 국사(國事)의 성패가 오직 "나 하나 때문"이라는 은유의 상상력[24]이 역시 강력했다. 가족의 의의 또한 국가와의 직접 일치라는 색채를 띠게 되는 경우가 잦았다.

　개인·가족 등의 소단위를 자율성을 지닌 일 요소로서 확실히 표명하게 된 것은 1910년 한일 강제병합 이후, "小로는 자기의 사익을 得ᄒ며 大로는 전국의 공익을 圖홀지어다"[25]처럼 개인·국가와 사(私)·공(公)을 병렬시키는 발상이 일반화된 이후다. 그러나 그 후에도 개인과 국가를 떠올릴 때 은유와 환유는 늘 함께 얽혀 있는 상상력이었다. 국가와 개인의 직접 일치를 함축하는 은유가 애국의 열혈주의와 친연성을 갖는 반면 개인의 위상을 부분으로서 조정하려는 환유는 보다 냉정한 시각을 전제한다고 말할 수 있겠지만, 이러한 이분법 사이에는 늘 동요나 융합의 계기가 있기 마련이다. 1900년대와 1910년대를 단절 속의 연속으로 보려 할 때 필요한 것도 이들 계기의 포착이라 할 것이다. 역사·전기물이 영웅이라는 존재를 내세워 개인과 국가의 직접 일치를 역설했던 반면 신소설

24　「큰 나와 적은 나」, 『대한매일신보』, 1908.9.16; 「논설」, 『제국신문』, 1898.8.24.
25　「식림사상의 발전」, 『매일신보』, 1911.3.10.

에서 내세운 국가 의식의 양상은 다소 달랐다는 사실 또한 기억할 수 있겠다. 1900년대에 개인·가족과 국가는 주로 은유적 동일성의 관계로 조명되었지만, 개인이 모여 가족을, 가족이 모여 국가를 이룬다는 집합적 상상력 또한 중요하게 자라나고 있었다. 신소설은 이 두 가지 상상력의 교차를 보여주는 가운데 특히 가족을 국가의 기본 단위로 조명하는 시각을 서사적으로 구체화해 갔다.

가족이 국가의 기본 단위로서 새로운 주목을 받게 되었을 때 제일 강조된 것은 교육이다. 집안을 가리키는 동시에 중앙 뜨락을 일컫는 말이기도 했던 '가정(家庭)'이 새로운 용법을 구축한 것 역시 교육과의 관련을 통해서였다. 1900년대에 대대적으로 유행했던 '가정교육'이라는 말, 이것이야말로 가족을 국가의 기본 단위로 선전하는 데 크게 기여하였다. 당시의 최대 화두였던 교육은 지육·덕육·체육이라는 범주로 이론화됨과 동시에 가정교육·학교교육·사회교육의 삼분법을 통해서 정리되었고, 특히 어린 시절에 행해지는 교육의 의미를 절대시함으로써 가정을 교육의 장으로서 위치 지웠다. "예로부터 교육이 발달되는 근본은 가정교육에 있"[26]는바 "일반 남녀교육은 학교에 있고 학교 기초는 가정에 있고 가정의 기초는 태내교육"[27]에 있다는 식으로 가정교육, 그 중에서도 영아교육의 의미는 지대하다는 것이었다. 가정은 미래의 국민을 훌륭하게 길러냄으로써 국가의 기본 단위로서의 역할을 완수할 수 있다고 했다. 가정은 국민 양성의 책임을 나눠 맡음으로써 "나라라 하는 것은 여러 가정을 합한 것"이라는 환유의 수사를 이룩할 수 있었으며, 신소설의 주인공 또한 이런 수사학에 의지함으로써 서사적 공간을 확장해 갈 수 있었다.

---

26 석운생, 「축사」, 『여자지남』 1호, 1908.4, 7쪽.
27 이숙, 「축사」, 『여자지남』 1호, 1908.4, 9쪽.

3. 동등권의 의미와 모성(母性) 교육론

남녀 동등권, 평등과 차별

"나라는 곧 백성의 나라"이며 "한 민족의 가진 바"라는 선전[28] 속에서 한국의 근대는 개시되었다. 국가의 핵심은 국민이요 국민이라면 모두 평등한 자격을 가져야 한다는 주장 속에서 반상(班常)·노소(老少)·남녀(男女) 같은 전통적인 구별의 선은 약화되고 변질될 수밖에 없었다. 모두 같은 개인이요 모두 같은 자격으로 가족에 귀속되어 국가를 구성한다는 사유를 설득하려면, 예컨대 주인집에 속해 있는 노비 역시 독립적인 가족을 구성할 수 있어야 했다. 조선 후기 들어 가족 형태를 강화하기 시작했지만 여전히 주종 관계에 일차적으로 매여 있던 이들[29] 역시 개인-가족-국가의 선을 구축할 수 있어야 근대의 가족·국가는 성립할 수 있을 터였다.

신소설에 등장하는 노비는 여전히 주인집 내 질서에 수렴되는 경우가 많지만, 고난의 여정 중에 새로운 가족의 가능성을 실현하게 되는 경우도 적지 않다. 『치악산』의 검홍이나 『추천명월』의 김순, 『재봉춘』의 계순 등이 전자에 속한다면, 『고목화』의 갑동이나 『봉선화』의 은례, 『목단화』의 금년 등은 후자에 속한다. 악비(惡婢)가 정절 지키는 데만은 엄격해서 결국 상전의 동생과 정식 혼례를 올리게 된다는 『설중매화』의 설정이

---

28   「몸과 집과 나라의 세 가지 정황의 변천」(논설), 『대한매일신보』, 1909.7.17.
29   조선 전기에 노비의 혼인율은 率居 노비의 경우 20%, 外居 노비의 경우 70% 정도였고, 가족 형태를 이루고 있더라도 분할 상속되는 일이 잦았다 한다. 18세기에는 노비 매매가 어머니를 중심으로 한 가족 단위로 이루어지는 등 가족 질서가 좀 더 안정되는 변화가 일어나나, 이 경향이 안정되거나 전면화되지는 않았다(안호룡, 앞의 글, 86~92쪽 참조).

나 경제적・사회적 자립을 위해 악행도 불사하는 점순이라는 인물형을 소개한『귀의성』의 묘사 역시 전통적인 주종 관계가 해체되면서 새로운 질서가 부상하고 있음을 보여주고 있다. 그러고 보면『귀의성』의 점순은 상전이 점지해 준 배필과 갈라서고 집 밖 부랑배와 새 인연을 맺은 후 먼 "황해도"에 가 "기를 펴고" 새 살림 시작할 작정이었던 터다. 살인 결행 전 벌써 속량 문서를 받아든 점순은 "이제는 남의 종 아"닌 처지다.[30]

　　반상이나 노소의 차별을 철폐할 것보다 한층 꾸준하게 논의되었던 것은 남성과 여성의 동등권이라는 주제였다. 반상 차별에 대한 비판이 "국가의 성쇠가 진신과 평민에게 관계가 다르지 아니하"다는 소극적인 선에서 주로 이루어졌고 노소 위계의 전도 또한 자녀 교육을 강조하는 간접적인 양상을 띠었던 반면, 여성이 남성과 동등한 자격을 갖고 있다는 주장은 직접적이고도 적극적이었다. "나라의 분자에 근본된 것과 의무를 부담한 것이 (…중략…) 남녀가 다르"[31]지 않으니 "여자 동포는 (…중략…) 남자와 같이 활동하여 국가 분자된 자격을 잃지 말고 자의자식할 능력을 얻"[32]어야 한다는 것이었다. "一男一女는 均히 上帝의 자녀"[33]이니 "동등의 학문과 동등의 지식과 동등의 기예와 동등의 사업을 무애히 함께 할" 기회를 누려야 한다고 했다.[34] 음양(陰陽)의 이치를 동등권의 근거로 새롭게 해석하기도 했다. 물론 여성과 남성의 자질이 다르고 맡은 바가 다르다는 시각이 일시에 사라지지는 않았다. 윤치호는 서재필과의 토론 와중에 "구라파 각국에서 남자가 여자를 경대함은 (…중략…) 남자의

30　　이인직,『지의성』하, 중앙서관, 1908, 38쪽.

31　　양성운,「학설」,『여자지남』1호, 1908.4, 31쪽.

32　　이강자,「여자의 자유」,『여자지남』1호, 1908.4, 29쪽.

33　　박은식,「여자 普學院 유지회 취지서」,『여자지남』1호, 1908.4, 1쪽.

34　　김송재,「한국 부인계에 새 세상」,『대한매일신보』, 1908.8.1.

강함으로써 여자의 약함을 보호함이요 여자가 남자의 동등권을 가진 까닭은 아니"며 게다가 "대한 인민은 몇천 년을 이미 구습에 젖어 남녀가 유별"하니 "학문을 어찌 함께 배우며 강약이 현수한 즉 동등권을 어찌"[35] 줄 수 있겠느냐고 회의를 표명한 적이 있다. 남성만으로도 직업 경쟁이 치열한 마당인데 여성의 사회 참여를 실제로 용인할 수 있겠느냐고도 했다. "여자가 생리상 정신상에 멀리 남자에 不及함은 天定한 성분"[36]이라거나 적어도 "남녀의 책임은 다르"[37]다는 견해 또한 드물지 않았다.

남녀 동등권의 실내용이 무엇인지는 사실 따져보아야 할 문제였다. 일본에서 모리 아리노리[森有礼]가 유명한 「처첩론」을 쓰고 잇따라 후쿠자와 유키치[福澤諭吉]가 「남녀동수론(男女同數論)」으로 일부일처제를 남녀 동등권의 기초로 강조했을 때, 역시 근대화론자 중 한 명이었던 가토 히로유키[加藤弘之]는 서양 풍습이 스며든 유폐(遺弊)라며 반감을 표시하였다. "서양 풍속에 서양인이 부인을 존경하는 것은 (…중략…) 부인은 체질이 연약하고 덧붙여 천성이 겸손"하여 도움이 필요하기 때문이거늘 일부에서 이를 오해하여 부인의 권한을 강대하게 만들고 있다면서, "공화정치를 하는 나라라 해도 정부는 필히 인민 위에 서"듯 남녀 사이에도 그런 구별이 있어야 한다고 했다.[38] 윤치호와 마찬가지로, 여성의 권리는 약자의 보호라는 측면에서 논의되어야 한다고 보았던 것이다. 모리 아리노리 또한 가토 히로유키의 비판에 답하면서 자신은 부부 사이의 '동등'을 말했을 뿐 '동권(同權)'은 말하지 않았다고 변명하고 있다.[39]

---

35 「논설」, 『독립신문』, 1898.1.4.
36 박상락, 「隨感隨筆」, 『태극학보』 1호, 1906.8, 48쪽.
37 양성운, 앞의 글, 31쪽.
38 加藤弘之, 「夫婦同權ノ流弊論・2」, 『明六雜誌』 31号, 1875.3, 2~4쪽.
39 『明六雜誌』 32号, 1875.3, 8~9쪽.

남녀의 동등이 꼭 동등한 권한을 함축하지는 않는다는 것, 이 주장은 남성과 여성 사이에 여전히 차별이 존재하리라는 시각을 보여준다. "인민이라 칭할 시는 남녀를 합칭"[40]한다는 목소리는 실상 동등한 권리보다는 동등한 의무를 상기시키는 방향으로 울려 퍼질 때가 많았다. "일천만이 하던 책임 의무를 이천만이 분담하"[41]는 것, 이것이 남녀 동등권의 참된 의미였다. 그리고 그 구체적인 실천 방식은 언제나 교육이라는 것이었다. 남녀의 동등을 위해 고려해야 할 영역은 교육 이외에도 많이 있겠지만, 1900년대의 첫 걸음은 일단 여성 교육을 강조하는 것일 수밖에 없었다. 여성 또한 교육을 통해 무지를 깨쳐야 하며, 그럼으로써 국민된 의무를 나눠 맡고 무엇보다 자녀 교육의 책임을 다해야 한다는 것이었다. 여성의 교육은 "오늘 어린 계집아이들은 이후대 자손의 어머니"이니 "지금 이 여자들을 교육시키지 않으면 이는 장래의 나라 사회를 멸망시키는 것과 다름이 없"[42]으리라는 시각에서 적극 추천되었다.

어머니의 계몽, 아들의 교육

'이후대 자손'은 당연히 남성으로 전제된다. 자녀 교육은 "우리나라 아들 둔 동포"를 대상으로 역설되었고[43] "대개 여편네의 직무는 세상에 나서 사나이를 가르치라는 것"[44]이니 "일천만 부인이 일천만 남자를 가르"[45]쳐

---

40   김영자, 「학설」, 『여자지남』 1호, 1908.4, 30쪽.
41   청해백옹, 「남녀의 동등론」, 『여자지남』 1호, 1908.4, 21쪽.
42   김낙영, 「여자교육」, 『태극학보』 1호, 1906.8, 41쪽.
43   유일선, 「자식은 부모만 위하려 난 줄 아는 병」, 『가정잡지』 3호, 1906.8, 2쪽.
44   「논설」, 『독립신문』, 1897.1.4.

야 한다고 했다. "여자에게 교육을 施할 필요가 즉 여자에게 교육을 被할 필요로 由함이라 하노라"[46]는 말이 이런 상황을 잘 요약해 주고 있다. 여성의 교육은 여성 자신의 활동을 위해서라기보다는 다음 세대 남성의 양육을 위해 절실하게 요청되었던 셈이다. 고등교육을 받은 신소설 여주인공들의 활동 역시 "부인계에 모범"(『혈의누』), "여자계의 모범"(『모란병』)이라는 제한을 뛰어넘기 어려웠다. 여자가 교육을 받으면 자녀에게 좋은 스승이 될 뿐 아니라 남편에게는 "백년에 아름다운 친구"가 될 수 있으리라든가[47] 교육에서는 물론 실업에서도 동등한 활동권을 가져 "해외의 타국을 지척 평지같이 왕래"하고 "외양의 타종을 동포 친족같이 교섭"할 수 있어야 한다는 주장[48]도 있었으나, "백년에 아름다운 친구"의 실상은 "그 남편을 도와 편지도 대서하며 문서도 기록하며 한가할 때에 서책을 보며 학문을 토론"한다는 보조적인 역할에 그칠 따름이었고, 여성의 사회 활동이 본격화될 기회 또한 드물었다. 여성은 남성 된 국민의 어머니로서 국민된 의무를 다해야 했다. 자녀가 개인의 사물(私物)이 아니라 국가의 공물(公物)임을 깨닫고 충실한 가정교육을 베푸는 것이 최선의 역할이었다.[49]

> 자식의 효도를 받는 것이 어찌 내 몸만 잘 봉양하면 효도라 하리오. 증자 말씀에 임금을 잘못 섬겨도 효가 아니요 전장에 용맹이 없어도 효가 아니라 하셨으니 이 말씀을 생각하면 자식이라는 것이 내 몸만 위하여 난 것이 아니요 실로 나

45 김영자, 앞의 글, 31쪽.
46 유동작, 「여자교육」, 『서우』 2호, 1907.1.
47 「여학교론」, 『독립신문』, 1899.5.26.
48 청해백옹, 앞의 글, 20~21쪽.
49 가정교육의 담당자로서의 여성상에 대해서는 전미경, 「개화기 가족윤리의식의 변화와 가족갈등에 관한 연구-신문과 신소설을 중심으로」, 동국대 박사논문, 1999, 70~73쪽 참조.

라를 위하여 생긴 것이니 자식을 공물이라 하여도 합당하오 (⋯중략⋯)

　　옛날 사파달이라 하는 땅에 한 노파가 여덟 아들을 낳아서 교육을 잘하여 여덟이 다 전장에 갔다가 죽은지라. 그 살아 돌아오는 사람더러 묻되 이번 전장에 승부가 어떠한고. 그 사람이 대답호대 전쟁은 이기었으나 노인의 여러 아들은 다 불행하였나이다 하거늘 노구 즉시 일어나 춤을 추며 노래를 불러 가로되 사파달아 사파달아 내 너를 위하여 아들 여덟을 낳았도다 하고 슬퍼하는 법이 없으니 그 노구가 참 자식을 공물로 인정하는 사람이니 그는 생산도 잘하고 교육도 잘하고 영광도 대단하오이다.[50]

　　『자유종』의 국란 부인은 자식의 전사 소식을 듣고 오히려 기뻐했다는 스파르타 여인의 일화를 들면서 자녀는 "나라를 위하여 생긴 것"이라고 설득한다. 세상에서 일컫는 자식 사랑이란 자기 노후를 염려하는 이기적 계산에 불과할 뿐, 참된 사랑이란 자식을 잘 교육하여 "나라의 사업을 성취하고 국민에 이익을 끼치"는 일이라는 것이다. 자식의 죽음까지도 나라를 위한 것이라면 기꺼워할 수 있는 마음가짐, 이것이 자녀 양육의 출발점이어야 한다. 충실한 자녀를 낳기 위해 조혼을 삼가야 할 것은 물론이요, 가정교육을 책임질 수 있게끔 여성 자신이 교육을 받아야 하며, 아이를 키울 때는 분명한 규율로써 임해야 한다. 젖 먹이는 시간을 정하고, 대소변 보는 시간을 지키게 하고, "아이가 우는 것은 기질도 손상하거니와 국가의 화기를 손상"하는 것이니 울음을 "국법에 금지"할 것까지 불사해야 한다.[51]

　　'가정(家政)'과 '주부(主婦)'라는 신조어가 등장, 가사를 교육·위생·경제 등으로 전문화하고 조직적인 통제의 필요성을 제기한 것도 이 때였다. 가

50　　이해조, 『자유종』, 광학서포, 1910, 26~28쪽.
51　　이종일, 「가정지남」, 『가정잡지』 7호, 1907.2, 3쪽.

정(家政)은 가인(家人)의 감독 및 풍범(風範) · 위생(衛生) · 이재(理財) 등으로 나뉘어져 일일이 지도 · 교육의 대상이 되었다.[52] 태교와 수유의 방법에서부터 자녀 양육의 세칙을 낱낱이 교육하고 위생상 주의 사항을 알리며, 수입과 지출의 균형을 잡는 법을 일러주는 식이었다. 여성은 전문가의 권위에 복종 · 협력함으로써 주부로서의 역할을 확립하고 가정을 국민 양성의 장소로 만들 수 있었다.[53] 모성이 국민 양육의 분담자로서 의료화 · 과학화되는 것, 이것이 1900년대 남녀 동등론의 실질적인 결론이었다.

4. 부부 관계의 재구성과 계약

가족의 재편성, 젊은 부부라는 핵심

"대저 한 집에는 부처가 다 어진 후에야 그 집이 흥하고 한 나라에는 남녀가 다 문명하여야 그 나라이 문명"하다는 진단은 "어진 처", "어진 어미"의 필요를 근거로 하는 것이었다.[54] 『빈상설』 『화세계』 『옥호기연』의 예처럼 어진 여인의 짝은 어리석거나 악한 인물일지라도 개심(改心)을 기약할 수 있었고, 『눈물』의 예처럼 소년은 훌륭한 양육 아래서 비로소 온전하게 성장할 수 있었다. 특히 중요한 것은 좋은 어머니로서의 자격이었

---

52 이기, 「가정학설」, 『호남학보』 1호, 1908.6, 32~33쪽 참조.

53 동즐로는 18세기 프랑스의 예를 들어 '어머니에 의한 양육'이라는 이데올로기가 확산되면서 어머니 · 교육자 · 의료보조자로서의 여성상이 성립되어 가는 과정을 논한 바 있다. J.Donzelot, R.Hurley trans., *The Policing of the Families*, Baltimore : The Johns Hopkins Univ. Press, 1997, pp.17~23 참조.

54 산운, 「여자교육의 필요」, 『여자지남』 1호, 1908.4, 15쪽.

다. 국민 양성의 요체가 가정교육에 있고, 가정교육의 책임은 어머니에게 있다고 생각되었기 때문이다. 그럼에도 신소설에서 자녀의 문제가 직접 형상화된 예는 뜻밖에 드물다. 1910년을 지나면 『쌍옥루』『눈물』 등 모자이합(母子離合)을 서사적 핵으로 하는 신소설 및 연극이 크게 인기를 끌게 되지만, 부부애라는 특수한 애정의 확인과 결부되어 있는 이 같은 서사[55]는 새로이 고안된 것이었다. 1900년대부터 1910년대까지 걸친 일반적 특성을 말한다면, 신소설은 자녀가 생기기 이전의 부부 관계를 다루는 것을 일반적인 설정으로 한다. 『화세계』『원앙도』『설중매화』나 『추월색』『금강문』처럼 정혼자와의 재결합 과정을 그린 소설은 말할 것도 없고, 『빈상설』『치악산』『봉선화』나 『광악산』『운외운』처럼 이미 결혼한 부인과 남편 사이의 이합(離合)을 다룬 소설에서도 자녀는 일관된 배제 항목이다. 젊은 남녀가 헤어져 고난을 겪고 다시 결합하기까지의 과정은 윗세대와의 관련 속에서 설명될 뿐이다.

가족이 자녀 교육을 핵으로 재구성되고 있었음을 생각하면 신소설에서의 이런 배제는 일견 기이해 보인다. 그러나 1900년대 당시, 자녀 교육은 아직 미래의 가능성으로 실천되는 데 지나지 않았다. 새로운 국민상이 필요하다는 사실이야 일반적인 합의 사항이었지만, 그 구체적인 면면은 확인될 수 없었다. 제시할 수 있는 것은 다만 다음 세대의 국민을 양육할 이상적인 부모상, 즉 젊은 남녀의 이상적인 결합이었다. "가정의 중심

---

[55] 한국에서 '자유결혼'이 주창되기 시작한 것은 1900년대 초부터이지만, 그것이 '연애'와 결부된 것은 빨리 잡아도 1910년대 중반 이후, 실질적으로는 1920년대 이후였다. 이 두 지점 사이에 '이미 부부로 결연된 남녀 사이의 애정'을 역설하는 단계가 짧게 존재하였는데, '부부애의 단계'라고 해야 할 이같은 특성을 보여주는 소설로는 『추월색』(1912) · 『두견성』(1912) · 『쌍옥루』(1912) · 『장한몽』(1913) · 『눈물』(1913), 그리고 좀 확대하자면 『무정』(1917)까지를 들 수 있다. 『쌍옥루』나 『눈물』에 나오는 母子의 離散은 부부애의 위기를 드러내며, 離散의 문제가 해소되는 순간 부부애도 회복된다.

은 자녀"[56]라는 대담한 선언은 그 다음에야 일반화될 수 있을 것이었다. 국가의 기본 단위로서의 새로운 가족 구상은 젊은 부부를 중심으로 한 재구성으로 일단 마무리되어야 했다.

이러한 재구성은 물론 주거 공간의 변화, 식사 습관의 변화 등 온갖 소소한 세부에서의 변화를 거쳐 비로소 완성될 수 있었다. 조선 후기의 부부 윤리는 서로 직접 물건을 주고받지 못하게끔 규제할 정도로 엄격한 분리 의식에 바탕한 것이었다. 제사 때나 상(喪) 당했을 때를 제외하고는 부부 사이에 직접 물건을 주고받을 수도 없었다. 불가피하게 주고받을 일이 있으면 아내가 네모난 대광주리로 받아야 하고, 광주리가 없으면 바닥에 물건을 일단 내려놓아 아내가 취할 수 있게 해야 한다고 했다. 우물이나 목욕간, 잠자리를 통하지 않아야 하는 것은 물론이었다.[57] 반상이나 빈부에 따라 실천 방법에 차이가 있었다고는 해도, 부부 관계의 모범으로 추천된 것은 정교한 분리 의식에 바탕한 화순(和順)과 경례(敬禮)였다. 부부가 가족의 핵심 단위로 자리하기 위해서는 이처럼 엄격한 분리는 점차 사라져야 했다. 부부유별(夫婦有別)이란 부-자 중심성과 짝을 이루는 것이어서, 부부 관계를 부각시키기 위해서는 약화되어야 할 윤리다. 궁극적으로 부부를 중심에 놓고 가족을 재편하기 위해서는 내정(內庭)과 외정(外庭) 사이의 엄격한 구분부터 '가정'이라는 단일체 안으로 통합되어야 한다. 안채와 사랑채가 분리된 공간 배치가 가족 공동 공간 및 부부 침실을 중심으로 하는 배치로 바뀌고, 서열에 따라 치르던 식사가 공동의 행사가 되어야 했다. "부모 처자와 한 집안 권속이 한 곳에 모여 한가지 먹으면서 서로 이야기도 하며 각기 종일 할 일도" 들려주게 되는 변화[58]란 가히 혁명적일 것이었다.

---

56   김낙영, 앞의 글, 41쪽.
57   이정덕 외, 「한국 가족윤리 변천에 관한 연구」, 『대한가정학회지』 37권 6호, 1997.6, 30쪽.

부부가 중요한 단위임을 주장할 수 있는 이념적 근거도 필요했다. 부–자 중심의 가부장제 가족 질서가 구축된 이후 부부 관계의 의의는 주변화되어 있었다. "사람의 처라 하는 것은 사정(私情)에 지나지 못하고 사람의 부모라 하는 것은 천리(天理)의 떳떳한 대의"[59]라 하는 인식이 1910년대까지도 완강히 살아 있었던 터이다. 부부를 가족의 핵으로, 상위의 가치로 끌어올리기 위해서는 대의명분을 보충하거나 혹은 선회하여 정(情) 자체를 긍정하는 변화가 이루어져야 했다. 오늘날의 가치 체계를 기준으로 보자면 부부 관계를 높이 평가하는 데 적절한 근거는 부부애, 혹은 자유연애 및 자유결혼이라는 장치일 것처럼 보인다. 자발적 애정이야말로 인간의 핵심이고 부부 관계는 애정의 완성이라는 시각이야말로 부부 관계를 고평하는 데 적절할 것이다. 1900년대 당시에도 이런 시각의 단초는 있었다. 『추월색』에서 어린 시절의 정임과 영창이 보여주는 미숙한 애정, 그리고 『홍도화』 『봉선화』 『재봉춘』 등 기혼 여성의 축출을 다룬 신소설 대부분이 묘사하고 있는 부부 사이의 친애가 여기 해당한다. 그러나 1900년대에 개인적 애정은 공인을 받기 어려웠다. 공적인 차원에서의 열정이야 '열혈주의'라는 말의 유행을 불러올 정도로 뜨거운 것이었지만, 사적인 열정은 금기로 남아 있었다.[60] "사랑에 빠지는 자는 밝지 못"하니 "집에 있으면 사랑하는 자식의 악한 줄을 모를 것이요 나라에 처하면 괴이는 신하의 간악함을 모"르고 "임의로 행하"게 되기 때문이라고 했다.[61] 중요한 표어로 등장한 '자유결혼' 역시 열정을 긍정하는 것은 아니었다.

---

58   노병선, 「속리 고칠 일」, 『가정잡지』 7호, 1907.2, 10쪽.

59   최찬식, 「안의성」, 『한국 신소설전집』 4, 을유문화사, 1968, 140쪽.

60   자세한 내용은 이 책의 4장 3절 「아황과 여영 – 유교 재무장과 '이처' 모티프」 참조.

61   「논설」, 『제국신문』, 1902.9.25.

자유결혼의 이념과 우생학적 의무

얼굴 한번 보지 못하고 부부의 인연을 맺는 한국의 결혼 풍속을 비판한 1896년 6월 6일 자 『독립신문』 논설은 22~23세에 이르러 나름의 지각과 경제 능력을 갖춘 이후에야 결혼을 해야 할 것이라고 주장하면서 "남의 나라에서는" 배우자를 선택하는 데 극히 신중하다고 전해준다. 처음 보고 호감을 느끼면 "서로 친구같이 이삼 년"을 지내보고, 마음이 맞으면 혼약을 맺은 후 "몇 달이고 몇 해 동안을 또 서로 지내보아" 결혼식을 올리며, 혹 결혼 시 계약을 깰 경우에는 "관가에 소지하고 부부의 의를 끊"는 것이 서구의 모범적인 풍속이라는 것이다. 하인을 하나 두려 해도 신중해야 할 터인데 평생을 함께 할 배우자를 택하는 데야 더더욱 신중에 신중을 기해야 하지 않겠느냐는 것이 『독립신문』의 주장이었다.

다른 논의를 보더라도 사정은 비슷하다. 1백 년 전, '자유결혼'이라는 발상이 처음 싹트기 시작할 무렵 한국에서 낭만적 열정이란 아직 먼 이야기였다. "세계 각국들이 오늘날 백성들이 자주 독립한 마음이 있고 인종이 강성하며 신체 골격이 충실한 것은 얼마큼 혼인하는 법률이 엄히 선 까닭"이니 결혼은 일정 연령에 달해 생활 능력을 갖춘 후 행하도록 규제해야 한다거나[62] "병신이 성한 사람과 성혼하거나 천치가 총명한 사람과 결혼하"는 일은 "금 같은 난새가 나무 같은 상닭과 짝을 짓는 것"과 일반이니 나이·지식·외모가 두루 걸맞는 사람끼리 만나야 한다는 제안[63]이 자유결혼론의 실내용에 가깝다. 고려 사항이 문벌에서 지식 중심으로 바뀌었을 뿐, 자유결혼론은 낭만적 열정보다 근대적 계약 정신을 추천한

---

62   「논설」, 『독립신문』, 1898.2.12.

63   「기서」, 『대한매일신보』, 1907.7.3.

다. 『안의성』의 주인공 상현의 말을 빌자면, "그전에 양반은 양반끼리, 상놈은 상놈끼리 하던 대신에 지금은 우매한 자는 우매한 자끼리, 지식 있는 자는 지식 있는 자끼리 결혼할 것 같으면 좋지 않겠습니까?"(69)라는 것이다.

이같은 발상은 현저히 우생학적이다. 중국이나 일본만큼 강력하게 의미화된 적은 없지만 한국에서도 우생학은 1900년대에서 1910년대를 거쳐, 심지어 자유연애론의 초기 단계에까지 영향을 미친 관념이었다.[64] 우수한 국민을 낳기 위해서는 우수한 남녀 사이 결연이 필수적이다. 결혼은 계약이요 의무의 이행이며, 계약을 맺을 때 첫 번째 고려 사항은 상대방의 지식 정도여야 한다. 이에 따라 신소설에서의 남녀 관계는 특이한 방식으로 굴절된다. 『추월색』의 정임은 어린 시절 영창과 천진한 애정을 나누었음에도 불구하고 유년기를 벗어난 이후로는 "열녀는 불경이부"라는 덕목만을 앞세우며, 『현미경』의 박 참위는 빙주의 결기 어린 효행을 전해 듣고 얼굴 한번 보지 못한 상태에서 빙주와의 결혼을 결심한다.

서로 지켜야 할 의무와 상호 간 걸맞은 자격 ─ 부부 관계가 이런 요건을 충족시킴으로써 비로소 권위를 인정받을 수 있는 이상 열정은 철저히 은폐될 수밖에 없다. 『원앙도』『화세계』『설중매화』 등의 여주인공 역시 오직 "의리"를 지키기 위해 가출까지 불사하면서 정혼자를 찾는다.[65] 특히 『혈의누』에서 남녀 주인공이 "학문이 유여한 후에 (…중략…) 조선 부인 교육을 맡아하기를 청하는 말"로 청혼을 대신하고 "조선 부인 교육할 마음이 간절하여" 결혼을 약속한다는 장면은 기억해 둘 만하다. 함께

---

64   구인모, 「『무정』과 우생학적 연애론」, 『비교문학』 28호, 2002 참조.
65   신소설의 남녀 관계에서 드러나는 의리의 양상에 대해서는 배주영, 「신소설의 여성 담론구조 연구」, 서울대 석사논문, 2000, 36~41쪽 참조.

미국으로 건너온 지 5년여, 그런데도 옥련과 구완서는 오직 공적 책무에만 관심이 있을 뿐이다.

국가에 대한 책임을 다해야 할 주체인 젊은 남녀에게 가장 중요한 것은 교육이다. 신소설의 여성 주인공들은 자의 혹은 타의로 기존의 가족 질서에서 벗어난 후 부부 관계를 통해 새로운 가족을 구성하기까지 몇 년을 주로 교육의 시간으로 보낸다. 『혈의누』의 옥련이 부모와 헤어진 후, 『추월색』의 정임이 가출을 감행한 후, 『설중매화』의 옥희가 서모의 흉계를 피해 집을 나온 후 떠난 외국 유학이 이들을 새로운 가족 질서의 담당자로 세우기 위해 필요했던 경험이다. 『화세계』의 수정이나 『모란병』의 금선, 『금강문』의 경원처럼 가출 이후 유랑 생활의 간난신고만을 체험하는 주인공도 있지만, 보다 보편적인 것은 결혼이 지연된 기간을 교육의 기간으로 전용하는 쪽이다. 기혼 여성의 경우조차, 『목단화』의 정숙, 『홍도화』의 태희, 같은 이름을 가진 『광악산』의 여주인공은 시집에서 축출당했다는 치명적인 경험에도 불구하고 가족 질서에서 소외되어 있는 동안 고등교육을 마친다. 교육이야말로 이들을 새로운 가족의 주체, 새로운 국가의 주체로 만들 수 있는 자원인 것이다. 이들은 가부장제적 가족을 떠나 수련의 세월을 보낸 후 다시 가족으로 돌아가지만, 이 때 가족은 가부장제 가족의 형식을 탈피한 새로운 가족, 곧 부부 중심의 가정이다.[66]

---

66   이영아, 「신소설의 개화기 여성상 연구」, 서울대 석사논문, 2000, 65쪽.

5. 가부장(家父長), 혹은 민족주의와 은유의 힘

부부 중심의 가정에서 미래는 유예된다. 국가 영웅의 성장과 치적이라는 틀을 취하고 있는 역사 · 전기물과는 달리 신소설에서 남녀 주인공은 어떤 실질적인 성취도 이루지 못한 채 사라진다. 신교육을 받고 결혼이라는 사건을 겪지만 이들이 담당할 역할은 '교육'과 '계몽'이라는 이름으로 후대에 이월되어 버린다. 이들의 존재 기반을 이루는 것은 과거의 부정과 미래에의 기대로서, 현재는 이 두 가지 시간대로 끊임없이 수렴된다. 교육이라는 주제는 이러한 시간적 특징을 드러내는 것이기도 하다.

신소설 여주인공의 고난의 시간, 혹은 교육의 시간을 만드는 데 가장 크게 기여하는 인물은 보통 어머니라는 형상이다. 친어머니가 적대자가 된다는 극단적인 설정은 보이지 않지만, 서모나 시모, 혹은 계시모는 어머니로서의 특질을 공유하면서 주인공을 핍박한다. 『치악산』『봉선화』『운외운』『광악산』에서는 계시모가 박해자이고 『홍도화』『재봉춘』에서는 시어머니가 적대자로 등장하고 있다. 『목단화』처럼 시아버지와 아버지가 강경한 태도를 보이는 경우도 있지만, 가장은 최악의 경우라도 아내의 흉계에 넘어가는 수동적 인물일 뿐이고, 적극적으로 음모와 박해를 주도해 가는 것은 어머니 쪽이다.[67] 전대 소설에서는 드물게 나타났던 시어머니-며느리 사이의 갈등[68]이 갑작스럽게 증가한 데 비해, 중요한 갈등 양상이었던 처첩 갈등의 의미는 신소설에 와서 현저히 축소된다. 『귀의성』이 폭력적인 방식으로 본처의 투기를 보여주기는 하지만, 『빈

---

67   1910년대에 들어서서는 사정이 다소 바뀌어, 『해안』 같은 경우 며느리에게 음욕을 품는 '부정한 아버지' · '불의의 아버지'의 상을 보여주기도 한다.

68   조동일, 『신소설의 문학사적 성격』, 서울대 출판부, 1990.

상설』이나 『눈물』처럼 첩의 모해에 의해 본처가 핍박받는다는 설정은 비교적 드물고, 『귀의성』과 마찬가지로 악처(惡妻)·선첩(善妾)의 구도를 내세운 다른 예는 『우중행인』 정도에 그치고 있다.

1900년대에 새로운 국가상을 구축하고 가족-국가의 관계를 새롭게 형성하기 위해 요구되었던 것이 가부장제적 질서에 대한 비판이었다면, 시모 혹은 서모가 대립자의 전형이 되는 설정은 다소 부적절해 보이기도 한다. 국가의 기본 단위, 국민 양성의 장으로서의 새로운 가족에서 가장 강조된 존재가 어머니이기는 해도, 비판받아야 할 가부장제적 질서의 핵심은 당연히 가장이기 때문이다. 그럼에도 가장은 직접 공격 대상이 되는 대신 부재 혹은 무능 때문에 스스로 약화되는 선에서 그칠 따름이었다. 『혈의누』의 김관일이나 『고목화』의 이승지처럼 '자리를 비운 아버지'가 가장 흔한 아버지 상이다. 은유적 상상력의 전통에서 가부장은 흔히 군주와 교환되었으니 만큼 군주제가 엄존하고 있는 당시 상황에서 가부장을 직접 비판 대상으로 삼기는 부담스러운 일이었을지도 모른다. 존재하는 권위의 주변부를 먼저 공격하는 편이 손쉬웠던 까닭일 수도 있다. 동시에, 가족과 국가를 재구성해야 할 필요의 근간에 민족주의라는 가치가 놓여 있었고, 민족주의는 은유의 상상력을 완전히 끊어내기 힘들다는 사정 또한 염두에 둘 수 있을 것이다. 국민으로서의 평등과 일치를 무엇보다 강조해야 했던 근대 초기, 가부장제적 상상력은 제한을 받지 않을 수 없었지만, 동시에 국가와의 완벽한 일체를 주장하기 위해서라면 계속 활용되지 않을 수 없었다. 1900년대의 상징적 가부장은 은폐되어 있으되 언제고 다시 등장할 수 있는 아버지, 무능하지만 다시 힘을 찾을 수 있는 아버지였다. 아버지의 존재가 침묵되어야 했기 때문에, 가족과 국가의 새로운 상징은 여성을 중심으로 해체되고 재구성되어야 했다. 신소설의 여성 주인공, 갈등의 여성적 양상, 가정소설의 압도라는 특징은 그 상징적 실천이다.

서리(胥吏)의 딸, 길 위에 서다

신소설에 있어 성(性)과 계급의 문제

1. 여성 소설로서의 신소설

신소설은 여성적인 장르이다. 『혈의누』와 『귀의성』, 『빈상설』과 『홍도화』, 『추월색』과 『금강문』 등 대중적인 인기에서나 문학사에서의 영향에서나 주목할 만한 신소설이 모두 여성 주인공을 내세웠고 나아가 여성의 생애를 서사의 초점으로 했기 때문이다.[1] 최초의 신소설이라 해야 할 『혈의누』에서부터 이런 면모는 약여하다. 『혈의누』의 서사를 점화한 사건, 청일전쟁 당시의 평양전투 이후 서사적 행로를 시작하는 사람은 기실 두 명이다. 한창 장년으로 평양서 이름난 한량이었던 김관일과, 그

---

[1] 신소설을 '여성의 서사'로 연구한 성과로는 이영아, 「신소설의 개화기 여성상 연구」(서울대 석사논문, 2000)와 「신소설에 나타난 육체인식과 형상화 방식 연구」(서울대 박사논문, 2005) 제4장; 배주영, 「신소설의 여성담론 구조 연구」(서울대 석사논문, 2000); 김경애, 「신소설의 '여성 수난 이야기' 연구」, 『여성문학연구』 6호, 2001 등 참조.

의 7세 된 딸 옥련. 출발점에서의 자의식으로 말하자면 김관일이 여러 급 위이건만 『혈의누』는 김관일을 외면한 채 철저하게 옥련에게 초점을 맞춘다. 옥련이 중도에 만난 청년 구완서에 대해서도 『혈의누』의 관심은 인색하다. 김관일은 10년간 미국 유학을 경험한 후에도 "영문에 서툴러서 보기를 잘못"[2]할 정도로 더딘 성장을 보이며, 구완서의 변화 역시 옥련과 비교하면 지지부진하다. 옥련이 "고등소학교에서 졸업우등생"(69)으로 명예를 빛내는 반면 구완서는 "계집의 재주가 사나이보다 나은 것이로구나"(70)라며 축하의 말을 던지는 데 만족해야 할, 조연의 역할에 머무른다. 김관일이 "내 나라 사업을 하리"(14)라는 각성 과정을 거쳤고 구완서는 나아가 "일본과 만주를 한데 합하여 문명한 강국을 만들고자 하는"(86) 강렬한 사회의식을 내비치지만, 『혈의누』의 주인공은 주체적으로는 한번도 그런 거대담론에의 지향을 보인 적 없는 옥련이며[3] 가장 앞날을 촉망하게 되는 것 또한 옥련이다.

이후 옥련의 후예들은 위축되고 보수화되면서나마 신소설의 중심에 자리 잡는다. 대부분의 신소설에서 중심인물은 명백히 여성이며, 남성은 주변적이고 방계적인 존재에 지나지 않는다. 이는 한국 소설사 특유의 현상이다. '정치'나 '견책(譴責)'의 단계를 통과한 후에야 비로소 '가정'과 '원앙호접(鴛鴦胡蝶)'이라는 주제를 다루게 된 일본이나 중국의 사례와 다르고[4] 스탕달·발자크의 프랑스나 괴테·쉴러의 독일과는 물론 『로빈

2 　이인직, 『혈의누』, 김상만서포, 1907, 69쪽.
3 　옥련 또한 소설 말미에서는 '조선 부인'을 위해 헌신하고 그 모범이 되리라는 다짐을 내비치지만, 그것은 어디까지나 구완서의 말에 자극받은 결과, "옥련이가 구씨의 권하는 말을 듣고 또한 조선 부인 교육할 마음이 간절하여"(85) 같은 절차를 거친 결과이다.
4 　일본에서는 1880년대 후반부터 가정소설이 유행하기 시작하며 중국에서는 1910년대에 와서야 재자가인을 주인공으로 등장시킨 '원앙호접파'의 소설이 본격적인 인기를 끌기 시작했다. 中村光夫, 고재석·김환기 역, 『일본 메이지문학사』, 동국대 출판부,

슨 크루소』와 『파멜라』가 나란히 경쟁했던 영국의 경우와도 구별된다. 아마 일본의 '정치'나 중국의 '견책'에 가까운 서사 전통으로는 신소설과 비슷한 시기 출현했던 단형 서사체와 역사·전기물을 들어야 할 터인데, 1909년 출판법 공포와 1910년의 일제 강점 후 그 서사적 가능성은 사실상 폐색된다.

더욱이 이들 양식은 신소설에 비해 자발적 호응도가 현저히 뒤떨어진 양식이었다. 량치차오梁啓超의 지적마따나 '소설'이 호응을 얻을 수 있었던 것은 다른 세계에의 동경과 감정의 대리 표현 때문이다.[5] 역사·전기물은 그 수요를 충분히 감당하지 못했는데, 제한된 한에서나마 여성과 노동자 등 하위주체들의 호응을 얻은 서적은 역사·전기물 중에서도 여성 영웅의 전기에 편중되어 있다. 이는 대부분의 역사·전기물이 국한문을 저본으로 출판된 데 비해 『애국부인전』 『라란부인전』 등은 순국문으로 출간되었다는 사실과도 호응한다. 대체 근대 초기에 여성 주인공, 나아가 여성의 서사가 대중적인 관심의 핵심에 위치할 수 있었던 까닭은 무엇이었는가? 그 특징과 의미는 무엇이었는가? 달리 접근하자면, 이 시기 '소설'이라는 양식에 있어 남성 주체는 어떤 자리를 차지하고 있었는가? 여성과 남성, 그리고 여성성과 남성성 사이의 연관은 어떠했는가? 그것은 담론과 표상의 구조에 있어 어떻게 표현되고 있는가? 독자의 구성이라든가 작가의 배경과 개성에 온전히 접근할 수 없는 한 이 문제에 대한 답은 우회적일 수밖에 없다. 아마 질문에 또 다른 질문을 더하는 식이 될 수밖에 없을 터인데, 그럼에도 이 글에서는 질문의 다각적 제기나마 시도해 보도록 한다.

2001, 160~61쪽; 阿英, 전인초 역, 『중국근대소설사』, 정음사, 1987, 297~303쪽 참조.

5   梁啓超, 「소설과 대중사회와의 관계를 논함」, 최완식·이병한 편역, 『중국사상대계 9 ─강유위·양계초』, 신화사, 1983, 313~314쪽.

2. 여성의 모험과 여성 신체의 현실성

가정(家庭), 그 이상의 신소설

역사·전기물은 남성적인 장르이고 신소설은 여성적인 장르라고 말할 수 있을는지? 이 둘은 각각 남성 영웅과 여성 주인공을 내세우고 있을 뿐더러, 남성적 글쓰기와 여성적 글쓰기라는 특징을 보이고 있고, 확언할 수 없으되 남성 독자와 여성 독자라는 구분에도 합치할 듯 보인다. 역사·전기물은 '민족이라는 주체의 역사'라는 설정[6]에 충실한 반면, 신소설은 당대를 배경으로 일상의 계기를 풍부하게 함축하고 있고, 역사·전기물이 문자 언어의 전통에서 출발하는 반면 신소설을 규정하는 것은 구술 언어의 현장성이라고 할 수 있다.[7] 또한 역사·전기물이 대부분 국한문체로 창작되었고, 따라서 한문의 세계에서 국문의 세계로 이동해야 했던 남성 지식인들을 포섭하기 적합한 양식이었다면, 신소설은 순국문 글쓰기를 최대의 특징으로 하는 양식으로서, 새로이 사회적 주체로 소환되고 있던 여성과 농·상·공의 평민층에게 호소하기 쉬운 양식이었다. 역사·전기물은 학교에서 교과서로 주로 소비된 반면 신소설은 자발적 독서 시장에서 소비되고 연행 문화와 결합되어 수용된다. 이렇게 보면 근대 초기 서사문학의 역사란 남성성과 여성성이 평행 발전한 역사, 두 이질적 선분 사이의 만남이 거의 목격되지 않는 역사처럼 비친다. 역사·

---

6 P.Djuara, 문명기·손승회 역, 『민족으로부터 역사를 구출하기―근대 중국의 새로운 해석』, 삼인, 2004, 47·56쪽 참조.

7 역사·전기물과 독서 체험의 관련 양상에 대해서는 권보드래, 『한국 근대소설의 기원』, 소명출판, 2000, 160~162쪽, 신소설과 구술 언어의 관련에 대해서는 같은 책 176~177쪽 참조.

전기물이 민족과 국가의 운명에 헌신하는 반면 신소설은 사적이고 가정적인 주제에 편향되어 있다는 사실 또한 이 평행·분리의 구도에 적절히 부합하는 듯하다.

그렇지만 1890년대에 발전한 일본의 가정소설이나 1910년대 이후 성행한 중국의 원앙호접파 문학에 비해 보면, 한국 신소설의 주인공은 가정적 존재로서의 특질을 현저하게 약하게 갖고 있는 존재들이다. 가정소설이나 원앙호접파 소설의 경우 여성 주인공의 생명은 가정에서 비롯되어 가정에서 끝난다. 일본 가정소설과 그 주변의『금색야차』『불여귀』『젖자매』등에서, 여성 주인공은 모험이나 기적의 세계와 어떤 연관도 없으며, 남성이 집 밖에서 모험을 감행하는 동안 가정에서 음해당하고 수난에 처한 채 기다려야 하는 인물들이다. 중국 원앙호접파의 여성 주인공들[8] 역시 신문기자와 사랑을 나누고 국무총리의 며느리가 되는 등 남성 주인공을 매개로 정치·사회와의 접점을 확보함에도 불구하고 집안의 존재로 시종한다.『파멜라』『클라리사』의 작가인 영국 소설가 리처드슨에 대해 제기되었던 평을 빌자면, "가정이라는 테두리 속에서 가사에만 몰두하

---

8 원앙호접파 문학은『토요일』『소설총보』등 잡지를 주무대로 등장한 저널리즘 문예이며, 연애를 모티프로 하고 있지만 張恨水의『春明外史』처럼 남성 주인공을 두드러지게 내세우고 '견책적' 요소를 짙게 도입한 사례도 없지 않다. 한국 신소설과 비교하기 더 적절한 것은 차라리 전래 재자가인 소설의 전통을 계승하면서 창작된 비슷한 시기의 言情 소설이라 볼 수도 있겠는데, 그 대표작 중 하나인『恨海』가 보여주듯 언정 소설은 정치·사회적 사건을 도입하면서 여성 주인공을 유랑의 길에 오르도록 하기도 한다(張競, 임수빈 역,『근대 중국과 연애의 발견』, 소나무, 2007, 120~140쪽 참조). 신소설과의 유사성이 발견되는 대목이므로 숙고를 요한다. 여기서 원앙호접파를 비교 대상으로 삼는 선택을 한 것은 근대 초기 소설사에서 남성 / 여성, 공적 영역 / 사적 영역 사이 대립을 '가상'할 때 견책소설에 어울릴 만한 짝패로서 두드러지는 흐름이라고 판단했기 때문이다. 참고 삼아 원앙호접(ducks and butterflies)이라는 용어에 대해서도 비판이 있다는 사실을 부기해 둔다(정동보, 「'원앙호접' 용어 사용에 대한 검토」,『중국인문과학』20호, 2000 참조). 張恨水 소설에 대해서는 허근배, 「張恨水와 그의 소설」,『교육연구』5호, 1988 참조.

여 살아가는 새로운 중산계급의 인간"[9]이 그 주인공인 셈이다.

반면 신소설의 여성 주인공들은 결혼으로 낙착되는 서사 구조에 지배되고 있으면서도 집 안의 세계보다는 더 자주 집 밖의 세계에서 살아간다. 『혈의누』에서, 『빈상설』에서, 『목단화』와 『추월색』에서 여성 주인공은 결국 집으로 돌아오지만, 서사의 핵심을 차지하는 것은 자의로 혹은 타의로 집 밖에 나선 후 주인공이 겪는 사건이요 그 일환으로서의 연속적인 수난이다. 지금까지 연구사에서 주목된 것은 주인공의 수난, 특히 '성적' 수난이라는 측면이었으나, 따라서 여성=성적 존재로 각인되어 있고 그것이 신소설의 보수성을 증명한다는 해석 또한 피하기 어려웠으나,[10] 거꾸로 보자면, 성적 수난이라는 형식 속에서나마 여성이 계속 집 밖으로의 탈출을 시도하고 있다는 사실은 의미심장하다. 한국 신소설의 여성은 일본의 가정소설이나 중국의 원앙호접파 소설에서 남성에 할당되어 있는 역할, 즉 집 밖의 존재로서의 역할을 부분적으로 이양받는다. 그 실질적 성과를 차치하고라도 이양의 양상은 그 자체로 주목될 필요가 있다.

물론 '여성의 모험'이라는 모티프가 초유의 것은 아니었다. 19세기 이래 한국 소설사는 여성 영웅의 형상을 다채롭게 보여준 바 있다. 근래 10여년 사이 '여성 영웅 소설'이라는 명칭을 부여받고 활발하게 연구되고 있는 이들 서사는, 실상 신소설과 거의 겹치는 시기의 서사이다. 『이대봉전』 『홍계월전』 『이학사전』 등 신소설에 바로 앞서, 심지어는 같은 시기에 인기리에 읽혔던 이들 여성 영웅 소설을 특징짓는 것은 무엇보다 주인

---

9   A.Houser, 염무웅 · 심성완 역, 『문학과 예술의 사회사』 3, 창작과비평사, 1989, 80쪽.
10 각주 1)에서 든 논문들이 실제로 이런 결론을 취한 것은 아니지만 그렇다고 거기 적극적인 대안을 제시하지는 못했다. 김경애, 앞의 글, 130~131쪽의 경우 여성의 미덕이 해결책이 되고 있는 점을 문제삼아 신소설의 순응성을 비판하고 있기도 하다. 일찍이 있었던 이런 해석의 사례로는 임화의 「신문학사」가 유명하다.

공의 '여화위남(女化爲男)'과 전장에서의 무공이다. 『이대봉전』의 장애황, 『홍계월전』의 홍계월, 『이학사전』의 이현(형)경 등은 일찍이 남복한 채 자라났거나 전란에 즈음해 남성으로 가장, 난을 평정하고 군주의 인정을 받는다. 이후 가정으로의 복귀 여부나 그 양상에 있어 다소의 차이가 있기는 하지만, 결혼을 한다 해도 이들은 남편보다 뛰어난 존재이며 한결 시선을 끄는 존재이다.[11] 이런 인물 및 서사에 조선 후기의 여성 현실이 어떻게 굴절된 것인지는 아직 논란거리인데,[12] 다시 초점으로 돌아오자면, 이들 예외적 여성조차 '남성'의 기호로 위장해야만 집 밖에 나설 수 있었다는 사실은 분명해 보인다. 홍계월은 여성임이 밝혀진 후에도 관직에 머무를 수 있었으나 "여복을 입고 그 위에 조복을 입"(202)은 괴이한 차림새로 군무(軍務)에 임해야 했고, "낙루하고 남자 못됨을 한탄하"(203)는 자기 부정의 세계에서 살아야 했다. 이들은 남성성이라는 기호를 걸침으로써 비로소 허용될 수 있는 존재들이며, 그런 의미에서 육체를 가진 현실적 존재라기보다 기호에 대한 욕망 그 자체이다.[13]

---

11   전반적인 논의는 장시광, 「여성 소설의 여주인공과 여화위남」, 『한국 고전소설과 여성인물』, 보고사, 2006을 참조했다.

12   이 문제에 대해서는 이인경, 「여성 영웅 소설의 유형성에 대한 반성적 고찰」, 사재동 편, 『한국 서사문학사의 연구』 4, 1995 참조.

13   이 점에서, 동일하게 성적 교차의 양상임에도 불구하고 '드랙(drag)'과 '여화위남'은 판연히 구별된다. 남성이 여성을 흉내내는 '드랙'은 육체의 현실성을 전제한 위에 기호를 도입하는 것, 즉 유희이자 일종의 교란이지만, '여화위남'은 기호가 육체를 압살하는 기제이다. '드랙'에 대해서는 J. Butler, 김윤상 역, 『의미를 체현하는 육체─'성'의 담론적 한계들에 대하여』, 인간사랑, 2003 참조.

'남장 여인'의 서사 전통과 신소설

신소설에서도 남장 모티프는 광범위하게 등장한다. 아마『목단화』의 정숙이 가장 유명하겠지만『강상기우』에서 은인을 찾는 처녀나『소양정』과『금옥연』에서 정혼자를 찾아 가출한 처녀,『빈상설』에서 첩에 내몰리고『신출귀몰』에서 계시모에 의해 유기된 후 유학 간 남편을 찾아나서는 부인 등, 적잖은 소설에서 여성 주인공은 여화위남=남복개착(男服改着) 후 거리에 나선다.『비파성』의 연희는 정혼자 영록을 두고 다른 데 출가할 것을 강요당하자 남복한 채 영록과 동반 가출하고,『미인도』의 춘영 역시 강제 결혼당할 위기에 처하자 남복 가출하며,『단산봉황』의 명하 역시 비슷한 위기 상황에서 몸종과 함께 남성으로 위장한다.『절처봉생』에서는 진사의 딸 봉희가 난릿길에 부모를 잃은 후 평민 집안에서 자라나면서 남복으로 글을 배우러 다니고,『추천명월』에서는 기생 송련과 여종 김순이 주인공 진사를 따라 남복한 채 유람에 나선다. 신소설로서 드물게 추리 형식을 취하고 있는『구의산』에서는 주인공 애중이 첫날 밤 신랑이 살해당한 후 남성으로 가장해 범인을 탐지하는 일에 착수한다.

이들 남장한 여주인공들은 한결같이 빼어난 미모이지만, "남복을 하셨으나 얼굴이 너무" 곱다는(『목단화』92) 우려에도 불구하고 결코 성 정체성을 의심받지 않는다. 하필 부근에 남장한 범죄자가 등장한 까닭에 혐의를 받은『단산봉황』의 명하가 예외가 되고 있을 뿐이다. 이들은『이대봉전』『홍계월전』『이학사전』등의 여성 영웅과 마찬가지로 현실적 육체가 아니라 기호로서의 육체를 둘러쓴 존재들인 것이다. 후일『무정』에서 가출한 10대 초반의 영채는 남장에도 불구하고 쉬 정체를 들키고 봉변을 당하지만, 조선 후기와 마찬가지로 '기호'일 뿐 '현실적 육체'가 아닌 신소설의 남장 여성들은 결코 성적 정체성을 의심받지 않는다.

그러나 더 많은 경우 신소설 여주인공의 육체는 훨씬 현실적이다. '여화위남'의 모티프의 광범위한 차용에도 불구하고 많은 신소설에서 여주인공들은 여성인 채 집 밖에 나선다. 물론 이들은 끊임없이 성적 위협에 직면하고, 과업을 추진하는 능동적 주체가 되는 대신 수난에 쫓겨 다니는 수동적 신체로 살지만, '집 밖'이라는 공간에서 '여성'으로서의 현실적 육체를 간직할 수 있다는 것은 신소설의 획기적인 특징이다. 신소설의 주인공은 집에서 강제 축출당하기도 하지만 자주 자기 의지에 의해 집을 나서며, 또한 흔히 가출의 이 두 가지 계기가 혼재된 양상을 보인다. 『화세계』와 『비파성』『소양정』, 『추월색』과 『금강문』, 『금옥연』『미인도』 등의 주인공들은 강제 결혼에 저항하고 정혼자와의 인연을 이루기 위해 스스로 가출을 감행하고, 『홍도화』의 태희는 시가에서 축출당한 후 개가로 이어지는 새로운 삶을 찾으며, 『설중매화』의 옥희나 『능라도』의 도영은 위기를 피해 가출한 후 타처로 떠나고, 『신출귀몰』의 이씨 부인은 계시모의 계략에 빠져 유인·납치당할 위기를 넘기고는 아예 남편을 찾아 일본에 갈 것을 작정한다.[14] 『치악산』과 『재봉춘』, 『안의성』『해안』과 『금국화』처럼 쫓겨난 후 일념으로 남편을 기다리는 주인공이 없지 않으나, 신소설에서는 소극적 인종의 자세 못지않게 적극적 모색이, 그리고 정지만큼이나 편력과 방랑의 서사가 두드러진다.

비교의 시각을 끌어들이자면, 조선 후기로 편입되는 소설사에 있어 국가나 가문의 와해 없이 여성이 자의로 집을 나서는 일이란 있을 수 없다.

---

14 이영아, 「신소설의 개화기 여성상 연구」에서는 신소설에 있어 가출의 유형을 ① 가족 구성원의 미움을 사 축출당하는 경우 ② 남성에 의해 유혹되거나 납치당하는 경우 ③ 두 계기가 중첩된 경우 ④ 자의에 의해 가출한 경우로 나누고 있다. 이 중 ②와 ④는 신소설에 와서야 목격되는 현상이다.

여성이 집 밖에 던져지는 것은 「최척전」,『숙향전』『홍계월전』에서처럼 전란의 와중에서이거나,『사씨남정기』처럼 흉계에 빠져 강제 축출을 당할 경우이며, 보다 일반적으로는『이대봉전』『여중호걸(김희경전)』『여장군전(정수정전)』등에서 그러하듯 가문이 위기에 직면했을 때이다. 이 시기 소설에서 여성의 서사에 늑혼(勒婚) 문제가 얽힌 경우는 많지만, 부모의 결혼 강요에 맞서 여성 주인공이 독립 변수로서 가출을 결행하는 서사는 등장하지 않는다. 다른 남자와 결혼할 것을 강요당할 때 주인공이 택할 수 있는 방법이란 「최척전」에서처럼 자결을 기도하거나『김진옥전』에서처럼 앓아누운 채 기껏해야 우연히 날아든 청조(靑鳥)의 다리에 편지를 묶어 띄우는 것이다.[15] 남녀 사이의 만남에 있어서도 18・19세기의 소설에서 전형적인 플롯은 '집 안의 존재'인 여성에게 남성 주인공이 '침범'의 형식으로 접근하는 것으로[16] 이 '절단지기(折檀之識)'의 사건 이후 여성에게 주어진 몫은 남성 주인공의 귀환을 기다리는 것일 따름이다.

집 밖에서 성적 위협에 처하는 주인공이 없지는 않다. 그러나『사씨남정기』에서 보듯 그 위협의 정도는 미약하며, 그것도 미혼인 여성 주인공에게 주어진 현안이라기보다『유충렬전』의 모친 같은 기혼의 조역에게 넘겨지는 문제이다. 조선 후기 소설에서 여성 주인공의 현실적 육체는

---

15 본문에서 썼듯 '국가나 가문의 와해', 특히 전란(戰亂)이라는 상황이 여성 주인공의 수동성을 일변시키는 사례가 있었음을 기억해 둘 필요가 있겠다. 조위한의 한문 단편 「최척전」에서 최척과 결혼한 옥영은 정유재란 때 남장한 채 일본으로 끌려가고, 이어 중국과 베트남까지 오가는 드넓은 공간적 편력을 보인다. 정조를 지키기 위한 자결이 추천되다시피 했던 당시 끝끝내 살아남아 행복한 결말을 이룬다는 점도 특기할 만하다. 「최척전」에 대한 논의로는 이종필, 「'행복한 결말'의 출현과 17세기 소설사 전환의 양상」, 민족문학사연구소 고전소설사연구반,『서사문학의 시대와 그 여정』, 소명출판, 2013, 275~284쪽을 참조했다.

16 더욱이 이 침범은 흔히 여성 주인공의 무의식적 욕망을 남성 주인공이 충족시켜 주는 것으로 양해된다.

어디까지나 남성 주인공에 의해 독점되어 있다. 신소설에 와서 비로소 여성 주인공은 개방된 현실적 육체를 갖고 스스로의 독립적 의사로 가출을 감행하며, 끝끝내 침해당하지 않고 '순결'로써 자신을 증명할 서사적 역할을 할당받는다. 남성성의 기호에 대한 여성의 욕망이 약화되는 반면 여성에 대한 성적 욕망과 투쟁은 눈에 띄게 격화되어, 여성을 둘러싼 욕망 — 따라서 여성 주인공의 수난 — 이 서사를 이끌어가는 동력으로까지 조정되는 것 또한 신소설에 와서이다.

3. 서리(胥吏)의 딸, 개체성의 감각

신소설, 평민의 딸의 처소

여성이 집 안의 존재로 간주되었던 시절, 신소설의 주인공은 집 밖에 나서 당연히 성적 위협에 처하지만[17] 그러기 위해서는 한 가지 조건이 충족되어야 한다. 주인공이 홀몸이어야 한다는 것, 즉 동반자 없는 존재여야 한다는 것이다. 가출이라는 사건에 남성 주인공과의 분리는 당연히 전제되어 있지만, 그렇더라도 여성 주인공이 홀로 거리에 나서야 한다는 조건을 충족시키기가 꼭 쉽지는 않다. 갑오개혁으로 계급 철폐가 선언되

---

17 집 밖에 나선 '거리의 여성'은 누구나 소유할 수 있는 대상이라는 이런 생각은 종종 신소설 텍스트 내부에서도 표현된다. 예컨대 『빈상설』에서 악비 금분이 "만일 혼자 나섰을 말이면 몇 걸음 안 나아가서 발길에 툭툭 채이는 홀아비에게 붙들려서 내외국 신문에 뒤떠들었을 터인데"(108)라고 하고 있는 대목이나 『행락도』에서 "설혹 보는 사람이 있더라도 홀아비가 도망꾼을 잡아 사는 데는 도리어 찬성"(107)한다며 마을 사람들의 여론을 환기시키고 있는 대목 등이 그렇다.

었음에도 반상(班常)의 구별이 엄연하던 1900년대, 양반가 부녀라면 어디가나 시비(侍婢)를 동반하는 것이 당연한 관습이었기 때문이다. 설혹 주인공을 유인해 내는 경우라 해도 시비의 동행을 막을 수는 없다. 참판의 딸인『목단화』의 정숙의 경우에 보이듯 주인공을 처치하기 위해서는 충성스런 시비를 미리 제거하는 과정이 필수적이다. 역시 참판의 딸이자 참의의 며느리인『치악산』의 이씨 부인을 몰아내려면 충비 검홍을 박살하는 절차를 먼저 치러야 하고, 첩이라 해도 김승지의 실내(室內)인 길순을 살해하려면 침모부터 떼어놓아야 한다. 이렇듯 번거로운 과정을 거치치 않는다면 충성스런 여종은 주인의 곁을 놓치지 않고 따르게 되어 있다.『빈상설』의 난옥, 즉 승지의 딸이자 판서의 며느리인 이씨 부인은 상노 또복과 그 누이를 동행한 채 길을 나서고, "누대 명문거족"의 외동딸인 『미인도』의 춘영은 강제 결혼당할 위기에 처하자 몸종 계향과 더불어 가출한다.『단산봉황』에서 참서의 딸 명하는 시비 춘성과 함께 방랑을 시작하고,『행락도』에서 전 병마절도사의 후처 임씨는 늘 충직한 할멈과 함께한다. 이들에게 있어 시중드는 몸종의 존재란 분리를 상상할 수 없을 정도로 자연스러운 것이며, 몸종들 역시 대리 희생을 당연하게 여길 정도로 주인에게 철저하게 종속되어 있다.『단산봉황』에서 또 다른 몸종 화영은 주인공인 양 가장하고 대신 초례청에 나섰다가 며칠 후 자살함으로써 주인공의 가출을 완벽하게 은폐해 주기마저 하는 것이다.

평민의 딸의 사정은 다르다.『현미경』에서 종 9품 감역의 딸인 빙주는 말 그대로 혈혈단신이며,『모란병』에서 전 선혜청 고지기의 딸 금선은 혼자 몸으로 우연한 구원에나 의지해야 하고,『화세계』에서 이방의 딸 수정 역시 홀로 길을 나설 밖에 없다. 신소설의 주인공들은 대체로 명문대가의 후손이기보다 말단 관료, 흔히는 겨우 9품 직함을 받아낸 중인 계층의 자손이다. 『광악산』의 태희는 유명무실한 동지(同知)의 딸이고, 후일 감리(監吏)의 며느리가 되는 『옥호기연』의 금주 역시 장옷 대신 "치마를 쓰고"(9) 외출하는 것으로 보아 중인 집 여식일 것이며, 『세검정』의 보옥은 차함(借銜) 없는 생원의 딸로 이방의 양자와 정혼한다. 그런가 하면 『비파성』의 연희는 일본인 변호사의 사무원으로 일하는 서주사의 딸이고, 『화의혈』의 기생 선초와 모란 자매는 호방인 아버지가 첩에게서 낳은 딸들이다. 돌이켜 보면 『혈의누』의 옥련 역시 부유한 장사꾼인 최주사의 외손녀이자 다만 '한량'인 김관일의 딸이었고, 『귀의성』의 길순은 '상사람'을 자처하는 강동지의 딸이었다. 강동지 부인은 "같은 상사람끼리 혼인하는 것이 좋지"(3)라며 딸을 승지의 첩으로 바쳐버린 남편의 소행을 원망하곤 했던 것이다.

최찬식에 이르면 『안의성』의 정애는 비록 "대대 남행으로 유명하던" 즉 음관(蔭官) 벼슬의 내력이 있는 집안 후손이기는 하나 일찍이 부모를 잃은 후 영락하여 생선장수 오빠에 의지하여 살아가고 있는 처지요, 『해안』의 경자는 "한미한 농민"의 딸로서 그나마 부친이 세상을 뜬 후 삯바느질 품을 파는 홀어머니의 뒷바라지를 받고 있으며, 『능라도』의 도영은 "평양 이속"이었던 부친이 별세한 후 오라비가 "노동도 하여보고 혹 장사도 하여보며, 심지어 평양 진위대 병정까지 다"니면서 생계를 꾸려나가는 상황에 처해 있다. 최찬식의 출세작이었던 『추월색』의 정임의 경우 시종관 출신 부친에게서 났고 정혼자의 아버지는 승지로서 군수에 임명되지만, 하인배라곤 찾아볼 수 없는 소설 속 풍경이란 서울 양반가의 것은 아니다. 비록 가문의 배경이 시종이요 승지라는 관직명을 빌어 설정되어 있을지언정 그 딸이요 며느리감인 주인공이 몸종 없이 살고 홀로 집을 나설 수 있는 감각이란 평민 혹은 중인층의 감각이다.[18] 양반의 생

활이란 남성 주인공이 외출할 때도 우산 든 하인이 배행하는 것이 당연
한(『빈상설』 48) 그런 것이기 때문이다.

이렇게 보자면 여성 주인공을 홀로 길 위에 던져놓았던 신소설의 감각
은 곧 비(非) 양반의 속성을 드러내는 감각이었다고 말할 수 있다. 이는 최
초의 여학생들이 양반의 딸이 아니라 고아나 별실(別室) 출신이었다는 실
증적 사실과도 통한다.[19] 주인공 정희를 두고 "저 아이 골격이며 외양을
사면 뜯어보아도 무지막지한 사람의 자식은 분명 아니니" "봉이 닭의 짝
이 아니 되고 기린이 우마에 섞이지 아니"하리라고 일컬었던 『절처봉
생』류의 감각(69)이란 신소설 일반에서는 예외적인 자리를 차지할 뿐이
다. '상사람'의 딸 길순이 요조(窈窕)한 범절을 보여주고 반면 김승지의 정
실부인이 투기와 음란이라는 면모를 내비침으로써 "이년, 이 개잡년아 /
네가, 숙부인 (…중략…) 뻥대 부인이라도 너 같은 잡년은 없겠다"(하 119)

---

18   여기서 작가 최찬식이 중인 출신이라는 사실을 환기하지 않을 수 없다. '최후의 胥吏
      시인'이라 불린 아버지 최영년은 서울 아전 출신으로 전형적인 친일 부르주아였다(최
      원식, 『한국계몽주의문학사론』, 소명출판, 2002, 24~31쪽 참조). 아울러, 왕족 출신
      이며 조부가 대원군의 측근이었던 이해조의 경우(최원식, 『한국근대소설사론』, 창작
      사, 1986, 16~23쪽), 특히 1900년대에 창작한 대부분의 소설에서 양반 가문 출신 주인
      공을 등장시키고 있다는 사실은 주목할 만하다. 텍스트의 계급의식이 작가의 계급에
      직결될 수는 없지만, 적어도 신소설에 있어 계급의식이 민족의식에 못지않게 중요하
      게 작용했을 가능성, 또한 그것이 작가의 배경 및 정치의식과 연관되어 있을 가능성은
      제기해 두고자 한다. 서자 출신인 이인직 또한 이 문제와 관련해 흥미로운 사례이고,
      양반가 출신이라는 외 생애가 충분히 밝혀져 있지 않으나 김교제 역시 상업학교에서
      수학한 것으로 보아 주변-신흥계급의 정체성을 공유하지 않았나 생각해 볼 수 있다
      (이인직의 생애에 대해서는 田尻浩行, 『이인직 연구』, 국학자료원, 2006, 27~41쪽, 김
      교제의 생애에 대해서는 최원식, 앞의 책, 2002, 111~113쪽 참조). 이해조는 왕실의
      족척(族戚)이지만 능참봉에 그친 아버지의 이력이나 그 자신 양무아문에서 실무관료
      로 재직했던 사실 등을 생각할 때 주변부-신흥계급으로서의 정체성을 공유하지 않았
      나 생각해 볼 수 있겠고, 구연학의 경우 대한제국기 番飛鷥宮補 및 主事로 근무한 경력
      이 보고되어 있다(이해조에 대해서는 송민호, 「동농 이해조 연구」, 서울대 박사논문,
      2012; 구연학에 대해서는 최원식, 앞의 책, 2002, 212~214쪽 참조).
19   이화여대 백년사 편찬위원회 편, 『이화백년사』, 이화여대 출판부, 1994 참조.

라는 단죄를 받고 '처형'된 이래, 신소설은 언제나 평민의 딸들이 거처하기 편한 처소였다.[20]

계급 교차로서의 결연담

이런 계급적 감각이 확장되면 『재봉춘』처럼 백정의 딸과 참서 아들의 결연이 합법화되기도 하고, 『화의혈』에서처럼 기생이 '의기 남자'와 결연하기도 하며, 심지어 『추천명월』에서 보듯 몸종이 주인공 역할로 승격되기까지 한다. 『빈상설』에서 뚜쟁이 화순집의 조카딸 옥희가 명문 이승지 집 며느리가 되고, 『설중매화』에서 시비 난향이 악한이지만 양반가 출신인 안재덕에게 혼인증서를 받아낸 후에야 하룻밤을 허락하는가 하면, 『금의쟁성』에서 "시골 상한배 집" 딸이 완고 양반의 며느리가 되는 등, 신소설의 남녀 결연에는 계층 사이 교차가 풍성하다. 1910년대라면 여기 "작위를 받아 화족이 된 외에는 다 평민"(『금의쟁성』 83)이라는 친일적 감각이 개입한 경우도 있었겠으나, 보다 결정적이었던 것은 신분 상승을 갈망하는 중인과 평민 계층의 무의식이었던 듯 보인다.

스스로 운명을 개척하는 대신 남녀 간 결연을 통해 신분 상승을 바라는 욕망이란 물론 보수적인 욕망이다. 충돌하는 두 계층 사이에서 타협을 모색하는 감각이기도 하다. 판서의 아들과 결혼한 생선장수의 여동생

---

20 조선시대 소설에서도 '이속(吏屬)-평민의 딸' 모티프가 적잖이 있다는 사실을 상기해 두고자 한다. 춘향이 가장 유명한 주인공일 텐데, 그 밖에 『운영전』이나 「심생전」 등에서는 궁녀나 서리의 딸이 명문가 아들과 결연 직전에까지 이른다. 그러나 『춘향전』 외 『운영전』이나 「심생전」의 결말은 비극적이며, 여성 주인공은 그 사실을 당연시한다. 민사(悶死) 직전 「심생전」의 여성 주인공은 유서에서 "女蘿가 외람되게 높은 소나무에 붙"었다며 자신을 주제넘은 담쟁이덩굴에 비유한다.

(『안의성』), 서울 계동 황참서 가 며느리가 된 농민의 딸(『해안』), 평양 군수를 역임한 승지의 아들과 결혼한 이속(吏屬)의 딸(『능라도』) ― 이들은 일찍이 김승지의 첩이 되었다가 비참하게 죽은 길순의 운명을 망각해 버린 주인공들이며, 동시에, 부당하게 죽은 아비의 원수를 갚기 위해 승지를 살해한 후 그 '의기' 하나로 감역의 딸에서 협판의 양녀로 승격한 『현미경』의 빙주의 운명에서 일면만 기억하려는 주인공들이다. 한편에는 『모란병』 『광악산』 『금강문』 『세검정』 『옥호기연』 『비파성』처럼 중인 계층 자녀들끼리 맺어지는 소설 또한 풍성하고, 또 한편에는 양반 출신의 정숙한 주인공과 평민 출신 간휼한 (시)계모나 첩이 맞서는 『빈상설』 『치악산』 『목단화』 『구의산』 『봉선화』 『화상설』 『신출귀몰』 『추천명월』 『금국화』 등의 텍스트가 활발하게 생산되는 가운데, 그러나 신소설을 특징짓는 예의 '여성 주인공의 수난'과 그 귀결로서의 '부부 중심성의 확인'이란 비(非) 양반의 사회적 감각을, 또한 진보적이었다가 점차 보수화된 그 감각의 변이를 잘 보여주고 있다.

대개 순결성이라는 유교적 윤리를 실천하는 데 골몰함으로써 만족스런 결말을 맞이하는 신소설의 주인공들은, 여성의 현실적 신체를 드러내고 집 밖으로의 모험을 감행하는 변화를 보여줌에도 불구하고 그 너머 한 발짝을 더 디디지는 않는다. 『혈의누』나 『홍도화』 같은 초기작을 통해 다소 다른 양상이 목격되기는 하나 일반적으로 여성 주인공의 모험은 결코 확장을 위한 모험이 아니다. 흡사 『로빈슨 크루소』와 『파멜라』의 서사를 결합한 양, 신소설은 길 위에서 떠돌면서, 그러나 개발과 정복을 목표 삼는 대신 성적 위협 속에서 육체의 순결성을 지켜내기에 몰두한다. 집 밖에서 보낸 시간 동안 신식 교육을 받는 주인공이 종종 등장하기는 하지만, 교육의 실제가 구체적으로 묘사되지는 않으며, 직업을 찾아 사회적 삶을 개척하는 경우는 더더욱이나 드물다. 『목단화』의 정숙이 남장한 채 교사가 되고, 『안의성』에서 악역이었던 봉자와 영자는 출옥 후 간호부가 되고, 『능라도』에서 도영이 부인 다과점 주인과 친교를 맺으면서 간호부가 되어 "월 15원" 급여를 받으며, 『부벽루』의 김씨 부인이 '최이바'라는 새로운 이름을 얻고 전도부인처럼 사는 것이 그나마 직업과 생활이 제시되어 있는 경우이다. 주인공 두 명이 모두 교사가 되어 남자와 교섭 없는 자립적인 생활을 할 것을 표명한 『경중화』는 1920년대의 소작(所作)이다.

4. 여성 주인공이 이른 지점, 그리고 그 너머

'동부인(同夫人)'으로의 낙착

『천중가절』이라는 연설체 소설에 잘 드러나 있듯 1900년대 당시 여성이 가질 수 있는 직업이란 교사와 전도부인을 제외한다면 조산부라든가 은행·철도·우편국의 사무보조원, 그리고 방물장수·밥장수·술장수 혹은 삯바느질꾼 등에 국한되어 있다. 『절처봉생』의 이진사가 성균관 교수가 되고 『월하가인』의 심진사가 서기를 거쳐 외부 협판이 되는 등 남성 주인공에게는 고급 관료로 출세할 길이 남아 있지만[21] 여성에게 그 같은 가능성은 당연히 봉쇄되어 있다. 결국 상승을 꿈꾸는 여성 주인공이

---

[21] 물론 이런 출세의 길은 1905년 이후 보호국 체제 하에서 줄어들기 시작해 1910년대에는 실질적으로 봉쇄된다. 『추월색』의 영창이 관료가 되는 대신 '문학가'가 되었다는 사실을 이 맥락에서 기억해 볼 만하다.

실제로 손에 쥘 수 있는 사회 진출의 경로란 '동부인(同夫人)'의 자리, 성공한 남성 곁에 서 있음으로써 '여자계'의 대표 인물로 자처할 수 있는 그런 자리이다.

일찍이 조선에 이주한 외국인들의 모습을 통해 목격된 바 있던 부부 중심 가정의 면면은, 특히 '동부인'이라는 단어를 통해 인상적으로 각인된다. 수교(修交)가 개시된 이래 조선에 온 외국인들은 "아라사 공사와 공사 부인이 (…중략…) 야소 탄신날 경축회를" 열고[22] "영국 총영사 조단 씨와 부인이 영국 여황 폐하 등극하신 지 육십 년 경축회를 영국 공사관에서" 거행하며[23] "미국 공사와 공사 부인이 (…중략…) 손님들을 공관에서 맞을 터"[24]라는 등 각양의 사교 활동을 통해 부부가 함께하는 생활의 관습을 빈번하게 드러냈다. "일본 공사 가등씨와 공사 부인" 등 일본인도 마찬가지여서[25] 오래잖아 기념식이나 운동회 같은 공식 행사에서 "대청에 (…중략…) 각국 공영사들과 기외 부인네들"이 자리를 잡고[26] "내외국 대소 관인과 신사와 외국 부인들이 다 좌석에 참례"[27]하는 모습은 익숙한 것이 되었다. '동부인'의 관습은 남녀동등권의 생생한 지표로 받아들여졌고, 아마 여성의 존재와 목소리를 만들어 나가는 과정에서도 중요한 자극이 된 듯하다.

1894년 이후 일련의 정치적 실천을 통해서, 특히 1898년의 만민공동회와 1905년의 대규모 집회·시위 경험[28] 그리고 1907년의 국채보상운동을

---

22   『독립신문』, 1897.1.9.
23   『독립신문』, 1897.6.24.
24   『독립신문』, 1897.7.1.
25   『독립신문』, 1897.4.1.
26   『독립신문』, 1897.6.19.
27   『독립신문』, 1898.5.31.

통해서 평민층의 사회의식은 비약적으로 발전했으며, 여성과 어린이 등의 하위주체 또한 그러했다. 만민공동회가 개최된 1898년 하반기 즈음, 9월에는 여학교 찬성회가 발기되었고, 11월에는 백정이 연단에 올랐으며, 12월에는 10대 초반 소년들의 '자동의사회(子童義士會)'가 모습을 드러냈다. 황제의 생일인 만수성절을 맞아 지방 아낙네가 충군애국의 뜻으로 연설을 했다는 기사가 게재되었으며[29] 만민공동회 당시는 집 판 돈을 희사한 과부에서부터 은귀이개를 내놓은 아낙네에 이르기까지 다양한 원조가 이어졌고[30] 집회 도중 사망한 김덕구의 장례 때는 찬양회 부인들이 묘지에까지 따라갔다. 비록 "각색 금은보패들이며 비단 두루마기에 사인교 장독교를" 탄 사치한 부인네 사이의 여기(餘技)일 뿐이며 "구차한 회원들은 돌아도 아니" 본다는 여론이 있었으나,[31] 또한 '충군애국'이라는 단성적 명분이 지배하는 와중이기는 했으나, 여성은 이 시기부터 사회적 욕망을 학습하게 되었다. "여자는 거내이불언외(居內而不言外)하며 유주식시의(唯酒食是宜)라" 하는 규범이 동요하면서 집 안/밖의 분리 또한 교란되기 시작한다.[32]

실제를 문제 삼는다면, "남녀가 일반 사람이 되"는 상태를 기약하는 동

---

28 량치차오에 의해 『월남망국사』에서 묘사된 바 있는 1905년에 있었던 대규모 저항의 양상은 언론 매체를 통해서는 잘 파악되지 않는다. 동학 계열의 진보회원 전국 회합 등 비교적 친일적인 흐름만이 명료하게 드러나 있을 뿐이다. 『월남망국사』에서는 당시 저항의 상황을 "종로 큰길거리에 날마다 모이고 처처에서 연설할새 이를 갈고 눈을 부릅뜨고 땀을 흘리면서 분주하며 전국에 부보상은 평안도와 함경도에 출몰하여 전보줄을 끊고 철로를 파하며 혹은 일본 군정을 아라사에 전하니"(14)라고 묘사하고 있다.

29 『독립신문』, 1898.9.29.

30 『독립신문』, 1898.11.11·19.

31 「부인회 소문」, 『독립신문』, 1898.12.7. 찬양회의 반박은 동 12월 10일자 신문 기사에 실려 있다.

32 징후적인 발언의 하나로 「부인회 통문을 좌에 기재하노라」, 『독립신문』, 1898.9.28 참조.

등권에의 희망은 '동부인'으로 현실화되곤 했다. 여성에게 요구된 것은 개인으로서의 성취가 아니라 가정-사회-국가라는 새로운 체계 내에서의 재생산자로서의 역할이었다. 당연히 과잉의 여성성은 경계된다. 1900년대 끝자락에도 "되지 못하게 주릿대 치마에 포도청 걸음 걷는 여편네들"[33]은 비판의 대상이었으며, 만민공동회 당시라면 보수적인 논객들은 불온 분자의 망명이나 효 윤리의 해이와 더불어 여성의 사회 진출을 공적(公敵)으로 꼽았다.[34] 신소설에서도 여성 주인공들은 대체로 '동부인'의 새로운 관습에 안주하는 듯 보인다. "자기가 여자는 되었을지라도 을지문덕 합소문의 사업하기를 자부하"(15)는 『목단화』의 정숙 같은 독특한 개성이 있긴 하지만, 남편과의 재결합에 일체 신경쓰지 않고 같은 여성들을 '자매'라 칭하면서 가부장적 형제애(patriarchal fraternity)[35]를 넘어선 연대를 시험하는 이런 인물은 다른 텍스트에선 거의 등장하지 않는다.

　『능라도』의 도영처럼 간호부로 자립을 이룬 주인공마저 정혼자가 등을 돌리자 발광을 하고 말았을 정도이니 여느 여성 주인공의 의존성이란 더 말할 나위도 없다. 현실적인 육체성을 지니고 집 밖에 나서기 시작한 주인공들은, 그러나 가정이라는 단위를 통과함으로써만 사회·국가와 연결될 수 있었고, '동부인'이란 새로운 관습과 타협해야 했다. 평민 혹은 중인 계층의 딸들에게 있어 봉건의 영광과 근대적 출세의 가능성을 동시에 거머쥐고 있는 존재, 즉 명문가의 개명한 아들이 최선의 짝으로 추구되었다는 사실은 일견 당연해 보인다. 다만 이런 보수적 감각이 뒤로 갈수록, 특히 최찬식이라는 작가에 있어 강화된다는 사실은 기억해 둘 필

---

33 「허튼수작」, 『대한매일신보』, 1910.6.15.
34 「조약소 여당」, 『독립신문』, 1898.11.4.
35 '가부장적 형제애'의 개념 및 사회 구성에 있어 그 개념이 차지하는 위치에 대해서는 C.Pateman, *Sexual Contract*, Standford Univ. Press, 1988, pp.78~79 참조.

요가 있다. 『혈의누』나 『화의혈』이나 『현미경』에 있어 부수적인 데 불과했던 신분 상승의 욕망이 전면화되는 과정은, 주인공이 사회·국가와 지녔던 연계성이 희박해지면서 오직 가정 내의 개별적 존재로 소비되기 시작하는 과정이기도 하다.

신소설의 남성 주인공—선각자와 그 아들

집 밖으로 나선 후 여성의 길이 봉쇄되어 있는 반면 신소설에서 남성의 행로는 비교적 자유롭다. 이 사실은 공간적 도약을 이룬 경험의 다과(多寡)에서부터 드러난다. 『혈의누』나 『추월색』 같은 인상적인 사례가 있기는 하지만 그밖에 여성 주인공의 외국 경험이란 『설중매화』와 『춘몽』, 단기간 체류를 포함해도 『능라도』 정도를 포함하는 데 그칠 따름이다. 『은세계』에는 남동생 옥남과 함께 10년 넘게 미국 유학을 하는 옥희라는 주인공이 있지만, 옥남이 "목적 범위가 한층 더 커져서 천하를 한 집같이 알고 사해를 형제같이 여겨서 (…중략…) 구구한 생각이 없고 활발한 마음이 생기"는 일취월장의 성장을 보여주는 반면 옥희는 "여자의 편성으로 처음에 먹었던 마음이 조금도 변치 아니"한 까닭에 "생각하는 것은 그 어머니라 공부도 그만두고 하루바삐 고국에 가고 싶"어하는 향수(鄕愁)에 집착한다(111~112). 남성이 즐겨 세계를 편력하는 데 비해 여성 주인공에게 있어 집 밖에서의 세계 경험은 위협과 수난으로 점철되어 있다.

남성의 경우 『혈의누』의 구완서처럼 주도(周到)한 계획 하에 유학을 떠나거나 『추월색』의 영창처럼 외국인 구원자의 손에 이끌려 해외로 가게 되는 경우를 제외하더라도 『모란병』 『옥호기연』 『안의성』 『해안』처럼 충동적으로 외국으로 떠나는 경우도 드물지 않다. 『모란병』의 수복은 여주인공 금선의 자취를 좇다가 오해·실망한 후 유학길에 오르고, 『옥호기연』의 막동은 일시 금주를 납치했다가 후환을 우려해 세계 일주에 나서며, 『안의성』의 상현은 아내와 어머니 사이 갈등이 심각해지자 도피성 세계 일주를 떠나는가 하면, 『해안』의 대성은 아내가 가출했다는 거짓 전보를 받고 홧김에 세계 일주길에 올랐다가 미국 워싱턴에 정착한다.

이처럼 충동적인 발정(發程)이었음에도 불구하고 이들이 보내는 시간은 생산적이다. 『안의성』의 상현은 각국의 "유명한 정치가 재산가"에게 환영을 받으며 "다수한 기부금을 보조"받는 가운데 일본·중국을 거쳐 유럽과 아프리카 및 오세아니아의 산업과 풍물을 시찰하고, 『해안』의 대성은 비슷한 경험을 한 후 워싱턴에 정착해 의학 공부에 몰두하며, 『옥호기연』의 막동은 유럽 여행의 경험을 통해 완악한 성품을 스스로 교정하기까지 한다. 로마의 유적을 보며 "비록 제왕의 존귀로도 그 권세를 자뢰하고 마음을 교만히 하여 스스로 호올로 기꺼우려 하다는 마침내 여러 백성에게 버린 밧" 된다는 깨달음을 얻고(30) 파리인들의 방탕한 모습을 목격하고는 "옛말에 빈천하여야 영웅이 되고 곤란하여야 지혜가 생기나니" 했던 말을 떠올리면서 부잣집에 태어나 부랑하게 살아온 생애를 반성하며(33~35) 이탈리아에서는 "교만한 마음이 없고 더욱 겸손"함으로써 통일을 이루어낸 샤르데냐 왕 에마누엘레 2세에 경탄하는(36) 식이다.

『옥호기연』의 막동뿐 아니라 서사가 진행되면서 더 넓은 세계를 경험하고 갱생하는 남성 주인공은 드물지 않다. 상해로 떠난 『빈상설』의 정길, 군대 해산 후 전국을 유랑하는 『화세계』의 구정위, 학교에 다니겠다 고집하는 아내와 헤어진 후 뒤늦게 유학길에 나선 『경중화』의 범칠 등은 소설의 시간이 흘러감과 더불어 현저하게 변화와 성숙을 보여주는 인물들이다. 악역을 맡은 여성들의 변화가 서사가 사실상 종결된 후에야, 그것도 응징과 용서에 의해 나타난다면 남성의 변화는 서사 한복판에서, 그것도 자발적으로 일어난다.[36]

5. 여성성의 정치적 함의와 신소설

역사·전기물과 신소설 사이, 그리고 신소설 내부에서도 여성 주인공과 남성 주인공 사이에서 남성성과 여성성의 분절을 가상해 보기는 어렵지 않다. 역사·전기물은 『애국부인전』 『라란부인전』 같은 예외에도 불구하고 대개 남성-영웅을 내세워 민족사를 기술하는 서사물이었고, 반면 신소설은 여성-주인공을 내세워 당대 사회를 보여주는 서사였다. 역사와 당대성 사이의 거리, 그리고 남성 영웅(hero)과 여성 주인공(heroine) 사이의 거리가 역사·전기물과 신소설 사이의 분절을 구성하고 있는 셈이다. 당연히 이 분절은 공적 영역과 사적 영역 사이의 분절처럼 비치기도 한다. 남성은 가정에서 벗어나 우애와 공동체의식을, 나아가 인류에 대한 관심을 지향하는 존재요, 반면 여성은 가정과 성 생활에 집착하는 존재라는 관념은 역사·전기물과 신소설이라는 양식 자체를 설명하는 데도 성공적으로 대입되는 듯하다. 신소설이 '개혁기의 정치성'을 핵심으로 하는 양식[37]이면서도 결국 '정치소설의 결여형태'로서의 파탄을 드러냈다는[38] 평가가 일반화되어 있는 것 또한 이같은 남성성·여성성의

---

36   신소설의 남성 주인공과 당대성의 연관에 대해서는 이 책에 실린 제1부 3장 「전쟁, 국가의 기원」 참조.

37   이재선, 「신소설에 있어서의 갑오개혁」, 『새국어생활』 4권 4호, 1994, 4쪽.

대립 구도 속에서 이해될 수 있다. 신소설에서 여성 주인공의 서사를 성적 수난과 귀환으로 특징지을 수 있는 반면 남성 주인공의 서사는 모험과 이주로 표시할 수 있다는 사실 또한 여성성과 남성성, 공적 영역과 사적 영역 사이의 대립에 적절히 대응된다.

이런 사실을 전적으로 부정할 수는 없겠지만, 그러나 신소설이라는 양식 일반의 문법을 두고도 풍성한 정치 · 사회적 독해는 여전히 가능하고 또 필요하다. 신소설에서 여성 주인공의 서사는 여성의 사회 진출과 그에 따르는 육체의 현실화라는 상황을 표현해 주고 있으며, 중간 계급의 사회적 감각과 그에 수반하는 계급 간 충돌과 타협의 정황을 포착해 내고 있고, 이주–모험과 망명–복귀로 구분할 수 있는 국가 기획 중에서 후자의 서사를 상징화해 보여주고 있다. 1900년대 당시 사적 영역과 공적 영역 사이의 구분이 오늘날처럼 확정적이지 않았다는 사실 또한 부기해 둘 만하다. 1900년대 후반, 특히 1907년의 평민적이고 친일적인 '신내각' 구성 후 공공의 내각 대신들은 공적 영역에서의 반민족적 태도에 있어서보다 사적 영역에서의 비도덕성에 의해 더욱 가차 없는 공격 대상이 되었다. 부인의 태도, 첩과의 관계, 성 도덕에 있어서의 문란 등 사적인 약점이 여지없이 폭로되었고, 그것이 곧 공적인 '악'의 증거로 채택되었던 것이다. 이런 상황에서라면 신소설에서 여성 주인공이 겪는 성적 수난과 순결성의 유지 또한 순전히 사적인 의미로만 소비되지는 않았을 것이라고 짐작해 볼 수 있다. 여성의 순결성이 여성은 물론 남성의 공적인 삶에도 관여하던 시기, 순결성이란 증명해야 할 도덕적 기반이었기 때문이다.

민족이라는 단일 주체로의 열렬한 호명이 1900년대의 특징이었다면,

38 　김윤식, 『한국근대소설사연구』, 을유문화사, 1986.

국가라는 경계 내부에서 성과 계급과 국가 기획의 차이를 보여준 신소설은 당시의 일반적인 특성을 공유하면서도 다른 면모를 보여주는 창(窓)이라고 할 수 있겠다. 신소설 내부에서 목격할 수 있는, 여성 주인공 사이에 뜻밖에 두드러지는 개성 또한 그 연장선상에서 기록해 둘 수 있다. "이십이 훨씬 넘은 듯한 노처녀"로 "키도 훌쩍 크고 몸도 굵직하고 (…중략…) 여중영걸로 난" 주인공이나(『운외운』) 시비에게 "인두판을 집어던지"고 "자를 집어치"는가 하면 아비에게까지 "포달을 피"지만 정혼의 의리를 지키는 데는 결연했던 주인공(『단산봉황』), 초례청에서 스스로 신랑을 선택할 정도로 '완패'한 신부인 주인공(『검중화』) 등은 아리땁고 정숙한 신소설의 전형적 주인공에 비할 때 이채를 발하는 여성들이며, "우리는 (…중략…) 애정의 속박을 받지 말며 남자의 노예가 되지" 않은 채 살아가겠다며 깔깔대고 웃는(49)『경중화』의 두 여성은 동성 결혼이라는 급진적 결론을 사양치 않았던 조선시대 『방한림전』을 연상시키는 바 있는 흥미로운 예외이다. 『홍도화』의 태희나 『목단화』의 정숙과 『현미경』의 빙주 등, 1900년대의 개성적 주인공들은 이렇듯 1910년대 신소설에도 간간이 후예를 남기고 있는데, 가정으로의 귀환으로 종결되고 흔히 친일의 색채를 띠었던 신소설의 서사 속에서나마 이런 이채는 그대로 작은 변이의 역할을 감당해 내고 있다.

전쟁, 국가의 기원

'1894년'으로의 회귀

1. 기원의 시간, 1894~1905년

『혈의누』의 첫 장면은 상징적이다. 소설의 발단은 1894년 9월 15일,[1] "평양성에서 싸움 결말나던 날이요 / 성중(城中)의 사람이 진저리내던 청인이 그림자도 없이 다 쫓겨나던 날"[2]이다. 7세에 불과한 옥련은 이 날 피난길에 부모와 생이별한데다 유탄을 맞는 혹독한 시련을 당한다. 그러나 고통은 한때의 것, 조선인과 청국인과 일본인이 뒤섞인 전장(戰場)을 통해 옥련은 한반도의 삶을 벗어나 외부에서의 성장을 기할 수 있는 기회를

---

[1] 청일전쟁 당시 평양전투의 추이에 대해서는 林聲 主編, 『甲午戰爭圖志』, 沈陽 : 遙寧人民出版社, 1994, 91~103쪽 참조.

[2] 이인직, 『혈의누』, 광학서포, 1907, 9쪽.

맞게 된다. 옥련이 신문이나 우편 같은 미디어를 통해서나마 부모가 재결합하게 되는 것은 여러 해 후, 최종적으로는 옥련이 부친 편지가 본가에 도착하는 1902년 8월 15일이다(93). 뒤의 날짜는 아마 음력이리라 추측되는데[3] 그렇게 보면 『혈의누』의 서사적 시간대는 1894년 9월 15일에서 1902년 9월 16일까지로 확정될 수 있다. 이는 청일전쟁과 러일전쟁 사이 기간, 즉 한반도가 열강 사이 세력 균형 속에서 자주적 개혁을 추진할 수 있었던 1894~1904년과 대략 맞먹는다.

　신소설이 문학사에서 주류를 차지한 기간은 결코 길지 않다. 역사전기물 같은 논설-서사 결합양식과의 공존을 논외로 치더라도, 최초의 신소설 『혈의누』가 발표된 이후 신소설이 그 참신성과 문제성을 유지할 수 있었던 것은 고작 4・5년 동안이었다고 생각해야 할 것이다. 서술되는 시간 역시 이 시간대를 크게 벗어나지 않는다. 신소설은 1910년대는 물론 1920년대에 접어든 후에도 계속 창작・출판되지만 그 시대적 배경은 1910년 이전, 대체로는 1894년에서 1905년에 이르는 시기에 국한된다.[4] "그때 마침 우리나라 정치를 쇄신하며 음양술객과 무복잡류배를 일병 포박하여 차례로 심문하는 중"(73), 그러니까 아마 1905년경을 결말의 배경으로 하고 있는 『구마검』, 1900년에서 시작해 "인천서 대포 소리 난" 1904년까지를 배경으로 한 『고목화』 같은 경우는 물론이고, 경부철도 이용 방법에서 알 수 있듯 1905년의 시점에서 마무리되는 『귀의성』 등, 1900년대의 신소

3　연재지면이었던 『만세보』가 양력날짜를 기본으로 택하고 있었다는 사실을 보면 『혈의누』의 날짜 역시 양력이라고 생각해야 하겠지만, 편지를 띄우고 받은 날짜를 각각 7월 7일과 8월 15일로 설정하고 있는 것을 보면 ― 이들 날짜는 음력으로 따질 때 재회의 상징성을 갖고 있는 칠석과 한가위에 각각 해당한다 ― 음력일 가능성이 높다. '광무'라는 연호와 더불어 '임인년'이라는 사실을 명기하고 있다는 점에서도 그렇다.
4　이재선, 「신소설에 있어서의 갑오개혁」, 『새국어생활』 4권 4호, 1994, 4쪽.

설은 예외 없이 1894~1905년의 시대 배경에 집중되어 있다고 해도 좋을 정도이다.[5] 당대성이야말로 신소설의 특징이다.

다만 이 당대성은 아주 짧은 당대성이자 제한이 붙은 당대성이다. 1894~1905년이라는 10여 년 간의 시간대에 붙박여 있고, 신소설이 본격 창작되기 시작한 1905~1910년은 텍스트 안으로 좀체 들어오지 못하기 때문이다. 1894년부터 10년이라면 청일전쟁과 러일전쟁 사이, 즉 청국이 한반도에서 주도권을 잃었지만 승전국인 일본 또한 삼국간섭에 의해 물러나야 했고, 결과적으로 일본과 러시아, 영국·미국·프랑스가 한반도의 주도권을 싸고 어지러이 각축하던 무렵에 해당한다. 동학농민운동-청일전쟁-갑오개혁-독립협회 활동-국제 반포-러일전쟁 등의 사건이 잇따르던 시기이자, 대한제국(1897~1910)이 비교적 온전한 자결 능력을 행사할 수 있었던 시기이기도 하다. 각종 민간신문이 창간되고 독립협회가 활발한 정치활동을 벌였으며, 협회 해산 후에는 황제 친위 세력을 중심으로 이른바 광무개혁이 실시되었던 시기다. 러일전쟁 이후 다시 일본이 주도권을 명백히 하기까지, 1895~1904년은 한국이 열강의 대치를 틈타 자주적인 개혁을 꾀할 수 있는 예외적 시기였다. 신소설은 ─ 1900년대에 창작된 텍스트는 물론이고 그 이후의 소작조차 ─ 바로 이 시기에 붙박여 있다. 예외는 별로 보이지 않는다. 1920년대에 출판된 신소설 중 을축대

---

5   최찬식은 주목할 만한 예외이다. 『추월색』(1912) 종결부가 1911년 가을을 배경으로 한다든가(최원식, 『한국계몽주의문학사론』, 소명출판, 2002, 51쪽) 『백련화』(1926)가 바로 전해인 1925년의 을축대홍수를 배경으로 했다든가(최원식, 『한국근대소설사론』, 창작사, 1986, 309쪽) 하는 예가 전형적이거니와, 『매일신보』라는 지면과 연관을 맺지 않고 활동을 하면서도 높은 대중적 인기를 누렸다는 점에서나, 1910년 이전을 배경으로 즐겨 이용하면서도 당대적 배경에 집중했다는 점에서나, 또한 이국 취향(exoticism)의 정조 속에서 일본을 문화적 기호로 애용했다거나 하는 점에서 최찬식의 존재는 이채로운 바 있다. 신소설 작가라기보다 당대 통속 작가라고 부르는 편이 적절해 보일 정도다. 별도의 고찰을 요한다.

홍수 등 당대의 사건에서 취재한 종류가 몇 있긴 하지만, 초기 신소설 중에서라면, 1890년 무렵 시작해 순종 즉위 직후인 1907년으로써 끝나고 있는『은세계』(1909) 정도가 드문 예외에 속할 뿐이다.

2. 청일전쟁과 러일전쟁 — 사건을 겹쳐 쓰기

러일전쟁 후, 공화적 심성의 역설적 자유

만민공동회 열기가 서울을 휩쓸었던 1898년 겨울이 독립협회 해산이라는 결론으로 마무리된 이후, 1899~1905년은 거의 미지의 영역이다.[6] 담론과 텍스트의 영역에서 이 시기가 남긴 자취는 없다시피 하다.『독립신문』은 1899년 12월 폐간되었고『대한매일신보』는 1904년 8월에 창간, 이듬해 8월부터야 본격적으로 체재를 정비했다.[7] 짧은 기간 나온『시사총보』를 제외하면『황성신문』과『제국신문』만이 계속 발행되었지만 이들 신문은 지독한 무기력에 시달렸다. 논조가 너무도 연약하여 촌여자 신음소리나 마찬가지라는 질타를 받았을 정도이다. 외우(外憂)는 날로 더하고 내치(內治)는 점점 문란한데 도끼날 같고 창끝 같던 날카로운 필치는 다 사라져 버렸다는 것이 독자들의 문제 제기였다.[8] 정부나 외국세력에

---

6 이하 3개 단락은 여러 해 전 쓴「'동포'의 수사학과 역사의 감각」,『한국문학논총』41호, 2005에서 가져와 맥락에 맞게 고쳤다. 독립협회에 대한 서술이 자칫 긍정 일변도로 읽힐 수 있다는 점이 마음에 걸린다. 만민공동회와의 관계 조정에 있어서의 이중성이나 하원 설치에의 소극성 등 독립협회의 혁신성이 문제되는 대목도 많으나, 여기서는 불필요한 대목이라 상론을 생략한다.

7 1905년 4월부터 7월까지 휴간한 이후 8월 재발간에 들어가면서『대한매일신보』는 비로소 1910년 종간 때까지 이어질 국한문 표기, 세로 편집 등의 편집원칙을 정비했다.

대한 비판이 예전 같지 않자 독자들은 왜 '함구각필(緘口閣筆)'하느냐고 의 아해했고[9] 전일의 '자격지설(刺激之說)'은 다 어디 갔느냐고 따졌다.[10] 그 때마다 신문사에서는 함부로 의견을 진술할 상황이 아니라고 변명했다. 섣불리 과격한 언론을 펴다가는 폐간 위기에 처하기 십상, 그러니 삼가 고 조심할 수밖에 없다는 것이었다.

지방관의 부정을 고발하는 등 현실 비판을 꾀할 때도 무력감은 따라다 녔다. 공정한 관리 택임(擇任)을 아무리 역설해도 현실은 현실대로 굴러 갈 따름, 언론은 아무 힘도 없지 않으냐는 식이었다.[11] 독립협회와 『독립 신문』이 왕성하게 현실에 개입했던 1896~1998년과는 달리 담론과 텍스 트는 거의 현실에서 소외되어 있었다. '충심이 변하면 역심이 나다'고 토 로할 정도로 언론의 충언은 헛되이 허공을 맴돌다 스러지곤 했다.[12] 신문 의 영성(零星)이 보여주듯 담론의 생산 자체도 미약했다. 활발하게 교과 서 편찬에 나섰던 학부에서는 1900년 이후 1907년까지 사실상 교과서 발 행을 중지한다.[13] 민간에서는 서포(書鋪) 설립 자체가 드물었던 가운데[14] 『목민신서』『흠흠신서』와 『미국독립사』『파란말년전사』『법국혁신전 사』『청국무술정변기』 등 몇 종만이 광고되는 데 그친다. 1905년 이후 특 히 1907~1909년을 정점으로 서적 발행이 활발히 이루어지는 데 반해 독

8   「기서」, 『황성신문』, 1900.11.12.

9   「答或問」, 『황성신문』, 1902.4.7.

10 「기서」, 『황성신문』, 1902.9.9.

11 「논설」, 『제국신문』, 1903.7.4; 「논설」, 『황성신문』, 1903.7.6.

12 『제국신문』, 1902.10.24 논설.

13 김봉희, 『한국 개화기 서적문화연구』, 이화여대 출판부, 1999, 111쪽. "학부의 교과서 편찬이 한동안 중단되었던 것인지 혹은 전하는 것이 없는 것인지 (…중략…) 전자의 가능성이 높은 것으로 여겨진다."

14 1880년대부터 1910년까지 설립된 서점에 대한 기본 정보로는 위의 책, 82~88쪽 참조.

립협회 해산 이후 러일전쟁 즈음까지 근대적 매체를 이용한 글쓰기는 일종의 잠복 상태에 있었다. 신소설은 아직 생산되기 전이었다.

이 시기는 '대한국 국제' 반포가 상징하듯 황제의 절대권이 천명되었던 시기인 동시, 거리에 3인 이상 모이는 것을 금지한다고 할 정도로 집회 · 결사의 자유가 심각하게 제약되었던 시기이다. 황제와 친위각료를 중심으로 전기 · 철도 등이 채택되고 양무(量務) 사업이 진행되었지만, 이들 사업은 철저히 황실을 중심으로 이루어졌다. 통신사 · 전화과 · 철도과가 궁내부 산하에 설치될 정도로 황실재정이 비대해져[15] 심지어 그 규모가 국가재정을 초과할 정도였다. 열강 사이 세력 균형이 유지되었기 때문에 자주적 개혁을 펼칠 가능성이 있었던 예외적 시기였으나 가능성의 전개는 충분하지 않았다. 이권이 대대적으로 열국(列國)에 양여되는 가운데 '무한하온 군권(君權)'의 주체인 황제[16]는 명군(明君)보다 암군(暗君) 노릇을 되풀이했다. 저항의 방법은 극단화되었다. 고영근 등의 폭약 투척과 박영효 · 유길준 등의 황제 폐위 · 암살 기도가 잘 보여주듯 독립협회 계열의 개화 세력은 이전 시기보다 훨씬 급진화된 모습을 보였고[17] 이에 맞서 황제 또한 민간 정치세력에 대해 탄압을 서슴지 않았다. 전 독립협회 간부인 안경수 · 권영진이 적절한 절차 없이 처교(處絞)되는가 하면 황실범 · 국사범을 다스리기 위한 방법으로 참형(斬刑)이 부활되는 것이 이 시기다.[18] 담론과 텍스트의 활성화를 위한 공간인 공공 영역과 정치 영역은 현저하

---

15 국사편찬위원회 편, 『고종시대사』 4, 탐구당, 1970, 912쪽.

16 이 표현은 대한국 國制(1899.8)에서의 표현이다. 대한국 국제의 성격에 대해서는 전봉덕, 『한국근대법사상사』, 박영사, 1980, 105~107쪽 참조.

17 급진화의 구체적 양상은 더 토론할 거리다. 예컨대 고종 폐위를 기도했던 혁명일심회와 유길준 사이 관계에 대해 유길준 자신은 오히려 혁명일심회의 청년 장교들을 만류하는 입장이었다고 진술한 바 있다.

18 국사편찬위원회 편, 『고종시대사』 5, 탐구당, 1970, 89 · 197쪽 등.

게 위축된다. 러일전쟁은 바로 이런 상황에 종지부를 찍은 사건이었다.

　1904년 2월부터 1905년 9월까지 1년 6개월여 동안 계속된 러일전쟁은 한반도의 정치 상황을 완전히 바꾸어 놓았다. 1894~1895년의 청일전쟁으로 청국이 한반도에서 축출된 데 이어 1904~1905년의 러일전쟁은 러시아를 한반도에서 몰아냈다. 1905년 이후 일본은 한반도에서의 우위를 국제적으로 승인받는다. 열국의 각축장이었던 한반도가 일본의 보호국(protectrate)으로 낙착된 셈인데, 이후 완전한 강점이 이루어지는 1910년까지 한국은 민간에서의 문명개화 · 부국강병 시도를 놀랄 만한 열정으로 쏟아낸다. 1896~1898년 독립협회와 『독립신문』에서 그러했듯 문명-모방의 노선에 기초한 애국주의적 열정이 1905~1910년 각양각색의 담론과 실천을 이끈 기본 동력이었다. 독립협회가 반청(反淸)과 친미(親美)의 노선에 기초했던 반면 1905~1910년 사이 활동한 각종 단체는 반일과 친일 사이에서 다양한 스펙트럼을 형성했으나, 그 인식의 기본틀은 1890년대 말 정초된 바를 이은 것이었다고 보인다. "오대주가 다 서로 통하여 강한 사람이 약한 사람의 고기를 먹는 이 날에 있어서 하루라도 가히 없지 못할 것은 나라를 사랑하는 생각"[19]이라 진단하고, "깊이 든 잠 어서 깨어 / 일심합력 하여 보세 / 나라 위해 죽거드면 / 죽더라도 영광일세"[20]라고 다짐하고, 그 방법으로 교육과 계몽을 강조하는 것은 마찬가지였다. 식산흥업의 강조가 구체성을 띠고 역사를 통해 민족의식을 고취하려는 기획이 점차 강조되었으나 인식의 기본틀 자체가 바뀌지는 않았다. 이 점에서라면 1905~1910년 사이 보인 담론과 텍스트에서의 변화는 1894년 이래 예비되어 온 것이라고 할 수 있다.

19　「논설」, 『독립신문』, 1898.12.17.
20　최영구, 「애국독립가」, 『독립신문』, 1896.9.8.

그러나 한편 1905~1910년의 변화를 단순히 독립협회 시기의 확장과 구체화라고만 보기는 어렵다. 역사·전기물, 특히 한국을 배경으로 한 역사·전기물이 본격 등장한 것은 1890년대 후반에는 별로 주목받지 못했던 '역사'와 그 주체로서의 '민족'이 부상한 결과이고, 계몽가사가 활발하게 창작된 것은 목전의 정계 개편을 목적으로 했던 현실 비판이 발본적인 깊이와 풍자의 폭을 갖추게 된 결과이다. 입헌군주제가 고작이었던 1894~1898년 시기의 정치적 시각도 크게 변화해 '혁명'과 '공화'를 꿈꾸는 급진주의적 시각도 예비된다.[21] 더불어 1905~1910년에는 이 시대를 대표하는 새로운 글쓰기, 신소설이 출현하였다. 최초의 신소설 『혈의누』가 『만세보』에 연재되기 시작한 것이 1906년 7월, 이후 신소설은 1910년대 초까지 짧은 전성기를 누린다. 『쌍옥루』『장한몽』 등이 번안소설의 유행을 선도하게 되는 1912·1913년을 하한선으로 하는 5년여의 기간이었다.[22]

되풀이하지만 신소설은 1905~1910년이 낳은 문화현상이다. 신소설이 동시대의 다른 서사 양식에 비해 그 후로도 오랫동안 지속되기는 했다. 사실에의 편향과 민족의식의 농축을 특징으로 하는 이른바 역사·전기물 등이 1909~1910년, 출판법 발효에 국망(國亡) 등의 악조건 속에서 소멸되고만 반면 신소설은 늦도록 여진(餘震)을 남겼다. 일부 레퍼토리가 대중 서사로서 식민지시기 내내 애독되는가 하면 후일의 문학가들, 김동인·이기영·채만식·한설야 등의 세대에 허구의 매력을 일깨우기도 했다. 그럼에도 신소설은 왕권이 약화되고 일본의 지배권이 노골화된 1905~1910년의 산물인 한편, 민권과 군권이 차례로 개혁 이니셔티브를 쥐었던 1894년 이후 10년간을 대상으로 하는 서사다. 더욱이 여기서 출발한 신소설은 '애

<hr />

21   이헌미, 「반역의 정치학─대한제국기 혁명 개념 연구」, 서울대 박사논문, 2012 참조.
22   최원식, 앞의 책, 2002, 155쪽.

국계몽'이라는 1905~1910년의 '정당한 주체 / 주제(legitimate subject)'로는 다 해결될 수 없는 복잡성을 지니고 있다. 민족주의와 계몽의식은 신소설의 중요한 기둥 중 하나지만, 신소설의 계급적 위반과 윤리적 도전은 그로써 모두 설명되지 않는다.

달변의 청일전쟁, 침묵하는 러일전쟁

신소설에서 서술되는 시간(narrated time), 즉 1894~1904년과 서술하는 시간(narrating time), 즉 1905~1910년이 중첩되는 양상은 독특하다. 먼저 청일전쟁 및 갑오개혁에 대한 서술은 신소설 태반에서 찾아볼 수 있을 정도로 일반적인 현상이다. 『혈의누』가 선구 역할을 한 이래 신소설 중 다수가 1894년 직후를 소설의 시점으로 삼은 바 있다. "아산 둔포에서 총소리가 퉁탕퉁탕 나더니 장안 만호 삼하 삼판에 떼거지가 생"긴 청일전쟁 이후 개혁의 회오리를 배경으로 한 『모란병』이 그렇고[23] 갑오년 이후 낙향한 양반 일가가 도적떼의 습격으로 이산한 후 겪는 우여곡절을 다룬 『금의쟁성』이 그러하며 "그 때는 갑오경장하던 처음이라 (…중략…) 무식한 하등 우민들은 오늘 아니면 내일은 십만 대병이 장창 대포를 가지고 사대문으로 꾸역꾸역 들어올 듯이 수군수군하던" 시절을 배경으로 남녀 이합의 서사를 끌고 간 『강상기우』가 그렇다. 그밖에도 많은 소설이 "그때는 개화하기 전이라"든가 "그때는 군수와 관찰사가 사법권 행정권 경찰권을 모두 겸하여 가진 때라" 같은 진술로써 갑오개혁 이전을 지칭

---

23   이해조, 『모란병』, 박문서관, 1911, 1쪽.

하면서 그 전후의 상황을 대비해 다루곤 했다. 임오군란을 배경으로 한 『마상루』나 군대해산을 서사적 계기로 수용한 『화의혈』 등 약간의 예외를 제외한다면, 청일전쟁과 갑오개혁은 신소설에 명시적으로 수용된 역사적 사건으로 거의 유일하다고 할 만하다.

자연스런 일이겠지만 전쟁을 직·간접적 계기로 한 민란이나 비적의 출현 등도 신소설에 흔하다. 『추월색』에서 어린 주인공들은 헤어지고, 초산민요 때문에 『박연폭포』의 소년 주인공은 도적들에게 납치당하며, 『고목화』며 『우중행인』에서는 주인공이 도적 두목이 돼 달라는 강청을 받는 등, 민란군중 혹은 비적은 신소설에 숱하게 출몰한다. 『금강문』이나 『추야월』처럼 길가다 도적을 만나 봉변하는 사례도 무수하다. 이들 '비적(insurgents)' 중 일부는 '의병(rightful army)'과 '비적'을 구분하지 않는 시각,[24] 즉 "향촌 골생원님들이 개화를 한다니까 무슨 큰 변괴나 되는 줄 알고 (…중략…) 척양하느니 척왜를 하느니 (…중략…) 기실 한다는 일은 (…중략…) 민간의 농량섬과 농우바리를 임자 없는 물건같이 저희 마음대로 함부로 빼앗아 가는 일이 비일비재라"[25]고 개탄하는 것 같은 시각에 의해 주조된 존재일 터이다. 때로 현실에서도 구분하기 어려웠던 의병-비적은 1900년대 당시의 보편적 현실이었지만 청일전쟁과 러일전쟁 직후에 각각 강성한 세력을 떨쳤다. 의병-비적이 출몰하는 속에 신소설이 비쳐주는 현실은 거의 일상적인 전쟁 상태처럼 보인다.

궁금한 것은 이런 묘사 속에서 러일전쟁이 왜 배제되고 있는가 하는 점이다. 같은 시기 일본의 경우 러일전쟁은 활발한 문학적 참조의 대상이었는데 말이다. 이 궁금증에서 출발해 다소의 비약을 감행해 보자.

---

24 『독립신문』 영문판에서의 표현이다.
25 『강상기우』, 동양서원, 1912, 30~31쪽.

『모란병』의 아나크로니즘 같은 경우를 목격하다 보면 신소설의 청일전쟁이 기실 러일전쟁을 환기하는 경험이 아니었는가 생각해 볼 수 있다. 『모란병』은 서두에서부터 청일전쟁이라는 배경을 내세우지만 동시에 철도라는 장치를 등장시켜 효과적으로 활용하고 있다. 헌데 최초의 철도 경인철도가 개통된 것이 1899년이니 "근일에는 일본 군사만 수없이 싣고 다니노라고", "병정만 싣던 기차"라는 『모란병』의 묘사는 청일전쟁 당시로선 있을 수 없는 허구다. 병사를 인천에 상륙시킨 후 철도를 이용해 북으로 수송한 것은 말할 것도 없이 러일전쟁 당시의 경험이다. 당시 일본 군은 인천 상륙 후 경인철도로 서울까지 이동, 제1군의 경우 평양-의주를 거쳐 압록강을 건넜고 한반도 북부에 착륙한 경우 원산-성진-회령의 경로를 활용했다.

인천 · 울산 등지의 해상에서 전투가 벌어졌고, 평양과 압록강 부근에서의 격전이 있었으나 육상 주전지(主戰地)는 만주였으므로 한반도에서의 전투는 상대적으로 적었다. 앞서 청일전쟁 당시 부산-대구-충주-서울-평양-의주와 아산-서울이나 원산-서울 사이로 군대 이동이 빈번해 사실상 한반도 전역이 전장(戰場)이 되다시피 했던 것과는 대조적이다.[26] 일상생활 수준에서의 전쟁의 충격 역시 청일전쟁 쪽이 훨씬 크지 않았을까 짐작해 볼 수 있다. 그러나 『송뢰금』의 진술이나 『모란병』의 착오 등을 시야에 넣으면, 1906년 이래 신소설이 청일전쟁을 광범하게 상대할 수 있게 된 배경에는 러일전쟁이라는 최근 경험이 깔려 있지 않은가 하는 추측 또한 떠올려 볼 수 있다. 신소설은 러일전쟁 당시를 배경으로 할 때조차 기이할 정도로 러일전쟁에 대한 언급은 회피했지만, 대신 여러

---

[26]　海野福壽, 『日淸 · 日露戰爭』, 東京 : 集英社, 1992, 68 · 154쪽.

모로 겹치는 경험인 청일전쟁을 적극 활용하였다.

　신소설이 청일전쟁과 러일전쟁에 대해 이토록 상반된 태도를 보인 까닭은 무엇인가? 이인직의 첫 소설 『혈의누』와 두 번째 소설 『귀의성』을 비교해 보면 이런 대조가 얼마나 인상적인지를 재차 확인할 수 있다. 『혈의누』와 『귀의성』 두 편은 모두 서사의 시간대를 구체적으로 확정할 수 있는데, 그 각각은 1894년 9월 15일에서 1902년 9월 16일까지, 그리고 1903년 말에서 1905년 중반까지라고 판단된다.[27] 『혈의누』의 경우 청일전쟁 당시 평양전투를 첫 장면으로 하고 있는데다 소설 마지막에선 정확히 날짜를 밝히고 있는 형편이라 작가 자신이 시간대를 명시했다고 할 만하며, 『귀의성』의 경우 우범선 암살사건이라든지 경부선 개통·운영 상황 등 간접적인 정보를 추려보면 위와 같은 결론을 낼 수 있다. 눈길을 끄는 것은, 『혈의누』에서 청일전쟁이 전면에 제시되어 있는 데 반해 정확히 러일전쟁 당시를 배경으로 하고 있는 『귀의성』에서는 전쟁에 대해 한마디 언급도 없다는 사실이다. 『귀의성』의 점순이와 최가는 일본이 러일전쟁을 위해 속성(速成)한 경부철도를, 그것도 속성 때문에 서울-부산 간 직통 운행을 하지 못하고 대구에서 하룻밤을 정차해야 했던 1905년 1월 1일~4월 30일 사이에 이용하지만[28] 전쟁 상황은 간접적으로라도 전혀 제시되지 않는다. 『혈의누』가 국가의 운명 자체를 서사의 골격으로 삼았던 반면, 『귀의성』에는 당대 풍속이 다양하게 노출되어 있음에도 불구하고 국가의 운명은 결락되어 있다. 이 점에서 『귀의성』은 임화가 칭했던 바 '가정소설'이라는 명칭에 충실한 소설이라 할 수 있다.

27　추정의 자세한 근거에 대해서는 이 책 제2부 3장 「신소설의 근대와 전근대」 참조.

28　경부철도 초기 개통상황에 대해서는 『朝鮮鐵道史』 卷1, 朝鮮總督府 鐵道局, 1929, 534쪽. 경부철도 속성 공사에 대해서는 정재정, 『일제침략과 한국 철도』, 서울대 출판부, 1999, 215~221쪽 참조.

3. 러일전쟁과 당대성 — 여성과 남성의 비대칭?

청일전쟁과 '국가의 기원', 러일전쟁과 '파국의 공화'

『귀의성』뿐 아니다. 1900~1906년 즈음을 배경으로 활용한 이해조의 『고목화』, 1904~1905년경 서사가 시작되는『화의혈』등, 시간적 지표로 따져 러일전쟁 당시를 배경으로 한 소설들은 예외 없이 전쟁의 경험에 대해 침묵한다. 당대 한국을 대상으로 한 관습상 신소설 대부분은 사실 러일전쟁 전후를 상대할 수밖에 없었다 할 터인데, 이 시기에 대한 증언 은 철저히 가정사와 풍속에 대한 것으로 시종된다. 아마, 후편에서 1902 년 이후를 다룰 것을 기약했던『혈의누』나 마지막 장면에서 1907년 순종 즉위 당시를 문제 삼고 있는『은세계』정도가 예외라 할 수 있겠다. 허나 이들 예외는 제대로 전개되지 못했다. 신소설은 1894년 전후를 배경으로 할 때는 뚜렷하게 시대의식을 드러내면서도 눈앞의 당대를 배경으로 할 때는 가정·풍속을 다루는 방식으로 간접화하는 길을 택했다. 그렇다면 신소설에서 문제적인 것은 러일전쟁이라기보다 러일전쟁의 부재다. 이 는 청일전쟁이 '국가의 기원'이 될 수 있었던 반면 러일전쟁은 그런 가능 성을 열지 못한 역사와 연결되어 있다. 이 점에서 신소설의 원형이 '정치 소설'이라는 진술[29]은 여전히 많은 시사를 던져준다.

러일전쟁 이후 일본의 독점적 지배권의 확립된 하에서나마 1899년 이 후 폐색됐던 민간 공간이 활성화된 것은 사실이다. 신소설은 그 표현 중 하나였다. 군주의 권한이 무력해지면서 애국과 개혁을 자담(自擔)하겠노

---

[29]   김윤식, 『한국근대소설사연구』, 을유문화사, 1986, 17~19쪽.

라는 작은 주체들은 또 다시 출현할 수 있었다. 민족주의적이고 대체로 근왕주의적이었던 의병 항쟁이 한쪽에, 애국이라는 명제마저 등지게 된 일진회 등의 이익집단이 다른 한쪽에 자리한 가운데, 그러나 교육·계몽·실업 등의 과제에 헌신하려는 그 중간의 영역은 결국 무기력할 수밖에 없었다. 러일전쟁으로 열린 자유는 일본 제국주의의 군림을 전제한 자유, 파국이 예견된 자유였기 때문이다. 더더구나 '공화'나 '혁명'의 심성은 순조로이 전개될 수 없었다. 제한된 기반 위에서 신소설은 한때 가능했던 개혁의 시간대, 1894~1905년을 되풀이 환기하는 데 그친다. 러일전쟁 이후의 근과거를 다룰 때는 언제나 가정이라는 좁은 무대만을 택함으로써 사회적 의제를 회피하는 전략이 발달했다. 다만 러일전쟁 전후로 겪은 폭력적 경험은 신소설에 깊이 각인돼 있는 것으로 보인다.

『혈의누』가 보여주듯 주인공이 집을 나선다는 '탈가(脫家)'의 모티프 자체가 전쟁의 산물이다. 그리고 이 전쟁은 10여 년 전 청일전쟁인 동시 바로 연전에 겪은 러일전쟁이다. 전쟁 전후의 대변동 속에서 집안의 존재들은 대거 집밖으로 밀려난다. 근본적으로 '집안의 존재였기에 가계(家系)에 의해 지탱될 수 있었던 주인공들은 이제 낯선 환경, 낯선 시·공간 좌표에 놓이는 상황을 경험하게 되었다. 이는 내재적인 정체성의 보증이 사라지고 외적인 기호 몇 가지로 사람을 판별해야 하는 상황이기도 했다. 러일전쟁이 이런 감각의 정착에 기여했을 가능성은 크다. 한반도 내에서 러일전쟁 병화(兵火)의 직접 영향은 청일전쟁에 비해 적었지만, 철도나 통신시설 부설 등과 관련한 역부 모집은 훨씬 큰 폭력성을 발휘했다. 전선을 절단한 죄로, 철로 공사를 방해한 죄로 즉결 처형당한 희생이 끊이지 않았다.[30] "웬 방정맞은 계집애가 남이 애 쓰고 닦아 놓은 길을 사뭇 밟노"라는 한마디에 뜻밖의 봉변에 처하는 식이었다.[31] 신소설에서 가해

자의 자리에 외국인이 노출되는 일은 거의 없지만 폭력의 상황 자체는 외국끼리 한반도에서 부딪힌 경험을 명백하게 상기시켰다. 더욱이 진화론의 수용과 함께 이런 폭력은 세계의 일반적 상황으로 해석되기에 이르렀다. 세계는 거대해졌으며 자연은 순환의 안정성보다 불변의 불안정성을 드러내기 시작했다. 신소설의 수사학은 이런 상황에서 발달한다.

1894~1995년의 청일전쟁이 종종 "일본서 (…중략…) 청국과 싸워 이긴 후에 조선이 분명한 독립국이" 된 경험으로서 긍정된 반면[32] 1904~1905년의 러일전쟁은 공식적 수준에 있어서는 긍정적 해석의 여지를 남기지 않은 전쟁이다. 청일전쟁 이후 한국의 국제적 위상은 '승격'되었으나 러일전쟁 이후에는 보호국으로 전락했다. 전승국 일본에 대해 일말의 기대를 품은 사람들이 있었으나 기대가 충족되진 못했다. 근본적으로 이권집단이었던 일진회 같은 경우도 초기 양상에서는 흔히 독립협회를 연상시켰음에도[33] 그처럼 자유로운 활동공간은 결코 획득하지 못했다. 독립협회의 친미가 다분히 막연한 가능성이었던 반면 일진회 등의 친일은 당장 한반도를 장악하고 있는 일본에 기생하는 것이었기 때문이다. 황제권의 압력이 약화되면서 출판 · 집회 · 결사 등에서의 폐색은 다소 이완되었으나 대신 일본이 새로운 검열 세력으로 등장했다. 러일전쟁 발발 후 일본은 군사상 보도를 통제한다는 명목으로 사전 검열을 실시하기 시작했

---

30 「한민포살」, 『대한매일신보』, 1904.11.15; 「곡산민소」, 『대한매일신보』, 1904.12.23; 「지부 델리뉴스에서 등재함」, 『대한매일신보』, 1905.1.30 등.

31 최찬식, 『금강문』, 박문서관, 1914, 100쪽.

32 「논설」, 『독립신문』, 1896.4.18. 특히 이런 태도는 『독립신문』에서 현저하다.

33 특히 8도에서 각기 發程하여 서울로 총결집, 일진회 · 공진회가 합동으로 연 통상회 등이 그러했다. 여기선 이유인 · 구본순 등 고관을 소환해 심문했고, "만민이 공동"했다는 등 만민공동회를 연상시키는 수사학이 난무했다. 「공진회 전말」, 『대한매일신보』, 1904.12.30 참조.

고[34] 1905년부터는 집회의 사전 허가제를 도입했으며[35] 정부·관리에 대한 한국인의 불만을 일본 영사관에 접수토록 하는가 하면 지방관 임면에까지 관여하였다.[36] 보호국이 꼭 식민지로의 이월을 의미하지는 않으리라는 기대가 있었으나[37] 1905년 이후 상황은 또 다른 폐색으로 향하고 있었다. 다만 이 폐색 속에서 담론과 텍스트는 넘쳐났다.

여성 주인공 외 남성 주인공이 중요하게 등장한 번안작을 통해 청일전쟁과 러일전쟁의 문제를 다시 생각해 보도록 한다. 이 계열은 숫자 자체가 적지만 그런 것치고는 전쟁에 대한 기록이 풍부한 편이다. 『두견성』 『유화우』와 『우중행인』의 남주인공이 러일전쟁에 종군한 것이 가장 적극적인 설정이다. 그 중 『우중행인』의 경우 종군 이력 자체가 서술될 뿐 그 서사에의 영향은 미미하다는 점을 고려하면, 전쟁을 직접 기록한 텍스트로는 『두견성』 『유화우』 정도를 들 수 있다. 1912년에 출간된 이들 두 소설은 실상 일본 소설 『불여귀(不如歸)』(德富蘆花, 1900)를 번안한 이본(異本)이다.[38] 이들 소설에서 각각 봉남과 영현이라고 불리는 남주인공은 사랑하는 아내가 결핵에 걸렸다는 이유로 이혼을 강요당하고, 러일전쟁에 참전해야 하는 사정 때문에 아내를 지키지 못하는 공통의 운명을 걷는다. 결론은 크게 달라서 『두견성』에서는 여주인공이 요절하는 반면

---

34   「신문검열」, 『대한매일신보』, 1904.8.23.

35   「일본헌병대고시」, 『대한매일신보』, 1905.1.12.

36   「일사전훈」, 『대한매일신보』, 1905.1.19; 「필득승인」, 『대한매일신보』, 1905.2.22 등.

37   보호국의 다양한 가능성에 대한 당시의 진단에 대해서는 「기사」, 『대한자강회월보』 제1호, 1906.7 참조.

38   『不如歸』의 번역·번안에 대한 자세한 논의는 이 책에 실린 제1부 보론 「동아시아의 소설과 국가」를 참조할 수 있다. 조중환이 원작을 충실하게 번역한 『불여귀』(1912)도 출간된 바 있으나 그것은 청일전쟁을 그대로 옮겨놓은 구도라 여기 논의에서는 제외한다.

『유화우』에서는 고난 끝에 행복한 재결합을 맞게 되지만, 러일전쟁이라는 사건이 서사에 중요한 영향을 미친다는 점은 마찬가지이다.

원작 『불여귀』의 무대가 러일전쟁이 아니라 청일전쟁이었다는 사실을 생각하면 이같은 변조는 의미심장하다. 1900년에 간행된 『불여귀』는 러일전쟁 이전의 산물로서, 근대 일본이 처음으로 치른 국제전인 청일전쟁에 주목했었다. 『불여귀』의 남녀 주인공은 모두 유신 과정에서 입신(立身)한 군인 가문에서 성장한 처지이며, 남주인공 자신도 전도유망한 해군 소위로서 어떤 사건에 부딪히든 군인 기질을 십분 발휘하는 인물이다. 갓 결혼한 남녀 주인공 사이의 애틋한 연정이 서사의 골격을 이루고 있음에도 불구하고 『불여귀』에서 가장 결정적인 것은 전쟁의, 그리고 전쟁의 명분이 되는 국가의 존재로서, 전쟁은 그야말로 "적군도 아군도 저 풀죽은 혼도 이 원한도" 모두 휩쓸어 버리는 거대한 힘을 발휘한다.[39] 『불여귀』의 마지막을 장식하는 것 역시 국가를 짊어져야 할 군인 정신의 표명이다. 사랑하는 아내를 잃은 청년 장교와 그 장인이 여주인공의 무덤 앞에서 해후하지만, 그들은 마지막 대사는 "갈 길이 머네 (…중략…) 자, 그럼 대만 이야기나 들려주게"인 것이다.[40] 『불여귀』에서 청일전쟁은 단순한 배경이 아니라 남녀 간 연정이라는 표면상의 골격을 넘어서는 근본적인 골격을 형성하고 있다.

『불여귀』의 이 같은 특징은 막 뻗어나가기 시작한 제국의 감각에서, 즉

---

39 德富蘆花, 『不如歸』, 東京 : 民友社, 1900, 235쪽.

40 청일전쟁에서 일본이 승리한 결과 맺은 강화조약인 시모노세키 조약이 삼국간섭으로 인해 굴절되었다는 사실은 잘 알려져 있다. 대만은 당초 할양받기로 한 다른 양토를 모두 양보한 후 유일하게 일본이 차지할 수 있었던 영토였다. 삼국간섭의 뼈아픈 기억 때문에 청일전쟁은 일본에서 왕왕 '승리했으나 패배한 전쟁'으로 기억되곤 하는데, 『불여귀』의 마지막 대목이 이 국민적 상처에 대한 위안으로서의 성격을 갖는다는 지적도 있다. 小林陽一, 『日本語の近代』, 東京 : 岩波書店, 2000, 201쪽 참조.

군인극 등의 시대적 유행을 불러온 감각에서 비롯된 것으로, 1910년 이후의 한국으로선 모방 불가능한 요소였을 터이다. 『두견성』과 『유화우』는 당연히 제국의 의식을 생략하고 남녀 간 연정을 강조하는 방향으로 수렴되고 마는데, 그럼에도 전쟁 그 자체를 생략하진 않았다. 특히 충실한 번안작이었던 『두견성』의 경우 전쟁이라는 요소까지 그대로 살리려는 노력이 두드러져, 청일전쟁을 러일전쟁으로 바꾸면서 일일이 사건 날짜를 바꾸고 전함 이름까지 바꿔 놓는 수고를 무릅썼을 정도이다. 이렇듯 『두견성』에서 청일전쟁이라는 배경을 공들여 러일전쟁으로 바꾸어 놓은 까닭을 다 짐작하긴 어렵다. 당대를 취재 대상으로 하는 신소설의 관습상 1895년의 시점에서 서사를 종결짓기에는 시간 차이가 부담스러웠기 때문일 수도 있다. 학교나 의료시설 같은 근대적 제도를 담아내기 위해서도 갑오개혁 이전인 청일전쟁을 배경으로 하기는 무리였을지 모른다. 분명한 것은, 배경을 러일전쟁으로 바꾸었더라도 '성장하는 조국'의 이미지는 불가능했다는 사실이다. 『두견성』은 청일전쟁 이후 '독립'이라는 말로 압축됐던 가능성이 결국 무산된 1910년 이후의 소작이다. 1900년대 신소설에 있어서도 회피되고 침묵되곤 했던 러일전쟁은, 충실히 묘사될 때조차, 일본의 원작 『불여귀』와 같은 국가의식을 보장할 수는 없었다.

남성 주인공, 러일전쟁, 이주의 서사

『불여귀』 『유화우』와 『우중행인』을 제외한다면 신소설에서 러일전쟁을 직접 언급한 예로는 『송뢰금』 정도를 들 수 있다. 1908년 작인 육정수의 『송뢰금』은 러일전쟁 이후 가장이 하와이로 떠난 일가를 중심으로

서사를 이끌어 가고 있다. 이 소설에서 러일전쟁은 "삼천리 넓은 땅에 낙토가 바이 없"게 만든 참상을 결과한 계기로서 청일전쟁과 함께 거론된다. "하래 동풍에 전운이 몽몽하여 칠성문 외에 포성이 진동하고 대동강 상에 전선이 편만하여 일어나는 전장이 쉬지 아니"했던 것이 청일전쟁이라면 "기년을 지나매 세상사는 나날이 달라가고 돌아오는 겁운은 쉬지 아니하여" 벌어진 것이 러일전쟁이다.[41] 소설의 얼개를 구성하는 것은 앞서 하와이에 정착한 김주사의 부름으로 그 가족이 이민길에 나서는 경과이나, 그에 못지않게 청년 실업가들이 인상적 활약을 보이는 가운데, 특이하게도 이충국이라는 청년은 기선을 한 척 장만해 전쟁 물자 교역에 뛰어들 계획을 세운다. "원산의 굴밭과 북관의 북어와 동해 고래잡기로 어업 개발을 시작"(48)한 후 제조 공장을 설치하고 수출 판로를 개척할 야심찬 꿈도 꾼다. 비록 생각보다 일찍 전쟁이 끝나 계획이 무산되긴 하지만 『송뢰금』에서의 전쟁은 구체적 현실, 개입을 요구하는 당대다.

그러고 보면 전반적으로 남성 인물을 내세운 소설은 신소설이 출현한 당대, 즉 1900년대 중·후반을 정면으로 문제 삼고 있는 결론을 내릴 수 있을 법도 하다.[42] 나아가 신소설에서 주역을 맡을 경우 남성은 여성 주인공에 비해 한결 생산적이고 실천적인 듯 비친다. 여성이 지배하는 신소설의 세계에서 능동적 남성 주인공이란 드문 존재이지만, 『은세계』의 최병도와 옥남, 『송뢰금』의 이충국, 『소금강』의 구흥서 등, 간혹 등장하

---

41   육정수, 『송뢰금』, 박문서관, 1908, 10쪽.
42   역시 남성 주인공을 중요하게 내세워 멕시코 노동 이민 문제를 다룬 『월하가인』의 경우는 동학농민운동에서 시작해 주인공 심진사가 '외부 협판'으로까지 출세한 시점에서 종결된다. 갑오경장 직후라는 서술자의 설명과 달리 소설의 발단 계기가 되는 멕시코 이민은 1904년 이후의 사건이었지만 말이다. 최원식, 『한국근대소설사론』, 창작사, 1986, 266쪽 참조.

는 이 예외적인 인물들은 명백히 정치적이고 사회적인 삶을 살아간다.[43] 『은세계』의 최병도는 일찍이 김옥균을 면대한 후 감심, "갑신년 십월에 변란이 나고 김씨가 일본으로 도망한 후에"(55) 본격적으로 치부(致富)를 시작했으며 "문명한 나라에 가서 공부를 하여 (…중략…) 우리나라를 붙들고 백성을 건지려는 경륜"을 품고 살았다. 최병도가 강원 감사의 토색에 항거하다 비명횡사한 후, 중단된 개혁의 꿈은 유복자로 태어난 아들 옥남에 의해 계승된다.

『소금강』에서 활빈당 무리에 합류한 구충서는 "갑신개혁당 간련으로 금갑도 위리안치" 갔다가 세상을 뜬 구도사의 아들이다. 그는 약탈한 재물로 동포를 구원하겠다는 '권도(權道)'를 계획한 후 활빈당 수령이 되고 이윽고 북간도로 이주, 신천지 개척에 나선다. 이들은 모두 아버지의 뜻을 계승하는 아들의 역할을 자임하며[44] 유랑 그 자체로 서사를 시종하는 여성 주인공들과 달리 스스로 과업을 설정하고 이행해 나간다. 물론 이들 생산적–실천적 남성의 대척점에는 『귀의성』의 김승지로 대표되는 일군의 '무능한 남성'들이 있고 『빈상설』 『목단화』의 아버지나 『치악산』의 남편에게서 목격할 수 있는 '부재하는 남성'들이 있지만, 이들은 남성–조연들일 뿐, 남성 주인공의 경우는 부(父)–자(子)의 계승과 생산적–실천적 면모가 두드러진다.

갑신정변 혹은 갑오개혁 당시 희생된 아버지를 계승해 러일전쟁 이후

---

43 『황금탑』은 예외적이다. 막벌이꾼 황문보를 주인공 삼은 이 소설은 정치와는 무관하게 發福과 蓄財를 초점으로 삼는다.

44 『송뢰금』의 경우 남성 주인공의 생부가 등장하지는 않으나, 이충국과 더불어 소설의 또 다른 서사를 이끄는 계옥의 아버지 김진사는 "갑신년 전 일본에 갔"다가 갑오개혁 당시에는 관료로 봉직했던 인물로, 이충국은 김진사의 존재를 통해 계옥을 인지하고 내내 김진사의 부재를 아쉬워한다.

의 당대에서 활약하는 남성 주인공—이들의 존재는 러일전쟁 이후의 새로운 정치적 조건, 즉 일본의 보호국 체제라는 조건에 이들 소설이 정면으로 응전하고 있다는 사실을 뜻한다. 그러나 1905년 이후의 행보란 순조로울 수 없다. 1894~1904년이 열강 간 세력 균형으로 한반도가 외형적인 독립이나마 온전히 할 수 있는 시기였다면, 1905년 이후는 국가 상실의 위험이 현실화되기 시작한 시기에 해당한다. 중국의 량치차오가 "조선은 이제 조선의 조선이 아니요 일본의 조선"이라고 묘사한 것이 바로 이 시기였다. 게다가 1906년의 최초 등장을 거쳐 신소설이 본격적으로 창작되기 시작한 1907~1908년이라면 고종이 폐위되고 순종이 즉위하는 한편 내각이 친일적이요 평민적으로 구성되기 시작한 때이다.

계몽과 구국의 담론이 뜨겁게 토로되었지만 그 열기가 좌절되고야 말리라는 의식 또한 점차 또렷해졌던 1900년대 후반, 신소설의 남성 주인공들이 선호하는 것은 해외 이주라는 행로다. 활빈당 일당을 끌고 북간도로 이주하는 『소금강』의 구홍서가 가장 대표적인 사례이겠거니와, 『월하가인』의 심진사는 멕시코로, 『송뢰금』의 김진사는 하와이로 각각 노동 이민을 떠나고, 『서해풍파』의 해운·해동 형제는 미국으로 가서 "남극 탐험가"(113)로 성공을 거둔다. 『금의쟁성』에는 주변 인물의 이주 결심이 잇따라 전해지고 『소학령』에서 강한영은 간도로 영구 이주할 마음으로 처자까지 불러들였다가 후일 귀국한다. 신소설이라기보다 번안소설이라 불러야 마땅한 사례이긴 하겠으나, 1910년대 『매일신보』 연재소설 가운데 유일하게 남성 주인공을 내세운 『형제』의 홍영식이 중국 상하이로 이주해 금융가로서 입신한다는 사실 역시 이 맥락에서 기억해 둘 만하다. 이밖에 남성 주인공이 여성에 비해 압도적인, 적어도 동등한 비중을 차지하고 있는 소설로 더 떠올릴 만한 것은 『고목화』 『구의산』 『박연폭포』

『연광정』『춘몽』 정도라고 생각되는데, 이 중『구의산』에서는 오복이 일본인 이학박사를 따라 수년 간 세계 탐험을 경험하고,『연광정』에서는 고학생 태준이 일본인의 후원으로 일본 대학에 유학의 길을 떠나고 있다.

하편을 확인할 수 없으므로 단언하기 어렵지만『송뢰금』의 건실한 청년 실업가 이충국은 아마 김진사의 딸 계옥과 더불어 하와이로 떠나 새 삶을 개척해야 했을 것이다. 1905년 이후 대한제국에서 관료로서의 입신이란 이미 의미를 잃고 있었고, 그 밖의 사회적 활동 역시 의미가 근본적으로 제한되기 시작했기 때문이다. 비록 언론·출판 활동이 활발해지고 교육 운동 또한 왕성해졌지만, 운동의 무제한한 전개를 위해 필수적인 조건, 즉 개인과 국가의 주권은 이미 결정적으로 침해를 받고 있었다. 현실 속에서의 고투를 회피할 수야 없었다 해도, 시간적이거나 공간적인 전환을 널리 상상했던 것은 도리어 당연한 일이다. 역사·전기물이 과거로 이동해 민족의 영광을 재현했다면, 남성 주인공의 신소설은 한반도를 벗어나 새로운 삶을 열어갈 것을 꿈꾸었다.『송뢰금』과『소금강』『서해풍파』가 전면화한 바 있고『월하가인』『소학령』『금의쟁성』이 부분적으로 보여주었던 이주의 서사란, 1900년대 후반에 급증하기 시작한 이주의 현실을 반영한 결과이면서, 1905년 이후 눈앞의 당대와 씨름하고자 했던 실천적 노력의 귀결을 보여주는 지점이다. 신소설의 주류를 이루고 있는 여성 주인공의 소설이 1894~1904년에 집중하고 있는 반면 남성 주인공의 신소설은 1905년 이후로까지 관심을 확장하면서 한반도의 폐색된 현실을 넘어 경역(境域) 바깥을 개척할 것을 제안한다. 그렇다면 여성 주인공의 신소설을 일종의 정치적 무의식으로 읽어낼 수 있다 해도, 다른 한편에서 여성-가정-과거와 남성-사회-현재라는 대립항 또한 생성·작동하고 있었다는 뜻이 될 터이다. 이렇게 보자면 신소설의 성별

불균형은 자칫 무능력의 증거가 되어 버릴 터인데, 쉽게 결론 내리기 어려운 문제다. 더 토론할 기회가 있기를 바란다.

4. 1910년 이후, 더욱 큰 낙차

청일전쟁과 러일전쟁이라는 두 개의 전쟁은 한국 근대의 전개에 크나큰 영향을 미쳤다. 한국이라는 근대 국가의 원형은 이 두 개의 전쟁을 통해 기초되었고, 근대적 인식론의 영향 또한 그러했다. 러일전쟁 직후에 탄생한 신소설 역시 두 전쟁의 영향을 기록했다. 당대성을 전면에 끌어들이고, 여성 주인공을 배치하며, 서두에 공간 묘사를 활용하며 인물의 익명성이라는 장치를 도입하는 등, 신소설이 사용한 특이한 서사 전략들은 이들 전쟁 이후의 상황에서부터 해명되어야 한다. 일본 문학이 청일전쟁 이후 사회화의 길을, 러일전쟁 이후 개인화·내면화의 길을 걸은 것[45]과는 달리 러일전쟁 이후 태어난 신소설은 '국가'의 의식을 강조하되 근본적으로 회고의 양식으로서만 그렇게 했다. 국가의 기원이라 할 청일전쟁에 대한 진술이 무성한 반면 러일전쟁에 대해서는 침묵으로 일관한 것이 그 증거라 하겠다. 이런 분열의 상황 속에서 신소설의 한 축이었던 정치성은 가정·풍속의 차원과 타협해 갔다.

"우리가 공부를 하여도 나라를 위하여 하고 살아도 나라를 위하여 살고 죽어도 나라를 위하여 죽는 것이 옳은 일이라. 여보게 옥련 (…중략…) 어서 시집이나 가서 세간나 재미있게 하면 그것이 소원인가. 자네

---

45   中村光夫, 고재석·김환기 역, 『일본 메이지문학사』, 동국대 출판부, 2001, 193쪽.

소원이 만일 그러할진대 (…중략…) 나는 (…중략…) 더 중요한 국가를 위한다는 생각이 있으니 자네는 바삐 귀국하여 어진 남편을 구하여 하루 바삐 시집가서 자네 부모의 소원대로 하게"[46]라는 1907년 산 『혈의누』 하편의 의식은 1913년 작 『모란봉』에서는 남녀의 이합·결연담으로 변색되어 있다. 당대성에 주목했고 러일전쟁 이후의 현실에서 출발했으면서도 막상 눈앞의 정치·사회적 현실을 처리할 만한 서사적 능력을 갖추지 못했기에, 분열은 신소설로선 당연한 일이었다. 소설이라는 근대적 양식의 최종심급 중 하나인 근대 국가의 전망은 신소설에선 이미 부정되고 있었던 것이다.

1910년대라면 더하다. 1910년대의 신소설은 1900년대 신소설이 부분적으로나마 개척한 것 같은 당대성의 영역을 개척하지 못했다. 1894~1905년이라는 시대적 배경의 제약은 1910년대의 신소설에 있어서도 거의 그대로 유지된다. "충청 경상도 동학 여당"(31)이 문제되는 『화의혈』(1912), "동학 여당"으로 몰려 억울하게 죽은 아버지의 복수를 하는 데서 시작하는 『현미경』(1912), "이 동리 사람들이 모두 의병을 꾸며가지고 부녀노약은 각각 친척의 집에 보낸 뒤에 동리에 불을 지르고 나"(154)간 상황에서 주인공들이 위기를 넘기게 되는 『금강문』(1914), 그리고 "평양대 병정들이 쫓겨 시골로 가는 길에 작폐"한 까닭에 가족이 이산하게 되는 『절처봉생』(1912)과 "동양 천지에 폭발탄을 던진 동학의 난리" 때문에 정혼자와 이별을 맛보는 『무궁화』(1918) 등 1910년대의 신소설 중 1894~1905년의 시대 배경을 명백히 하고 있는 사례는 이루 헤아리기 힘들 정도로 많다. 다만 배경을 민감하게 의식하는 정도는 1900년대의 신소설에 비해 훨씬 떨

---

46   이인직, 「혈의누」, 이재선 편, 『한말의 신문소설』, 한국일보사, 1975, 190~191쪽 참조.

어져서, 시간의 추이를 정교하게 계산한 1900년대 신소설과는 달리 189
4~1905년이라는 시기를 내적 차별 없이 받아들인다든가, 서로 모순되는
배경을 활용한 경우가 종종 눈에 띈다. 예컨대 『절처봉생』에서는 개가 허
용(1894년)에서 조혼 금지(1907년)에 이르는 시기가 거의 동시적으로 다루
어지고 있으며[47] 『금의쟁성』(1913)에서는 "갑오경장 이후 (…중략…) 사면
에서 도적이 일어나"고 있는 당시와 메이지 45년(1912년)을 시간적 상거(相
距) 없이 배치하고 있다. 일종의 아나크로니즘이다.

이들 사례에 있어, 설혹 1894~1905년과 1910년 이후의 당대를 함께 배
치하는 경우라 해도 신소설의 중심은 1910년 이전의 시기로 기울어 있
다. 『금의쟁성』의 서사를 추동하는 힘은 1910년 이전 의병-비적의 활약
이며, 『추월색』에서도 1903~1904년 무렵으로 설정된 초산 민요가 전환
의 중요한 계기가 된다. 1910년 이후의 현실이 경찰제도('경찰서')·교육
제도('소학교'·'중학교') 등의 세부 — 보다 정확하게는 명칭 — 를 통해 전
제되는 일이 드물지 않지만, 1920년대에 창작되었는데도 "어의동 공립
보통학교"의 하학 장면을 첫 장면으로 삼은 『경중화』(1923)처럼 세부에
있어서도 1910년 이전을 고집한 사례가 더욱 자주 눈에 띈다. 그만큼 신
소설이라는 양식은 1894~1905년의 시기에 강박되어 있다고 보아야 할
터인데, 1900년대의 신소설에 있어 '당대성'으로 기능할 수 있었던 이 강
박은 1910년대 이후 신소설의 퇴영성으로 이어진다.

다시 말하자면, 신소설 작가의 의식이 후퇴함으로써 신소설이 1910년

---

47 『절처봉생』의 시간적 배경을 확정하려는 시도가 청일전쟁 혹은 러일전쟁이라는 상
반된 결론에 이른 것은 이 때문으로 보인다. 각각에 대해서는 김청강, 「근대 체험과
남성 판타지」, 이영미 외, 『딱지본 대중소설의 발견』, 민속원, 2009와 방민호, 「청일
전쟁과 러일전쟁 혹은 합방 전후의 소설적 거리」, 『한국현대문학회 학술대회 발표자
료집』, 한국현대문학회, 2010 참조.

대 이후의 당대를 다루지 못했다기보다, 거꾸로, 신소설이라는 양식이 1900년대에 긴박되어 있었음으로 해서 다른 시대적 환경에 적응하는 데 그만큼 무능력했다고도 할 수 있겠다. 신소설은 1894~1905년이라는 정치적·사회적 공간을 전제로 탄생했으며, 이 공간이 소멸한 후에는 그 문제성을 거세당했고 새로운 시대를 다룰 만한 서사적 능력을 확장시키지 못했다. 신소설이 갱신의 가능성을 잃고 기존의 관습을 되풀이하는 길로 접어든 이후, 심지어 "조선 중고시대"(『소양정』, 1911) 등을 배경으로 하는 데까지 퇴화한 이후, 1910년 이후의 현실에 전면적으로 대응하기 위해서는 『무정』 이후의 새로운 서사 양식을 기다려야 했다. 1910년대의 신소설과 번안소설은 『무정』의 탄생 이전에, 제한적이고 굴절된 방식으로나마 1910년대에 대응하고 있었다고 할 것이다.

동아시아의 소설과 국가

『호토토기스[不如歸]』의 번역·번안 양상

1. 메이지의 베스트셀러, 『불여귀(不如歸)』

1898년 11월부터 이듬해 5월까지 『국민신문(國民新聞)』에 연재되었고 1900년 1월 단행본으로 발간된 도쿠토미 로카[德富蘆花]의 『불여귀』는 오자키 고요[尾崎紅葉]의 『금색야차』와 더불어 일본 메이지 시대 최대의 베스트셀러로 꼽힌다. 초판 1천 부를 찍었지만 한 달 만에 매진되어 다음 달에 벌써 재판에 들어갔고, 같은 해 말까지는 총 9천 부가 팔렸으며, 해마다 1만 부 이상을 소화하는 행진은 이후에도 계속되었다. 로카가 죽은 1927년까지 190판이 나왔고 50만 부 이상이 팔린데다 오래잖아 1백만 부 판매를 돌파하였다.[1] 『불여귀』는 외국에서도 높은 인기를 누려 1904년

---

1   前田河廣一郎, 『蘆花傳』, 東京 : 岩波書店, 1938. 다만 이 시기 '版'의 개념은 오늘날 '刷' 개념에 가깝다는 사실을 지적해 둘 필요가 있겠다.

미국 보스턴에서 영역본 『나미코(Nami-Ko)』가 나온 이래 1910년대까지 한국어 · 중국어 · 영어 · 프랑스어 등 4개 국어 7개 판본의 번역이 나왔다. 특히 한국에서 『불여귀』의 인기는 대단하였다. 번안소설 및 희곡 작가로 활동했던 조중환이 1912년 도쿄 경성사서점(警醒社書店)에서 번역본 『불여귀』를 냈고, 같은 해 조중환과 함께 매일신보사에 근무했던 선우일이 『두견성』을 보급서관에서 간행했으며 동양서원에서는 김우진이 『유화우』라는 제목으로 번안을 시도하였다.

　여러 차례 번역되었다는 사실 자체가 『불여귀』의 인기를 증명한다고 할 수 있을 것이다. 일찍이 『월남망국사』가 1~2년 사이 세 차례나 번역되었던 예는 있지만, 이때는 국한문체와 국문체 사이의 분기가 심할 때였고, 순국문체라는 기본 문체가 전제되어 있음에도 세 종류의 번역본이 나온 예로는 『불여귀』가 예외적이다. 이 사실은, 1910년대 대부분의 번안소설이 『매일신보』 연재를 통해 전파되고 이어 연극으로, 단행본으로 유통된 데 비해 『불여귀』는 신문 연재의 절차를 거치지 않았다는 점을 생각해 보면 더욱 인상적인 것이 된다. 번안자 중 조중환 · 선우일 두 명이나 매일신보사와 관련이 있었는데도 『불여귀』가 신문 연재를 거치지 않은 까닭을 정확히 알 수는 없지만, 항간의 화제가 되는 일반적인 절차를 거치지 않았는데도 『불여귀』는 널리 읽혔고 또한 연극화되어서도 많은 관객을 불러 모았던 것으로 보인다. 후일의 회고에서도 『불여귀』는 『무정』이나 『장한몽』과 함께 1910년대의 기억할 만한 책으로 꼽히고 있다.[2] 일본 문학의 명소를 순례할 때도 도쿠토미 로카의 묘소가 끼어 있었던 것으로 보아 『불여귀』의 인기는 자못 높았던 모양이다.

2　예컨대 최독견, 「상해 黃浦江畔의 산책」, 『삼천리』, 1932.4, 85쪽 참조.

『불여귀』의 한국어 번안작 중 2003년 기준으로 확인할 수 있었던 것은 선우일의 『두견성』과 김우진의 『유화우』뿐이다. 조중환의 『불여귀』의 존재 유무 및 소재는 확인할 수 없었다.[3] 여기에 린슈(林紓)가 번역한 중국어 『불여귀』와 일본 한학자 스기하라 에비스(杉原夷山)의 손에서 나온 한역본(漢譯本) 『불여귀』, 그리고 최초의 외국어 번역본이었던 『나미코(Nami-Ko)』를 함께 놓으면 원작 『불여귀』 외에 총 다섯 종의 『불여귀』 번역 및 번안본을 보게 되는 셈이다. 이 중 『유화우』와 『나미코』는 일단 1차 비교 대상에서 제외한다. 김우진의 『유화우』는 시작 부분에서는 원작을 거의 그대로 옮겼지만 곧 근본적인 이탈을 시작, 중반 이후로는 아예 원작과 무관한 소설이 되어 버렸기 때문이며, 『나미코』는 짤막한 회별(回別) 구성을 장별(章別) 구성으로 바꾸고 제목을 단다든가 가끔 등장하는 영탄조 서술을 평서(平敍)로 바꾸는 등을 제외하고는 원작과 별다른 차이를 보이지 않기 때문이다. 원작과 거의 차이를 보이지 않거나 비교 불가능할 정도로 심각한 차이를 보이는 판본은 일단 비교 대상에서 제외하겠다는 뜻이다. 그렇다면 결국 남는 것은 로카의 『불여귀』와 스기하라 에비스의 한역(漢譯) 『불여귀』, 린슈의 중역(中譯) 『불여귀』, 선우일의 『두견성』 총 네 종이 되는 셈인데, 이 글에서는 이들 판본 사이의 차이를 개괄적으로 살펴보고자 한다.

---

3 2003년 발표한 글을 별 수정 없이 싣는다. 이 글을 발표한 당시에는 조중환 역 『불여귀』가 서강대 중앙도서관 도서목록에 올라 있었을 뿐 실물을 확인할 수 없었다. 문의한 결과 분실된 상태로 추정된다는 답변을 들었다. 이 글을 발표한 후 권정희 선생님을 통해 조중환이 번역한 『불여귀』를 입수할 수 있었고, 번안이 아닌 번역 노선을 택한 그 독특한 실제를 음미할 수 있었다. 이후 권정희, 『호토토기스의 변용』, 소명출판, 2011에 실린 여러 논문을 비롯해 최태원, 「일재 조중환의 번안소설 연구」, 서울대 박사논문, 2010, 19~44쪽; 박진영, 『번역과 번안의 시대』, 소명출판, 2011, 277~300쪽 등에서 『不如歸』의 다중 번역·번안 양상에 대한 연구가 이루어졌다. 마땅히 조중환의 『불여귀』까지 검토 대상으로 해 판본 비교 작업을 다시 행해야 했을 터이나, 앞선 연구들을 크게 벗어나지 못할 듯해 10여 년 전 상태 그대로 내놓는다. 혹시라도 쓰일 데가 있기를 바란다.

2. 스기하라 에비스[杉原夷山]의 『불여귀』 ― 평석(評釋)의 장치와 도덕적 해석

도쿠토미 로카의 『불여귀』는 오자키 고요의 『금색야차』와 더불어 아속절충체(雅俗折衷體)를 실험한 것으로 널리 알려진 소설이다. 아속절충체란 인물의 대화를 표기할 때는 생생한 구어체를 사용하고 지문에서는 옛문어체를 그대로 사용한다고 하여 붙여진 이름이다. 구어체·문어체라는 용어를 어떻게 받아들이느냐의 문제는 있지만, 『불여귀』 지문의 어미가 근대 일본 소설의 어미인 '―た'·'である'가 아니라 '―き'·'―なり'·'―たり' 등이라는 것은 분명한 사실이다. 언어의 근대적 질서가 아직 확립되지 않았다는 뜻도 된다. 이른바 '언문일치체'를 선보인 후타바테이 시메이[二葉亭四迷]의 「부운(浮雲)」이 발표된 지 거의 10년이 지났지만, 소설이라는 글쓰기의 문법은 여전히 동요 중이었던 것이다. 그러면서도 『불여귀』 『금색야차』의 높은 인기가 보여주듯 소설의 시민권은 확고하게 지반을 다져가고 있었다. 이 시기, 소설의 정형(定型)이 틀 잡힌 것은 아니지만 근대 민족어의 모형(母型)으로서 자리를 굳히고 있던 무렵, 근대 이전 권위를 누렸던 글쓰기는 어떤 길을 모색하고 있었을까? 로카의 『불여귀』가 나온 지 10여 년 만에 나온 스기하라 에비스의 한역본 『불여귀』은 이런 질문을 새삼 떠올리게 만든다. 아속절충체로 쓰여진 『불여귀』를 굳이 한문으로 번역해야 했던 이유는 무엇이었을까? 이미 10만 부가 넘게 팔려 알려질 대로 알려진 인기 소설을 왜 다시 한역(漢譯)한 것일까?[4] 스기하라 에비스의 『불여귀』가 출판되자마자 매진되어 바로 2쇄를 찍어야 했다는 사정은 이 의문을 더욱 복잡한 것으로 만든다. 같은 일본 내에서 출판되고 팔렸는

4　한국에서 1910년대에 『춘향전』 등의 한역(漢譯)이 활발하게 이루어졌다는 사실을 상기해 둔다.

데도 굳이 로카의 『불여귀』와 스기하라 에비스의 『불여귀』가 구분되어야 했던 까닭은 무엇인가? 먼저 두 책의 첫 부분을 비교해 본다.

上州 伊香保 千明 삼층 미닫이문을 열고, 해질녘 풍경을 바라보는 부인. 나이는 18·19세. 우아하게 머리를 틀어올렸으며, 녹색 끈이 달린데다 자잘한 무늬가 놓인 비단옷을 입었더라.[5]

上毛 伊香保는 온천으로 세상에 유명하며 산수 또한 청수하여 인간 세상과는 완전히 다르더라. 하여 도회 사람들이 쉼없이 놀러오더라. 여관 또한 많은데 모두 욕실을 갖추고 管과 욕조를 마련하였도다. 그 중 千明亭이 있는데 웅대하고 굉장하여 伊香保 중앙에 우뚝하더라. 어느 해 봄 4월, 손님 가운데 佳人 하나가 있는데 눈가가 맑고 자태가 아리따워 이른 봄 앵두꽃이 비에 젖은 듯하고 갓 핀 복숭아꽃에 아지랑이가 어린 듯하더라. 둥글게 머리를 틀어 올렸으니 혼인한 부인인 줄 알지라.[6]

린슈의 『불여귀』나 선우일의 『두견성』, 심지어 김우진의 『유화우』까지도 시작 부분에서는 원문 그대로 번역·번안하려 한 고심이 역력이 보이는 데 비해 스기하라 에비스의 『불여귀』는 처음부터 원문에서 자유롭

---

[5] 『德富蘆花·北村透谷集』, 東京 : 角川書店, 224쪽. "上州の伊香保千明の三階の障子開きて, 多景色を眺むる婦人. 年は十八九. 品好き丸髷に結いて, 草色の紐つけし小紋縮緬の被衣を着たり." 일본어 어미 '-き'·'-なり'·'-たり' 등의 어감을 살리기 위해 어미는 '-더라'·'-도다'로 번역한다.

[6] 杉原夷山, 『不如歸』, 東京 : 千代田書房, 1911, 1~2쪽. "上毛 伊香保驛. 以溫泉名于世. 且山秀水淸. 殆與人境劃一大鴻溝. 都人士來遊如織. 旅亭亦多. 皆作浴室. 筧槽築之. 就中千明亭. 雄大宏壯. 驛中之巨擘也. 某年春四月. 客有一佳人. 眉目淸秀. 容姿姸麗. 宛然如早櫻帶春雨. 夭桃媚紅蔫. 圓髻綠鬢. 乃知旣爲人婦."

게 이탈한다. 로카가 '상주(上州) 이향보(伊香保) 천명(千明)'이라고 간단히 제시한 배경을 길게 설명하기도 하고, 주인공 나미코(浪子)의 자태를 설명하면서 "이른 봄 앵두꽃이 비에 젖은 듯하고" "갓 핀 복숭아꽃에 아지랑이가 어린 듯하"다는 관습적 수사를 덧붙이기도 한다. 머리를 틀어 올렸다는 말로 기혼임을 암시한 대목도 "혼인한 부인임을 알지라"는 직설투 부연으로 바꾸고 있다. 이러한 번역 태도는 스기하라 에비스의 『불여귀』 전반을 통해 지속되고 있어, 원문 그대로 축자역(逐字譯)한 부분을 찾기 어려울 정도이다.

더욱이 스기하라 에비스는 본문 위쪽에 따로 평석(評釋)을 위한 난을 마련해서 아예 번역자의 개입을 제도화하기까지 한다. 예컨대 나미코의 아버지 가타오카(片岡) 중장이 아내를 폐결핵으로 잃고 새로 맞아들인 재취 부인을 처음 등장시킬 때, 역자는 다음과 같은 참견을 서슴지 않는다 : "해외 유학을 한 사람 중 왕왕 이론에만 힘쓰고 덕행을 돌아보지 않는 자가 있으니 근심이라. 부인들이여, 여자 교육이란 것이 어찌 깊이 생각할 바 아니겠는가"(9). 일찍 개명한 조쥬(長州) 출신으로 영국 유학까지 마친 나미코의 계모를 비꼬아 하는 말이다. 로카의 원문에도 계모가 거만한데다 다소 제멋대로였다는 암시는 나와 있지만, 스기하라 에비스는 이 암시를 부연하여 본문에서 "자기 장점을 갖고 오만하게 굴더라"거나 "강경하여 조금도 굽히지 않더라", 심지어 "마치 야차와 같더라"(9~11) 등의 서술을 추가하고 나서 미진한 비판을 따로 주(註)를 통해 가한 것이다.

나미코의 남편인 다케오(武男)의 어머니나 다케오의 사촌 치치와(千千岩) 등 주요 인물을 제시할 때는 모두 마찬가지이다. 중국어 번역자 린슈가 간간이 괄호 안의 서술을 붙여 역자로서의 제 견해를 밝혔고 한국어 번역자 선우일은 이런 장치를 일체 갖지 않은 데 비해, 스기하라 에비스는 본문 번역에서 가장 큰 자유를 누리면서도 평석의 장치까지 따로 갖추고 있어 다른 번역자와 판연히 구별되는 면모를 보인다. 나미코와 다케오 사이를 갈라놓는 악역을 맡은 치치와를 묘사하는 대목을 보자. 로카의『불여귀』에서는 여섯 살 때 고아가 된 치치와가 어떻게 "다케오처럼 부모·지위·재산 등을 모두 갖춘 넉넉한 자"에 대한 원망과 질투를 배우는지, 또한 어떻게 "제 힘과 지혜로 세상을 헤쳐가야 할 자"로서 표리부동(表裏不同)한 세상의 질서를 통찰하고 이용하게 되는지를 보여주고 있지만(241), 스기하라 에비스에게 있어 치치와는 "저 혼자 비열하고 더러운 마음을 품은"(23) 악인일 뿐이다. 고모부인 다케오의 아버지가 치치와를 귀찮게 여기고 홀대했다는 서술까지 "은혜로운 숙부"의 뜻을 저버렸다는 말로 바꾸고 있을 정도이니, 스기하라 에비스가 등장 인물들에 가한 변조는 자못 크다고 할 수 있다. 평석에서 이 변조를 확대하고 있음은 물론이다.

결과적으로, 로카가 등장인물들의 내력을 다룸으로써 '왜 그가 그렇게 되었는가'를 강조하고 따라서 선·악 이분법의 구도를 약화시키고 있는데 반해, 스기하라 에비스의『불여귀』는 다시금 선·악의 평가를 강화하는 효과를 낳고 있다.『불여귀』의 주인공 나미코를 죽음으로 몰아넣는 것은 악인들이라기보다 결핵균으로 표상되는 '운명'이며[7] 선·악 구도의 약화란 이와 연결되는 특징이지만, 스기하라 에비스의『불여귀』에 있어 이런 특징은 현저히 약화된다. 말하자면 스기하라 에비스의『불여귀』는 그 전체로서 도덕적 평가를 앞세운 일종의 평석본(評釋本)이 되어 버리는 셈인데, 이는 나미코를 "그늘에서 자란 꽃"(232)에 비유하는 짧은 대목을 두고 "옛 시인은 볕을 바라고 선 꽃과 나무가 일찍 봄을 맞는다고 말했도

---

7   柄谷行人, 박유하 역,『일본 근대문학의 기원』, 민음사, 1996, 134~135쪽 참조.

다. 浪子는 볕을 향하고 섰으나 봄을 맞지 못했으니, 슬플진저. 눈이 날려 하늘 가득 꽃이 지고, 날이 차가와 저녁에는 찬 비가 내리는도다"(11~12)라고 길게 고시(古詩)를 인용하거나 술좌석 분위기에 "봉황의 간, 용의 고기" 운운하는(30) 관습적 수사와도 잘 어우러지고 있다.

3. 린슈[林紓]의 『불여귀(不如歸)』 — 전쟁의 압도적 무게

도쿠토미 로카의 『불여귀』가 중국어로 번역된 것은 1908년, 유명한 린 슈에 의해서였다. 1852년 푸젠성[福建省]에서 태어난 린슈는 1899년 뒤마의 『춘희(La Dame aux Camélias)』를 번역, 『파려다화녀유사(巴黎茶花女遺事)』라는 제목으로 간행함으로써 소설 번역을 시작하였고, 이후 1924년 세상을 뜰 때까지 총 156종류의 외국 소설을 소개하였다. 매년 6책 가량을 번역해 낸 셈이니 실로 어마어마한 분량이라고 할 만한데, 이처럼 놀라운 속도는 린슈 자신이 외국어를 몰랐기 때문에 확보할 수 있었던 것이라 한다. 외국어에 능한 중국인이 원문을 읽으면서 즉석에서 중국어로 번역해 들려주면 린슈가 일필휘지로 그 내용을 정리하는 식이었다는 것이다. 번역 보조자로 활동했던 왕쇼우창[王壽昌] 등의 노력이 절대적인 것은 물론이었겠지만, 그렇다고 옌푸[嚴復]과 더불어 역재(譯才)로 천하를 휘어잡았다고 하는 린슈의 번역문이 쉽게 나온 것은 아니다. 린슈는 소설 번역에 진력해 '임역소설(林譯小說)'이라는 용어까지 만들어 내는 일관성을 보여주었으며, 그 자신 1913년 이후 소설 창작에 힘썼고, 백화문(白話文) 운동을 둘러싼 유명한 논쟁에서 "말하는 그대로 글을 써야 한다면, 시장의 장사치나 푸줏간 주인을 불러 대학 강단에 서게 해야 한단 말인가"며 격분

을 토했을 만큼 글쓰기에 대해 예민한 감각을 갖고 있었다.[8]

그러나 린슈가 번역가로서의 뚜렷한 자의식을 갖고 있었다고 한다면 그 또한 한편의 사실을 외면하는 진술이 될 터이다. 주로 영국 소설을 번역했던 린슈는 셰익스피어나 디킨스, 스위프트 등 오늘날 '고전'으로 인정되고 있는 작품도 다수 번역했지만, 지금은 거의 잊혀진 해거드(H. R. Haggard)의 추리소설을 23종이나 번역하는 등 대중 소설에 더욱 관심을 기울였으며, 원문을 멋대로 축약하기도 했다. 예컨대『톰 아저씨의 오두막(Uncle Tom's Cabin)』원문에서 거의 한 면을 차지하는 내용이 비슷한 시기 일본어 번역에서는 한자와 가나를 합쳐 총 589자로 번역된 반면 린슈의 글에서는 겨우 79자로 번역되어 있다. 이처럼 자의적인 린슈의 번역이 꼭 오역이나 졸역이 아니라 번역 자체의 본질을 드러내는 증거일지 모른다는 의견도 있지만, 일반적인 '번역'의 개념을 기준으로 해서 보자면 린슈의 작업을 살필 때 엄밀한 고증의 시선이 필요하다는 사실을 부정하기는 어렵다. 다만, 똑같은 린슈의 번역이라고 해서 원문 훼손이나 축약의 정도가 똑같이 심한 것은 아니다. 이 글에서 다루고자 하는『불여귀』의 경우, 예컨대 원문의 일본어 320자를 한자 165자로 번역하고 있는데, 이는『톰 아저씨의 오두막』식의 축약 번역과는 거리가 멀다. 일본어가 한자와 가나를 섞어 쓴 것이라는 사실을 생각한다면 충실한 번역이라고 기대해도 좋을 정도의 비율이다.[9]

실상『불여귀』는 린슈의 번역으로서는 드물게 원문에 대해 높은 충실성을 보여주고 있다.『불여귀』본래의 회(回) 구분을 무시하고 영역본의 장 구분 및 표제 명명 방식을 그대로 따르기는 했지만, 세부적인 수사나 표현 등에서는 일본어 원문을 참조하지 않았다면 있을 수 없는 일치를

---

8   薛綏之・張俊才 編,『林紓研究資料』, 福州 : 福建人民大版社, 1982, 431~616쪽 참조.
9   大原信一,『中國近代のことばと文字』, 東京 : 東方書店, 1994, 14~20쪽 참조.

보이고 있다. 왜 『불여귀』 번역이 유독 이런 특징을 보이는지에 대해서는 따로 고찰이 필요하겠지만, 여기서는 일단 『불여귀』가 린슈가 번역한 유일한 일본 소설이었다는 사실을 상기해 두려 한다. 일본을 통한 지식과 문물 수입이 활발하게 이루어지고 있을 무렵이었으나 린슈는 20여 년의 번역 작업을 통해 『불여귀』 외의 일본 텍스트를 한번도 다루지 않았다. 단순하게 생각하면야 이는 주로 영어 텍스트를 번역 원천으로 삼았던 린슈의 특징 때문이고, 또한 『불여귀』가 예외적으로 일찍 영역된 일본 소설이었다는 사정 때문이겠지만, 이로 인해 『불여귀』는 한국·중국·일본의 범위 안에서 독자적으로 창작되었으되 세 나라에서 모두 공유된 소설로서 첫 사례를 기록하게 되었다. 그렇다면, 좀처럼 일본 소설에 접근하지 않았던 린슈가 『불여귀』에 대해서는 예외적인 태도를 보였던 것은 무슨 까닭인가? 린슈가 번역한 『불여귀』의 서문을 살핌으로써 이 의문부터 따져 보도록 하자.

威海를 지키는 해군이 패배하자 朝野에서는 장수가 제대로 명령을 내리지 못해 일이 이 지경에 이르렀다고, 과연 그렇다고들 하였도다 (…중략…) 어떤 이들은 渤海 전투에서 지휘선이 적을 보고 도망쳤다고도 하는데, 이 또한 잘못된 말이라. 내 친척 林少谷 도독은 바다에서 싸우다 죽었고, 여러 사람이 이를 보았도다. 그 때 전투에서 죽은 사람은 헤아릴 수 없을 지경이라 (…중략…) 바다 위에서 힘든 전투를 치른 것은 내가 자세히 알고 있는 바라 말을 꺼내보고 싶었으나, 사람들이 역시 믿지 않을 터이라. 이번에 이 책을 보니 일본 명사의 손에서 나온 글이라. (중국 지휘선이었던) 鎭·定 두 배를 두고 말하되, 상대해 싸우기가 쇠로 만든 산 대하듯 힘들었다고 하더라. (일본 전투함) 松島에 죽은 자가 쌓였다고도 하더라 (…중략…) 이래도 여전히 우리 해군이 적을 만나 도망갔다고 하랴? (…

중략…) 요즘 조정에서는 해군을 만들어야 한다고 앞다투어 말하고 있도다. 허나 인재를 양성하지 않고 배와 대포를 논의할 뿐이라. 전쟁을 알지 못하는 이에게 좋은 대포와 튼튼한 전함을 준다 한들 무엇하랴. 이 일을 책임지는 이들에게 바라노니, 먼저 인재를 양성하고 나중에 돈을 모아 배를 사들이고 대포를 만든다고 해도 늦지 않으리라. 나는 이미 늙어 나라의 은혜에 보답할 날이 얼마 없노라. 하여 날마다 새벽을 알리며 우는 닭이 되어 동포들이 깨어나기를 바라노라.[10]

린슈는 "소설로서 사람의 마음을 움직이기로는 남녀 사이의 애정만한 것이 없다"는 말로 서문을 시작하지만, 서문의 주를 이루는 것은 '갑오전사(甲午戰事)'라 불리는 청일전쟁 당시의 잘못된 기록을 바로잡겠다는 사명감이다. 청군(淸軍)이 일본 해군 앞에서 도망치기 급급했다고들 하지만, 용감하게 싸우다 죽은 자가 한둘이 아니다. 『불여귀』에서 로카가 묘사하고 있는 장면을 보아도 중국 해군이 결코 만만한 상대가 아니었음을 알 수 있다. 다만 일본 군함을 따라잡을 만한 쾌속정이 없었고 장비가 제대로 갖추어지지 못했으며 일본 군대의 전술을 예측하지 못했을 뿐이다. 이렇듯 청일전쟁 당시 중국 해군이 용감하게 싸웠다는 사실을 증언함으로써 민족의 자긍심을 높이고 자각을 촉구하겠다는 린슈의 충정이야말로 『불여귀』

---

10 "威海水師之燼, 朝野之議, 咸咎將帥之不用命, 遂致于此, 固也 (…중략…) 或乃又謂渤海之戰, 師船望敵而遁, 是又譽言. 吾戚林少谷者督戰死海上, 人人見之, 同時殉難者, 不可指數 (…중략…) 然海上之惡戰, 吾歷歷知之, 顧欲言, 而人亦莫信焉. 今得是書, 則出日本名士之手筆. 其言鎭定二艦, 當敵如鐵山; 松島旗船, 死者如積 (…중략…) 方今朝議, 爭云立海軍矣, 然未育人才, 但議船炮. 以不習戰之人, 豫以精炮堅艦, 又何爲者? 所願當事諸公, 先培育人才, 更積資爲購船製炮之用, 未爲晚也. 紓年已老, 報國無日, 故日爲叫旦之鷄, 冀吾同胞警醒"(林紓, 『不如歸』, 北京: 商務印書館, 1981, 1~2쪽). 한문에는 본래 특별한 어미 표지가 없지만, 한국어 · 중국어 · 일본어 세 판본의 문체를 적절하게 비교하기 위해 고어투를 썼다. 林紓의 번역문은 古文을 기본으로 한 만큼 이렇게 번역할 수 있으리라 생각한다. 이하, 林紓 번역을 인용할 때는 서지를 밝히지 않고 쪽수만 제시한다.

번역을 이끌어가는 동력이다. 웨이하이[威海]에서의 해전(海戰)을 묘사한 하편 1회를 번역할 때만큼 번역자 린슈의 개입이 잦은 경우도 없다.

　원작 『불여귀』에서라면 전장 장면에서 중심이 되는 것은 당연히 주인공 다케오이다. 다케오의 아버지는 가쿠시마[鹿兒島] 출신 무사로서 유신(維新) 명사인 오오쿠보 토시미치[大久保利通] 휘하에서 승승장구, 남작 작위까지 받은 인물이고, 아버지의 뒤를 이어 카와시마[川島] 가의 주인이 된 다케오 역시 전장(戰場)에서 남다른 활약을 보인다. 이 같은 활약은 한편으로는 나미코와 강제로 이혼당한 후 "절망에서 나오는 용기로써 전쟁에 임"(348)했기 때문에 가능했던 것이다. 헌데 중국어역 『불여귀』에서 다케오는 초점에서 한참 벗어나 있다. 다케오를 비롯한 일본군의 시각에서 서술된 전쟁의 추이 역시 주변화된 가운데, 이 대목의 핵심은 다름 아닌 번역자 린슈의 높은 목소리이다. 린슈는 적이 공격해 올 때는 틈타 역습하자는 일본군 지휘관의 대사를 옮기고 나서 곧 "丁汝昌의 호령을 알기 족하도다!"(76)라고 적고, 일본 함대가 청군을 공격하는 모습을 번역할 때는 청국 지휘관들을 비판하면서 "일본이 진법을 바꾸었는데도 우리 군은 바꾸지 않아 마침내 뱃머리에 포탄을 맞고 패배하게 되었더라 (⋯중략⋯) 만약 卽威里가 있었다면 어찌 이렇게 졌을 것인가!"(77)라고 한탄하는가 하면, 일본 군대가 포위에 성공하는 장면을 보여준 후에는 "이때 우리나라에 어디 어뢰정이 있었는가? (이렇게 버틴 것만으로도) 丁汝昌의 將 슈을 알 수 있노라!"(79) 하고 부르짖는다. 마지막에는 예외적으로 "林紓曰"로 시작하는 부기(附記)를 달아 다시 청일전쟁 당시 청군이 용맹하게 싸웠다는 사실을 강조하고 총지휘관 딩뤼창[丁汝昌]을 "비록 장군감은 아니었더라도 적에게 항복하지 않고 죽"은 장군으로 옹호하고 있다.

　번역자로서의 개입이야 비단 이 장면에서만 보이는 특징은 아니지만,

그럼에도 전장 장면은 다른 대목과 뚜렷이 구분된다. 다른 대목에서라면 린슈의 개입이 기본 서사까지 압도해 버리는 일은 없다. 린슈가 가장 자주 보이는 개입은 나미코의 연적 오토요(お豊) 집안에서 "나미코가 일찍 죽거나 시어머니에게 쫓겨난다면 일을 도모할 수 있겠지만" 운운하는 대목에서 '복선'이라고 부기한다거나(16) 나미코가 일찍 꺾이는 꽃을 애달파하는 장면에 '微旨'라는 명기를 다는 등(69) 독자의 독해를 돕기 위한 것이고, 개입이 문장 형태로 확장될 때라도 이 원칙은 좀처럼 바뀌지 않는다. 결혼 전 나미코가 계모의 박대를 받던 시절을 서술하면서 "이 책을 읽는 사람들은 浪子에게 인자한 아버지 계심을 알리라. 그런데 어찌 이렇게 잔인하고 악독한 지경을 당하게 되었는가?"(8)라 하여 보다 자세한 사정을 쓴다거나, 갑작스런 장면 전환에 앞서 "이제 밀린 사연을 쓰는 것을 다했으니 千岩이 기차에 앉아 있는 상황으로 돌아가리라"(14)고 적어 독자의 주의를 환기하는 것이 『불여귀』의 중국어 번역자 린슈가 보이는 주된 개입 양상이다. 인물을 도덕적으로 평가하려는 충동 때문에 원문을 크게 바꾸어 놓은 스기하라 에비스의 한역본과는 근본적으로 다른 셈이다. 린슈는 로카식의 서사적 관습에 익숙치 않은 중국 독자들을 위한 해석자로서의 역할을 자임한다. 신상(紳商) 야마키(山村가 다케오 부부가 곧 이혼하리라는 소식을 딸에게 전하면서 "그렇게 놀라는 것도 당연하다만" 하는 식으로 말을 이어나가는 부분(327), 즉 대화 상대와 함께 있다는 사실을 전제하면서도 상대를 직접 드러내지 않는 부분에 "豊이 듣고 놀라더라. 山木이 말하기를"(64) 같은 주석을 붙일 때도 린슈의 역할은 마찬가지이다. 다만 전쟁 장면을 번역하는 데 있어 린슈는 보조자로서의 역할을 벗어나 스스로 핵심 화자로서의 자리에 올라선다. 린슈의 『불여귀』에서 전쟁이란 그만큼 예외적이고 압도적인 핵심으로 위치하고 있다.

4. 선우일의 『두견성』— 국가 부재의 의미

로카의 『불여귀』에서 당연한 것으로 전제되어 있는 관습에 때로 낯설어하는 반응을 보이기는 선우일의 『두견성』도 마찬가지이다. '침묵하되 존재하는' 인물을 재현하지 못한다거나, 세 명 이상이 엇갈려 대화를 나누는 장면 앞에 당황하는 것은 린슈와 다르지 않다. 익명으로 스쳐가듯 등장하는 데 그칠 뿐이지만 각기 개성을 드러내는 인물을 재생하는 데 있어서도 『두견성』은 서툴다. 예컨대 격전 하루 전 선실 안을 묘사하는 『불여귀』 하편 제1회. 이 장면에는 익명의 사관 다섯 명이 등장해 전황(戰況)에 대해 이야기를 주고받는데, 로카의 『불여귀』에서 이들은 각각 "체구는 작지만 매섭게 생긴 사관"·"제법 살찐 회계 담당"·"키 큰 항해사"·"늘 붉은 셔츠를 입어 가리발디라 불리는 소위"·"후보생"으로 개성화되어 있다(344~345). 그러나 『두견성』에 이르면 이들의 서로 다른 직급, 즉 사관·회계 담당·항해사·소위·후보생 등이 모두 '사관'으로 단일화되어 있을뿐더러 외모에 대한 묘사도 "키가 조그마한 영악하게 된", "통통하게 된", "키 큰", "붉은 속옷 입은" 등으로 다소 평면적이고(31~32), 더욱이 좌충우돌 격으로 주거니받거니 하는 대화가 한 사람이 한 번씩 차례로 말하는 식으로 바뀌어 있어, 전체적인 인상은 크게 달라져 버린다. 뒤이어 따르는 전투 장면의 인상 또한 달라지는 것은 물론이다. 『두견성』은 주인공에게 집중할 뿐, 일종의 거대한 운명 공동체를 형성하고 있는 '군중' 혹은 '국민'에는 익숙치 않다.

그러나 로카의 『불여귀』와 한국어역 『두견성』 사이에 보이는 가장 큰 차이는 시간적 배경의 상거(相距)이다. 『불여귀』에서 1894년 청일전쟁 즈음으로 제시되어 있는 배경이 『두견성』에서는 러일전쟁 전후로, 즉 무려

10년 후인 1904년 즈음으로 제시되고 있기 때문이다. 『두견성』이 여러 가지 무리를 무릅쓰고 청일전쟁이라는 배경을 피하려 했던 이유는 분명하지 않다. 러일전쟁과 달리 청일전쟁은 인천·평양 등에서의 전투로 한국인들에게 뚜렷한 상흔을 남겼기 때문일 수도 있고, 청일전쟁을 배경으로 할 경우 주인공이 일본군 장교로 활약한다는 설정 자체가 아예 불가능했기 때문일 수도 있다. 대체로 당대를 배경으로 하는 신소설의 특성상 『두견성』이 출판된 1912년으로서는 1894년이라는 연대가 지나치게 부담스러웠던 탓일 수도 있다. 이유를 정확히 지적하기는 어렵지만, 원작 『불여귀』에서 후반부 핵심에 배치한 "明治 27년 9월 16일"(344)의 해전은 『두견성』에서 "37년 2월 6일"(下 30)로 바뀌어 있다. 서사 전체의 배경 또한 이동해야 했던 것은 물론이다. 원작 『불여귀』의 서사는 1893년 양력 5월에서 이듬해 겨울에까지 걸쳐 있지만, 『두견성』의 서사는 1902년 음력 3월에서 이듬해 10월까지로 바뀌어 있다. 『불여귀』에서는 나미코가 1894년 2월 결핵 증세를 처음 보이기 시작해 1년을 채 버티지 못하고 죽는 것으로 되어 있지만, 『두견성』에서는 이 기간도 좀 더 길어진다. 시간적 표지만 갖고 기계적으로 따진다면 『두견성』 첫머리 평양에서의 원유(遠遊) 장면은 1902년 음력 3월, 혜경(나미코)이 병든 것은 1903년 음력 2월, 죽음을 맞는 것은 1904년 10월이다. 자연히 배경 묘사에서도 다소의 변개가 불가피해져서, "산나리가 피는 계절"(335)이 "음력 세절"(下18)이 되고 "가을비"(370)가 "장마비"(下 64)가 되는 등 곳곳에서 번안자가 세심하게 신경 쓴 흔적을 엿볼 수 있다.

　『불여귀』에서나 『두견성』에서나 전쟁은 전체 서사를 규율하는 핵심이다. 비분강개를 거푸 토로하는 린슈의 『불여귀』에서만 전쟁이 중심에 놓이는 것은 아니다. 원작자 로카의 말대로 전쟁은 모든 이의 운명을 압도하는 거대한 힘이다. "적군도 아군도 저 풀죽은 혼도 이 원한도 잠시 일청전쟁의 큰 소용돌이에 휩쓸려 들어가"(343)는 가운데, 개인의 희망과 야심, 사랑과 절망은 한낱 티끌에 지나지 않는다. 다케오와 나미코 사이를 갈라놓으면서 저 자신은 야심만만 고속 출세를 노렸던 치치와는 전투 중에 죽고, 절망을 품은 다케오는 부상을 입고 후송되며, 전장에는 "피와 불과 고깃덩이만이" 굴러다닌다. 나미코와 다케오 사이의 애틋한 사랑 역시 전쟁에 휘말리지 않을 수 없다. 다케오는 나미코와의 이혼을 강요하는 어머니에게 극력 저항하고, 자신이 전장에 나가 있는 동안만이라도 의논을 보류해주기를 청하지만, 치치와의 꾀임에 넘어간 어머니는 오히려 아들이 없는 틈을 타 이혼을 강행해 버린다. 아마도 다케오가 전쟁에 나가야 하는 군인의 신분이 아니었다면, 국가의 안위보다 자기 사랑을 앞세울 수 있는 처지였다면, 사랑하는 아내와의 이별을 막을 수 있었을 것이다. 그러나 다케오는 "천황께서 직접 세워주신 이 카와시마 가문"(318)의 대를 끊을 작정이냐는 어머니의 압박에 위축되고 군인이라는 신분에 속박되어 개인의 사정을 돌볼 수 없었다. 이렇게 따지면 나미코의 비극은 국가의 수반이자 전쟁 지휘자인 '천황' 때문에 생겨난 것이라고까지 말할 수 있다.[11]

전쟁으로 표상되는 천황 및 국가의 권위는 로카의 『불여귀』 곳곳에 산재해 있다. 등장 인물들이 쓰는 지방어 및 표준어의 관계부터 이를 상징하는 것이라는 지적도 있거니와[12] 일상에서의 상상력 역시 다르지 않다. 쾌청한 하늘을 바라보면서 나미코가 "아름다운 하늘이예요. 아주 파란 색이라, 정말 소맷감으로 쓰면 좋겠는걸요"라며 감탄하자 다케오는 "水兵의 옷에는 어울리겠군"이라고 대꾸하고(234), 이때 나타난 치치와를 "육·해

11   小森陽一, 『日本語の近代』, 東京 : 岩波書店, 2000, 201쪽.
12   위의 책, 200~207쪽.

군이 단결하면"이라는 말로 반긴다. 다케오는 어떤 경치를 보나 원양항해 경험을 떠올리는 해군이고, 치치와는 해군과 경쟁·협력 관계에 있었던 육군 참모부 소속인 것이다. 나미코의 아버지 가타오카(片岡) 중장을 비롯해 다케오의 아버지 및 다케오 자신, 사촌인 치치와 등이 모두 군인인 마당이니 군사적 상상력이 계속 등장하는 것은 당연한 일인지도 모른다. 여자들끼리 대화를 나눌 때도 '전쟁이 난다면'이라는 가정은 놀라운 것이 아니라서, 아는 이 중 누구는 사령관이 되고 누구는 귀족원장이 되어 전쟁에 임할 것이라고 점치면서 자신들 또한 적십자기를 들고 나가야 하지 않겠느냐는 말을 주고받을 정도이다(296). 가타오카 중장은 평소에도 일본의 대륙 침략 야욕을 웅변하듯 『시베리아 철도의 현황』이라는 책을 탐독하며, 그의 서재에는 '(殺身)성인(成仁)'이라 쓰인 편액이 걸려 있다(251).

　『두견성』이 이렇듯 세세한 정황까지 그대로 옮기려 했다는 사실은 분명해 보인다. 그렇지만 가타오카 중장이 보던 『시베리아 철도의 현황』이 심상한 "지도"로 바뀌어 있고 '成仁'이라는 액자는 사라지는 등(33) 변화도 적잖이 눈에 띈다. 푸른 하늘을 보면서 수병(水兵)의 옷을 연상하거나 치치와를 맞으면서 육·해군 단결 운운하는 대사 역시 사라져 버린다. 『두견성』이 번안작임에도 불구하고 인명(人名)이나 지명(地名)을 교체하는 불가피한 부분을 제외하고는 시종 충실한 번역 양상을 보였다는 점에서 이 같은 변조는 더욱 눈길을 끈다. 스기하라 에비스나 린슈와는 달리 의식적인 원본 이탈이나 개입을 거의 보이지 않은 선우일이기에, 『두견성』에서의 변화는 '어찌할 수 없는' 결락(缺落)을 표시하는 데 가까울 것이기 때문이다. 근대국가로서의 체제를 정비하고 한창 성장기를 맞고 있었던 1890년대의 일본과, 강제병합을 앞두고 있던 1900년대 및 병합 이후인 1910년대 초반의 한국. 이 차이 때문에 생겨날 수밖에 없었던 『불여귀』와 『두견성』사이의 거리는 자못 의미심장하다.

　이 자리에서 소설 전편을 비교하기란 어려운 일이니 몇 가지 시점을 잡도록 하자. 국가라는 층위가 직접 드러나는 것이 당연한 전쟁 장면을 피해, 나미코와 다케오의 서사만을 문제삼는다면 어떨까? 앞서 푸른 하늘을 바라보면서 수병의 제복 운운하는 대목을 살펴보았듯, 나미코와 다케오가 심상하게 주고받는 대화에서도 '국가'나 '천황', '군사'라는 층위를 찾아내기는 어렵지 않다. 그 중에서도 나미코와 다케오의 밀월(蜜月), 위기, 이별을 각각 상징하는 장면에서 제시된 시구를 살펴보도록 하자. 그 첫 번째. 나미코와 다케오는 신혼여행지 이카호[伊香保]에서 마음껏 단란한 시간을 즐긴다. 중매로 결혼했지만 친밀한 애정을 쌓아가는 이 신혼부부는 하루 야외로 나갈 것을 계획하는데, 허약한 나미코를 걱정하는 다케오에게 나미코는 자기도 여학교 시절 체조로 몸을 단련했노라고 자랑한다. 이 말을 들은 다케오는 "지구상에 국가란 국가는" 하는 노래를 부르면서 부채 들고 왔다갔다하던 것이 체조냐고 웃어대는데(229), 『두견성』에서 이 노래는 "동원춘산에 방초녹음이"로 시작하는 것으로 바뀌어 있다(6). '국가' 운운하는 정치색이 사라지고 단순히 자연을 완상하는 시구가 새로 생겨난 것이다. 두 번째. 다케오가 전장으로 떠나기 직전, 전지 요양 중인 나미코에게 들렀다가 이야기를 나누는 대목이다.

　　나미코는 도자기병에 꽂혀 있는 벚꽃 줄기를 가볍게 어루만지면서 "오늘 아침 저 영감이 산에서 꺾어다 준 거예요. 예쁘죠. — 그래도 이렇게 비바람이 부니 산에 있는 건 모두 떨어지겠죠. 어쨌든 정말 결곡하잖아요! 그래요, 蓮月이 지은 노래에도 이런 게 있잖아요. "샘내는 마음 그대로 재빨리 피고, 깨끗하게도 떨어지는 벚꽃이여." 잘 읊어낸 거죠."

"뭐라고? 깨끗하게도 떨어진다고? 나- 나는 그렇게 생각하지 않아. 꽃이든 무엇이든 일본사람은 떨어지는 걸 지나치게 좋아하지만, 그것도 결곡하니까 좋겠지만, 지나치다면 좋은 게 아니지. 전쟁에서도 일쩍 죽는 쪽이 지는 거야. 오늘날은 어느 정도 꿋꿋함이랄까 집요함, 끈질긴 편을 장려해야 한다고 생각해. 그래서 우리- 나는 이런 노래를 읊지. 시작하려니 거북하군. 처음 읊는 거니까 우습겠지만, "집요하다고 비웃지 마라. 집요하다고 남들은 말하더라도 겹벚꽃이 오래도록 활짝 피어 있는 것은 즐거운 일이니." 하하하하, 梨本跣足의 시야."[13]

혜경은 백화병에 꽂았던 앵도화 잎을 가만가만 어루만지며

"이것이 오늘 아침에 할아범이 산에서 꺾어왔는데 아주 고와요-. 그런데 이 바람 비에 산에 있는 것은 그만 다 떨어지겠네. 참 내가 이왕 학교에 다닐 때에 누구한테 들으니까 그런 글귀가 있다지요. 아이고 무엇이라던가. 오- 야래풍우성(夜來風雨聲)에 화락지다소(花落知多少)라던지. 어젯밤 풍우소리에 꽃 떨어진 것을 알괘라 얼마나 되나뇨 하……. 참 옛사람도 나처럼 꽃을 사랑하였던 것이야."

(봉) 혜경씨는 참 문장일세. 내가 또 옛 글을 하나 욀 것이니 들어보려오. 화유중개일(花有重開日)이나 인무갱소년(人無更少年)이라. 꽃은 다시 피는 날이 있을지라도 사람은 다시 소년 될 수가 없느니라 하는 글이 있지요. (102)

---

13 "浪子は磁瓶に挿しし櫻の花瓣を輕く撫でつつ "今朝老爺が山から折つて來ましたの. 奇麗でせう. ―でも此風雨で山のは餘程散りませうよ. 本當に如何して此樣に潔いものでせう! 左樣左樣, 先刻蓮月の歌に此樣のがありましたよ, 'うらやまし心のままにとく咲きてすがすがしくも散るさくらかな.' よく詠んでありますのね."
"なに? すがすがしくも散る? 僕―乃公は其樣思ふがね, 花でも何でも日本人はあまり散るのを賞翫するが, 其も潔白で宜いが, 過ぎると宜くないね, 戰爭でも早く討死するが負だよ, 今少し剛情にさ, 執拗さ, 氣永な方を獎勵したいと思ふね. 其で 吾輩―乃公は斯樣な歌を詠むだ. いいかね, 皮切だから何せ可笑しいよ, しつこしと, 笑つちやいかん, しつこしと人はいへども八重櫻盛りながきは嬉しかりけり, はははは, 梨本跣足だらう.""(304)

로카의 『불여귀』에서 나미코와 다케오 사이의 대화는 두 사람의 서로 다른 운명을 암시하는 동시에 일본 제국의 두 가지 가능성을 암시하고 있다. 나미코는 어느 날 활짝 피어났다가 비바람에 한꺼번에 지는 벚꽃의 아름다움을 찬미하는 반면, 다케오는 어떤 이들은 지저분하다고 꺼리지만 오랫동안 피어 있는 겹벚꽃 편이 좋다고 주장한다. 다케오는 자기 주장을 개인적 취향의 문제가 아니라 국민적 기상의 문제로 부각시키는데, "전쟁에서도 일찍 죽는 쪽이 지"기 마련이라는 말은 그 생각을 잘 알려주고 있다. 성장을 거듭한 일본은 바야흐로 전쟁이라는 충돌을 불사할 수밖에 없는 상황에 와 있다는 것, 미의식까지도 그러한 국가적 상황에 걸맞는 것으로 재편되지 않으면 안 된다는 것이 다케오의 주장이다. 그러나 한창 때 깨끗하게 지는 미를 예찬하는 오래된 의식이 단번에 사라질 수 있는 것은 아니다. 나미코가 외우는 센고쿠 렌게츠(先刻蓮月)의 시, 그리고 나미코 자신의 운명이 이 사실을 잘 보여주고 있다. 가타오카나 다케오 같은 인물이 제국주의 일본의 새로운 주역으로 등장하기는 했지만, 이들은 '덧없이 지는' 여인들로 상징되는 사생활의 비극을 견뎌내야만 한다. 나미코와 다케오가 주고받는 시는 이러한 상황을 압축적으로 보여주는 것이다. 그러나 『두견성』에 오면 이 시는 단순히 꽃을 소재로 한 경물시(景物詩)로 바뀌어 버린다. 미의식의 충돌은 사라져 버리고, 다만 "옛 글"을 외우는 "문장"만이 초점이 되는 형국이다.

　나미코가 죽음 직전 추억 어린 이카호를 찾는 대목은 어떤가. 여기서 나미코는 어디선가 들리는 노랫소리, "님은 名劍, 나는 녹슨 칼. 님의 칼은 부러졌어도 내 칼은 부러지지 않네"(402)라는 가락을 듣는다. 나미코가 듣기에 '명검'으로 비유되는 임은 물론 다케오요 '녹슨 칼'은 자신이었을 터이다. 다케오에 대한 애달픈 사랑을 확인시켜 주는 이 구절을, 한국어 번안자 선우일은 "노자 노자 젊어 청춘에 임 섞여 노잔다. 죽어 남산 일분 토 되면 나 못 놀리라"(下 107)라는 가요에 대한 반응으로 바꾸어 놓았다. 자신은 곧 죽으리라는 사실을 상기하게 만든다는 뜻이겠지만, 이로써 아픈 마음으로 다케오를 기억하는 원작의 빛깔은 크게 달라진다. 간접적으로 전장을 떠올리게 하는 '칼'의 상상력 또한 찾아볼 길 없다. 사소하다면 사소한 변화이지만, 천황·국가·전쟁 등을 '자기 문제'로서 다룰 수 없었던 상황은 『두견성』에 이렇듯 여러 가지 변화를 요구하고 있다. 로카의 『불여귀』에서 소설 저층의 기반으로서 작용하고 있었던 '국가'가 사라지면서 선우일의 『두견성』은 비련(悲戀)에 초점을 맞춘 '애원소설(哀怨小說)'로 변모할 수밖에 없었던 것이다.

5. 『불여귀(不如歸)』, 동아시아의 트랜스내셔널

근래 몇 년 사이에 '동아시아' 혹은 '동아시아 문학' 등의 표어는 자못 일세를 풍미한 듯한 감이 있지만, 그런 표어를 뒷받침할 만한 실제 작업이 얼마나 진행되었는지는 의문이다. 표어와 실제 작업 사이의 괴리를 줄여나가기 위해서는, 한국(그리고 조선)·중국·타이완·일본 등의 사례를 함께 검토함으로써 새로운 해석 지평을 타개할 수 있는 기초 작업을 해 나가야 할 것이다. 특히 근대 초기, 한국·중국·일본이 함께 격변의 위기에 처했을 때를 대상으로 이같은 작업을 하는 것은, 새로운 시대의 새로운 주체를 준비하기 위한 작업으로도 의의가 클 것으로 생각된다.

『불여귀』라는 텍스트에 주목한 것은 이런 관심 때문이다. 일본의 도쿠토미 로카가 쓴 『불여귀』는 일부 논자들에게 '통속'으로 폄하되기는 했어도, 해마다 1만 부씩 판매될 정도로 높은 인기를 자랑했고 외국어로도 여러 차례 번역·소개되었다. 특히 중요한 것은 이 소설이 한국과 중국에서 모두 번역된 최초의 일본 소설이라는 점이다. 보다 정확히 말하자면 한국·중국·일본이라는 동아시아 3국에서 생산해 낸 소설로서 3국에서 모두 공유된 소설은 근대 이후 『불여귀』가 처음이었다. 근대 동아시아의 독자적인 산물이 비로소 권위를 갖고 유통되기 시작한 것이다. 이 점에서 『불여귀』의 의의는 결코 적지 않다.[14] 더욱이 한국과 중국에 『불여귀』가 번역된 1900년대는 양국 모두 '문학'과 '소설', 더 나아가 근대 일반을 형성하기 위한 고투를 벌이던 시기였다. 이때 이미 고투를 어느 정도 정리한 일본의 경험이 많은 시사를 안겨주었는바, 글쓰기나 연극의 영역에서는 『불여귀』의 영향이 만만치 않았다. 근대 문학이라는 이름 아래 동아시아 3국이 처음 공유했던 자체 생산 텍스트가 『불여귀』였다면, 그 창작 및 전파 양상을 살펴보는 일은 곧 동아시아 3국이 공유했거나 각기 다르게 수용한 '문학'의 실제를 확인하는 일이 될 수 있을 것이다. 특히 『불여귀』는 국가·전쟁뿐 아니라 기독교·결핵·연애 등 근대 초기의 문화적 코드를 풍성하게 함축하고 있어, 그 수용 양상을 살펴보아야 할 필요는 더욱 크다 하겠다.

---

14 蘆花의 『불여귀』와 선우일의 『두견성』에 대한 비교 연구로는 선례를 들 수 있다. 신근재, 『한일 근대문학의 비교연구』, 일조각, 1994; 김순전, 『한일 근대소설의 비교문학적 연구』, 태학사, 1998.

제2부

소설,
근대 지(知)의 미디어

새 것과 옛 것

이해조 소설에 있어 양가성(兩價性)의 수사학

1. 빈상설(鬢上雪), 귀밑머리에 쌓인 눈?

근래의 표제 짓는 관습으로 보자면 신소설의 표제는 아연할 만큼 부적절해 보일 때가 많다. 부모 잃은 계집아이의 성공담을 '혈(血)의 누(淚)'라 한다거나 처첩 갈등의 비극을 '귀(鬼)의 성(聲)'이라 명명하는 것은 그래도 이해할 만한 일이지만, 탐학 관리를 살해한 효녀가 도리어 발복(發福)한 사연, 혹은 낙향한 양반이 살인 누명을 썼다 벗었다는 서사에 각각 '현미경'이라는 제목을 붙이는 감각이란 납득하기 쉽지 않다. 현미경·요지경·유성기 같은 제목까지도 일종의 신기(新奇) 취미라고 이해해 본다 치자. '고목화(枯木花)'나 '빈상설(鬢上雪)' 같은 표제는 또 다른 문제를 제기한다. 이해조가 쓴 소설 『고목화』와 『빈상설』에 표제가 그대로 등장하는 대목은 없다. "큰 바위 밑에 고목나무 하나이 비스듬하게 누웠고 그 나무

상가지에 그네줄 같은 것이 매어 늘어져서"[1]라 하여 '고목나무'를 들먹이는 구절이 『고목화』에 나오기는 하지만, 이 구절은 주제와 포괄적 관련을 갖지 않는 단순한 묘사에 불과하다. 그렇다면 '고목화' · '빈상설'이라는 표제는 어찌된 걸까? 소재도 아니고, 주제의 상징도 아니고, 유행어의 채택도 아니라면?

'고목화'나 '빈상설'은 다른 경로로 눈에 익은 말이다. '고목화'라는 말은 '고목생화(枯木生花(華))' · '고목발영(枯木發榮)' 등의 구절을 연상시키고, '빈상설'이라는 말은 '유장만빈설(唯將滿鬢雪)'이나 '요동로장빈성설(遼東老將鬢成雪)' 같은 시구를 떠올리게끔 한다. 마른나무에 꽃이 피었다니 있을 성싶지 않았던 경사가 닥쳤다는 말이고, 귀밑머리가 눈처럼 되었다니 나이 들어 서글프다는 뜻이다. '고목화' · '빈상설'이라는 표현의 함축성은 한문의 세계를 바탕으로 해서 성립한다. 이 함축성은 그러나 아무것도 지시하지 않는 함축성이다. 『고목화』『빈상설』의 서사에 '고목화' · '빈상설'의 의미와 대응될 만한 특징은 없다. 어떤 실질적 의미도 가리키지 않는 채로, '고목화'나 '빈상설'이라는 말은 다만 한문의 익숙한 울림만을 일깨운다. 『오언당음(五言唐音)』『칠언당음(七言唐音)』 같은 한시 입문서를 통해 귀에 익은 말, 한문 교양의 기초를 일깨우는 역할을 하는 말이 '고목화' · '빈상설' 같은 말이다. 1900년대에 한문이 허학(虛學)으로 비판받고, 특히 "마상에 봉한식하니 도중에 속모춘이라 하는 글", "여산폭포쾌장천이라 하는 글귀"로 대표되는 『오언당음』『칠언당음』 등이 허랑(虛浪)한 마음을 키우고 자국 의식을 쇠하게 한다는 이유로 혹독하게 공박당하는 한복판이지만[2] '고목화'나 '빈상설'이라는 표제는 이런 상황에 초연하다.

---

1   이해조, 『고목화』, 박문서관, 1908, 69쪽.
2   「기서」, 『대한매일신보』, 1907.11.6 참조. 각각 '馬上逢寒食 途中屬暮春'과 '廬山瀑布快

안평대군의 10대손 이해조, 대원군의 측근이었던 조부 덕에 유복한 어린 시절을 보냈다는 이해조[3]에게 있어 '고목화'·'빈상설'이란 한문의 세계를 매력적으로 환기시키고 있을 뿐이다.

2. 근대의 충격과 직유의 상상력

옛 세계에서 새 것을

　표제에서부터 한문 교양이 전제되어 있는 텍스트, 『빈상설』의 실제는 어떠한가? 『빈상설』은 남편에게 소박맞고 갖은 고초를 겪던 부인이 행복을 되찾기까지의 과정을 기본 서사로 하고 있다. 부인은 이승지의 딸 난옥이요, 그 아버지 이승지는 "유신의 사업을 성취코자 하다가" 7년 동안이나 유배에 처해졌던 인물이며, 반면 난옥의 남편 서정길은 판서의 아들이지만 방탕만 일삼는 자이다. 정길은 첩인 평양집에 빠져 부인을 내쫓은 후 양식이나마 제대로 챙겨주지 않는다. 그렇잖아도 시름으로 날을 보내던 이부인은 충복인 복단 아비·복단 어미에게만 의존할 뿐, 생계를 꾸려갈 방책은 막막하다. 할 수 없이 복단 아비가 군밤 장수로 나서지만 장사일이 만만할 리 없다. 해는 저물어가고 군밤은 그대로고, 복단 아비는 가슴이 타는 판인데 예의 정길이 등장한다. 이것이 『빈상설』의

───────────────

壯天을 가리킨다.

3　이해조의 家系에 대해서는 최원식, 『한국근대소설사론』, 창작사, 1986, 16~22쪽 참조. 단 조부가 처형된 후 이해조의 부친 및 그 자신이 어떤 환경 속에서 어떤 계층의식을 형성하며 살았을지는 다른 문제다. 이해조의 생애에 대한 최근의 연구로는 송민호, 「동농 이해조 문학 연구」, 서울대 박사논문, 2012, 20~56쪽.

제일 첫 대목이다.

> 군밤 사오 군밤 사오 설설 끓는 군밤이오 물으니 덥소 군밤이오
>
> 서양 목체를 한 허리 뚝 꺾어 만든 밤집게를 땅에다 툭 던지고
>
> 오동빛 같은 검댕 묻은 손으로 머리를 득득 긁으며
>
> 이런 기막힐 일도 있나 해는 거진 넘어가는데 군밤은 그대로 있으니 돈이 있
> 어야 쌀을 팔아다가 우리 댁 아씨 저녁 진지를 지어드리지
>
> 주머니를 부시럭부시럭 끄르고 동전 여나문 푼을 내어들고 눈먼 고양이 닭의
> 알 어르듯 하는데
>
> 울는 구쓰로 양복을 말쑥하게 지어입고 다까보시에 불란서 제조 살죽경을 쓰
> 고 흰떡가래만한 여송연을 반도 채 타지 못한 것을 희떱게 휙 내버리고 종려 단
> 장을 오강 사강 노질하듯 휘휘 내두르며 가가 앞에 와 딱 서더니
>
> 이애 군밤 사자[4]

복단 아비는 장사꾼답게 타령조로 호객(呼客)을 하다 밤집게를 땅에 내
던지고야 만다. 밤집게는 제법 서양 목체(木體)로 만든 것인데, 조금 전까
지 집게를 쥐고 있던 복단 아비의 손은 "오동빛 같은 검댕"으로 잔뜩 더러
워져 있다. 하루 종일 번 돈이라곤 기껏 동전 여나문푼, 복단 아비는 그나
마 "눈먼 고양이 닭의 알 어르듯" 조심스럽게 어루만진다. 말쑥한 차림새
로 정길이 등장하는 것은 바로 이때이다. 양복에 구두에 모자에, 안경 쓰
고 단장 짚고 여송연까지 피워 문 정길의 외양은 그 자체로 관심을 끌 만

----

4 이해조, 『빈상설』, 광학서포, 1908, 1쪽. '울는 구쓰로'의 원래 표기는 '울는 꾯스로'. 아
래 본문에서 설명하듯 '꾯스'는 구두라는 뜻의 일본어 'くづ'라고 짐작되나 '울는 꾯스
로'가 전체가 양복 소재를 나타내는 표현일 가능성도 있다. '가가'는 假家, 즉 가게를
뜻한다.

하다. 더욱이 '구쓰(くつ)', '보시(ぼし)' 같은 외래어에 '종려'라는 낯선 식물명, '불란서 제조'라는 명기(明記)까지 따져붙어 있으니, 정길을 묘사하기 위해 동원된 언어로만 따져도 『빈상설』의 첫 부분은 충분히 인상적이다. 그 위에, 양복·구두·모자·안경·궐련·단장 등 새로운 문명의 기호로 단장한 정길의 이모저모는, 복단 아비를 묘사할 때 그러했듯 여러 가지 직유를 기반으로 해서 설명된다. 정길이 물고 있는 여송연은 "흰떡가래"만큼 크며, 단장을 휘두르는 모습은 "오강 사공 노질"하는 모습을 연상시킨다. 복단 아비가 오동빛처럼 시꺼먼 검댕 묻은 손으로 눈먼 고양이 달걀 어르듯 조심스레 잔돈푼을 헤아리고 있었다면, 정길은 떡가래 굵기나 되는 궐련을 피우면서, 사공들 노질하듯 종려 단장을 앞뒤로 휘두르면서 등장한다.

그러나 복단 아비와 정길을 묘사하는 데 각각 동원된 수사가 '직유'라는 점에서 똑같이 치부되고 말 것은 아니다. 검댕을 오동빛에, 조심스러운 동작을 눈먼 고양이 달걀 만지는 데 비유하는 것이야 '인간의 일상'을 '자연의 일상'으로 환원시키는 일이지만, 여송연에서 떡가래를, 단장 휘두르는 모습에서 사공의 노질을 연상하는 상상력은 조금 경로가 다르다. 이것들이 이루는 비유의 쌍은 '인간'과 '자연'이라기보다는 '낯선 것'과 '낯익은 것', 혹은 '외래의 것'과 '전통의 것'이다. 이 쌍은 이해조 소설에 있어 비유의 축을 이루는 것이기도 하다. 특히 1907년 『제국신문』에 연재했던 『고목화』에서, 낯선 것을 낯익은 것에 빗대 설명하는 수사법은 압도적이라 해도 좋을 만큼 빈번하게 나타나고 있다.[5]

5 　비유와 수사 수준을 넘어 이해조가 서사 전반에 있어 전대 양식을 참조하고 있음도 기억해 둘 만하다. 이해조 소설 중 상당수의 話素 및 플롯이 명대 話本體 단편을 망라한 『今古奇觀』에서 왔다는 사실은 송민호, 앞의 글에서 상세히 밝혀낸 바 있다.

뒤주 모양 기차, 타작마당 같은 도로

사람들이 구름같이 모여 와실와실하며 비둘기장 문 같은 구멍 앞으로 다투어 가는지라 (…중략…) 그 사람들이 제가끔 성냥갑 한편 조각 같은 빨간 종이 하나씩을 손에다 들고 나오는 것을 보고[6]

오륙월 소낙비에 천둥같이 우루루 소리가 점점 가까이 들리며 지동할 때처럼 두 발이 떨리더니 연기가 펄썩펄썩 나며 귀청이 콱 막게 삐익하는 한 마디에 사방에 뒤주 모양으로 생긴 것이 크나큰 집채 같은 윤거 대여섯을 꽁무니에 달고 순식간에 들어와 서니까[7]

타작마당 닦듯 반듯하고 넓은 길에 오고 가는 사람이 빌 틈이 없어 어깨를 서로 부딪겠는데 물건 파는 집 문 앞에다 등불은 휘황찬란하고 전차 인력거는 비켜서라고 소리를 지르며 달음박질을 하니[8]

『고목화』는 권진사라는 향반(鄕班)이 도적떼에게 잡혀갔다 탈출, 점차 이전의 삶을 되찾는다는 서사를 중심으로 짜여 있지만, 정작 흥미로운 것은 곳곳에서 드러나고 있는 1900년대 당시의 생활상이다. 권진사를 잡아간 도적떼가 마중군이라는 두령 휘하의 도적떼였다는 설정부터가 당시 사실에서 취재한 것인데다[9] 권진사집 하인 갑동을 통해 신문물의 탐

---

6   이해조, 『고목화』, 박문서관, 1908, 88쪽.
7   위의 책, 89쪽.
8   위의 책, 91쪽.
9   최원식, 앞의 책, 87~88쪽 참조.

색 또한 활발하게 이루어지고 있기 때문이다. 갑동은 의식의 수준에서는 이미 새로운 문물에 충분히 친화적이다. 양력이 음력보다 한결 과학적이라고 주장하기도 하고, 서울로 떠날 때는 "근일에 부산 철로를 다 놓아서 몇 시간이면 서울을 들어"갈 수 있는데다 "오고 가고 왕환 표값이 지폐로 사원이 다 들지 아니 한다"는 이유로 기차를 이용할 것을 강하게 주장하기도 한다(87). 갑동은 시세에 밝고 자기주장이 또렷하여, 『고목화』에 나오는 인물들 중 가장 확실한 인상을 구축하고 있을 정도이다.

그렇지만 근대적인 '지식'을 받아들였다 하여 근대에 성공적으로 적응할 수 있는 것은 아니다. 갑동은 기차의 노선·정거장·운임 등을 훤히 알고 있지만 막상 정거장에 도착해서는 어찌할 줄 모른다. 사람들이 "구름같이" 모여 있는 광경도 낯설고, "비둘기장 문 같은 구멍" 모양으로 생긴 매표구, "성냥갑 한편 조각 같은 빨간 종이"인 차표, 어느 것 하나 눈서투르지 않은 것이 없다. 엉겁결에 차표를 사 들고 나서 만나게 된 기차는 더욱 그렇다. 기차는 "오류월 소낙비에 천둥" 같은 소리에 "지동할 때" 같은 진동까지 몰고 다가들더니, "사방이 뒤주 모양으로 생긴" 기관차에 "크나큰 집채 같은 윤거" 여러 량을 단 엄청난 위용을 자랑하며 멈춰 선다. 생전 처음 보는 이 어마어마한 물체에 질린 갑동은 혼비백산 상태다. 이번에도 엉겁결에 기차에 올라타기는 하지만, 숱한 사람들 사이에 끼어 심한 멀미를 앓는다.

당연한 일이다. 그는 이제 막 처음으로 기차를 접한 것이다. 근대 문물의 낯설고 거대한 위력은 몇 가지 예비지식으로 제어할 만한 것이 아니다. 무시무시한 소음과 진동, 위압적인 크기 — 장마 때 천둥 치는 소리, 지진 때의 떨림, 커다란 뒤주와 집채를 떠올려 보아도 떨리는 가슴은 진정되지 않는다. 낯선 근대 문물 앞에서 필사적으로 낯익은 것들을 떠올려 보았자 직유의 상상력이 메울 수 있는 거리에는 한계가 있다. 여송연이나 종려 단장 같은 기호를 대할 때는 직유의 상상력이 여유롭게 낯익은 대상을 끌어와 쓸 수 있지만, 기차처럼 강도 높은 자극 앞에서 이 상상력은 무력하기 짝이 없다. "왁실왁실", "우루루", "펄석펄석", "삐익" 같은 소란스러운 의성어와 결합해서야 가까스로 대상에 접근할 수 있을 정도이다. 기차만큼 자극적이지는 않더라도, 기차에서 내려 처음 본 서울 거리도 그렇다. "타작마당 닭듯" 그렇게 반듯하고 넓은 길에 "등불은 휘황찬란", "전차 인력거는 비켜서라고 소리를 지르며" 도시의 풍경도 여지없이 현기증을 자아내고야 만다.

3. 신(新)·구(舊) 공존의 양상

윤선(輪船) 앞에서도 태연한 옥련

처음 접한 근대 문물 앞에 압도당하는 것은 자연스러운 일에 가깝겠다. 그렇지만 1900년대의 한국 신소설에서 이것이 꼭 자연스러운 일만은 아니다. 예컨대 최초의 신소설이라 불리는 이인직의 『혈의누』에서 일곱 살 난 옥련이 신문물을 접하는 모습은 어떠했던가? 청일전쟁 와중에 부모를 잃은 옥련은 우여곡절 끝에 일본 오사카로 건너간다. 1894년 당시 평양에서 오사카를 가자면 일단 인천까지 간 후 배를 타야 했을 터이다. 과연 옥련은 "교군 바탕을 타고 인천까지 가서 인천서 윤선을" 탄 다음 일본을 향해 가는데, 한국 최초의 철도인 경인선이 개통된 것이 1899년이니 아직 기차는 상상 밖이요, 문제는 기차보다 몇 배나 거대한 윤선이었을 것이다. 그러나 옥련은 윤선 앞에서 태연하기 이를 데 없다. 항해 도중에도 옥련은 어른들의 관심에 시달릴 뿐이며, 거대한 윤선은 그저 "만리 창해에 살같이 빠른 배가 인천서 떠난 지 나흘 만에 대판에 다다"랐다는 식으로 순조롭게 물살을 헤쳐 갈 따름이다. 조금 변화가 생긴 것은 옥련이 오사카에 도착한 다음의 일이다.

> 옥련의 눈에는 모두 처음 보는 것이라 항구에는 배돛대가 삼대 들어서듯 하고 저잣거리에는 이층 삼층집이 구름 속에 들어간 듯하고 지네같이 기어가는 기차는 입으로 연기를 확확 뿜으면서 배에는 천동지동하듯 구르며 풍우같이 달아난다. 넓고 고른 길에 갔다왔다 하는 인력거 바퀴소리에 정신이 없는데[10]

항구에 배가 잔뜩 들어차 있고 거리엔 이층 삼층집이 서 있다. 기차는 지네같이 긴 몸체로 연기를 뿜으며 사라져 가고, 넓은 길에 인력거 물결은 끊일 새 없이 오간다. 옥련은 이러한 오사카 풍경 앞에서 비로소 "정신이 없"다고 느낀다. 그렇지만 『고목화』의 갑동에 비한다면 옥련의 혼란은 사소한 것일 뿐이다. 배 돛대가 즐비한 것을 삼(杉)의 대 늘어서듯 했다 하고, 기차 모양을 지네에, 소리를 천동(天動)·지동(地動)에, 속도를 풍우에 비기는 등 새 것을 옛 것에 비기는 직유가 나타나지만, 『혈의누』의 직유는 간단명료하여 혼란스러운 경이와는 거리가 있다. 『고목화』에서 직유가 소란스러운 의성어와 얽혀 있는 반면 『혈의누』의 이 장면에서 의성어라고는 "확확" 한 마디가 나올 따름이다. 옥련에게도 도시 풍경은 놀라운 것이나 그것은 갑동이 경험한 경천동지의 경이와는 다르다.[11]

10 　이인직, 『혈의누』, 광학서포, 1907, 37쪽.
11 　『혈의누』를 연재하기 시작할 무렵 이인직은 이미 근 10년간의 일본 유학 생활을 경험

이나마의 혼란은 "모두 처음 보는 것"이기 때문이었다고 하는데, 이 말은 좀 의심스럽다. 처음 보는 거대한 윤선 앞에서는 태연자약하던 옥련이 아닌가? 오사카에 이르러 옥련이 맛본 경이는 오히려 '일본'이라는 대상 앞에서의 경이이다. 낱낱으로의 신문물이 아니라 신문물로 가득 찬 거리, 1894년의 조선으로서는 상상할 수 없는 조합이 옥련의 경이를 끌어낸 것이다. 그러나 옥련은 근본적으로 낯선 것 앞에 멀미를 느끼지 않는다. 가벼운 혼란과 경이야 있을지언정 필사적으로 낯익은 것을 연상해야 하는 고투는 옥련의 몫이 아니다. 『혈의누』에 보이는 직유의 상상력은 『고목화』에서 두 번째로 기차를 보여줄 때, "갑오 이전 과거 보일 시절에 춘당대 부문통이나 일반"이라는 말로 사람들 붐비는 모습을 간단하게 짚을 때처럼 가볍고도 무심하다.

『고목화』는 『혈의누』에서는 삽화적인 데 그친 직유의 상상력을 한껏 확대시키고 있다. 그리고 이해조가 『고목화』에 이어 『제국신문』에 연재한 두 번째 장편, 『빈상설』에 이르러 '낯선 것'과 '낯익은 것'을 함께 끌어들이는 발상은 새로운 표현을 얻는다. 평양집이 포달 떠는 모습을 "뚫어진 벙거지에 우박 맞듯 좁은 수도에 물 퍼붓듯"(34)이라고 묘사하고, 정길의 한심한 실상을 두고 "구학문으로 말하면 오장육부에 정신보가 빠졌다 할 만하고 신학문으로 말하면 뇌에 피가 말라 신경이 희미하다 할 만"(57)하다는 평가를 내리며, 평양집 편에 붙은 금분이 양양해 하는 품새를 "동양으로 말하면 삼국 시절 적벽강 싸움에 연환계가 이룬 듯이 서양으로 말하면 옛적 애급 도성에 금자탑이나 쌓아놓은 듯이"라고 옮기는(77~78)

한 후였다는 사실을 상기해 볼 수 있겠다. 이인직의 도일 시기에 대해서는 몇 해 전 강현조, 「이인직 소설의 창작배경 연구—도일행적 및 『혈의누』 창작 관련 신자료 소개를 중심으로」, 『우리말글』 43, 2008을 통해 상세한 논증이 이루어진 바 있다.

등이 그것이다. 여기서 신(新)과 구(舊), 동양과 서양은 일종의 양가적(兩價的) 관계로 조정된다. 매표구를 "비둘기장 문 같은 구멍", 기관차를 "뒤주 모양으로 생긴 것", 큰 길을 "타작마당 닦듯 반듯하고 넓은 길"로 제시하는 『고목화』의 수사가 '낯익은 것'의 매개를 통해 '낯선 것'을 암시하는 방법이었다면, 『빈상설』의 양가적 수사에서는 '낯선 것'이 '낯익은 것'과 나란히 얼굴을 내밀고 있다.

이 공존은 때로 혼돈을 불러일으킬 정도이다. "구학문으로 말하면 오장육부에 정신보가 빠졌다 할 만하고 신학문으로 말하면 뇌에 피가 말라 신경이 희미하다 할 만한 정길이"라고 할 때야 '구학문'과 '신학문'이 엄격하게 갈려 있지만, 이 두 가지 상상력을 아무 특기(特記) 없이 뒤섞는다면 어떨까? "술이 취하셨소 서방님 앞에 와 횡설수설하게 법이 없어졌소"(71)라 할 때의 '법'과 "다른 사람은 고사하고 위선 너부터 법을 알려야 하겠다"(132)고 으르면서 경무청의 권위를 암시할 때의 '법'이 구분 없이 섞여 있다면? 『빈상설』에서 '법'이라는 단어는 그렇다. 정길의 포악을 묵묵히 견디고 나서 복단 아비가 "압다 법만 없으면 불공설화가 곧 나오겠지만"(5)이라 할 때라든가, "서방님 앞에 와 횡설수설"과 "네 아비 연갑 되는 사람더러 횡설수설이라는 것"이 각각 법을 지키지 않은 것이라며 하인배들끼리 서로 힐난할 때의 '법'이란 전근대적인 의미에 가깝다. 상하가 지켜야 할 도리가 '법'의 내용이며, 이를 어긴 대가는 공식적인 처벌이 아니라 비난과 자책이다. 반면 "개화 장정에는 세전비로 부리는 법을 금한다니까"(46), 혹은 "악한 사람은 당장에 엄적은 될지언정 종내 감옥서에나 경무청에 들어가 고초 겪는 것을 지옥이라 할 만한지라"(112)고 할 때 전제되어 있는 법은 근대적인 소송·재판·형벌 체계로서의 법이다. 1905년 이후 '형법대전'으로 체계화되고 경무청과 평리원에 의해 운용되게 된 새로운 '법'인 것이다.

신(新)·구(舊)를 나란히─양가성의 감각

두 가지 '법'이 흔히 대립적이었다는 사실은 잘 알려져 있다. 『귀의
성』에서 억울하게 쫓겨난 침모가 "자네 댁 마님이 이런 소리 들으시면 교
군 타고 내 집에 와서 별 야단 칠 줄 아네 (…중략…) 야단만 쳐 보라게, 나
는 순포막에 가서 우리집에 미친 여편네 왔으니 끌어내어 달라고 망신 좀
시켜 보겠네 / 미닫이살 하나만 분질러 보라 하게. 재판하여 손해를 받겠
네"라고 대찬 소리를 할 때[12] 또 『추천명월』에서 하인을 팔아먹으려 궁리
하던 상전이 "지금 세상은 이전과 달라서 자식도 못 팔아먹는답니다. 장
별감에게 들으니까 약인률(略人律)이 있어서 잡아다가 징역을 시킨답니
다"라는 충고를 들을 때[13] 상하의 윤리와 근대적 법은 분명한 대조를 이
룬다. 아랫사람을 마음대로 다스리는 것이 전통적인 감각이라면, 근대법
은 이 감각에 제재를 가하는 제도이다. 근대법은 상하를 다같이 '개인'이
라는 관점에서 바라보고, 산술적 평등을 적용하며, 일률적인 기준을 따
른다. '형법초안(刑法草案)'(1896)에서 처음 "良賤의 차별 등은 今日 盖 棄斥"
한다는 원칙이 천명된 이래 점차 정립을 본 것이 '법의 평등'이라면[14] 1900
년대에 '법'이라 할 때 무엇보다 중요한 것은 이 평등의 관념이었다. 그럼
에도 『빈상설』은 '법'이라는 말에 신·구의 감각을 모두 허용하고 있다.
1894년의 갑오개혁 이후 한때 급진적인 개혁의 내용을 수정·절충하려
는 시도가 있었듯, 또한 '형법초안'이라는 급진적 법률안이 곧 폐기되고
'구본신참(舊本新參)'·'참작절충(參酌折衷)'이라는 태도가 제기되었듯[15] 『빈

---

12   이인직, 『귀의성』, 김상만책사, 1907, 34쪽.
13   김홍제, 『추천명월』, 신구서림, 1914, 34쪽.
14   문준영, 「대한제국기 '형법대전' 제정에 관한 연구」, 서울대 석사논문, 1998, 37쪽.

상설』은 새 것의 가치를 받아들이면서도 옛 것 또한 시야에서 지우지 않는다. 『빈상설』만이 아니다.

무릇 개화라 함은 편당도 없고 사정도 없으며 윗사람은 아랫사람을 학대치 아니하고 아랫사람은 윗사람에게 납첨을 아니하여 인류가 서로 밝고 상하가 속임이 없으며 법률을 각박히 아니하고 문화로 외식을 아니하고 각각 실업을 힘써서 근검독실하는 것이 실로 개화의 본뜻이라. 그런 고로 머리를 깎고 검은 옷을 입는 것도 개화가 아니요 각국 말을 아는 것도 개화가 아니니 (…중략…) 개화라 하는 이름은 서양에서 시작하였으나 실로 개화를 처음으로 행한 자는 오제이니 서계를 지어서 결승시정을 대신하며 역상을 살펴서 사시의 차례를 정하고 수레와 배를 지어 통치 못하던 것을 건너게 하며 장기와 따비를 지어 농사하는 것을 편리케 하였거늘[16]

옛 것과 새 것의 관계가 특히 문제되었던 1900년대, 옛 것의 지형 속에 새 것을 배치하려는 시도는 끊이지 않았다. '개화', 즉 밖을 향해 열려야 할 필요를 주장했던 『서유견문』부터 "타인의 장기를 취할 뿐 아니"라 "자기의 善美한 자를 保守"해야 한다는 사실을 강조했던 터다.[17] 얼핏 외국 것처럼 보이는 개화란 실상 중국의 오제(五帝)가 시작한 것이라는 주장도 있었다. 개화란 본래 상하 관계가 공정하며 인류가 밝고 실업이 발달한 상태를 뜻하니, 문자를 만들고 천문(天文)을 정했다는 오제(五帝)야말로 개화의 선구라는 것이었다. 다만 후세 사람들이 그 근원을 궁구하지 못하

---

15   위의 글, 46~53쪽; 도면회, 「1894~1905년간 형사재판제도 연구」, 서울대 박사논문, 1998, 102~105쪽 참조.

16   「개화의 본뜻」, 『대한매일신보』, 1909.9.10.

17   유길준, 『서유견문』, 東京 : 교순사, 1895, 381쪽.

고 구차스런 예법을 만들어 지혜의 길을 막은 것이라 했다. 서양에서 천(天)・지(地)・인(人) 삼재(三才)의 도를 밝히고 천지만상(天地萬象)을 설명한 것은 훨씬 후일의 일이니, 동양에서 끊긴 개화의 맥을 이은 격이라고도 했다. "지리 역사 산술이 別技가 아니니라 다 儒道에서 偸錄抄集훈 것이니라"라고 훈계하는 목소리도 있었고[18] "신학문이라 하는 책자를 (…중략…) 간혹 열람한즉" "기 취지는 대개 儒道에 糟粕을 偸抄하였으니 (…중략…) 儒敎야 천하에 유일무이한 聖道"[19]라는 이도 있었다. 공맹(孔孟)의 도야말로 최고의 진리라, 신학문이라 흥분하는 것 또한 그 찌꺼기에 지나지 않는다는 말이다.

한국에서만 그랬던 것도 아니다. 중국에서는 서양에서 얻은 바로써 고인(古人)이 전하는 바를 알 수 있다고 했고, 연역과 귀납의 방법, 수학과 물리학, 진화론까지 모두 『춘추(春秋)』 『역경(易經)』 같은 경전의 가르침과 일치한다고 주장하기도 했다. 비록 "그렇다고 저들이 밝힌 것이 모두 중국에 예전부터 있었다고 한다면 (…중략…) 사실과 거리가 멀다"는 단서를 붙이기는 했지만, 새 것은 분명 옛 것의 자취 속에서 해석되고 있다.[20] 루쉰[魯迅]은 "죽도록 國粹를 고집하는 선비[死抱國粹之士] 가운데 이런 설을 극단으로까지 주장하는 자가 많다 하고, 이는 새 것이 모두 옛 것을 계승했다고 우기면서 실제로는 "옛 것을 경멸하는 효과"를 가져오게 될 것이라고 했다. 마치 수도(水道)를 고집스레 거부하다 옛날 인도에 수도가 있었다 하자 태도를 표변했다는 인도인들처럼, 옛 것을 지나치게 숭상하면 결국 "아무렇지도 않게 스스로를 속이"는 결과를 가져오게 될 것이라고

---

18   隱憂生, 「師弟의 언론」, 『태극학보』 19호, 1908.3, 54쪽.
19   이규철, 「無何鄕」, 『태극학보』 18호, 1908.5, 45쪽.
20   嚴復, 「譯天演論自序」, 『中國近代文學大系』 2, 上海 : 上海書店, 711~713쪽 참조.

예측하기도 했다.[21] 새 것 속에서 익숙한 옛 것을 발견하려는 태도는 자못 보편적이었다.

낯선 것과 낯익은 것, 신과 구, 동양과 서양의 공존은 『빈상설』에서 여러 갈래로 변주되고 있다. 처첩 갈등이라는 『빈상설』의 기본 문제를 불러 온 정길과 난옥의 '부적절한 결연'부터 여기서 그리 멀리 떨어져 있지 않다. 지사의 딸답게 명민하고 기개 높은 난옥이 인품·학식 모두 졸렬한 정길과 혼인하게 된 까닭은 무엇이었던가? 유배에서 풀려나 딸의 억색(臆塞)한 처지를 알게 된 이승지 앞에 부인은 "개화 개화하며 개화한 나라에서는 색시 신랑이 서로 보아 마음에 맞아야 혼인을 함으로 (…중략…) 뉘 입으로 말씀을 하셨길래", "신랑의 자격이 어떠한지 자세 알지도 못하고 덮어놓고 서판서의 아들이라 하니까 두 말씀 아니하시고 혼인을 하"였냐는 항의를 던진다. 이승지의 대꾸는? "또 나는 아무리 외국 법대로 혼인을 하고 싶지마는 지금 우리나라 정도에 나만 미친 놈 되지 누가 응낙을 하겠소"라는 것이다(130). 자못 옹색해 보이기는 하나 이승지의 판단은 현실적이다. 남녀가 아무 조건 없이 '개인'의 자격만으로 만나 사랑으로 결합되어야 한다는 이른바 '연애결혼(love marriage)'의 이상은 오늘날에도 충족시키기 어려운 것이다. 하물며 이 이상이 막 일각에서 등장해 온 1900년대임에랴. 이승지는 뒤에 아들 승학의 혼처를 정하면서 "이전 풍속 말이지 지금이야 지체니 문벌이니 다 쓸데 있소. 규수 하나이 제일이지"라는 기준을 세우지만, 이때 "규수 하나이 제일"이라는 혼처는 승학이 이미 승야겁간(乘夜劫姦)한 자리이다. 책임져야 할 자리, 그러므로 어떻게든 정당화되어야 할 자리인 셈이다. 이승지가 혼인에 대해 품고 있

---

21 魯迅, 「科學史教篇」, 『魯迅全集』, 北京 : 人民大學出版社, 1981, 26~27쪽.

는 이상적 방책이 "외국 법대로"라는 사실과는 관계없이, 자식들의 혼사는 모두 현실적 고려에 입각해 이루어진다. 사회적 관습, 지켜야 할 도리 등이 혼인의 명분이며, 이들 명분에 비한다면 "외국 법대로"나 "규수 하나이 제일"이라는 기준은 아직 사족에 가깝다.

악(惡)의 인물형에 있어서도 그렇다. 이인직이 쓴 『귀의성』이 철두철미한 악인을 보여주었던 것과는 달리, 『빈상설』에서는 평양집·금분·화순집 같은 부정적 인물형조차 극단적이지 않다. 신분 상승의 욕망에 불타고 있었던 『귀의성』의 점순과는 달리 『빈상설』의 금분은 "동방삭이 밤 갉아먹듯 잘게 떼어먹는 것이 수"(19)라는 미온적인 생각을 갖고 있으며, 회의를 모르는 점순과 다르게 "말이야 바로 하지 화개동 아씨같이 착하고 무던하신 이야 또 어디 있나"(17)라고 뇌까리면서 새삼 망설임을 느끼기도 한다. 또한 표독스런 살의를 품는 점순이나 김승지 부인과 대조적으로 『빈상설』의 금분과 평양집은 "죽었으면 정말 큰일이 났게"(106)라는 선에서 악행을 그치고 만다. 극단의 공기는 『빈상설』에 없다.[22] 낯선 것과 낯익은 것을 다루는 데 있어서, 신·구를 평가하는 데 있어서, 선·악을 판별하는 데 있어서 『빈상설』은 부분 긍정의 자세를 뚜렷이 한다. 신(新)과 선(善)이 강조되고 있는 것은 분명하지만, 또 이 둘은 일종의 등가를 이루고 있지만, 그렇다고 낡은 것이나 악한 것이 극단적으로 부정되고 있는 것은 아니다. 낯선 것과 낯익은 것, 신과 구, 선과 악은 뚜렷하게 공존의 관계를 이룬다.

---

22 그런 만큼 1910년대 들어 이해조가 『봉선화』 등에서 극단적인 선악 대립과 폭력적 해결을 그려내고 있음은 큰 변화라 할 것이다. 점진적 개혁의 노선이 입지를 잃은 현실의 산물이기 쉽겠다.

4. 수사(修辭)의 전도와 세계상

"오고 가는 공기가 부딪혀서 횡횡 도는 회오리바람"

　　일단 대립항으로 인식된 쌍이 별 문제없이 공존해 가기란 어려운 일이다. 공존은 일시적인 현상일 뿐 결국에는 불화가 드러나는 것이 일반적인 현상이며, 이를 뛰어넘을 수 있는 새로운 존재 방식은 아직 미개척의 영역인 듯하다. 양가적 수사를 통해 신·구 공존을 보여주었던 『빈상설』역시 예외는 아니다. 『빈상설』은 뒤로 갈수록 조금씩 수사의 변이를 드러내고 있다. 승학과 옥희가 한 방에서 자는 모습을 묘사하면서 "하나는 지남철 모양으로 앞으로 잡아당기는 마음이 나고 하나는 물러가는 생각이 나는데"(87) 같은 표현을 동원하고, 해 뜨는 풍경을 그려내면서 "전차 기관실 연통에서 시커먼 연기가 묶어[23] 치밀러 올라오며 핑핑 돌아 흰 구름덩이가 되어간다"(93)고 쓰며, 일일이 상전 대신 나서서 대꾸하는 시비(侍婢)를 두고 "댁이 전어통이란 말이오"(144)라는 핀잔을 주게 할 때 쓰이는 수사가 그것이다. 지남철과 기관차, 전차, 그리고 전어통(傳語筒) 즉 전화기.

　　이부인의 쌍둥이 동생인 승학은 이부인인 양 꾸미고 뚜쟁이 집으로 넘겨진다. 이부인을 다른 남자에게 넘기려는 평양집의 흉계를 알고는 전기(轉機)를 마련하기 위해 한 일이다. 승학이 밤을 지내게 된 장소는 뚜쟁이의 조카인 옥희의 방, 승학은 번죽 좋게 옆사람들에게 몇 마디를 부쳐본다. 옥희는 "사람스러운 터이면 이 지경이 되어 무슨 경황에 웃음이 나오고 말이 나올고 / 기둥에 대강이라도 부딪쳐 죽을 것이고 죽지를 못하게 되면 혀를

23　원문 표기는 '묵꺼'다.

깨물고 남의 남자와 수작을 아니할 터인데"(88)라는 속생각으로 승학을 못마땅히 여긴다. 반면 이부인 행세를 하는 승학은 "색심이 동하는 것이 아니라 자기가 왔던 흔적을 알도록 할까 하고"(86) 옥희를 겁탈할 생각을 먹은 후 "옥희 앞으로 조촘조촘 다가"선다. "기관차 모양으로 뒤로 물러가는 생각", "지남철 모양으로 앞으로 잡아당기는 마음"으로 각각 비유되고 있는 것은 이러한 심리이다. 남녀 사이의 서로 다른 생각, 낯설 것 없는 심리가 기관차·지남철이라는 낯선 사물에 비유되고 있는 것이다. 해 뜨는 풍경에 굳이 전차를 개입시킨다든가 다른 사람 말을 도맡아 하는 이를 두고 전화기를 연상할 때도 마찬가지이다. 낯익은 풍경, 낯익은 경험은 전차·전화기 같은 낯선 사물에 비견됨으로써 새롭게 해석된다. 『고목화』에서 매표구를 비둘기장 문에, 기차를 뒤주에, 도로를 타작마당에 비기는 상상력이 낯선 것에서 낯익은 것을 보아 내려는 움직임이었다면, 『빈상설』에서는 신·구 공존의 양상을 거쳐 마침내 낯선 문물이 낯익은 세계를 재편하는 데까지 이른 셈이다. 『빈상설』 초두에서는 꼭 한번 나왔던, 금분과 복단 어미의 다툼을 말리는 이부인을 두고 "일아 개장에 미국 대통령이 구화 담판하듯 평화하도록만 말을 한다"(12)고 하듯 낯익은 장면을 두고 낯선 사건을 떠올리는 사고는, 뒤로 갈수록 점차 『빈상설』을 압도하고 있다.

이러한 상상력은 앞서 이인직이 보여준 바 있다. 이인직은 『귀의성』에서 직유와 은유[24]를 풍성하게 구사하면서 한편으로는 "명창광대가 화류도 상성 지르듯이", "세붙이 개피떡같이" 등[25] 전통적인 상상력을 동원하지만,

---

[24] "문장 속에 '~과 같은', '~과 흡사한', '마치'와 같은 표현을 집어넣어도 그 의미가 변하지 않으면 은유라고 할 수 있다"(O.Reboul, 박인철 역, 『수사학』, 한길사, 1999, 68쪽)라는 판단에서 보이듯, 서구 수사학의 구분으로는 직유(simile)를 은유(metaphor)에 포괄시키는 것이 일반적이다. 그렇지만 1900년대 신소설의 경우 원관념과 보조관념을 모두 드러내는 직유는 은유의 한 단계로 환원되지 않는 특수성을 갖고 있다고 생각된다.

새로운 연상 능력에 보다 크게 의지한다. 밤이 깊은 것을 두고 "그때는 달 그림자가 지구를 안고 깊이 들어간 후"(상 3)라고 묘사하는가 하면 계절의 순환을 "빙빙 도는 지구는 백여도 자전하는 동안에 적설이 길길이 쌓였던 산과 들에 비단을 깔아놓은 듯이 푸른 풀이 우거"졌다고 설명하고[26] 회오리바람을 "오고 가는 공기가 마주쳐서 빙빙 도는 회오리바람"이라고 하는 등(하 3)이 그 예이다. 여기서는 낯익은 경험이 새로운 지식 속에서 다시 해석되고 있다. 밤이 되어 천지가 어둑해지는 것이야 신기할 바 없는 일이지만, 이것을 지구의 자전과 달의 공전을 통해 풀어내려는 시도는 낯설다. 비록 공전이라 해야 할 것을 자전이라 하고 있기는 하지만 계절의 변화를 자연과학적 지식을 통해 풀어내려는 시도 역시 새로운 것이며, 회오리바람을 공기의 운동으로 해석하는 시각 또한 그러하다. 매일매일 부딪히는 익숙한 자연 현상이, 자전(自轉)·공전(公轉)·대기 순환 등의 낯선 개념으로 설명되고 있는 것이다. 새로운 지식은 옛 것이 새롭게 배치될 것을, 그리하여 모든 것이 새로워질 것을 요구한다. 낯익은 것을 안정적 기반으로 하여 낯선 것을 소화하려는 태도는 설 자리가 없다. 익숙한 기반은 새롭게 배치되고 있는 중이고, 새로운 배치에의 적응 여부야말로 문제거리이다.

신지식의 우위, 옛 것의 배제

『빈상설』 이후 이해조는 더 이상 옛 기반에 의지하지 않는다. 『구마검』(1908)은 처음부터 "길바닥 한가운데에서 먼지가 솔솔솔 일어나더니

25   이인직, 『귀의성』, 김상만책사, 1907, 20 · 28쪽.
26   이인직, 『귀의성』 下, 중앙서관, 1908, 1쪽.

빙빙빙 돌아가며 점점 언저리가 커져 도래멍석만 하"게 된 회오리바람을
묘사하는 데서 시작하더니 비유에서 흔히 해외 사적(事績)을 끌어들였으
며, 『홍도화』(1908)의 상호는 "서양 일은 말씀하옵기로 자세히 모르실 터
이니까 동양 일로 말씀하겠습니다"[27]라는 인색한 서두를 단 후에야 동양
의 전거(典據)를 거론한다. 아낙들의 수다를 두고 "주거니 받거니 지각 반
점 없이 지껄여가며 대원수가 되어 십만 대병을 거느리고 적국을 한 북
소리에 쳐 없앤 후 개선가나 부른 듯이"라 읊고, 재산 뺏으려는 계교를
"아라사 피득 황제가 동양 제국을 경영하듯"으로 요약하면서,[28] 이해조
는 "풍조가 철도 달려오듯 어제가 옛날이 되어가"[29]는 세상에서 점차 적
응의 또 다른 길을 찾아나서고 있다.

　　그날 밤 삼경이 못 되어 별안간에 남풍이 슬슬 불며 사면에서 검은 구름이 뭉
　　게뭉게 일어나서 탄탄대로에 기차 달리듯 하더니 번개는 번쩍번쩍 천둥은 우루
　　루 우루루 주먹 같은 빗방울이 우두두 떨어지다가 거미구에 눈을 못 뜨게 삼새
　　같이 퍼부어오니 읍하의 우매한 부녀들은 모두 좋아 춤을 추며 제각기 한 마디
　　씩을 다 지껄이기를 "세상에 영검도 해라 (…중략…) 점괘 나는 대로 선초 혼을
　　위로하였더니 당일 내로 비가 이렇게 오지 (…하략…)" 이시찰이 적이 신학문에
　　유의한 터 같으면 그런 소리를 듣더라도 비오는 이치를 풀어서 "허허 무식한 것
　　들이라 할 수 없고 비가 제 지냈다고 왔을까 사람이 근 천명이 모여 왔다 갔다 하
　　는 바람에 먼지가 공중으로 올라가 수증기를 매개하여 비가 온 것이라" 설명을
　　하였으려마는[30]

27　이해조, 『홍도화』, 동양서원, 1912, 58쪽.
28　이해조, 『구마검』, 이문사, 1917, 7 · 14쪽.
29　이해조, 『모란병』, 박문서관, 1916, 105쪽.

『화의혈』에 나오는 이 대목은 신·구의 대조가 곧 개화와 미개(未開) 사이의 대조라는 시각을 잘 보여주고 있다. 전통적인 인식이라고 모두 과학에 적대적일 리 없건마는, 『화의혈』은 대다수의 인식이 비합리적인 쪽에 편향되어 있음을, 그리고 이 "무식한" 백성을 계몽해야 할 책임은 "신학문에 유의한" 이들이 맡아야 할 것임을 전제하고 있다. 새로운 지식은 합리적이며 계몽적이고, 반면 예부터 내려 온 일반적 인식은 비합리적이며 오류 투성이다. 이 둘을 두고 택할 수 있는 태도는 절충이 아니라 선택이다. 길이 이렇게 정해진 이상, 신·구 혹은 동·서의 공존을 모색하는 일은 별 의미가 없다. 『고목화』에서 갑동이 주장한 양력의 과학성은 절대적 우위를 보증받지 못했고, 갑동은 '지식'의 수준에서는 신문물에 익숙해 있으면서도 실제로 신문물 앞에 서면 현기(眩氣)를 느끼는 인물이었지만, 『화의혈』에서 신지식의 우위는 너무도 명백하다. 오래 되었으나 나름의 합리성을 갖고 있는 전통 대신 미신·비합리가 신지식의 대립항으로 조정된 마당이니 당연한 일이라고도 하겠다. 낯선 것과 낯익은 것, 새 것과 옛 것이라는 대립항의 내용이 새롭게 조정되면서, 전통의 매력은 스러지고 공존의 근거 또한 사라져 버리고 만다.

5. 새로운 안정성과 불안정성

뒤에 이르면, 이해조에게도 한문의 세계란 그리 매력적인 것만은 아니었던 듯싶다. 1912년에 나온 『화의혈』에서 한문 교양은 허욕(虛慾)이나

---

30   이해조, 『화의혈』, 오거서창, 1912, 78쪽.

악덕(惡德)과 직결된다. 권력을 내세워 기생의 절조(節操)를 짓밟는 악역 이시찰은 시시때때로 한문 구절을 이용한다. 고관(高官)의 환심을 살 때는 "大廈將傾 非一木可支"나 "萬事具備 只吹東南風" 같은 그럴 듯한 말을 뇌까리고, 노리갯감으로 삼았던 선초가 자결한 후 그 무덤을 찾아가서는 "秋風來白髮 落日哭靑山"이라 한 마디 뽑은 다음에 양양자득해 한다. 얄팍한 한문 지식은 이시찰의 경박한 성격에 썩 잘 어울리는 장식이다. 이시찰에게 농락당한 다음 스스로 목숨을 끊은 선초의 경우에도, 비극적 생애의 원천이 되었던 한문 지식은 바람직하지 못한 것으로 비친다. 선초의 아버지 채호방은 "우리 선초로 보아도 (…중략…) 제가 글자를 아니 배워 무식한 것 같으면 의리인지 지조인지 어찌 알아서 제 목숨을 끊을 지경까지 하였을 리도 없"(86)었다고 단정하고, 동생 모란에게는 한문을 가르치지 않으리라고 결심한다. 선초가 열(烈)의 관념을 익힌 것이 한문 서적을 통해서요, 때문에 가볍게 목숨을 내던졌으니 한문이란 백해무익하다고 여긴 탓이다. 비록 스스로 목숨을 버린 비장미가 얽혀 있기는 하지만, 여기서도 한문이 전해주는 지식의 가치란 다분히 의심스럽다.

한문 교양의 긍정과 부정 ―『고목화』에서 『빈상설』을 거쳐 『화의 혈』에 이르는 동안 이해조가 겪은 변화는 이뿐만이 아니다. 옛 것과 새 것이 각각 부정과 긍정의 의미항으로 극단화된 만큼, 선·악의 분별 역시 극단화되었다. 『고목화』『구마검』의 결론을 이끄는 것은 악인, 혹은 어리석은 자의 '회개'이나 『화의 혈』『구의산』에 오면 회개는 중요한 관심사가 아니다. "그놈 있는 곳을 알면 당장 한 걸음에 뛰어가 드는 칼로 배지를 드윽 긋고 간을 내어 질겅질겅 씹고 싶은 생각"에 들끓는 주인공은, 또한 "이놈 너도 죽어라 어미가 이 지경이 되는데 너는 살아 무엇하겠느냐"라며 제 친자식을 돌로 치는 악인의 형상과도 잘 어울린다.[31] 신·

구나 선·악을 공존의 논리로 포섭할 수 있다는 생각은 이로써 자취를 감춘 셈이다. 공존의 논리 대신 긍정·부정의 극단적 태도가 들어서면서, 이해조에게 있어 새 것의 가치는 절대적인 것이 된다. 절대적 우위를 검증받은, 새삼 논란이 필요하지 않은 가치가 된 것이다. 이 가치는 안정적인 것처럼 보이지만, 성찰과 회의에서 벗어나 있다는 점에서는 그만큼 불안정한 것이기도 하다. 새로운 안정성과 불안정성, 이해조의 궤도는 여기서 일단 마감된다.

---

31   이해조,『구의산』下, 신구서림, 1912, 12·77쪽.

진화론과 기독교

『금수회의록』, 『경세종』을 중심으로[*]

1. 진화론, 우승열패(優勝劣敗)와 천택물경(天擇物競)

19세기 말에서 20세기 초에 이르는 시기 진화론 및 사회진화론이 동아시아의 세계 인식에 지대한 영향을 미쳤음은 널리 알려져 있다. 생존경쟁·우승열패·천택물경 같은 문구로 압축되었던 진화론의 구도는 세계를 지배하는 것이 도(道)나 천리(天理)가 아니라 힘의 논리임을 설득해

---

[*] 오래 묵은 글이다. 그 사이 1900년대 글쓰기에서 기독교의 영향을 다루는 다수의 연구가 출간된 것은 물론 『금수회의록』이 번안작임을 밝히는 논문(서재길, 「『금수회의록』의 번안에 관한 연구」, 『국어국문학』 157호, 2011)이 나온 만큼 대폭 수정을 거쳐야만 쓰일 만한 글이 될 터인데, 별로 손을 대지 못한 채 책에 싣는다. 참조하고 읽어주시기 바란다. 『금수회의록』이 번안작임에도 불구하고 1920년대까지 아류작을 낳는 등 한국의 사상·문화사에 있어 오래도록 영향을 끼쳤다는 사실을 변명 삼아 부기해 둔다. 후대의 아류작 중 대표격이라 할 『만국대회록』에 대해서는 조남현, 『한국현대소설연구』, 민음사, 1987 및 최근의 권철호, 「1920년대 딱지본 신소설 연구」, 서울대 석사논문, 2012, 127~132쪽 참조.

냈으며, 세계의 근본적인 변화 가능성에 대한 시야를 열어 주었고, 변화하는 세계에 어떻게 대처해야 할 것인가의 문제를 던져 주었다. '천불변, 지불변, 도역불변(天不變, 地不變, 道亦不變)'이며 세계는 이 안정된 불변성에 따라 구성되어 있다고 믿었던 당시, 진화론적 사고가 미친 충격이 얼마나 크고 깊었을 것인지는 어렵지 않게 짐작할 수 있을 듯하다. 불변의 도나 천리가 있는 것이 아니라 강·약의 다툼이 있을 뿐이라는 인식이 일반화되면서 중국은 '중화(中華)'로서의 자리를 잃고 여러 나라 가운데 하나에 불과한 '지나(支那)'의 위치로 떨어졌으며, 이에 따라 중화주의적 세계 질서 역시 흔들리게 되었다. 거꾸로 말한다면 한국이나 중국에 있어서는 청일전쟁의 경험이야말로 진화론을 수용하는 데 핵심적인 계기였다고 말할 수 있겠다.

일본의 경우는 1870년대에 이미 버클·스펜서가 소개되고 모스·페놀로사 등이 직접 진화론을 강의하는 등 일찍부터 진화론의 수용이 이루어졌지만[1] 한국·중국의 경우에는 인륜·예악의 질서가 절대적이라는 '화이지변, 인수지판(華夷之辨, 人獸之判)'에 대한 인식이 좀 더 완강하였다. 중국에서 캉여우웨이[康有爲]가 이미 1873년부터 변역론(變易論)에 근거한 『대동서(大同書)』를 집필하기 시작했는가 하면, 한국에서는 박영효가 1888년 「건백서(建帛書)」에서 세계정세를 약육강식이라는 말로 요약하여 사회진화론의 영향을 보이기는 했지만, 진화론이 서구의 영향과 더불어 정립되고 나아가 사회 일반의 인식으로 자라난 것은 청일전쟁이 끝난 1895년 이후다.[2] 한국의 경우 공간(公刊)된 서적을 기준으로 하자면 바로 이 해 출판된 유길준의 『서유견문』에서 진화론의 수용을 처음 확인할 수 있다는 것

---

1   전복희, 『사회진화론과 국가사상』, 한울, 1996, 47~50쪽.
2   조경란, 「진화론의 중국적 수용과 역사의식의 전환」, 성균관대 박사논문, 1995, 7쪽.

이 일반적인 견해이기도 하다.[3]

1900년대에 이르면 진화론은 일반적인 지식으로 통용되기에 이른다. "생존경쟁은 天然이요 우승열패는 公例"라는 말이 일종의 표어처럼 사용되면서 경쟁력을 기르는 자강(自强)의 길이 역설되었고, 자기 보존의 힘을 키우지 않으면 인종 절멸의 운명에 처하리라는 위기의식이 널리 공감을 얻었다. 그런가 하면 한편에서는 "시랑 같은 무리들이 / 잡아먹기 내기하네 / 강한 자는 입을 벌려 / 약한 자를 잡아먹고 / 깨인 자는 이를 갈며 / 자는 자를 잡아먹네"[4]라는 표현에서 볼 수 있듯 약육강식의 질서에 대한 탄식과 혐오가 자라나기도 했다. 기왕 있었던 사상과의 관련에서 보자면 진화론은 『주역』의 '수시변역(隨時變易)'이라는 구절과 연결되면서 수용되었다. 진화론이 천리에 입각한 안정적 세계 질서 대신 힘의 논리에 입각한 변화와 불안정이라는 감각을 수반했던 만큼 옛 어휘 중에서 '변역'이 가까이 실감될 수 있었던 것이다. 이이 등에 의해 제도 개혁의 근거로 주창된 후 실학자들에 의해 계승되었던 변역론은 이로써 다시 재구성・재정립되게 되었다.[5]

그러나 제도적 수준에서의 개혁을 주장하면서도 도의 가치는 의심치 않았던 이이 등의 변역론과 1900년대의 변역론이란 크게 다르다 할 수 있다. 1900년대의 변역론은 "대저 새로운 것은 만물의 근저라 우주간에 있는 모든 물건과 모든 일이 다 때때로 변환하며 다 나날이 진보하여 낡은 것을 버리고 새 것을 취하나니"[6]라는 식으로 새것의 절대 우위를 주장하

3   이광린, 『한국 개화사상 연구』, 일조각, 1979, 260쪽.
4   「활동가」, 『대한매일신보』, 1907. 8. 22.
5   전복희, 앞의 책, 108쪽.
6   「새해」, 『대한매일신보』, 1909. 1. 1.

였고, "강권이 가는 곳에야 인의는 무엇이며 도덕은 무엇이뇨"[7]라 하여 인의·도덕 일체의 가치를 회의하기도 했다. 끊임없는 변화로서의 유동성이 세계의 원리가 되고 있으되 이때 변화를 추동하는 힘은 천리가 아니라 강권이라는 사실이 역설되고 있는 참이었다. 이처럼 '강권에 의한 변화'를 강조하는 방향은 한편으로 제국주의 및 패권주의의 발상에 가 닿기도 한다. 제국주의는 왕왕 당연한 질서로 받아들여졌고, "중흥시대 도달하야 문명제도 연구하고 霸主權을 잡은 후에 於東於西 列邦으로 우리 정치 배게(배우게) 하며 우리 법률 쓰게 하며 우리 문물 좇게 하며 우리 의관 쓰게 하야 세계평화 내 잠 안에 쥐락펴락 하리로다"[8]라는 발언에서 엿볼 수 있듯 패권주의적 야심이 피력되는 경우도 있었다.

그러나 전반적으로 보자면 변역론은 절망적 상황이 언제까지고 계속될 것은 아니라는 사실을 들어 실력 양성을 강조하고 긍정적 전망을 설득하는 효과를 가져왔다고 생각해야 할 터이다. "태평하다가는 요란하고 요란하다가는 태평하며 복 가운데서는 화가 생기고 화 가운데서는 복이 생기"는 변화의 원리는 "어지러운 것이 극하면 다스리고 곤고가 극하면 형통"한다는 희망을 낳았고, 따라서 많은 경우 "한국 사람을 할 수 없단 말은 마음에 두지 말고 더욱 경계하고 분발하여 아무쪼록 백성의 지혜를 열고 나라의 실력을 길러 회복하기를 도모하라"는 설유의 근거가 되었다.[9]

7　「세계에는 강권이 첫째」, 『대한매일신보』, 1909.7.21.

8　『대한매일신보』, 1910.4.17.

9　「삼십 년간의 대한변란 역사」, 『대한매일신보』, 1907.7.26.

2. 강권주의의 문제와 저항의 형식

진화론에의 매혹과 반발

진화론이 아무 반발 없이 수용될 수 있었던 것은 아니다. 진화론은 서로 엇갈리는 다층적 해석의 장이었으나 그럼에도 무엇보다 강권주의를 역설하는 사고법이었고, 이 점에서 경계와 견제의 대상이 되지 않을 수 없었다. 강권주의의 논리만을 따진다면 "소위 선악사정이라 함은 피차의 대거리하는 말"일 뿐이라거나 "천지의 대법공심을 말하자면 생존경쟁하는 세계에 우등 인종이 이기고 열등 인종은 패하며 약한 자가 고기 되고 강한 자가 먹으며 무거운 물건은 잠기고 가벼운 물건은 뜨는 것이 천지간에 떳떳한 이치"[10]라는 주장을 부정하긴 어렵겠다. 그러나 한편 이런 주장을 펴는 인물이 비참한 최후를 맞는다는 소설이 한·중·일에서 모두에서 인기를 끌었다는 사실을 통해 짐작할 수 있듯[11] 생존경쟁·우승열패 같은 낯선 사유는 매혹과 동시에 저항 또한 불러일으켰다.

1900년대식 진화론을 통해 보자면 세상은 온통 경쟁뿐이요 약육강식의 참상뿐이다. 자연과 인간 사이에도 근본적인 차이가 있을 수 없다. 인의도덕마저 강자의 이익을 위한 것이라는 발상이 유행하는 데 이르러서는 진화론이 '天不變, 地不變, 道亦不變'의 옛 원칙을 말살하고 변역의 일방적인 승리를 선포하는 듯 보였다. 그러나 헉슬리(T. Huxley)가 『진화와 윤리』를 통해 스펜서의 사회 진화론을 비판하였듯, 진화론의 선언에는 어느 정도의 제약이 가해지는 것이 보통이었다. 헉슬리는 우주 일반의

---

10   이해조, 『철세계』, 회동서관, 1908, 53쪽.
11   최원식, 『한국근대소설사론』, 창작사, 1986.

과정이 그대로 적용되는 정도가 더할수록 그 사회는 미발달한 것이라 보고, 인간의 가능성은 진화의 일반 법칙을 극복할 수 있다는 점에 있다고 주장한다. 또한 자기 주장 대신 자기 억제가 필요한 것이 인간 사회이며, 또한 연대와 협동의 원리에 따라 발전이 이루어질 수 있다 했다. 옌푸[嚴復]가『천연론(天然論)』(1898) 번역의 대본으로 불과 몇 년 전 나온 헉슬리의 『진화와 윤리』(1894)를 택한 것이나, 스펜서의 진화론을 '임천(任天)'으로, 헉슬리의 진화론을 '승천(勝天)'으로 규정한 것 또한 이 맥락에서 눈여겨 볼 만하다. 옌푸는 스펜서가 자연 법칙의 지배만을 강조했다면 헉슬리는 초월의 가능성까지 함께 논했다고 보고, 이 점에서 헉슬리는 "古人과 서로 부합되는 점이 있다"고 했다.[12] 진화의 도식으로 만물을 함께 아우르려는 시도는 수용되는 그 순간부터 계속 제한을 받았던 셈이다.

유학의 비판, 법률을 통한 제어

진화론이 먼저 부딪혀야 했던 것은 옛 도덕의 반발이었다. 진화론이 인의·도덕의 가르침에 어긋난다거나[13] 인류에는 인도(人道)가 있으니 자연 도태의 법칙에 인간을 방치할 수는 없다는[14] 문제 제기는 이 맥락에서 나온 것이다. 그렇지만 서구 열강의 침탈, 일본의 제국주의적 성장 같은 현실에 압도당하고 있었던 상황에서 이 반발의 힘은 비교적 무력하였다. 문제 제기 자체가 적었을 뿐 아니라, "仁義道德之爲物도 聰明知慧와 强

---

12   조경란, 앞의 글, 48~57쪽 참조.
13   박은식, 「교육이 不興이면 생존을 不得」, 『서우』 1호, 1906.12, 9쪽.
14   장응진, 「진화학상 생존경쟁의 법칙」, 『태극학보』 4호, 1906.11, 9~10쪽.

毅勇邁者의 全而有之하는 바요 愚昧懦弱者는 未能有之커든"[15] 등의 말로써, 즉 스스로의 인의·예지를 문명의 표시라 주장하는 논리의 역전을 통해 진화론의 틀로 문제를 해소해 버리는 경우도 흔했기 때문이다.

대신 진화론에 맞설 수 있는 방법으로 중요하게 부각된 것이 법의 역할이다. 법은 "요새같이 법률 밝은 세상에 내가 잘못한 일만 없으면 아무것도 겁나는 일 없네. 김승지댁 숙부인도 말고 하늘에서 내려온 천상부인이라도 남의 집에 와서 야단만 쳐 보라게"[16]라는 식으로 전통적 권위에 저항할 수 있는 합리적 대안이었을 뿐 아니라, 강권의 횡포에 맞서 약자의 권리를 보호하고 약육강식의 질서를 견제할 수 있는 가능성이기도 했다. 이러한 시각은 유길준의 『서유견문』에서부터 보인다. 유길준은 "일국의 體制롤 立한 자가 雖弱小하여도 강대한 자의 형세로 통합하는 권리가 無"하다 한 후 그 근거로 법의 존재를 들고 "국법은 一國內에 행하야 각인의 相與하는 권리를 保守하고 공법은 천하에 행하야 각국의 相與하는 권리를 유지하나니 진정한 公道는 대소의 分과 강약의 辨으로 移動을 不立함이오"[17]라 하여 법이 강·약의 구별을 넘어서 '진정한 공도'를 구현할 수 있는 방법이 되기를 기대하였다.

"만약 법률 한 가지만 없으면 (…중략…) 사람마다 자연 짐승같이 흩어져 다니며 서로 치고 빼"앗을 것이나 법이 있어 이 문제를 해결할 수 있으므로, "오늘날까지 잔약하고 세력 없는 자 목숨과 재산을 보호하여 오기는 다만 나라에 법률 한 가지가 있기 때문"[18]이라는 것처럼, 법은 약육강

---

15   박은식, 앞의 글, 같은 곳.
16   이인직, 『귀의성』, 김상만책사, 1907, 34쪽.
17   유길준, 『서유견문』, 東京 : 교순사, 1895, 93쪽.
18   『매일신문』, 1898.6.11.

식의 자연 상태를 극복하고 인간적 윤리를 실현할 수 있는 길로 널리 주목을 받았다. 예컨대 독립협회와 『독립신문』에 있어 '법'의 실현을 둘러싼 투쟁은 그 정치·사회 활동의 핵심에 위치하고 있다. 물론 법률, 특히 국제적 차원에서의 만국공법이 강권 앞에 무력하다는 인식 또한 함께 있었던 것은 사실이다. 만국공법을 지켜 서로 어기지 않으면 천하가 조용할 것이나 현실은 그렇지 않아 공법이 강자의 손에 좌우되니 "소위 공법이 適足爲强橫者之利刃하야 凡所交際之間에 利於己則藉此爲說하고 害於己則法外生法하야 약육강식을 恣其胸臆하며 脅制侵奪을 視若固然"[19]하게 한다는 지적이 있었는가 하면, 만국공법이 대포의 위력만 못하다는 후쿠자와 유키치[福澤諭吉]의 말이 새삼스럽게 상기되기도 했다.

그럼에도 법률, 국제적으로는 만국공법에 대한 기대는 여전히 유효하였다. 법이란 옛 도덕이 안겨주었던 안정성을 대치할 수 있을 만큼 널리 공인되고 있던 새로운 버팀목이었고, 세계의 질서는 법을 매개로 하여 다시 안정을 얻을 수 있었다. 신소설에서 법·재판이 권선징악의 새로운 형식으로 부각되었다는 사실[20]은 이런 상황을 확인할 수 있게 해 준다. 이인직의 『귀의성』처럼 악이 개인적 폭력으로 응징되는 사례가 없었던 것은 아니나, 대부분의 신소설에서 선·악의 분별은 근대법의 매개를 통해 확증되었다. "악한 사람은 당장에 엄적은 될지언정 종내 감옥서에나 경무청에 들어가 고초 겪는 것"[21]이 권선징악의 구현태로 새로이 각광을 받았고, "천도가 순환하고 인사가 변천"[22]한다는 변역론의 구상은 최종

---

19 『대한매일신보』, 1905.8.16.
20 이재선, 『한국 현대소설사』, 홍성사, 1986, 74쪽.
21 이해조, 『빈상설』, 광학서포, 1908, 112쪽.
22 김교제, 『현미경』, 동양서원, 1912, 166쪽.

적으로는 법 질서의 합리적 구현이 이루어지기 마련이라는 생각으로 통합을 보게 되었다. 특기할 만한 점은, 법이 권선징악의 새로운 형식으로 나타날 때 "무릇 사람의 일동일정과 일선일악을 지공무사하신 하나님은 소소히 살피시나니"[23] 같은 기독교적 진술이 따라오는 경우가 적지 않다는 사실이다.

3. 부강과 평화, 기독교의 이중적 호소력

기독교적 수사의 보편성

1900년대에 나온 여러 글에서 마귀·복음·천국·지옥 같은 기독교적 어휘는 어렵지 않게 확인할 수 있다. 이는 비단 기독교 신자에 한정된 사정이 아니라 보다 일반적으로 공유되고 있는 경향이었다. 발행부수가 1만여 부에 달하는 등 당시 큰 영향력을 행사했던 『대한매일신보』의 경우에도, 주요 관련 인물 가운데 기독교 신자로 알려진 사람이 없음에도 불구하고[24] 지면에서는 기독교적 수사가 숱하게 나옴을 볼 수 있다. "마귀들의 진상 그려 보천지하 인류계에 한번 구경 시켜볼까"[25]라거나 "금일에 진보하다가 명일에 퇴보하는 것은 즉 마귀에게 유혹함이니"[26]처럼 문제되는 경향은 흔히 '마귀'라는 이름으로 논박되었고, "이제 한국동포는 게으른

---

23   위의 책, 230쪽.
24   이광린, 「대한매일신보 간행에 대한 일고찰」, 『대한매일신보 연구』, 서강대 출판부, 1986 참조.
25   『대한매일신보』, 1910.2.19.
26   「빨리 나아갔다가 속히 퇴보하는 것을 탄식함」, 『대한매일신보』, 1908.4.2.

것이 습관이 되어 광명한 길을 놓고 흑암한 지경으로 나아가며 생존의 방법을 버리고 사망의 길로 들어가는도다"[27] 등의 문구에서 볼 수 있듯 광명 / 흑암, 생명 / 사망을 대비시키는 기독교적 상상력도 자주 등장했다. 천국 / 지옥의 수사학은 그밖에도 자주 나타나, "我同胞의 生活이 便是地獄을 離하고 天國에 躋함이니"[28]처럼 현실을 가리킬 때도 널리 쓰였다.

이런 상황의 배후에는 종교에 대한, 특히 기독교에 대한 관심이 고조되었다는 사정이 있었다고 볼 수 있다. '금수'로 취급해 온 서구가 뜻밖에 우월한 경제력·무력을 소유하고 있음이 드러나자 그러한 부강의 근간이 무엇일지는 중요한 관심사가 되었다. 서구의 물질적 부강은 인정하되 정신적 기틀은 받아들일 수 없다는 중체서용(中體西用)·동도서기(東道西器) 식의 태도가 호응을 얻기도 했지만, 부분적 개혁의 한계가 드러나고 전체적 변혁의 필요가 역설되면서 서구 문명은 물질적인 면뿐 아니라 정신적 측면에서도 관심을 끌게 된 것이다. 정신적 측면에서 서구를 볼 때 제일 먼저 주목받은 것은 당연히 종교라는 낯선 제도, 구체적으로는 기독교였다. 종교는 재력·무력 등 유형의 자강을 뒷받침할 수 있는 무형의 자강력으로 주목을 받았고,[29] 정치개혁을 이루기 위해서는 먼저 종교개혁을 해야 한다는 주장이 나오기도 했다.[30] 이런 주장과 더불어 기독교 신자가 수십만에 달한다는 상황을 진술한 데서 보이듯 이때 종교란 구체적으로는 기독교를 가리킨다. "우리 동양에 공맹교와 기타 선교와 불교 (…중략…) 서양에는 천주교 야소교 희랍교 등 여러 교가 있으나 그 이름

---

27 「게으르고 놀고 먹는 폐단」, 『대한매일신보』, 1908.7.10.
28 박은식, 「瑞士建國之序」, 『서사건국지』, 대한매일신보사, 1907, 3쪽.
29 「信敎自强」, 『대한매일신보』, 1905.12.1.
30 「宗敎改革이 爲政治改革之原因」, 『대한매일신보』, 1905.10.11.

은 비록 다를지언정 인민을 가르쳐 착한 길로 인도함은 다 일반"[31]이라는 식으로 종교 일반의 힘을 인정한 논의도 있었지만, 보다 세를 얻은 것은 "세상에 교가 많이 있으되 예수교같이 참 착하고 참 사랑하고 참 남을 불쌍히 여기는 교는 세계에 다시 없"[32]다는 독점적인 목소리였던 것이다.

기독교는 "나라 문명부강과 독립자주의 근본"으로 평가되었고 이에 따라 서구의 부강과 독립은 "다 이 교 속에서 나온 말이요 법률과 학문이 거반 다 이 책에서 나온" 것으로 선전되기에 이르렀다.[33] 그러나 막상 기독교가 이처럼 부강의 근인이 될 수 있었던 까닭에 대한 구체적 분석은 많지 않았다. 대개 기독교의 힘은 '하느님을 믿으면 두려울 것이 없다'는 수준에서 추상적으로 선언되었을 따름이다. 몇몇 경우에는 기독교가 천부인권설·평등설의 근저가 되고 이것이 다시 국민의 권리사상과 책임의식을 진작시켜 결과적으로 나라를 부강케 한다는 분석이 나온 일도 있었다. "성경 중에 세상 사람은 다 한 아버님의 자녀라 하는 말이 있어 (…중략…) 우리가 세상에서는 비록 군민 등분이 있으나 하나님 앞에서는 모두 같은 자식들이라고 하매 그 전국 백성의 임금 사랑하는 충심에 뼈에 미치"[34]게 하는 효과가 있다는 논파는 그 예라 하겠다.

---

31 『매일신문』, 1898.5.30.
32 『독립신문』, 1898.8.20.
33 『매일신문』, 1898.5.28.
34 같은 곳.

'자국의 부강'과 '만국의 평화'

1900년대 당시의 세계 인식을 체계적으로 보여주었다 할 수 있는 「서호문답」에도 종교가 자강의 근본이며 기독교를 믿어 자주독립을 이룰 수 있다는 생각은 뚜렷하게 새겨져 있다. 「서호문답」은 자강의 힘을 키울 수 있는 방법으로 교육을 강조하고, 교육에서 가정교육·학교교육·사회교육과 지육·덕육·체육을 논하면서 덕육을 곧바로 종교와 연결시킨다. 덕의 함양은 곧 종교가 해야 할 역할이니, "하늘 이치를 순종하여 개과천선하고 인의로 만민을 감동케 하며 덕화로 만국을 평화케 하나니 이는 종교의 주의"이다.[35] 발화주체인 서호자는 이어 한국인이 믿어야 할 종교로 기독교를 명언한 후 "이 교를 독신하면 나라이 강하여지겠소?"라는 객의 물음에 "상제로 대주재를 삼고 기독으로 대원수를 삼고 성신으로 검을 삼고 믿음으로 방패를 삼아 용맹있게 앞으로 나아가면 누가 죄를 자복지 아니하며 누가 죄를 순종치 아니하리오"라 하고, 기독교 국가인 영국·미국·프랑스·독일 등의 부강을 증례로 들고 있다.[36]

여기서 확인할 수 있는 것은 '만국의 평화'와 '자국의 부강'이라는 두 가지 목표를 동시에 설정하면서도 현저하게 후자에 무게를 싣는 태도이다. 기독교가 부강의 첩경이 되리라는 희망은 군사적 상상력으로까지 확장되어, 대원수·검·방패 같은 어휘로 '평화'의 추상성을 누르는 결과를 빚어내고 있다. 이처럼 '국가 부강의 첩경으로서의 기독교'라는 목표가 압도적인 것이 되고 군사적 상상력까지 등장할 때, 기독교의 수사학은 구체적으로 구세군이라는 교파와 연결되기도 한다. 이는 구세군이 군대

---

35 『대한매일신보』, 1908.3.10.
36 『대한매일신보』, 1908.3.12.

편제를 표방하고 있기 때문이었으니, 구세군의 활동이 구체적으로 전개되기 전부터 "이 군 저 군 몰아다가 구세군에 연합하여 일동 병법 교련하고 하나님의 명령 받아 난신적자 몰아내며 무죄창생 구제 후에 일심으로 행진하야 대한국기 높이 들고 만국회의 담판할 제 같이 가서 참여할까"[37] 라는 등의 수사는 이미 나타나고 있었던 터였다.

그렇지만 '만국의 평화'라는 목표가 쉽게 잊힐 수 있었던 것은 아니다. 기독교는 약육강식의 질서 일반을 부정할 수 있는 가능성, 대안적 질서를 제창할 수 있는 가능성이기도 했다. 인간의 권리는 하느님이 주신 것이니 강권으로 남의 권리를 빼앗는 자는 하느님께 죄를 짓는 것이라는 논리가 있었는가 하면[38] 기독교라면 생존경쟁·우승열패의 현실을 제어할 수 있을 것을 "불행히 예수교에 세계 사람이 모두 동포라 함과 노소의 만성이 평등이라 한 말이 실행이 되지 못하여" "강한 종족은 칼과 같은 이를 들어 약한 종족의 고기를 씹으며 문명한 종족은 시랑같은 창자를 가지고 야만종족을 삼키"[39]는 참상이 끊이지 않는다는 탄식이 울리기도 했다. 「서호문답」에서 '자국의 부강'이라는 축에 간단하게 압도된 바 있었던, '만국의 평화'를 이루기 위한 방도로서의 기독교는 이처럼 적극적인 조명을 받기도 했던 것이다. 예컨대 1908년 『대한매일신보』 논설란에 실렸던 「여호와 고양이의 문답」이라는 글은 기독교의 이러한 가능성을 잘 보여주고 있다. 자료 소개 겸 전문을 인용해 본다.

심산궁곡 무인처에는 여호가 살아 그 종족을 전접하고 촌락 근처에는 고양이

---

37 『대한매일신보』, 1908.10.25.
38 「자유론」, 『대한매일신보』, 1907.10.25.
39 「정신의 단체」, 『대한매일신보』, 1909.4.17.

가 살아 그 자손을 양육하더니 하루는 여호와 고양이가 밭머리에서 만나 귀를 늘이고 춤을 추며 발을 들고 재주를 넣어 각기 장기를 자랑하며 언변을 다투다 가 서산에 날이 떨어지고 사방에 인적이 고요한지라.

여호가 고양이더러 말하되 네가 지혜와 재능이 모두 우리만 못하고 지위와 세력이 우리만 못하니 너의 여러 자손을 모두 내게 맡기면 내가 실심으로 보호 하고 성력으로 교도하여 우리와 같이 행복을 누리게 할지니 너는 나를 일호라도 시기하지 말고 단단히 믿으며 나를 항거치 말고 기꺼이 환영할지어다.

만일 네가 내 말과 같지 아니하면 필경 다른 짐승에게 침해를 당하여 멸망함 을 면치 못하리니 네가 지금 내 말을 듣지 아니하면 후회막급하리라 하거늘 고 양이가 대답하되 하느님이 만물 내시매 유만부동하여 그 종류도 부동하며 성질 도 부동하며 직분도 같지 아니하여 각기 저의 종족을 보전하며 각기 저의 성질 을 좇으며 각기 저의 직분 지킴이 천리에 당연한 일이어늘 어찌하며 강제로써 귀일케 하고 억륵으로써 변혁코자 하나뇨. 옛글에 이르되 원래 내의 종류가 아 니면 심장이 반드시 다르다 하였으니 지금 네가 나의 자손을 보호하고 개도하여 준다는 말은 불과시 감언이설로 꼬이는 말이니 너의 간특한 성질과 잔악한 심정 은 우리 일반 짐승 동포의 다 아는 바이니 네가 비록 나를 속이며 위협하더라도 나도 또한 본성과 본심을 잃지 아니한 자라 어찌 거연히 너의 간계에 빠지리오 하고 얼굴빛을 엄숙히 하고 꾸짖거늘

여호가 그제야 하늘을 우러러보고 길이 탄식하더니 소리를 크게 하여 고양이 를 호령하여 가로대 너의 미련함이 어찌 이같이 심하뇨. 대저 만물지중에 가장 신령하며 가장 귀한 자는 인류라 천지의 조화를 찬조하며 상제를 대표하여 여러 중생을 관리하는 권능과 여러 물건에 출중한 도덕이 있으니 그 지혜와 재주가 우리 짐승 동포에게 비교하면 천백 배가 나을 것이요 또 동양반도에 대한 인종 은 실로 자상하고 영민한 우리 인종이 아니리오마는 대한 상등사회에 대관 모씨

진화론과 기독교 155

는 육십만 명 회원을 몰아서 외국인에게 바치고 보호를 애걸하며 또 대관 모씨는 사십만 명 회원을 지휘하여 외국인에게 바치고 그 공로를 발표하며 모 회장은 전국 유림을 위협하여 외국인에게 바치고 개도하여 주기를 간청하였으니 이것이 모두 시세를 통달하고 변화 불측한 민첩한 수단이라. 너는 우리 짐승 등류 중에도 가장 잔악한 종족으로 이같이 매혹한 소견을 고집하고 변통할 줄을 알지 못하니 필경 자멸 자망할지로다.

고양이가 이 말을 듣고 발연대로하여 가로대 네가 인류의 행위를 인증하여 나를 꼬이고자 하나 이것은 그 첫째만 알고 둘째는 알지 못하는 것이로다. 대저 인류가 금수보다 신령하고 귀하다 함은 도덕과 지혜가 금수보담 탁월한 까닭이어늘 현금 세계의 인류의 행위를 볼작시면 자기의 관직을 도득하기 위하여 하늘을 꾸짖고 어버이를 능욕하는 자도 있으며 자기의 세력을 유지하기 위하여 임군을 속이고 나라를 파는 자도 있고 자기의 이익을 도모하기 위하여 동포를 잔학하는 자가 비비우지하니 이러한 자는 가히 인류라 칭하지 못할지며 우리 짐승 동류 중에서도 깊이 부끄러워하는 바이어늘 네가 이로써 나를 꼬이고자 하느냐 하는데

여우가 이에 박장대소하고 가로대 너의 자주할 사상과 자보할 방침은 내가 찬성할지언정 방해하는 것은 불가하며 내가 붙들어주는 것은 가하거니와 압제하는 것은 부당하다 하고 일장대소한 후에 각기 귀소하더라.[40]

문답체 형식의 이 글은 동물 우화의 형식을 차용하고 있는데다 동물의 입을 빌어 인간을 비판한다는 점에서 『금수회의록』『경세종』을 연상시킨다. 여기서 이웃에 거처하는 여우와 고양이는 보호권의 문제를 두고 서로 대립하고 있다. 여우가 자기 종족의 지혜·재능과 지위·세력이 더

---

40 「여호와 고양이의 문답」, 『대한매일신보』, 1908.3.25.

나으니 자손을 맡기면 자기와 똑같은 행복을 누리게 해 주겠다고 고양이에게 제의하자 고양이는 여우의 권유가 간계에 불과하다고 맞선다. 그러면서 고양이가 기대고 있는 권위는 하느님이라는 이름, 하느님이 만물에 각기 천성대로 살 권리를 주셨다는 논리이다. "하느님이 만물 내시매 유만부동하야", "각기 저의 종족을 보전하며 각기 저의 성질을 좇으며 각기 저의 직분을 지킴이 천리에 당연한 일"인데 어찌 세력의 우위를 내세우느냐는 말이다. 일본이 한국을 보호국화 하려는 기도를 강도 높게 비판하고 있는 이 글에서 기독교는 강권만이 군림하는 약육강식의 질서를 거부하고 '각기 권리를 보장받으며 살 것'을 주장할 수 있는 근거로 부각되고 있다. 이처럼 기독교는 강권만이 군림하는 현실을 비판하고 '만국의 평화'를 추구해 나갈 수 있는 길이기도 했다. 「여호와 고양이의 문답」에서 뿐 아니라 1900년대 서사양식 전반에서 기독교는 현저히 평화주의 쪽으로 기울어 있다. 진화론이 그러했고 법 의식이 그러했던 것처럼, 기독교 역시 일반적으로는 강권주의와 평화주의 사이에서 이중적인 면모를 보이고 있었는데도 그렇다. 관심을 끄는 것은 바로 이 점, 기독교의 일반적 이중성과 신소설에서의 편향 사이의 거리라고 말할 수 있겠다.

4. 『금수회의록』 『경세종』에 나타난 기독교

"호생지덕(好生之德)을 주장하시는 하나님"

이른바 신소설 가운데도 기독교의 영향이 드러나 있는 작품은 여러 편 있다. 최병헌의 『성산명경』은 유·불·선 삼도를 비판하고 기독교를 선전하기 위해 쓰인 선교 소설이며, 안국선의 『금수회의록』이나 김필수의 『경세종』에서도 기독교적 담론을 적잖이 엿볼 수 있고, 이해조·김교제 등의 작품에서도 연관된 대목을 발견하기는 어렵지 않다. 저작자의 신원 으로 따져 보더라도, 최병헌이 목사였고 김필수는 기독교 신자로 레이놀 즈 목사의 어학 교사였다는 사실,[41] 안국선은 부일당 사건으로 투옥되어 있을 당시 기독교에 입교했다는 사실이 밝혀져 있고,[42] 이해조 역시 '귀 족교회'라 불렸던 연동교회에서 세례를 받은 교인임이 지적된 바 있다.[43] 이들의 작품에서 기독교는 천리의 구현인 동시 인덕의 질서이다. 기독교 의 신은 "지공무사하신 하나님"[44]이기도 하지만 무엇보다 "사람을 사랑 하시는 마음이 충만한 그리스도" "높고 사랑하시는 하나님"[45]으로 제시 되며, "지극히 어지신 하나님께서는 호생지덕(好生之德)을 주장하시는 터 이라"[46]는 등의 어구로 표방된다.

이해조의 『고목화』에 등장하는 조박사는 이렇게 해석된 기독교를 전 형적으로 구현해 내고 있는 인물이라 할 만한데, 그는 "본래 야박하고 경 솔하기로 패호하였던 사람인데 미국에 가서 성경 공부를 한 후로"(108) 새 로 난 존재다. 그런 그가 기독교를 알게 됨과 동시에 의학 공부를 하여, 주인공 권진사를 우연히 만난 후 권진사의 육체와 정신을 함께 치유하는 구원자 역할을 하게 되는 것이다. 조박사의 중개로 말미암아 응징해야 할 악행은 권면해야 할 결함으로 전환되고, 폭력이 폭력을 낳는 연쇄는

---

[41] 전택부, 『한국 기독교청년회 운동사』, 정음사, 1994, 60~62쪽; 황선희, 「신소설에 투영된 기독교 윤리의식의 고찰」, 이화여대 석사논문, 1984, 37쪽에서 재인용.
[42] 권영민, 『한국 민족문학론 연구』, 민음사, 1988, 77쪽.
[43] 조창용, 『백농실기』(최기영, 『대한제국시기 신문 연구』, 일조각, 1991, 43쪽에서 재인용).
[44] 김교제, 앞의 책, 230쪽.
[45] 이해조, 『고목화』, 박문서관, 1908, 106·120쪽.
[46] 이해조, 『화의혈』, 오거서창, 1912, 88쪽.

용서와 화합이라는 새로운 국면으로 옮아갈 수 있게 된다. 극단적인 경우,『박연폭포』의 여주인공 애경은 자신을 불구로 만들어 놓은 고대장을 만나서도 성경을 내밀고 "이것이 내가 당신에게 원수를 갚는 것"이라면서 회개를 권고한다. 이 또한 약육강식의 국제질서를 비판하고 국가로서의 생존을 보장받고자 하는 희망의 은유적 표현이었다고 볼 수 있을 터이다. 신소설에 나타난 기독교의 영향을 살펴보는 데 특별히 문제적이라해야 할 다른 두 작품 — 선교라는 의도로 창작된 것은 아니지만 기독교적 색채를 작품 전체에서 짙게 드러내고 있어『고목화』와 더불어 문제성을 지니고 있는『금수회의록』과『경세종』에서도 이러한 경향은 마찬가지이다.[47]

『금수회의록』은 "머리를 들어 하늘을 우러러 보니 일월과 성진이 천추의 빛을 잃지 아니하고 눈을 떠서 땅을 굽어보니 강해와 산악이 만고에 형상을 변치 아니하도다 (…중략…) 우주는 의연히 백 대에 한결 같거늘 사람의 일은 어찌하여 고금이 다르뇨"[48]라는 구절로 시작한다. 추상적인 자연 묘사가 서두를 장식하고 있는 셈이다. 추상적이든 구체적이든 자연 묘사를 앞세운 예가 많다는 것은 신소설이 전대 소설과의 차이를 보이는 지점이라 할 수 있겠거니와,『금수회의록』서두에서 서술되는 자연의 모습은 '불변' 바로 그것이다. 자연의 이런 불변성은 "옛적 사람은 양심이 있어 천리를 순종하여 하나님께 가까웠거늘"(1) 지금은 그렇지 못하다는 사

47　『금수회의록』『경세종』의 기독교적 색채는 이미 여러 차례 지적된 바 있다. 신소설에 나타난 기독교 사상을 문제삼은 황선희, 앞의 글과 최애도,「개화기의 기독교가 신소설에 미친 영향」, 이화여대 석사논문, 1982에서 모두 두 작품을 연구 대상에 포함시키고 있으며, 윤명구,「안국선 연구」, 서울대 석사논문, 1973, 26~27쪽 및 권영민, 앞의 책, 84쪽에도 기독교의 영향은 거론되고 있다.

48　안국선,『금수회의록』, 황성서적조합소, 1908, 1쪽.

실과 대조를 이룬다. 자연과 인간이 함께 '변역'의 틀로 해석되는 대신, 인간은 변화하나 자연은 그렇지 않다는 인식이 서고, 변화는 타락이며 불변은 항덕(恒德)이라는 사고가 잇따르게 되는 것이다.

이를 다른 신소설 서두에 제시된 자연 묘사, 예컨대『현미경』의 "더위가 가면 추위가 오고 추위가 가면 더위가 오는 것은 정한 이치라 입추 처서 두 절기가 어느덧 지나고 백로 추분 절기가 부지중에 당도를 하니"(1)라는 서술이나『은세계』의 "겨울 추위 저녁 기운에 푸른 하늘이 새로이 취색한 듯이 더욱 푸르렀는데 해가 뚝 떨어지며 북새풍이 슬슬 불더니 (…중략…) 삽시간에 그 구름이 하늘을 뒤덮어서 푸른 하늘은 볼 수 없고 시커먼 구름천지라 히끗히끗한 눈발이 공중으로 회회 돌아 내려오는데"[49]라는 묘사와 비교해 볼 수 있겠다.[50]『현미경』첫머리에서 자연은 '변화 속의 일정한 이치'로 해석되고, 그런 점에서 '변화'와 '불변'이라는 두 가지 가능성에 동시에 연결된다. 변화라는 점에서 그것은 "천도가 순환하고 인사가 변천"(166)한다는 진술과 연결되어 한미한 처지의 주인공 빙주와 기세등등한 정대신의 위치가 바뀌게 될 것을 암시하며, 불변의 항구성이라는 점에서는 "천리가 있고 보면 어찌 그 과보가 없으리오"(230)라 하여 권선징악이 실현될 것임을 상징하고 있다. 그런가 하면『은세계』서두에서 묘사되고 있는 자연은 완연히 '변화' 쪽으로 기울어 있는 자연이다. '변화'로의 이 편향을 증거하는 것처럼,『은세계』에서 법은 아직 전통적 권위의 횡포이며 세계는 안정된 질서로 짜여 가는 대신 급격하게 변화한다. 그렇다면 전체적으로, 또 특별히 자연을 매개로 하여 변화라는 의식을 보이고 있는 강도는『은세계』-『현미경』-『금수회의록』의 순으로 약해지

---

49   이인직,『은세계』, 동문사, 1908, 1쪽.
50   자세한 내용은 이 책에 실린 제3부 1장「만국지리 속의 인간」을 참고할 수 있다.

고 있는 셈이다. 거꾸로 말한다면, 『금수회의록』에서는 불변의 천리(天理)에 대한 지향이 그만큼 강하게 토로되고 있는 것이라 할 수도 있겠다.

천리의 전통적인 안정성은 이미 흔들리기 시작했으므로 천리란 다른 방식으로 복구되지 않으면 안 된다. 『금수회의록』에서 이 역할을 하고 있는 것이 바로 기독교이다. 『금수회의록』에 나타난 기독교의 영향은 이미 여러 차례 지적된 바 있거니와, 이는 『금수회의록』이 『경세종』과 마찬가지로 양을 모임의 주재자로 등장시키고 있다는 사실에서부터 확인된다. 물론 『금수회의록』이 "온유 겸손함을 주장하는 양회장"[51]이라고 직접 서술하고 있는 『경세종』처럼 이를 명기하고 있는 것은 아니나, 두 작품의 표지화에서 모두 양이 중심격의 자리를 차지하고 있는 것을 보면 『금수회의록』에서도 양이 주재자로 설정되어 있음은 분명해 보인다. 또 "회장인 듯한 물건이 머리에는 금색이 찬란한 큰 관을 쓰고 몸에는 오색이 영통한 의복을 입은 이상한 태도로 회장석에 올라서서 한번 읍하고 위의가 엄숙하고 형용이 단정하게 딱 써서"(4)라는 『금수회의록』의 묘사나 "눈빛같이 희고 윤택한 털이 전체를 덮었는데"(7)라는 『경세종』의 묘사는 "예수의 모습이 그들 앞에서 변하여 얼굴은 해와 같이 빛나고 옷은 빛과 같이 눈부셨다"라거나[52] "그분의 머리와 머리털은 양털같이 또는 눈같이 희었으며 (…중략…) 얼굴은 대낮의 태양처럼 빛났습니다", 혹은 "그분의 눈은 불꽃 같았고 머리에는 많은 왕관을 썼으며 그분밖에는 아무도 알지 못하는 이름이 그분의 몸에 적혀 있었습니다"[53] 같은 성서 구절을 연상시키기도 한다. 주지하다시피 기독교에서 양은 구세주의 상징이다.

---

51 김필수, 『경세종』, 광학서포, 1908, 6쪽.
52 마태서 17 : 2, 국제 가톨릭 성서공회 편, 『공동번역 성서』, 일과놀이, 1995.
53 위의 책, 요한묵시록 1 : 13~16 및 19 : 12.

새로운 천리(天理)로서의 기독교

똑같이 기독교적인 설정에서 출발하고 있음에도 불구하고 『금수회의
록』의 기독교와 『경세종』의 기독교는 다소 다르다. 『금수회의록』에서
'상제'라 불리는 기독교의 신[54]은 유교의 '천(天)'의 권위를 빌어 설명된다.
"논어에 말하기를 하나님께 죄를 얻으면 빌 곳이 없다 하였는데 그 주에
말하기를 하나님이 곧 이치라 하였으니 하나님이 곧 이치"(22)라 한 논리
가 그 예라 할 수 있다. 그런가 하면 반포지효를 논하면서 "옛날 동양 성
인들이 말씀하기를 효도는 덕의 근본이라 효도는 일백행실의 근원이라
효도는 천하는 다스린다 하였고 예수교 계명에도 부모를 효도로 섬기라
하였으니"(9)라 하는 대목에서는 유교의 덕목과 기독교의 계명이 전거로
함께 동원되고 있기도 하다. 이러한 발상법은 "대저 하늘이라 하는 것은
곧 천상에 있는 상제를 이름이요 착한 도라 함은 곧 상제의 인애하시는
마음을 이름이오 법이라 함은 상제의 공정하신 마음을 이름이요"[55]라는
생각이나 "구학문으로 말하면 오장육부에 정신보가 빠졌다 할 만하고 신
학문으로 말하면 뇌에 피가 말라 신경이 희미하다 할 만한"[56]이라는 양가
적 비유와 통하는 것으로, 옛 지식과 새로운 지식의 공존, 마찰 없는 전이
를 꾀하는 사고에 바탕한 것이라 할 수 있다. 그러나 『경세종』의 경우 기
독교의 주장은 좀 더 극단적이어서, 불교를 우상 숭배라 비판하는가 하

---

54   1900년 무렵, '天主'나 '上帝'는 '하느님(Lord of Heaven)'으로, '神'이란 '귀신(demon)'으
    로 인식된 것이 일반적인 상황이었다 한다. J.Ross, "The Gods of Korea", *Gospel in All*
    Lands, 1988.Aug., p.370(이만열, 『한국 기독교 수용사 연구』, 두레시대, 1998, 134쪽에
    서 재인용).

55   「매일신보 영웅론을 읽노라」, 『대한매일신보』, 1908.3.1.

56   이해조, 『빈상설』, 57쪽.

면 "하나님께만 경배하고 그 외아들 예수를 믿고 죄를 회개하였으면 천하가 한 집이 되고 억조가 한 식구가 되어 화평한 복락을 영원 무궁토록 누릴 것이니"(9)라 함으로써 기독교의 독점적 위상을 강변하는 면모를 보인다. 기독교가 부강의 원천으로서 "백인종들은 종교의 힘으로 교육하여 저렇듯 강성한 것이"(30)니 기독교를 믿어야 한다는 서술 또한 노골적으로 나타나고 있다.

그렇지만 이런 차이에도 불구하고 『금수회의록』『경세종』이 공통적으로 비판의 표적으로 겨누고 있는 것은 인류의 부패상이다. 『금수회의록』에서 화자는 "이같이 천리에 어기어지고 덕의가 없어서 더럽고 어둡고 어리석고 악독하여 금수만도 못한 이 세상을 장차 어찌하면 좋을고"(2)라고 되뇌이며, 이 고민은 금수회의의 안건으로 이월된다. 한편 『경세종』에서 짐승들이 모인 것은 "광대한 천지간에 조물주에게 지음을 받기는 일반이나 대소와 강약이 부동하여 서로 해를 받으니 친목하는 뜻을 잃어버리고 항상 구수간으로 지내는 고로 그 곳에 회집하고 화목하는 연회를 열었더라"(5)는 보다 일반적인 사정 때문이다. 그러나 두 텍스트를 통해 비판 대상이 되고 있는 바는 인간의 악행이며, 또한 두 텍스트 모두에서 이들 비판은 대개 전통적 윤리관을 기준으로 하고 있다고 말할 수 있다.[57] 그러나 이런 전통적 윤리 의식만이 『금수회의록』『경세종』의 주를 이루고 있는 것은 아니다. 새로운 사상, 기독교가 독특한 의식 구조를 만들어 내면서 전통적 윤리 의식과 구별되는 새로운 결절점을 보여주고 있기 때문이다.

이 결절점은 다른 신소설에서 확인되는 기독교의 영향과도 통한다. 이해조·김교제 등의 신소설에 있어 기독교는 천리(天理)의 존재를 상기시

---

57   권영민, 앞의 책, 85쪽 참조.

키는 동시에 악의가 악의를, 폭력이 폭력을 낳는 연쇄를 끊는 역할을 하기도 했다. 진화론적 사유가 맹위를 떨치고 있었던 당시의 지적 환경을 생각해 본다면 이런 양상은 약육강식의 세계관에 맞서려는 노력이었다고도 평가할 수 있을 법한데, 『금수회의록』『경세종』에도 이런 측면이 드러나고 있는 것이다. 『경세종』에서 개회 취지로 천명되었던, "대소와 강약이 부동"한 상태를 극복하고 "화목"을 이루고자 한다는 목표는 『금수회의록』『경세종』 여기저기서 산견된다. 『금수회의록』에서는 신의 뜻에 따른 세계를 "세상에 있는 모든 물건은 (…중략…) 다 각기 천지 본래의 이치만 좇아서 하나님의 뜻대로 본분을 지키고 한편으로는 제 몸의 행복을 누리고 한편으로는 하나님의 영광을 나타내야 하는 것으로"(5)라고 그려내고 있으며, 이 이치를 어기고 약육강식의 참상을 만들어 내는 온갖 행태는 엄격한 비판의 대상이 된다. 총 여덟 종류의 동물이 차례로 연설을 한다는 구성의 『금수회의록』에서 약육강식의 현실은 이 중 여섯 종류의 동물에 의해 비판받는, 집중적인 논란의 대상이다.

여우는 호가호위의 부정을 정작 사람이 저지르고 있다고 지적하면서 "나라로 말할지라도 대포와 총의 힘을 빌어서 남의 나라를 위협하여 속국도 만들고 보호국도 만드"는 현상을 "전혀 병장기의 위엄으로 평화를 보전하려 하"(17)는 계책이라 비난하고, 개구리는 "조고만치 남보다 먼저 알았다고 그 지식을 이용하여 남의 나라 빼앗기와 남의 백성 학대하기와 군함 대포를 만들어서 악한 일에 종사하"(22)는 현실을 개탄한다. 그런가 하면 벌은 "시랑과 마귀가 되어 서로 싸우고 서로 죽이고 잡아먹어서 약한 자의 고기를 강한 자의 밥이 되고 큰 것은 적은 것을 압제하여 남의 권리를 늑탈하여 남의 재산을 속여 빼앗으며 남의 토지를 앗아가며 남의 나라를 위협하여 망케하"(27)는 현실을 문제삼고 있으며, 파리는 동포끼리 서로 사랑하기는커녕 "저들끼리 서로 빼앗고 서로 싸우고 서로 시기하고 서로 흉보고 서로 총을 놓아 죽이고 서로 칼로 찔러 죽이고 서로 피를 빨아 마시고 서로 살을 깎아 먹"(37)으니 영영지극(營營之極)의 폐도 이에서 더한 바 없다고 논죄한다. 호랑이는 총괄적으로 "오늘 날 오대주를 둘러보면 사람 사는 곳곳마다 어느 나라가 욕심없는 나라가 있으며 어느 나라가 포학하지 않은 나라가 있으며 어느 인간에 고상한 천리를 말하는 자가 있으며 어느 세상에 진정한 인도를 의논하는 자가 있나뇨"(41)라는 비판을 던지고 있다.

여기서 비판의 대상이 되고 있는 현실은 '약한 자의 고기는 강한 자의 밥이 되고 큰 것은 적은 것을 압제하'는 현실, '남의 나라 빼앗기와 남의 백성 학대하기'에 골몰하고 '서로 피를 빨아 마시고 서로 살을 깎아 먹는' 현실이다. 반면 비판의 기준점이 되고 있는 원리는 "하나님의 위엄을 빌어서 도덕상으로 평화를 유지할 생각"(17), "하나님은 (…중략…) 천지만물의 이치를 다 아시려니와 사람은 다만 천지간의 한 물건인데", "사람은 곧 하나님의 아들이라 하는 뜻을 잊지 말고 하나님의 마음을 본받아 지극히 착하게 되어야 할 터인데"(27) 등에서 볼 수 있듯 기독교의 정신이다. 인간의 부도덕은 신의 질서를 버리고 약육강식의 현실 질서를 따른다는 점에서 비판되고 있는바 이 비판은 사람을 "마귀의 자식"(24)으로 단죄하는 수사로 요약된다.

『금수회의록』에 비하면 비판의 기준이 훨씬 소박하다 할 수 있는『경세종』에서도 생존경쟁 · 우승열패의 세계 질서에 대한 비판 의식은 엿볼수 있다. 모든 동물의 화목을 꾀한다는 개회 취지도 그렇거니와, 보다 흥미로운 것은 다과회에서 고기를 요구하는 호랑이를 설득하는 양의 논리이다. 양은 "육종을 쓸 지경이면 골육상식하는 것이 되겠기로"(16) 고기를 준비하지 않았다 하면서 곡식 가루를 호랑이에게 권하고, 이어 "고기는 씹느라고 이도 아프고, 움키느라고 발톱도 빠지기 쉽고 잘못 먹으면 체증나기도 쉬우나"(17) 곡식이나 실과는 그렇지 않다고 하여 육식을 버릴 것까지 청하고 있다. 관념적 평화주의라 불러야 할 이런 태도는, 선교소설 『성산명경』이 "물속에 고기들이 공중에 뛰놀다가 우연히 입으로 들어오면 주린 창자를 요기하고 일호도 해물지심이 없어 사욕을 거절하고 천명을 순수"[58]한다고 신천옹이라는 새를 소개하고 있는 대목을 연상시킨다. 『경세종』의 이런 관념성이 『금수회의록』의 강렬한 현실 감각과 분명하게 구분되는 것은 사실이다. 또 각각의 관념성 및 현실성을 기독교를 수용하는 자세의 차이에 결부시켜 논해 볼 수도 있을 것이고, 『경세종』의 경우 관념적 평화주의와 함께 '부강의 첩경으로서의 기독교'를 선전하는 배타적 목소리가 있음을 기억할 수도 있을 것이다. 그러나 두 경우 모두 기독교는 무엇보다 약육강식의 질서를 비판할 수 있는 기준이 되고 있으니, 1900년대의 기독교 사상 및 그에 입각한 수사학은 『금수회의록』과 『경세종』에서 한 전형을 보였던 것이다.

5. '권선징악'의 새로운 의미

신소설의 구조나 인간형이 전대 소설의 계승으로 이루어져 있다는 소론[59]은 분명 설득력이 있다. 권선징악이라는 틀이 신소설에서 유지되고 있다는 사실을 보아도 그렇다. 그러나 이때 옛 도덕을 대신하여 새롭게

---

58   최병헌, 『성산명경』, 황화서재, 1909, 6쪽.
59   조동일, 『신소설의 문학사적 성격』, 서울대 출판부, 1990, 76쪽.

공리(公理)의 안정성을 부여하는 역할을 한 법률이나 기독교의 의미가 전대의 권선징악과 완전히 동일한 것이라 볼 수는 없을 듯하다. 1900년대 당시 권선징악의 틀은 새롭게 유입된 진화론의 사고에 맞서야 했고, '세계는 끊임없이 변화하며 변화의 동력은 오로지 강권'이라는 사고에 응하여 공리의 자재함을 주장하고 나아가 새로운 질서의 가능성을 논해야 했던 것이다. 천리(天理)는 법률이나 기독교의 약호로 재해석되었고, 그러면서 생존경쟁 · 우승열패라는 진화론의 구도에 맞선다는 새로운 의미를 부여받고 있었다. 이런 상황에서 법률 · 기독교라는 계기를 어떻게 이해하고 활용하고 있는가, 또 이를 인과응보의 안정성과 어떻게 연결시키고 있으며 새로운 세계 해석의 틀인 진화론적 사유는 어떻게 받아들이고 있는가의 문제는 현실 인식의 윤곽에서부터 문체의 특징까지 가늠하는 중요한 문제였다고 볼 수 있겠다. 이 문제에 어떻게 대처하느냐에 따라 작가들의 길은 다양하게 갈렸다. 이인직이 법률이나 기독교에 의지하는 대신 권선징악의 계기로 개인적 복수 등을 동원했으며 자연 묘사에서도 변화의 불안정성을 주로 나타낸 반면, 이해조 · 김교제 · 안국선 등은 법률 · 기독교의 의의에 주목하면서 자연을 묘사할 때도 불변의 항구성을 포착해 냈고, 그러면서도 그 안에서 조금씩 다른 감각을 보이고 있었던 것이다.

일반적 담론의 장에서 보자면 근대법이나 기독교는 약육강식의 질서를 반영하는 제도인 동시에 이를 견제하는 장치로 인식되고 있었다 할 수 있다. 그러나 허구의 세계에서 이 이중성은 별 주목을 받지 못했다. 1900년대의 서사양식에서 법률 · 기독교는 일방적으로 공리의 안정성이라는 측면으로 수용되었으며, 기독교의 경우 나아가 강권주의라는 현실을 근본적으로 넘어설 수 있는 대안적 기준으로 부각되기까지 했다. 담론 일반과 허구적 담론 사이의 이 거리는 신소설이 아직 '현실적 질서의 재구성'보다 '대안적 질서의 구상'에 편향되어 있었음을 보여주는 증거라고도 할 수 있겠다. 여기서 어떤 태도를 보이느냐에 따라 작가들의 길은 저마다 달라지게 된다.

신소설의 근대와 전근대

『鬼의 聲』에 있어서의 시간과 징조

1. 미개(未開)와 반개(半開) 사이 - '가정 소설'의 문제

일찍이 임화는 「개설 신문학사」를 쓰면서 『혈의누』 대신 『치악산』을 "신소설의 효시"라 단언한 바 있다. 이러한 주장은 『치악산』이 『만세보』 연재 소설이었다고 오인한 데서 비롯되었지만, 정작 1906년 7월부터 10월까지 『만세보』에 연재되었던 『혈의누』를 제치고 『치악산』을 '효시'로 꼽은 데 다른 이유가 없었던 것은 아니다. 이인직 소설의 계보를 『치악산』에서 『귀의성』 『혈의누』 「백로주강상촌」으로 이어지는 것으로 두고 "다음 작품에 올수록 (…중략…) 전대 소설의 영향을 더 많이 탈각하여 현대 소설에로 접근"[1]했다고 평가한 대목을 보면 그렇다. 여기서 임화는

---

[1] 임화, 「개설 신문학사」, 임화문학예술전집 편찬위원회 편, 『임화문학예술전집』 2(문학사), 소명출판, 2009, 167쪽.

서지(書誌)에서 확인할 수 있는 선후를 논하는 정도를 넘어서서 『치악산』의 미성숙과 『혈의누』의 성숙을 논하며, 나아가 이인직 소설의 두 경향을 뚜렷이 분간할 수 있다고 평가하고 있다. 나름의 서지를 들어 『치악산』『은세계』『혈의누』『귀의성』「백로주강상촌」 순으로 작품을 조금 달리 배열[2]한 후에도 논점 자체는 크게 바뀌지 않는다. "『치악산』은 가정 소설형에 속하는 작품이요, 『은세계』는 현대말로 하면 일종의 사회 소설"[3]이라는 것이 임화의 관점인데, "이 두 작품이 결코 동일한 경향의 소설이 아"닌 바 『치악산』류에는 『귀의성』「백로주강상촌」이 속하고 『은세계』의 부류로는 『혈의누』가 있다고 한다. 이 두 가지 경향은 각각 "새로운 정신을 낡은 양식 가운데 담은" 절충과 "낡은 전통으로부터의 완전한 분리이며 새로운 기원의 분립"을 표현한다. 『귀의성』『치악산』이 전대 소설의 관습을 흡수·계승했던 반면 『혈의누』『은세계』는 현대 소설로서의 운명을 새롭게 개척해야 했다는 것이다.

신소설의 경향을 이렇듯 크게 둘로 구분하는 시각에는 많은 논자들이 동의하는 듯 보인다. 이 둘 중 신소설의 특징을 잘 보여주는 것이 어느 쪽인지에 대해서도 평가는 별로 갈리지 않는다. "가정 중심과 권선징악적 의미"[4]가 신소설의 요체요 "본처와 첩 사이에 일어나는 싸움과 이로 인하여 생기는 가정 비극이 말하자면 신소설의 주제"[5]라는 견해가 일반적이니, 신소설을 대표하는 작품은 『귀의성』『치악산』 계열이라는 뜻이 된

---

2 전광용, 『신소설 연구』, 새문사, 1986에서 『혈의누』, 『귀의성』, 『치악산』, 『은세계』의 순서가 옳음을 고증하였다. 「백로주강상촌」은 『혈의누』 연재 전 『국민신보』에 연재한 소설이다.

3 임화, 앞의 글, 184쪽.

4 조윤제, 「조선소설사 개요」, 『문장』 2권 7호, 1940.9, 159쪽.

5 박영희, 「현대 조선문학사」, 이동희·노상래 편, 『박영희전집』 3, 영남대 출판부, 1997, 424쪽.

다. 민족의식과 현실 의식을 보여주는 계열이야말로 고평해야 한다거나[6] 정치소설이 신소설의 본령이어야 했으리라는[7] 이견이 없는 것은 아니나, 이는 결여를 인정한 위에서 펼치는 규범적 판단에 가깝다. 신소설은 전근대와 근대 사이의 과도기를 보여주는 양식이요, 그 양식을 대표하는 것은 전근대에 보다 가까운 이른바 '가정소설'류라는 것이 일반적인 평가의 내용이라 할 수 있겠다.

그 중에서도 『귀의성』은 특히 관건이 되는 텍스트다. 가정소설이라는 틀 안에서나마 개화사상을 보여주고 있는 『치악산』 등과는 달리 『귀의성』에는 "개화된 인물도 등장하지 않고 개화의 세계에 대한 이상도 나오지 않"기 때문이다. 임화가 보기에 『귀의성』은 앞대목에서 제법 날카로운 비판적 안목을 발휘하고 있고 후반부의 복수담은 일본 신파극이나 탐정 소설의 영향을 드러내고 있으나, 전체적으로는 "구소설적 양식에 구소설적 주제"를 벗어났다고 하기 어렵다. "후진하고 비속한 독자층의 애독물"에 그쳤을 따름이다.[8] 이러한 '가정소설'의 이미지 때문에 신소설의 의의는 반개(半開)에서 미개(未開)로 결정적으로 추락한다. 미흡한 대로 근대 문학의 영역을 개척했던 『혈의누』 등에 비해 『귀의성』류는 철저하게 전근대 글쓰기의 복제에 그침으로써 신소설의 가능성을 봉쇄했다는 것이다. 이른바 가정소설은 신소설의 말류요 왜곡으로서 정치·사회적 의식을 내비친 다른 갈래와 구분된다는 것 — 최종적 결론에서라면 이런 견해를 부정하기 어렵다. 그러나 신소설은 1900년대라는 사회적 환경에의 대응이었고, 이 시기를 특징짓는 근대와 전근대 사이 대립은 가정소

---

6   최원식, 『한국근대소설사론』, 창작사, 1986.

7   김윤식·정호웅, 『한국소설사』, 예하, 1994.

8   임화, 앞의 글.

설류에서도 선연하게 드러나고 있다. 민족 대 반민족이라는 구도 속에서 왕왕 잊혀지고 말지만, 지식과 도덕과 사회적 관습의 제 차원에서 전근대와 근대 사이 날카로운 대립과 갈등이야말로 1900년대의 중요한 의제였다. 『귀의성』은 그 함축이 특히 풍부하게 드러나고 있는 텍스트다.[9]

2. 근대적 시간과 설화적 시간

『귀의성』의 시간―1903년 입동에서 1905년 4월 보름까지

전대 소설과 비교할 때 신소설에서 가장 두드러진 특징은 당대를 취재(取材) 대상으로 삼았다는 사실이다. 1910년대 이후로는 "조선 중고시대"[10]를 배경으로 한 소설도 적잖이 간행되었지만 당대성은 여전히 중요한 특징이었고, 1900년대의 신소설은 예외가 없으리만큼 철저하게 자기 시대에 몰두하였다. 더욱이 이때 당대성의 의미는 대단히 엄격하여, '소설을 쓰고 있는 바로 지금'과 서사 종결의 시점이 완전히 일치할 것을 요청하는 경우가 많았다. 후분(後分)을 끝까지 밝히지 못한 까닭을 두고 " 년 월 일이 저작자의 정필할 당시에는 이상 사실만 있었소"[11]라고 쓰는 감각이 공공연하던 때였다. 1906년 7월부터 10월까지 연재되었던 『혈의누』 상편은 1902년 7월의 시점에서 일단락을 지으면서 "여학생이 고국에 돌아온 후"

---

9   『귀의성』 관련 기타 논점에 대해서는 이 책의 제3부 3장 「신소설의 피카로」를 참조해 주시기 바란다.
10   이해조, 『소양정』, 신구서림, 1912, 1쪽. 그밖에 비슷한 시기를 배경으로 한 『부용헌』이나 1894년 이전에서 서사를 시작한 『원앙도』 등을 꼽을 수 있다.
11   남궁준, 『금의쟁성』, 유일서관, 1913, 87쪽.

를 이어 쓸 수 있는 시간을 기약했으며[12] 1908년 발행된 『은세계』는 고종의 양위 직후인 1907년 말의 시간대에서 미완인 채 끝났고[13] 1907년 『제국신문』에 연재된 『고목화』는 1900년 무렵에서 시작, 경부선·경의선이 모두 완공된 이후 1906년 어름에서 마무리되고 있다. "실사(實事)가 유(有)"한 일, "현금의 있는 사람의 실지 사적"에 바탕하여 소설을 써야 한다는 주장이 당당하던 무렵이었으니 당연한 일이었다 할 수도 있겠다.[14]

1906년 10월부터 1907년 5월까지 『만세보』에 연재되었던 『귀의성』역시 연재 무렵을 배경으로 한다. 춘천 군수를 지내던 김승지가 서울에 올라와 취임한 직위가 비서승이니 비서감(秘書監) 혹은 비서원(秘書院)이 있던 대한제국 시기가 배경임은 첫머리에서부터 밝혀진 일이요, 춘천집이 두 번째 자살 기도를 한 곳이 경성창고회사 앞 전차 철로에서였다고 하니 적어도 1899년 이후가 배경이며, 고영근이 12년 징역을 언도받았다는 사실이 언급되는 대목에서는 1904년 이후라는 것까지 확인할 수 있다. 잠시 문제되는 대목을 보자. 살해 음모에 가담하기로 약조한 침모가 "낙동장신 이경하는 어진 도 닦으려는 예수교인을 십이만 명이나 죽였다는데 (…중략…) 그런 악독한 사람에게 벌역이 없었으니 웬일이요"[15]라며 점순이 유혹하던 말을 되풀이하자, 침모의 어머니는 "제가 잘될 경륜으로 사람 죽이고 당장에 벌역을 입어서 만리타국 감옥서에서 열두 해 징역하고 있는 고영근의 말은 못 듣고, 사십 년 전에 지나간 일을 말하는 것

12   이인직, 『혈의누』, 광학서포, 1906, 94쪽.

13   옥순과 옥남 남매가 귀국길에 오른 것은 1907년 7월 있었던 순종의 즉위를 보도한 신문 기사를 본 직후요, 고향에 도착한 것이 "서리 맞은 호박잎은 울타리에 달려 있"는 가을이며 절에 가 불공을 올리다 의병 무리와 만난 것이 이튿날의 일이다.

14   신소설이 지닌 '사실의 기록'으로서의 특징에 대해서는 권보드래, 『한국 근대소설의 기원』, 소명출판, 2000, 122~130쪽 참조.

15   이인직, 『귀의성』, 김상만책사, 1907, 117쪽.

이 이상하구나"라고 대꾸한다.

대원군의 두터운 신임을 얻어 포도대장을 거푸 지냈고 천주교도 박해를 주도한 이경하, 그는 1891년에 세상을 뜬 후 시호까지 추증받는 명예를 누렸으나, 독립협회에 간여했던 고영근은 1903년 11월에 우범선을 암살한 후 실형을 선고받았다. 민영익 집안의 겸인(傔人)이었다가 황국협회 부회장과 만민공동회 회장을 차례로 지냈으며 이후 일본으로 망명한 고영근이 우범선을 암살한 까닭은 개인적으로는 복권(復權)을 위해서였다고 알려져 있다. 우범선은 1895년 을미사변 당시 별기군 참령관이었음에도 민비 참살을 방조한 죄로 일본에 망명해 있었던 터라, 한국 정부에서는 현상금을 내걸고 자객을 파견하면서 우범선을 쫓고 있었다. 고영근은 국모 살해 죄인 우범선을 처단함으로써 대역(大逆)의 죄를 씻을 수 있을 것으로 보았고, 과연 예상대로 한국 정부에서는 고영근을 사면한 후 일본 정부에 송환 요구를 계속했다. 요구에 따라 고영근이 송환된 것이 1909년 무렵이라고 하니 『귀의성』에서 거론하고 있는 것은 그 이전, 고영근이 아직 감옥에 있을 때이다. 1903년 12월 26일 1차 재판에서 고영근은 사형을, 종범 노윤명은 무기징역을 선고받았지만, 이듬해 2월 4일 항소심에서 각각 무기징역과 12년형으로 감형된 바 있다.[16] 『귀의성』에서 고영근이 "열두 해 징역"에 처해졌다 한 것은 아마 노윤명의 형기와 혼동한 탓이었을 것이다.

만민공동회에 참여했던 고영근이 국모 살해 죄인 우범선을 암살한 사건을 두고 "제가 잘될 경륜으로 사람 죽이고 당장에 벌역을 입"었다고 요약하고 있는 『귀의성』의 시각은 그 자체로 문제적이다. 하급 군인의 미

---

16   정정영, 「고영근 연구」, 연세대 석사논문, 1986, 42~47쪽.

망인에 불과한 평범한 부인이 첨예한 정치적 사건을 논평하고 있다는 사실 또한 충분히 흥미롭다.[17] 하기야 시비(侍婢)에 불과한 점순이 먼저 전 포도대장 이경하의 이름을 들먹이면서 침모를 유혹한 판이니 말이다. 상선벌악(賞善罰惡)의 이치를 논란하고 있는 이 대목은, 그러나 또한 『귀의 성』의 시간적 배경을 짐작할 수 있게 해 주는 유력한 근거이기도 하다. 침모가 춘천집 살해 계획을 전해들은 것은 춘천집이 아들 거복을 낳은 지 1년 남짓 지나 "돌 잡힌 지 한 달"(105)이 되었을 즈음이다. 춘천집이 서울 올라온 것이 입동머리요(42) 동짓달 초하루에 몸을 풀었다니(52) 이듬해 섣달 무렵일 것이다. 과연 겨울인 듯 이때 계동 제 본가를 찾은 침모는 "냉김도 아니 가"신 어머니의 방을 걱정한다. 침모를 공범자로 끌어들이려던 시도가 수포로 돌아간 뒤 점순이 "내년 봄에 날 따뜻할 때까지만"(146) 기다리자고 기약하는 장면이 이같은 추측을 확인해 준다. 보다 구체적으로는 『귀의성』에서 침모와 그 어머니 사이 대화가 이루어질 때 배경을 1904~1906년 사이 겨울로 한정할 수 있다. 1904년 2월 있었던 고영근의 재판 소식이 전해진 다음일 터이요 『만세보』에 이 대목이 연재된 1907년 1월보다는 앞선 때여야 할 것이기 때문이다. 이로써 『귀의성』의 서사는 1903~1904년 사이 어느 해 말 길순의 상경으로 시작해 1년 수개월 후 범죄와 복수의 서사로써 마무리되고 있음을 확인할 수 있다.

더 구체적 시간 확정도 가능하다. 범행 후 점순이와 최가가 경부선 철도를 이용해 도망을 하고 있기 때문이다. 춘천집 모자의 시신이 발견되었다는 소식을 들은 점순이와 최가는 "남대문 정거장에서 오후에 떠나는 기차를 타고 대전"[18]까지 간다. 그리고 바로 그 날 밤 지전 뭉치가 든 가방

---

17 침모의 아버지는 "배부장"으로 3년 전 사망했다고 한다(32).
18 이인직, 『귀의성』 하, 중앙서관, 1908, 73쪽.

을 도둑맞는다. "기차표는 아니 잃은 고로" 이튿날 부산까지 가는 데는 문제가 없었지만 뭉칫돈을 잃어버린 것은 큰 타격이다. 둘은 김씨 부인에게 거듭 편지를 써 돈을 요청하고, 춘천집의 아버지 강동지는 이 과정에서 둘의 거처를 탐지해 내 복수할 계획을 세운다. 처음부터 "부산으로 도망할" 예정이었던 점순과 최가가 대전에서 하룻밤을 묵은 까닭에 서사의 세부적인 진행이 굴절된 것이다. 그렇지만 대전에서 기차를 내린 것이 둘의 선택은 아니었던 듯싶다. 경부선이 운행을 시작한 것은 1905년 1월 1일이었지만, 같은 해 4월까지는 명실상부한 직행 운행이 없었다. 러일 전쟁 때문에 속성으로 진행된 공사였던지라 야간 운전 시의 위험이 높아 도중에 대전에서 1박을 했기 때문이다. 직통 운전이 시작된 것은 5월 1일부터였다.[19] 점순과 최가는 바로 이 시기에, 즉 1905년 1월 1일에서 4월 30일 사이에 경부 철도를 이용했던 셈이다. 이렇게 보면 『귀의성』의 서사가 펼쳐지는 시간대는 대략 1903년 말에서 1905년 중반까지라고 특기(特記)할 수 있다. 1903년 입동 무렵 길순이 상경하고, 1904년 말~1905년 초 그 모자를 살해하려는 최초의 시도가 있었으나 무산되고, 1905년 봄 범죄와 복수가 잇따라 이루어진 것으로 시기를 확정해 볼 수 있는 것이다. 더 구체적으로는 춘천집 모자가 살해당한 날은 "음력 삼월 보름"(하 21)이요 강동지가 점순과 최가를 죽인 날짜는 "음력 사월 보름날"(하 99)이라고 한다.[20]

19　『朝鮮鐵道史』卷1, 朝鮮總督府 鐵道局, 1929, 534쪽. 경부철도 속성 공사에 대해서는 정재정, 『일제침략과 한국 철도』, 서울대 출판부, 1999, 215~221쪽 참조.

20　참고 삼아, 1905년 음력 3월 15일은 양력으로는 4월 19일이다. 경부철도 대전 1박 시기에 해당한다. 『귀의성』의 시간 배경이 정교한 의식의 산물일 가능성이 높다는 방증이라 하겠다.

전보, 기차와 전차, 경찰재판소·병원, 그리고 시계

『귀의성』은 연재 시점을 기준으로 고작 수년 전의 사건을 다룬다. 그러고 보면 『귀의성』만큼 근대 문물의 존재를 자주 내보이고 있는 소설도 드물다. 김승지가 첩을 얻었다는 소문을 들은 부인은 시동생을 시켜 "급히 통신국에 가서 춘천으로 전보"(17)를 보내게 하고, 춘천집은 서울 올라온 첫날 "종로에서 밤 열두 시 종 치는 소리"(36)를 들을 때까지 잠을 이루지 못하며, 같은 날 밤 우물에 뛰어들려다 낙상(落傷)하여 "시꺼먼 옷 입은" 순검에게 구조된다. "사면으로 뗏장을 놓아 짚신 신은 발로 디디기 좋게 만든" 재래의 우물이 아니라 "판자쪽 같은 돌"로 마무리한 개량 우물이어서 발에 익지 않은 까닭에 "촌놈이 장판방에서 미끄러지듯" 했던 것이다(42).[21] 자살 기도 직후 춘천집은 한성 병원에 입원해 치료를 받는데, 간호부는 "머리끝에서 발끝까지 백로같이 흰 복색한"(46) 일인(日人)이다. 춘천집이 다시 자살을 기도한 것은 두 달쯤 후, 남문(南門) 근처 전차 철로를 베고 누워서이며, 이후 근심 가실 날 없는 생활 속에서도 안부 편지는 꼬박꼬박 고향으로 날아간다. 춘천집 모자를 살해한 점순과 최가가 도피 후 쓴 편지는 "나는 듯한 경부철도 직행차를 타고 (…중략…) 우편국을 잠깐 지나서"(하 75) 김승지 부인 손에 전달되며, 부인은 남몰래 "진고개 우편국에 가서" 답장 부쳐줄 사람을 찾느라 애를 태운다(하 76).

강동지와 결탁한 판수가 점순과 최가를 겁주며 하는 말도 재판소니 전보니 하는 따위이다. 김승지 부인까지 죽여 복수를 끝낸 후 강동지는 심

---

21 춘천집 자살 기도 장면에 함축되어 있는 우물 개량사업 및 그 관리에 대해서는 이승원, 「근대 계몽기 서사물에 나타난 '신체' 인식과 그 형상화에 관한 연구」, 인천대 석사논문, 2001, 80~81쪽 참조.

지어 "경부철로 첫 기차 떠나는 것을 기다려 타고 부산으로 내려가서 부산서 원산 가는 배를 타고 함경도에 내려가"는 우회로를 거쳐 블라디보스톡으로 향하고 있다(하 124). 지리상으로야 서울에서 바로 함경도를 거쳐 러시아 땅으로 들어가는 길을 택하는 쪽이 나았겠지만, 기차와 윤선의 위력은 우회를 불사케 할 정도로 대단하다. 이처럼 윤선 · 기차 · 전차는 물론이고 편지 · 전보 · 환전과 경찰 · 재판소, 그리고 병원에 이르기까지, 『귀의성』은 중요한 신문물을 두루 섭렵하고 있다.

근대적 시간 체계의 도입은 특히 중요하다. 『귀의성』에는 몇 차례에 걸쳐 "밤 열두 시 종 치는 소리"(36), "종각에서 오정 열두 시 치는 소리"(61), "밤 열두 시 종"(하 52) 등이 등장하는데, 24시간이라는 새로운 분할을 알려주는 지표는 이뿐만이 아니다. 김승지의 집에는 값비싼 "자명종"(61)이 있고, 점순은 침모에게 살인을 사주하면서 "내일 밤 열한 시"(115)를 약조하며, 시간의 흐름은 "해가 열시 반이나 되도록"(43)이라는 감각으로 측정된다. 해가 점점 치솟다 기울어 가는 이치야 그대로이지만, "열시 반"이라는 관측은 낯설다. "오늘 식전 일곱 시 사십 분에 떠나는 기차에 임공사가 일본 간다고"(62) 할 때의 정교한 시계는 더욱 그렇다. 하야시 곤스케[林權助]라는 일본 공사의 이름보다 더욱 낯설었던 것은 하루를 스물넷으로, 다시 육십으로 나누는 분할의 체계였을지도 모른다. 그럼에도 24시간제는 『귀의성』에 자연스럽게 삼투해 있다. 24시간제가 도입된 지 겨우 10년 남짓이지만, 새로운 시간 체계는 일상적 감각으로 굳건하게 자리잡고 있는 것으로 보인다. 몇 달 전 발표된 『혈의누』에서는 찾아볼 수 없었던 특징이다.

24시간제 외에 시간을 재는 다른 지표는 어떤가? 1896년 1월 1일 도입된 서양식 시간 체제는 서력 기원, 태양력, 7요일제 및 24시간제였다. 24시간제는 이 중 가장 미시적인 구분에 속한다. 『귀의성』은 이 미시적인 구분을 체화한 정도에서는 철저한 듯 보이지만, 날짜나 연도의 체계에서라면 사정이 다르다. "입동머리", "동짓달 초하루", "음력 삼월 보름", "음력 사월 보름날" 등 『귀의성』의 중요 사건은 모두 음력의 감각에 따라 기술된다. 특히 춘천집 모자의 죽음을 음력 3월 보름에 배치하고 점순・최가의 죽음을 꼭 한 달 후인 4월 보름에 배치한 설정은 달이 차고 이지러짐에 따라 날짜를 헤아리는 음력을 불가결한 기반으로 하고 있다. 공식적으로 양력이 채택된 다음이지만 누구도 아랑곳하지 않는다. 일찍이 존재하지 않았던 미시적 시간은 일상 속에 깊이 스며들었지만, 예전부터 있었던 음력의 체계와 경쟁해야 했던 시간 단위는 사정이 다르다. 『귀의성』에서뿐 아니라 다른 신소설에서도 그러하였다.

> (박) 그것이 두견화가 아니냐. 세월이 덧없이 쉽게도 간다. 옳지, 금년에 이월 한식이지. 삼월 한식 같으면 아직 못 피었을 터이지.
> (갑) 제가 진사님께 말씀을 들으니까 그렇지 않다고 하셔요. 절기가 음력은 들락날락해도 양력은 해마다 그 날이지 변하지 않는데, 양지 바른 데는 꽃이 먼저 피고 응달은 나중 핀다 하셔요.[22]

이해조의 『고목화』에는 절기와 역법을 절충시키는 종래의 체계보다 양력이 훨씬 일관성 있음을 논하는 대목이 나온다. 그렇지만 등장인물의 입을 빌어 양력의 합리성을 논하면서도 이해조 역시 음력의 오래된 감각을 버리지는 못한다. 권진사가 도적떼에게 납치당한 것은 "팔월 그믐께"(4), 도적들이 납치를 불사하리 만치 절박하게 두목감을 찾고 있었던

22 　이해조, 『고목화』, 박문서관, 1908, 43쪽.

까닭은 전 두령 마중군이 "칠월 백중날 안성장을 치러 갔다가"(9) 체포되어 죽음을 당했기 때문이다. 기차가 도착하면서 내는 굉음을 "오륙월 소낙비에 천둥"(89) 같다고 비유할 때의 5~6월도 물론 음력을 기준으로 한 것이다. 하기는, 근 10년 일본과 미국에서 생활하면서 음력이라곤 접할 수 없었을 『혈의누』의 옥련마저 "광무 6년 (음력) 7월 11일"[23]로 날짜를 적는 비상한 기억력을 발휘하고 있는 형편이다.[24] "그 편지 부치던 날은 광무 6년 (음력) 7월 11일인데 부인이 그 편지 받아보던 날은 임인년 음력 8월 15일이러라"고 했으니, 서력 1902년이 옥련의 편에서는 "광무 6년"으로, 조선에 머무르고 있던 김씨 부인의 입장에서는 "임인년"으로 변주되고 있기도 하다.

'시앗새 전설'의 아나크로니즘

시·공간의 좌표를 어떻게 정하느냐는 자기 정체성을 구성하는 데 중요한 시금석이다. 어느 나라건 자국을 중심으로 세계 지도를 그리는 것이 이 때문이고, 1900년대 당시 일본이 동경시(東京時)를 한국에 강요했던 것도 이 때문이다. 1900년대는 혼란 속에서 다양한 시간 의식을 동시에 실험하고 있었다. 지금은 서력기원을 채택하고 있지만, 중국에서도 20세기 초 기년 선정을 위한 제안이 다양하게 펼쳐져 그 중 류슈페이[劉師培]의 황제기년설(黃帝紀年說)이 각별한 호응을 얻은 바 있다.[25] 이렇게 따져 보

---

23   이인직, 『혈의누』, 김상만책사, 1907, 93쪽.

24   '광무'와 '음력'을 摘示하고 있는 주체는 형식상 서술자이지만, 소설 속에서 실제 대리
       자를 찾는다면 옥련을 들 수밖에 없겠다.

25   김월회, 「20세기 초 중국의 문화민족주의 연구」, 서울대 박사논문, 2001, 78쪽.

면 『귀의성』에서 보이는 다양한 시간성의 교차가 특별한 것은 아니다. 유다른 점이라면 『귀의성』에서 그 교차와 경쟁, 혹은 모순이 유난히 빈번하며 또한 폭이 크다는 사실이다. 『귀의성』은 24시간제를 끊임없이 상기하면서도 연(年)·월(月)·절기에서는 흔히 음력을 사용하고, 특이하게도 소설 말미에서는 일종의 무시간적 혹은 설화적 시간을 도입한다.

> 그 뫼 쓴 후에 삼학산 깊은 곳에 춘삼월 꽃 필 때가 되면 이상한 새소리가 들리는데, 그 새는 밤에 우는 새라. 무심히 듣는 사람은 무슨 소린지 모르지마는, 유심히 들으면 너무 영절스럽게 우니 말재기가 그 새소리를 듣고 춘천집의 원혼이 새가 되었다 하는데, 대체 이상스럽게 우는 소리라.
>
> 시앗 되지 마라
>
> 시앗 시앗
>
> 시앗 되지 마라
>
> 시앗 시앗
>
> 시앗새는 슬프게 우는데, 춘천 근처에 시앗 된 사람들은 분을 됫박같이 바르고 꽃 떨어지는 봄바람에 시앗새 구경을 하러 삼학산으로 올라가니, 새는 죽었는지 다시 우는 소리 없고 적적한 푸른 산에 풀이 우거진 둥그런 무덤 하나 있고 그 옆에는 조그마한 애총 하나뿐이더라. (125)

1905년 음력 3월에서 4월 사이로 특기할 수 있는 『귀의성』 하편의 시간대는 『만세보』 연재 시기로부터 2년 전에 불과하다. 그렇지만 마지막 부분, 복수를 끝낸 강동지가 딸과 손자의 시신을 수습해 춘천 삼학산에 안치했다는 경과가 서술되고 난 후에는 사정이 전혀 다르다. 이 순간 『귀의성』은 갑자기 설화의 세계로 퇴행한다. 배경 시간을 따지면 불과 한두

해 전에 벌어진 일을 두고 "춘삼월 꽃 필 때가 되면 이상한 새소리가 들리는데"라 하여 여러 해를 두고 거듭된 반복을 전하는 듯한 태도를 취할뿐더러, "춘천집의 원혼이 새가 되었다"는 설명을 곁들이기까지 한다. 『만세보』에 강동지의 복수담이 한창 연재될 무렵이 1907년 3월에서 5월 사이이고 단행본 『귀의성』 출판 광고가 처음 난 것이 5월 31일이니[26] 춘천집 모자가 삼학산에 묻힌 지 채 2년도 지나지 않았는데, 춘천집의 사연은 벌써 설화로 전승되고 있는 것이다. 직전까지 명료했던 『귀의성』의 당대성은 이 지점에서 완전히 무너져 내리고 만다. 전차・기차・윤선이나 시계・우편국 등 근대 문물의 잦은 등장에도 불구하고 『귀의성』이 "구소설적 양식에 구소설적 주제"[27]를 표현한 것으로 평가될 수밖에 없었던 것은 이 때문이다. 『귀의성』은 마지막 대목에서 시앗새 설화를 들려줌으로써 현재와 멀리 떨어진 과거, 시간의 흐름이 의미가 없는 세계 속으로 이동한다. 설화적인 무시간성의 세계에서 울리는 '귀(鬼)의 성(聲)' — 최종적으로 『귀의성』을 지배하는 것은 바로 이 인상이다.

---

26 『만세보』에 연재되던 『귀의성』은 1907년 3월 이후 여러 차례 연재가 중단되다가 5월 31일, 단행본 첫 광고가 실린 날을 마지막으로 강동지의 복수가 일단 마감된 시점에서 중단되고 만다. 연재가 자주 중단된 사유에 대해 『만세보』 측에서는 "소설 기자가 세 전에 서술한 옥련전을 개간하는 데 (…중략…) 분요"하기 때문이라고 했다(1907.3.8).

27 임화, 앞의 글, 196쪽.

3. 낡은 세계의 새로운 수사학

인력거와 가마, 그 풍성한 기의(記義)

삽화의 수준에서는 신문명의 면면을 다채롭게 보여주고 있지만, 실상 『귀의성』에서 그 인상이 깊이 새겨지는 경우는 드물다. 미시적 시간에서는 24시간제를 자주 보여주면서도 날짜와 연도를 헤아릴 때는 옛 감각에 의지하듯, 전차·기차·윤선을 보여주고 경찰·병원·우편 제도를 소개하면서도 『귀의성』의 묘사는 철저히 부수적인 데 그친다. 예컨대 『귀의성』에 가장 자주 등장하는 교통수단은 기차이지만, 결말에서 보이는 설화적 세계의 압도 속에서 이 사실은 거의 잊혀질 지경이다. 기차 자체에 대한 묘사가 거의 없기에 더욱 그렇다. 점순과 최가가 도망칠 때, 강동지가 복수를 위해 서울과 부산을 오갈 때, 그리고 마지막으로 블라디보스톡으로 떠날 때 등 기차는 여러 차례 언급되지만, 이 새로운 교통수단에 대한 묘사라고는 "풍우같이 빨리 가는 기차"(하 114)라는 구절이 고작이다. 사건을 매개하지도 못한다. 옥련과 구완서의 만남을 중개했던 『혈의누』의 기차, 조박사라는 새로운 인물을 등장시키고 대단원의 해후를 준비했던 『고목화』의 기차와는 달리 『귀의성』의 기차는 그저 공간의 확산에 기여할 따름이다.[28]

『귀의성』에서 사건 전환의 계기가 되는 것은 오히려 가마나 인력거 등 다분히 전근대적인 교통수단이다. 근대 이후 도입되었지만 근대적 표지로서의 상징성이 박약한 인력거는, 먼저 춘천집의 두 번째 자살 기도 장면에서 등장한다. 춘천집이 전차에 치어 죽을 작정으로 선로에 납작 엎드려

---

28 원주와 서울, 부산을 오가는 『귀의성』의 공간이 일종의 전국성을 주조하는 데 기여하고 있다고 볼 수 있겠으나 여기서는 서술을 약한다.

있는데 갑자기 웬 사람이 걸려 넘어진다. 어둠 때문에 춘천집을 미처 보지 못했던 인력거꾼이다. 놀라 일어나 보니 인력거꾼은 오히려 멀쩡한데, 인력거에 타고 있던 부인이 호되게 넘어져 정신을 차리지 못한다. 이 여인이 바로 얼마 전 김승지 집에서 쫓겨나다시피 한 침모로서, 춘천집과 침모는 이 사고를 계기로 "두 설움이 같이 만나"(57) 의지하며 살게 된다. 또 한 차례 인력거가 등장할 때도 사고와 우연한 만남이라는 틀은 그대로 유지되고 있다. 점순의 꾀임에 넘어가 춘천집 살해를 약조했던 침모가 어머니의 충고를 듣고 마음을 바꾼 다음, 김승지 본가에 들렀다 춘천집 거처로 향하는 길이다. 인력거가 춘천집이 자살을 기도했던 바로 그 장소를 지날 때, 침모가 자연스레 옛날을 회상하고 있는데, 맞은편에서 오던 인력거가 요란한 소리를 내며 부딪쳐 온다. 놀라서 살펴보니 맞은편 인력거에 탄 승객은 서른 남짓한 남자다. 이 사람이 바로 점순의 공모자 최가로서, 자칫하면 침모가 그 음모에 넘어갈 뻔했던 인물이다. 그러나 둘은 서로를 알아보지 못한 채 스쳐 지나간다. 첫 번째 인력거 사고가 새로운 관계의 계기였다면 두 번째 사고는 관계의 해소 또는 무산과 연결되어 있다. 인력거라는 교통수단을 통해 관계는 펼쳐지고 또한 접히거나 어긋난다.

춘천집이 서울에 올라올 때, 그리고 살해당하는 날 탔던 가마라는 교통수단 역시 선명한 인상을 남긴다. "비록 상사람이나 사족 부녀가 따르지 못할 행실이 있던"(22) 춘천집이 집을 멀리 벗어나는 것이 늘 가마를 이용해서이고, 춘천집의 처지가 바뀌는 것이야말로 『귀의성』의 서사를 추동하는 원동력이기 때문이다. 최가는 김승지의 친척 행세를 하며 춘천집을 유인해 낼 때 "교군"을 준비했으며, 도중에 가마꾼들을 따돌린 후 살인을 감행한다. 기차가 텅 빈 기호에 그치는 반면 가마나 인력거는 우연한 만남이나 결정적인 사건을 이끌어내면서 서사의 풍성한 토양이 된다. 범람하는 근대는 뜻밖에 무능력하고, 만만찮아 보이는 쪽은 전근대의 위력이다. 이렇게 보면 『귀의성』에 등장하는 신문물의 의미란 다분히 의심스럽다. 역설적이게도 수사적 비유에서까지 근대의 기호를 적극 활용하고 있기 때문에 더욱 그렇다.

파편으로서의 근대, 관성으로서의 비(非)근대

『귀의성』, 특히 그 초반부에서의 묘사 중에는 유난히 천문과 기상에 대한 근대 자연과학의 지식을 동원하고 있는 사례가 흔하다. 간단하게는 "오고 가는 공기가 마주쳐서 빙빙 도는 회오리바람"(하 3)이라고 하는 정도지만 좀 더 복잡해지면 "그때는 달그림자가 지구를 안고 깊이 들어간 후이라 강동지 집 안방이 굴속같이 어두웠"(3)다거나 "말하는 동안에 지구가 참 돌아가는지 태양이 달아나는지 길마재 위에 석양이 비꼈"(하 5)다고 묘사함으로써 지구의 자전과 공전을 상기시키기도 하고, 더 상세한 경우는 천체운동과 자연을 접목시켜 설명하기도 한다. "철환보다 빨리 가는 속력으로 도루래미 돌아가듯 빙빙 도는 지구는 백여도 자전하는 동안에 적설이 길길이 쌓였던 산과 들에 비단을 깔아놓은 듯이 푸른 풀이 우거지고 남산 밑 도동 근처는 복사꽃 천지러라"(하 1) 같은 문장이 그 좋은 예다. "굴속같이 어두"운 밤이 오는 것은 지구가 달을 가리는 궤도에 들어섰기 때문이다. 계절이 바뀌어 다시 봄이 찾아오는 것은 지구가 태양 주위를 타원형으로 공전하기 때문이다.[29] 회오리바람은 국지적인 기압 차이에서 비롯된 현

---

29   이인직은 이 대목에서 '공전'이라고 써야 할 것을 '자전'이라고 쓰는 착오를 범하고 있다.

상이고, 날마다 저녁이 찾아오는 것은 지구가 자전하는 까닭이다.

『귀의성』의 작가는 몇 번이고 평범한 현상에 새로운 지식을 들이댄다. 낮과 밤이 흐르고 그믐과 보름이 교차하며 계절이 바뀌는 것은 예로부터 익숙한 현상이지만, 이를 지구의 자전과 공전 같은 자연과학적 사실에 바탕해서 설명하는 수사학은 낯설다. 근대적 지식의 지평 속에서라면 익숙한 현상마저 이질적인 것이 된다. 천문 현상만 두고 그런 것은 아니어서, 이를테면 "강동지 코 고는 소리가 춘천집 살던 도동 앞에서 밤 열두 시 전차 지나가는 소리같이 웅장"(하 25)하다고 쓰는 대목에서는 잠 못 들게 하는 요란한 소리로 바로 늦은 밤 전차 소리를 연상하기도 한다.

『귀의성』 곳곳에서 확인할 수 있는 이러한 수사학은, 이인직과 더불어 최고의 신소설 작가였던 이해조가 『고목화』 『빈상설』 등 초기 작품에서 보여준 수사학과 정확히 대립되는 것이다. 『고목화』 『빈상설』에 자주 등장하는 비유는 매표구를 "비둘기장 문"에, 빨간 색 차표를 "성냥갑 한 편 조각"에, 시커먼 기관차를 "뒤주"에 비기는 것 같은 표현이다. 그밖에 기차 소리를 "오륙월 소낙비에 천둥"에 비유하고 새로 닦인 길을 "타작마당"에 견주면서, 이해조는 익숙한 것을 앞세워 근대 문물의 이질감을 완화시키려 시도한다.[30] 반면 『귀의성』은 근대 문물을 설명해야 할 대상이 아니라 설명의 매개로 삼음으로써 더 이상 근대가 낯선 것일 수 없음을 웅변한다. 새로운 문물은 친숙한 대상이 되어야 하고 옛 것과의 갈등을 넘어서야 한다. 『고목화』 『빈상설』에서 나타나는 것 같은, 근대 문물의 자기화를 위한 팽팽한 긴장은 사라져도 좋다는 뜻이다.

긴장의 해소는 신문명을 일종의 장식으로 다룰 수 있게 해 준다. 춘천

---

30   『고목화』 『빈상설』에 나타난 수사의 좀 더 자세한 의미에 대해서는 이 책 제2부 1장의 「새 것과 옛 것」 참조.

집이나 강동지, 점순 등에 있어 근대 문물은 낯선 경이여야 하겠지만, 실상 이들은 기차·전차나 경찰·우편·병원 제도 앞에서 스스럼이 없다. 너무도 익숙한 태도라 근대 문물이라는 기호가 제 존재를 주장하기 힘들 정도이다. 곳곳에 등장하는 근대적 기호는 서사적 핵심을 구성하지 못한 채 눈에 띄지 않는 위성(衛星)으로 시종한다.[31] "부산으로 내려갈 때 머리 깎고 양복을 입"어(하 98) 점순과 최가의 눈을 속였던 강동지처럼, 『귀의성』 또한 새로운 의장(衣裝)을 걸쳤음에도 결국 설화의 세계로 수렴된다. 설화적 세계의 무시간성을 째깍거리는 시계 바늘이 장식하고 익숙한 현상에 새로운 비유를 끌어들일지라도, 무시간성은 압도적이고 근대적 문물의 인상은 파편적이다. 신문명을 친숙하게 다루는 것은 미시적이거나 삽화적인 수준에서의 일일 뿐 『귀의성』의 인물들은 여전히 낡은 세계 속에 살고 있다. 수사학의 층위에서도, 신문명을 매개로 한 비유보다 점점 광범해지는 것이 중국 역사의 일화를 빈 표현이다. 예컨대 다음과 같은 예들이다 : "의사는 방통이 같은"(9), "지혜 많은 제갈공명을 얻고 물을 얻은 고기같이 좋아하던 한소열"(80), "박낭사 철퇴 소리에 놀란 진시황같이"(133), "춘향의 옥중에 점 치러 들어가는 장님의 마음같이 춘심이 탕양하여"(134), "증자 같은 성인 아들을 둔 증자 어머니도 그 아들이 살인하였다 하는 말을 곧이 듣고 베틀 짜던 북을 던지고 나간 일도 있었거든"(하 32). 그리고 "운우무산에 초양왕의 꿈을 꾸고 수록산청에 당명황의 근심하듯"(하 50), 또는 "손빈이가 마릉에 복병하고 방연이를 기다리듯"(하 101).

『귀의성』에는 새로운 세계 해석을 끌어낼 만한 단편이 풍성하게 예비되어 있지만, 가능성이 충분히 현실화되는 일은 드물다. 침모가 한때 살

---

31 서사물에서의 사건을 중핵과 위성으로 구분하는 데 대해서는 S.Chatman, 김경수 역, 『영화와 소설의 서사구조』, 민음사, 1995, 60~63쪽 참조.

인 음모에 동조했다가 마음을 고쳐먹는 대목은 선·악 구분의 절대성에 대한 회의를 낳을 수 있는 계기이고, 남편과 자식을 버리면서까지 부의 축적과 신분 상승에 골몰하는 점순은 "김승지댁 안방에 화약을 터뜨리고 싶소"(하 78)라는 불평을 서슴지 않을 정도로 신분의 관습적 굴레를 가볍게 넘어서고 있지만, 그럼에도 침모는 선인(善人)이요 점순은 충실한 악비(惡婢)로 시종하고 만다. 김승지 부인의 경우는 특히 흥미롭다. 남편에게 넋두리하듯 늘어놓는 말에 의하면, 김승지 부인은 "영감은 열세 살, 나는 열네 살에 결발부부 되어"(93)서 벌써 나이 마흔이라고 한다(93). 27년째 결혼 생활을 하고 있는 셈이니 꽃다운 열아홉인 춘천집에 견줄 수 없을 것은 정한 이치이다. 더욱이 서른 넘어 겨우 하나 본 자식마저 세 살 때 죽고 만 터라 남편밖에 의지할 데가 없는 절박한 처지이다.[32] "쪽박을 차더라도 시앗만 없이 살았으면 좋겠다"고 한숨짓고 "재물도 성가시다. 영감께서 돈만 없어 보아라. 어떤 빌어먹을 년이 영감께 오겠느냐"(78)고 탄식하는 안타까운 집착이 생길 수밖에 없다. 살뜰하게 남편 건강을 챙겨서 김승지가 "마누라 없이는 참 못 견디겠다"(44) 독백하는 단란한 광경을 연출하기도 하고 "죽어 후생에는 나도 남자가 되었으면"(93) 하는 원억(冤抑)을 토로하기도 하는 김승지 부인의 형상이란 자못 착잡하다.

그러나 이 복잡한 사연의 부인에게 낙착되는 역할은 결국 다른 가능성 없는 악역이다. 강동지는 김승지 부인을 죽이기 전 "너같이 곱게 자라난 계집에 탐이"(하 118)나 월장(越牆)했다면서 정체를 숨기는데, 이런 위장이 굳이 필요했던 이유는 부인을 "잡년", "망한 년"으로 매도하기 위해서이다. "세상에 다시없는 깨끗한 양반의 여편네인 체하던 년이 그렇게 쉽게

---

32 춘천집의 아들 거복 역시 세 살의 나이로 죽음을 맞는다. 이 묘한 일치는 첩과 그 자식 때문에 자기 자리를 빼앗길까 두려워하는 본처의 심리적 한계선을 표하는 것이기도 하다.

몸을 허락한단 말이냐"(하 119~120) ─ 김승지 부인에 대한 최종적인 단죄가 되는 것은 바로 이 말이다. 칼을 든 흥한 앞에 "누가 아니 듣는다고 무엇이라 합더니까"라고 ─ 어쩌면 마지못해 ─ 뱉은 한 마디가 음탕의 증거가 되고 죄악의 상징이 된다. 간간이 토로하던 복잡한 심경이 한순간에 무화되어 버리는 것은 물론이다. "물같이 깊은 정이 서로 깊이 들어서, 이 몸이 죽어 썩더라도 정은 천만 년이 되도록 썩지도 않고 변치도 아니할 듯한 마음이 있다"(53)는 김승지와 춘천집 사이의 인연 역시 모호한 무정형이기는 마찬가지이다. 『귀의성』의 인물들은 단순한 선·악 구도를 떠나 복잡한 내면을 열어 보이기 시작한 듯하지만, 결국 소설을 지배하는 것은 선과 악의 이분법이다. 이 이분법에서 가장 애매한 위치에 있던 김승지와 침모가 결합, 여생을 함께 누리게 된다는 결말마저 선·악 구분의 단순성을 지워 버리지는 못한다.

새로운 가능성에도 불구하고 세계의 근본적인 질서는 바뀌지 않는다. 신문명을 묘사하는 데 있어서도 그렇고 인간을 이해하는 데 있어서도 그렇다. 사정이 여기서 끝난다면, "요새같이 법률 밝은 세상에 내가 잘못한 일만 없으면 아무 것도 겁나는 것 없네"(34)라거나 "요새 같은 개화 세상에는 사족 부녀라도 과부 되면 간다더라"(35), "사람은 다 마찬가지지 (…중략…) 요새 개화 세상인 줄 몰랐느냐"(69) 같은 입찬 소리는 한낱 공염불에 불과할 터이다. 그러나 "머리 깎고 양복을 입"은 강동지의 변화는 단순한 위장에 그치지 않고 존재의 변화에 개입할 수밖에 없다. 본질의 변화가 따로 있는 것이 아니라, 세부의 사소한 기형 자체가 변화를 만들어 내는 동력인 까닭이다. 삽화는 삽화에 불과한 채로 서사의 방향을 조율하고, 중단된 가능성은 바로 그 자리에서 새로운 존재를 예비한다. 신소설의 이중적 성격은 이 지점에서 탄생하고 있다.

4. 미혹(迷惑)의 표면과 이면

꿈, 초자연적 예지 혹은 심리의 반향

옛 것과 새 것이 뒤섞인 이중적 상황은 갖가지 결과를 야기한다. 일부는 옛 것을 지키고 일부는 새 것을 좇는 공존이 전형적인 결과라면, 상호 교착과 변형은 그 필연적인 부산물이다. 신(新)이나 구(舊)나, 달라진 상황 속에서 원형 그대로 작용할 리는 없다. 태음력과 태양력이 공존하고, 엽전 5만 냥을 지폐 1천 원으로 계산하며, 한쪽에서는 천부(天父)를 찾고 다른 쪽에서는 공자를 고집하는 상황 속에서 모든 존재는 탈각(脫殼)을 시작한다. 변화하지 않는 존재는 있을 수 없다. 존재 자체는 변치 않는 듯 보일지라도 정황과 맥락이 바뀜에 따라 그 의미는 어쩔 수 없이 달라진다. 오래 묵은 설화에서부터 이용되어 온 꿈이라는 장치 역시 마찬가지이다. 오랫동안 꿈은 신뢰할 만한 예지(豫知)의 영역이었고, 드물게 삶의 다른 가능성을 시험하는 장이기도 했다. 조신 설화나 『구운몽』이 보여주듯 결론은 번번이 아무리 빛나고 다채로운 가능성이라도 무상(無常)하기 그지없다는 것이었지만 말이다.

『귀의성』에도 꿈 이야기는 여러 차례 나온다. 첫 장면부터 춘천집이 악몽을 꾸면서 가위눌리는 장면이고, 강동지 부인은 춘천집이 살해당한 직후 흉몽을 꾸고 놀라 깨어난다. 두 경우 모두 꿈은 현실에서는 포착하기 힘든 진상을 알려주는 계시이다. "꿈에는 내가 아들을 낳아서 두 살이 되었는데, 함박꽃같이 탐스럽게 생긴 것이 나를 보고 엄마 엄마 하면서 내 앞에서 허덕허덕 노는데 (…중략…) 우리 큰마누라라 하는 사람이 (…중략…) 와락 달려들어서 어린아이의 두 어깨를 담삭 움켜쥐고 반짝 들더니 어린아이 대강이에서부터 몽창몽창 깨물어 먹으니 (…하략…)"(13). 춘천집이 꾼 꿈은 2년여 후, 아들이 걸음을 떼고 한창 말을 배울 무렵 실제로 현실화된다. 그 어머니의 꿈 역시 마찬가지이다. "김승지의 마누라인가 무엇인가 그 몹쓸 년이 우리 길순이를 쭉쭉 찢어서 고추장 항아리에 툭 집어뜨리는"(하 25) 흉몽을 꾼 바로 그 시각, 딸과 손자는 최가의 손에 목숨을 잃는다. 이들 경우에 꿈은 훌륭하게 예지로서의 기능을 수행한다. 오감(五感)으로 엿볼 수 없는 미래를 꿈은 보여줄 수 있다. 춘천집 모녀의 꿈과는 다소 유(類)가 다른 침모의 꿈도 이 범주에서 크게 벗어나지는 않는다. 침모는 춘천집을 죽일 것을 약조한 날 밤 관왕(關王)이 나타나 자기 죄를 꾸짖는 꿈을 꾸는데, 이는 미래의 예시라기보다 심리의 반향이라고 보아야 할 꿈이지만, 적어도 사실과 위배되는 것은 아니다. 신소설 일반에 있어 예지의 비급과 심리의 반향 사이를 방황한다. 이 두 축 사이에서의 갈등은 몇 달 앞서 발표된 『혈의누』에 훨씬 극적으로 표현된 바 있다.

꿈에는 팔월 추석인데 평양성중에서 일년 제일 가는 명절이라고 와글와글하는 중이라 (…중략…) 성중이 그렇게 흥취로운데 옥련이는 꿈에도 흥취가 없고 비창한 마음으로 부모 산소에 다니러 간다.

북문 밖에 나서서 모란봉에 올라가니 고려장같이 큰 쌍분이 있는데 옥련이가 뫼 앞으로 가서 앉으며 허리춤에서 능금 두 개를 집어내며 하는 말이

여보 어머니 이렇게 큰 능금 구경하셨소 내가 미국서 나올 때에 사 가지고 왔소. 한 개는 아버지 드리고 한 개는 어머니 잡수시오.

하면서 뫼 앞에 하나씩 놓으니

홀연히 쌍분은 간 데 없고 송장 둘이 일어 앉아서 그 능금을 먹는데 본래 살은 다 썩고 뼈만 앙상한 송장이라 능금을 먹다가 위 아래 이가 못작 빠져서 앞에 떨

어지는데 박씨 말려 늘어놓은 것 같은지라. 옥련이가 무서운 생각이 더럭 나서 소리를 지르다가 가위를 눌렸더라 (…중략…) 무서운 꿈을 깨일 때는 시원한 생각이 있더니 다시 생각하니 비창한 마음을 이기지 못하여 탄식하는 소리가 무심 중에 나온다.

　　꿈이란 것은 무엇인고.

　　꿈을 믿어야 옳은가. 믿을 지경이면 어젯밤 꿈은 우리 부모가 다 이 세상에 아니 계신 꿈이로구나.

　　꿈을 아니 믿어야 옳은가. 아니 믿을진댄 대판서 꿈을 꾸고 부모가 생존하신 줄로 알고 있던 일이 허사로구나.

　　꿈이 맞아도 내게는 불행한 일이요

　　꿈이 맞히지 아니하여도 내게는 불행한 일이라. (66)

『혈의누』에서 옥련은 두 차례에 걸쳐 중요한 꿈을 꾼다. 한 번은 오사카에서 자살을 결심하고 부두를 찾아 헤맬 때이고, 한 번은 미국에서 공부를 마친 다음이다. 첫 번째 꿈에서 옥련은 자살 결심을 만류하는 생모의 음성을 듣는다. "이애 죽지 말아라. 너의 아버지께서 너 보고 싶다는 편지를 하셨더라"(53)는 목소리다. 옥련은 이 꿈을 꾼 후 "우리 어머니가 날더러 죽지 말라 하였으니 우리 어머니가 살아 있는가"(57) 생각하고 마음을 바꿔 먹는다. 감춰진 진실을 보여주는 꿈의 능력을 믿은 것이다. 그러나 구완서의 도움으로 도미(渡美), 학업을 마친 후 꾼 꿈은 전혀 다르다. 묘소에서 송장이 일어나 음식 받아먹는 것을 본 꿈은 옥련의 부모가 오래 전부터 이 세상 사람이 아님을 암시한다. 첫 번째 꿈과 두 번째 꿈이 모순 관계에 놓이는 셈이다. 꿈이 그저 심리적 현실의 표백(表白)에 그친다면 이 모순에 신경을 써야 할 이유는 없다. 엇갈리는 심리가 엇갈리는 꿈을 낳는 것이야 당연한 일에 가깝다. 첫 번째 경우 옥련이 부모의 생존을 믿음으로써 자기 자신의 생존 본능을 고무하려 한 반면 두 번째 경우에는 불안과 의심이 득승했다고 쉽게 말할 수도 있겠다.

문제는 꿈의 기능 자체에 있다기보다 "꿈을 믿어야 옳은가 (…중략…) 아니 믿어야 옳은가"라는 질문의 형식에 있다. 진리 현현으로서의 꿈을 온전히 긍정하든가 아니면 부정해야 한다는 발상, 이같은 이분법은 꿈의 예시 능력이 얼마나 논쟁적인 주제였는지를 알려 준다. 상황에 따라 다르다는 시각은 있을 수 없는 것, 꿈의 능력이란 분명한 입장을 가져야 할 만큼 중요한 문제이다. 갈등과 모순이 생길 수밖에 없는 것은 이 때문이다. 신소설 작가들은 대체로 꿈은 심리의 표백일 뿐이라는 명제를 당위의 수준에서 수용하기 시작한 것으로 보인다. 꿈을 믿는 것은 점복(占卜)을 믿는 것만큼이나 불합리한 일이다. 『귀의성』의 점순과 최가라든가 『구마검』의 함진해 등이 점술에 홀려 자멸의 길로 빠져들듯 꿈 또한 자칫 사람을 오도하기 쉽다. 『춘몽』의 옥선은 허튼 꿈 때문에 자살을 결심하고 제 몸에 칼을 들이대지 않았던가. 계몽주의자인 신소설의 작가들은 다른 초자연적 징조처럼 꿈을 힘써 부정하고 추방해 내려 한다. 그럼에도 무속이나 점술처럼 대리인(agent)이 명확한 행위와는 달리 꿈은 좀처럼 외부화되지 않는다. 많은 신소설에서 꿈은 여전히 지혜로운 창이다.[33]

1910년대의 인기작 『눈물』에서의 진술은 전형적이다. 부유한 실업가의 외동딸이 아버지가 신임하던 청년과 결혼, 변심한 남편 때문에 갖은 고난을 겪다가 행복을 되찾는다는 줄거리의 이 소설에도 꿈은 중요한 고비마다 등장한다. 주인공 서씨 부인의 어머니는 딸이 곤경을 겪을 때마

---

[33] 신소설에서의 꿈, 그 문화적 의미에 대해서는 김동식, 「신소설에 등장하는 죽음의 양상」, 『한국현대문학연구』 11호, 2002, 67~70쪽이 좋은 참조가 된다.

다 번번이 흉몽을 얻어 구원자를 파견하고, 서씨 부인 역시 꿈을 통해 남편의 곤경을 인지한다. 나쁜 꿈을 꾸고 의주에서 서울로 서둘러 하인을 보냈더니 막 집에서 쫓겨나온 서씨 부인을 만나고, 남편이 사경에 처해 있는 꿈을 꾼 후 곤란을 알리는 편지를 받는 식이다. 그러나 예표로서의 꿈을 십분 활용하면서도 작가는 꿈의 예지 능력에 분명한 유보를 단다.

> 꿈이라는 것은 허한 일이라. 다만 마음에 감동되었던 일이 꿈으로 그 형상을 나타내는 것은 정신의 작용에 지나지 못하나, 그와 같은 꿈을 꾸고는 아무리 자기를 아내로 여기지 않는 남편이라도 자기 마음은 그 안부가 비상히 염려되어 확실히 한번 탐지치 못하면 잠시라도 견디지 못하겠는 고로[34]

꿈과 사실의 일치를 몇 번이고 보여준 후 "꿈이라는 것은 허한 일이라"고 진술하는 것은 일면 억지스럽다. 그러나 신소설은 예표로서의 꿈을 긍정할 수도 부정할 수도 없었다. 긍정하기에는 새로운 합리성에 대한 강박이 너무 컸고, 부정하기에는 꿈의 관습적인 역할이 그 이상으로 중요했다. 긍정 혹은 부정 중 하나를 택해야 한다는 발상이 지배적이었기에 긍정도 부정도 할 수 없는 곤란은 더욱 난감한 것이었다. 이 때문에 신소설 작가들은 긍정과 부정을 차례로 교차시키는 독특한 태도를 선보이게 된다. 먼저 예표로서의 꿈을 활용한 후, 곧 그것을 부정하는 사례나 진술로써 경험의 무화(無化)를 기도하는 것이다. 후자의 사례로서 『혈의누』에서 옥련은 부모 묘에 성묘하는 꿈을 꾼 직후 아버지를 만나게 되고, 『눈물』에서 서씨 부인은 자라난 집에 큰 화재가 일어난 꿈이 단순히 상징적인 것이었음을

---

34   이상협, 「눈물」, 『한국신소설전집』 10, 을유문화사, 1968, 248쪽.

알게 된다. 꿈은 사실과 어긋날 수 있고, 심지어 사실을 반대로 증언할 수도 있다. 꿈의 예지적 기능은 긍정되었다가 다시 부정된다.

까마귀와 우체군사, 미신의 용법

다른 징조의 경우는 부정의 색채가 한결 뚜렷하다. 『혈의누』에서 옥련 어머니가 8년만에 옥련의 소식을 들은 날, 이 날은 아침부터 흉조(凶鳥)인 까마귀가 지붕 위에서 우짖는다. 부인은 "또 무삼 흉한 일이 생기려나 배"(88)라고 걱정을 하지만, 얼마 지나지 않아 그리운 딸의 편지를 받는다. 더욱이 이 편지는 "검정 홀태바지 저고리"를 입어 마치 까마귀 같은 형상의 우체 사령이 전해준 것이니, 관습적인 징조의 해석은 실제 사실과는 정면으로 배치된다. 『귀의성』에서는 어떠한가? 바람에 떨어지는 복사꽃을 보고 춘천집이 "오늘은 우리 집에 무슨 경사가 있으려나 보다. 꽃비가 오는구나"라고 찬탄하자 흉계를 감추고 1년여 유모 역할을 해 온 점순은 "아직 아니 떨어질 꽃도 몹쓸 바람을 만나더니 떨어집니다 그려"(하 3)라고 말을 받는다. 여기서 징조는 고정된 의미가 아니라 다양하게 해석될 수 있는 다층적 질이다. 암수 한 마리씩 있는 닭장에 햇암닭 한 마리가 들어와 작은 소동이 벌어지는 대목에서도, "고 못된 묵은 닭이 웁니다"라는 의견과 "고 못된 햇암닭 한 마리가 들어오더니 묵은 암탉이 설어서 우나 보다"(101)라는 단정 사이에 가로놓여 있는 것은 사건을 해석하는 서로 다른 시각이다. 해석의 올바른 방향이 있는 것이 아니라 다양한 시각 사이의 충돌이 있을 뿐, 미래를 엿볼 수는 없다.

미래를 점칠 수 있다고 생각한다면 함정에 빠지기 마련이다. 복수를 행하는 과정에서 강동지가 이용한 것도 상대의 이 같은 약점이었다. 개인적인 만큼 더욱 통쾌한『귀의성』의 복수는 맹인 판수와 강동지의 합작에 의해 이루어진다. 강동지의 사주를 받은 판수가 양복 신사로 변장한 강동지와 거짓 싸우는 체하면서 점순 및 최가의 주의를 끌고, 이어 신통한 점괘를 뽑아내 마음을 온통 현혹시킨 다음 함정에 빠뜨려 살해하는 순서다. "새파랗게 젊은 여귀인(女鬼人)이 해골 깨진 어린아이를 안고"(하 87) 뒤에 붙어 있다고 했으니 점순과 최가로서는 판수의 신통력에 놀랄 수밖에 없다. 그런 다음 김승지 부인이 보낸 돈을 가로챈 자가 아까 양복장이라 하여 최가를 떼어 보내고, 다시 점순을 외딴 길로 유인하는 식으로 복수는 착착 진행되어 나간다. 점순과 최가가 점복(占卜)의 권능을 의심 없이 믿는 반면 강동지는 이를 복수를 위한 수단으로 다룰 줄 아는 까닭이다. 미신에 빠져드느냐 아니면 거리를 유지한 채 이용 수단으로 삼느냐에 따라 세력의 우위가 결정되는 셈이다.

1908년 작인『치악산』에서는 미신을 이용한 복수극이 일층 계획적으로 펼쳐진다. 누명을 뒤집어쓰고 쫓겨난 이씨 부인을 대신하여 충비(忠婢) 검홍이 한바탕 도깨비 장난을 마련하는 것이다. 검홍은 장사패를 고용해서 밤마다 파란 색 유리등에 불을 켜 춤추듯 움직이면서 도깨비불을 흉내 내기도 하고, 지붕의 기왓장을 '망(亡)'자 모양으로 늘어놓는다거나 귀신 소리처럼 흐느끼기도 한다. 이씨 부인의 간통 혐의를 지어냈던 계시모(繼媤母) 김씨 부인과 딸 남순이는 제물에 기진할 지경이다. 영악한 무당이나 판수까지 달려들어 영험한 체하고 재물 빼앗기에 골몰하는데, 검홍이는 판수 행세할 사람까지 내세워 원수 갚기에 박차를 가한다. 한쪽에서 맹신하는 귀신의 존재를 이용할 줄 안다는 것은 이렇듯 현실적인 능력이다.『구마검』의 무당 금방울 같은 이는 이 능력을 부정적으로 쓰는 존재이고, 『귀의성』의 강동지나 『치악산』의 검홍, 또 최찬식의 『금강문』에 나오는 신교장 부인 등은 악을 응징하기 위해 이를 활용할 줄 아는 이들이다. 몇 가지 사적인 정보를 갖고 제3의 인물을 사주할 수만 있다면 미신을 활용하는 것은 실패의 염려 없는 효율적인 전략으로, 그 효율성은 악인들이 지어내는 거짓 소문과 맞먹을 정도이다.

> 슬프다 조선 여자계에 크게 폐단되는 것이 무엇이뇨. 꼭 귀신을 믿고 요사한 말을 미혹하는 것이로다. 사람의 길흉화복을 귀신이 어찌 농락하리오마는 (…중략…) 요사한 무리들이 음흉한 수단과 요괴한 말로 사람을 속이고 재물을 취하매 (…중략…) 대개 조선 여자의 신도를 고혹함이 그같이 성풍한 고로 신교장 부인이 그 노파의 집으로 정탐을 하러 가서 노파의 딸이 병든 눈치를 보고 능활한 수단으로 전래집 마누라 노릇을 하여 그 노파의 마음을 미혹케 한 것이언마는 노파는 그 말을 꼭 곧이 듣고[35]

비합리적인 세계, "귀신을 믿고 요사한 말을 미혹하는 것"은 이미 부정된 지 오래이다. 인간적이고 합리적인 질서에 대한 신뢰에 바탕해 있는 새로운 세계는 그저 궁극적인 합리성을 위해 비합리한 외양까지도 활용할 수 있을 따름이다. 『화의혈』에서 억울하게 죽은 언니의 넋이 씌운 듯 위장해 악인을 응징한 모란이 택한 방략도 이것이었다. 그러나 초월적인 힘의 개입을 합리적으로 해석해 내려 하면서도 『화의혈』의 시각은 깜박깜박 위태롭다. 계략과 강제로 선초의 정절을 빼앗았던 이시찰이 후일 희생자들의 원혼을 자꾸 목격하고 또한 원혼의 저주대로 가족의 몰살을

---

35   최찬식, 『금강문』, 동미서시, 1914, 89쪽.

겪는 것을 두고 작가는 "이시찰이 자기 생각에도 지은 죄가 있으니까 공연히 겁이 나며 중정이 허해져서 선초로도 보이고 임씨 모자로도 보이는 중 선악간 사람의 뇌라 하는 것은 극히 영통하여 아직 오지 아니한 앞일을 미리 깨닫는 일이 이따금 있"다는 말로 설명을 삼으려 한다.[36]

그러나 "앞일을 미리 깨닫는" 영묘한 두뇌가 개입한다면, 꼬박꼬박 들어맞는 귀신의 저주란 그 허울을 바꾼 것일 따름이다. 모란이 선초의 귀신이 씌운 양 가장하여 이시찰을 토죄(討罪)한다는 대목도 그렇다. 모란은 "무슨 정이 그리 따뜻해서 내 무덤에 와서 술을 부어놓고 글을 지었습더니까"(91)라고 따지지만, 이 일은 아무도 목격하지 못하는 중에 있었던 일이다. 어린아이에 불과했던 모란이 이 사건을 어떻게 알 수 있었는지 적절한 설명이 주어지지 않는다면, 선초의 넋이 씌었다는 것은 가장이 아니라 사실로 비치기 쉽다. 선초가 죽은 직후 모란이 그 넋을 받은 듯 행동하였고, 작가 역시 "생전에 아버지 어머니 두분께 효성을 다하여 봉양하려던 마음과 문필 가무 등 각종 재질을 모두 모란이를 전하여 주었으니"(67)라는 사후(死後)의 대사를 막지 않았다는 사정까지 생각한다면 더욱 그렇다.

신소설은 미혹(迷惑)을 비판하면서도 활용하는 이중성 위에 자리잡는다. 이 이중성이 정연한 방식으로 나타나는 경우 목격할 수 있는 것이 『귀의성』이나 『치악산』의 복수담 같은 구조, 즉 미혹을 이용할 수 있는 능력을 보여주는 방식이지만, 이중성을 이중성 그대로 보여주는 경우도 적지 않다. 꿈의 예지적 기능을 긍정하고는 곧 비판하는 발언을 곁들인다든지, 징조의 관습적 기능을 긍정하고는 바로 부정의 가능성을 보여준다든지 하는 식이다. 예지의 능력은 아직 완전히 긍정될 수도 부정될 수

---

36   이해조, 『화의혈』, 오거서창, 1912, 85쪽.

도 없다.[37] 긍정이나 부정, 둘 중 한 쪽을 택해야 한다는 초조가 생겨나기 시작했을 뿐이다. 꿈과 징조의 긍정이나 부정 — 이 둘은 무질서한 공존이 아니라 상호 부정을 통한 보완의 관계, 어느 한쪽으로 완전히 기울어질 수 없는 이중성의 관계를 맺는다. 이 이중성은 신소설이라는 양식 자체의 근간이요 전제이기도 하다.

5. 모순적 구조로서의 신소설

『귀의성』에서 강동지는 "김승지 집 재물은 재물대로 빼앗고 원수는 원수대로 갚으려는 경영"이라는 미심쩍은 이유를 내세워 법에 호소하는 대신 개인적 복수의 길을 택한다. 그러나 비록 강동지가 "돈은 보면 어미 아비보다 반갑고 계집 자식보다 귀애하는 마음이 있어서 속으로 따르"(17)는 인물이기는 하지만, 딸의 참척을 본 후에도 재물 욕심을 떠올릴 만큼 『귀의성』의 선·악 구도가 문란해져 있지는 않다. 법에 의한 처결 대신 개인적 복수에 의존한다는 설정은 사실 신소설에 그리 많지 않다. 『귀의성』 외에 마찬가지로 살인까지 불사하는 개인적 복수가 구체화된 작품으로는 『봉선화』 외 몇 종을 들 수 있을 뿐이다. 그러나 『봉선화』의 조선각은 사건과 직접 관계없는 제3의 인물로서 의협심을 발휘해 복수를 대행한 것이었으니 왜곡된 형태로나마 처결의 공공성을 갖추고 있었고, "그때는 경장하기 전이라"[38]는 변명을 앞세우고 있었다. 1900년대 중반을 배

---

37 최찬식의 『금강문』에는 신교육을 받은 여주인공이 까마귀를 흉조로 해석하는 관습을 비판하지만 그의 말을 반박하듯 바로 살인 사건이 벌어진다는 설정도 있다. 살해 당한 당사자는 바로 까마귀를 흉조라고 생각했던 여승으로 주인공을 구원했던 인물이니, 주인공의 계몽된 의식은 그야말로 철저하게 실패하는 셈이다.

경으로 한 『귀의성』과는 여러 모로 달랐던 것이다. 『귀의성』의 경우 형사·재판 제도의 기피는 작품 전반의 특징 속에서 설명되어야 할 것으로 보인다. 삽화의 수준에서는 신문명의 면면을 다양하게 보여주면서도 정면에서 문제삼는 것은 피하는 특징 말이다. 점순이와 최가, 그리고 강동지는 아마 처음 기차를 이용하는 셈일 터인데도 기차가 그 자체로 주목을 받는 법이라고는 없고, 경찰·우편·병원 제도나 새로운 시간 측정법 역시 마찬가지이다.

『귀의성』은 어떤 신소설보다 1900년대 한국의 근대 문물을 풍성하게 보여주고 있지만, 다른 한편 전대(前代) 소설과 가장 닮은 작품이기도 하다. 처첩 갈등이라는 틀은 전대의 가정 소설 그대로이고, 개인적 복수라는 결론 또한 낯설지 않다. 처가 악인으로, 첩이 선인으로 설정되었다는 변화가 획기적이기는 하나 처첩 갈등의 압도적인 인상을 지울 정도는 아니고, 적극적으로 복수에 나서 폭력까지 불사하는 인물의 형상이 이채롭기는 하나 근대 사법제도의 도입만큼 변화를 뚜렷하게 보여주지는 못한다. 『귀의성』은 선악의 갈등의 아니라 애정의 갈등으로 비약할 수 있는 문제를 처첩 문제라는 보수적인 선에서 닫아 두고, 신분의 제약을 파괴하면서 이루어지는 복수라는 해법을 개인적 차원에서 봉쇄해 버린다. 시계에 의해 측정되는 근대적 시간을 민감하게 의식하면서도 설화적 시간의 무시간성에 기대 대단원을 마련하고, 기차·우편·환전 등 근대적 문물을 다양하게 내비치면서도 그 새로움에 따로 시선을 주지는 않는다. 세부의 근대성과 골격의 비근대성, 『귀의성』의 구조는 이 안에서 결정된다.

새로운 것과 낡은 것 사이에서 요동하는 것은 다른 신소설도 마찬가지

---

38   이해조, 「봉선화」, 『한국 신소설전집』 3, 을유문화사, 1968.

이다. 새로운 근대적 인식과 문물이 신체와 정신을 에워싸기 시작했지만, 아직 그 지배가 전면화된 것은 아니었다. 신소설의 주인공들은 점점 근대적 문물에 노출되는 상황 속에서 전근대적인, 혹은 근대에 저항하는 관습을 고집하기도 했고, 근대를 전근대의 지평 속에서 받아들이고자 안간힘쓰기도 했으며, 또한 근대를 적극 받아들이는 바로 그 자리에서 회귀를 꾀하기도 했다. 신소설을 특징짓고 있는 것은 이러한 모순 자체이다. 신소설은 단순한 근대 지향이 아니라 근대와 전근대 혹은 반근대의 착종으로서, 새로운 문물에의 경사뿐 아니라 옛 문물에의 집착 또한 보여주는 양식으로서 평가될 수 있을 것이다.

제3부

소설, 서사의 유희

만국지리(萬國地理) 속의 인간

신소설의 첫 장면

1. 연대기에서 지리적(地理的) 표상으로

1900년대의 신소설이 전대(前代) 소설과 다른 점은 여러 가지 있겠지만 본문 첫 장을 넘기자마자 감지할 수 있는 차이는 첫머리의 변화이다. 20세기 이전의 이른바 '소설'은 연대와 혈통을 밝힘으로써 서두를 삼는 것이 통례였다. "대명국 영종 황제 즉위 초", "대송 문황제 즉위 이십삼년" 등이 초발성(初發聲)이요, 시대 상황을 짧게 개관한 후 주인공의 가계(家系)로 시선을 옮겨 좁게는 부모, 넓게는 여러 대(代)의 선조를 살피면서 주인공의 등장을 예비했던 것이다. 『구운몽』이나 『운영전』처럼 인간계 너머에서 서사가 시작될 때라면 다소 변화를 보이지만 대개의 경우 연대와 혈통에 대한 관심은 압도적이다. 판소리계 소설의 정착과 함께 시·공간의 자국화(自國化)가 이루어진 후에도 서두의 관습은 비슷하게 유지된다. "대명국 영종 황제" 등속이 "숙종대왕 즉위 초" 류(類)로 바뀌었고, 가계의 좌표 또한 명문벌족(名門閥族)에서 서민으로 이동하거나 때로 남성 중심에서 여성 중심으로 옮아가기까지 했지만, 연대와 혈통에 대한 관심은 그대로였다.

> 대명국 영종 황제 즉위 초에 황실이 미약하고 법령이 불비한 중에 남만(南蠻) 북적(北狄)과 서역(西域)이 강성하여 모역(謀逆)할 뜻을 두니 이런 고로 천자(天子) 남경에 있을 수 없어 다른 곳으로 도읍을 옮기고자 하시더니 (…중략…) 이때 조정의 한 신하 있으되 성은 유요 명은 심이니 전일 선조황제 개국 공신 유기의 십삼대손이요 전 병부상서 유현의 손자라.[1]

> 숙종대왕 즉위 초에 성덕이 넓으시사 성자성손(聖子聖孫)은 계계승승하사 금고옥적(金鼓玉笛)은 요순(堯舜)의 태평시절이요, 의관과 문물은 우(禹) 임금과 탕(湯) 임금의 버금이라 (…중략…) 이때 전라도 남원부(南原府)에 월매(月梅)라 하는 기생이 있으되, 삼남(三南)의 명기로서 일찍이 퇴기(退妓)하여 성씨(成氏)라는 양반을 데리고 세월을 보내되, 나이 바야흐로 사십이 넘었으나 일점 혈육이 없어 이로 한이 되어 장탄수심(長歎愁心)의 병이 되겠구나.[2]

이 세계에서 존재의 익명성이란 있을 수 없다. 고소설의 주인공은 안정된 정체성(identity)의 세계에서 살아가며 시간적 계보에 의해 지탱된다. 유충렬은 태어나기 전부터 "영종 황제"라는 왕명(王名)과 유기・유현・유

---

1 최삼룡 편,『한국고전문학전집 24 – 유충렬전・최고운전』, 고려대 민족문화연구원, 1996.
2 『춘향전』은 숱한 이본이 있고 당연히 서두도 다양하다. 여기서 든 것은 완판본 서두로, 경판본이나 李古本의 서두는 크게 다르다. '춘향의 일대기' 방식으로 서두를 시작한 완판(84장)본의 특징에 대해서는 설성경,『춘향전의 비밀』, 서울대 출판부, 2001, 198~201쪽 참조.

심 등의 이름으로 대표되는 가문의 무게에 속박당해 있다. 좀 더 후대에 등장한 서민적 여성 주인공 춘향의 경우도 근본적으로 다르지 않다. 퇴기 월매의 딸이라는 혈통이나 "숙종대왕 즉위 초"라는 연대가 춘향을 조형(造形)하는 데 차지하는 비중은 크지 않지만, 그럼에도 통치자와 부모의 이름은 결정적인 근거이다. 신소설 이전의 소설에서 통치자의 이름과 선대(先代)의 족보는 인물의 좌표를 정하는 중요한 축이었다. 설혹 변란이 닥치더라도 혈연-가계를 통한 이 안정성은 확고부동하며, 혈연-가계의 가치를 재확인하는 순간 서사는 종결된다. 고소설이 전성기에 가문소설이라는 형태를 취한 것은 이 사실과 연관된다.

그러나 『혈의누』 이후 신소설에 이르러 소설 첫머리를 여는 방식은 현저하게 변화한다. '지금-여기-나'를 서술 대상으로 삼는다든가 계기적·순차적인 시간 전개를 부정하는 것도 그렇지만[3] 묘사, 특히 자연 묘사에 의존하게 된 것 또한 눈에 띄는 변화다. 신소설의 주인공은 시간이 아니라 공간에 의해 규정된다. 물론 "아산 둔포에서 총소리가 퉁탕퉁탕"(『모란병』) 났다거나 보다 직설적으로 "그 때는 갑오경장하던 처음"(『강상기우』)이라고 서술하는 식으로 사회적 시간은 더 깊게 텍스트에 관여하지만, 기존에 지배적이었던 가문의 시간은 거반 소실된다. 신소설의 주인공은 먼저 세계 속의 개인이고 이후 가족의 일원이다. 현재의 자연·지리적 환경과 정치·사회적 공동체가 먼저다. 동시에 직계 가족 범위를 넘어 가문이라는 정체성이 문제되는 일은 거의 사라진다.

---

3   이재선, 『한국현대소설사』, 홍성사, 1979, 196~197쪽.

2. 세계 내 인간, 원근법의 구도

공간적 좌표, 익명으로의 출현

① 일청전장의 총소리는 평양 일경이 떠나가는 듯하더니 그 총소리가 그치매 사람의 자취는 끊어지고 산과 들에 비린 티끌뿐이라. / 평양성 외 모란봉에 떨어지는 저녁빛은 뉘엿뉘엿 넘어가는데 저 햇빛을 붙들어 매고 싶은 마음에 붙들어 매지는 못하고 숨이 턱에 닿은 듯이 갈팡질팡하는 한 부인이 나이 삼십이 될락말락하고 얼굴은 분을 따고 넣은 듯이 흰 얼굴이나 인정 없이 뜨겁게 내리쬐는 가을볕에 얼굴이 익어서 선앵의 빛이 되고 걸음걸이는 허둥지둥하는데 옷은 흘러내려서 젖가슴이 다 드러나고 치맛자락은 땅에 질질 끌려서 걸음을 걷는 대로 치마가 밟히니 그 부인은 아무리 급한 걸음걸이를 하더라도 멀리 가지도 못하고 허둥거리기만 한다.[4]

② 가을볕이 불같이 내리쪼이고 갈잎은 이따금 이따금 뚝뚝 떨어지는데 갈가마귀는 멍석떼같이 하늘에 덮여서 이리로 가면서 까옥까옥 저리로 가면서 까옥까옥 첩첩한 산 속에 굉장히 큰 집은 보은 삼거리 뒷산 속리사라. 그 절 법당 서천 뒷뜰에 바늘을 갓 빼인 듯한 은옥색 모시 두루마기를 입고 면말 버선에 메투리 신고 보독솔가지를 뚝 꺾은 채 다듬지도 않고 그대로 지팡이 삼아 비스듬히 짚고 우두커니 섰는 사람은 황간 수일리 사는 권진사라.[5]

③ 무정세월이 약류파(無情歲月若流波)라 무정할사 저 세월은 춘하추동 사시

---

4   이인직, 『혈의누』, 김상만책사, 1907, 1쪽.
5   이해조, 『고목화』, 박문서관, 1922, 1쪽.

절이 펄쩍 나게 교환되어 길길이 쌓였던 적설은 흔적 없이 다 녹고 앞들 뒷들에 푸 릇푸릇한 풀빛은 봄소식을 전하는데 물레바퀴 돌듯 밤낮 쉴새없이 핑핑 도는 지 구는 한 바퀴를 삥 돌아 하오 열두 점이 되니 / 뗑 – 뗑 – 뗑 – 뗑 – 뗑 – 뗑 / 종로 마 루터기 보신각의 일만팔천근이나 되는 인경 소리가 형제 자매의 깊이 든 잠을 경 성(警醒)한다 (…중략…) / 동남풍이 슬슬 불어 인경소리를 인도하여 인왕산 밑 막바지 이참판집 건넌방으로 들어가니 십오륙세 될락말락한 여학도 하나이 책상 위에 책 한 권을 펴놓고 한참 읽다가 무엇을 생각하는지 우두커니 앉았더니[6]

위 ①~③는 유명한 신소설 작가의 대표적인 텍스트에서 각각 첫머리 를 뽑은 것이다. ①은 최초의 신소설 『혈의누』이고 ②는 이해조의 『고목 화』, ③은 김교제의 『목단화』이다. 이 중 신소설의 서두로 가장 일반적 인 것은 ③이라 할 것이다. ①~③가 모두 장면 묘사를 통해 주인공에게 접근해 간다는 점에서는 공통적이나, 추상화된 배경에서 시작해 부감(俯 瞰)하듯 주인공을 향해 초점을 좁혀 들어가되 주인공의 존재를 익명인 채 남겨 놓는다는 점에서 ③의 묘사는 가장 전형적이다. ①이 구체적인 사 건을 앞세우고 ②가 처음부터 주인공에 대한 확정적 정보를 제시하는 반 면 ③은 추상적인 부감의 시선을 뚜렷이 한다. 물론 ①~③ 사이의 차이 는 그리 근본적인 것이 아니라서, 근대 이전 텍스트와 비교해 볼 때 그 차 이란 무시해도 좋을 정도의 것이다.

앞에서 썼듯 신소설에서 세계는 먼저 공간을 통해 지각된다. 시간이 지각될 경우 그것은 정체성을 확보하는 방향으로가 아니라 반대 방향으 로 움직여, 만물의 변화를 실감케 하는 데로 귀결되고 만다. "더위가 가면

---

6   김교제, 『목단화』, 광학서포, 1911, 1쪽.

추위가 오고 추위가 가면 더위가 오는 것은 정한 이치라 ”(『현미경』) 같은 서두가 없는 것은 아니나, 이 같은 '순환'조차 '변화'의 고리를 이루고 있을 때가 많다. 공간적으로 신소설은 지구-한국-서울-인왕산 등으로 좁혀 들어가는 초점 묘사를 자주 활용하는데, 점점 좁아지는 이 공간 속에서 유일하게 등장하는 인물[7]은 한동안 익명으로 남는다. 예를 들어 ③, 즉 『목단화』 서두에서 주인공 정숙은 계절의 순환, "밤낮 쉴새없이 핑핑 되는 지구" 등 거대한 시·공간을 함축하는 용어가 잇달아 출현하는 가운데 "십오륙세 될락말락한 여학도"로서 등장한다. 오직 외양상의 특징만을 통해 인물을 드러내고 지칭 자체도 처음에는 '여학도'·'여자'·'사내'·'양복' 등 외양에 준해 하는 것은 신소설에 특유한 관습이다.[8]

『혈의누』의 경우 전장터를 헤매는 부인의 정체는 한 장면 건너뛴 후에야 알려지고, 부인의 아버지 최주사도 처음 등장할 때는 "하루는 어떠한 노인이 부담말 타고 오다가 김씨 집 앞에서 말에서 내리더니 (…하략…)"의 방식으로 등장해 한동안 '노인'으로 호칭되며, 『목단화』의 주인공은 한참 지나 부친 이 참판이 "정숙이 그저 글을 읽느냐"고 할 때에야 비로소 이름을 알리는가 하면, 첫머리에 등장하는 "머리 깎고 양복 입은 손님" 또한 여러 장면이 지난 후에야 "새문 밖 영감"으로 소개된다. 그밖에 『귀의성』에서는 중요한 복수 장면 도입에서 주인공이 한동안 익명화되고 『세검정』에서는 여주인공이 익명인 채로 혼약까지 진행되는 등, 신소설에서 익명의 관습은 만연해 있기까지 하다. 1910년대 번안소설에 이르면 이런 익명의 관습은 군중과 주인공을 분별하지 않는 데까지 이른다. 무

7　이 인물은 당연히 주인공이지만 예외가 없지는 않다. 하인배가 군밤 파는 장면을 처음에 배치한 이해조의 『빈상설』은 인상적인 예외다.

8　신소설의 인물 등장에 있어 익명화 문제에 대해서는 이영아, 『육체의 탄생』, 민음사, 2008, 156~162쪽 참조.

리 속에 뒤섞여 익명인 채 등장하는 주인공은, 빼어난 자태나 고결한 성품에도 불구하고 그 자체로 세계의 중심이 될 수는 없다. 그를 중심으로 만드는 것은 소설의 광학(光學)이다. 반면 신소설에 있어 익명성은 아직 존재의 유일성을 위협하진 않는다. 고소설의 안정된 정체성의 질서에서는 멀어졌으되 신소설은 아직 군중의 존재에 기반하진 않는다. 신소설의 주인공은 익명이지만 언제나 홀로, 세계와 자연이 초점화되어야 할 부동의 중심으로 출현한다.[9]

태양계-지구-조선-서울-그리고 나

일찍이 유길준이 『서유견문』을 "지구는 吾人의 주거하는 세계니 亦遊星의 一이라"는 구절로 시작했을 때부터 멀리 아득한 우주를 자기 정체성 속으로 끌어들이는 좌표 설정은 꾸준하게 영향력을 발휘해 왔다. 1900년대에 "천리경을 손에 들고 상상층에 올라가서 사방 풍경 굽어보니", "기구 타고 높이 떠서 한반도를 굽어보니" 같은 넓은 시야에의 호소가 유행한 것 또한 이 맥락에서 생각해 볼 수 있다. 무한한 우주, 드넓은 세계를 의식함으로써 개인은 비로소 '자아'일 수 있는 인식의 기반을 마

---

9 여러 모로 새로운 신소설을 선보인 최찬식의 『추월색』(1912) 등도 그렇지만 이해조 소설도 『비파성』(1913) 정도에 이르면 변화가 보인다는 사실을 부기해 둔다. 『비파성』의 첫 장면은 인파가 가득한 일요일 창덕궁이 배경이다. 구체적 양상은 동시대 번안소설과 차이가 있으나마 초기 신소설의 서사 개시법과도 차이가 있다. 돌이켜보면 보다 이른 시기의 「박정화」(1910, 단행본 제목은 『산천초목』)도 연흥사 부근 번화한 광경으로 소설을 시작하고 있으나 지금까지 여러 연구자에 의해 논구되었다시피 「박정화」는 서사의 계승 갈래에서나 인물 설정 등에서나 신소설 일반과 다소 차이가 난다. 「박정화」에 대한 연구로는 한기형, 「한문단편의 서사전통과 신소설 — 「少待從儘新香, 老參領泣舊緣」과 「薄情花」의 비교분석」, 『민족문학사연구』 4권, 1993 등 참조.

련한다.[10] 그 배경은 태양계에서 온갖 행성을 개관하고 지구의 대륙을 차례대로 훑어본 다음 한반도 안에서 다시 자기 자리를 찾아나가는 식의 접근법이다. 이 속에서 개인은 무력한 존재지만 동시에 의지할 수 있는 유일한 터전이다. 우주와 세계에 대면해 가족 같은 공동체를 앞세우기란 불가능하다. 앞서『목단화』에서 정숙이 공전(公轉)과 자전(自轉)이 암시되는 가운데 개인으로서 등장하듯, 신소설의 인물들은 무한한 공간 속에서 자기 존재를 선보인다. 예컨대『귀의성』후반부에서 김승지를 다시 소개할 때 작가는 "아시아 큰 육지에 쑥 내민 반도국"에서 시작해 "백두산이 이리 꿈틀 저리 꿈틀 삼천리를 내려가다가 (…중략…) 삼각산 문필봉이 생겼는데" 그 아래 만호장안(萬戶長安) 서울, 그 중 전동 어느 집이 김승지의 거처임을 알려준다. 신소설에서 존재는 일종의 지리적 표상 속에서 결정된다. "사람들의 발자취가 四海 밖을 벗어나지 않아서 (…중략…) 항상 烟霧에 가로막힌 채 해와 달을 보는 듯"[11]했던 시절이 끝나고 세계 전체에 대한 원근법적 시야가 확고하게 형성된 것이다. 자연에의 관심은 이러한 원근법적 시야 안에서 생겨난다.

참고삼아 보자면 신소설의 표지를 통해 원근법이 목격되기 시작하는 것은『구의산』과『추월색』등 1910년대 초반의 저작에 와서이다.『구의산』의 경우『매일신보』에 연재된 이듬해 동시 발간되었음에도 상권과 하권 표지가 구도와 색채 등에서 상당한 차이가 난다. 상권은 '구의산(九疑山)'이라는 제목대로 아홉 겹 산이 뒤두르고 있는 중에 서판서 일가인 듯

---

10   J.조이스의『젊은 예술가의 초상』의 유명한 사례를 쉽게 떠올릴 수 있을 것이다. 기숙학교에 입학한 디덜러스는 지리책에 다음과 같이 써 넣는다. "스티븐 디덜러스 / 기초반 / 클론고우즈 우드 칼리지 / 샐린즈 / 킬데어주 / 아일랜드 / 유럽 / 세계 / 우주"(J.Joyce, 김종건 역,『젊은 예술가의 초상』, 고려대 출판부, 1997, 15쪽).

11   김홍경,『중등만국지지』, 광학서포, 1907.

한 네 명이 큰 기와집 앞에서 어울려 있는 장면인데 반해 하권은 법정 장면이다. 상권이 후일의 딱지본 고소설과도 어울림직한 표지라면 하권은 짙은 노란색이 강렬하고 원근법적 구도가 신기로운, 검은 제복의 법관 세 명이 권위적으로 배치된 표지다. 상·하권 표지에 공히 등장하는 서판서 일가를 그린 필치 자체는 비슷하지만 상권의 자연 풍경과 하권의 자 대고 그린 듯 직선적인 법정 구도는 인상적인 대조를 이루고 있다. 또 다른 예, 『추월색』은 소설 첫 장면의 배경인 도쿄 우에노 공원 그림을 표지화로 삼는다. 우에노 한복판의 연못 불인지(不忍池), 주인공 최정임은 거기 걸려 있는 관월교(觀月橋)라는 다리에서 불량청년 강한영과 마주친다. 일본에서 오래 학교를 다닌 만큼 둥글게 틀어올린 히사시가미 머리에 자주빛 하가마를 입고 있다고 돼 있는데 표지화에서도 그 모습은 묘사대로. 이 풍경이 멀리 소실점 속으로 사라지고 있는 것이 표지화다.[12]

한국에서 서양풍의 원근투시법은 1900년대 미술교육을 통해 등장하기 시작했다. "아세아 신육지"에서 시작해 한반도로, 서울로, 다시 특정 동네 주인공으로 접근해 가는 신소설 식 구도는 세계 지리적 상상력의 산물인 동시 원근투시법의 효과로 생각된다. 그렇다면 다시점(多視點)이 일반적이었던 근대 이전 한국의 투시법은 신소설의 주인공이 놓인 초점화된 입체적 공간과는 부조화할 터이다. 실제로 이인직이 낸 신소설의 경우 대개 그림 대신 글자로만 표지를 채우는 독특한 도안을 선택한다. 1908년 발행한 『치악산』 상권만이 예외인데, 이 표지화는 원근법에 접근한 특이한 구도다. 가옥의 전경(全景) 속에서 인물을 포착하는 대신 가옥의 일부만 보여주면서 앞뒤 건물 사이 거리감을 드러내고 있다. 여러 사

---

12 '애옥(愛玉)'이라는 낙인이 찍혀 있지만 화가의 신원은 미상이다.

정이 개입해 있었을 만큼 이 문제를 속단하기는 어려운데 — 표지 도안
을 비롯해 단행본 출판 과정에 저자가 얼마나 간여했는지, 일본에 오래
유학한 이인직이 그 영향으로 제목을 크게 배치하는 표지를 선호케 된
것인지, 잡지 등 다른 출판물을 통해 볼 수 있듯 색도(色度) 그림 표지 자체
가 도입되기 어려운 기술적 환경이었던 탓인지 등 —, 그럼에도 이인직
이 전통 회화의 다시점 구도에서 거리를 두고 있었다는 것만은 일단 전
제하고 넘어가도 좋을 듯하다.

3. 자연과 인간, 변역(變易)과 참된 이치

『은세계』, 변화무쌍한 세상

이인직의 작품은 몇 가지 점에서 1900년대 신소설의 일반적인 경향과
구분된다. 권선징악·복선화음(福善禍淫)의 관습이 부분적으로 파괴되거
나 변화하고 있는 것도 그렇고, 비교적 우연을 억제하고 사건의 전개를
치밀하게 준비하는 것도 그렇다. 특히 『귀의성』에서의 춘천집 모자의 죽
음과 『은세계』 전반부에 나오는 최병도의 죽음은 비슷한 시기 신소설과
크게 다른 면모를 보여준다. 선악 이분법을 기준으로 선인에 속하는 인
물이 실제로 죽음을 맞는다는 설정은 다른 신소설에서는 찾아보기 힘들
다. 『빈상설』은 충복 복단의 죽음으로 시작하고 있고 『금강문』에서는
구원자인 여승이 흉한(兇漢)의 칼에 최후를 맞지만, 이들 희생자는 모두
주변적인 인물일 뿐이다. 『탄금대』의 수복 처나 『봉선화』에서 의인 조
선각의 죽음은 스스로 택한 것이었다. 그렇다면, 넓은 의미에서의 권선

징악이야 그대로 유지되고 있다 해도『귀의성』『은세계』정도의 변이는 소설의 오래된 관습을 뒤흔들기에 충분한 것이라 할 수 있다. 한국의 '소설'이 선인의 죽음이라는 사건을 처음으로 경험한 셈이니 말이다.[13] 이렇듯 최초의 신소설 작가인 이인직이 선악의 고정된 정체성에서 이탈해 있다는 사실은 나아가 신소설 전체에 문제적 성격을 부여한다. 신소설에서 '홉스적 상태', 즉 규준이 붕괴한 자연 상태를 읽어낼 수 있다면[14] 그 특징은 이인직에서 비롯된 바 크다.

> 겨울 추위 저녁 기운에 푸른 하늘이 새로이 취색한 듯이 더욱 푸르렀는데 해가 뚝 떨어지며 북새풍이 슬슬 불더니 먼-산 뒤에서 검은 구름 한 장이 올라온다.
> 구름 뒤에 구름이 일어나고 구름 옆에 구름이 일어나고 구름 밑에서 구름이 치받쳐 올라오더니 삽시간에 그 구름이 하늘을 뒤덮어서 푸른 하늘은 볼 수 없고 시꺼먼 구름 천지라. 희끗희끗한 눈발이 공중으로 회회 돌아 내려오는데 떨어지는 배꽃 같고 날아오는 버들가지같이 힘없이 떨어지며 간 곳 없이 스러진다.
> 잘던 눈발이 굵어지고 드물던 눈발이 아주 떨어지기 시작하며 공중에 가득차게 내려오는 것이 눈- 뿐이요 땅에 쌓이는 것이 하얀 눈- 뿐이라. 쉴새없이 내려오는데 굵은 체구멍으로 하얀 떡가루 쳐서 내려오듯 솔솔 내리더니 하늘 밑에 땅덩어리는 하얀 흰무리떡 덩어리 같이 되었더라.[15]

이인직의『은세계』는 추운 겨울날 검은 구름이 한바탕 눈보라를 일으키는 장면을 묘사하면서 시작한다. "새로이 취색한 듯" 푸르렀던 하늘이

---

13   주인공의 죽음으로 끝나는『운영전』등의 특이한 사례가 있지만 그 대부분은 死後 세계에서 보충된다.

14   최정운,『한국인의 탄생』, 미지북스, 2013, 131쪽.

15   이인직,『은세계』, 동문사, 1908, 1쪽.

점차 어두워져 "떨어지는 배꽃 같고" "날아오는 버들가지같"은 눈을 뿌려 대는데, 하염없이 내리는 품은 "굵은 체구멍으로 하얀 떡가루 쳐서 내려 오듯" 하고 눈에 뒤덮인 대지는 "하얀 흰무리떡 덩어리 같"다. 몇 번이고 직유를 사용하며 눈 오는 장면을 묘사한 후에 비로소 서술자는 강릉으로, 경금 마을로, 최본평 집으로 점차 초점을 좁혀간다. "바람도 유명하고 눈도 유명한" 강원도 강릉 대관령, 그 동쪽에 "강릉에서 부촌으로 이름 난 동네" 경금이 있고 다시 그 한켠에 최본평 집이 있다. 무엇을 경계하느라 그런지 "높기가 길반이나 한 조참나무로 틈 하나 없이 튼튼하게" 울타리를 두른 집이다. 서술자의 시선은 세계 전체를 조망하는 데서 시작하여 조금씩 줌인(zoom in)된다. 쏟아지는 눈만 가득하던 화면이 점차 또렷해지면서 원경(遠景)에서 근경(近景)으로 옮겨가는 격이다. 인간은, 서사를 끌고 갈 주인공은 이 드넓은 세계가 충분히 좁혀졌을 때 비로소 출현한다.

먼저 강원 감영의 장차(將差)들이 최병도를 잡으러 들이닥친다. 방금 푸르렀던 하늘에 시커먼 하늘이 몰려들고 큰 눈이 내리듯 세상사도 변화무쌍하다. 최병도의 체포를 계기로 동네 주민들이 민요(民擾)의 조짐을 보이고 한치 앞을 예측하기 힘든 변수가 계속 개입하는 가운데 결국 최병도는 자진해서 감영으로 끌려가 감사의 탐욕에 항거하다 죽음을 맞는다. 부인이 발광(發狂)하는 비극이 잇따르고, 졸지에 부모를 잃은 격인 어린 남매 옥순과 옥남은 최병도의 친구 김정수의 후견으로 미국 유학을 떠난다. 근 20년의 세월이 흐른 후 옥순·옥남 남매는 조선이 개혁을 이루었다는—실은 고종이 물러났다는—소식을 접하고 서둘러 귀국한다. 실현되는 날 없을 것 같았던 개화파 최병도의 꿈이 드디어 이루어지기에 이른 것이다. 세상은 거듭 뒤채는 변화 속에서 드디어 근본적인 지각 변동을 이루어 낸다.

이 지각 변동을 추동해 낸 것은 권선징악의 천리(天理)가 아니라 변화 자체의 힘이다. 예측하기 힘든 변화에 변화가 꼬리를 물고 이어지는 우여곡절 속에서 진보는 달성된 것이다. 변화 속에서 약한 자는 도태되기 마련이다. 『귀의성』의 춘천집이나 『은세계』의 최병도를 보면 알 수 있듯 선(善)이나 의(義)라는 알리바이로 변화의 기세를 다 막을 수는 없다. 변화를 감수하되 궁극적으로 복수나 부활을 기약할 수 있을 따름이다. 이러한 인식은 『은세계』 초두에 등장한 자연 묘사, 갑자기 변화가 닥쳐 세계가 완전히 다른 모습으로 탈바꿈한다는 진술과도 서로 통한다. 그렇다면 여타 신소설의 경우는 어떠할까? 세계의 변화는 어느 정도까지 긍정되고 있는가?

변역론(變易論)과 복선화음(福善禍淫)의 근대화

찌는 듯한 삼복 더위에 사람마다 홍로중(烘爐)에 들어 비지 같은 진땀을 철철 흘리며 여기서도 더위 저기서도 더위 저기서도 더위 구석구석 더위 더위 하는 소리가 이구동성으로 마치 편쌈판에 자─ 소리같이 일어나는데 그 중에도 자칫 잘못하다가는 토사곽란 그 여러 가지 급한 병에 금방 말갛던 사람도 눈 깜짝할 동안에 텅텅 죽는 수가 있는 고로 한여름 심한 더위에 복닥이를 치고 나면 인총 수효가 많이 감하는 터이라.

대체 여름 한철은 사람에 큰 액달이라. 만일 일 년 열두 달 천기가 줄곧 삼복 더위 같을 지경이면 너나 할 것 없이 사람마다 북극 한 대 지방으로 더위 피난을 가느라고 볼일을 못볼 터이나 더위가 가면 추위가 오고 추위가 가면 더위가 오는 것은 정한 이치라. 입추 처서 두 절기가 어느덧 지나고 백로 추분 절기가 부지

중에 당도를 하니 북두자루는 서쪽으로 반남아 기울어지고 우물 위에 오동나무는 한 잎 두 잎씩 우수수 뚝뚝 떨어지기 시작을 하더니 그리 염학(炎虐)하던 천기가 하루 다르고 이틀 다르고 날마다 변하고 때마다 바뀌어 그런 더위는 점점 물러가고 서늘한 가을 기운이 천지간에 팽창하더라.[16]

1912년에 발행된 김교제의 『현미경』은 더운 여름날 풍경을 실감나게 묘사하면서 시작한다. 곳곳에서 덥다고 아우성치는 소리는 한꺼번에 기합 넣듯 시끌벅적한 가운데 온통 아수라장이다. 그렇지만 더위가 언제까지고 계속되는 것은 아니다. "더위가 가면 추위가 오고 추위가 가면 더위가 오는 것은 정한 이치"이기 때문이다. 어느덧 지나 입추·처서가 지나고 백로·추분이 가까워오니 날씨는 언제 더웠냐는 듯 서늘해진다. 별자리가 바뀌고 낙엽이 지기 시작한다. 『은세계』 서두에서 그랬듯 시시각각 자연의 변화가 서술의 초점이 된다. 이처럼 변화에 주목하는 시선은 『현미경』 전체의 주제 의식과도 통하는 것이다. 보잘것없는 가문의 딸 빙주와 위세 당당한 고관 정대신의 위치가 맞바뀌어 빙주는 원수를 갚고 정대신은 처형된다는 결말 또한 "천도가 순환하고 인사가 변천하나니"(166)라는 인식 속에서 서술되고 있기 때문이다. 그러나 변화에 초점을 맞추었던 『은세계』와는 달리 『현미경』에서의 변화는 불변의 섭리 안에서 구동하고 있다. 마치 계절의 변화가 순환이라는 이치와 함께 설명되었듯, 높던 자가 세력을 잃고 미약한 자가 높아지는 변화 역시 복선화음이라는 보다 큰 명분 속에 위치하고 있는 것이다. "착한 일을 하면 착한 과보(果報)를 받고 악한 일을 하면 악한 과보를 받는" "천리(天理)의 정칙(定則)"은

---

16   김교제, 『현미경』, 동양서원, 1912, 1쪽.

제멋대로 움직이는 것 같은 변화 속에서도 확고하다. 세계의 변화는 보다 큰 섭리의 실현이라는 측면에서 긍정된다. 자연과 인간은 함께 불변속의 변화를 증거한다.

세계를 파악하는 이 같은 방식은 1900년대의 여러 글에서 전형적인 방식으로 나타나 있다. 이른바 변역론(變易論) 혹은 변통론(變通論)의 자취가 그것이다. 변역이라는 말이 『주역』의 "隨時變易"에서, 변통이라는 말이 "窮則變 變則通 通則久"라는 구절에서부터 나왔듯, 세계가 변화를 거듭한다는 인식 자체가 새삼스러웠던 것은 아니다. '태양 아래 새로운 것이 없'는 것과 마찬가지로 '똑같은 것은 아무 것도 없'기도 하다. 문제는 불변성과 변화에 대한 시각이 어떻게 교차하면서 배치되는가 하는 점일 텐데, 1900년대는 이전의 어느 시기보다 뚜렷하게 변화를 긍정하는 데로 기울었다. 천지(天地)와 도(道)의 불변을 강조하는 데서 변화의 필연성을 강조하는 데로 논조가 이동한 것이다. 그렇지만 이때까지도 '돌이킬 수 없는' '일직선상의' 변화에 대한 관념은 뚜렷하지 않다. 『주역』에서 논한 변역·변통이 순환론의 구도 속에 자리하고 있었듯, 진화론의 유행에도 불구하고 1900년대의 '변화'란 순환의 원리 속에서 조망되는 것이었다. "천지만물 물론하고 궁진하면 변개하고 변개하면 새롭나니" 자연은 물론 나라나 개인에 있어서도 "순환지리 일반"인 까닭에 변화할 계기에는 과감하게 변개할 줄 알아야 한다.[17]

1900년대 당시 변역론의 전유가 좀 기묘한 것이기는 하다. 궁하면 변하기 마련이요 그렇게 새로워졌다가 다시 궁하고 다시 쇄신된다는 발상이 인류사 전체의 차원에서는 부정되고 있기 때문이다. 이전에도 아편전쟁

---

17 「시사평론」, 『대한매일신보』, 1909.3.27.

이나 개항의 경험이 있기는 했지만, 1894년을 전후하여 서구 문명의 위력을 경험한 후 서구는 명백하게 우월한 가치가 되었다. 중화(中華)와 이적(夷狄)이라는 이전의 공간적 분할 및 위계로는 서구라는 모델을 수용할 수 없음이 확인되면서, 서구는 미래의 시간, 누구나 도달해야 할 목표로서의 자리를 점령하였다. 일직선을 그리는 진보의 도식이 형성되기 시작한 것이다. 이와 더불어 '멸망'의 위기의식을 자극하는 진화론이 본격적으로 수용되기 시작하여 민족과 인종 멸망의 가능성을 공공연하게 논의하기 시작했다. 한번 멸망하면 돌이킬 수 없으니, 역사가 불가역의 흐름을 타기 전에 국권을 회복해야 한다는 논리가 크게 유행하였다. 서구적 모델의 설정과 멸종의 위기의식이 직선적 발전사관을 준비했다고 할 수 있겠다. 직선적 진화의 도식은 당연히 순환과는 양립할 수 없는 것이었다.

그럼에도 변화를 순환 속에서의 사건으로 해석하려는 인식의 힘은 여전히 강력했다. 변화가 순환의 이치 속에서 조망되는 독특한 인식론은 캉여우웨이[康有爲]의 『대동서』에서 거란세(居亂世)–승평세(升平世)–대동세(大同世)의 순환이라는 역사 철학으로까지 발전한 바 있다. 이는 변화의 필요를 강조하고 새 것의 가치를 인정했다는 점에서 진화론의 영향을 보여주는 것이지만, 다른 한편 '순환지리(循環之理)'를 포기하지 않았다는 점에서는 천리(天理) 혹은 섭리에 대한 집착을 보여주는 것이기도 하다. "무릇 사람의 일동일정과 일선일악을 지공무사하신 하나님은 소소히 살펴"(『현미경』)시니 "대저 지공무사한 천도는 복선화음하는 일이 바이 없는 것이 아니요 공평정직한 인사는 창선징악하는 일이 반드시 있"다는 것이다. "하느님은 무한한 권능을 가지사 아무리 적은 바라도 통촉치 못하시는 일이 없어 착한 자를 복 주고 악한 자를 재앙 주심이 일호의 차착이 없으나", 즉 권선징악과 복선화음의 이치는 그대로이나, "천하대세에 이르러는 청탁과 후박을 가리시지 아니하고 풍조(風潮)를 말 달리듯 몰아 보내시는 바람에 인정과 사업이 날로 시로 변하여진다."[18] 말하자면 빠르게 변화하는 세상과 권선징악의 도리가 다소 엇박자를 탈 따름이라고도 한다. 이 같은 인식은 변화의 거센 기세만을 증거했던 『은세계』 서두와는 상당히 다른 사고이자, 많은 신소설의 서두를 구성하는 발상이다.

4. 자연의 소품화, 1910년대 신소설의 첫머리

만국지리의 소멸, 일상으로의 하방(下放)

대한제국 멸망 직후 『매일신보』에 연재됐던(1910) 이해조의 『화세계』는 "천시의 대사함", 즉 조화(天時)의 큰 변화(大他)를 성찰하는 것으로 첫 장면을 시작하고 있다. "어느덧 삼복 염중이 지나고 구시월이 되"어 낙엽이 뒹구는 계절이다. 이 낙엽을 보고 "강개한 마음이 가슴에 가득한 유지남아"라면 물을 수밖에 없을 것이다. 한때 영화로운 푸른빛이었던 잎사귀가 언제 이렇듯 영락해 버렸는가. 하긴 조화 속 변화는 영장(靈長)이라는 사람도 피하기 어렵다. 그러나 곰곰이 생각하면 "묵은 잎이 떨어짐은 새로운 싹을 기르고자 함"이다. 부디 "몸을 가벼이 가져 사면팔방으로 날려 가지 말고 옛 뿌리로 돌아와 명년에 다시 돋을 새 잎을 보호"할 일이다.[19] 식물-동물-인간을 구분하되 그것을 다 지배하는 자연의 위력을 증언하면서, 서술자는 낙엽을 통해 무릇 세월의 무상함을 깨달을 수 있다고 전

---

18 이해조, 『화의혈』, 오거서창, 1912, 15쪽.
19 이해조, 『화세계』, 동양서원, 1911, 1~2쪽.

달한다. 거의 애상(哀傷)에 이르는 이 정조는 불가피하게 국운의 쇠퇴를 연상시키지만 서술자의 관심이 여기 머무르진 않는다. 정치적 환경의 가차 없는 변화를 쓰디쓰게 느껴야 할 때 『화세계』는 오히려 변역-순환론을 불변론에 가까운 색채로 몰아간다. 서사 전체에 있어서도 대한제국기 군인이 붓장수가 되는 격변 속에서 역설적으로 남녀 간 분별과 정절의 원리는 보수화돼 버린다. "옛 뿌리로 돌아와 (…중략…) 새 잎을 보호"하라는 전언은 순전히 개인적 결연의 수준으로 환원된다.

1910년대를 통해서도 신소설은 세계-자연 속에서 홀로 주인공을 등장시키는 것을 일반적 관습으로 한다. 그러나 1900년대 신소설에 비해 1910년대 신소설에서 자연은 현저히 위축된다. 본래 자연의 변화무쌍을 보여주는 데 소극적인 편이었던 이해조는 『화세계』 이후 자연을 일종의 유비로서 사용하거나 혹은 소도구로 활용한다. 『화세계』 서두에서 주인공의 신세를 낙엽에 비겨 "이는 낙엽을 대하여 탄식하는 바어니와 이 세상에 신세가 저와 같은 자 몇몇인고"(2)라고 읊조렸듯, 자연은 자주 주인공의 현재 신세를 연상시키거나 서사의 장래 전개를 암시한다. 『원앙도』에서는 "비단 같은 물결에 둥둥 떠 있는 저 원앙"(1)처럼 구수지간(仇讐之間)인 두 집안 남녀가 행복한 한 쌍을 이룰 것임을 예시(豫示)하고, 『화의혈』에서는 기생 선초의 신세를 떨어지는 꽃에 빗댄다. 또 하나 1910년대 초에 이해조가 즐겨 사용하는 첫 장면의 전략은 작은 자연물을 배치한 후 거기서 서사의 모티프를 끌어내는 것이다. 『구의산』에서는 월계화 가시에 어린 시절 남주인공이 찔려 울고, 『봉선화』에서는 봉선화 꽃모종이 고부간 갈등을 고조시키며, 『우중행인』에서는 여주인공이 제비 소리에 잠을 깬다.

돌이켜 보면 이런 첫머리는 『구마검』에서 비슷하게 나타난 바 있다. 미신 타파를 주제로 하는 『구마검』 서두에서 주인공 함진해는 난데없이

불어온 회오리바람에 쩔쩔매는데, 이 사소한 사건은 무당 금방울이 함진 해의 신뢰를 사는 데 결정적으로 작용한다. 우연히 이 장면을 목격한 금방울이 자기 예지력을 과시하는 데 이를 교묘하게 이용한 까닭이다. 그러나 미신 타파라는 목적 하 '징조로서의 자연'을 부정하는 『구마검』 같은 텍스트에서 자연 현상이 늘 논쟁 중에 있는 데 비해 『구의산』 『봉선화』 『우중행인』 등에서의 자연은 그렇지 않다. 일찍이 『혈의누』에서는 흉조(凶兆)인 까마귀가 등장한 직후 옥련의 반가운 편지가 배달되었던 바 있고(88~92) 『귀의성』에서라면 낙화(落花)라는 한 가지 현상을 두고 "우리 집에 무슨 경사가 있으려나 보다. 꽃비가 오는구나"라는 해석과 "아직 아니 떨어질 꽃도 몹쓸 바람을 만나더니 떨어집니다 그려"(하 3)라는 논평이 대립한 바 있지만, 1910년대 신소설에서는 자연 현상에 대한 해석이 논란되는 경우는 눈에 띄지 않는다.

당대의 인기 작가 최찬식을 통해 볼 수 있듯, 자연은 대신 주인공을 짝하고 서사 속에 통합된다. 『추월색』에서는 "오리알빛 같은 하늘에 (⋯중략⋯) 교교(皎皎)한 추월색"(1)이 고생 끝에 광명을 찾을 정임의 운명을 예시한다. 『안의성』에서는 "옹옹히 울고 가는 기러기 소리"(1)에 정애가 불현듯 남편의 부재를 절감하며, 『금강문』에서는 어머니 약을 달이던 경원이 하얀 나비를 보고 "에그! 흰 나비를 먼저 보면 상제가 된다는데"(2)하며 안타까워한다. 이렇듯 일상화되고 소도구화되는 가운데 자연은 그 압도적 위력을 잃는다. 동시에 우주와 만국지리, 혹은 국토지리의 표상 속에서 좌표화되던 주인공의 존재 또한 그 방대한 배경을 상실한다.[20] 세계적인, 혹은 민족적인 초점으로 등장해 그 내용을 구현할 것을 요구받았던 주인

---

20 『소학령』처럼 여전히 백두산-수락산-송산 등으로 이어지는 전국적 지리지로써 시작하는 경우도 있다.

공들은 가까운 일상으로 하방(下放)된다. 혹은, 가정 내 존재에 불과하면서도 태양계에서 시작해 서울의 어느 동(洞)에 이르는 버거운 공간을 짊어져야 했던 신소설의 인물들은 비로소 홀가분해진다. 이것은 곧 역사 · 전기물과 맞먹을 정도였던 신소설의 정치적 자의식이 소멸해 가는 과정이다.

진화론의 변곡(變曲)과 '자연'이라는 개념

1900년대 당시 진화론은 인간을 자연 속을 살아가는 존재로서 부각시키는 데 결정적으로 기여했다. 진화론은 약육강식과 적자생존의 법칙을 강조하면서 통치의 질서나 가문의 계보 속에서 안정되어 있던 정체성을 송두리째 뒤흔든다. 진화론이 일차적으로 중시된 것은 국제 질서의 수준에서였으나 그것은 부지불식간 개인의 정체성 또한 와해시켰다. 진화론이 옳다면 인간은 '동물로부터' '진화한' 존재다. 후일 중국의 저우쭤런[周作人]이 해석했듯 수성(獸性)과 신성(神性) 사이에 걸린 존재인 것이다.[21] 당연히 동물로서의 본능과 욕망이라는 문제를 처결해야 할 필요가 생긴다. 그러나 개인이 가문의 보장–속박에서 풀려나 세계 속에 홀로 처하게 되었다는 감각에서 한 걸음 더 나아가, 인간이 동물과 어떻게 다른가, 자연 속 다른 존재와 어떻게 차별되는가 고민하는 의식은 1900년대에 거의 형성되지 않은 듯 보인다. 분별과 수분(守分)을 강조하는 유교적 세계관의 영향도 있었고, 한편으로는 국가라는 대주체의 숭고가 작은 주체들의 붕괴를 막아주고 있었던 듯 보인다. 신소설 속의 자연과 인간은 그런 단계의 소산이다.

---

21   周作人, 「인간의 문학」, 김수연 편역, 『신청년의 문학사론』, 2012, 459~460쪽.

이쯤에서 '자연'이라는 개념에 대해 생각해 보아도 좋겠다. 먼저 '자연'이라는 말이 근대 이전부터 익숙했다는 사실을 기억해 둘 필요가 있다. 국가·민족·사회·개인 등 근대의 핵심어 대부분이 이전에는 전혀, 혹은 별로 쓰이지 않았던 것과는 달리, '자연'은 자주 사용되는 중요한 개념이었다. 노자의 유명한 '무위자연(無爲自然)'은 지금까지도 많은 이가 기억하는 말이며, "人法地, 地法天, 天法道, 道法自然"(『장자』 25)라는 구절 역시 자주 입에 오르내린다. 그렇지만 이들 구절이 해석하기 그리 만만한 구절은 아니다. '무위자연'이라는 간단해 뵈는 말도 막상 뜻을 새기려면 쉽지 않고, "人法地, 地法天(…하략…)"의 구절에서는 천(天)이나 도(道)나 자연(自然) 같은 단어 낱낱이 모두 걸린다. 그럼에도 이 구절을 해석하라면 먼저 "사람은 땅을 본뜨고 땅은 하늘을 본뜨고 하늘은 도를 본뜨고 도는 자연을 본뜬다"는 상식적인 선에서 출발할 수밖에 없을 것이요, '무위자연' 또한 '인위를 가하지 않아 자연 그대로임' 정도로 첫 해석을 가하게 될 것이다. 이 때 입밖에 내게 있는 '자연'이란 영어의 'nature'와 교환될 수 있는 보통 명사이다.

그렇지만 근대 이전의 '자연'이 명사의 용법을 취한 일은 극히 드물다. 앞서 든 "人法地, 地法天(…하략…)"의 구절은 예외에 속하지만, 여기서의 '자연' 또한 'nature'와 등가(等價)라기보다는 스스로 그러함, 저절로 그러함이라는 뜻에 가깝다. '무위자연'이라 할 때는 더욱 그러해서, 이 말은 어떤 조작도 가하지 말고 본래 그러한 대로 있으라는 충고이다. 'nature'로서의 자연과는 판이한 자연인 셈이다. 1900년대까지도 '자연'이 명사로 쓰인 적은 별로 없었다. 천지만물·우주 등이 오늘날과 비슷한 용법으로 쓰이는 가운데, '자연'은 대개 부사나 형용사로 쓰였다. 일본을 통해 보건대 천연(天然)·천조(天造) 등이 명사화돼 쓰일 때도 '자연'의 용법은 부사·형용사적 것이었던 만큼 그 근대적 용법은 아직 완성되지 않았음을 알 수 있다.[22] 1900년대의 텍스트에서 예를 들어 보자면 "서중자유 천종록은 자연지리"라는 구절은 "書中自有天鍾錄은 不易之言"과 같은 뜻이니[23] 이 때 '자연'이란 '불변(의)' 정도의 의미가 된다. 신소설에도 자주 등장하는 "천지조화의 자연한 이치"[24]에서도 오늘날 '자연'에 가까울 법한 어휘는 오히려 '천지조화'로서, '자연'은 스스로 그러하다는 전래의 의미에 가깝게 머무르고 있다.

'자연과학'이나 '자연도태' 등의 표현이 유행하기 시작했지만 그 어의(語義) 또한 완전히 고정돼 있진 않다. '자연과학'은 종종 '사실과학'의 동의어로 쓰였고, '자연도태'는 '자연에 의한 도태'이자 '자연스럽게 이루어지는 도태'라는 양 방향으로의 해석이 가능한 맥락에서 사용되곤 했다. 적자생존이 '자연의 세(勢)'라고 할 때 그 의미 역시 마찬가지였다. 이렇듯 1900년대에는 '자연'이 명사적 용법과 형용사적 용법 사이에서 줄곧 동요하고 있었다. 즉 명사 'nature'에 해당하는 번역어가 다 자리 잡지 못했다고 말할 수 있겠다. '천지(만물)'이나 '(천지)조화' 등의 오래된 단어는 그것대로 인성(人性)과 물성(物性) 사이의 옛 사유를 실어 나르고 있는 만큼 또 'nature'와 같을 수 없다. 당시까지 자연은 객관적 과학법칙에 종속되는 대상이라기보다 천지만물을 모두 포괄하는 밑그림이었다. 신소설 초두에 등장하는 배경으로서의 자연 이런 특성을 공유한다. 원근법적 초점화 속에 동원되는 변화의 기세로 경험되든 혹은 소도구로 활용되든 신소설의 자연은 아직 인간과 통합되어 있다.

---

22 柳父章, 서혜영 역, 『번역어성립사정』, 일빛, 2003.
23 「시사평론」, 『대한매일신보』, 1908. 11. 3. 국문판과 국한문판의 비교다.
24 「우중행인」, 『한국신소설전집』 3, 1968, 47쪽.

5. 신소설 외부의 '자연'

1900년대의 자연, 나아가 1910년대까지도 신소설의 자연이 인간과 통합된 존재였다는 사실은 사태의 일면에 불과하다. 이광수의 경우 1910년 전후에 벌써 자연으로부터의 소외를 선명하게, 또 징후적으로 보여준 바 있다. 예컨대 이광수는 1910년 3월 『대한흥학보』에 발표한 단편 「무정」에서 '자연'이란 낱말을 쓴 후 그 옆 괄호 안에 "천지만물 단 인류는 除하고"라는 해설을 붙인다. 한창 더운 6월이요 "몽롱한 月色이 꿈같"은 무렵이지만 인간을 소외시켜 버린 자연은 차디차다. "자연 (…중략…) 은 무정하고 냉혹하여 우리야 싫어하든 즐거워하든 잠잠히 있고 (…중략…) 우리가 슬퍼한대야 위로하는 법 없고, 일 분 일 초의 생명을 더 얻으려 하여도 許치 아니하지 않는가."[25] 이 세계에서 마치 신소설의 주인공들처럼 젊은 부인은, 신소설에서와는 달리 남편에게 버림받아 자살을 결심하며, 신소설과 달리 어떤 구원자도 나타나지 않는 소나무 숲 한가운데서 고통받으며 죽어간다.

이광수가 몇 달 후 발표한 「여(余)의 자각한 인생」에 나오는 자연도 비슷하다. 물론 『소년』에 실린 이 글의 서술자는 이광수 자신인 셈이라 단편 「무정」의 촌부(村婦)와는 여러 모로 다를 수밖에 없지만, 그럼에도 우주는 똑같이 광막하고 차다. "지구는 크도다. 그 반경이 일만오천여리로다. 그러나 이를 우주의 無限無邊함에 비교하여 보아라. 滄海의 一粟도 너무 크도다."[26] 신소설에서도 거대한 지구와 무한한 우주는 경이를 불러일으켰으나, 그것이 결국 주인공 일신(一身)을 위해 존재할 수 있었다면,

---

25   이광수, 「무정」, 『이광수전집』 1, 삼중당, 1962, 529쪽.
26   이광수, 「余의 자각한 인생」, 『소년』 3권 8호, 1910.8, 18쪽.

「여의 자각한 인생」의 '나'는 자신이 이 무한 속 좁쌀 한 톨보다 작은 존재임을 절감한다. 무한한 우주의 일부분에 불과한 지구, 그 위에 1/6 면적에도 미치지 못하는 육지, 거기 "이십억이나 蠢蠢히 생식"하는 인류 중 한 명이 '내'가 아닌가. "우리들의 적음이 과연 얼마나 하뇨." 자연과 인간은 무한과 유한의 대립항으로서 마주 선다. 이러한 구도의 일차적인 결과는 공포와 허무다. 자연은 무한한 힘으로 인간을 지배하며, 그 자체로 독자적인 생명을 가진 듯 보임에도 결코 인간의 처지에 공명하지 않는다.

비슷한 인식이 이전에라고 없었던 것은 아니다. 소소한 개별적 사정에 구애받지 않고 태고부터의 법칙을 행하는 것은 하늘과 자연의 당연한 이치이다. 하늘은 치우치지 않는다天不賜. 문제는 이전까지 공평무사함의 증거로 보였던 이런 특징이 냉혹함의 증거가 되었다는 사실이다. 진화론은 세계의 질서가 인간까지 포함해 단일하다는 사실을 증명했지만, 다른 한편 근대 과학의 체계는 자연과 인간을 엄밀하게 분리시켰다. 이로써 자연은 인간을 포괄하면서도 동시에 배제하는 기묘한 존재로 변모한다. 1910년대 중반에 이르면 이런 인식은 자못 일반적인 것으로 자라나게 된다. "자연의 힘은 늘 크고 늘 권위 있"으니 어떤 영웅도 그 앞에서는 어린아이에 지나지 않는다. 인간을 소외시키고 그러면서도 인간을 포괄하는 자연은 어떤 역사적 사건에도 비길 수 없는 지배력을 발휘한다. "어느 때 일초 일각을! / 자연의 밖에 벗어나 보랴." 침묵하고 생각해 보아도 역시 "우리의 전 생애는 / 오로지 자연의 거느림 밑"인 것이다.[27]

『청춘』에 「자연」이라는 표제의 이 시가 발표되는 무렵에 이르면 신소설은 이미 자생적 동력을 상실한다. 신소설이 묘파하는 자연과 그 속의

---

27   돌매, 「자연」, 『청춘』 3호, 1914.12, 100쪽.

인간 역시 낡은 존재가 돼 버린다. 신소설의 뒤를 이어 크게 유행한 일본 가정소설의 번안류에 있어서는 자연이 현저히 뒤로 물러나고 군중과 도회 풍경이 소설 첫머리를 압도하게 된다.[28] 그럼에도 신소설은 한참을 더 살아남는다. 1910년대에는 김교제·최찬식 외 박영운[29]과 이상춘 등 새로운 신소설 작가군이 등장했고, 1920년대에도 1900~1910년대 신소설을 리바이벌하는 외 지속적으로 새로운 레퍼토리를 추가했다. 1920년대의 딱지본 소설 중 상당수는 '신소설'이라는 명칭을 앞세웠거나 혹은 작가군이나 양식적 표지에 있어 신소설로 분류할 수 있을 법한 종류다. '신소설'이란 표식은 때로 근대적 매체에 근대 작가군에 의해 발표된 소설까지 삼켜 버리는 놀랄 만한 소화력을 과시했으며[30] 늦게는 1950년대까지 그 잔영(殘影)을 남겼다. 『추월색』을 천독(千讀)했다는 『태평천하』(1938) 속 서울아씨의 후예들은 격변 속에도 얼마간을 더 버틴 셈이다. 아마 오래전 지나간 신소설 속 자연에도 고집스레 더 잠겨 있으면서 말이다.

---

28   자세한 내용은 이 책에 제4부 2장에 실린 「죄, 눈물, 회개」 참조.
29   박영운과 그가 창작한 신소설에 대해서는 박진영, 『책의 탄생과 이야기의 운명』, 소명출판, 2013, 309~311쪽 참조.
30   이 주제에 대해서는 권철호, 「1920년대 딱지본 신소설 연구」, 서울대 석사논문, 2012, 70~89쪽 참조.

자살과 광기

여성 주인공 비교론

1. 한국 근대문학에서 여성-광인의 계보

근대 한국문학에서 '미친 년'들은 그 자체로 하나의 계보를 형성할 만하다. 『은세계』(1908)의 옥순 어머니에서부터 「규한」(1917)의 빙옥을 거쳐 강경애의 「어둠」(1937)과 백신애의 「광인수기」(1938)까지, 더 가까이는 『김약국의 딸들』(1962)이며 『분례기』(1967)에 이르기까지, 제정신을 놓아버린 여성 인물들은 서사 안팎에 득실거린다. 한편으로는 남성 인물들이라고 늘 제정신을 지킬 수 있는 것은 아니다. 남성 주인공들은 3·1운동 직후나 한국전쟁 직후 같은 대변동 직후에 특히 취약하다. 1920년대 초라면 염상섭의 「표본실의 청개구리」(1921)에 등장하는 광인 김창억을 누구나 기억할 것이고, 그밖에 현진건의 「사립정신병원장」(1926)의 미쳐버린 W를 떠올릴지 모르며, 김기진이나 박영희나 최서해 등의 소설에서 남녀 불문하고 광기의 발작을 통해 해방된 가난한 주인공들이 여럿 있었음을 상기해 낼 수도 있다.

1910년대 중·후반 신경쇠약(neurasthenia)이라는 세계적 신조어가 한국에서도 유행한 이래 광증은 일상과 평범성 바로 옆에 도사리고 있는 가능성이 되었다. 특히 고향을 떠나 경쟁에 부대끼고 사회와의 간극에 고민해야 했던 신교육층 청년들에게 1910년대 중·후반부터 1920년대 초반까지 신경쇠약과 정신병은 거의 보편적인 위협이었던 것 같다. "문명의 원천을 探하며 학술의 진리를 심구함에 精力을 加하니" 그 까닭에 "신경쇠약병에 罹하는 者이 不少"하다 했고[1] "근대적 청년의 다대수는 신경쇠약자"란 세평이 있다고도 했다. 청년들 스스로도 사회의 몰이해 속에 "신경병자는 물론이요, 猖狂者가 아니됨만 大幸"[2]이라고 여겼을 정도다. 소설의 주인공들도 그러했다. 현상윤이 쓴 단편 「핍박」(1917)의 주인공은 신경쇠약 직전의 상태에서 "이즘은 병인가 보다." 중얼거리고 염상섭 작 「표본실의 청개구리」에서 친구 Y는 절정의 광기에 대해 "아— 그는 얼마나 위대한 철인이며, 얼마나 행복스러운가…"(46)라고 되뇌인다.[3]

그러나 1900년대라면 신경쇠약이나 창광(猖狂)은 드문 현상이었다. 적어도 공중(公衆)의 시선에는 거의 포착되지 않은 사건이었던 듯 보인다. 여성의 광기는 더더구나 예외적이다. 1910년대 이후 신경쇠약과 정신질환이 한결 친숙한 이름이 된 후에도 여성이 그런 증상의 장소가 되는 일은 희귀했다. 최서해의 「박돌의 죽음」(1925) 등에 발광해 살인까지 불사하려는 부인이 나오기는 하지만, 그는 이미 노년에 접어든 연령이요 어머니로서의

---

1   안확, 「금일 유학생은 여하」, 『학지광』 4호, 1915. 2, 13쪽.

2   ㅅㅊ생, 「나와 글방」, 『학지광』 4호, 1915. 2, 32쪽.

3   염상섭, 「표본실의 청개구리」, 『염상섭전집』 9, 민음사, 1987, 46쪽.

정체성에 충실한 경우다. 이렇게 보자면『은세계』의 옥순 어머니를 비롯, 몇 편의 텍스트에서 젊은 여성의 발광을 보여준 신소설은 독특한 양식이다. 이광수의 희곡「규한」을 제외한다면 1900년대는 물론 1920년대를 다 통과하기까지도 젊은 여성이 미쳐버린다는 설정이 달리 없었기 때문이다.

남성 주인공이 지나치게 학업에 몰두하고 사회의 몰이해에 시달림으로써, 즉 준-공적 명분에 헌신하다가 신경의 안정을 잃는 반면 여성에겐 그런 공적 알리바이 자체가 부족하다. 그 점은 신소설에서도 마찬가지다. 그럼에도 신소설이라는 양식이 유독 여성의 광기를 문제화해 낼 수 있었던 까닭은 무엇인가? 나아가 광기의 양상이 무기력하고 애처로운 종류의 것이라기보다[4] 공격적이고 외부 지향적인 것이었던 까닭은 무엇인가? 여기서는 그런 궁금증을 조금 더듬어 보기로 한다. 1900년대라는 시대 및 신소설이라는 양식 일반의 특징에 대해서도 생각해 볼 수 있다면 다행이겠다.

2. 순결성의 위협과 죽음으로의 도약

정조 이데올로기의 용도 전환

『모란봉』초두에는 주인공 김옥련과 이름이 같은 장옥련이 등장한다. 같은 평양 태생으로 인물이 절색이기로도 마찬가지인 장옥련은, 한창 딸의 귀국을 기다리는 옥련 어머니 집에 들어가 한바탕 오해와 파란을 일으

---

[4] 영국의 경우 프랑스혁명을 전후한 18세기 말 정신병자 수용시설이 '人道化'되면서 그 대표적 표상은 난폭한 남성에서 연약하고 애처로운 여성으로 넘어간다. E.Showalter, *The Women's Malady : Women, Madness, and English Culture, 1830~1980*, London : Virago Press, 1987, pp.8~10.

킨다. 장옥련은 자상하던 아버지가 기생에게 미혹당하고 이어 억울한 누명을 쓴 어머니가 자살을 한 후 미쳐버린 인물이다. 본래는 박대를 견디다 못해 어머니처럼 투신자살을 하기 위해 나선 길이었으나, 캄캄한 밤 수숫대며 장승에 놀라다가 결국 정신을 놓아버린 것이다. 어찌 보면 하잘것없는 일에 미쳐버릴 정도의 충격을 받은 것은 "무엇을 보든지 (…중략…) 내 몸에 침범하려는 형상으로 의심하"고 겁에 질렸던 까닭이다.[5] 처음으로 집을 나선 처녀인지라 경계심이 과민했던 탓이리라. 집을 벗어난다는 경험은 심신의 타격을 내포하고 있어, 『추월색』의 정임이나 『박연폭포』의 애경처럼 칼에 찔리거나 심지어 한쪽 팔을 잃기도 하고, 『설중매화』의 옥희처럼 심신의 동시 상실을 경험케 되기도 한다.

이같은 손상의 근원은 일차적으로 성적 위협이다. 『화세계』의 수정은 오직 집 밖에 나섰다는 공포감 때문에 자살을 시도하기조차 한다. 아직 어떤 위협도 실제로 닥치기 전, 그러나 "여자의 몸으로 아무 동행 없이 홀로 길가에서 방황하는 양을 보면 (…중략…) 무슨 불측한 일이 있을지 알 수 없"으리라는 생각 때문에 눈 감고 강으로 뛰어내리는 것이다.[6] 그러고 보면 이런 과민성과 과도한 공상은 신소설의 여성 주인공들에게 있어 일반적 특징이다. 『혈의누』에서 옥련 어머니 최춘애는 남편과 딸을 다시는 만날 수 없다 속단하고 대동강에 뛰어들고, 『귀의성』의 춘천집 강길순은 첩 된 신세로 앞날을 비관하여 우물에 투신하려 하며, 『빈상설』의 이씨 부인은 일껏 배 타고 도착한 곳이 막막하자 곁에 시비(侍婢)가 있는데도 기어이 바다에 투신하려 한다.

마치 물에 홀리듯 우물에, 강에, 바다에 뛰어드는 이들만 있는 것은 아

---

5 이인직, 「모란봉」, 『신소설전집』1, 을유문화사, 1968, 69쪽.
6 이해조, 『화세계』, 동양서원, 1911.

니다.[7] 인천 창가(娼家)에 팔려간 『모란병』의 금선은 문고리에 수건을 매고 액사(縊死)를 기도하며, 『치악산』의 모해받은 며느리 이씨 부인은 우물에 뛰어들기 전 나무에 머리를 들이받고 자살할 것을 생각한다. 『금강문』에서 부모 묘소를 찾아가다 산중에서 길을 잃은 경원은 목매 자처하려 한다. 예외가 없지 않으나 대개 물에 뛰어들고 산에서 목매는 이들에게 있어 죽음의 장소는 저 넓은 세계로 이어지는 바로 그 문턱이다.[8] 이 문턱에서 세계로 도약하는 대신 죽음으로 뛰어드는 순간 그들에게는 보통 구원자가 출현한다. 그리고 이후 이들의 운명은 전적으로 구원자에 달려 있다. 군의관 이노우에(井上)를 만나 일본으로 갈 수 있었고 구완서를 만나 미국으로 갈 수 있었던 『혈의누』의 옥련과, 반대로 계속 부도덕한 구원자를 만나 끝없는 시련에 시달리는 『화세계』의 수정을 비교해 보면 그 점은 단박 드러난다. 뒤로 갈수록 신소설은 가짜-부도덕한 구원자라는 장치를 즐겨 활용하는데[9] 그럼으로써 빚어지는 결과는 여성 주인공이 마치 기의(記意)에서 미끄러지는 기표(記表)처럼 끊임없이 성적 위협 속에서 허덕이게 된다는 것이다.

자살 기도와 뜻밖의 구원이라는 설정은 근대 이전 서사에서도 즐겨 활용하던 것으로, 신소설의 퇴행성을 증명하는 증거로 여러 차례 거론된

---

7   여성의 유동성(fluidity)이 눈물에, 또한 강물에 뛰어드는 투신에 상응한다는 점에 대해서는 E.Showalter, *Op.cit.*, p.11.

8   방에서 자살을 기도한 사례는 『모란병』에서 금선의 1차 자살 기도 외 『금강문』에서 경원의 1차 자살 계획을 들 수 있다. 경원은 다소 특이하게 '소-다-'를 먹고 음독자살 할까 생각하는데, 음독자살의 모티프는 비슷한 시기 신소설 밖에서는 이광수 단편 「무정」(1910)에서 현실화된 바 있다. 『귀의성』에서 춘천집의 2차 자살 기도, 전찻길에 엎드려 달려오는 전차에 치어 죽기를 계획한 것도 특이한 사례다.

9   『치악산』에서는 최치운의 손에서 이씨 부인을 구원한 포수가 새로운 위협이 되고, 『화세계』에서는 구원의 손길을 내민 양반가에서 여주인공을 욕심내며, 『소학령』에서는 후일의 의남매 명색마저 잠시 淫心을 품는다.

바 있다. 그러나 신소설이 여성 주인공을 내세운 이상 이런 수동성은 어쩔 수 없는 결과이기도 하다. 1900년대의 여성들에게 문제되는 것은 경제적 빈곤도 사회적 고립도 아니고 그 훨씬 이전 단계다. 존재의 기반인 신체를 보존하는 일 자체가 버거운 과제인 것이다. 이들은 그럼에도 집 밖으로 나서되 집 밖의 여성을 멸시하는 상징적 시선 또한 돌파해야 한다. 고양된 도덕성으로 무장하고 귀환하는 것 외 이들에게는 가정 외부에서 버티고 가정 자체를 개조할 수 있는 다른 방법이 없다. 마치 백인 식민주의자들이 식민지인에 대한 우위를 확보하기 위한 중요한 방편으로 '가족적 가치를 기반으로 한 도덕적 우월'을 선전했듯[10] 신소설의 작가 역시 쇄신되고 도덕화된 가족 질서를 통해 계몽의 정당성을 입증하고자 한다. 『귀의성』에서 평민의 딸 길순이 첩 된 처지로서도 정절을 중시하고, 『화세계』에서 이방의 딸 수정이 고집 부려 혼약을 지키는가 하면, 『추천명월』에서 종 신분인 김순마저 오직 정조 관념에 충실함으로써 신분을 넘어선 결연에 성공하는 등, 이 시기의 새로운 성적·계급적 주체들은 유학적 열(烈)의 이데올로기를 전유하면서 그것을 일부일처제로의 지향 속에서 굴절시킨다.

자살 기도, 구원을 위한 투자

이들에게 있어 자살 기도는 존재 증명을 위한 중요한 도구다. "휘— 어쩌면 인민 정도가 이렇듯 강쇠하여 저같이 괴악한 하등 인류가 왜 그리

---

10   안수진, 「18·19세기 미국 소설에 나타난 '유혹의 주제'」, 서울대 박사논문, 2004, 11쪽.

많은고"[11]라고『금강문』의 경원이 한탄했듯이 집 밖의 세상은 험하다. 실제를 따지자면 이 '하등 인류'야말로 신소설의 새로운 주체들이 뿌리내려야 할 현실적 토양이겠건만, "북두갈고리 같은 손"을 가진 "무지막지한 존재"[12]의 "강쇠"하고 "괴악"한 면모는 부민(富民)의 딸, 서리의 딸로선 낯설기만 하다. 사회적 차원에서나 개인적 감성적 수준에서나 이 두려운 세계에서 젊은 여성이 자립적으로 생존할 가능성은 거의 없다. 남장한 채 교사로 근무, 지역 사회의 명망가가 되어 귀경(歸京)할 수 있었던『목단화』의 정숙은 극히 예외적인 사례. 더욱이 정숙의 그렇듯 급격한 변화는 성적 수난과 도주와 구원이라는 익숙한 플롯을 반복한 후 후반부에서야 이루어진다. 1910년대 이후에는 자립 시도가 좀 더 활발해져,『추월색』의 정임은 집에서 들고 나온 재물로 유학 후 초기 정착에 성공하고,『능라도』에서는 집을 나선 도영이 '부인 다과점'에서 자극받아 경제적 자립을 도모하며,『쌍옥루』『해안』등에서는 주·조역인 여성 인물들이 간호사라는 직업을 선택하기도 한다. 그러나 신소설의 초기 국면, 그만큼의 자립성마저 확보하기 어려웠던 주인공들은, 오직 도덕적 우월성을 전시함으로써 구원받을 가치가 있음을 입증해야 한다.

이들이 자살을 기도하는 시각은 대개 밤중이다. 집안 감시도 소홀하고 행인도 드문 시각이라 그렇겠지만 꼭 그 때문만은 아니다. "해가 저물어 밤은 되어오는데"(『금강문』) "평생에 대문 밖이라고는 촌보를 걸어보지 못하던 여자가 (…중략…) 밝은 낮도 아니요 밤중에, 덜미에서 누가 쫓아오는 듯하여 마음을 놓지 못하"는(『모란병』) 상황에서 공포와 절망의 감정은 극대화된다. 낮도 힘들거니와 밤은 더더구나 이들에게 위반의 의욕은 있

---

11   최찬식,『금강문』, 박문서관, 1914, 102쪽.
12   이인직,『혈의누』, 광학서포, 1907, 4쪽.

을지언정 자립의 능력은 없다는 사실을 혹독하게 일깨워준다. 『모란봉』의 장옥련은 칠흑 같은 밤 온갖 가상의 위협에 시달리다 미쳐버리기까지 하지 않는가. 세계가 위험한 '하등 인류'로 가득하다고 생각하는 여성 주인공들은 이 시점에서 도덕적 동기와 물리적 생존 중 하나를 선택해야 하는 기로에 서 있다고 판단한다. 이들이 선택하는 가치는 당연히 전자다. 『추천명월』에서 비복(婢僕) 신분으로 납치·인신매매당한 김순이 자살 기도 직전 읊조리는 대사는 여성 주인공들의 선택지를 웅변해 준다 : "하나님이여 하나님이여 사람이 반상은 있으려니와 마음이야 어찌 다르리까. 오늘 김순이는 더럽고 개 도야지 같은 기생 노릇 하기 싫어서 죽사오니 후생길이나 잘 점지를 하여 주시옵소서"(77~78).[13] 자살 기도란 이들에게 구원을 위한 투자요 세계와의 화해를 위한 절망적 시도다.[14]

18·19세기 영국 소설의 여성 주인공들이 기절하는 정도로 세계의 원조를 획득할 수 있었던 반면[15] 20세기 초 한국의 여성 인물들은 필요하다

---

13   김순의 경우 특이하게도 여성 주인공인 송련에 의해 구원을 받는다. 앞선 연구에서 여러 차례 논의됐듯 구원자의 형상은 그 자체로 관심 둘 만한 주제다. 『귀의성』『모란병』에서의 순검, 『혈의누』『은세계』『눈물』『추월색』『서해풍파』 등에서의 외국인, 『치악산』『화세계』『금강문』 등에서의 여승 등을 특이한 형상으로 꼽을 수 있겠다. 여승-구원자의 경우 전대 소설과의 관련 양상이 엿보인다는 점, 그리고 외국인-구원자는 남성 주인공 앞에 빈번히 출현한다는 점을 덧붙여 둔다.

14   김동식, 「신소설에 등장하는 죽음의 양상」, 『한국현대문학연구』 11호, 2002, 67쪽에서도 신소설에서의 자살의 범람 현상을 '세계와의 절망적 화해'로 진단한 바 있다.

15   물론 그 낙차는 크다. 같은 작가의 소설이지만 『파멜라』의 여주인공이 정신을 잃음으로써 임박한 성적 위협을 벗어나곤 하는 반면 『클라리사』의 여주인공은 몇 차례의 자살 기도에도 불구하고 성폭력으로 짓밟혀 죽음에까지 이른다. 전자가 로맨스에 가깝다면 후자는 현저하게 반-로맨스적 특징을 보여주는데, 19세기 감상소설(Sentimental Novel)에 이르기까지 주류는 전자였다고 본 위에서 내린 개략적 판단에 지나지 않는다. 『클라리사』의 경우 소설 원문을 일부밖에 확인치 못해 주로 신경원, 「『클라리사』에 나타난 로맨스, 사실주의, 반-로맨스 서술의 공존과 충돌」, 『근대영미소설』 19권 3호, 2012; T.Eaglton, *The Rape of Clarissa*, Minneapolis : Univ. of Minnesota Press, 1982를 참조했다.

면 몇 차례라도 자살할 정도의 결의를 보여야 한다. 그 자체로는 무력한 도덕성을 증명해 후원을 구하는 데 있어서도 이들의 전략은 이렇듯 다르다. 광기에 이르면 전략의 차이는 더 두드러진다. 18세기 말~19세기 초 이래 영국에서 광기는 두드러지게 여성화되는 특성을 보였으나 그 전형적 양태는 젊고 아름다우며 처연한 쪽이었다. 프랑스혁명 직후였던 당시 유럽 전역에서 정신질환자를 다루는 방법이 인도화(人道化)되면서 광기의 표상 역시 변화한 복판에서였다. 족쇄와 채찍으로 다스렸던 전 시대의 광인이 난폭한 범죄 성향의 남성으로 표상되었다면, 혁명 후 족쇄에서 해방돼 치료와 교정의 대상이 된 광인들은 달라야 했다. 이 시기 남성범죄자로서 광인의 표상이 은폐되기 시작하는 한편 여성질환자의 표상은 거의 매혹적일 만큼 세련화된다. 『햄릿』의 오필리아가 시제(詩題) 요 화제(畵題)가 되고 '미쳐버린 제인(Crazy Jane)'처럼 오필리아를 잇는 새로운 비련발광의 주인공이 등장하는 가운데 여성광인은 낭만주의가 애호하는 인물형 중 하나로 등극하기까지 한다.[16]

'광기의 낭만화'라 할 이 시기가 오래잖아 저물고 진화론적 접근 방법이 활성화된 후에도 여성의 광기가 난폭하거나 위험한 양상을 띠는 일은 별반 없었던 것으로 보인다. 19세기 말에서 20세기 초에 이르는 이 시기에는 자본주의적 경쟁이 가속화되면서 그에 대한 반응으로서 신경쇠약이 남성 사이에서도 승인되기 시작한다. 경쟁에 취약한 여성의 경우 그 영향이 더 파괴적이라고 했다.[17] '히스테리의 황금시대'라 할 이 시기에 여성의 정신적 질환은 널리 연구되고 토의된다. 프로이트가 논의했듯 그 치료책은 비교적 단순했다. 히스테리의 원인이 되는 사건을 완전하게 기

---

16   E. Showalter, *Op.cit.*, pp. 8~13.
17   *Ibid.*, pp. 125~135.

억해 내고 사건 당시의 감정을 말로 표현하는 데 성공하면 그 증상은 두 번 다시 일어나지 않는다는 것이다.[18] '언어'와 '이성'을 중시하는 프로이트의 해결책은 야만-광기가 감정과 열정에 가까운 반면 문명-이성은 의지와 자기통제 등을 축으로 한다는 당대의 인식과도 잘 어울린다. 진화론적 접근에 있어 여성의 광기는 종(種)의 보존과 개선을 저해하는 요소로 평가되었고 자연 상태로의 퇴행으로 이해되었지만[19] 치료와 교정의 손길에 온순하게 길드는 부류였다. 다만 『제인 에어』의 버사 메이슨은 기억해 둘 만한 예외다. 달이 "달아오른 포탄처럼 시뻘겋"게 떠 있을 때 발작하는, 위험할 정도로 자연과 가까운 이 여성은 식민지 출신 물라토다.

3. 미쳐버린 여인들의 시간

과거의 반복, 현재의 회피

신소설에서 광증의 발작은 꽤 빈번하다. 『고목화』의 권진사나 『서해풍파』의 해운처럼 남자 주인공이 문제될 때도 있지만, 신소설의 주인공이 대개 여성이니 만큼 광증의 발작 또한 여성에게 많다. 『은세계』에서 최병도의 부인인 본평댁이 남편의 억울한 죽음을 겪고 미쳐버린 이래 적잖은 숫자의 여성 주인공이 오늘날의 정신질환에 해당하는 증세를 보여준 바 있다. 『모란봉』의 장옥련이나 『설중매화』의 옥희는 겁탈당할 위험을 넘긴 후 성광(成狂)하고, 『안의성』의 정애와 『능라도』의 도영은 남

---

18   S.Freud, 김미리혜 역, 『히스테리 연구』, 열린책들, 2003, 17쪽.
19   E.Showalter, *Op.cit.*, p.106 · 122.

편 혹은 정혼자와 뜻밖의 이별을 한 후 발광(發狂)한다. 『화상설』의 한씨 부인은 남편이 독살당했다는 사실을 뒤늦게 알게 된 후 실성에까지 이르고, 번안소설이지만 『장한몽』의 순애는 배신했다는 죄책감 때문에 정신 착란에 시달린다. 『현미경』의 삼할멈이나 『우중행인』의 숙자처럼 조연급의 인물이 실성기를 보여주는 일도 있다. 전대 소설에 이런 설정이 없었다는 사실을 생각하면 신소설에 여러 차례 나오는 정신적 이상 현상은 자못 인상적이다. 주지하다시피 근대 이전의 소설에는 자주 이인(異人)이 등장하고 지괴(志怪)의 모티프가 다루어지지만, 이들 계기가 '정신병' 같은 일탈로서 제시된 적은 없었다. 풍운조화(風雲造化)하고 불로장생(不老長生)하며 신이(神異)한 존재들과 만나거나 혼백과 사랑에 빠지는 사건은 모두 '현실'과 동일한 평면 위에 있었다. '현실'로부터의 일탈이 문제되기 시작한 것은 신소설에 이르러서이다.

신소설의 정신이상은 일차적으로 주인공이 집밖에서 혹독한 위협에 직면하고 난 후 닥친다. 앞서 든 『모란봉』이나 『설중매화』 같은 경우가 그렇다. 정혼자 혹은 배우자와의 폭력적 분리 또한 성적 위협에 버금가는 수난이다. 폭력적 분리를 경험한 후 신소설의 여성들은 남성 주인공과는 사뭇 다른 광기의 양상을 보인다. 남성 주인공의 광증이 '공포'로 특징지을 수 있는 것이라면 여성의 광태는 '원한'과 '공격 욕망'이라고 불러야 할 만한 종류다. 『은세계』에서 최병도 부인의 경우가 대표적이자 전형적이다. 『은세계』의 본평댁은 남편이 억울하게 죽은 후, 힘들게 낳은 유복자가 딸이라고 그릇 안 까닭에 그만 미쳐버린다. "부인이 본래 약질로 (…중략…) 해산구완하는 사람의 말을 듣고 놀라더니 산후 제반 악증이 생"겼다는 것이다.[20] 이후 본평댁은 아들과 딸이 귀환하기까지 무려 20년 동안을 실성한 채 골방에 갇혀 지낸다. 씻지도 않아 의복은 더럽고 머리는 산발로 헝클어졌으되, 남편을 죽인 강원 감사에 대한 원한만은 골수에 사무쳐 환각 속에서 설분(雪憤)을 계속한다. 딸을 감사로 그릇 보고 방망이로 치려고도 하고, 베개에 칼을 꽂기도 하고, 벌거벗고 뛰어나가려 하기도 한다. 특히 문제적인 것은 옷을 다 벗어던지고 밖으로 뛰어나가려는 행태이다. 이 때문에 본평댁은 못질한 방에 갇혀 살며 딸·아들조차 만나지 못하고 '계명워리' 같다는 악평까지 듣게 된다. 몸단장이며 차림새가 칠칠찮은데다 행실마저 부정한 계집, '계명워리'는 본평댁의 새로운 정체성이다.

남편의 억울한 죽음을 겪고 나서 본평댁이 "문밖으로 뛰어나가려"(88)하는 것은 어찌 보면 당연한 일이다. 본평댁은 앞서 남편이 장살(杖殺)당하리라는 소문을 듣고 "큰길가인지 인해 중인지 모르고 자기 집 안방에서 울듯" 목놓아 울면서 "겁나는 마음이 조금도 없이 원망과 악담"을 퍼부은 일이 있었다(62). 비록 가마 안에서이긴 했지만 엄연했던 집 안과 밖의 경계는 이때 이미 교란되었다 할 수 있다. 그러나 이 교란을 출구로 삼기엔 본평댁이 너무도 무능력하다. 본평댁은 좌절된 사회적 분노를 자기 자신에게 돌려 결국 미쳐 버리는 데 이른다. 그 후 무려 20년, 여덟 살짜리 딸이 서른 가깝게 되고 갓 태어난 아들이 미국에서 경제학·사회철학의 전문학 공부를 마치게 되는 동안 본평댁의 시간은 남편이 죽은 그 순간에 고정되어 있다. 프로이트의 진단대로라면 그것은 '쾌락 원칙을 조롱하는 반복 강박'으로 타나토스의 변주다.[21] 시간에 대한 거부, 과거의 강박적 반복이자 현재의 회피다. 하긴 그렇지 않으면 본평댁은 마치 『혈의누』의 옥련 어머니처럼 하염없는 기다림의 세월을 보내야 했을 것이다.

---

20   이인직, 『은세계』, 동문사, 1908, 80쪽.
21   이진숙, 「트라우마에 대한 소고」, 『여성연구논집』 23호, 2013, 182쪽.

본평댁이 제정신을 회복한 것은 1907년, 고종 강제 퇴위와 순종 즉위를 목격하고 나서 옥순과 옥남 남매가 귀국한 후다. 착란 상태에서도 시대가 달라졌다는 말을 알아들은 본평댁은 비로소 과거와 단절할 수 있게 된다. "본평부인이 정신이 번쩍 나서 옥남이와 옥순이를 붙들고 우는데 첩첩한 구름 속에 묻혔던 밝은 달 나오듯이 본정신이 돌아오는데 운권청천(雲捲靑天)이라."(134~135) 마침 20년 세월 사이 장성한 아들은 양복을 걸쳤을지언정 억울하게 죽은 남편을 빼닮았다고 한다. 한번 무너졌던 세계가 복구되는 듯 보이기 충분한 설정이다. 그 사이 갓난아이가 청년이 돼 등장했건만, 어머니의 시간은 변화와 성숙을 거부한 채 20년 전 그 시절에서 재출발한다. 『은세계』뿐 아니라 『안의성』『능라도』『화상설』 등에서도 사정은 비슷하다. 이들 소설에서 미쳐버린 주인공들은 '어머니'가 아니라 훨씬 젊은 '아내' 역할임에도 남편 혹은 정혼자가 돌아올 때까지 정지된 시간을 산다. 어떤 경우에나 광기는 서사적 기능 없이 상징 혹은 분위기로서의 역할만을 담당한다. 『안의성』의 정애는 일상생활을 다 잊고 종일 남편의 귀환만 축원하는, 강박성 히스테리로 구분해야 할 증상을 보이지만 그 밖에 『능라도』의 도영이나 『화상설』의 한씨 부인은 섬망(譫妄, delirium)이라 불러야 할 증세, 즉 『은세계』의 본평댁처럼 "횡설수설" 하며 "웃기도 하며 별별 행동을 다하"고[22] "머리는 산발을 하였으며 입은 옷은 갈갈이 찢어졌고 얼굴은 (…중략…) 때가 켜켜이" 앉은 채 방망이를 휘두르는가 하면 "좁은 방 안에서 (…중략…) 유혈이 낭자하도록 이리 부딪고 저리 부딪"는[23] 행태를 보인다.

---

22   최찬식, 「능라도」, 『한국신소설전집』 5, 을유문화사, 1969, 188쪽.
23   김우진, 「화상설」, 『한국신소설전집』 6, 1968, 176쪽.

'의료화'되지 않고 '종교화'되지 않는 광기

대체 신소설에서 정신병이라는 모티프의 함의는 무엇이었을까? 이 질문에 대한 확답은 끝내 찾기 어려울 터, 몇 가지 우회적인 추측만 제시해 두기로 한다. 먼저 『대한매일신보』에 실렸던 「근세 전쟁에 정신병」이라는 논설을 참조해 보자. 이 논설의 요지는 전쟁 탓에 예전에 없던 '정신병'이라는 병이 생겼다는 것으로, 논설 필자는 외국 여러 의학자·심리학자의 말을 인용하면서 전쟁의 영향력을 분석하고 있다. "이번 일로전쟁에 전에 없던 병이 생겼는데 (…중략…) 심리학도 근래 신식 전쟁에는 적합치 아니한 것이 한 순양함이 2분 안에 8백 명을 싣고 침몰하는 것도 있고 적은 싸움에 1백 70필의 말이 1백 4필이 죽은 일도 있으며 지하에 1백 50처의 지뢰를 묻어서 그것이 터질 때면 큰 지동하거나 화산의 터지는 것과 같아서 그런 재난이 정신병을 나게 하고 (…하략…)".[24] 번역에 가까운 논설로 보이지만 요컨대 신식 화기를 이용한 대규모 전쟁이 예전에 존재하지 않았던 병을 낳았다는 분석이다.

실제로 정신병을 긴급한 관심사로 대두시킨 것은 제1차 세계대전(1914~1918)의 경험이다. 미국 독립전쟁 때 원인 불명의 척추질환(railway spine)이 보고되고 크림전쟁에서 '이유를 알 수 없는 가슴 통증'이, 보어전쟁에서 '심장질환과 류머티즘'이 병사들 사이에서 산견(散見)된 이래 제1차 세계대전에서는 다수의 '탄환 충격(shell shock)' 환자가 발생했다.[25] 무려 2천만 명이 죽어간 이 거대한 전쟁의 체험은 프로이트로 하여금 타나토스라

---

24 「근세전쟁에 정신병」, 『대한매일신보』, 1905.3.2.
25 엄새린, 「한국 군진 정신의학 운영주체에 관한 역사적 고찰 및 정신의료복지제도 도입시의 고려사항」, 『한국군사회복지학』 1권 1호, 2008, 76~77쪽.

는 개념을 고안케 하는 등 정신의학에 지워지지 않는 자취를 남긴다. 러일전쟁은 그 이전에 이미 근대적 재앙이 개시되었음을 알려주면서 동아시아 지역에 널리 '정신병'이라는 신종 질환을 알렸다. 정신이상이야 예전부터 있었고 1880년대 제중원 보고서에도 정신질환자에 대한 통계가 기록돼 있지만[26] 그 국가적·사회적 함의가 처음 주목됐다는 뜻이겠다. 한반도가 전장(戰場)이 되어야 했던 청일전쟁·러일전쟁의 경험은 압도적이었던 듯, 비슷한 시기 애용된 일본의 정신병학 교재에서도 '전쟁'은 정신병의 원인으로 따로 한 항목을 차지하고 있다.[27] 전쟁신경증이라는 병명이 전쟁 상황에 놓인 남성들의 문제를 개인화하는 데 기여했다는 지적을 이 맥락에서 참고할 수 있겠거니와[28] 정신병이란 이처럼 새로운 현실이 낳은 새로운 증세였다.

전통 사회에서 정신적 이상은 대체로 공동체 안에서 통합되고 조정되었다. 광기가 '의료화된 비정상'으로서 분류·관리되기 시작한 것은 근대 이후의 일이다. 정신의학은 식민지 아젠다에 있어 중요한 요소이기도 해서, 한반도에서도 식민 권력은 정신질환자들을 '충동성'·'위험성'으로 표상하면서 배제·격리하려 했다.[29] 한편으로 정신질환은 문명화의 불가피한 산물로 이해되었다. 이미 14세기에서부터 정신병을 도시와 문명화의 부산물로 고찰하는 태도가 대두했던바 19세기에는 그런 취급이 보다 일반화된다.[30] 종합하자면 그 증세에 따라 차별이 있겠으나 정신질환

---

26 여인석, 「세브란스 정신과의 설립 과정과 인도주의적 치료전통의 형성」, 『의사학』 17권 1호, 2008, 58쪽.

27 石田昇, 『新撰精神病學』, 東京 : 南江堂書店, 1906, 23쪽.

28 A.MaLaren, 임진영 역, 『20세기 성의 역사』, 현실문화연구, 2003, 29~30쪽.

29 이방현, 「식민지 조선에서의 정신병자에 대한 근대적 접근」, 『의사학』 22권 2호, 2013, 237쪽.

30 A.Bullard, "The truth in Madness", *South Atlantic Review* vol.66 no.2, Spring 2001, p.115;

이 통제 가능한 이상성의 범주 안에 배치되었다는 뜻이겠다. 헌데 신소설에 있어 여성 인물들의 광기는 결코 '의료화'되지 않는다. '종교화'되는 법도 없다. 뒤에 살펴보겠지만 남성 인물들의 광기가 근대 의학 및 서양 기독교에 의해 치료되고 완화되는 반면 여성들의 광기에는 그런 방법이 적용되지 않는다. 여성은 광기로써 단번에 사회 질서를 벗어나되, 점진적이고 단계적인 치료나 교정을 거부한다. 이들의 광기는 타협을 모르는 종류라 원망(願望)이 충족되기까지는 누그러지는 법이 없다.

말하자면 이들은 그만큼 비타협적인 욕망을 전시하는 셈이다. 신소설에 있어 여성 주인공이 기나긴 분리의 세월을 견뎌야 하는 것은 일반적 상황이다. 대다수의 주인공은 이 시기를 교육에 투자하든가 성적 수난으로 소진시켜 버린다. 미쳐버린다는 것은 제3의 선택이다. 이들은 교육으로써 공화국의 어머니(Republican mother)가 되거나 성적 수난을 통해 감상 소설(Sensational novel)의 주인공이 되는 대신[31] 시간성 자체를 거부한다. 남편의 원수를 갚고자 하고 남편이나 정혼자와 결합하고자 하는, 사적 수준에서 출발한 이들의 욕망은 10년, 20년 세월에도 무뎌질 줄 모른다. 신소설에서 신체적 결손이나 도덕적 타락은 흔히 의료와 종교에 의해 치유되지만 여성의 광기는 그렇지 않다. 사회화에 좌절한 채로 결코 포기되거나 완화되지 않는다. 이것은 어쩌면 사적 욕망의 공공화가 어려웠던 1900년대의 정황에서 사적 욕망이 화석화되는 양상을 보여주는 것인지도 모른다.

이 각도에서 신소설의 미쳐버린 여성들은 시대의 극단적 표상처럼 보인다. 기실, 성장하고 자립하기보다 위협 속에서 소진되고 정지 상태로써 견뎌야 하는 것은 신소설 속 대부분 여성들의 상황이다. 『혈의누』에서는

E.Showalter, *Op.cit.*, p.24.

31   영미 소설에 있어 19세기의 이들 주제에 대해서는 안수진, 앞의 글, 1~2쪽 참조.

옥련이 더 어리고 총명했지만 『은세계』에서는 옥남이 더 어리고 총명하다. 마치 『혈의누』에서 김관일·구완서가 더 나이든 탓에 진도가 더뎠던 것처럼 『은세계』에서는 옥남의 누나 옥순이 계속 과거를 돌아본다. "마음이 한층 더 넓어지고 목적범위가 한층 더 커져서 천하를 한 집같이 알고 사해를 형제같이 여겨서 (…중략…) 구구한 생각이 없고 활발한 마음이 생기"는 일취월장이 옥남의 몫이라면, "여자의 편성으로 처음에 먹었던 마음이 조금도 변치 아니하였는데 (…중략…) 생각하는 것은 그 어머니라 공부도 그만두고 하루바삐 고국에 가고 싶"어하는 정지는 옥순의 몫이다(111~112). 옥순의 정지는 신소설의 여성 주인공 일반의, 또 미쳐버린 그 어머니의 정지와 닮았다. 이들에게 있어 도덕성은 해독제가 아니라 깊은 상처에 가까우며, 재구성된 가정으로 회귀한 후에도 고통스런 심경은 다 지워지지 않은 채 남는다.[32]

4. 여성의 광기와 남성의 광기

무시간성의 인내, 여성의 서사 내 위치

광기의 서사적 기능이 분명한 경우가 있다. 『우중행인』이나 『현미경』에서처럼 광기에 붙들린 사람이 진실 폭로자의 역할을 맡을 때가 그렇다. 『우중행인』의 악인 숙자는 오라비와 대화를 나누던 중 갑자기 "그 자리에서 벌떡 자빠지며 횡설수설 입으로 별 소리를 다하"게 되고, 『현미경』의

---

[32] 위의 글에서 18·19세기 여성 주인공 소설을 다루면서 제시하고 있는 의견이다. 위의 글, 19·45쪽 참조.

삼할멈은 망령기가 발작하자 주인공 빙주를 음해하려 한 옥희의 공작을 주절주절 토설한다. 그러나 신소설에서 광기가 적극적인 기능을 하는 경우는 비교적 드물다. 여성 주인공에 국한해 보자면, 기껏 적극적인 기능이라 해도『장한몽』에서처럼 "응…… 용서하여 주겠네, 용서하여 주지"라는 정서적 반응을 이끌어 내는 정도이다. 배신자 순애를 증오하던 수일이 자책과 후회 때문에 실성에까지 이른 순애를 보고 일체를 용서하게 된다는 설정이다. 그렇지만 이들 사례는 삽화적이거나 예외적으로, 대부분의 경우 광기는 광기 그 자체로 시종한다. 여성 주인공들의 광기에는 경과도 변화도 없다. 기원의 장면(primal scene)이 뚜렷이 낙인찍혀 있을 뿐이다.

소설 자체의 설명에 따르면 "사람이라는 것은 생각이 과도히 하든지 별안간 혹독히 놀라든지, 희로애락 등 충절이 극단에 이르도록 신경을 감촉하면 마침내 정신병이 생기는 법이라"고 한다.[33] "해를 따라 즐거움은 없어지며 더하여가는 것은 뉘우침이요 춘풍추우에 다만 수심을 거듭하여 (…중략…) 정신상에 갖가지 이상을 더"하기에 이르렀다고도 한다.[34] 일종의 경험주의적 해석인 셈이다. 기원의 장면을 강박적으로 반복한다는 점은 프로이트가 관찰한 히스테리와도 유사하다. 신소설의 여성들은 생활에서 져야 할 번뇌와 책임을 다 내려놓고 성장 이전, 교육 이전으로 퇴행한다.『안의성』의 주인공, 학교 다닐 때 우수한 성적과 빼어난 미모로 평판이 자자했던 정애 같은 인물이라 해도 여성의 일반적 서사에서 벗어나긴 어렵다. 정애는 누명을 쓴 채 남편과 강제 이별당한 후 정신병을 얻는데, 그 증세는 신당(神堂)이며 성황당에서 남편의 무사 귀환을 비는 것이다. "학교를 다니며 공부를 하던 사람이라 미신적 행위는 극구 반대를 하

---

33   최찬식,『안의성』, 박문서관, 1914, 116쪽.
34   조중환,『장한몽』하, 조선도서주식회사, 1916, 137쪽.

던 터"이지만(115~116) 정신이상 상태에서의 퇴행을 막을 수는 없다. 여성은 퇴행하고 집안으로 회수된다. 어떤 행동도 그로부터 비롯되지 않고, 시간 또한 그 자신을 통해 구현되지 않는다. 교육받은 여성이라 해도 남성과 짝을 이루지 않는 한 '잠'이나 '광증'으로 표상되는 무시간성의 상태, 즉 존재의 핵심인 정신을 갖추지 못한 육체만의 상태에 머물 수밖에 없다.

"사람은 일신의 주장하는 영혼이 사람이요 사지백체는 영혼의 사역하는 하인"이라는 영육분리(靈肉分離)의 관념은 1900년대에 본격적으로 수용된 관념이다.[35] 기독교 일각에서 육체는 기계·하인이요 심지어 "더러운" 존재라고 한 것도 같은 맥락에서 이해할 수 있다.[36] '더럽고 무가치한' 육체는 정신을 만남으로써 비로소 정상 상태로 복귀한다. 정신과 시간성으로서 존재하는 남성을 만나자마자 제정신을 찾는 것이다. 신소설의 미친 여성들은 고집스럽게 사적 욕망을 지키고 정지 상태에 대한 불만을 노골화하지만, 그 치료 방법은 남성과의 결합 외에 달리 없다. 여성의 서사에서는 궁극적으로 변화·발전이 아니라 재회·복귀가 두드러진다. 1910년 이후에는 더욱 그렇다. 남성의 서사가 직선을 취한다면 여성의 서사는 원환을 취한다. 주인공은 집을 떠나 집으로 돌아온다. 떠날 때의 집이 가부장제 가족이었다면 돌아올 때의 집은 젊은 부부의 가정이라는 점에 차이가 있지만[37] 묵은 권위의 압박이 거세지면서 그 차이도 점차 소거된다. 여성은 교육받았으되 그 교육을 자녀 교육을 위해 투자해야 할 존재, 집밖에 나섰으되 집안으로 돌아올 존재, 시간 속에 던져졌으되 무시간성을 인내할 존재로서 표상된다.

---

35   위의 책, 71쪽.
36   이광린, 『개화기의 인물』, 연세대 출판부, 1993, 277~278쪽 참조.
37   이 점에 대해서는 제1부 1장 「가족과 국가의 새로운 상상력」 참조.

남성 주체와 종교-의약의 효과

현재 확인되는 신소설 중 10여 편에서 산견(散見)되는 남성 주인공 가운데는 모험과 역경의 서사 가운데 정체성의 위기로까지 몰리는 인물도 있다. 『고목화』의 권진사나 『서해풍파』의 해운이 대표적이다. 권진사는 도적 소굴에서 고초를 겪은 후, 해운은 무인도에 표류했다가 밤새 표범에게 쫓겨다닌 후 각각 정신이상의 징후를 보인다. 권진사는 "사람이 둘만 있어도 벌벌 떨며 나 죽이러 온다고 소리를 지르"는 상태에 빠지고[38] 해운은 찢어진 탕건에 "두- 두- / 에그 무서워 / 두- 두- / 에그 저것 보아 / 어기야디야 / 두- 두-"라고 쉼없이 중얼거리면서 무인도에서의 공포를 강박적으로 되풀이한다.[39] '공포'라고 특징지을 수 있는 이들의 광증(狂症)은 외부 세계와의 격심한 충돌이 남긴 상흔(trauma)에서 비롯된 것이다.

발병 원인과 증상에서부터 구분되는 남성과 여성의 광증은 치료되는 양상에 있어서도 다르다. 화적패라는 문제를 취급한 『고목화』와 국가의식의 강박 없는 해양 모험의 세계를 다룬 『서해풍파』에서, 이들 문제와의 충돌 때문에 한때 실성했던 남성 주인공들은 의약(醫藥)의 혜택에 의해 서서히 치료된다. 반면 광증을 일으킨 대부분의 여성들은 한순간에 이루어지는 극적 회복을 경험한다. 앞에서 『은세계』의 최병도 부인의 사례를 보았지만 그밖에 『안의성』의 정애가 남편과 해후한 후 착란 상태에서 깨어나고 『능라도』의 도영이 정혼자의 참회 앞에서 다시 온전하게 되는 등, 여성 주인공들의 광증을 치료하는 것은 재회의 한순간이다. 정애는 "그 남편의 음성을 듣고 그 남편의 용모를 보매 신경의 감각기가 즉시 회

---

38   이해조, 『고목화』, 박문서관, 1922, 98~99쪽.
39   이상춘, 『서해풍파』, 유일서관, 1914, 75~76쪽.

복"되었으며(147) 『능라도』의 도영 또한 정혼자의 백배사죄를 받자 "홀연히 쾌복이 되고 정신이 전과 같"아진다.[40] 증상으로서의 공포와 원한, 치료법으로서의 의약과 극적인 재회—실성한 경우조차 남성과 여성 사이에는 차이가 엄연하다. 남성이 외부와의 충돌 때문에 극심한 타격을 받는 반면 여성은 내부적 분리 때문에 정신 이상에까지 이르게 된다는 발병(發病)의 차이 또한 다시 주목해 두어야 하겠다.

외부와의 충돌, 좌절과 공포, 그러나 점진적인 치료와 재도전 — 이런 남성적 증상이란 당대를 소설의 배경으로 끌어들이고 이주와 개척을 다짐하는 남성 주인공의 서사를 적절히 상징한다. 남성 주인공이 등장하는 신소설 중 약 절반 정도에서, 즉 『소금강』 『월하가인』 『송뢰금』 『서해풍파』 등에서 해외 이주와 개척의 서사를 택하고 있다는 사실을 기억해 둘 필요가 있다.[41] 1894~1904년을 배경으로 하는 대다수 신소설과 달리 남성 주인공 중심의 신소설은 바로 눈앞의 당대를 서사적 시간대로 채택하곤 한다. 이들은 회고조 대신 현장에서의 분투를 택하고 한반도의 정치・사회적 가능성이 닫혔을 때 과감하게 이주를 선택한다. 복귀의 기약은 없고, 또 흔히 끝끝내 복귀하지 않는 채로다. 반면 신소설의 일반적 서사, 즉 여성 주인공의 성적 수난에 집중하는 서사는 대체로 1894~1904년이라는 시대적 배경에 착근(着根)되어 있다. 신소설의 연대를 기준으로 하자면 1894~1904년은 이미 잃어버린 시간대다. 청일전쟁과 러일전쟁 사이 미미하게나마 '자강(自强)'과 '독립'의 가능성이 남아 있었을 무렵, 그러나 이제는 보호국 체제하에서 사라져 버린 가능성이다.

신소설을 1894~1904년에 대한 사회・정치・문화적 재조형의 노력으

---

40   최찬식, 「능라도」, 『한국신소설전집』 5, 을유문화사, 1968, 194쪽.
41   이 문제에 대해서는 제1부 3장 「전쟁, 국가의 기원」에서 다루었다.

로 읽을 때, 여성 주인공의 가출과 수난 및 분리와 원한의 경험 또한 정치적으로 해석해 볼 만하다. 여기서 주목되는 것은 이 시기에 특징적이었던 망명객들의 존재이다. 1884년 갑신정변 이후 문제가 된 망명객들의 존재는 '보천지하(普天之下) 막비왕토(莫非王土)'의 세계였던 근대 이전에는 상상할 수 없었던 것으로, 감히 역린(逆鱗)의 죄를 범하고도 군주의 권위를 피해 도주한 이들은 '내재하는 외부'로서 내내 정치권력을 불편하게 했다. 외국에 망명해 있음에도 불구하고 이들은 끊임없이 국내 정치에 관여했거나 혹은 관여한다고 상상되었으며, 32인 혹은 27인으로 명단화된 외에 일군의 청년, 군인, 화적패 등과 접속하면서 위협적인 존재로 육박해 왔다.[42] 1898년의 이준용 사건, 1901년의 정부 전복 음모 사건, 1902년의 혁명일심회 사건 등 고종을 폐위시키고 신정부를 조직하려는 일련의 정치적 시도에서는 늘 이들 망명객들의 그림자를 확인할 수 있다.

이 '내재하는 외부'의 도발은 왕과 그 주변을 신경증적으로 만들었다. 특히 1899~1904년에, 황제의 전제권은 강화 일로에 있었지만 그럼에도 그 권력은 더 이상 한반도 유일의 권력일 수 없었다. 망명객들의 존재를 통해 일종의 망명 정부를 상상하는 시각이 계속 존재했기 때문이다. 망명객들은 외부적이라기보다 내부적인 존재로서, 국가의 경계 밖에 위치하면서도 계속 귀환을 꿈꾸는 존재들이었고, 경계 너머의 모험과 확장 대신 방랑과 회복의 여정(旅程)을 실천하는 존재들이기도 했다. 명백한 비약이지만, '내재하는 외부'의 문제성, 그리고 방랑과 귀환이라는 구조를 신소설이 공유했을 가능성을 생각해 본다. 신소설의 여성 주인공들은

---

42 대한제국기 망명객의 존재 및 그에 대한 정부의 반응에 대해서는 현광호, 「대한제국기 망명자 문제의 정치·외교적 성격」, 『사학연구』 58·59호 합본호, 한국사학회, 1999 참조.

대체로 너무나 수동적이지만, 고난에 찬 편력과 점차 초라해지는 귀환이라는 서사는 1900년대에 있어 '망명'의 문제성을 환기시키는 바 있다.

5. 자립과 싱글라이프

신소설에서 여성이 남성으로부터 자립해 버린 듯 보이는 예가 없지는 않다. 제 짝을 두고 집을 나서 버리는 일도 있고, 남편과 헤어진 후에도 아랑곳하지 않는 경우도 있다. 앞의 예로는 『산천초목』이나 『삼각산』을 들 수 있을 터인데, 그러나 이처럼 과감한 가출은 '연극장'이라는 유흥 공간의 예외적인 위력에 기인한 것이다. "아이로 노래도 불리고 기생으로 춤도 추이는"[43] 연극장의 위력이란 그만큼 크다. 보다 문제적인 사례는 남편과 강제 이별을 당한 후 자립의 길을 걷는 뒤의 예, 『목단화』나 『경중화』 같은 사례다. 모두 김교제의 작품인 이들 소설에서 여주인공은 결혼 후 시집에서 축출당한다. 자못 문제적인 경우다. 『목단화』의 정숙은 완고한 박승지 가(家)에서 감히 학교 다닐 것을 청하고 게다가 계모의 모함 탓에 품행마저 의혹을 산 뒤에 친정으로 되돌려 보내지고 만다. 소설 첫머리를 보면 분개한 아버지 이참판이 개가 운운하는 데 반해 정숙은 남편을 믿고 정조를 지킬 것을 주장하는데, 이런 장면은 신소설에서 전형적이다. 전형적 전개대로라면 정숙은 수난을 겪고 눈물깨나 쏟은 끝에 남편과의 재결합을 이루게 될 것이다.

과연 『목단화』 전반부 2/3는 아버지가 멀리 유배당한 후 정숙이 집밖

---

43   이종정, 『삼각산』, 박학서원, 1912, 3쪽.

으로 내몰려 갖은 수난을 경험한다는 내용으로 되어 있다. 정숙은 계모의 음모로 창루(娼樓)에 팔려갔다가, 요행 은인을 만나 의주에 있는 그 집에서 수년을 보내지만, 악인들의 재등장으로 도망쳐 나온 후 다시 한두 차례 고난을 겪는다. 이 때 정숙의 수난은 예외 없이 성적 수난이다. 특이한 점은 서너 차례 위기를 겪은 후 나머지 분량에서 정숙의 정체성이 전혀 달라져 버린다는 사실이다. 순결의 위협에 전전긍긍하는 대신 남장한 채 학교 교사가 되어 교육에 공헌하는 것이다. 이런 모습은 "자기가 여자는 되었을지라도 을지문덕 합소문의 사업하기를 자부"[44]했던 정숙의 당찬 면모와 잘 어울린다. 마치 몇 년 동안 성적 수난과 도피 속에서 유예됐던 사회적 욕망이 뒤늦게 실현되는 듯한 정황이다. 대단원에 이르러 유배당했던 아버지가 돌아오고 계모의 흉계가 낱낱이 폭로된 후에도 정숙은 남편과 재결합하려는 소망을 전혀 내비치지 않는다. 이미 시작된 교육가로서의 경력에 매진할 따름이다.

비록 후반부 1/3에 와서의 뒤늦은 분발이긴 하지만 이 사실만으로도 『목단화』는 충분히 이채롭다. 돌이켜 보면 정숙은 창루에서도 스스로 위기를 극복할 정도의 담력을 보인 바 있다. 겁간하려는 남성에 맞서 놋화로를 집어던져 중화상을 입히고 거의 탈출에 성공했던 것이다. 결과적으로는 실패해 제3자에 의한 구원을 기다리는 처지가 됐지만 이렇듯 물리적 폭력까지 불사했던 면모는 그것대로 독특하다. 서홍학교 교사가 되고 몇 달 후 여성이라는 사실이 드러났음에도 계속 교사직을 지키고 의주 지방을 문명케 한다는 설정은 아마 그래서 가능했을 터이다. 1년간 교육과 계몽의 사명을 달성한 후 정숙은 다른 신체가 되어 서울로 돌아간다.

---

44   김교제, 『목단화』, 광학서포, 1911, 15쪽.

경의선 기차 정거장마다 환송인파가 넘치는 후대(厚待) 속에서다. 정숙의 이러한 여정이 정숙을 구원한 은인 황동지 집 딸 금순의 역정과 겹친다는 사실도 주목해 볼 만하다. 참판의 딸 정숙과 일개 동지의 딸 금순은 정절을 지킨다는 방식으로 자존과 주체성을 고집한다는 점에서 상징적 일체성을 이룬다. 정숙의 귀환과 금순의 무사귀가는 서로 맞물리며 훼손된 질서를 복원시킨다.

다른 주인공들이 신교육 이력과 무관하게 집밖에서의 수난에 무기력한 반면 정숙은 이를 현실적 자본으로 삼으며, 다른 주인공들이 출세한 남편을 동부인(同夫人)하는 결말에 만족하는 반면 정숙은 그런 결말을 거부한다. 『치악산』 하편과 『현미경』 등 김교제의 이후 소설까지 시야에 두고 보자면 이렇듯 여성 주인공의 사회성과 계층을 넘나드는 횡단성을 강조하는 것은 작가의 독특한 면모다. 김교제는 이인직이 쓴 『치악산』 전편에서는 일개 시비(侍婢)에 불과했던 검홍을 『치악산』 하편에서 도덕가이자 지략가로 변화시키고, 『현미경』에서는 기껏 감역의 딸에 불과한 주인공이 고관(高官)의 목을 베게 만든다. 1910년 이후 이같은 시도가 가능했다는 사실은 신소설의 몫이 비단 문명론과 민족의식에 그치지 않는다는 사실을 확인케 해 준다. 신소설은 1900년대에 새로 난 주체들, 즉 여성이나 평민 등의 생활감각을 소묘하는 데 중요한 기여를 한 양식으로서, 국가가 소멸한 후에도 한동안 그 여정을 계속한다.

역시 김교제의 작품인 『경중화』에서는 한 남자에게 시집갔던 두 여자가 등장한다. 여학생 출신인 순정은 학교에 다녀야 한다고 고집하다가, 완고한 부모 밑에서 자라난 금선은 공연한 누명을 쓰고 차례로 쫓겨난 처지이다. 이 둘은 우연히 만나 학업을 함께 하면서 "평생에 홀로 늙어 애정에 속박을 받지 말지며 우리의 가장 큰 의무나 다하여 여러 천년 암흑

몽매하던 여자 사회를 발전"시킬 것을 맹세한다.[45] 학교를 졸업하고 교사 생활을 하면서 한 집에서 살게 된 이후에도 "우리는 하나님이 내려보내실 적에 인간에 내려가 수녀 노릇을 하고 애정의 속박을 받지 말며 남자의 노예가 되지 말라 하셨은즉 우리는 하나님의 교훈을 받들어 혼자 살기로 결심하였소"(49)라며 깔깔대고 웃곤 한다. 여기서 엿보이는 것은 남성에 기대지 않는 여성, 재회나 복귀에 의해 규정되지 않는 여성이다. 이들 여성은 자손에 앞서 자기 자신을, '아들'에 앞서 '딸'을 사고하기 시작한 1920년대 이후의 여성들을 연상시킨다.

이들에게 있어 삶의 기본 단위는 가족이라기보다 개체이며, 서사 또한 가족으로의 회귀보다 개인의 발전을 지향한다. 1900년대부터 1910년대 초반까지에 걸쳐 신소설의 여성 주인공이 종종 내보인 광기 맞은편에는 이같은 대조적인 사례가 있었다는 사실을 기억해 둘 필요가 있겠다. 문제는 신소설의 '여성'과 '평민'들이 가족·사회·국가 등과 어떻게 화해했느냐 하는 데 있다. 개인을 말살한 민족의 가치가 허구적인 만큼 민족을 등진 개인의 좌표는 기만적이다. 개인과 민족 사이 팽팽한 긴장이 사라진 후 1910년대에 신소설은 사실상 어떤 근본적 쇄신의 동력도 보이지 못했다. 김교제의 『목단화』는 그래도 긴장의 흔적이 있을 무렵, 1911년에 발간된 소설이지만 『경중화』는 이미 신여성이 사회적 화제가 되기 시작한 1923년의 소작(所作)이다. 여성 주인공들의 자립은 신소설에 너무 늦게 도착한 셈이다.

---

45   김교제, 『경중화』, 보문관, 1923, 34쪽.

신소설의 피카로(Picaro)[1]

악(惡)과 잔혹 취미

1. 선과 악 — 단순성과 치밀성

주도면밀한 선(善)이란 드물다. 무사심(無邪心)은 선의 중요한 특징이다. 간혹 신원을 감춰두는 자선이 있을 뿐 선은 단순하고 솔직하며 자연스럽다. 계획하고 머리 굴리며 미래를 넘보는 일은 선의 본성에 어울리

---

1 '피카로'라는 어휘는 스페인 피카레스크 소설을 연상시킬 수밖에 없다. 당연히 신소설에 등장하는 악인들을 가리키는 말로는 다소 부조화하다. 16·17세기 스페인 제국주의 절정기의 양식인 피카레스크 소설은 하층 출신 악당이 인생 말년에 이르러 생애를 회상한다는 서사를 축으로, 모험의 연쇄라는 형식 속에 각계 각층 인물을 만화경처럼 보여주며 자조적 해학을 주된 정서로 한다. 일인칭 시점에 자서전·서간체·대화체 형식의 실험이며 사건을 연쇄시키는 구성 등 신소설과는 크게 다른 서사적 특징을 갖고 있지만, 악인 혹은 부랑아를 내세워 일상적·사실적 세계를 묘사했다는 점에서는 다소의 공통점을 찾아볼 수 있지 않을까 한다. 이 표제에서는 '악인'이나 '악한'과 크게 다르지 않은 의미로 사용한다. 김춘진, 『스페인 피카레스크 소설』, 아르케, 1999, 25~30·68~77·119~120쪽 등 참조.

지 않는다. 가치에 대한 자기 확신이 분명하기 때문이다. 반면 악(惡)은 진작부터 머리 굴리는 데 열심이다. 악은 제 존재를 위장해야 한다는 사실을 잘 알고 있다. 저 유명한 '라모의 조카'나 사드의 주인공들을 통해 목격할 수 있는 솔직하고 과시적인 악은 특별한 국면의 산물일 뿐이다. 더더욱 '모든 가치가 대기 속에 녹아내리는' 근대가 당도하기 전이라면 악의 입지는 결코 변호될 수 없다. 이 사실을 잘 알고 있기에 악은 위장을 최우선의 과제로 삼는다. 악은 자연을 거스르면서 '자연인 체'하기 위해 온갖 세부까지 조작해 낸다. 악인들은 사냥감의 동선(動線)을 재고 요소요소에 장애물과 함정을 두면서도, 그것이 우연한 위험인 양 꾸미고 자기 자신은 선인인 양 가장한다.

선과 악에 대한 오래된 편견으로는 그렇다. 브레히트가 「사천(四川)의 선인(善人)」에서 순진무구한 선이란 불가능함을 설파한 적이 있었고, 비슷한 주장이 적지 않지만, 편견의 내력은 오래다. 신소설에도 계산과 모략은 악인의 몫임을 증명하는 대목이 흔하다. "그날 밤 일은 다 옥단의 꾀에서 나온 일이라. 오동나무 위에 올라섰던 사람은 고두쇠요, 담 너머로 내다보며 소곤거리던 계집은 옥단이요, 담 밖으로 지나가다가 도적 튀기던 사람은 최치운이라. 고두쇠가 담 위에서 슬쩍 뛰어 내려오며 최치운이를 아프지 아니하게 얼러 차고 달아나는 시늉을 하다가 몽둥이를 끌고 기침하며 나온 것이요, 김씨 부인이 넘어진 것도 부러 넘어진 것이요, 옥단이가 가슴앓이 앓는다는 것도 백판 거짓말이라."[2]

『치악산』에서 의붓며느리 이부인을 없애려고 안달 난 김부인은 시비(侍婢) 옥단과 짜고 모해를 계획한다. 이부인이 남편 없는 새 부정을 저지

---

2   이인직, 『치악산』, 유일서관, 1908, 99쪽.

른 양 가장하기 위해 옥단과 고두쇠를 동원해 밀회 장면을 조작하고, 가장인 홍참의가 숨어 지켜보게 하면서도 한량 한 명을 배치해 홍참의가 직접 개입하기 전 상황이 종료되게 하며, 옥단과 고두쇠의 알리바이까지 만든다. 악은 누구라도 속여넘길 수 있을 만큼 치밀하다. 『귀의성』에서는 살인을 계획하고도 '자연스러운' 꾸밈을 위해 장장 1년여를 기다리고, 『금강문』의 악인은 방물장사를 동원해 주인공을 모함하면서 "그 노파가 증거인으로 잡힐까 염려하여 만일 불여의한 일이 있거든 그 노파를 역적 죄인 잡듯 빼앗어 올 작정으로 가장(假裝) 별순검까지 매복"시킨다.[3] 악이 이토록 철저해야 하는 까닭은, 다른 질서가 자연 그대로인 반면 악은 '자연을 가장해야' 하기 때문이다.

악이 가장해야 하는 '자연'은 두 가지다. 하나는 자기 자신의 마음이고, 다른 하나는 사건의 질서이다. "열 길 물 속은 알아도 한 길 사람의 속은 모르는 것"이라는 속담을 충실하게 실천하는 악인들은 "입에는 꿀을 발랐으나 가슴에는 칼을 품"고 있다. "눈물도 아니 나는 눈을 이리 씻고 저리 씻고 (…중략…) 두 눈이 발개도록 비비더니 가장 눈물이나 났던 체하고"[4] 심지어 "치마끈 끝에 고춧가루 물을 들였다가 (…중략…) 치마끈으로 눈을 홈착홈착 씻"어 눈물을 내는[5] 표리부동은 상전 앞에서라고 예외가 아니다. 악인은 오로지 자기 욕망에 따라 행동할 뿐 공감의 윤리를 알지 못한다. 『귀의성』의 점순과 『치악산』의 옥단은 상전의 수족 노릇을 하지만, 공감의 눈물은 지어낸 것일 뿐, 상전의 처지엔 아랑곳없다. 이들은 속량과 일확천금이라는 목표를 달성할 수 있는 지름길을 찾을 따름이

---

3 최찬식, 『금강문』, 동미서시, 1914, 60쪽.
4 이인직, 『귀의성』, 중앙서관, 1908, 76쪽.
5 이인직, 「치악산」, 『한국신소설전집』1, 1968, 297쪽.

다. 이인직은 "울음판에 와서 제 친정 생각하고 우는 사람"(『귀의성』 15), "강동지의 마누라가 우는 소리를 듣고 제 설움에 우는 것" 등 울음판 속에 제 감정을 이입하는 인물들을 종종 보여주고 있는데, 자기중심적 공감이라 할 이런 면모는 선(善)의 마지막 보루다. 춘천집 모자의 죽음에도 불구하고 김승지가 용서받는 것도 그 "슬퍼하는 기색과 다정한 모양"(하 51) 덕이다. 반면 악인들은 공감 능력을 일체 결여하고 있다.

  "침모가 춘천집 우는 것을 보더니 소리없이 따라 운다. / 김승지가 춘천집 울음소리를 듣다가 가슴이 빡작지근하여지면서 눈물이 떨어진다. / 잠들었던 철없는 어린아이가 어찌하여 깨었던지 아이까지 운다"(『귀의성』 87). 신소설에서 평범한 사람들 사이에 감정은 쉽게 전염된다. 빙충맞고 우유부단하고 때로 악의 유혹을 받더라도 공감의 능력이 있는 한 결정적인 위험은 없다. 『귀의성』의 침모는 선과 악 사이를 오가지만 "본래 악심이 없는 계집이라" 악에서 벗어날 수 있다. 반대로 악행에의 지름길을 닦는 것은 공감 능력의 결여다. 점순은 흐드러진 울음판에서도 "같이 슬퍼하는 입내를 내느라고 (…중략…) 서양 손수건을 손에 쥐고" 우는 체 꾸밀 뿐이다(87). 『귀의성』의 본처나 『치악산』의 계모처럼 자기 연민에는 진정이지만 공감의 능력이 없는 인물들도 있다. 이들은 "나는 시앗만 없으면 돈 한푼 없더라도 아무 근심 없겠다 (…중략…) 내가 자식이 있느냐 어디 마음 붙일 데가 있느냐, 영감 한 분뿐이지"(『귀의성』 79), "나는 그 세력 좋은 이판서의 따님을 며느님으로 모시고 있느라고 속도 많이 썩었소. 내 가슴 속을 헤치고 보면 두엄자리가 되었을 것이요"(『치악산』 287)라는 하소연을 늘어놓으면서 악에 가담한다. 그렇지만 악이 완성되는 것은 감정 자체를 거세해 버린 이들에 와서이다. 주변적 관계에까지 미치는 공감이 선이고, 부부 관계나 부모·자식 관계 같은 좁은 범위에만 국한된 감정이 악의 출발점이라면, 악을 주도하는 것은 '나' 이외의 관계에 매이지 않는 유아론적(唯我論的) 자세다.

2. 악의 생생한 빛깔 — 시각성과 개인주의

음란하고도 노골적인 언어

『귀의성』에서 점순은 이채로운 존재다. 『귀의성』은 여성 주인공이라 해야 할 강길순(춘천집)만이 무채색으로 고요한 가운데 대부분의 등장인 물이 다 뚜렷한 개성을 선보이는 세계지만, 그중에서도 점순의 존재감은 특별한 바 있다. 돌이켜보면 『귀의성』은 처음부터 도덕률과 관습법에서 어지간히 자유로운 감각을 보여준다. 춘천 삼학산 아래 강동지집, 딸 길 순이 악몽을 꾸고 소리지르는 서술에 강동지 내외가 놀라 깨어나는 『귀 의성』의 첫 장면은 그믐밤 무렵이 배경이다. "달그림자가 지구를 안고 깊 이 들어간 후",[6] 즉 지구에 달이 가려버린 시기인 것이다. 딸 방에 갔던 내 외가 더듬더듬 들어와 보니 안방이 칠흑같이 어두운 중, 강동지는 담배 한 대 태우려고 담뱃대를 찾는다. 그러다 손에 닿은 게 아내의 몸, 강동지 는 어느덧 "머리에서부터 더듬어 내려오더니 (…중략…) 담뱃대는 아니 찾고 마누라를 드러누이려" 한다. 허나 아내는 매몰차다. 딸 신세는 다 남 편이 망쳤다며 한바탕 지청구를 하곤 이부자리 바깥에 앵돌아 눕고 만다. 어르려던 강동지도 부아가 나서 "웃목에서 등걸잠을 자다가 감기나 들어

---

6   이인직, 『귀의성』, 김상만책사, 1907, 3쪽.

서 뒤어졌으면" 하는 험한 소리를 남기고 자릿속에 들어간다. 시간이 좀 흐르고 나니 겨울날 이불 밖에 누운 아내가 추울 건 정한 이치, 그러나 무안하여 이불을 파고들지 못하고 더 대찬 소리로 받아친다. "내가 감기 들어서 거꾸러지기만 기다리는 그까짓 영감을 바라고 살 빌어먹을 년이 있나. 날이나 밝거든 내 속으로 낳은 길순이까지 처죽여 버리고 내가 영감 앞에서 간수나 마시고 눈깔을 뒤여쓰고 죽는 것을 뵈일 터이야"(7).

  '소설'이란 본래 세속적 장르이며 조선 후기 판소리계 소설에 이르면 그 세속성이 현저해지지만, 『귀의성』처럼 '상스런' 행동에 말투를 듬뿍 보이면서 소설을 시작하는 경우는 드물다. 『춘향전』에서 춘향은 처음 "아미 숙이고" 답하는 요조숙녀였고, 잔뜩 낙망했을 때도 "도련님 날 죽이고 가오"라고 푸념하는 데 그친다.[7] 반면 『귀의성』에서 강동지 내외는 그야말로 '상(常)스러운' 탈도덕적 면모를 보여준다. 강동지가 주도하는 비속성(vulgarity)은 악의 선정적 표지로 기호화돼 버린 다른 인물, 여타 신소설에서의 상스러움과도 다르다. 『귀의성』에서 명색 양반이라는 김승지 부인도 상소리가 예사요, 이해조의 『구마검』에서 함진해의 삼취(三娶) 부인인 최씨는 "죽은 마누라를 저렇게 위하시려면 똥구멍이라도 불어서 아무쪼록 살려 데리고 해로하시지, 남을 왜 데려다 성가시게 하시오?"[8]라는 등 험한 소리를 퍼붓지만, 그것은 그들의 무지와 부덕을 폭로할 뿐이다.

  『귀의성』에서의 비속성은 그와 다른 결, 예를 들어 『빈상설』에서 충노(忠奴) 복단 아비가 제 아낙에게 하는 대사와 통한다 : "제미 붙을 오늘 너 하나 죽이고 나 죽었으면 그만이로구나. 이런 때 칼이라도 있으면 내 배를 째고 창자를 내어 보았으면."[9] 상스러움은 악인의 독점물이 아니라

---

7 『춘향전』1, 고려서림, 1988, 536·550쪽. 경판(30장)본에서 따온 대목이다.
8 이해조, 『구마검』, 이문당, 1917, 4쪽.

보편적 정념이다. 그러면서도 동시에 『귀의성』의 비속성은 『빈상설』보다 한결 전면적이며 자의식적이다. 강동지의 경우 딸과 손자의 죽음 후 복수를 실천하는 호협한이 되어서도 상스런 면모는 여일하다. 마찬가지로 내로라 하는 서울 명문가 주인인데도 김승지 내외마저 모범적 행동거지(decorum)와는 먼 자리에 있다. 김승지는 시종일관 무책임하고 우유부단할 뿐이고, 김승지 부인은 남편이고 아랫사람이고를 가리지 않고 폭백(暴白)을 퍼붓는다. 계집종에게 "요 박살을 하여 놓을 년"이라는 정도는 기본이고 침모에게도 화풀이 삼아 "춘천집과 베개동서가 되어서 세붙이 개피떡같이 밤낮으로 셋이 한데 들어붙어 있으려는 작정"이냐며 음란한 언사까지 마다하지 않는다. 신분 고하를 막론하고 성(性)을 막론하고 『귀의성』의 등장인물은 대부분 욕망을 최우선시하는 이들이다.

그러나 점순은 이 모든 이들보다 한수 위다. 계집이요 종이라는 이중의 굴레를 쓰고도 욕망을 멈추는 법이 없다. 서사가 시작될 무렵 점순은 작은돌의 아내요 게다가 젖먹이의 어미다. 춘천집이 아이 낳은 후 유모 되기를 자처할 수 있었으니 아들 순돌은 같은 또래일 것이다. 그러나 '순돌 어미'로 불리는 점순은 한번도 자식의 존재에 마음쓰지 않고, 남편에게는 더더구나 등한하다. 김승지 집이 이사하면서 작은돌이 내쫓긴 후 부부 간 인연은 그것으로 끝이다. 성미 괄괄하고 충복인 양 하는 작은돌이었으니 아마 처음부터 잘 맞는 부부는 아니었을 것이다. 작은돌은 김승지 부인이 패악부리는 것을 보곤 "이런 경칠 / 나 같으면 생 ……"이라며 분개하더니, 애꿎은 점순을 "계집이 사흘을 매를 아니 맞으면 여우 된"다며 윽박지른다. 술까지 한 잔 걸치고 온 후에는 더더구나 생트집이라,

---

9   이해조, 『빈상설』, 광학서포, 1908, 4~5쪽.

눈치 빠른 점순은 안채에 들어가 나오지 않는다. 이 대목을 작가는 다음과 같이 쓰고 있다.

> 안에서는 부인의 등쌀이요 / 행랑방에서는 작은돌의 주정이라. / 상전의 싸움에는 여장군이 승전고를 울리고 / 종의 싸움에는 주먹 세상이라 / 김승지는 그 부인 앞을 떠나지 못할 사정이요 / 점순이는 서방의 앞을 갈 수가 없는 사정이라 / 김승지는 그 부인 앞에를 떠났다가는 무슨 별 야단이 날지 모를 사정이요 / 점순이는 그 서방 앞으로 갔다가는 무슨 생벼락을 맞을는지 모를 사정이라(30).

김승지 내외의 다툼과 점순 부부의 싸움이 엇갈리는 가운데 이 장면은 거의 대위법적인 화성을 이룬다. 타령조 가락의 서술이 그런 대구를 돋운다. 신분상 현격한 차이가 있고 직접 주인과 종이라는 관계에 묶여 있지만 이 두 부부는 다르지 않은 세계 속에 산다. 남녀유별의 유교적 도덕률은 물론 겉치레 범절마저 팽개친 한복판이다. 법과 도리보다 강짜며 폭력이 훨씬 가까운 일상이다. 점심마저 거르고 한참을 다투던 김승지 내외는 "소나기비에 매미 소리 그치듯이 (…중략…) 뚝 그치더니 다시는 아무 소리도 없"다. 엿듣던 점순이 "혼자 썩 웃"는 것으로 보아 성적 암시가 강한 마무리다. 그러니까 이 세계는 점순 같은 인물이 태어나기 딱 좋은 환경이다. 위계는 이미 무너졌고 욕망이 노골화돼 있으며 그것을 위해 수단 방법을 가리지 않는 세계이기 때문이다. 점순은 이 속에서 김승지 부인의 질투를 이용해 춘천집 모자 살인을 제안하고 그것을 치부(致富)와 해방의 기회로 삼고자 한다. 질투가 들끓을 뿐 막상 구체적 계획이나 방편은 없는 김승지 부인을 유혹하는 점순의 말마디는 징후적이다. "마님 소원을 풀어드릴 터이니 마님께서 춘천 마마의 일을 쉰네에게 맡기시겠습니까"(77~78).

빨갛고 하얗고 파란 점순

점순은 어여쁘다. 점순의 흉계를 눈치 챈 침모가 "인물이 조만치 얌전히 생긴 년이 마음이 어찌 그리 영독한고"라고 혼잣말하는 것을 보면 곱고도 조촐한 생김새인 모양이다. "아마 저 년의 악심은 저 눈깔과 목소리에 다 드러난 것"이라고 보태는 걸로 보아 눈매와 목소리는 야무지다면 야무지고 매섭다면 매서운 쪽인 듯하다. 뒤에 최가와 희롱할 때 보면 "오장이 녹을 만치" 유혹적인 눈웃음마저 있다. 기분 내키면 술 몇 잔 받을 줄 아는데 그 때 점순의 얼굴은 "홍모란 한 포기가 춘풍에 헛날려서 너울 너푼 노는 것 같"다. 이 생기 넘치는 외모의 주인공 점순은 행동거지 하나도 예사롭지 않다.

점순의 성격과 행동은 강렬한 시각성을 통해 형상화된다. 지극히 일상적인 거동에서도 점순은 현란한 색채의 조합을 보여준다. 장보러 다녀올 때면 "빨간 고기 하얀 두부 파란 파를 요리조리 곁들여" 들고 "옥색 저고리에 빨간 팔배자" 입은 차림새로 흔들거리며 걷는다. 강렬한 시각적 이미지는 점순의 고유한 개성이다. 『귀의성』의 묘사는 점순을 그려내는 데 이르러 거의 표현주의적인 생생함을 얻는다. 앞질러 말하자면, 점순의 생생한 존재감은 그 최후까지 물들이고 있다. 점순이 죽은 것은 음력 4월 보름날(하 99), 강동지는 점순을 애써 산길로 유인해 죽이는데, 바위에 패대기쳐 박살내는 잔인한 방식으로다. 이때 점순의 죽은 자취는 "푸른 이끼가 길길이 앉은 바위 위에 홍보를 펴 놓은 듯이 핏빛뿐"으로 남는다. 푸르른 이끼 위에 붉은 보자기 편 듯 선명한 핏자국 — 죽음마저도 인상적으로 시각에 호소하는 것이다. 게다가 점순이 죽은 그 순간 마침 부산 앞바다에선 해가 떠오른다. "바다 위에 아침 안개가 걷어 오륙도(五六島)에 해가 돋아 붉었"다고 한다(하 114).

죽음마저도 현란한 존재, 점순은 악을 창안하는 데 있어서도 독창적이다. 춘천집 모자를 살해하는 데 있어 점순은 독단적 역할을 수행한다. 자금원인 김승지 부인이나 행동대원인 최가도 점순의 한 치 앞 계획을 다 모를 정도다. 심지어 김승지 부인은 살인이 저질러진 후 이튿날에야 범죄의 전 면모를 전해 듣는다. 점순의 본래 계획은 춘천집을 아편 먹여 혼절시킨 후 방에 불을 질러 끝내는 것이었지만, 침모를 교사하려 했던 뜻이 어그러지면서 계획은 대폭 수정된다. 몇 달을 더 기다린 끝에 정부(情夫) 최가를 사주해 봉은사 근방, 지금은 강남 한복판이 돼 버린 산골에서 춘천집 모자를 처치해 버리는 것이다. 춘천집에게는 김승지가 강동 사촌 집에 들렀다 병이 들어 죽기 전 춘천집 모자를 보고지라 한다고 하고, 이웃사람들에게는 춘천집이 외간 남자와 정분이 생겨 도망쳤다고 무고한다. 춘천집 모자를 가마 태워 가는 길에 교군을 떼버리고 최가 혼자 모자를 동행하다 산길에서 범죄를 결행하는 것인데, 교군을 따돌릴 때 방법도 교묘하다. 명령으로 돌려보내는 대신 교군들이 불평할 만한 악조건을 강요해 그들이 지레 도망치게 하는 식이다.

　악은 이익에 밝고 계산이 빠르며 음모를 꾸미는 데 능하다. 그리고 이런 수단적 합리성을 가능케 하는 것은 이들의 개인 중심적 태도다. "서방을 떼어버리고 자식은 남에게 맡겨 기르"는(102) 『귀의성』의 점순뿐 아니라 다른 신소설의 악인들도, 불리하다고 판단되면 가족에 대한 애정마저 즉각 회수해 들일 수 있는 인물이다. 예컨대 『구의산』의 용의주도한 악인 이동집을 보자. 박동 사는 서판서의 후취로 들어온 이 여인네는 점순보다도 훨씬 더 오래 기다릴 줄 아는, 소설의 설정대로라면 놀랄 만큼 치밀한 악인이다. "병원에서는 생사람을 잡아서 피로는 옷에 물을 들이고 살은 말을 먹인다는 애매한 말이 성행"하던 무렵이라니까 아마 갑오개혁 이전

일 텐데, 서판서가 인력거 사고로 부상을 입었을 때 신세를 진 것이 인연이 되어 재취 부인까지 된 이동집은 겉보기엔 더할 나위 없이 얌전해 보인다. 평민 출신이요 과부로서 판서의 정식 부인이 된 터이니 처지를 생각해 삼가는 것일 수도 있겠지만, 전처 소생인 갓난아이도 어찌나 지성껏 길러내는지 서판서가 일찍 재혼하지 않은 것을 후회할 정도다. 이렇게 무려 15년이 지난다. 이동집이 전처 소생을 없애고 제 소생으로 가문을 잇게 하려는 흉계를 드러내는 것은 그 후, 의붓아들 오복의 혼인날부터다.

그러나 이동집은 오래 별렀던 계획이 수포로 돌아가자 친자식마저 없애는 냉정함을 보인다. "돌 한 개를 어느 틈에 집어 (…중략…) 인정없이 들입다 치며" 자식을 죽이려는 것이다. 놀란 법관이 왜 그런 일을 하느냐고 묻자 이동집은 "그 놈을 위해 적아들 죽이기는 제가 재미를 보자는 것인데 저 죽는 터에 그 자식은 살려두어 무엇합니까"라고 한다.[10] 뒤틀린 모성(母性)의 소산일 수도 있겠으나 이동집에게 있어 그 동기는 철저히 자기중심적인 것으로 설명된다. 신소설의 악인은 이렇듯 놀랄 만한 개인주의자들이다. 하긴 그 내력 자체는 오래다. 야사(野史)에는 중국의 측천무후가 빈(嬪) 시절 제 자식을 죽여 황후를 모함했다는 이야기가 전하고, 소설에서라면 『사씨남정기』의 교씨도 같은 계략을 쓰는 것을 방조했던 바다. 악은 폭력이나 살인 등 행위 자체의 비윤리를 통해서가 아니라 충절과 지속성의 결여를 통해 비로소 악으로서 완성된다. 자기 자신에 대한 것 외에는 어떤 공동성에의 헌신(commitment)도 외면하는 것이 악의 요건이다. 신소설에 있어 문제적인 것은, 이런 유사-개인주의적 감각이 놓인 사회적 위치가 달라졌다는 사실이다.

---

10   이해조, 『구의산』 하, 신구서림, 1912, 14쪽.

3. 선의 권도(權道) - 악에의 대처법

개인주의와 개화

『귀의성』의 점순은 남편과 아이를 버리고 이익만을 좇는다. 『치악산』의 옥단은 남편의 죽음에도 개의치 않고 상전의 단물 빼는 데만 골몰한다. 이들은 배우자 사이 "순돌 아버지가 다른 계집에게 미쳐 날뛰는 것을 보면 나는 다른 서방 얻어 가지, 밤낮 게걸게걸하고 있을 망할 년 있냐"(『귀의성』 69)라거나 "너는 아무 걱정 말고 다른 서방 얻어서 잘 살아라"(『치악산』 295)라는 말이 거침없이 나오는 감각 속에서 살아간다. 부부간 인연이 상전에 의해 좌우되었던 조선시대의 역사를 실증하듯 종복(從僕) 출신 악인들은 살 맞대고 함께 사는 관계 앞에서도 냉정하다. 관계는 언제든 끊어낼 수 있다. 선이 모든 관계에 착잡하게 매어 있고, 초보적인 악 또한 핵가족의 관계를 절대시하고 있다면, 무르익은 악은 세계를 계산과 합리성으로 대할 뿐이다. 『귀의성』의 본처가 죽음으로 응징당하는 장면에서, 남편의 정에 연연해하던 본처는 강동지에 의해 "잡년", "쉽게 몸을 허락하"(하 119)는 일구이언(一口二言)의 인물로 매도된다. 상선벌악(賞善罰惡)은 악을 악으로서 확정한 후에야, 충실성이라곤 없이 자기 욕망만 따르는 존재로 악인을 낙인찍은 후에야 비로소 온전할 수 있다.

문제는 이 외곬의 자기애가 종종 '개화'의 원칙과 겹친다는 사실이다. 예컨대 『귀의성』에서 점순의 짝 작은돌은 이렇게 말한다: "하느님이 사람 내실 때에 사람은 다 마찬가지지 남녀가 다를 것이 무엇 있단 말이냐. 네가 행실이 그르면 내가 너를 버리고, 내가 두 계집을 두거든 네가 나를 버리는 일이 옳은 일이다 (…중략…) 두 내외가 의만 좋으면 평생을 같이 살려니와, 의가 좋지 못하면 하루 바삐 갈라서는 것이 제일 편한 일이다 (…중략…) 요새 개화 세상인 줄 몰랐느냐"(69). 주인 김승지의 축첩과 그로 인한 소동을 비꼬고 있는 작은돌의 대사는 관계 자체에 연연해하지 않는 자유를 권장한다. 김승지 집안의 소동을 겨냥한 점에서라면 이 비판 자체는 그다지 예리한 것은 아니다. 김승지는 부인과 춘천집을 다같이 불쌍하게 여기고 있을 뿐 아니라 "마누라 없이는 참 못 견디겠다 하는 생각"도 진지하게 떠올리기 때문이다. 김승지에게 있어 축첩은 '의가 좋으면', '의가 좋지 못하면' 등의 조건과 무관한 행위이다. 종들에게는 유동적 일부일처가 당연한 현실인지 몰라도 세력 좋은 김승지로서는 축첩이 더 자연스런 길이다.

작은돌의 발언은 김승지에 대한 비판으로서보다는 자기 계층에 대한 옹호로서 더 기억할 만하다. 다른 이해가 얽히면 쉽게 인연을 끊을 수 있는 태도, 관계를 중시하기보다 '나'에 집중하는 태도는 『귀의성』의 점순이라든가 『치악산』의 옥단이나 고두쇠 같은 인물이 잘 보여주는 바다. 이 홀가분한 개인의 자리, 이해만을 따질 수 있는 자리는 '개화'의 입지와 겹친다. 1900년대에 충분히 현실화되진 못했으나, 가문의 압력을 최소화하면서 개인과 국가 사이 일직선의 관계를 구축하려는 계몽주의에 있어 개인의 가치란 중요한 것이었다.[11] 신소설에서 반상(班常)의 질서가 남김없이 흔들리는 것은 아니나 — 중인(中人) 출신 전형적 여주인공들은 흔히 양반가 아들과 혼인한다 — 그 특유의 평민적 감각은 계급별로 분할된 도덕에서 개인을 구출하려 시도한다.[12] 한편으로 "사람의 행실은 반상으로 의

---

11 조금 후일의 일이지만 송진우의 「사상개혁론」에서 이 명제는 "개인은 家族線를 경유하여 사회에 도착할 것이 아니라 직선으로 사회를 관통하게 할 것"이라는 명제로 요약된 바 있다. 『학지광』 5호, 1915.2, 5쪽.

12 신소설 작가층은 양반계층의 주변부에서 주로 배출된 것이 아닌가 생각된다. 서자 출

논할 것이 아니오 (…중략…) 불상년이라도 제 마음 정렬한 사람도 많을
터"(『귀의성』144)라는 전도나 "네가 숙부인 / 숙부인인지 쑥부인인지 / 뺑
대부인이라도 너같은 잡년은 없겠다"(하 119)라는 공박으로 반상의 질서를
재조정하면서, 다른 한편으로는 유교적 도덕률과 거리가 멀 수밖에 없었
던 하층의 삶을 그대로 '개화'의 윤리로 삼으려는 시도 또한 하는 셈이다.
홀가분한 개인, 공감에도 충실성에도 관심을 두지 않는 개인은 세계를 욕
망의 잣대로만 재며, 욕망의 실현을 위해 치밀하게 미래를 계획한다.[13]

그렇지만 악인의 기도는 번번이 좌절한다. 『귀의성』 같은 독특한 소설
에서조차 결국 승리하는 것은 창선(彰善)이라는 방향성이다. 『귀의성』은
춘천집 모자의 무죄한 죽음을 보여주지만, 그럼으로써 선의 보상에 대한
기대를 짓밟아 버리지만, 악이 승승장구할 수는 없다. 신소설은 권선징악
의 구도를 철저히 따르며, 이 구도에 어긋나는 부조리를 점점 더 용납하
지 않으려 한다. 죽었다는 인물을 무리하게 부활시키는 일도 불사할 정도
다. 『구의산』에서 살해당했다던 신랑 오복이 멀쩡히 유학 생활을 하고 있

신 이인직이 그렇고, 경아리 집안 출신 최찬식이나 番飛譯宮補와 주사를 지냈던 구연
학이 그러하며, 더 따져보아야겠지만 김교제 역시 상업학교를 졸업하고 능참봉을 지
낸 이력 등으로 보아 비슷한 계층감각을 가지지 않았는가 짐작해 볼 수 있다. 이해조
도 양무아문 등에서 기술직 관료를 지낸 이력으로 보아 조부가 처형당한 후 주변–신
흥의 계층감각을 공유하면서 자랐을 가능성이 있다. 그러나 이런 신분 배경 때문에
양반 중심 기성 질서에 대해 문제의식이나 원한 감정을 가질 개연성이 있었다는 사실
과, 그 해결에 있어 어떤 방식을 지향했는지는 전혀 다른 문제다. 이인직은 1910년 이
후 경학원 부사성으로서 보수적 이데올로기를 대변하는 위치를 기꺼이 수락했다.

13 중국에서는 일찍이 량치차오가 「十種德行相反相成義」에서 利己가 악덕이라는 관념
을 거부하면서 민권사상의 기초는 "사람들이 저마다 털 한 올도 뽑지 않으려는 마음
을 가지고 스스로를 이롭게 하면서 천하를 이롭게" 하는 것이라고 설파한 바 있다(王
暉, 송인재 역, 『절망에 반항하라』, 글항아리, 2014, 102쪽에서 재인용). 한국에 있어
이런 개인주의–자유주의의 입지는 극히 좁았던 것으로 보인다. 비기득권 세력으로
서 정치·경제적 요구를 표출했던 일진회의 경우 '민권 우선적 애국론'에서 출발했지
만 '동양주의'라는 명분 하에 일본에 투항하는 결론을 보였다(김종진, 『일진회의 문명
화론과 친일활동』, 신구문화사, 2010, 66~80쪽).

었던 정도는 약과요, 『현미경』에서는 복수까지 다 끝낸 뒤인데 처형당했다던 아비가 살아 돌아오고 『추월색』에서는 어려서 이별한 부모가 뜻밖에 만주 비적단 일원으로 나타난다. 춘천집 모자가 참혹하게 죽는 『귀의성』이나 충비(忠婢)의 죽음으로 시작했던 『빈상설』, 절개 굳은 기생 선초가 자결하는 『화의혈』, 주변적으로는 구원자였던 승려가 억울하게 살해당하는 『금강문』 등이 오히려 예외적이랄 수 있다.

　『귀의성』이나 『화의혈』류의 예외성이 일반화될 수 있었다면, 신소설을 '우연의 남발'로 혹평하는 시각은 조금 비껴갈 수 있었겠다. 『귀의성』의 침모 어머니 — '눈먼 현자'인 이 인물 형상은 한국 서사 전통에서는 다소 낯설다 — 가 말하는 대로 "평생에 마음만 옳게 가지면 죽어도 옳은 죽음을 하느니라"(125)는 식의 권선징악이라면 지금이라고 못 받아들일 바 아니다. 보답받지 못한 선의, 억울하고 참혹한 죽음은 언제나 넘쳐나는 현상이 아닌가. 이미 오래 전 『사씨남정기』에서 덕성의 화신 사씨가 되뇌인 바 있듯 "비간은 심장이 쪼개지고 오자서는 눈이 뽑혔"으며 "굴원은 물에 빠져 죽었고 가의는 「복조부」를 지었"던 것이다.[14] 세상의 이치란 믿을 수 없다. 애오라지 '사후(事後/死後)의 평판'으로 이 불균형을 바로잡으리라고 생각할 수는 있을 터이다. 소설 같은 서사가 무릇 이런 위안과 교정의 역할을 해야 한다고 여길 수도 있음직하다. 천주교 박해를 주도한 이경하의 무사종신(無事終身)과 왕비 시해범 우범선을 살해한 후 징역을 사는 고영근의 험로(險路)[15]를 함께 시야에 넣으면서 "나라에서 무죄하고 착한 사람을 많이 죽이면 그 나라가 망하는 법이요, 사람이 간

14　金萬重, 류준경 편역, 『사씨남정기』, 문학동네, 2014, 88쪽.
15　이경하와 고영근을 같은 층위에서 다루는 시각의 정치성은 문제적이다. 이 대목은 이인직이 조선 왕조의 천주교 박해에 대해 의견을 내비치는 유일한 곳이기도 하다.

악한 꾀로 사람을 죽이면 그 사람이 벌역을 입느니라"(『귀의성』 118)는 포괄적 해석을 내리는 식이라면 말이다. 하긴 21세기인 오늘날에도 사람들은 여전히 창선과 징악의 서사에 끌리지 않는가.

착한 우연, 악한 계획

그렇지만 신소설에서의 권선징악은 대개 훨씬 폭이 좁다. 선인이 다쳐서는 안 되고, 악인이 무사해서는 안 된다. 모든 보상은 눈앞에서 이루어져야 한다. 신소설은 아직 시간에 미루는 법을 알지 못하고, '미래'라는 영역의 우연성 — 또한 그 안에서의 필연성 — 에 기대는 법을 알지 못한다. 당연히 단기적 우연성-필연성에의 의존이 필연적이다. 『치악산』의 이씨 부인은 최치운에게 욕을 볼 뻔한 위기에서 장포수의 구원을 받고, 장포수가 음욕(淫慾)을 발동한 후에는 여승 수월당에게 구원받은 바 된다. 다시 수월당의 암자에서 누명을 쓰고 쫓겨나 자살을 기도했을 때는 마침 시아버지 홍참의가 그 자리를 지나가고, 홍참의는 공교롭게 며느리의 옛 종복이 사는 집에 도움을 청한다. 이부인을 계속 곤경에 밀어넣던 시누이 남순은 제 계략에 넘어가 흉한(兇漢)에게 납치당하는데, 탈출해 나온 후에는 이씨 부인의 부친인 이판서에게 구조를 받는다. 우연은 꼬리에 꼬리를 물고 계속된다. 우연의 남발을 비교적 자제하고 있다는 『귀의성』에서도, 춘천집은 첫 번째 자살 기도 때는 순검에게 구조를 받고 두 번째 자살 기도 때는 침모와 만나게 된다. 후반부에서 춘천집 모자의 시신은 김승지와 강동지 내외에 의해 두 차례나 '우연히' 발견된다.

잠시 이 '우연'의 무대가 1900년대 당시에는 오늘날과 크게 다른 꼴이었다는 사실을 상기해 두도록 하자. 신소설에서의 숱한 조우(遭遇)를 '우연'이라고 부를 수 있는 근거는 무엇인가? 사실 삶은 우연의 연속이기도 하다. 우연한 시공간에서 우연한 만남이 거듭되면서 우연한 선택이 삶을 형성한다. 문제되는 것은 우연의 빈도요 형태다. 우연의 환경으로서 군중(群衆)이란 지금으로서야 당연하지만 1900년대에는 꽤 낯선 발상이었을 것으로 추측된다. 실제로 『귀의성』이나 『치악산』에 군중이 등장하는 장면은 없다. 춘천집이 춘천을 떠날 때 와글와글, 침모가 시집간다고 거짓 고할 때도 도동 집이 와글와글, 강동지 내외가 춘천집 모자의 시신을 발견했을 때는 봉은사 승려들이 법석거리지만, 이들은 익명의 '군중'이 아니라 친숙한 이웃이다. 좁은 원주 땅을 배경으로 한 『치악산』에서야 더 말할 것도 없다. 산에 묻혀 사는 포수까지도 홍참의라는 이름 앞에서는 기가 죽고, "개똥 삼태기 메고 나선" 행인도 알고 보면 이웃집 개똥 아범이다. 세계는 아직 친숙해 보인다.

간혹 익명의 군중이 등장하는 장면에서도 인간관계의 기본꼴은 바뀌지 않는다. 신소설에는 신문물의 상징으로서 신식 교통기관이 자주 등장하는데, 이 새로운 기계는 새로운 관계로의 접속을 가능케 한다. 조촐한 행장(行裝)을 갖춘 단출한 일행 대신 숱한 승객을 싣고 있는 거대한 기구, 기차나 증기선 등은 절로 군중이라는 존재를 탄생시킨다. 군중 속에서라면 만남의 형식 또한 다를 수밖에 없다. 표피적 관계의 증식 속에서 싹트는 무관심의 상태(blasé)[16]가 당연할 것이다. 그러나 아직 새로운 문물에 익숙치 않은 까닭인지 신소설에서 기차·증기선 같은 교통기관은 오히려 익숙한 관계 양상을 확장시키는 도구로 기능하곤 한다. 『혈의누』에서

---

[16]   G.Simmel, 윤덕영·김미애 역, 『짐멜의 모더니티 읽기』, 새물결, 2005, 41~45쪽 참조.

옥련과 구완서의 만남, 『고목화』에서 갑동과 조박사의 만남, 그밖에 증기선·철도·운동회 등 새로운 문물제도에 기반한 '옛날식 인연'은 모두 그 결과이다. 그렇다면 『귀의성』에서 철로를 베고 누워 있는 춘천집 몸에 하필 김승지네 전(前) 침모가 걸려 넘어졌다는 사실도 그 자체로는 특기할 만한 우연이 아니다. 『치악산』에서 일면식도 없는데 봉욕당하는 이씨 부인을 구해 주는 장포수의 협기도 낯설 수 없다. 스쳐 지나가는 관계는 있을 수 없고, 곤경을 못본 체 지나치는 마음도 있을 수 없다. 아직 세계는 낯익은 얼굴, 친숙한 인연으로 구성되어 있다.

악인들은 그러나 우연을 가장해 자기중심적 계획을 관철시키는 데 익숙해 있다. 근대 이전에 이미 교묘해질 대로 교묘해진 바 있던 악의 계략은 신소설에 이르면 더 치밀해진다. 앞서 본 『귀의성』이나 『치악산』의 사례가 대표적이다. 그리고 선은 이윽고 악에서 그 치밀성을 배운다. 『귀의성』의 강동지, 『빈상설』의 승학 등은 모두 악을 무찌르기 위해 계교와 위장을 학습한 이들이다. 소설이 시작될 때만 해도 아무 작정 없이 딸과 함께 서울로 올라가고 기껏 여비 몇 푼 얻어내는 것이 목표였던 강동지는 악인들을 응징하기 위해 "머리 깎고 양복" 입은 전략가로 거듭난다(하98). 김씨 부인이 신뢰하는 점쟁이를 매수하고, 김씨 부인과 점순 사이 우편을 가로채고, 점순과 최가를 속이기 위해 한 편 잘 짜여진 연극과도 같은 사기극을 연출해 낸다. 강동지 스스로 의식하고 있듯 '한성재판소'와 '부산재판소'를 거쳐 점순과 최가를 체포하는(하94) 그런 방법도 가능하건만 그는 굳이 제도의 합리성 대신 개인의 능력에 의지하는 복수의 방법을 택한다. 심지어 최가를 죽일 때는 일대일로 완력을 겨뤄 갈빗대를 부러뜨려 죽이기마저 한다. 이것은 그야말로 사회 이전 개인과 개인의 격돌, 홉스적 자연의 상태다.

『빈상설』에서의 승학 역시 쌍둥이 누이를 납치하려는 악인들에 맞서 자신이 여장한 채 누이인 척하고 나아가 감시역으로 자기 옆에 누운 처녀를 겁탈하는 문제적 행동을 보인다. 이 때 승학이 하는 변명은 "법률상 죄인을 면치 못하겠으나 권도라는 권자가 이런 때에 쓰자는 것이지"(87)지만, '권도'는 임시변통을 넘어 인물의 존재 자체를 물들인다.[17] 『치악산』에서도 이씨 부인 때문에 죽을 뻔했던 충비 검단은 악인들의 약점을 이용해 도깨비불을 치밀하게 조작해 내고, 『구마검』에서는 함진해의 사촌 함일청이 무속을 역이용해 악당을 응징한다. 『금강문』에서는 주인공 경원의 무죄를 확신하는 교장 부인이 무당에 조역들까지 동원한 정교한 속임수의 연출자가 된다. 신소설의 세계에서 선이 살아남으려면 솔직 · 단순한 덕성만으로는 불충분하다. 선인들 역시 악이 구사하는 것 같은 계산적 합리성을 익히지 않으면 안 된다. 자연을 지배하기 위해 자기 내부의 자연 먼저 다스려야 하는 계몽의 역설[18]이 어느덧 한반도에 착륙한 것이다.

---

17 '권도'는 맹자 사상의 핵심을 담고 있는 개념으로 설명된다. '權'은 보편성을 뜻하는 '經'과의 관련 속에서 사물의 특수한 국면, 변화의 원리를 의미한다(백종석, 「맹자 철학에서 權道의 철학적 해석」, 『철학논집』 16호, 2008, 99~102쪽 참조). 신소설에 있어서의 '권도' 개념에 대해서는 배정상, 「이해조 문학 연구」, 연세대 박사논문, 2012 참조. 『현씨양웅쌍린기』 등 근대 이전 소설에서도 '권도'가 등장하는 일이 있으나 신소설에서는 그 양상이 훨씬 보편적 · 포괄적인 것으로 판단된다.

18 T.W.Adorno, 김유동 역, 『계몽의 변증법』, 문예출판사, 1996.

4. 잔혹과 폭력의 세계 질서

묘사의 힘과 물리력에의 호소

신소설의 잔혹은 유명하다. 아마『귀의성』이 가장 대표적인 사례겠다. 오래도록 읽히고 회자된 이 소설에서 강동지는 법적 처분을 거부하고 "김승지의 재물을 욕심껏 빼앗"는 한편 "원수는 원수대로 갚"는 개인적 복수의 길을 택한다(하 98). 칼에 목을 찔리고 "결 좋은 장작 쪼개지듯이 머리에서부터 허리까지" 한칼에 동강나 죽은(하 24) 딸과 손주의 비참한 죽음을 배로 갚으려는 듯, 갈빗대 부러뜨리고 바위에 패대기치고 목 잘라 살해하는 잔인한 방법으로다. 그 밖에도 잔혹의 자취는 적지 않다. 『현미경』의 빙주가 "피가 뚝뚝 듣는 사람의 머리 하나를 쟁반에 받쳐서" 아버지 제사상에 올리고[19]『구의산』의 이동집이 제 자식을 박살내 죽이는가 하면,『비파성』에서는 딸 원수를 갚겠다는 어미가 직접 악인을 칼로 베 버리고,『봉선화』에서는 음모를 꾸민 주종(主從)을 칼로 난자해 죽인다. 신소설의 결말로 더 전형적인 것은 신지식과 덕성으로써 악인을 회개시키든지 법적 처분을 통해 정의를 관철하는 것이지만, 잔혹한 폭력을 사용한 결말은 충격적일 수밖에 없어 오래 가는 인상을 남긴다. 일찍이 지적되었다시피 이런 잔혹의 양상은 1910년 이후 더 심각해진다.[20]

근대 이전이라고 폭력과 잔혹과 공포가 없었을 리 없다. 고대 신화의 세계에서는 폭력이 오히려 당연한 질서이다. 크로노스는 제 자식을 삼키

---

19 김교제,『현미경』, 동양서원, 1912, 20쪽.

20 김석봉,『신소설의 대중성 연구』, 역락, 2005, 108~113쪽에서는 신소설에서의 잔혹을 대중성 획득의 전략으로 분석하고 있다.

고 제우스는 아비의 배를 가르며, 오시리스는 갈갈이 찢겨 나일강에 던져지고, 시바는 파괴의 권능을 자랑한다. 여와(女媧)의 사체 위에서 살고 있는 우리는, 제주도의 「천지왕본풀이」나 「할망본풀이」가 보여주듯 가족 내의 사투도 서슴지 않았던 거인들의 후예이기도 하다. 힘의 지배보다 이념의 지배를 중시했던 중세에도 폭력은 왕왕 날것으로 드러났다. 유럽에서 마녀사냥의 고문이 웅변하듯 이탈자에 대한 폭력은 잔혹하고도 철저했으며, 아시아에서 인(仁)이나 자비의 윤리도 외부에까지 미치지는 못했다. 소설에서라면 악을 개유(改諭)한다는 취지가 보다 일반적이지만 『사씨남정기』처럼 "염통을 쪼개고 간을 꺼내" 응징을 가해야 한다는 분노도 드물지 않다. 온후한 군자 유연수가 악녀 교채란을 두고 이렇게 분노를 터뜨렸을 때, 현숙한 부인 사씨가 만류한 말은 기껏 "죽이더라도 그 신체만은 온전하게 보전하도록" 해야 한다는 정도다(155~156). 악이 친자식까지 죽이는 잔혹을 서슴지 않았던 것은 물론이고, 효나 충이나 열(烈) 같은 덕목이 잔혹한 이면을 드러내는 일도 없지 않았다.

예컨대 '열녀'라는 이름과 더불어 전해지는 사연 중 상당수는 끔찍한 잔혹성을 보여준다. 특히 임진란 당시 여성들의 최후는 "두 손가락과 발을 끊고" "유방을 베고 배를 가"르는 생생한 묘사와 더불어 전달되었다. 그것은 죽음에 이르기까지 자기 신체를 혹사했던 '열녀 잔혹사'의 적절한 반면(半面)이다.[21] 설화 속 '열녀'들도 잔인하다. 억지 개가(改嫁)한 후 몇 년이 지나도 새 남편과 자식에 대해 일말의 연민 없이 복수를 해치운다. 불질러 살해하는 정도는 기본이고, 본 남편의 병을 고치겠노라며 새로 낳은 자식을 죽여 약으로 쓰기도 한다.[22] 열(烈)이라는 명분 아래 이른바 인

---

21 강명관, 『열녀의 탄생 ─ 가부장제와 조선 여성의 잔혹한 역사』, 돌베개, 2009, 320~ 323쪽.

간적 감정은 철두철미 모독당한다. 악이 잔혹의 근원인 만큼이나 도덕적 권위로서 군림하는 이념 역시 잔혹과 썩 잘 어울릴 때가 있다. 하긴 미시 권력이 다 발달하지 않았을 무렵 물리적 강제 없이 어떻게 권위를 주장하겠는가. 중앙 권력의 그물망이 치밀하지 않았던 만큼 폭력과 잔혹의 힘은 오히려 근대 이전에 압도적이다. 제도화되고 간접화된 폭력 대신 국지적이고 직접적인 폭력이 성행하였다. 국가에 의해 독점되지 않은 폭력의 영역이 그만큼 넓었던 것이다. 다만 이때까지는 폭력과 잔혹 자체가 진지한 흥밋거리가 되지 않았을 따름이다. 묘사가 현실적이라기보다 관습적이었던 까닭도 크다.

그러나 이인직과 이해조가 각각 『혈의누』와 『빈상설』 서두를 통해 보여주었듯 신소설은 묘사를 본격 도입한 양식이다. "평양성 외 모란봉에 떨어지는 저녁볕은 뉘엿뉘엿 넘어가는데 저 햇빛을 붙들어매고 싶은 마음에 붙들어매지는 못하고 숨이 턱에 닿은 듯이 갈팡질팡하는 한 부인"이라든가 "닭의 알 어르듯이" 같은 문장에서 드러나는 묘사의 힘, 이것이 신소설의 특징 중 하나다. 권위와 참조에 의지하는 대신 저마다 맨눈으로 관찰하고 판단해야 하는 세상[23] ─ 이것이 묘사를 요청하는 기반이라고 본다면, 이것은 폭력과 잔혹에 썩 잘 어울리는 환경이기도 하다. 처음부터 개인의 욕망을 최우선시하는 악인들에게 있어서는 물론이고 도덕률을 명분 삼는 주인공들에 있어서도 잔혹은 힘의 증거다. 민족주의적 정념에서도 멀리 부강(富強)을 목표 삼느니보다 눈앞의 물리력을 과시하는 일이 드물지 않다. 젊은 김구는 밀정으로 의심되는 일본인을 살해한후 "손으로 그 피를 움켜 마시고 또 왜의 피를 낯에" 발랐으며[24] 망명 후

22   이인경, 「'개가열녀담'에 나타난 烈과 정절의 문제」, 『구비문학연구』 6호, 1998.
23   柄谷行人, 박유하 역, 『일본 근대문학의 기원』, 민음사, 1997, 29~32쪽 참조.

신채호는 매국노에 대해 "혀를 빼며 눈을 까고, 쇠비로 그 살을 썰어 뼈만 남거든 또 살리고 또 이렇게 죽"이겠다는 지옥을 구상한 바 있다.[25] 법과 도덕을 통한 질서 재정비가 너무나 멀게 느껴질 때 진화론식 약육강식에서의 우세는 쉽게 기대 볼 만한 근거다.

악으로써 악을 제어하기

『귀의성』의 김승지 부인은 "방망이로 춘천집 (…중략…) 대강이를 깨뜨려 놓고 싶다"거나 "그년의 자식을 생으로 부등부등 뜯어먹었으면 좋겠다"는 폭력적 분쇄에의 욕망을 표현하는 것을 주저치 않는다. 양반다운 가식을 다 털어낸 이 욕망은 과연 춘천집 모자의 잔혹한 죽음으로써 보상된다. 그러나 『귀의성』에서 벌어지는 총 네 차례의 살인 중 나머지 세 차례는 복수라는 명분 아래 강동지에 의해 직접 수행되는 것이다. 강동지는 악인들을 갈비뼈를 부러뜨려 죽이고, 바위에 메쳐 죽이고, 목을 잘라 죽인다. 대체 왜 이렇듯 노골적인 폭력을 동원해야 하는가? "요새같이 법률 밝은 세상"이라는 말이 나온 만큼 법에 호소하는 것이 당연한 절차 아닌가? 실제로 강동지는 법률적 응징의 가능성을 밝히 알고 있지만 그 길을 택하지는 않는다. 추문(醜聞)을 두려워하는 김승지를 협박해 한 재산 뜯어내는 한편 개인적·직접적 폭력으로써 악을 응징한다. 딸과 손자가 살해당했다는 사실을 안 순간 느꼈던 즉각적 복수심, "점순이와 최가를 붙들어서 토막을 툭툭 쳐서 죽이고 김승지의 마누라를 잡아서 가랑

---

24   김구, 도진순 주해, 『백범일지』, 돌베개, 1998, 90쪽.
25   신채호, 「꿈하늘」, 송재소·강명관 편, 『꿈하늘』, 동광출판사, 1990.

이를 죽죽 찍어 죽이고" 싶다는 증오를 마음껏 충족시킨다. 선과 악은 같은 형식으로 겨룬다.

앞에서 썼듯 악을 응징하는 데 노골적 폭력을 동원한 경우는 그밖에도 많다. 김교제의 『현미경』이나 이해조의 『비파성』과 『봉선화』, 김용준이 저작자로 돼 있는 『금국화』 등이 그렇고, 김교제가 쓴 『치악산』 하편에서도 계모는 용서되지만 노복은 죽음으로 대가를 치른다. 법의 테두리를 벗어난 이들 개인적 폭력에는 나름의 변명이 붙어 있다. 『현미경』에서는 아버지를 장하(杖下)에 죽인 원수가 세도가의 조카라 법에 기댈 수 없었다 하고, 『치악산』 『봉선화』에서는 "요새같이 밝은 세상"이 아닌 예전 일이라 어쩔 수 없었다고 한다. 1910년대인 "지금은 개명시대가 되어" "아무리 부모가 제 자식을 죽여도 살인범으로 징역을 시키"게 되었으니 사정이 달라졌다는 부언(附言)을 잊지 않은 채다. 그러나 복수의 수행자 강동지가 '법'을 의식하고 있던 『귀의성』과 마찬가지로 이들 텍스트에서도 근대법의 존재는 뚜렷하게 나타나 있다. 『현미경』에서는 빙주를 검거하기 위해 군경(軍警)이 총동원되고, 『치악산』 마지막 장면에서는 주막에서 소동이 일자 즉각 군수가 나서며, 『비파성』과 『봉선화』에서는 복수 명분의 살인 직후 순사들이 범인을 찾기 시작한다. 서술자들의 변명과 달리 법은 충분히 가까이 있기도 하다.

그러나 한편 매개화되고 제도화된 정의로서의 법은 아득히 먼 것이다. 약자의 처지로선 더욱 그렇다. 예(禮)와 도(道)의 개념을 변용함으로써 근대의 물결에 대처하려던 노력에도 불구하고[26] 19세기 후반 이래 한반도의 현실은 약육강식과 우승열패라는 표어를 절감케 하는 쪽으로 기울었다.

---

26   김미정, 『차이와 윤리―개화 주체성의 형성』, 소명출판, 2014.

국제 질서에서도 국내 질서에서도 그러했다. 진화론적 경쟁을 대외적 원칙으로, 민족주의적 통일성을 대내적 원칙으로 이원화하려는 시도에도 불구하고 전자는 종종 후자를 압도해 버리곤 했다. 일진회를 통해 잘 드러나듯 입신출세에의 욕망 때문에 민족주의적 명령을 등지는 경우도 흔했다. 당연히 서로 잡아먹는 살육의 이미지가 부상한다. 먼저 깬 자는 앞장서 길을 이끄는 대신 자는 자를 먹이로 삼고, 강자는 약자로 배를 불리고도 일점 반성 없이 "천지간에 떳떳한 이치"임을 자부한다. 인간은 '시랑(豺狼)', 즉 승냥이나 이리 같은 짐승에 가까운 존재가 되었다. "빼앗고 싸우고 시기하고 흉보고 총을 놓아 죽이고 칼로 찔러 죽이고 피를 빨아 마시고 살을 깎아 먹"는 이 세계에서 살아남으려면 힘을 갖추어야만 한다.

진화론적 세계상이 준 충격과 자극에 비한다면 법의 역할이란 미흡한 제어 작용을 하는 데 불과하다. 더욱이 『은세계』『현미경』 등이 잘 보여주듯 법이 수구 권력의 손에 장악되어 있기도 한 형편 아닌가. 힘에는 힘으로, 폭력에는 폭력으로 ─ 이것이 훨씬 진실에 가까운 말이다. 권도(權道), 잠시 정의롭지 못한 수단을 빌게 된다고 해도 어쩔 수 없다. 『빈상설』의 승학은 '권도'로 처녀를 겁간하고, 『설중매』의 이태순은 '권도'를 써 심가로 변성명하여 검거망을 피하며, 「소금강」에서는 활빈당에 대해 "비록 법을 범하는 패류의 하는 바이나 (…중략…) 남아의 (…중략…) 기개로 권도를 행함이라"는 평가를 내린다. "규모를 지키어 우리 이천만 빈한 동포의 참혹히 죽는 것을" 볼 때가 아니라는 것이다.[27] '권도'를 사용할 수 있게 된다면 악인들과도 경쟁할 수 있다. 악인들은 계산적 합리성으로 무장하고 있지만 그 너머, 응보(應報)의 질서가 있다는 사실을 무의

---

27 「소금강」,『대한민보』, 1910.10.14.

식 중 인정하고 있으며 그 때문에 '권도'에 더 쉽게 속아 넘어가기도 한다. 『귀의성』에서, 『구마검』에서, 『치악산』과 『금강문』에서 '권도'로써 연출된 응보에 악인들은 어이없을 만큼 쉽게 기만당한다. 『치악산』에서 "밤이면 파란 물 들인 유리등에 불을 켜서 감추었다 내들었다 하여" 도깨비불을 가장했을 때 딱 한 명, 악노(惡奴) 고두쇠가 "귀신, 귀신이 다 무엇말라죽은 것이냐 (…중략…) 조 방정맞은 요 귀신 쫓아버리면 이번에는 우리 댁 마님이 우리 내외를 속량 아니하여 줄 수는 없지"라며 허풍스레 입찬 소리를 할 뿐이다. 꾀바른 악인들이지만 권도(權道)를 천리(天理)와 섞어 쓰는 용법 앞에선 아직 무기력하다.

5. 폭력과 간지(奸智)와 권선징악

폭력에는 폭력으로, 간지에는 간지로 맞서야 한다. 법과 도덕률이 잔혹한 홉스적 세계를 제어하려 하지만 신소설에서는 그 외부가 커질 대로 커진 상태다. 전근대 소설에서도 악인들은 치밀하고 유능하며 합리적이지만, 등장인물들의 능력을 초월하는 질서의 개입에 의해 패배하고 압도당하곤 한다. 군주가 총명을 회복하는 경우도 있고, 이계(異界)의 존재가 왕림하는 일도 있으며, 순전한 우연이 작용하기도 한다. 주인공이 적극적 입안자(立案者)가 돼야 하는 일은 거의 없다. 주인공은 오직 덕성으로써 완전무결하게 무죄하며 무력하다. 반면 신소설에서는 선인이 악인 못지 않은 책략을 꾸밀 줄 안다. 신소설의 중심에 놓인 여성 주인공은 여전히 '무기력하고 순결한' 모습을 보이고 있으나, 그 후원자들은 간지를 발휘하고 폭력까지 불사하여 악을 폭로하고 처벌한다. 권선징악의 틀은 그대로 있으나, 이는 적극적 행동에 의해 지지되는 결론, 간지와 폭력으로 가득찬 세계를 같은 논리로 헤쳐 나감으로써 얻을 수 있는 결론이다.

더욱이 『귀의성』처럼 권선징악이라는 틀이 일시적으로 깨지는 경우조차 없지 않다. 아무 죄 없는 춘천집 모자의 죽음은, 어떻게 갚는다 해도 이미 일어나 버린 일이다. 이 사건은 돌이킬 수 없다. 죽은 줄 알았던 사람이 살아 있었다는 모티프는 너무도 낯익은 것임에도 『귀의성』의 참혹한 죽음을 뒤엎지는 못한다. 어쩌면 서술자는 주인공들이 부활할 가능성을 무질러 내기 위해 어린아이 몸통을 둘로 쪼개는 잔혹한 폭력을 구사했는가 싶기도 하다. 재생과 귀환의 모티프가 애용되는 세계에서 복구 불가능한 일은 드물다. 죽은 줄 알았던 이들조차 속속 살아오고, 세계의 질서도 훼손되었는가 하는 순간 곧 복구된다. 그러나 잔혹이 뚜렷하게 개입한다면 양상은 달라진다. 『귀의성』의 잔혹한 살인 장면은 궁극에 있어 회복과 복원의 가능성을 믿는 태도에 가하는 날카로운 타격이다. 악인의 간지와 폭력은 세계를 결정적으로 훼손해 버린다. 그렇다면 법에 호소하고 인의의 미덕을 드러내는 것은 다 부질없는 일일지 모른다. 폭력이 이미 보편적이라면 그에 맞서는 방법 역시 달라지지 않으면 안 된다. 신소설에는 그런 보편적 폭력의 징후가 넘실대고 있다.

제4부

소설, 국가 이후

망국(亡國)과 공화(共和)

1900년대 역사·전기물에서의 정체(政體) 상상

1. 입헌과 군민공치(君民共治)

독립협회가 해산될 당시 광무황제 이희(李熙)의 내심을 반(反) 협회 쪽으로 기울게 한 것이 한 장의 익명서였다는 사실은 잘 알려져 있다. 독립협회에서 일종의 의회인 중추원 제도를 제안, 그 구체적 결성이 모색되고 있는 와중이었는데, 왕과 협회 사이 입헌군주제라는 합의점을 위협하는 정부 구성안이 나돌았다는 것이다. 박정양을 수반으로 하는 공화정부 구성안이었다. 외부 세력에 의한 조작이라는 견해가 있을 정도로 이는 난데없는 평지돌출격 사건이었다.[1] 익명서 사건으로 정국은 삽시간에 경색되어, 2백 명 민(民) 대표가 왕과 회견하고 왕이 직접 '국태민안칙어(國泰民安

---

1   『고종시대사』 4, 국사편찬위원회, 1966, 708~717쪽 등.

勅語'를 내리는 등 유화국면을 거치긴 하지만, 결국 왕과 협회 사이 대결 국면으로 치닫는다. 그렇잖아도 독립협회의 정치 개혁안은 군주와 인민, 상원과 하원 사이에서의 다양한 의견 불일치를 가까스로 봉합하고 있는 것이었던바 문제의 팜플렛은 봉합 지점을 여지없이 헤쳐 버렸다. 계몽 지식층 중심 독립협회의 의회 구상에 반발하여 황실 보호와 하원 설치라는 두 꼭짓점을 내세웠던 황국협회[2]가 먼저 개입했다. 이후 황제는 두 단체 사이 충돌을 빌미 삼아 독립협회에 해산령을 내리고 '대한국 국제'를 통해 절대 왕권을 지향하는 정책으로 선회한다.

이후 오래도록 정체(政體)에 대한 논의는 정지 상태에 있었다. 1899~1904년에는 언론·집회·결사의 제약으로 논의의 공간 자체가 너무 협소했고, 1905~1910년에는 국망의 위기의식이 어지간한 내부 분열을 가려버린 탓이다. 물론 일진회처럼 민족-국가라는 심급을 부차화하거나 심지어 부정하려는 움직임이 없지 않았지만[3] '나라 망한다', '다 죽는다'는 으스스한 소문은 '국가' 아래 대동단결을 요구했다. 국망(國亡)과 멸종(滅種)의 위협이 임박한 상태에서 단결을 해치는 일체의 논의는 반민족적인 데 불과했다. 군주에 대한 공격도 급하지 않았고, 더욱이 고종이 헤이그 밀사 사건으로 퇴위한 뒤에는 그 민족주의적 헌신이 회자되기 시작했기에 더욱 그랬다. 그리고 1910년대 초반 사실상 '사회'가 불가능해진 상황에서[4] 정체에 대한 논의는 시동될 수 없었다. 해외 독립운동가들 사이에 다소의 논의가 있어, 예컨대 왕정복고주의자였던 이상설이 태도 변화를

---

2   조재곤, 「대한제국의 개혁이념과 보부상」, 『한국독립운동사연구』 20호, 2003, 139·147쪽 참조.

3   김종준, 『일진회의 문명화론과 친일활동』, 신구문화사, 2010, 73~77·285~299쪽 등 참조.

4   김현주, 『사회의 발견』, 소명출판, 2013.

보였다거나[5] 조소앙이 기초한 「대동단결선언」(1917)에서 공화정을 처음 문자화했다거나 하는 흔적이 없지 않으나, 이상설은 1917년 사망함으로써 나머지 궤적을 다 보이지 못했고, 「대동단결선언」은 조소앙의 회고마따나 "실망스럽게도 반향이 거의" 없었다.[6]

말하자면 정체에 대한 논의는 1899년 이후 오래도록 침묵 상태에 있었다고 할 수 있다. 이 시기에 정체 문제를 두고 발견할 수 있는 것은 사실상 거대한 공백(void)이다. 문제는 그 공백 안에서나마 어렴풋한 이동, 어렴풋한 방향성이 없지는 않았으리라는 사실에 있다. 그렇지 않고서는 1919년 3·1운동을 통해 그토록 급속하게 공화정으로의 진전이 이루어진 사실을 설명하기 어렵기 때문이다. 주로 민족운동으로 설명되어 온 3·1운동은 사실상 공화혁명으로서의 역할도 해 냈는데, 최종적으로 그것은 3·1운동 당시의 대중 경험에 근거한 것이었겠지만, 거슬러 올라가면 19세기 말부터 이루어져 온 정체에의 모색과 닿아 있으리라 짐작된다. 갑신정변 주모자들의 입헌군주론과 독립협회의 의회설치론, 이후 혁명일심회 청년 장교들의 황제론 등, 근 20년간 단속적으로나마 열띠게 토의되었던 정체론(政體論)이 저류로나마 잠복해 있지 않았을까 하는 것이다.

이 글에서는 위의 문제와 관련해 1900년대의 역사·전기물을 일별해 보려 한다. 1909년 출판법 발효 후 대부분이 금서화되는 등의 사정 때문에 역사·전기물은 신소설처럼 오래 가는 흔적을 남기지는 않았다. 그러

---

5   이상설과 함께 헤이그 만국평화회의에 파견됐던 이범진은 1911년 "나라가 망하고 人君이 없어진" 상황에의 절망을 토로하며 자결한다. 반면 이상설은 1915년 신한혁명단 결성 시 고종을 首長으로 추대하면서도 명분론적이라기보다 실용주의적 태도를 보인다. 이범진에 대해서는 반병률, 「이범진의 자결 순국과 러시아와 미주 한인 사회의 동향」, 『한국학연구』 26호, 2012 참조.

6   조소앙, 『소앙선생문집』 상, 횃불사, 1979.

나 학교에 배포되고 교과서처럼 쓰이는 등 그 의의는 적지 않았고, 많을 경우 약 3천 부 전후의 부수를 발행할 정도로 적지 않은 사람들에게 읽혔던 것 같다.[7] 레퍼토리가 각국 근세사에 집중되어 있었던 만큼 역사·전기물은 불가피하게 당대의 정치적 현안과 결부되어 있었다. 애국과 독립이 그 명분이었으나 정치변동에 대한 훨씬 복잡한 사정이 고루 투영되어 있기도 하다. 역사·전기물에 대해서는 최근 몇 해 사이 충실한 실증적 연구가 축적됨으로써 비교의 시야가 한결 확충되었다. 기왕의 민족주의적 독법을 수정·보완하자는 의견도 더불어 제기돼 있는 상태이다.[8] 여기서는 이들 연구에 힘입어 1900년대 역사·전기물 번역에서의 정체(政體) 논의를 거칠게나마 훑어보려 한다. 구체적으로는 『월남망국사』 『파란말년전사』 『애급근세사』 등의 망국사류와 『서사건국지』 『이태리건국삼걸전』 등의 건국지류, 그리고 『태서신사』 『법국혁신전사』 『법란서신사』 등의 혁명서류를 통해 '공화'와 '혁명'이 다루어지는 양상을 살펴보고, 한국에서 저술된 역사·전기물 역시 짤막하게 검토해 보게 될 것이다.

---

7 이종국, 「개화기 출판활동의 한 징험」, 『한국출판학연구』 49호, 2005, 232쪽에 의하면 회동서관에서 발행한 『화성돈전』의 경우 3천부를 성공리에 판매할 수 있었다고 한다. 『월남망국사』 중 현채 번역 도서의 경우 6개월 만에 재판을 발행했다(최기영, 「국역 『월남망국사』에 대한 일 고찰」, 『동아연구』 6호, 1985, 495쪽). 판권지를 참조하면 주시경이 번역한 국문본 역시 5개월 만에 재판을 찍은 것으로 돼 있다.

8 노연숙, 「20세기 초 한국문학에서의 정치서사 연구」, 서울대 박사논문, 2012; 손성준, 「영웅서사의 동아시아 수용과 중역의 원본성」, 성균관대 박사논문, 2012 등.

2. 프랑스혁명과 시역(弑逆), 그리고 나폴레옹

혁명의 역사와 독립의 역사

『태서신사(泰西新史)』는 일찍이 1897년 학부에 의해 번역되어 신식 학교의 시험 등에서 단골로 출제된, 필독서요 교과서에 가까운 책이다. 한글판인 『태서신사언역(泰西新史諺譯)』도 동시에 간행되었다. 본래 영국인 로버트 맥켄지(Robert Mackenzie)가 19th Century : A History라는 제목으로 출간한 것을 티모시 리처드(Timothy Richard)가 중국어로 번역해 『태서신사람요(泰西新史覽要)』라 이름했고 한국에서는 이를 국(한)문으로 다시 번역했다.[9] 중국어로 번역된 것이 1895년이고 국(한)문 번역은 2년 후였으니 무척 기민한 수용이었던 편이다. 박은식이 이 책을 읽고 '신정(新政)'을 추구하게 되었고 김구가 이 책의 영향으로 서양을 긍정적으로 생각하게 되었다는 등의 술회로 볼 때 『태서신사』는 적지 않은 영향을 끼친 것으로 보인다. 평남 지역 공립소학교와 순성여학교 등 여러 학교에서 교과서로 쓰인 기록도 전한다.[10] 『태서신사』는 총 24권으로 구성된 책으로, 제1~3권에서는 1789년 혁명 이후 나폴레옹 등장에 이르기까지 프랑스 역사를, 제4~13권에서는 영국 역사를, 제14~22권에서는 기타 유럽 5개국과 터키·미국의 역사를 다루었다. 제23권에는 '구주안민(歐洲安民)' — 국문본의 경우 '구라파주의 백성을 편하게 함이라' — 는 표제하에 19세기 유럽

---

9   국한문 번역이 있었다고 전해지나 실제로 『태서신사』라는 제목의 국한문본은 확인하지 못했다. 아세아문화사에서 간행한 역사·전기소설 총서 제1권에 수록되어 있는 『태서신사』는 『태서신사람요』를 그대로 옮기고 서문을 붙인 한문본이다.

10   유수진, 「대한제국기 『태서신사』 편찬과정과 영향 연구」, 고려대 석사논문, 2012, 3·34쪽.

에 있어 자유의 의미에 대한 변설이 등장한다. 이 장은 저자의 핵심적 주장이 담겨 있는 장으로, 나폴레옹과의 조우 이후 '자유'의 이념을 알게 된 유럽인들이 반동정치에도 불구하고 '자유'를 현실화해 가는 과정을 소개하고 있다. 제24권은 일종의 부록에 해당하는 부분으로 정당 결성이나 의회 구성, 교육 제도 등의 원칙을 서술하는 내용이다.[11]

『태서신사』에서 가장 널리 읽히고 가장 깊게 영향을 미친 부분이 어디인지 확인하기 어렵다. 다만 프랑스 혁명 전후가 제1~3장으로 배치돼 있으니 만큼 통상적 사례대로라면 가장 인상적이지 않았겠는가 추측해 볼 수 있다. 이 추측을 뒷받침하듯 현채는 1906년 '역(譯) 태서신사'라는 부제를 달아 『법란서신사(法蘭西新史)』를 출간했다. 『태서신사』에서 프랑스 관련 서술에 대해 그만큼 관심이나 수요가 높았다는 방증이라 할 수 있을 것이다. 출판활동이 위축돼 있던 1900년 황성신문사에서 시부에 다모씨(澁江保) 원작의 『법국혁신전사(法國革新戰史)』를 번역 출간했다는 사실도 유념해 둘 만하다. 비약을 무릅쓰자면 '태서신사 ≒ 프랑스 혁명사' 식의 의식도 없잖았던 것이 아닌가 조심스레 추측해 볼 수 있다. 1898년 당시 『태서신사』와 『아국신사(俄國新史)』에 기반하여 학부에서 전국 공립소학교에 내려보낸 시험 문제에 있어서도 첫 번째 문항은 "法國이 何故大亂하며 拿破崙一世는 如何한 英雄고"라는 것이었다.[12]

『태서신사』에서 프랑스편을 가려 번역한 『법란서신사』를 중심으로 프랑스혁명에 대한 서술을 살펴보기로 하자. 『태서신사』와 마찬가지로 이 책은 1백 년 전 유럽이 얼마나 참혹한 전쟁터였는지 술회하는 데서 시

---

11 위의 글, 21~25쪽.
12 위의 글, 42쪽에서 만민공동회 활동의 절정기였던 당시 학부에서 출제한 이 문제의 취지와 의의에 이 문제의 내력에 대해 상세하게 논하고 있다.

작한다. 지금이야 문명국이노라 하지만 1백 년 전 유럽의 풍기(風紀)는 '포학' 그 자체였으며 "구주 근 백 년 전의 병화는 실로 지구상 亘古未有한 사"다.[13] 바로 이런 1백 년 전 참극의 기원으로서 프랑스 혁명을 탐구한다는 것이 『법란서신사』의 기획이다. 이 책은 프랑스 혁명 이전 루이 14·15세 시대 절대왕정의 폐해를 고발하는 데서 시작해 1870년 보불전쟁 발발 직전까지 1백여 년의 역사를 다루고 있으며, 혁명과 반동(反動)의 연쇄로 이 시기를 서술한다. 그 중심에는 당연히 1789년의 대혁명이 놓여 있는데, 『법란서신사』는 혁명의 근인(根因)에 대해서는 동정적이면서도 그 실제 진행이나 말단의 폐해에 대해서는 날카로운 비판의 어조를 견지하고 있다. 혁명 정신 그 자체는 긍정하면서 방법에 이의를 제기하는 이중적 태도를 보였다 할 수 있겠다.

이 책의 저자–역자는 아직까지 프랑스 혁명의 신화로 회자되고 있는 바스티유 감옥부터 왕의 전횡의 증거로 고발한다. "국가는 왕의 固有物이라 신민은 襄治하는 권이 무하다"고 생각했던 프랑스 역대 국왕 루이 14·15세는 인민을 멸시함으로써 스스로의 권력 기반을 약화시켰다(3). 반면 국부의 증진과 더불어 성장한 프랑스 내 '무역중인(貿易中人)', 즉 부르주아지(7)는 계몽주의의 성숙과 더불어 왕권을 공략할 수 있는 토대를 갖추게 된다(7~10). 마침내 바스티유가 함락된 후, 군권이 약화되고 민권이 증대하는 가운데 야만도 자라난다. "보복을 肆行할새 혹 仇人의 두를 槍尖에 揷하야 시가에 游行하며 혹 其心을 剖하고 기혈을 酒에 和하야 통음하고 혹 世家第宅에 입하야 재물을 搶掠하고 자녀를 상잔하야 종종참

13   현채, 『법란서신사』, 홍학사, 1906, 2쪽. 아세아문화사에서 출간된 역사·전기소설 총서에 실려있는 『법란서신사』에는 판권지가 없다. 검색을 통해 확인한 다른 도서자료 정보로 대체한다.

혹이 天日이 幾無할지라"(17).[14] 귀족의 저택을 공격해 그 머리를 잘라 창 끝에 꿰들고 다니는가 하면 심장을 꺼내고 피를 술에 섞어 마시는 등, 혁명 당시 폭력의 잔인성은 차마 눈 뜨고 볼 수 없는 참경이었다고 한다.

『법란서신사』는 이후 혁명의 진전과 교착을 상세하게 소개하면서 왕이 단두대에서 죽는 장면에까지 이른다. "왕의 頭가 已斷"했다는 비교적 간단한 표현이다. "왕이 아등을 欲害하니 아등이 已殺하였노라"는 혁명 세력의 논리를 함께 소개하고 있다(25). 이후 『법란서신사』는 다시 '혁명의 야만'을 폭로하는 데 힘을 기울여 단두대에서 매일 70~80명이 처형되는 나날이 계속되는 가운데 "총계 피살인이 백만"(25)에까지 이르렀다고 기록한다. 로베스피에르 등 산악당을 주도한 4인이 권력을 잃고 자살을 시도하는 과정 등도 생생하게 묘사해 혁명 자체까지 부정하는가 싶을 정도다. 원작도 그러하지만 번역자 또한 혁명에 대한 경계심을 잃지 않았던 것으로 보인다. 실제 진행 과정에서의 야만성과 폭력성에 대한 경계도 있었겠으나, 왕정(王政)을 폐지했다는 사실만으로도 프랑스 혁명은 위험한 화제였다.[15] 『법란서신사』가 발행된 바로 그 해에는 일본이 한반도에 프랑스식 공화제 도입을 검토하고 있다는 소문도 돌고 있었다.[16] 러일전쟁

---

14 『법란서신사』가 번역자 현채의 주장대로 『태서신사』 프랑스편 그대로라는 사실을 보여주는 사례로 이 부분에 대한 『태서신사언역』의 서술을 인용해 두기로 한다. "분독한 마음을 이기지 못하야 혹은 사사 원수의 머리를 베어 창 끝에 꿰어 거리로 다니기도 하며 혹은 죽이어 그 배를 가르며 혹 그 피를 가져 술에 화하여 마시기도 하고 (…중략…) 재물을 침탈하며 자녀를 살해하여 그 참혹하고 악독함이 (…중략…) 천일을 가리는 듯하는지라"(35).

15 역자 서문이나 후기가 없어 『법란서신사』에서 혁명에 대한 번역자의 생각을 따로 갈무리해 내기는 어렵다. 그 내용에 있어 루이 15세 암살을 꾀했던 다미앙 사건을 다루면서 그 잔인한 처형 방식에만 초점을 맞추는가 하면(6) 나폴레옹 이후 왕정복고와 혁명을 거듭하는 와중 "廢君立君이 다 我에 在하다"는 인민의 의식을 가감없이 소개하는 등(84) 군주정을 절대적 전제로 하는 태도에서 멀리 이탈해 있다는 사실만은 분명해 보인다.

16 김종준, 앞의 책, 133쪽.

후 일본이 한반도를 장악한 가운데 왕권이 유명무실해진 상황이었다.

잠시 시선을 돌려 『법란서신사』에 앞서 발행된 『법국혁신전사』를 살펴보자. 이 책의 번역자는 처음부터 혁명 와중에 국왕이 처형당했다는 사실을 민감하게 의식하고 있다. 특히 역자 서문에 시역(弑逆)에 대한 경계심이 팽팽하다. 서문에서 번역자는 "고금에 臣民으로서 其君을 弑한 자가 多하나" 지공(至公)한 뜻으로 행했다는 탕왕과 크롬웰 등의 사례도 인정하기 어렵다는 뜻을 거듭 밝히고 있다(2). 폭군 시해를 옹호하는 자들은 말하기를 "匹夫를 誅함이요 其君을 弑함이 아니라" 하나 "其人이 人君의 位에 旣在하얏은 즉" 어찌 임금이 아니라 할 수 있겠느냐는 것이다.[17] 후기의 전략은 조금 차이가 난다. 10여 줄에 불과한 짤막한 후기에서 번역자는 국왕 살해 등 혁명의 폭력사를 직접 언급하지는 않는다. 후기의 취지는 대신 '혁명의 역사'를 '독립의 역사'로 전환시키는 데 있다.

이런 시각에서 혁명기 프랑스의 자취는 "각국의 간섭을 배척(원문은 '排斥' – 인용자)하고 일국의 주권을 유지하야 (…중략…) 기 독립 체제를 保"한 사례로 요약된다(109). 체제가 "군주독재든지 공화자유든지 又 其國 내에 하등 소란 爭詰이 有하든지" 올연히 독립을 지켜냈다는 사실이 중요한 것이라는 주장이다(109). 그러나 서문과 후기를 통한 봉합의 시도에도 불구하고, 또한 폭력과 야만에 대한 여러 군데서의 질타에도 불구하고 『법국혁신전사』는 여전히 혁명의 역사다. 예컨대 프랑스 신헌법 공포 당시 국제적 찬반 여론을 소개한다 쓴 후 실제로는 찬성론만을 상세히 서술하는 식으로(19~20), 책 전반의 서술은 결코 혁명 자체에 부정적이지 않다. 1900년대부터 1910년대까지에 걸쳐 한국에 적잖은 영향을 미친 칼라일

17　『법국혁신전사』, 황성신문사, 1900, 2쪽.

의 『영웅숭배론』이 진단했듯 질서로의 복귀가 전제되는 한 혁명은 공감되고 이해될 수 있다.[18] 황제 전제권(專制權) 강화가 한창일 무렵 번역자의 호도(糊塗)에도 불구하고 '혁명의 역사'는 다 가려지지 않는다.

영웅 나파륜(拿破崙), 혁명·애국주의·출세주의

칼라일의 『영웅숭배론』은 영웅을 다섯 유형으로 나눠 논하면서 마지막 순서로 '제왕으로서의 영웅'을 둔다. 그중에서도 대미를 장식하는 인물은 다름 아닌 나폴레옹이다. "나폴레옹 같은 사람이 상퀼로티즘의 필연적 결말"이기 때문이다. 칼라일은 영국인답게 나폴레옹의 위대성은 크롬웰의 위대성에 미치지 못한다고 전제하지만, 동시에 나폴레옹이 "프랑스 혁명을 통해 천명된 이 새롭고 거대한 민주주의"를 "양심과 열정"으로써 실천했다는 사실을 인정한다.[19] 이러한 나폴레옹 이해가 19세기 영국에서 얼마나 일반적인 것이었는지, 『태서신사』의 원저자 로버트 맥켄지가 거기 얼마나 공감했는지 세세히 입증하긴 어렵다. 『태서신사』와 『법란서신사』, 덧붙여 『법국혁신전사』에 보이는 나폴레옹에 대한 평가가 『영웅숭배론』의 그것과 대동소이하다는 사실을 적어둘 수 있을 뿐이다.

『법란서신사』를 기준으로 보자면 나폴레옹은 질서의 영웅이자 자유의 제왕이다. 나폴레옹은 혼란 와중에 있던 혁명을 정리했으며 내치(內治)를 안정시켰고 망명해 있던 왕족들까지 고국에 귀환할 수 있도록 했다. 덕분에 "왕가가 안도하고 인민이 輯和"(35)할 수 있었다. 군인으로서 나폴

---

18   T.Carlyle, 박상익 역, 『영웅숭배론』, 한길사, 2003, 308~316쪽 참조.
19   위의 책, 315 · 362~363쪽 참조.

레옹은 혁명 이후 각국 연합군의 공격을 받아 위기에 처한 프랑스를 구원했고 정치가로서 나라를 안돈시켰다. 나폴레옹의 유럽 및 아프리카 정벌도 단순한 정복 전쟁이 아니다. "나파륜의 治國함이 民은 邦本됨을 深知하는 고로 昔日 인민이 在上者의 暴虐 受함을 연민하야 각국으로 하여금 민주국을 成코자 하였더니 각국이 聽치 아니하는지라"(58), 즉 민주와 자유를 전파하려는 나폴레옹의 선의를 각국의 전제 정부에서 거부하는지라 불가피하게 무력을 동원해야 했다는 것이다. 나폴레옹 이후 "각국 제왕이 정형을 보고 대란이 있을까 겁내어 안민할 법을 생각할새" 이제는 다 "인민이 자주"케 되었다고 한다(『태서신사언역』 89·93). 이로써 확보된 인민의 '자주'야말로 유럽의 유럽 된 소이(所以)다.

문제는 그 이후다. 칼라일의 평가대로라면 나폴레옹은 이때부터 '사기꾼 기질'에 빠져 자멸을 초래하고 마는데, 『태서신사』『법국혁신전사』류에 있어 그런 측면은 별로 두드러지지 않는다. 『법란서신사』에 따르면 나폴레옹이 황제로 즉위하게 된 것은 "법국 신민이 나파륜의 공덕을 慕仰하고 群情이 愛戴하여 황제위에 추진"했기 때문이다(39). 비판의 어조가 없지 않으나 1900년대 역사·전기물에서 나폴레옹의 위치는 굳건하다. 나폴레옹이 혁명을 표방한 야심가였을지 모른다는 의심은 스쳐가듯 발설될 뿐이다. 나폴레옹 개인 전기인 『나파륜사(拿破崙史)』가 가장 비판적인 축이지만, 거기서도 황제 즉위 직전 "공기 중에 살기가 布滿하여 그 국민에게 威嚇함이 민주당의 혁명初와 無異"[20]했음을 고발할 뿐이다. 또 한 종류의 전기물인 『나파륜전사(拿破崙戰史)』에서 나폴레옹은 "고금 絶大絶偉한 영웅"으로 시종한다. 『나파륜전사』에 따르면 19세기는 "무장적 평

20　박문관 편집부 역술, 『나파륜사』, 박문서관, 1909, 125쪽.

화"의 시대이며 나폴레옹은 바로 이 시대를 선도한 "天成의 전투아"요 "고금 絶大絶偉한 영웅"인 것이다.[21]

나폴레옹의 위치는 속속들이 조명되기에는 너무나 복잡한 것이었던 듯하다. 한편으로 나폴레옹은 비사맥(俾斯麥) 즉 비스마르크와 한 쌍으로 '무력(武力)'과 '철혈(鐵血)'을 상징하는 이름이었다. 다른 한편 나폴레옹은 프랑스 혁명과의 연관을 불가결 함축하고 있는 이름이기도 했다. 나폴레옹은 "속박을 解하고 자유로써 許"(『나파륜사』 177)했으며 "구주 全幅의 혁명을 又企"(『법란서신사』 109)했다. 그러나 나폴레옹은 또 한 차례 변신해 황제가 되는 입신출세담으로 혁명적 도정(道程)을 꺾어버렸다. 복잡한 생애에 어울리게 말년도 착잡했다. "필부로부터 升하여 제왕이 되고 제왕으로부터 降하여 죄수가" 된 변화무쌍한 인생, "慌島의 中에 死"한 비참한 최후(『나파륜사』 178)는 오늘날까지 회자되는 레퍼토리다.

말하자면 나폴레옹은 너무나 많은 해석 가능성을 갖고 있는 기호였다. 위기에서 조국을 구원한 애국자, 자유와 혁명의 전파자, 정복과 확장의 전쟁 영웅, 기적과 같은 입신출세담의 주인공, 그리고 인생무상을 깨우치는 생애의 주인으로까지─ 1900년대에 많은 이들이 나폴레옹 같은 '영웅'이 되겠노라 뽐내었지만, 그들이 선호하고 수용해 낸 나폴레옹이 어떤 얼굴을 하고 있는지 상세히 짐작하긴 쉽지 않다. 변방 보잘것없는 출신으로 황제위에 오른 그 내력이 '혁명'이나 '공화'와 어떻게 서로 길항했는지에 대해서도 마찬가지다. 5백 년 왕조 끄트머리를 살았던 대한제국의 신민들은 나폴레옹이라는 이름을 통해 과연 무엇을 상상하고 욕망한 것일까. 나폴레옹이 헌신했고 또 배신한 '혁명'은 나폴레옹의 생애를 통

---

21   유문상 역술, 『나파륜전사』, 의진사, 1908, 1~3쪽.

해 얼마나 반향되었을까. 나폴레옹이 『태서신사』 『법국혁신전사』의 '난
(亂)' 혹은 '혁신'을 봉쇄하는 한편 그것을 은밀하게 누설시키는 이중적 역
할을 하지 않았을까 생각해 본다. 그는 프랑스 혁명 없이는 생겨날 수 없
는 인물이었으며, 그가 황제위에 오른 것도 혁명 이후였으므로 가능한
사건이었다. 역사적 대변동 속에서 극적 출세담을 이룩한, '영웅'의 애국
주의와 출세주의를 함께 포괄하는 모델이었던 것이다.

3. 암군(暗君)과 혼왕(昏王) ─ 역성(易姓)의 가능성

『월남망국사』의 애국과 충군(忠君)

1900년대에 역사・전기물 중에서 가장 반향이 컸던 것으로 알려져 있
는 『월남망국사』는 그 이념적 결이 유교적 도덕률과 높은 친화성을 갖고
있는 텍스트다. 한국과 마찬가지로 오래도록 중화 질서 속에서 살아온
베트남 관련 기록인 까닭이 크겠지만, 애국과 더불어 충군의 정서가 단
단하다는 점에서 그렇다. 『월남망국사』는 나라 망한 원인을 유약한 군권
과 간신의 발호와 나아가 외국의 야만적 침략정책 때문인 것으로 진단한
다. 원작자 량치차오(梁啓超)에 의하면 한창 국세 강성하던 월남이 쇠퇴의
징조를 보이게 된 것은 조정에서 오랜 번영을 믿고 허식을 숭배하는 한
편 백성을 압제했던 시점에서부터다.[22] 프랑스 침공기에 월남의 왕이었
던 합의나 사덕은 치명적 잘못을 범한 바 없다. 오히려 마지막까지 인민

---

22   梁啓超, 주시경 역, 『월남망국사』, 박문서관, 18쪽.

의 항거를 독려했으며 법도를 지키려 했다. 월남이 망한 것은 감히 "황제의 위를 빼앗을 뜻"까지 품은 간신의 농간 때문이다(22).

간신들은 프랑스와 결탁해 왕을 기망하고 조신(朝臣)을 오도했으며 인민을 저버렸다. 반면 강호의 이름 없는 선비들은 마지막까지 나라와 왕실에 충성을 다했다. "경성이 망할 때 황실을 구원하라는 조서가 내"린바 "변방에 귀양 간 이와 권세와 벼슬 없이 강호 간에 거하는 군자들"이 먼저 일어났던 것이다(23). "越南 臣子가 국왕의 水土恩澤을 受한지라, 어찌 偸生過活하기를 望하리오"²³라는 '신자(臣子)다운' 의식이 드높았다고 한다. 조정의 압제에 시달려 냉담하던 인민들도 마지막에는 대거 궐기했다. 량치차오는 이 사실을 고평하면서 『월남망국사』 내에 '국망시지사소전(國亡時志士小傳)'을 따로 마련해 대표적 충군·애국지사들의 행적을 기록한다. 완벽은 중국까지 가 군사 지원을 얻은 후 돌아와 싸우다 죽었고, 무유리는 프랑스의 회유를 거부하고 효수당했으며, 반백선은 함께 거사한 이들을 보호하기 위해 극약을 먹고 자결했다(주시경 25~31). 저자와 번역자가 함께 추천하기로는 이런 생애야말로 모범 삼을 만한 생애다. 비록 참혹한 최후를 맞았으나 이들의 생애는 국가정신의 토양으로 길이 월남의 독립을 도모할 수 있는 길이 될 것이다. 한결같이 "황실을 구원하라는 조서를 응하여" 봉기했던 이들을 통해 목격할 수 있듯 나라와 임금은 절대의 가치다.

그 자신 보황주의자(保皇主義者)로 시종한 량치차오는 대신 외세와 간신을 망국의 주적(主敵)으로 고발한다. 특히 프랑스의 만행이 표적이다. 프랑스는 "동방에 그 중 야만스러운 법률로 동방 사람을 다스리는" 터다.

---

23   梁啓超, 현채 역, 『越南亡國史』, 보문관, 1906, 31쪽.

"문명하다 자칭하면서 이 법을 행하는도다(주시경 8)." 프랑스의 식민화 정책은 애국지사의 처자를 체포하고 무덤을 파헤치며 해골을 갈아 흩뿌릴 정도로 잔혹하다(현채 32).[24] 제국주의의 야만을 고조시켜 드러내는 이런 묘사를 거듭한 후에 량치차오는 '멸국신법'과 '일본의 조선'을 부록으로 배치함으로써 조선을 비롯한 세계 각국 사례가 월남의 연장선상에서 해석될 수 있게끔 한다. 이러한 정보는 '망국'과 '멸종'에 대한 조선인의 공포를 크게 자극했으리라 짐작된다. 말 그대로 나라에서 내쫓기고 후손 없이 멸망하고 말리라는 것이 식민화에 대한 1900년대식 상상이었다.[25] 이런 상상은 철도며 도로 건설 등을 명분으로 토지·가옥이 강제 수용되는 것을 목격해야 했던 경험에 조응했고, 1906~1910년의 의병대토벌을 통해 1만 7천여 명이 살해당한 혹독한 체험에 부응했다.[26]

이렇게 보면 1905~1910년 보호국 체제하에서 제한적으로 재활성화된 민간 영역에서의 담론 및 실천이 오직 '구국(救國)'으로 집중되었던 사실을 충분히 납득할 만하다. 『월남망국사』에서도 막상 베트남이 완전히 식민화된 이후 프랑스의 통치책은 조세 압박이나 통행권 제한, 프랑스어 강요 등 정치·경제·문화적 자유권의 박탈을 중심으로 서술되고 있지만, 여기서도 "월국 인민을 은근히 없이할 생각"(주시경 24)이 보인다는 초점은 유지된다. 언론의 통제에 경찰의 폭력에, 심지어 매매춘을 음성적

---

24 당시 천주교회에서는 『파란말년전사』에서의 프랑스 공박에 격렬하게 반발했다. 이에 대해서는 이민희, 「1900년 전후 한국 내 폴란드 역사인식 태도 및 양국관련 소재 문학작품 고찰」, 『비교문학』 26호, 한국비교문학회, 2001 참조.

25 "국가가 멸망한 후에 너의 일신과 너희 일가는 어디 가서 살리오"(「口腹이 원수」, 1909.12.22); "爾의 자손도 필연 멸종의 화를 不免하리로다"(「탐정과 통역의 행패」, 1908.10.8) 같은 『대한매일신보』 논설의 구절이 식민화에 대해 공간의 소멸 및 생물학적 단절이라는 연상을 잘 보여주고 있다.

26 홍순권, 「의병학살의 참상과 '남한대토벌'」, 『역사비평』 45호, 1998, 36~38쪽 참조.

으로 조장하기까지 해 '멸종'을 재촉하는 것이 식민 정책의 핵심이라는 시각인 것이다. 『월남망국사』는 '스스로 벌해야 남이 벌할 수' 있다는 맹자의 경구를 인용하면서 베트남인 스스로 이렇듯 비참한 결과를 자초했다고 결론짓는다. 여기서 '스스로'는 태만했고 방심했으며 간신의 발호를 막지 못한 모든 신민을 뜻한다. 군주는 국가의 상징으로서 오히려 이같은 고발에서 면제되고 있다.[27]

폴란드와 이집트—국망(國亡)에 있어 군주의 책임

반면 『파란말년전사』 『애급근세사』 등을 통해 군주는 훨씬 문제적인 존재다.[28] 그 자신 인민에 대한 불신과 외세에의 의존 등을 통해 망국을 재촉했기 때문이다. 비록 정체(政體) 논의가 직접 나오지는 않으나 이들 텍스트의 좌표는 충군(忠君)으로 시종한 『월남망국사』보다 군주정의 폐해를 문제삼은 『태서신사』 『법국혁신전사』에 가깝다. 서사의 줄기는 혁명이라기보다 독립이지만 그 정황은 『월남망국사』와는 차이가 있다. 예를 들어 16세기 이래 국왕이 세습되는 대신 공선(公選)되는 것이 관례였던 폴란드의 경우 '역성(易姓)'이 쉬운 선택이었던 까닭인지 왕의 권위는 상대적으로 미약하다. 18세기 초에 이미 국왕 독단으로 스웨덴과 전쟁에

---

27 『월남망국사』의 충군주의가 본래 서술자인 베트남인 판 보이쩌우[潘佩珠], 저자인 량치차오, 그리고 한국인 번역자들 사이 어떻게 요동쳤는지는 다 살피지 못한다. 『월남망국사』가 번역 실천의 과정에서 내셔널리즘을 저지·해체하는 효과 또한 발휘한 텍스트라는 데 대해서는 고병권·오선민, 「내셔널리즘 이전의 인터내셔널—『월남망국사』의 한국어 번역에 대하여」, 『한국근대문학연구』, 2010 참조.

28 『파란말년전사』와 『애급근세사』의 원작 및 번역 경로 등에 대해서는 노연숙, 앞의 글, 42~50·205~213쪽 참조.

돌입했을 때 원로들이 "파란은 민주국이라 하고 사신을 瑞典에 遣하야 강화"[29]를 꾀한 일이 있었을 정도다. 17세기 말 소비사기(昭比斯耆) 왕처럼 위대한 군주가 있었음에도 『파란말년전사』에서 군주를 향한 시각은 냉담하다. 1795년 폴란드가 제3차 분할로 멸망할 당시 국왕이었던 사타니사라(斯他尼斯羅)는 국내 애국당을 적으로 돌리고 러시아에 의지하다가 "無食無家한 一窮人이"(97) 된 처지로 비판된다.

『파란말년전사』의 저자−역자는 가차없이 단죄한다. "왕이여 인자한 듯하나 실은 暗弱이요 勤愼한 듯하나 실은 怯懦로다. 심지는 無常하여 조변석개하고 요량이 未定하여 천태만상이라." 사타니사라 왕에게 애국의 뜻이 전혀 없었던 것은 아니다. 한때 국토를 회복할 뜻을 품은 때도 있었다. 문제는 왕이 유약한데다 판단력이 흐려, 애국당과 손잡고 러시아에 항거하다가 다시 러시아에 의탁해 애국당을 탄압하는 등, 마땅히 인민을 믿고 의지해야 할 시기를 놓쳤다는 것이다. 친프러시아 세력과 친러시아 세력이 오래도록 반목했던 정치사도 군주의 책임에 비하면 오히려 허물이 덜해 보일 정도다. 저자−역자의 마지막 말은 매서울 정도다. "彼 파란왕은 其國을 해하며 其臣을 해하고도 其害가 됨을 무지하는 몰각한 愚夫이며 적국을 愛하고 충신을 憎하는 악인이라", "憫홉다 憐홉다 파란인이여 말세의 운을 당하여 如此庸暗한 군주를 戴하였으니"(101).

군주에 대한 『파란말년전사』의 공격이 과연 먼 나라 이야기이기만 했을까. 당시 독자들이 폴란드 멸망한 내력을 읽으며 자신들의 군주를 연상하지 않을 수 있었을까. 지금 판단키론 회의적이다. 고종은 권력에의 욕망을 갖기도 했고 개혁의 이상을 품어보기도 했으나 통일된 이념과 정책

---

29   어용선 역술, 『파란말년전사』, 탑인사, 1899, 20쪽.

을 일관되게 추진할 만한 능력과 기반을 결하고 있었다. 고종에 대한 당대인들의 평가는 "개인적인 사랑스러움"과 더불어 "공적인 신의없음"을 개탄하고[30] 유흥을 일삼고 매관매직까지 불사하는 등 "失政을 많이 하여 민심이 이미 이반"되어 있음을 비판하는 등[31]이 대부분이었다. 실제로『파란말년전사』의 번역자 어용선은 원작인『파란쇠망전사(波蘭衰亡戰史)』에 비해 군주의 실정(失政)을 공격하는 내용을 강화했다고 한다.[32] 비록 역자 서문을 통해서는 "기실을 언하면 국왕을 尤함도 불가하고 국회를 咎함도 불가하며 또 평민도 苛責치 못할 것이요 오직 귀족배를 통매함이 可"(3)하다며 왕에 대한 비난을 누그러뜨리고 있지만,『파란말년전사』전반을 통해 군주에 대한 타매(唾罵)는 통렬하다.

시바 시로(柴四郞) 원작을 번역한『애급근세사』의 경우도『파란말년전사』처럼 주로 군주의 책임을 묻는다. 7세기 이후 이슬람 제국 내 제후국이었던 이집트는 19세기에 접어들어서야 준 독립의 지위를 얻었으나, 바로 그 즈음 이집트의 군주들이 사치와 무분별로 망국에의 길을 놓았다고 한다. "制度의 사치 無道와 威斯明流의 貪慕功名이 招寇納敵하는 前導"[33]였다는 표현으로 요약되는 이런 인식은『애급근세사』를 규율하는 큰 틀이

---

30 『윤치호 일기』7, 국사편찬위원회, 1987. 고종 사망 직후 1919년 1월 22일의 기록이다.

31 『매천야록』에서의 평가이다. 한철호,「『매천야록』에 나타난 황현의 역사인식」,『한국근현대사연구』55호, 한국근현대사학회, 2010, 11~13쪽 참조.

32 노연숙은『파란말년전사』의 번역자 어용선이 의도적으로 군주의 폐해를 지적, 지배정권을 타도하고 새로운 국가를 건설하려는 방향으로 원작을 변개하고 있다고 해석한다. 일본 유학생 출신인 어용선은 독립협회 해산 직후 공화정체를 모의한다는 이유로 체포된 바 있으며,『파란말년전사』번역은 그 사건 후 불과 몇 달 후 출판되었다. 『파란말년전사』가 원작인 시부에 다모쓰 작『波蘭衰亡戰史』에 비해 군주에 대한 비판적 서술을 강화하고 있다는 사실은 고종에 대한 비판의 알레고리로 읽힐 수 있다는 것이 노연숙의 의견이다. 노연숙, 앞의 글, 209쪽.

33 장지연 역술,『애급근세사』, 황성신문사, 1905, 2쪽.

다. 아마『애급근세사』를 통해 소개된 이집트의 막대한 국채(國債) 사례는 베트남과 더불어 국채보상운동을 자극한 원천 중 하나가 아니었을까 싶은데[34] 이집트 왕 위사명류(威斯明流)가 책 전체를 통해 거듭 비판과 경계의 대상이 되고 있는 원인도 그와 관련되어 있다. "국정을 개량하야 신문화에 移進코자 하면 必其 自國 습속의 適宜함을 인하야 開導有漸이라야 실제 공효를 奏하거늘" 위사명류는 유럽 유학을 계기로 "외국 화려한 물색에 심취하야 (…중략…) 일체 사업이 皆歐人을 效倣코저"(2) 하며 무슨 일을 하거나 외국인의 시선을 먼저 의식한 탓으로 망국의 단서가 생겼다는 것이다. 본문 서술을 통해 보면 위사명류는 소농 중심이었던 이집트 농업을 유럽식 대농업 중심으로 재편하려 하는가 하면 설탕·목면 제조 공장을 과도하게 확충하는 등 이집트 실상을 존중하지 않은 실업 진흥책을 펼쳤으며(83~84) 또 지방 제도마저 프랑스를 본떠 바꾸는가 하면(150) 관리 복제(服制)까지도 순전한 유럽풍으로 고쳤다고 한다(155). 더 중요하게는 영국을 위시한 유럽 관리를 제 분야에 고빙했고(121~122) 재판 제도마저 외국인 재판관을 포함시킨 혼합 재판 제도로 개정했다는 정도다(99).

위사명류의 뜻을 이해할 수 없는 바는 아니다. 혼합 재판 제도는 외국이 주권을 침해하는 영사 재판권을 교정하려 한 결과였고 각종 개혁은 근대화를 추진하려는 의욕의 산물이었다. 그러나 최종적으로 위사명류는 무능한 군주다. 왕실 재산을 늘리는 대신 국부를 탕진했고 헤어나올 길 없는 외채의 수렁을 만들었기 때문이다. 그는 "外人을 대우함에 阿諛함"으로 "국민의 독립을 정신을 소멸"하는 동시 무려 5억 파운드가 넘는 어마어마한 국가 부채를 남겼다(85). 그 위에 위사명류는 약간의 자율성

---

34 『월남망국사』 부록인 '멸국신법'에도 이집트 사례가 소개되고 있다. 국채보상운동 당시 『대한매일신보』에 실린 취지문에서 인용된 것은 베트남의 사례다.

을 꾀하다 영국에 의해 폐위당하기마저 한다. 이후 영국 대 프랑스의 아프리카 전역(戰役) 때 프랑스 편에 가담했다가 패배한 이래 이집트는 허울만 남은 국가가 돼 버렸다. 민족주의적 저항의 생명도 끝났다. 마지막까지 제국주의에 대적한 국민당의 지도자 아자비는 평생 섬에 갇혀 살아야 했다고 한다. 그러나 『애급근세사』는 위사명류에 대해 냉담한 반면 아자비가 논란에 휩싸인 지도자라는 사실을 인정하면서도 그는 진정한 국가 영웅으로 치켜세운다. 종신유형에 처해졌지만 영국마저 그를 후대하여 "島中에서 대우함이 심히 優厚하야 殆히 拿破崙이 伊留婆島에 謫"(200)함과 같았다고 한다.

4. 전제(專制)와 외세(外勢), 그 경중(輕重)

이탈리아와 스위스, 공화와 건국의 과제

군주에의 충성과 국가에의 충성이란 분열적 계기다. 후자를 '민족'이나 '인민' 등으로 바꿔 읽게 될 경우 분열의 공산은 더 커질 것이다. 반대로 때맞추어 현명하고 유능한 군주가 출현하는 등의 역사적 조건이 작용할 경우 둘은 거의 한 몸처럼 보일 수도 있다. 『이태리건국삼걸전』은 충군과 애국 사이 거리가 멀게 혹은 가깝게 조정돼 온 내력을 잘 보여주는 텍스트다.[35] 이 책의 대강은 통일에 이르기까지 19세기의 이탈리아 역사를 개관하는 것인데, 마치 『태서신사』를 반향하듯 그 출발점은 다름 아

---

[35] *The Makers of Modern Itlay* →『伊太利建國三傑』→『이태리건국삼걸전』으로 이어지는 번역 양상에 대해서는 손성준, 앞의 글, 108~130쪽 참조.

닌 나폴레옹의 이탈리아 원정이다. 나폴레옹은 "조각조각 찢어진 이태리 15소국에 鐵鞭을 내리쳐 삼국으로 합병"했고 이탈리아인의 자유사상과 독립정신을 고무시켰다(8~9).[36] 이후 이탈리아에는 공화파와 입헌군주 정파, 그리고 교황 중심파의 세 분파가 각기 이탈리아의 독립과 통일을 지향하는 세력으로 정립된다(34).

마치니와 가리발디, 그리고 카부르가 건국의 '삼걸(三傑)'로 통칭되고 있긴 하지만 이들 사이 노선은 크게 다르다. 마치니와 가리발디가 열렬한 공화주의자였던 반면 카부르는 샤르데냐 왕국을 지지하는 입헌군주론자였다. 이들은 연합했다가도 날카롭게 맞서곤 했다. 1848년 유럽을 휩쓴 혁명열 한복판에서 로마 공화국을 건설했던 것은 마치니와 가리발디다. 공화국은 몇 달 가지 못해 멸망하지만 마치니와 가리발디는 이후에도 외세를 일체 배격하고 공화를 추구한다는 노선을 포기하지 않는다. 샤르데냐 왕국이 프랑스와의 타협·조정을 계속하자 한때 독자적으로 남부 이탈리아를 통일하기도 했다. 독자적으로 국가를 건설할 수도 있었을 것을, 가리발디가 "나는 공화를 진정 사랑하지만 이탈리아를 더욱 사랑하오"라며 통일을 고집함으로써 결국 샤르데냐에 지역 관할권을 넘겼다고 한다(98). 그러나 이들 사이 균열은 그로써 다 가시지 않았다. 샤르데냐의 에마누엘레 2세가 이탈리아 일부 지역을 프랑스에 할양키로 했다는 사실을 알고 가리발디는 다시 한번 봉기한다. "아아 공화주의를 늦출 수 없도다. 아아 공화주의를 하루라도 늦출 수 없도다"라는 부르짖음을 앞세워서다(113).

신채호가 번역한 『이태리건국삼걸전』에 얽혀 있는 3종의 텍스트는 이

---

36   『이태리건국삼걸전』을 인용할 때는 장문석·류준범 편역, 『이태리건국삼걸전』(생각의나무, 2001) 중 현대어역을 기준으로 하도록 한다. 梁啓超 원작, 신채호 譯述의 1907년 광학서포 판이 저본이다.

런 분기(分岐) 지점을 평가하는 데 있어 각각 다르다. 히라타 히사시(平田久)의 『이태리건국삼걸(伊太利建國三傑)』은 원작인 *The Makers of Modern Itlay*에 비해 더 적극적으로 카부르를 고평하고 있다고 한다. 카부르를 '새로운 혁명가'로, 마치니를 '지난 시대의 혁명가'로 대조시킬 정도다. 반면 히라타 히사시 저작을 중요한 원천으로 했으면서도 량치차오의 『이태리건국삼걸전』은 이들 사이 '통일'을 일관되게 강조한다.[37] 이에 비해 신채호의 『이태리건국삼걸전』은 량치차오의 논평 중 카부르에 호의적인 것을 거반 생략하고 마치니 중심의 혁명적 메시지를 강조하는 방향으로 번역을 수행하고 있다고 한다. 그러나 그때 '혁명'은 애국주의의 명제 속으로 수렴된다. 역자 서문에 무려 33차례나 등장하는 '애국'이라는 단어가 이 사실을 잘 보여주고 있다.[38]

결국 이탈리아는 카부르-에마누엘레 2세의 노선에 따라 통일됐다. 크로체 류의 애국주의·자유주의에서는 리소르지멘토(Risorgimento, 복귀)라 불리는 이 과정을 고무·찬양한다. 그러나 리소르지멘토의 마지막 국면에서 마치니·가리발디의 공화주의는 완전히 몰락해 버렸다. 그람시 같은 이론가에 의하면 이것은 '혁명 없는 혁명', 성공이라기보다 실패에 가깝다.[39] 이후 이탈리아는 오래도록 북부와 남부 사이 적대와 귀족주의의 남은 폐해 등 다양한 문제와 씨름해야 했다. 량치차오가 삼걸(三傑) 사이 연합을 강조하고 신채호가 애국을 지상명제로 삼았다고 해도 이런 균열의 흔적은 다 없어지지 않는다. 그 때문인지 서문에서 "무릇 애국자는 그의 뼈, 피, 얼굴, 머리카락까지 모든 것이 오로지 애국심으로 이루어졌을

---

37 손성준, 앞의 글, 118~120쪽과 장문석, 「이탈리아 리소르지멘토, 그 신화와 현실」, 류준범·장문석 편역, 앞의 책, 163쪽.
38 위의 글, 131~134쪽.
39 장문석, 앞의 글, 160~165쪽.

따름"(4)이라고 단언했던 신채호는 후기에 와서는 '애국'보다 훨씬 모호한 "오직 삼걸이 되기를 바라야" 한다는 명령을 앞세우면서 마치니의 '혁명주의'를 고무하고 있다(120~121).

공화정과 민족주의 사이 복잡한 함수가 거의 드러나지 않는 경우도 있다. 1900년대의 역사·전기물 중 적잖은 수가 이런 사례, 즉 전제에의 항거와 외세에의 저항이 일치된 사례를 다룬다. 대표적으로 『서사건국지』가 여기 속한다. 『서사건국지』의 주인공 유림척로(維森剔露), 즉 빌헬름 텔은 거만한 오스트리아인 총독 예사륵(倪士勒)에 맞서는 민중 영웅이다. 민족 영웅인 동시 민중 영웅인 그는 반군주제 의식을 보이는 데 꺼릴 이유가 없다. 황태자 아로패(亞露覇) 및 그 수족인 예사륵은 잔인·횡포한 인물로, 그 부하들 역시 경례가 늦었다고 행인을 체포하고 밭갈고 있는 소를 끌고 갈 정도로 전횡을 일삼는다. 유명한 '장대 위 모자에의 경례 강요' 장면에서 빌헬름 텔 부자는 단연 굴종을 거부하는데, 그것은 개인적 자존을 지키는 방법이자 민족적 자존을 수호하는 방법이다. 『서사건국지』 저본의 저본이라 할 프리드리히 쉴러의 『빌헬름 텔』에서 작가가 강조한 것도 그렇듯 '자유'로운 시민들이 연합해 가는 과정이었다.[40]

달라진 점도 있다. 쉴러의 『빌헬름 텔』에서 주인공은 '신실하고 정의로우나 탈정치적인' 인물이지만[41] 박은식의 『서사건국지』에서 유림척로는 민족주의적 결의로 무장한 존재다. 쉴러의 원작이나 일본의 번역본과 비교할 때 박은식이 대본 삼은 중국 역본에서부터 개인의 자유보다 국가의 자유(=독립)가 훨씬 중요하게 다루어졌다고 한다. 그럼에도 공화주의

40　윤영실, 「동아시아 정치소설의 한 양상―『서사건국지』 번역을 중심으로」, 『상허학보』 31집, 상허학회, 2011, 18~20쪽.

41　위의 글, 17쪽.

적 입장은 중국 텍스트에도 명백하게 남아 있으며 박은식의 『서사건국지』에도 거의 그대로 유지된다.[42] 역자 박은식은 『서사건국지』 서문에서 "奮臂一呼에 국민이 振起하여 마침내 異國의 羈絆을 脫하고 공화정치를 立하여 萬年不朽"했음을 찬미하고 있다.[43] 박은식의 말마따나 독립전쟁에서 승리한 후 스위스 인민은 "군주 전제를 不要하고 민간으로 由하여 의원을 開하고" 투표에 의해 총통을 추대하는 제도를 도입한다(49~50). 빌헬름 텔 자신은 많은 사람의 추대에도 불구하고 총통 직위를 거부한 채 귀향했다고 한다. 14세기 스위스의 성취, '공화입정(共和立政)'이라는 결론은 "民智가 大開"하는 현상을 자극하고 촉발해 냈다(54). 국가의 독립 속에 개인의 독립이 실현될 수 있었다는 뜻이겠다.

신채호와 박은식, 그리고 한반도의 영웅들

단행본 출판을 기준으로 하자면 1900년대에 외국 역사·전기물을 본받아 창작한 서사는 생각보다 많지 않다. 본국 역사와 인물을 알아야 한다는 관심이 뜨거웠으나 그것이 단행본 분량의 장형(長型)로 발달하는 것은 또 다른 문제인 까닭이었겠다. 일찍이 박은식은 『서사건국지』 서문에서 그 자신 역사·전기물을 창작해 보려고 한 달여 고심했으나 여의치 않았던 차 번역에 착수했다고 밝힌 바 있다(서 1). 한국 고유의 한국 고유의 역사와 인물을 소재로 한 장편 역사·전기물로 꼽을 수 있는 것은 신

---

42 위의 글, 34~38쪽. 김병현이 국문으로 번역한 『이태리건국삼걸전』(1907)에서는 공화주의 이념이 주의깊게 삭제되고 있다고 한다. 텍스트 곳곳에 등장하는 공화주의적 선동의 시가 또는 격문도 삭제되었다.

43 「서」, 『서사건국지』, 대한매일신보사, 1907, 2~3쪽.

채호가 쓴 『을지문덕전』 『최도통전』 『이순신전』과 유원표의 『몽견제갈량』 정도다.[44] 이들의 관심이 모두 구국(救國)에 있었다는 사실은 새삼 설명을 요하지 않을 것이다. 1900년대에 사실상 역사·전기물 창작 실험을 독점하다시피 한 신채호는 옛날 한반도의 무장(武將) 영웅만을 선택한다. 을지문덕과 최영, 이순신은 중국이나 일본과의 전란(戰亂)에서 민족을 구원한 영웅이다. 신채호는 역사 서술에 있어서도 이들 세 명을 한반도 역사상 최고 인물로 꼽은 바 있다. 헌데 이들이 전쟁 영웅이 되었던 당시 전쟁은 왜 일어났는가? 외적의 침략으로 문제를 단순화해 버려도 좋은가? 내치(內治)의 문제, 맹자 말마따나 외적에 앞서 '스스로 벌하'는 정황은 없었는가?

신채호의 입장은 명쾌하다. 외적의 야욕이 먼저였고 나머지 문제는 부차적이라는 것이다. 『을지문덕전』에서 전쟁은 신흥 수나라의 정복 야욕 때문에 비롯된다. 신채호는 조정의 무방비를 한탄하지만 위정자들을 직접 타격 대상으로 삼지는 않는다. 『최도통전』도 『이순신전』도 마찬가지다. 쓰러져가는 왕조에 충성하다 목숨을 잃은 최영이나 왕에 의해 핍박받은 이순신에 대해서도 저자의 관심은 오직 '애국'에 있다. 예컨대 이순신을 영국 해군의 영웅 넬슨에 비견하는 대목을 살펴보자 : "임금을 사랑하고 나라를 근심하는 열성도 같으며 맹세코 도적과 함께 살지 않으려하는 열심도 같으며".[45] 영웅 이순신은 임금과 나라를 똑같이 사랑하고 근심한다. 전쟁 중에 모함을 받아 옥에 갇혔을 때도 충정이 동요하는 법

---

44 박은식도 『泉蓋蘇文』과 『몽배금태조』 등 다수의 역사·전기물을 집필했으나 대부분 1911년 서간도 망명 직후 몇 달간 집중적으로 쓴 것이다. 조준희, 「박은식의 서간도 망명기 저술 소고」, 『선도문화』 4호, 2013, 319~320쪽 참조.

45 「수군 제일 거룩한 인물 이순신전」, 단재신채호전집 편찬위원회, 『단재신채호전집』 4, 독립기념관 한국독립운동사연구소, 2007, 279쪽.

이라곤 없다. "금부에 갇힌 지 이십육일에 사하시라는 영이 내리지 아니할 뿐 아니라 천의가 또 어떠하실는지 알기 어렵더라"(244). 천의(天意), 즉 군주의 뜻은 무조건 따라야 할 절대 명령이다. 무능력한 신하들을 비난할 수 있을지언정 군주에 대한 비판은 표현되지 않는다. "제 몸이나 처자나 생각하고 방 속에서나 큰소리를 하는 무리", 그리고 그런 과거를 반성하지 못하고 "어젯날은 무슨 욕을 당하였든지 오늘날에나 잠깐 즐기리라 하며 (…중략…) 오늘날에는 또 잠이나 자리라 하"는 무지한 이들에 대한 비난이 넘칠 뿐이다(243).

1900년대에 역사·전기물을 번역하고 창작한 이들, 신채호나 박은식이나 유원표나, 현채나 주시경이나 어용선 등은, 또 번역되거나 창작된 역사·전기물을 읽은 독자들은 과연 '애국'만으로 충분했던 것일까. 1910년 이후 행보를 보면 이들에게 있어 충군-애국이라는 명령에 눌려 있던 다양한 동기들이 자라나고 있음을 확인할 수 있다. 잘 알려졌다시피 신채호는 무정부주의로 급선회하고[46] 박은식은 국체(國體)에 앞선 국혼(國魂)의 의의에 천착한다.[47] 『태서신사』와 『법국혁신전사』에 흥분하고 『파란말년전사』와 『애급근세사』에 비분강개하며 『이태리건국삼걸전』과 『서사건국지』를 가슴 두근거리며 읽었던 독자들 또한 그러했을지 모른다. 외국 역사·전기물이 한반도에 도래하는 데 큰 역할을 한 량치차오는 달랐지만, 그 밖에 프리드리히 쉴러와 로버트 맥켄지, 시부에 다모쓰

---

[46]　1900년대에 신채호가 「20세기 신국민」 등을 통해 개진한 국가론은 입헌공화정과 국가유기체설을 지지하는 데서 끝난다. 전제적 군주정을 비판하고 있지만 입헌공화정은 최선의 정체로 긍정되고 있다. 우남숙, 「신채호의 국가론 연구」, 『한국정치학회보』 32권 4호, 1999, 16~17쪽 참조.

[47]　조준희, 앞의 글, 355쪽 참조. 박은식 자신은 '국혼'을 종교적으로 전유, 대종교에 합류하는 길을 선택한다.

등 원저자와 1차 번역자들은 '자유'와 '공화'의 지지자들이었다. 이들이 쓴 혁명사와 말년사, 건국사를 읽으며 왕과 국가, 그리고 인민의 관계에 대해 생각하지 않기란 어려운 일이었을 터이다.

다만 1905~1910년은 이 문제를 본격적으로 토의하기엔 너무도 제한이 많은 시간대였다. 애국주의 아래 포괄되지 않는 모든 욕망이 금기시되던 시절, 더더구나 애국을 명분으로 하는 역사·전기물에 있어 이의 제기의 여지는 거의 없었다. 열혈의 민족주의를 향하는 구심력과 그로부터 일탈하려는 원심력이 함께 작용했던 신소설과는 또 달랐다고 하겠다. 입헌군주정이라는 한계를 넘어서 '혁명'과 '공화'를 사유하는 것은 암암리에 억압되고 금기시되었던 듯 보인다. 그럼에도 이미 담론의 초점은 '왕실'이 아닌 '국가'로 이동해 있었으며, 왕실의 멸망이 결코 국가의 멸망은 아니라는 사실이 종종 상기되곤 했다. "황실의 흥망으로써 국가의 흥망이라 謂함은 국가 본의에 不明한 소이"인즉 예컨대 프랑스에서 부르봉 왕가가 망하고 또 나폴레옹도 몰락한 후 "민주 정체가 흥"함은 "其 정체가 변경함이요 法蘭西 국가의 망함은 아니"다. 황실의 변역은 물론 정체(政體)의 변경도 국가의 흥망과는 무관한 것이다.[48] 그렇다면 이씨 왕가 없는, 심지어 왕정을 철폐한 국가란 어떤 모양새일 것인가? 그 국가를 어떻게 만들 수 있을까? 1900년대는 발설되지 않았으나마 이런 가능성이 사유된 시기이기도 했다. 앞에서 다루지 못했지만 필리핀 독립전쟁을 서술한 『비율빈전사』에서는 무려 30쪽 가까운 분량을 할애해 공화국 헌법안을 상세히 소개하고 있다.[49]

---

48   海外遊客, 『대한자강회월보』 3호, 1906.9, 55~56쪽.
49   안국선 역술, 『비율빈전사』, 보성관, 1907, 50~77쪽.

5. 잃어버린 '공화', 1900년대의 결말

역사·전기물에 대한 자발적 독서의 열도(熱度)가 어느 정도였는지 짐작하기는 쉽지 않다. 나무장수들이 모여 신문·월보 구독 경험과 『애국부인전』 낭독 경험을 나누었다는 기록이 있고[50] 『라란부인전』을 읽은 후 "저도 여자요 나도 여자이라 어찌 저만 여중 영웅의 이름이 만국에 전파하였느뇨"라며 탄식했다는 여학생의 소문이 전하기는 하지만[51] 몇십 년 후까지 술회된 신소설의 위력에 비하자면 역사·전기물이 누린 대중적 호응이란 국지적이고도 한시적인 것이 아니었나 싶다. 1909년 출판법 발효 이후 역사·전기물이 공간(公刊)될 수 있는 여지가 사라지다시피 한 탓이 클 것이다. 열혈의 애국주의를 존재 이유로 했던 역사·전기물이 식민지라는 정치·사회적 환경에서 살아남을 수 있는 가능성은 거의 없었다. 번역된 경우건 창작된 경우건 역사·전기물은 애국정신의 고취와 독립의지의 배양을 공공연한 목표로 했다.

그러나 한편으로 역사·전기물에 다른 이념적 모색의 자취가 없지는 않다. '혁명'과 '자유'에 대한 토의가 그 중요한 축이라 할 수 있다. 번역자들이 그 불온한 함의를 제거하기 위해 노심(勞心)했으나 이미 1894~1898년의 시기에 정체(政體) 토론을 경험한 이들이 그 자취를 다 잊기란 쉽지 않았으리라. 1894~1898년의 경험때문에 1905~1910년의 정치·문화적 열정은 추진력을 얻기도 하고 반대로 쉽게 냉각되기도 했다. 예컨대 1898년 3월에서 11월까지 있었던 관민공동회·만민공동회라는 사건, 근대적

---

50 "근일에 국문으로 발행하는 신문과 월보를 구독하니 甚有滋味하여 증전에 유행하던 소대성전 장풍운전 등속을 일병 폐지하였노라 (…중략…) 애국부인전을 得覽하니 其意가 甚好한 고로 항상 妻兒를 대하여 낭독하노라"(「柴商談話」, 『황성신문』, 1909.4.28).

51 「여중호걸」, 『대한매일신보』, 1907.12.28.

'국민'이 처음 그 존재를 드러낸 사건은 1905~1910년에도 계속 참조되고 활용되었다.

1904년 12월에는 일진회와 공진회가 연합하여 8도 각곳에서 회원들이 출발, 서울로 총집결한 후 종로에서 대규모 집회를 열었다. 여기선 이유인·구본순 등 고관을 소환해 심문했고, "만민이 공동"했다는 등 만민공동회를 연상시키는 수사학이 난무했다.[52] 1907년 헤이그 밀사사건으로 고종이 퇴위할 당시에는 동우회를 중심으로 군중집회를 조직하려는 움직임이 일었다. 동우회 회원은 1천여 명이 모여 특별회를 열고, "더러는 회장 이윤용에게 종로로 자리를 옮겨 연설하자고도 했고, 더러는 나랏일이 이 지경에 이르렀으니 회원들이 살아가기를 꾀해서는 안 되고 죽는 것이 좋은 방책이라고도 했고, 더러는 총리대신과 궁내부대신 두 대신에게 대표를 보내어, 그 사실에 대해 질문하자고도 했다."[53]

잘 알려져 있다시피 '일진회'로 대표되는 이런 흐름은 반민족·반국가로 귀결된다. 민권(民權)의 여지가 너무나 협소해진 후였다. 주로 1905~1910년에 발간된 역사·전기물이 구국(救國)의 서사로만 유통되고 기억된 것도 이해할 수 있음직하다. 그러나 민족주의의 강력한 구심력에도 불구하고 그 외부성이 다 사라지지는 않았다. 자국의 부강을 위해 타국의 고난을 참조한다는 역사·전기물의 구상 자체가 이미 외부성을 품고 있는 구상이라고 할 수 있다. 베트남인의 사연을 중국인이 기록한 것을 한국에서 번역해 읽었던 『월남망국사』가 잘 보여주듯, 역사·전기물이 실어나르는 내셔널한 교훈은 인터내셔널한 맥락 속에서 구축되곤 했다.[54] 그리고 보면 『이태리건국삼걸전』의 영웅 가리발디는 남아메리카

---

52 「공진회 전말」, 『대한매일신보』, 1904.12.30.

53 鄭喬, 조광 편, 김우철 역, 『대한계년사』 8, 소명출판, 2004, 145쪽.

망명 중 브라질 제국에 맞선 리우 그란데 공화국의 투쟁을 지원했고[55] 『파란말년전사』에서 묘사한 폴란드의 후예들은 미국 독립전쟁에서, 헝가리 혁명에서, 파리 코뮌에서 활약하지 않았던가.[56] 어떤 순간 공화와 인터내셔널은 이토록 가까운 현실인 것이다.

---

54   고병권 · 오선민, 앞의 글 참조.

55   류준범 · 장문석 편역, 앞의 책, 30~33쪽.

56   임지현, 『그대들의 자유, 우리들의 자유―폴란드 민족해방운동사』, 아카넷, 2000, 1 7~26쪽.

죄, 눈물, 회개

1910년대 번안소설의 감성구조와 서사형식

1. 대한제국의 메타서사로서의 신소설

'신소설'이라는 존재는 혼성적이다. 1900년대부터 1920년대에 이르기까지 '신소설'이라는 표제를 달고 숱한 출판물이 쏟아져 나왔지만, 그 안에는 이인직·이해조와 최찬식·김교제 등 서로 다른 경향의 작가가 발표한 다양한 텍스트는 물론, 근대 이전의 구소설과 동인지시대 이후의 근대 소설까지가 잡다하게 포함되어 있다.[1] 한편으로 새로운 당대를 다루는 새로운 양식으로 출발한 신소설은 오래잖아 고정 독자층까지 획득

---

1 '신소설'이라는 명칭에 대한 논의로는 김영민,『문학제도 및 문학어의 형성과 한국 근대문학(1890~1945)』, 소명출판, 2012 참조. 구소설이 왕왕 '신소설'이라는 표제를 달고 유통되었다는 사실은 잘 알려져 있거니와, 1920년대 이후의 근대소설이 '신소설'로서 유통된 사례로는 이영섭의 「해혹」이 1926년 영창서관에서 '가정소설'이라는 표제 하에 34쪽짜리 얇팍한 단행본으로 간행된 경우 등을 들 수 있다. 후자에 대해 좀 더 포괄적인 상황은 권철호,「1920년대 딱지본 신소설 연구」, 서울대 석사논문, 2012 참조.

한 인기 양식이 되었다. 인기와 영향력을 두루 대표한 작가는 단연 이인 직이었다고 생각되지만, 1920년대까지 중판(重版) 광고가 종종 나타나는 데서 알 수 있듯 신소설이라는 양식의 일반적 인기 또한 높았던 듯싶다. 이해조의 『모란병』에 보이는 "엊저녁에 보던 빈상설이라는 이야기책 생 각을 못하니"(61) 같은 구절, 혹은 백학산인의 『추천명월』에서 보이는 "신 소설 검중화의 이담용의 본을 떠서 명산승지를 구경이나 하리라"(20) 같 은 구절을 보면 자기 지시적 진술(self-reference)이 가능할 정도로 꾸준한 독 자층이 형성되어 있었음을 추측할 수 있고, 『천리마』와 『서해풍파』, 『만 인산』과 『추천명월』 등의 관계[2]를 보면 광의의 연작소설까지 창작될 수 있을 정도로 출판·유통의 환경이 안정되어 있었음을 짐작할 수 있다.

1912~1913년 이후 신소설이 그 문학사적 생명을 다했음은 주지의 사 실이다.[3] 그러나 퇴행의 양상을 노출하기 시작한 다음에도 신소설의 인기 가 단숨에 사그라들지는 않아서, 1910년대에 와서도 김교제·최찬식에 이어 이상춘·박영원 같은 신진 작가군이 형성되기까지 한다. 그러나 전 반적으로는 1900년대식 신소설이 쇄신의 능력을 잃고 급속하게 위축되기 시작한 1910년대에, 눈에 띄는 것은 몇 종의 변이-계승의 서사 양식이 경 합을 벌이는 양상이다. 거칠게 분별하자면 ① 1900년대의 신소설 작가, 특 히 이해조의 후속작과 주변의 모방작 ② 최찬식 등 신진 작가군의 소설 ③ 외국 소설, 특히 일본 가정소설의 번안 및 그 주변의 창작이라는 세 갈래 가 1917년 『무정』이 등장하기까지 소설사의 공백을 메웠다고 할 수 있다.

---

2   『서해풍파』에는 조연으로 등장한 인물의 사연이 궁금하거든 『천리마』를 참조하라는 서 술이 본문 중에 등장하며, 『만인산』과 『추천명월』의 경우 『만인산』 서두에 등장하는 계 집종 차금의 에피소드가 『추천명월』 서두에서 하녀 김순의 소경력으로 회고되고 있다.

3   이 퇴행의 양상에 대해서는 최원식, 『한국근대소설사론』, 창작사, 1986, 115·147쪽; 한기형, 『한국 근대소설사의 시각』, 소명출판, 1999, 74쪽 등 참조.

1910년대 문학에 대한 연구는 지난 10여 년 사이 비약적으로 성장해왔다. 몇몇 연구자들의 집중적인 노력 덕이다.[4] 그러나 그 이전이라면 1910년대는 사회사적으로나 문화사적으로나 일종의 공백기로 간주되곤 했다. 문학 연구에서 이 시기의 공백을 메우려 했던 시도로 기억할 만한 것은 1990년대 초반 일었던 비판적 사실주의론과 이에 입각한 신지식층의 단편소설 발굴일 터인데[5] 실제로 이 시기에 선풍적 인기를 끈 것이 『매일신보』 지면을 장악한 번안소설과 그 연극화 결과였다는 점을 생각하면, 1910년대 단편소설에 대한 주목은 이 시기를 입체적으로 조망하는 데 있어서는 부분적인 역할을 면하기 어렵다고 말해야 할 듯하다. 1910년대를 보다 입체적이요 전체적으로 조망하기 위해서는 번안소설을 중심으로 한 문화 현상을 참조하는 일이 필수적이다.

최근 연구들에서 지적되었다시피 번안을 핵심으로 하는 문화적 현상을 위치시키기란 그리 쉽지 않다. 번역에 의해 성립된 이차적 존재라는 점, 정치·사회적 의미에서의 당대성을 직접 확인하기 어렵다는 점, 서사적으로도 신소설과 『무정』 이후의 신문학 사이에서 그 위상을 가늠하기 쉽지 않다는 점 등이 두루 개입해 있는 까닭일 터이다. 이 시기 번안소설이 주 대본으로 하고 있는 일본 가정소설은 메이지 30년대의 산물로서, 정치소설과 자연주의 문학 사이에 위치하며, '통제와 안정의 시기'의 산물이자 '과도기의 작품'으로서 취급되어 왔다.[6] 뚜렷한 개성적 색채를 드

---

4   대표적으로 이희정, 『한국 근대소설의 형성과 『매일신보』』, 소명출판, 2008; 최태원, 「일재 조중환의 번안소설 연구」, 서울대 박사논문, 2010; 박진영, 『번역과 번안의 시대』, 소명출판, 2012 등.

5   김현실, 『한국근대단편소설론』, 공동체, 1991; 양문규, 『한국근대소설사연구』, 국학자료원, 1994; 김복순, 『1910년대 한국문학과 근대성』, 1999 등을 대표적인 연구성과로 기억해 둘 수 있겠다.

6   中村光夫, 고재석·김환기 역, 『일본 명치문학사』, 2001, 133·159쪽 참조.

러낸다기보다 통속성에 기반해 생산된 양식이었다고 해야 할 터인데, 한 국에서는 더더욱 그 사회적 존재 의의가 문제시될 수밖에 없다. 선풍적 인 인기를 누렸고 소설과 연극 양쪽에서 문화적 관습을 바꾸는 데 크게 기여했음에도 불구하고 번안소설과 신파극에 대한 평가가 인색했던 것 은 한편으로 당연한 일이다.

그럼에도 1910년대 문학사를 재구성하는 데 있어 번안소설은 소중한 자료다. 여기서는 번안소설을 1910년대 문학 전반에 접근할 수 있는 통 로로 활용하면서, 번안소설을 중심에 두는 가운데 매체·작가·주제 등 에서 공통점을 보이는 창작 장편까지 포괄하여 논의를 전개하기로 한다. 1910년대 소설사에 있어 번안과 창작을 구분하기가 곤란하다는 점에서 이런 독법은 불가피한 것이기도 한데[7] 불가피성을 받아들이는 데서 한 걸음 더 나아가, 번안소설을 동시대 한국의 문화적 맥락 속에서 읽어보 자는 것이다. 앞에서의 분류를 되풀이하자면, ① 1900년대의 신소설 작 가, 특히 이해조의 후속작과 주변의 모방작 ② 최찬식 등 신진 작가군의 소설 ③ 외국 소설, 특히 일본 가정소설의 번안 및 그 주변의 창작, 그리 고 연극 공연의 상황까지 두루 시야에 넣는 가운데 번안소설을 독해해 보고자 한다. 동시에 그 감성 구조와 서사 형식에 담지되어 있는 현실성 의 수준을 살펴보려 한다. 필요한 작업 전반을 여기서 모두 행할 수는 없

---

7 희곡 〈병자삼인〉이 오랫동안 창작희곡으로 취급되어 오다가 최근에야 번안작임이 밝혀졌던 사례가 웅변하듯, 1910년대 문학에 있어 번안과 창작을 엄격하게 분별하는 일은 실증적인 난제이자 연구자에 따라 의견이 크게 엇갈리는 문제이다. 예컨대 조중 환의 작품 중 『국의향』 『비봉담』은 대체로 창작으로 추정돼 왔는데 후자는 최태원, 앞의 글, 2010에서 번안임이 판명된 바 있다. 비록 창작임이 명백한 경우라 해도 번안 소설의 문법을 공유하는 사례가 빈번해 문제는 더욱 곤란해지곤 한다. 번안／창작 사 이를 엄격하게 분별하는 데 일차적인 관심을 두기보다 그 공통의 특성에 주목함으로 써 이런 난관을 피하고, 또한 1910년대 소설의 일반적 특징을 정리하는 과제에 접근 해 볼 수 있지 않을까 한다.

겠지만, 적어도 ① ② ③ 모두를 포괄할 수 있는 지평을 기약하면서 작업을 시작할 수 있지 않을까 하는 것이다. '1910년대의 소설사'가 가능할 수 있을는지, 전대의 신소설과 구분되면서 3·1운동 이후를 선취한 『무정』 이후의 신문학과도 구분되는 1910년대 소설의 면모를 구명할 수 있을는지 — 이들 질문에 답함으로써 정치·사회·문화 어느 측면에서나 '암흑기'로 정리되어 온 1910년대에 대해 새로운 조명이 가능한지 여부를 진단해 보았으면 하는 생각이다.

이런 관점에 따라 논의의 중심에 놓이게 될 소설은 1910년대에 『매일신보』에 연재된 장편을 중심으로, 일본소설 번안의 주 매개자로 활약한 조중환과 이상협의 이름으로 발표되었으며 또한 '가정소설'이라는 범주에 포함될 만한 텍스트 — 『불여귀』(1911),[8] 『쌍옥루』(1912~1913), 『장한몽』(1913), 『눈물』(1913~1914), 『국의향』(1913), 『단장록』(1914), 『비봉담』(1914), 『정부원』(1915), 『속 장한몽』(1915), 『무궁화』(1918)의 총 9편이다. 그밖에 1910년대에 창작되었으되 1894~1910년을 배경으로 한 일군의 신소설 및 서구소설을 원천으로 하는 번역·번안 작품을 주변적으로 아우르게 될 것이다.[9] 이 작업은 1910년대라는 '현실'과의 관련 속에서 번안소설을 읽어보는 것 또한 목표로 하지만, 그 관련의 양상은 조심스레 추정될 수밖에 없다.

8 　조중환의 최초 저작이자 번안 아닌 번역이라는 노선을 택한 『불여귀』와 함께 같은 텍스트를 대본으로 번안 작업을 해낸 선우일의 『두견성』(1912) 또한 포함하도록 한다.

9 　대체로 『매일신보』 연재소설을 중심으로 했다. 신문매체의 후원이나 신파극과의 관련 등을 통해 1910년대의 문화상황을 압축적으로 보여주고 있다고 생각했기 때문이다. 그러나 잘 알려져 있지 않으나 일본의 유명한 가정소설인 菊池幽芳 작 『乳姉妹』의 번안작품인 『寶環緣』(1913) 같은 사례를 어떻게 포괄하거나 배제할 것인지는 여전히 문제로 남는다.

2. 죄와 허물, 욕망의 일반성과 예외성

신소설의 '권도(權道)'와 번안소설의 '죄'

1900년대 신소설에 출현하는 흥미로운 단어 가운데 하나는 '권도(權道)'라는 것이다.[10] 일찍이 『빈상설』의 승학에 의해 "내 형세로 말하면 남의 집 처녀를 승야겁간하는 것이 법률상 죄인을 면치 못하겠으나 권도라는 권자가 이런 때에 쓰자는 것이지"(87)라는 인상적인 용례를 남긴 '권도'는 결코 정당화될 수 없는 행위를 감행하면서도 스스로 그 주체로서의 책임을 유예시키려 할 때 동원되는 어휘였다. 쌍둥이 누이가 남편으로부터 홀대받고 무법한 난봉꾼의 욕망의 대상이 된 위기에 처해, 승학은 누이인 양 가장해 대신 납치당하고는 탈출에 앞서 모든 음모를 아는 남성 주체가 있다는 사실을 악한들에게 경고하고자 한다. 경고의 방법이야 다양하련만, 승학은 하필 감시꾼 노릇을 겸해 자신과 한 방에 자게 된 처녀를 강간하는 방책을 취하기로 마음먹는다. 이렇듯 도덕적으로나 법률적으로나 용납될 수 없는 범죄를 계획하면서 승학은 '권도라는 권자'를 변명 삼아 떠올린다. 궁극적 선을 전제로 하는 방편적 악이나 부정 — 자신이 취한 것은 그런 임기응변적 국지성이지 악 자체가 아니라고 주장하는 셈이라고 할 수 있다. 그밖에 『설중매』의 태순이 소년 시절을 회상하면서 "혹 종적이 탄로될까 염려하여 잠시 권도로 심가라 변성하온 일"을 전할 때나, 「소금강」의 구홍서가 활빈당에 투신할 것을 결심하면서 "대경대법으로 말할진대 그 일이 비록 법을 범하는 패류의 하는 바이나 실지로 그 본의

---

10   '권도'에 대해서는 이 책 제3부 3장 「신소설의 피카로」에서 이미 다룬 바 있다.

를 궁구하면 남아의 국축지안인인 기개로 권도를 행함이라"[11]라 생각할 때도 '권도'는 원칙상 용인될 수 없으나 동시에 불가피한 임시적 계책을 가리키는 말로 사용된다. 객관적인 악이나 부정을 행할 때조차 신소설의 주인공은 그 책임을 유예할 수 있는 특권을 누리고 있었던 셈이다.

당연히 신소설에 있어 주인공은 순수함을, 그리고 그 짝패 무리는 죄악을 독점한다. 주인공이 수난에 처하는 것은 악의 무리 탓일 따름, 주인공은 "자신과는 전혀 관계가 없는 과오를 책임진 순수한 희생양이다."[12] 그는 오해받고 오인(méconnaissance)당했을 뿐, 궁극적으로는 순결한 채 영광의 자리에 나아가게 될 것이다. 그러나 1910년대에 오면 주인공의 이 같은 순수성은 현저히 약화된다. 『눈물』의 서씨 부인이나 『정부원』의 정혜처럼 아무 허물없이 수난에 처하는 사례가 여전히 존재하지만, 그 경우에도 다소의 변화는 감지된다. 『눈물』의 서사 중심은 수난당하는 서씨 부인에서 그 남편 조필환에게로 점차 이동해 가며, 『정부원』에서도 정혜가 일방적인 스포트라이트를 받는 대신 남편 정남작의 갈등과 회오가 적잖은 비중으로 개입하는 식이다. 이는 수난의 주인공에게 일방적으로 초점을 맞추고 그 배우자의 회개 과정은 결론으로서만 제시한 『빈상설』식의 서사에서 크게 변화한 모습이다.

주인공이 더 이상 순결한 희생자일 수 없음을 더욱 명백하게 보여주는 것은 『불여귀』『쌍옥루』『장한몽』『단장록』『비봉담』등 조중환의 번안작들이다.[13] 번안소설의 주인공들은 결점(flaw)이 있는 인물, 1900년대 신

---

11 빙허자, 「소금강」, 『대한민보』, 1910. 1. 13.
12 R. Girard, 김진식·박무호 역, 『폭력과 성스러움』, 민음사, 1993, 304쪽 참조. 이 구절은 지라르가 프로이트의 오이디푸스 분석을 비판하면서 프로이트의 전제를 정식화하고 있는 대목이다. 지라르는 이러한 순수 대 악의 명확한 구분 대신 신성한 존재 그 자체에 '괴물 같은 짝패'의 성격이 잠재해 있다고 주장한다.

소설의 주인공처럼 완벽한 순결성을 자랑할 수는 없는 인물이다. 『쌍옥루』의 주인공 경자는 아이까지 낳은 후에 순결한 처녀 행세를 해 다시 결혼하고, 『장한몽』의 순애는 정혼자가 있는 몸으로 다른 남자에게 마음이 끌리며, 『비봉담』의 화순은 한 걸음 더 나아가 정혼자를 두고 다른 남자와 연애 관계에 빠지는 데서 시작해, 사소한 다툼 끝에 애인을 밀어 실족-치사케 하는가 하면 본래의 정혼자는 실수로 램프를 떨어뜨려 타 죽게 만든다.[14] 『단장록』의 경우에는 아예 아이까지 버리고 유학길에 올랐던 기생 출신 신여성이 등장한다. 그밖에, 이상협의 『무궁화』에서는 주인공 옥정이 본래 정혼자인 진국을 두고 유혹자 송관수와 일시 인연을 맺었다가 귀환하기도 한다. 설혹 스스로 책임져야 하는 잘못이 없더라도 번안소설의 세계에서 선악 사이의 명료한 구분은 교란된 지 오래다. 『불여귀』의 나미코(『두견성』의 혜경)는 강제 이혼을 당하고 외로이 죽음에 이르지만, 임종에 처해서도 "마음대로 되지 못하는 이 세상이오며 또는 모두 우리의 운수 불행하여 그러하옴이니 뉘를 원망하오며 뉘를 한하오리까"[15]라는 반응을 보일 수밖에 없다. 치치와 같은 악인형 인물이 없는 것은 아니나 근본적인 문제는 나미코의 폐결핵과 다케오의 출전(出戰) 군인이라는 신분, 즉 선악의 틀로써 해결할 수 없는 조건이기 때문이다.[16] 세계는 이미 정결한 영웅과 악인-방해자라는 틀로 파악될 수 없게끔 진화해 있다.

---

13 번안의 원작 등 구체적 양상에 대한 논의는 생략한다. 번역·번안의 자세한 상황에 대해서는 박진영, 앞의 책과 최태원, 앞의 글, 2010을 참조할 수 있다.

14 번안소설에 있어 이같은 특징을 이희정, 앞의 책에서는 "선과 악이 공존하는 여주인공의 이중적인 성격"(82)으로 지적하고 있다. 『비봉담』의 경우 결론에 가서는 이 죄악 중 상당수가 오인된 것이었음이 밝혀지지만, 이때 오인은 타인에 의해서뿐 아니라 주체에 의해서도 행해진다는 점에서 1900년대식 오인과 다르다.

15 박진영 편, 『불여귀』, 보고사, 2006, 257쪽.

16 小森陽一, 정선태 역, 『일본어의 근대』, 소명출판, 2003, 251~254쪽 참조.

악의 편재성(遍在性), 욕망이라는 악덕

리쾨르의 용어를 원용하자면 이러한 변화를 허물(la culpabilité)에서 죄(le péché)로의 진화라고 요약해 볼 수 있겠다.[17] 1900년대 신소설에 있어 악과 부정은 악인들만의 문제이다. 『귀의성』의 김승지, 『홍도화』의 시어머니, 『치악산』의 시아버지 등의 경우에서 보듯 무지와 무능이 악을 조장하는 바 없지 않으나, 주인공의 선성(善性)과 정결성이 동요되는 일은 없다. 이 세계에 있어 악은 주관적인 계기로 오롯이 환원된다. 그러나 1910년대에 오면 순결한 개인이란 존재할 수 없다. 죄는 개인적인 동시 공동체적인 개념이 된다. '신 앞의 인류'라는 개념이 지시하듯 누구나 죄지은 자인 것이다. 신화적 상상력과 연관시켜 본다면 1900년대 신소설의 중심에는 '수난당하는 의인'의 형상이 있었다고 할 수 있다.

신소설의 주인공은 아무 잘못도 저지르지 않은 채 오히려 그 미덕과 매력 때문에 갖은 고초를 겪는다. 그들이 상대해야 하는 수난은 대개 악인 때문에 비롯된 것이며, 악인 대신에 무지한 기성세대가 개입할 경우 기성의 감각에 있어서 '부정(不淨)'의 계율을 침해했다는 이유로 핍박의 대상이 된다. 이 세계에서 악은 무지 혹은 의도적인 악에 책임을 돌려야 할 특징이다. 무지에 대해서는 계몽이, 악에 대해서는 처벌이 당연한 응보가 된다. 이때의 처벌은 일방적으로 정당한 것이라, 복수라기보다 훈육으로서의 성격을 띠고 있다고 보아야 한다. 이해조의 『고목화』처럼 계몽과 교육이라는 결말이 전면화되어 있는 경우는 물론이요, 이인직의

---

17 P. Ricoeur, 양명수 역, 『악의 상징』, 문학과지성사, 1994, 91~92・108쪽 참조. 리쾨르의 이론적 틀과 부조화한 부분도 있는데, 예컨대 리쾨르가 '개인'의 '허물' 속에서 양심과 의식이 그 중요성을 획득한다고 보는 반면(110) 번안소설을 통해서는 '공동체'의 '죄' 속에서 그런 중요성이 문제시된다고 주장하는 등이 그렇다.

『귀의성』처럼 복수의 모티프가 명백히 드러나 있을 경우도 그 복수는 목숨과 목숨을 맞바꾸는 『봉선화』나 『국의향』식의 복수가 아니라 죄인을 응징하는 의인의 복수로 형상화되어 있었다고 생각해야 할 것이다.

그러나 1900년대식 '예외로서의 악', '계몽과 교육으로서의 처벌'은 이제 유지될 수 없다. 악인의 형상 역시 바뀌어야 한다. 1910년대에 오면, 『불여귀』의 치치와나 『장한몽』의 최만경처럼 관습적인 틀로는 '악인'에 가까운 인물일지라도 그 내력과 처지는 이해할 수 있을 법한 것이 된다. 치치와는 어려서 부모를 여의고 고모 내외의 양육을 받으면서 그 친아들 다케오에 대해 "자기는 부모이든지 재산이든지 지위이든지 다 내종 다케오와 같이 구비치 못하"다는 앙금을 간직한 채 자라났으며,[18] 최만경은 아직 10대에 불과한 순진한 처녀일 때 늙은 서양인 고리대금업자에게 팔려가다시피 한 전력을 갖고 있다. 그들은 악인이기에 앞서 불행한 자들이며, 또한 악인이기에 앞서 욕망을 추구하는 존재들이다. 『눈물』에서 이상협은 악인 평양집을 논평하면서 이 사실을 분명히 한다. "어찌 평생의 마음이 악하여 그러리요 (…중략…) 사람은 세상에 거하여 눈에 기껍게 보이고 귀에 즐겁게 들리는 바는 모두 하고자 하는 욕심이 있는 중, 그 욕심이라는 것은 대개 옳지 못한 일이 많고 옳은 일이 적은 고로"(236) 악에 빠질 뿐이다. 『금국화』의 최씨처럼 천생 악인으로 보였던 사람도 죄를 뉘우치면서 스스로 굶어 죽는 길을 택할 수도 있는 것이다. 행복해지고 싶어하고 욕망을 끊지 못하는 존재라면 누구나 악에 물들 수 있다. 더더구나 1910년대의 세계에서, 욕망은 보편적이고 따라서 세계는 이미 죄악을 노정하고 있다.[19]

---

18   박진영 편, 앞의 책, 39쪽.

19   선과 악을 상대화하고 있음에도 불구하고 양극적 대립과 충돌(bipolar crash)의 구도

악인과는 다른 쪽에서, 욕망에서 죄가 생겨난다는 사실을 잘 보여주고 있는 인물은 『장한몽』의 심순애라 할 것이다. 순애는 다이아몬드에 홀리고 김중배가 약속하는 화려한 생활에 홀려 스스로 애인을 배신한다. "수일을 사랑하는 마음은 간절하되 한편으로는 재물을 욕심하는 마음도 적지 아니하며 그 부모의 권하는 바도 심하였던 고로"(205) 갈등 속에서 수일의 순애(純愛)를 저버린 것이다. 후일 순애 스스로 회상하기로는, "그때는 전혀 맑은 정신을 잃고 일시 동안은 악마에게 홀려 제 몸으로도 능히 제어치 못하옵고 즐겨 스스로 비참한 운명을 향하고 쫓아"(452~453)갔다는 것인데, 『쌍옥루』나 『단장록』 『비봉담』에 있어서도 그 양상은 기본적으로 마찬가지라 할 수 있다.

주인공뿐 아니라 그 주변의 조연들 역시 같은 면모를 보여준다. 『쌍옥루』의 이기장은 딸 경자 앞에 좋은 혼처가 나서자 "그것은 그때 네가 마귀에게 홀려서 흉한 꿈 꾼 셈이지 지금 와서 (…중략…) 백옥 같은 몸이 되었는걸"(172)이라는 궤변을 불사하고, 『장한몽』의 심택은 죽은 친구의 아들이자 스스로 정한 딸의 정혼자였던 수일 대신 김중배를 욕심낸다. 이들은 1900년대식 신소설에서의 행위를 매개하는 인물인 '기만당한' 존재[20]와 다르다. 1900년대에는 악인들에게만 존재했던 특징, 즉 "속량"과

가 사라지지는 않는다는 사실을 기억해 둘 필요가 있다. 19세기 유럽에서 유행한 역사적 장르로서의 멜로드라마에서 이 양극적 대립은 주인공=선=순결성이라는 설정 virtue as innocence에서 비롯되었으나(P.Brooks, *The Melodramatic Imagination*, New York : Columbia Univ. Press, 1984, p.29・36・58 등 참조), 1910년대 번안소설에서 주인공과 순결성의 관계는 좀 더 복잡하다. 주인공은 죄 지었음에도 순결한 형상으로 창조되는데, 그것은 주인공이 한결같은 수동성과 무력성에 의해 죄를 순결로 전도시키고 있기 때문이다.

20 예컨대 『홍도화』에서 태희 아버지에 대한 다음 서술을 참조할 수 있다 : "본래 이직각은 요량이 반푼어치 없건마는 그 부인의 내조와 처남 김참서의 충곡으로 그만치 행세를 하고 부지하더니"(하 26), "이직각을 구미호같이 어떻게 홀려 놓았던지"(37), "색계상에 영웅 열사가 없다고, 이직각이 시동집에게 그 모양으로 고혹하여 불쌍한 자기

"전장 마름" 같은 대가를 욕심내어 살인을 음모한다거나[21] "제 옷감" 같은 하찮은 이익이라도 계산하는[22] 악덕에 전염되어 있다. 1910년대, 누구도 죄에서 자유로울 수 없게 된 시절, 반면 선과 악 사이의 절대적 구분이 교란된 시절, 그 기반에는 욕망 내지는 탐욕이 자리하고 있다.

3. 수동성의 문법 — 회개와 눈물과 신경쇠약

기만당하고 오해당하고 발작에 쓰러지는

『쌍옥루』나 『비봉담』의 경우 주인공의 행적 자체는 오늘날에도 문제됨직한 요소를 상당히 포함하고 있다.[23] 『쌍옥루』에서 경자는 미혼인 처지로서 임신을 하고, 출산 후 그 사실을 감춘 채 다른 남자와 결혼하며, 『비봉담』의 화순은 밀회 중 사소한 다툼 끝에 애인을 물에 빠져 죽게 만들고, 이후 집요하게 자신을 쫓는 약혼자와 한방에서 밤을 보내게 되었을 때는, 실수로 램프를 엎어 약혼자가 참혹하게 소사(燒死)하게끔 되는 계기를 만든다. 혼전의 출산과 불의의 결혼, 게다가 살인 — "죄 중에 가장 중한 것은 살인이라 하더니 첩의 죄상은 살인이로다. 첩은 사람을 죽인 계집이로다"[24]라는 말대로, 이들의 죄악은 쉽게 용서될 수 있는 것이

딸을 참혹히 구박을 하였더니 그날 김참서의 좌석에서 용남의 고발하는 바를 들으니 곤한 잠이 깨온 듯 취한 술이 깨온 듯"(112).

21 이인직, 『귀의성』, 광학서포, 1907, 144쪽.
22 이해조, 『빈상설』, 광학서포, 1908, 19쪽.
23 번안 원전 및 영국→일본→한국의 구체적 전달 경로에 대해서는 최태원, 앞의 글, 2010, 95~109쪽 등 참조.
24 『매일신보』, 1914.7.21.

아니다. 조목조목 따져보자면 "가정적으로 가치는 제로, 혹은 유해할는지도 알 수 없는" 항목들이 이들의 인생역정을 구성하고 있기 때문이다.[25] 그럼에도 1910년대의 독자와 관객들은 이런 인생을 그린 소설과 연극을 열렬하게 환영했으며, 주인공들에 대해서는 공감과 동정을 아끼지 않았다. 그 까닭은 대체 무엇이었는가?

먼저, 주인공이 기만당하고 오해당했다는 설정. 『쌍옥루』의 경자는 서병삼이 기혼자인 줄 알지 못했고, 임신 후에는 교회에서 결혼식을 거행한 셈이라고 믿었으며, 『비봉담』의 화순은 다른 손이 끼어들었다는 사실을 알지 못한 채 제가 애인을 떠밀었다고만 생각하고 있었다. 그러나 주인공을 가해자 아닌 피해자로 위치짓는 이런 설정이 전적인 설득력을 발휘하기란 어렵다. 경자는 연애와 출산 경험을 숨긴 채 정욱조와 가정을 이루고, 화순은 끈질기게 따라붙는 고준식을 죽게 만드는 또 다른 죄를 범하기 때문이다. 이러한 제2의 죄악, 연쇄적이며 부차적인 죄악은 어떻게 변명할 것인가? 이에 대해서는 흔히 신경쇠약이나 정신이상이라는 설명이 동원된다. 『쌍옥루』의 경자는 출산 후 신경 발작을 겪으면서 갓 낳은 아이를 죽일 뻔한 위기를 넘기며, 이후 정욱조와 원만한 결혼생활을 누리면서도 때때로 엄습하는 신경증 때문에 고통을 받는다. 제가 낳은 첫 아이를 책임질 수 없었던 것도 신경발작 때문이다. 경자의 아버지가 딸의 건강과 전도를 염려해, 경자가 병석에 누워 있는 동안 은밀히 아이를 멀리 보내버린 것이다.

『비봉담』의 양상은 더욱 극적이다. 화순은 남몰래 장래를 언약한 애인 임달성이 배신한 줄로 오해했을 때 처음으로 신경열병에 시달리는데, 이

---

25   金子明雄, 「家庭小説と讀むことの帝國 : 『己が罪』という 問題領域」, 小森陽一 外編, 『メディア・表象・イデオロギ』, 東京 : 小澤書店, 1997, 140쪽.

후 문제적인 고비마다 병증은 예외 없이 터져나온다. 임달성을 물에 빠져 죽게 한 줄로 알고는 구조를 청하러 달려가는 도중, 약혼자 고준식이 참혹하게 죽은 그날 밤, 체포된 후 취조를 받으면서 ─ 고백자로서 화순의 진실성(reliability)을 신뢰하지 않는다면 병이 발작했다는 변명을 믿기 어려울 정도로 발작은 빈번하고도 정교하다. 램프를 옮기려다 손잡이가 뜨거워 놓친 서슬에 고준식에게 불이 옮겨 붙었다고 하면서, 손잡이가 그렇게 뜨거워질 리 없다는 판사의 온당한 심문에 화순이 내세우는 사정이란 "아 ─ 독자시여─ 뜨겁다 생각한 것도 역시 첩의 마음이 현란하여 정신을 모르고 한 듯하도다"(1914.8.15)라는 것이다.

기만당하고 오해당하고 신경 발작의 습격에 쓰러지는 주인공 ─ 1910년대 번안소설의 주인공들은 철두철미 수동적인 모습을 보여준다. 독자들이 그 에피소드의 급진성에도 불구하고 『쌍옥루』나 『비봉담』에 공감할 수 있는 까닭은 이것이었을 터이다. 후일 멜로드라마의 핵심적 모티프로 자리하게 되는 여주인공의 철저한 수동성은 이 때 이미 뚜렷하게 드러나 있다. 죄인이자 가해자로서의 면모를 갖고 있으면서도 그 철저한 수동성 때문에 피해자로서 인지되는 여성 주인공들은, 신경 발작을 알리바이이자 속죄의 절차로 활용한다. 『쌍옥루』와 『비봉담』이 모두 그러하고, 『장한몽』의 순애는 수일에게 용서를 빌다가 거듭 냉담한 반응에 부딪히자 "멜랑콜리아의 급성" 증상을 일으킨다. 십여 차례에 걸친 애절한 편지에도 냉정했고, 심지어 꿈속에서 순애가 죽는 장면을 몇 번이나 목격한다는 상징적 처벌에도 요지부동이었던 수일은 신경 발작으로 쓰러졌다는 소식에 마침내 순애를 용서하게 된다.[26] 신경 발작의 환각 속에서

---

26 잘 알려져 있다시피 『장한몽』의 원작인 『금색야차』는 오미야가 회개하고 거듭 용서를 탄원하는 데서 미완으로 끝난다. 용서와 해피엔딩은 『장한몽』의 창안이지만, 『금

순애가 두 번이나 자살 기도를 한 후의 일이다. 수동적인 주인공이 내세울 수 있는 무기란 수용(reception)에 있어서의 섬세한 감각(sensitiveness)밖에 없으며, 그것은 자책과 죄의식의 심리, 그리고 그 결정체로서 신경증과 정신 이상에 의해 증명되어야 한다.

이제 주인공의 운명에 대한 적절한 반응은 '동정'이 되고, 서사에서 결정적인 대목은 '회개'가 된다. 『쌍옥루』이하 번안소설과 그 주변에서 '눈물'과 '비극'을 강조한 것은 이 맥락에서 이해할 만하다. 1900년대의 신소설을 읽는 데 있어 핵심적인 요소가 '재미'였다면 1910년대에 신소설을 거치면서 텍스트를 향유하는 관습으로 '동정'과 '눈물'이 추가된 것이다.[27] 로맨스의 '영웅'이나 상위모방의 '지도자' 대신 '우리와 같은 존재'의 '평범한 인간성'에 반응하는 관습이 형성되기 시작했다고도 말할 수 있겠다. 이해할 수 있음직한 결함과 그 때문에 빚어지는 불행 — 따라서 '회개'는 1900년대의 신소설에서처럼 부가적인 후일담이 아니라 서사의 필수 불가결한 요소가 된다.

자식을 되찾겠다는 일념으로 각종 파란을 일으킨 후 회심, "사람의 한 번 잘못은 항용 있는 일인데 나중에 뉘우친 후까지도 이렇게 용납을 아니하시니 어찌 대장부의 일이라 하겠습니까"[28]라며 용서를 구하는 주인

색야차』역시 완결되었더라면 채용했을 가능성이 높은 결말이기도 하다. 회개-동정-용서라는 문법이 일반적이었음을 생각할 때 그렇다.

27 신파극 관람 경험을 중심으로 '동정'과 '눈물'이라는 반응이 어떻게 정착되고 훈련되어 갔는지에 대해서는 유민영, 『한국근대연극사』, 단국대 출판부, 2000, 240~241쪽 및 최태원, 「번안소설·미디어·대중성 - 1910년대 소설 독자의 문제를 중심으로」, 『한국근대문학과 일본』, 소명출판, 2003, 37~39쪽 참조. 일본 가정소설 중 본문 앞머리에 '눈물'과 '회개'의 중요성을 역설하는 외국 텍스트를 삽입하는 사례가 다수 발견된다는 점 또한 기억할 만하다. 中村春雨의 『無花果』등의 서두에서 회개를 강조한 루가복음 13장이나 브라우닝(E.B.Browning)의 시 「눈물(Tears)」등을 원문과 번역으로 소개하고 있음을 확인할 수 있다. 中村吉藏, 『歷史·家庭小說集』, 東京 : 改造社, 1928, 358쪽.

공이나 "이미 자기의 죄를 회개한 데 대하여서는 예수 그리스도 이하로 각항 종교가 모두 죄를 용서"("쌍옥루』, 455)한다는 사실을 확인하면서 아내를 용서하는 정욱조의 모습은 번안소설의 결말을 이끄는 계기로서 가히 일반적이다. 더욱이 회개는 죄 지은 자만의 몫이 아니다. "쌍옥루』의 이경자와 장욱조, "장한몽』의 심순애와 이수일의 관계를 보면 이 점을 확인할 수 있다. "쌍옥루』에서 이경자는 속인 자요 장욱조는 속임을 당한 인물이지만, 결말에 이르러 회개와 용서는 두 사람 모두의 몫이 된다. 정욱조의 말을 빌자면 이렇다. 경자를 사랑하면서도 그 허물을 용서하지 못했던, 자기 자신의 완고한 도덕관 역시 반성의 대상이라는 것이다.

"죄악이라 하면 어디까지든지 동정을 표하여 불쌍히" 여겨야 할 것을 (454), "도리도 무론 보려니와 정이라 하는 것도 돌아보지 아니하면 아니 될" 것을 그러지 못했던 자신의 과거를 두고 정욱조는 "다시 회심한 마음을 다시 부인이 살펴 주시오"(455)라고 탄원하며 용서를 구한다. 그럼으로써 정욱조는 흠 없는 자로서 경자를 용서하는 대신, 똑같이 결함투성이인 인간으로서 경자의 잘못을 포용할 수 있게 된다. "장한몽』의 경우 역시 마찬가지다. 수일이 순애와 헤어진 후 6년 동안 해 오던 고리대금업 폐지를 결심한 날, 수일의 지기지우 백낙관은 수일에게 "자네는 오늘날 이렇게 회개를 하였네그려"(494)라면서 운을 뗀다. "여보게, 수일이, 자네도 자네를 스스로 용서하는 동시에 그 여자 한 사람도 그만 용서하여 주면 어떠하겠는가"(496)라는 것이 백낙관의 최종적인 권유이다.

순애로부터 버림받고 그 때문에 고리대금업에 투신한, 즉 그 스스로 최초의 죄의 계기는 아니었던 수일은 먼저 '회개'하고 '용서'받아야 할 주체

---

28   조중환, 「단장록」, 『매일신보』, 1914.6.10.

가 됨으로써 '용서'할 수 있는 주체가 된다. "본래부터 술은 조금도 적구치 못하는 터"인 수일은 이 날만은 백낙관의 권유에 못 이겨 술을 입에 대고, 낙관이 설득하는 말을 들으면서 "양협에 눈물을 드리우며" 비로소 "응, 용서하여 주겠네, 용서하여 주지"라는 말을 입 밖에 낸다(497). 이때 수일의 '술'과 '눈물'은 몇 년이나 순결을 지키다가 술 때문에 김중배에게 육체를 짓밟힌 순애의 경험, 또한 "혼자 중얼거리며 울었다가 웃었다가" 하는 순애의 발작과 대응하며 두 사람을 동등한 주체로 만드는 역할을 한다. 교조적인 주의로는 술도 일체의 허물도 용납지 못할 것이겠지만, 회개와 용서의 장에서는 흠 없는 완벽성은 오히려 장애가 된다. 그러므로, 결말을 맺기 위해 필요해지는 것은 실상, 죄 없는 자의 회개라는 역설이다.

'죄 없는 죄(Felix Culpa)', 용서함으로써 용서받기

『눈물』처럼 여성 주인공의 멜로드라마와 거리가 먼 소설에서도 눈물과 회개의 메커니즘은 생생하게 살아 있다. 마치 『장한몽』의 심순애와 이수일처럼, 유복한 집안의 외딸과 그 아버지가 후원하는 청년으로 함께 자라난 『눈물』의 조필환과 서씨 규수는 이윽고 결혼해 행복한 가정을 이루고 아들까지 낳지만, 뜻밖에 조필환이 악녀 평양집을 만나게 되면서 상황은 급전한다. 서씨 부인은 집에서 쫓겨나고, 아들 봉남은 평양집의 학대 속에서 자라던 중 집을 나가 행방불명이 되며, 조필환마저 평양집의 흉계에 빠져 집안에 유폐되는 신세가 된다. 조필환은 이런 비참한 경우를 당해서야 예전에 지은 죄를 뉘우치고, 감시인에게도 "조금이라도 하늘이 미워하실 일은 하지" 말라고 충고하면서 "법률의 형벌은 신체를 구속하는 것이니까 신체의 자유만 빼앗기지만, 하늘의 형벌은 정신을 구속하는 것이니까 마음의 자유를 빼앗기는 것"[29]이라는 사실을 전하려 한다. 이처럼 "참마음대로 전일의 죄과를 깊이 후회하는 조필환의 눈에는 눈물이 가득"(196)하고, "눈물을 씻고자 하지도 않"고 흘러넘치는 대로 그냥 두는 흥분상태를 몇 번이나 경험하면서 그는 "신경에 무슨 병이 일어나는 모양"(222)을 보이기도 한다. 회개와 그 통과의례로서의 신경증이 남성 주인공의 경우에도 다소 굴절된 형태로나마 나타나는 셈이다.

조필환의 회개에 이어 몇 년 후에는 애부(愛夫)에게 배신당한 평양집의 회개도 화제가 된다. 다른 여인을 들인 애부에게 쫓겨난 평양집은 구세군 대좌의 구원을 받는데, 그는 미천한 악인이라도 구원하는 "지공무사하신 하나님"을 역설하는 동시 "그렇지만 하나님이 불행한 사람을 구제하여 행복을 주실 때에는 반드시 자기의 악한 일을 일일이 자복하여 하나님께 고하고, 참마음으로 이전 일을 후회하고, 또 장래에는 착한 일을 행하겠다 맹세"해야 한다고 종용한다(234~235). 회개는 구원을 위한 필수 전제인 것이다. 이 지도에 따라 평양집은 "내 고향은 본대 평양이올시다 (…중략…) 이름을 설화라 하였습니다"로 시작하는 긴 고백을 행한다(238~241).

이러한 면모, 죄 지은 자의 회개라는 서사 관습이 본격화되면 소설은 '고백'으로서의 성격을 띠게까지 된다. 1914년에 연재된 『비봉담』은 이 점에서 특히 주목해 볼 만하다. "아- 첩은 스스로 생각하여도 내 몸의 지은 죄에 몸이 떨리는도다. 마음에 죄가 있는 자 자기 신경에 음습된다 하더니 첩은 실로 신경의 음습을 당할지로다. 내의 몸일지라도 두려움을 금치 못하며 지금의 죽을 몸으로 스스로 죄를 자백하는 뜻으로 유서를

---

29   이상협, 「눈물」, 『한국신소설전집』 10, 1968, 을유문화사, 222쪽.

써서 놓노라. 독자 여러분이시여 죄 중에 가장 중한 것은 살인이라 하더니 첩의 죄상은 살인이로다. 첩은 사람을 죽인 계집이로다"(1914. 7. 21)라는 구절로 시작하고 있는 『비봉담』은 1910년대라는 조건 속에서는 이채롭게도, 1인칭 고백체로 장편소설을 이끌어 간다는 형식을 보이고 있다.[30]

고백의 주체인 화순은 경상남도 진주에서 내로라하는 가문인 박의관 집 무남독녀이다. 아버지가 진작부터 골라놓은 남편감 고준식이 있으나 별 감정을 느끼지 못한 채 내내 범연히 지내던 중, 화순이 17세 때, 고아 출신인 청년 의사 임달성이 출현한다. 두 사람은 급작스럽게 사랑에 빠지고, 이후 밀애-오해-다툼이라는 과정을 거치는 가운데 화순은 임달성을 밀쳐 비봉담에 빠뜨리는 뜻밖의 죄악을 범하게 된다. 애인을 살해했다는 두려움 속에서 가출하지만, 신문은 뜻밖에 연못에서 임달성 대신 그와 혼담이 있던 처녀의 시체가 발견되었다고 보도하고, 화순의 악운은 그것으로도 부족한 듯, 집요하게 화순을 쫓는 약혼자 고준식 또한 화순이 저지른 실수 때문에 불에 타 죽는다. 결국 세 건이나 되는 살인 사건에서 범인으로 지목당하게 된 화순은 자살을 결심, 그 이전에 사건의 자초지종을 써서 해명의 재료로 남겨두기로 한다 : "자복하는 것은 죄를 멸하는 근본이라 하니 첩은 죄의 자초지종을 자세히 써서 놓고 죽으면 죽은 후에 간수의 수중에 떨어져 간수의 손으로부터 세상에 전파되어 진주의 박화순이는 듣던 바와 같이 죄가 깊지 아니하고 어찌할 수 없는 사정으로 두 번 세 번씩이나 살인한 혐의를 받았으나 그 일을 발명할 수 없으므로 자기의 수치를 받기 싫어 감옥 속에서 목숨을 버리었다 하는 사실을

---

30 『비봉담』은 버사 클레이의 *The Haunted Life*를 구로이와 레이코[黒岩涙香]가 『첩의 죄[妾の罪]』로 번안한 것을 조중환이 다시 번안한 것이다. 그 외 『홍루지』와 『참정기』 등 1910년대 번안소설에서 1인칭 서술 양태가 번역되는 양태에 대해서는 최태원, 앞의 글, 2010, 124~126쪽 참조.

세상 사람이 깨달을 때도 있으리로다"(1914.8.19).

결론에 이르면 임달성은 무사히 살아 있었으며 게다가 그를 떠민 것은 화순이 아닌 고준식이었다는 사실, 또한 비봉담에서 시체로 발견된 처녀를 죽인 실제 범인 역시 고준식이었다는 사실이 드러나지만, 이 지점까지 화순은 제 손으로 애인을 죽게 만들었다는 자책에 시달린다.[31] 깊은 죄의식과 자책감 속에서 화순은 '고백'을 통해 자신을 설명할 필요를 느낀다. 『비봉담』은 그 결과이며, 따라서 감옥 속에서 화순이 써 남긴 수기라는 형식을 근간으로 하는바, '고백'과 '회개'를 통해 진실성을 보장받는 이 유서–수기를 통해 화순은 '하나님'과 '독자'를 청자로 설정한다. "하나님 아버지시여 첩의 기도를 받으시옵소서. 독자시여 첩의 죄를 용서하소서"(1914.8.29)라는 것이 곧 『비봉담』의 근본 형식을 이루는 수사학이다. 죄인의 고백을 듣고 용서해야 할 주체로서 독자는 신의 자리에 등극하는 셈이며, 따라서 믿을 수 있는 벗이자 신(神, confident-God)이라는 독특한 좌표를 차지하게 되는 것이다. 『쌍옥루』『장한몽』에서 굳이 '죄 없는 자의 회개'라는 단계가 요구되었던 것 또한 이 맥락에서, 독자와의 관계를 연상시킨다. 죄인을 동정하고 용서해야 할 존재는 이수일과 정욱조인 동시 또한 독자이며, 따라서 직접 연루되지 않은 자로서의 '회개'라는 절차는 독자에게도 요구되기 때문이다.

---

[31] "남편을 두 사람이나 얻어가지고 또는 모두 죽이어 버리는 악한 계집"이라는 자극적인 고백으로 시작하고 있음에도 불구하고, 또한 고준식이 불길에 휩싸여 죽는다는 참혹한 최후를 맞았음에도 불구하고, 약혼자였던 고준식에 대한 화순의 죄의식은 사실상 전무하다시피 하다. 임달성이 무사히 살아 있었다는 사실을 알게 된 후에도 화순의 죄의식은 오로지 임달성만을 향하며, 따라서 임달성을 떠밀었다는 혐의에서 벗어나는 동시 자책을 면할 수 있게 된다. 적어도 표면적인 수준에서는 그렇다. 그러나 사건 종료 후 7년이 지난 시점에서 마무리된 화순의 수기가 종결부에서도 죄의식을 완전히 털어내지 못하고 있다는 점에서 볼 때, 고준식의 죽음은 발설되지 않지만 작용하는 일종의 '실재'로 위치해 있다고 할 수 있겠다.

4. 군중의 경험과 모자이합(母子離合)의 서사

번안소설의 서두―군중 속의 주인공

1900년대 신소설의 전형적 서두는 자연 경관을 펼쳐놓으면서 그 가운데 있는 주인공에게 접근해 가는 것이다. 원근법적 초점화의 기법이라 부르면 적절하겠다.[32] 신소설의 이러한 관습은 1910년대 이후의 신소설에도 그대로 이어지지만, 번안소설을 중심으로 한 경우는 다소의 변화가 보인다. 『불여귀』처럼 기왕의 신소설과 유사한 서두를 보여준 경우도 있고, 『장한몽』처럼 거리 묘사에서 시작한 경우도 있지만, 『쌍옥루』『국의향』과 그 주변의 『춘외춘』『경중화』 등에서는 학교나 교회라는 공간적 배경을 중심으로 '군중 속의 주인공'을 묘사해 보여주는 것이다. "박동 마루길에 종 치는 소리가 땡땡 들리더니 반양복 입은 여학도 한떼가 제각기 책보 하나씩을 옆에다 끼고 앞서거니 뒷서거니 둘씩 셋씩 짝을 지어 안동 별궁 모퉁이로 돌아오며 희희낙락 (…하략…)"[33]하는 가운데, "나이는 열 오륙 세로부터 열 팔구 세까지나 되었을 듯한 여자 사오 인이 의복은 다같이 검은 치마저고리에 반결음도 신고 혹시는 구쓰도 신었으며 머리는 서양 머리도 하고 땋아서 내리고" 교정을 지나가는 가운데"(『쌍옥루』, 15~18), 혹은 "예배당에서 설교를 파하는 종소리가 오후 한 시를 뎅뎅 치며, 새문안 정동교회로 사나이와 여편네가 서로 제각각 무리를 지어 (…중략…) 그 중에 세 사람의 여학생"이 "서양 머리에 구두 신고 통저고리 통치마를 허리에 둘렀으며 비

---

32 신소설의 전형적 서두에 대해서는 이 책 제3부 1장의 「만국지리 속의 인간」편에서 다루었다.

33 이해조, 『춘외춘』, 신구서림, 1912, 1쪽.

단 우산으로는 얼굴을 깊이 가리어"[34] 등장하는 가운데, 주인공은 한 무리의 여학생들 속에서, 평판의 중심으로서 등장한다. 하학이나 예배 종료 등을 알리는 종소리와 더불어 일종의 군중 장면(mob scene)이 제시된 후, 주인공은 그 가운데서 출현해 오는 것이다.

이들 서두에서 주인공은 20세기 이전의 소설처럼 가계(家系)의 후원에 기댈 수도 없고 신소설처럼 공간적 좌표 속에서 유일무이한 존재로 주목을 받을 수도 없는 인물, 주변의 다수와 좀체 구분되지 않는 인물이다. 전대 소설이 로맨스 양식을, 신소설이 상위모방(high mimetic) 양식을 취한다면 1910년대의 번안소설은 상위모방과 하위모방(low mimetic)의 경계에 처해 있다고 할 수 있겠다.[35] 조금 과장하자면 번안소설을 통해 소설 주인공은 처음으로 '군중 속의 존재'로서 그 모습을 드러낸다고 할 터인데, 이때 주변 집단–군중은 흔히 주인공에 적대적인 모습을 띤다. 반대자(antagonist)나 악인의 기능을 할당받을 만큼 강렬하거나 일관되지는 않지만 인상적인 적의, 아마 키에르케고르의 용법을 빌어 '(무성격적) 시기'라고 불러야 할 반응이 예의 '군중 속의 주인공'이라는 서두에서는 두드러진다. 눈에 띄지만 근본적으로 다를 수는 없는 존재로서, 1910년대 번안소설의 주인공들은 '죄'와 '회개'의 서사적 문법에 잘 어울린다. '동정'이 일반적인 반응이 되는 것 또한 당연한 일이다. 1900년대 신소설이 '자미(滋味)'에 호소했다면 1910년대에는 '동정'과 '눈물'에 호소하는 새로운 감수성의 장이 개척되기에 이른다. 이 감수성은 『소년』과 『청춘』에서 이광수에 의해 실험된 바 있던 그 감수성이며[36] 1910년대에 청년층을 중심으로 빠르게

---

34   『매일신보』, 1913.10.2.
35   N. Frye, 임철규 역, 『비평의 해부』, 한길사, 1986, 50~51쪽 참조.
36   예컨대 이광수가 쓴 「원단의 걸인」, 『청춘』 7호, 1917.5는 부랑자와 걸인을 사회의 해악으로 취급했던 태도를 벗어나 동정과 연민의 대상으로 보는 태도를 명백하게 보여

번져간 감성의 구조(mentalité)이다.

'동정'과 '눈물'의 메커니즘을 지탱하는 데 있어서는 서술자의 주관적이고 빈번한 개입도 애용된다. 이 양상은 1910년대 장편 전반에 있어 특징적인바, 예컨대 『눈물』의 서술자는 '독자'를 부르기를 서슴지 않는데다 '눈물'을 유독 사랑하여 "여러 독자여, 그때 그 아이의 슬픈 정을 생각할진대 반드시 저절로 흐르는 동정의 눈물을 금치 못하리로다"(94), "서씨 부인이 그 부모와 만나던 경황은 눈물이 앞을 가려 차마 기록하지 못하고 다만 여러 독자의 짐작에 맡기노라"(132) 같은 진술을 몇 번이고 변주한다. 그러나 이런 『눈물』의 서술자가 가장 흥분하는 순간은 뜻밖에 서씨 부인의 수난을 목격하고서가 아니라 그 아들 봉남의 수난을 목격하고서이다 : "기자가 이 사실을 기록하며 이 근경을 생각하다가 홀연 두 눈으로부터 눈물이 종이 위에 떨어지니, 마르지 못한 먹을 임하여 글자의 형용을 알아보지 못하도록 번지고, 붓 잡은 손에 기운이 걷히며 눈물에 어린 두 눈에는 쇠잔한 등잔불이 둘씩 셋씩 되어 보이는 고로, 부득이 던지는 붓대가 책상 아래로 떨어짐을 돌아보지 않고 불쌍한 봉남이를 위하여 나오려 하는 눈물을 금치 아니하며 한마디 탄식하노라"(191). 이 때는 봉남이 평양집이 득세한 집에서 나와 남씨 부인이라는 젊은 과수 아래 자라나고 있을 때이다. 천성이야 어질고 총명하건만, 3년 넘게 평양집의 학대를 받으며 지낸 끝에 봉남은 쉽게 위축되고 남의 눈을 속이고 몰래 군입거리를 훔쳐내는 습관을 몸에 붙이게 된다. 서술자가 한탄해 마지않는 대목은 봉남이 또 한번 도벽을 보였을 때인데, 자신의 '눈물'을 절절히 설명한 데 이어 서술자는 아예 봉남을 향한 일장연설을 시작한다.

주고 있다. 이미 1910년에 이광수가 「무정」이라는 제목을 내건 단편을 발표했다는 것 또한 기지의 사실이다.

슬프다, 가련한 봉남아! 오세 유아가 어쩐 연고로 한 줌의 앵도를 도적질하기에까지 참혹한 신세에 이르도록 너의 심성이 바뀌었느냐? 네 마음이 본래 정직치 못한 바이 아니건마는, 외물의 장해로 네 마음이 악하게 변함이 아니냐? 어린아이의 마음은 물과 같은 것이라. 모진 그릇에 담으면 그 형상이 모지고, 비뚤어진 그릇에 담으면 그 형상이 비뚤어지며, 정한 그릇에 담으면 그 바탕이 정하며, 더러운 그릇에 담으면 그 바탕이 더러워지는 것과 같이, 그 어거되는바 외위의 사정을 따라 심정이 변하는 것이로다. 그러나 어린아이의 마음은 초목과 마찬가지라 (…중략…) 바른 곳, 살진 땅에 옮기어 심고, 물과 거름을 주며 뿌리고 북돋아주면 그 가지는 점점 번성하고 뿌리는 더욱 강하여 풍류를 사랑하는 사람의 구경하며 칭찬할 좋은 나무도 되며 고운 풀도 됨과 같이, 한번 악한 길로 그릇되었던 마음도 좋은 인도함을 따라 착하게 고쳐지는 것이라. 봉남아, 네가 지금은 포학한 계모에게 학대를 받아 너의 성질이 악하게 그릇되었으나 정직·인자한 남씨의 성력으로 너를 착한 길로 인도하면 얼마 날, 얼마 달이 지나지 못하여 너의 성질은 부모에게서 타고나온 대로 지극히 착한 천품을 도로 찾으리라. 박명한 봉남아, 기자는 너를 위하여 감히 두 줄기 눈물을 아끼지 아니하며, 더욱 나아가 여러 독자도 너를 위하여 기자와 같이 더운 눈물을 아끼지 않기를 바란다. (191~192)

『눈물』 전편을 통해 가장 인상적인 서술자의 이 같은 흥분은, 『눈물』에서 봉남이라는 어린아이의 형상이 단지 부차적인 계기에 그치지 않음을 웅변해 준다. 어머니가 떠난 후 평양집의 학대에 시달리던 봉남은 남씨 부인을 친어머니인 줄 그릇 알고 따라가, 그 인내와 자애 속에서 점차 학대받았던 3년간의 세월을 떨쳐낼 수 있게 된다. 중간에 친어머니 서씨 부인과 상봉하는 감격도 맛보지만, 봉남은 선뜻 서씨 부인을 따라나서는 대신 두 어머니가 함께 있어야 한다고 고집하기 시작한다 : "어머니도 이

어머니 집으로 같이 가. 어머니도 우리 어머니고, 저 어머니도 우리 어머니야 (…중략…) 나는 두 어머니하고 다 같이 아니 살면 울 테야, 응? 어머니"(212). 결국 서씨 부인은 3년 넘게 이별했던 아들을 다시 3년 동안 남씨 부인의 손에 맡겨두며, 가족의 최종적인 재결합은 남편 조필환이 3년 동안의 감금생활에서 탈출해 온 후 비로소 성취된다. 이렇듯 『눈물』의 서사에 있어 봉남과 그 어머니의 이별 및 재회는 중요한 기둥으로 작용한다. 서술자가 봉남의 운명을 두고 가장 흥분된 목소리를 토해내듯, 모자 간 이합(離合)은 부부간 이합보다 더 중요한 의의를 차지하고 있기조차 하다. 조필환 역시 평양집의 간계에 빠져 감금당한 몸이 된 후로는 아내보다 아들 봉남과의 만남을 갈구한다.

모자이합과 회복의 서사

더욱이 모자간 이합은 『눈물』에만 특유한 서사가 아니다. 『쌍옥루』에서는 경자가 혼전에 출산한 아이와 이별하고, 『속편 장한몽』에서는 순애가 첩이 된 조만경의 음해에 의해 딸아이를 남겨둔 채 집을 떠나며, 『단장록』의 기생 정자는 아이를 낳자 곧 남자 손에 맡겨두고 미국 유학길에 오른다. 조중환과 이상협이 함께 기획·상연한 연극 〈청춘〉의 경우 그 줄거리는 정애와 송진수 사이의 결혼·오해·이별, 그리고 정애가 아들을 송진수 손에 맡겨두고 나오는 정경을 중심으로 하고 있다.[37] 이상협이

---

[37] 「문수성 청춘극 가일평」, 『매일신보』, 1914.3.19. "정애라 하는 여학생이 남편을 찾아 멀리 왔는데, 아무리 전일 인연을 떼이고자 하는 학생의 마음일지라도, 정애와 서로 수작이 조금 적은 것이 유감이며, 쫓겨가는 정애의 슬퍼하는 표정이 적은 것은 결점이러라. 또는 송진수가 귀국하여 은행에 다닐 때에도 그 집까지 정애가 아들을 데리

번안한『정부원』은 아예 주인공 정혜가 친부 이후작을 찾게 되는 과정을 큰 틀로 하여, 그 내부에 다시 정혜와 딸 사이 몇 차례에 걸친 이별을 다루고 있기도 하다. 1910년대의 신소설이 1900년대의 신소설에서 퇴행해 가정의 재구성을 중심에 둔 사회·문화적 급진성을 발휘하지 못한 채 흔히 다처(多妻)나 처첩의 공존이라는 결론으로 보수화되어 버렸다면, 번안소설 및 그 주변에서는 젊은 남녀의 결합이라는 서사가 점차 약화되면서 대신 모자이합의 서사가 대두되는 면모가 뚜렷하다고 할 것이다.

또 하나 문제적인 점은『눈물』에 형상된바 봉남과 남씨 부인의 관계에서 보이듯 생모 못지않게 양모가 중요한 의미를 띠게 된다는 사실이다.『눈물』에서 남씨 부인은 "거짓말도 하고 도둑질도 하"던 아이를 훌륭하게 변화시키고는 "이것을 내어놓음은 목숨을 빼앗기는 듯 정신을 빼앗기는 듯"(272)한 고통을 무릅쓰고 친어머니 손에 돌려보내고,『쌍옥루』에서는 본래 유모였던 여인이 경자의 아들 옥남을 자애로써 키우며,『속편 장한몽』에서는 유모 간난어미의 자정이 찬탄의 대상이 된다. 순애는 8년 동안이나 만나지 못했던 딸 희순과 간난어미가 서로 의지하고 있는 모습을 보고 "숭고한 감동"을 느끼며 "혈육의 힘보다 정성의 힘이 더욱 장함"을 깨닫는 것이다 : "처음에 나의 무릎 위에 있을 때 희순은 저와 같은 안심은 없었으며 친밀치도 못하였고 정답지도 못하였다 (…중략…) 골육이 섞이인 정성보다도 진실한 마음으로부터 흘러나오는 타인의 정성이 더욱 깊이 새기어 들어감을 알지로다. 나는 어미의 사랑이요 유모는 하나님의 사랑이라."[38] 더 나아가『단장록』에서는 아예 친어머니 정자의 권

고 갔는데, 송진수의 표정이 적은 것은 고사하고, 아들을 남편에게 맡기고 가는 정애의 슬픈 가슴이 관객의 눈에는 별로이 감동되지 아니하는 것이 흠절이며, 끝막에서 일본 기생이 정애와 송진수의 인연을 다시 맺어주는 때에, 전후 내력을 변호사에게 자세히 말하지도 않고, 속히 두 사람의 손을 이어주는 것이 적이 섭섭한 곳이러라."

위가 부정당하고, 정자가 유학을 떠나 있는 사이 합법적인 어머니로서 자성을 양육한 부인이 최종적인 친권을 승인받는다. 오직 아들을 찾기 위해 남자의 회사를 파산케 하고 본처를 동생에게 넘기려는 음모를 불사한 김정자는 회개해야 할 안타고니스트(antagonist)의 역할을 벗어날 수 없다.

이들 텍스트에서 보이는바 모자이합이라는 새로운 서사는 1900년대 신소설의 남녀 결합담이 근거를 잃은 터전에서 탄생한다. 1894~1905년이라는 시기를 정치적 거점으로 한 신소설의 경우, 초기의 몇몇 예외를 떠나면[39] 가정 내부의 성적인 존재요 늘 성적 위협에 쫓기는 여주인공을 내세웠지만, 그럼에도 모종의 문화적·상징적 급진성을 간직할 수 있었다. 시어머니의 권위에 공공연히 반항하는 『홍도화』의 당찬 며느리 태희, 남장한 채 학교 교사가 되는 『목단화』의 정숙, 굵직한 체격의 노처녀로 괴한과 격투까지 불사하는 『운외운』의 수영 등 개성적인 여성 주인공마저 성적 수난의 수사로 흡수해 버린 것은 신소설의 통속성이요 퇴행성이었다고 하겠으나, 이런 경계 내에서나마 신소설이 대한제국의 메타서사로 기능할 수 있었던 것은, 계몽 의식으로 단련된 남녀 사이의 일부일처제적 결합이 그만큼 급진적인 화제였기 때문이다. 오직 '당자'의 조건만으로, 특히 '(신식) 교육'을 상징 자본으로 하여 결합하는 남녀는 전래의

---

38   『매일신보』, 1915.12.16.

39   『혈의누』의 옥련은 원형과 전형성, 또한 예외성을 동시에 보여준다. 서사장르의 전통을 통해 옥련은 주목할 만한 주인공인데, 여성영웅소설이라든가 일부 판소리계 소설 등의 사례가 없던 바 아니나, 소설의 역사를 통해 '신소설'만큼 여성 주인공이 압도했던 양식은 없다는 점, 이 양식의 문법을 『혈의누』가 개척했다는 점에서부터 그렇다. 『혈의누』의 옥련은 '추방' 때문이 아니라 '추구' 때문에 여정에 나서는 아마도 최초의 여주인공, '생명수'를 갖고 귀환해야 하는 주인공이다. 옥련 역시 모든 서사의 주인공들이 그러하듯 고난을 겪지만, 그 고난에는 성적 표지가 존재하지 않는다. 7세라는 어린 나이부터 옥련의 예외적인 無性性을 보증하며, 16세에 이른 서사의 종반부에서도 옥련은 끝끝내 "몇 해든지 공부를 더 힘써하여 학문이 유여한 후에" 결혼할 것을 고집하는 신체로 남는다.

제도에 의존하고 있는 구 지배층의 권위를 효과적으로 타격할 수 있었다. 신분제와 과거제도의 폐지 이후 새로운 지배-관료층으로서 진출한 신세대를 형상화하는 데 있어, 신소설은 그들의 사회·문화적 감각을 성공적으로 표상해 냈던 것이다.

1910년 이후 이런 표상 양식은 급속히 근거를 잃는다. 신소설은 1894~1905년을 넘어서서 당대성의 관습을 갱신하는 데 실패했고, 남녀 결합담의 문화적·상징적 가치를 재생산하는 데도 실패했다. 일부일처제라는 원칙이 퇴조하고 다처나 처첩제라는 결론이 유행하게 된 현상은 1910년 이후 신소설의 후퇴를 잘 보여주고 있다고 할 것이다. 번안소설에서 애용된 모자이합이라는 모티프는 이 상황을 돌파하기 위한 서사적 장치로서 도입·실험되기 시작한다. 1900년대의 신소설이 새로운 이성의 발견 및 가족으로의 결합을 근간으로 하는 추구와 발견의 서사를 특징으로 한다면, 1910년대의 번안소설은 기성의 가족 내 복귀와 재결합의 서사를 보여준다고 할 수 있다. 복귀와 재결합의 면모를 인상적으로 각인시키는 것은 부부 사이보다 흔히 모자 사이인데, 일제 강점 이후 일체의 정치적·사회적·문화적 시도가 봉쇄된 상황에서 이렇듯 보수적인 서사가 유행하지 않았나 추정해 볼 수도 있겠다. 그렇다면 가정소설의 원산지인 일본에서 메이지 30년대가 '통제와 안정'의 시기였던 데 비추어 1910년대 한국의 번안소설은 '통제와 침묵'이라는 역설적인 유사성을 보였다고 해야 할 터이다. 그 위에 낳은 어머니 못지않게 기른 어머니가 강조된다는 설정 또한 복귀·재결합의 서사를 더욱 문제적으로 만들고 있다. 복귀와 재결합마저 상대적이고 우연적인 가치로만 승인될 따름이기 때문이다.

5. 1910년대 소설사의 가능성

신파극의 전성시대로 불리는 1912~1914년에 집중적으로 생산된 번안소설은 신소설처럼 오랫동안 문학사의 저류를 형성하지는 못했다. 신소설의 전성기는 역시 고작 4·5년간이었을망정 1894~1905년을 시대적원천으로 하고 여성 주인공의 수난과 귀환을 핵심 서사로 하는 양식은이후 1920년대까지 지속되었지만, 번안소설, 특히 일본을 원천으로 하는번안소설은 1912~1914년 이후 별다른 계승 양상을 보이지 않았다. 고정독자층 역시 형성하지 못했다고 보아야 할 터인데, 달리 말하자면 번안소설의 독자층은 그만큼 쉽게 다른 문화 체험의 수용자로 변화했다고도하겠다. 신파극과 신극, 영화, 『무정』 이후의 근대 소설 등, 번안소설의독자층이 산포된 경로는 다양하다. 번안소설이라는 고정된 양식이 재생산되는 계승 대신 그 감수성과 수사학이 변환·재생산되는 방식으로 계승이 이루어졌다고 할 수 있겠다. 특히 '평범한 인간'으로서의 주인공과일반화된 죄의식, 그에 대한 독자의 반응으로서의 동정과 눈물 등은 이후 한국 문학 및 문화의 역사에 지속적인 영향을 미친다. 1910년대의 신소설과 마찬가지로 번안소설 역시 1910년 이후의 새로운 현실에 직접 화답하지는 못했지만, '악에서 선을 만들어 내지 않으면 안 되는' 새로운 감수성과 수사학을 개발함으로써 나름의 응전 방식을 개척했던 것이다. 이러한 번안소설 및 신파극을 거치면서 독자–관객의 정서는 점차 인간과내면과 공감을 규율로 하는 문화적 질서로 접어든다. 3·1운동을 전후해본격화되기 시작한 한국 근대문학의 역사는 그 기반 위에서 비로소 시동할 수 있게 되었다.

전대, 1900년대의 신소설이 근본적으로 발견과 추구의 서사라는 성격을 지니고 있었다면, 1910년대의 번안소설은 복귀와 재결합의 서사로서 자리 잡았다고 할 수 있겠다. 이러한 서사 관습에 다시 변화가 일기 시작하면서 1910년대의 소설사는 비로소 전변을 보이게 되는데, 『무정』(1917)은 바로 이 전변을 상징한 소설이라 할 것이다. 『무정』은 1910년대 번안소설의 핵심 서사였던 모자 이합 대신 젊은 남녀의 결합담을 다시 취하되, 1910년대 신소설에서 관습화된 처첩 혹은 다처제라는 결말을 거부했으며, 그러면서도 번안소설류를 통해 활성화된 '동정'과 '눈물'이라는 새로운 감성을 적극적으로 끌어들이고 있다. 1910년대의 신소설·번안소설을 계승하면서도 배반한 자리에서 『무정』이 탄생한 것이다. 『무정』이 그토록 강조한 '동정'은 이미 번안을 통해 계발된 감성, 그에 앞서 1910년대 『매일신보』를 통해 집요하게 선전된 감성적 대응이었다.[40] 이렇듯 1910년대의 번안소설은 1900년대 신소설과 『무정』 이후의 근대 문학을 매개하는 역할을 담당하고 있다. 그 위상을 준거점으로 할 때, 1910년대에 창작된 신소설의 면모를 구체적으로 해독할 수 있는 길 또한 열리지 않을까 생각된다. 예컨대 번안소설의 모자이합담과 1910년대 신소설의 다처 및 처첩제 모티프를 함께 시야에 넣을 수 있을 때, 1910~1917년의 공백은 다소의 해명을 얻을 수 있을 것이다.

---

40   공적 영역과 사적 영역을 분리하면서 분리의 보완물로서 자선과 공익심을 요구한 『매일신보』 논설 및 기사의 향방은 1910년대는 물론 이후의 인식 구조를 해명하는 데 있어서도 검토할 만한 주제이다. 1920년대 초반에 관련한 것이기는 하지만 유사한 지적으로는 손유경, 「한국 근대소설에 나타난 '동정'의 윤리와 미학에 관한 연구」, 서울대 박사논문, 2006, 36·47쪽 등을 참고할 수 있다.

아황(娥皇)과 여영(女英)

유교재무장과 '이처(二妻)' 모티프

1. 새로운 강박 ― 일부일처제[1]

　이광수의 『무정』(1917)은 명백하게 새로운 시대를 보여준다. '속사람'을 깨달았다고 하는 형식이 이 시대의 중심이지만 신조류는 누구 하나 놓치지 않는다. 옛 관념에서 벗어나는 영채, 신문명에 대한 기대에 들뜬 선형, 이들과 함께 '민족'의 자각을 이루는 병욱이나 우선에 이르기까지 ― 새로운 시대는 이제 육체에 스며들고 있다. 그렇지만 이 젊은이들이 하루아침에 신기원을 이룩할 수 있었던 것은 아니다. "우리는 선조도 없는 사람, 부모도 없는 사람 (…중략…) 今日 今時에 천상으로서 吾土에 강림한 신종

1　여기서부터 350쪽까지 내용은 이전에 펴낸 『연애의 시대』, 현실문화연구, 2003, 210~216쪽의 내용과 거의 겹친다. 본래 이쪽 글에 속했던 것이기에 약간의 수정만 가해 다시 사용하도록 한다.

족"²이라고 과격하게 뱉을 때와는 달리 『무정』에서 이광수는 윗세대의 모습을 비교적 자상하게 보여준다. 비록 주인공 형식은 고아라고 하지만, 영채의 아버지 박진사와 선형의 아버지 김장로는 19세기 말에서 20세기 초에 이르는 시기, 선각자로서 각각 전형적인 행로를 걸었던 인물이다.

평안남도 안주의 명문가 자손인 박진사는 일찍이 신문명의 필요를 깨달은 후 사숙(私塾)을 세워 교육에 헌신하였고, 서울 벌열(閥閱) 후예인 김장로는 요직을 두루 거치면서 자연스레 신문명에 가까워질 수 있었다. 서북 지방 출신인 박진사가 근대 문명의 자생적 수용을 실천했다면 서울 출신 김 장로는 근대 문명이 주류화되어 가는 과정에 어렵잖게 편승한 쪽이다. 닮았지만 다른 점이 더 많은 이 두 사람은 자기 생애의 성과를 보이는 데 있어서도 크게 다르다. 박진사가 고투 끝에 철저하게 몰락하는 반면 김장로는 국장・감사에 미국 공사까지 지낸 후 유유자적 노후를 즐긴다. 영채와 선형이 판이한 이력과 개성으로 형식 앞에 등장하는 것은 이 두 가지 아버지 상을 각각 바탕으로 해서이다.

박진사와 김장로의 차이는 '진사'・'장로'라는 호칭의 차이에서 확실히 드러난다. 박진사는 "머리를 깎고 검은 옷을 입"는 용단을 내렸음에도 평생 진사로 불렸고, 반면 김장로는 "서양 문명의 내용이 무엇인지 모르"면서도 기독교회에 들어가 장로라는 호칭을 획득하였다. "대청에는 반양식으로 유리문"을 해 달고 서재 바닥에는 "붉은 모란문이 있는 모전"을 깔아 서양풍을 흉내 내는 김장로는 전직 국장이나 감사이기 이전에 기독교 신자인 장로이다. 소과(小科) 합격의 이력을 자부하는 박진사와는 크게 다른 셈이다. 김장로는 기독교 신자라는 사실을 제1의 정체성으로 삼음

으로써 신문명으로의 직결 통로를 마련한다. "예수를 믿는 것도 처음에는 아마 서양을 본받기 위함"이었던 만큼, "과학(科學)을 모르고, 철학(哲學)과 예술(藝術)과 경제(經濟)와 산업(産業)을 모르"지만 그래도 "조선식 예수교의 신앙"에 충실함으로써 문명 인사라고 자부할 수 있었다.[3]

그러나 기독교가 고무적인 역할만을 했던 것은 아니다. 김 장로는 기독교를 믿게 되면서 새로운 번민에 빠지는데, 20여 년 전 첩을 얻었다는 사실이 '간음하지 말라'는 계명에 어긋남을 배운 까닭이다. 10여 년간 축첩은 자연스런 일상이었으나 기독교라는 새로운 질서 속에서는 죄악이다. 김 장로는 죄의식에 쫓기다가, 본처가 죽자 기생 출신 첩을 일약 처의 자리로 승격시킴으로써 가까스로 죄에서 벗어난다. "행인지 불행인지 정실이 별세함으로 재취하라는 일가와 붕우의 권유함도 물리치고 단연히 이 부인을 정실로 삼았"다고 한다(13). 오랜 무지와 갈등을 차례로 겪은 끝에 일부일처의 형식이 완성된 것이다. 바야흐로 새로운 시대가 개막되었다.

하자를 지우고 새로운 세계에 들어선 이상 예전의 질서는 문제가 되지 않는다. 선형은 본래 서출(庶出)이고, 보잘것없는 고아 형식이 사윗감으로 발탁된 것도 그 때문일지 모르지만, 이 사실은 한번도 상기되지 않는다. 한편 성가(聲價) 높은 기생 영채는 왕년의 명기(名妓) 선형 모(母)를 닮았지만, 첩살이란 영채로서는 상상할 수 없는 길이다. 설령 영채가 양반의 딸이 아니었다 하더라도 부부 사이에 하나 대 다수의 관계는 있을 수 없다. 부부란 서로 유일한 존재가 되어야 하는 관계다. 때문에 선형과 영채는 형식을 사이에 두고 타협이 있을 수 없는 경쟁에 처한다. 윗세대가 힘들게 완성한 일부일처제는 이미 굳건한 전제이다. 형식의 세대에 와서

---

3   이광수, 『무정』, 동양서원, 1918, 392~395쪽.

새로 문제된 것은 "지금은 당자의 의사도 들어보아야" 한다는 요구, 즉 "부모의 허락도 있고 당자의 승낙을" 얻어야 한다는 것이 자유결혼의 이상이었다(109~112). 『무정』의 기본 구도를 이루는 형식-영채-선형의 삼각관계는 일부일처제와 자유결혼이 결합한 위에 생겨날 수 있었다.

2. 자유결혼 - 관계의 투명성과 합리성

'사랑할 마음이 있을 것 같으면'

자유연애와 자유결혼은 다르다. 연애란 사실 '자유'라는 수식어가 필요 없는 감정, 모든 감정이 그러하듯 본성의 자연스런 유로(流路)를 따른다고 상상되는 감정이다. 반면, 개인의 자유의사에 따른 결혼이란 '자유'라는 형식만 존중한다면 어떤 조건도 수용할 수 있는 결정이다. 가문·경제력·학식 등 어떤 것이라도 '자유'로운 선택의 근거가 될 수 있다. 굳이 사랑이라는 감정이 결혼과 결부될 필요는 없다. 사실 불합리하고 이기적인 '사랑'이 어떻게 결혼이라는 제도와 연결될 수 있었는지는 일종의 불가사의에 속한다. 이것은 연애결혼이 자유나 민주주의 같은 이념의 표지라는 생각만큼이나 풀어내기 어려운 불가사의다.[4]

연애와 결혼이 직결될 근거란 실상 없다. 실제에 있어서도 이 두 가지 현상이 동시에 생겨나는 것은 아니다. 한국에서 '자유혼인'이라는 말은 19세기 말부터 등장했지만 '자유연애'가 떠들썩한 사회적 현상이 된 것은

---

4   J. Sarsby, 박찬길 역, 『낭만적 사랑과 사회』, 민음사, 1985, 30~33쪽 참조.

1910년대 이후였다. 일부일처제를 당연한 전제로 받아들이기 시작한 세대, 『무정』의 형식들에 있어서도 "내 영혼은 과연 선형을 요구하고 선형의 영혼은 과연 나를 요구하는가. 서로 만날 때에 영혼과 영혼이 마주 합하고 마음과 마음이 마주 합하였는가"(565)라는 질문은 골똘하게 탐구되지 못했다. 형식과 선형의 혼약은 만난 지 사흘 만에, "피차의 정신은 아직 한 번도 조금도 마주 접하여 본 적이 없"(406)는 상황에서 맺어졌고, 그럼에도 형식은 혼약 직후부터 선형을 "자기의 사랑하는 자"(414)로 규정했으며 "선형이 없이는 못 산다 (…중략…) 만일 선형이가 자기를 버린다 하면 자기는 칼로 선형과 자기를 죽일 것이라 한다"(479)는 격동을 느낄 수 있었다. 결혼이 결정된 후 사랑이 정해진 것이니, "만일 사랑이 없다 하면?" "약혼은 무효지요"(487)라는 문답은 자기기만에 가깝다. "다른 모든 사랑은 다 거룩하고 깨끗하되 청년 남녀의 사랑만은 아주 불결하고 죄악같이 보인"(290)다는 선형의 입장이 훨씬 일관성 있을 정도이다. 그렇다면, 사랑에 기대지 않은 자유결혼의 실제는 어떠했을까. 또한 『무정』 이전, 1900년대에 논의된 '자유혼인'의 내용은 무엇이었을까.

　　남의 나라에서는 사나이와 여편네가 나이 지각이 날 만한 후에 서로 학교든지 교당이든지 친구의 집이든지 모꼬지 같은 데서 만나 만일 사나이가 여편네를 보아 사랑할 생각이 있을 것 같으면 그 부인 집으로 가서 자주 찾아보고 서로 친구같이 이삼 년 동안 지내보아 만일 서로 참 사랑하는 마음이 생길 것 같으면 그때는 사나이가 부인더러 자기 아내 되기를 청하고 만일 그 부인이 그 사나이가 마음에 맞지 않을 것 같으면 아내 될 수가 없노라고 대답하는 법이요 만일 마음에 합의할 것 같으면 허락한 후에 몇 달이고 몇 해 동안을 또 서로 지내보아 영영 서로 단단히 사랑하는 마음이 있으면 그때는 혼인 택일하여 교당에 가서 하나님께 서로 맹세하되 서로 사랑하고 서로 공경하고 서로 돕겠노라고 하며 관허를 맡아 혼인하는 일자와 남녀의 성명과 부모들의 성명과 거주와 나이를(원문에는 '나홀'—인용자) 다 정부 문적에 기록하여 두고 만일 사나이든지 여편네가 약속한 대로 행신을 아니 하면 그때는 관가에 소지하고 부부의 의를 끊는 법이라.[5]

1896년 『독립신문』에 소개된 서양의 결혼 풍속은 '합리적'이라는 말로 요약할 수 있다.[6] 남녀가 만나 "사랑할 생각이 있을 것 같으면" 2~3년을 친구처럼 지내보고, 그때 "참 사랑하는 마음"이 있다면 약혼을 하고 다시 시간을 보낸 뒤 "영영 사랑하는 마음이 있으면" 결혼을 하되 세세한 공식 절차를 잊지 않아야 하고, 계약을 어기는 일이 생길 경우 "관가에 소지하고 부부의 의를 끊"어야 한다. 결혼에 이르기까지 3단계, 결혼은 주의 깊게 계획하고 관리되어야 할 일정이다. '사랑'이라는 말이 나오지만 여기 격정의 파토스는 전혀 없다. 사랑은 눈먼 열정이나 감정의 폭발이라기보다 조심스럽게 행해진 선택이다. "하인을 하나 두려고 하더라도 그 하인을 미리 보아 (…중략…) 대강 합의한 후에야 하인으로 작정하고 몇 해를 부려 본 후에 만일 사람이 착실하면 그때는 더 친밀히 부리고 더 중한 소임을 맡기거늘"이라는 비유가 보여 주듯, 결혼에서 제일 중요한 것은 신중에 신중을 거듭한다는 태도이다. 부릴 사람을 택하는 일이나 배우자를 고르는 일이나 다를 바 없다. 단번에 사람을 알 수 있다는 생각은 환상일 따름, 평생을 좌우할 중요한 선택을 하는 데 있어서는 끊임없이 관찰하고 따지고 평가하는 자세가 필요하다.

---

5 『독립신문』, 1896.6.6.
6 유길준, 『서유견문』, 東京 : 교순사, 1895, 387~393쪽에 거의 같은 내용이 제시된 바 있다. 표현까지 대동소이한 것으로 보아 아마 『독립신문』에서 『서유견문』을 참조한 듯 보인다. 일본이나 구미에 공통 원천을 둔 결과일 수도 있겠다.

가로대 아무 땅에 거주하는 남자 아무는 연기가 장성하여 재산도 풍족하여 단정한 행실과 아름다운 모양이 있는 부인으로 백년의 가약을 맺기로 원하노니 어떠한 여자이던지 범백이 나의 우하는 문제와 합당하고 자기의 진심으로 허락할 의향이 있거든 그 연기와 얼굴 사진을 편지함에 동봉하여 아무 땅으로 우편에 부치라 하나니 어떠한 여자이던지 이런 편지를 화답하여 결혼코자 하는 의향이 있으면 반드시 먼저 사람으로 하여금 남자의 편지 사연과 같은 진가 여부를 자세히 탐지한 연후에 결정하는 권리는 여자에게 있으니 해로하는 언약을 원하되 그 성명과 어떠한 사람의 친구인지 알지 못하면 신문지에 등재하여 광탐하여 결혼하며 (…하략…)[7]

자유로운 결혼의 핵심은 '최적의 상대'를 발견하자는 데 있다. "연기가 장성하며 재산도 풍족하여 단정한 행실과 아름다운 모양이 있"어야 한다는 조건은 자유결혼의 원칙에 조금도 위배되지 않는다. 신문 광고로 상대를 널리 구한다는 발상도 마찬가지이다. 결혼 당사자가 선택의 주체가 되어야 한다는 자유결혼의 취지에서, 선택의 가능성은 최대로 확장되어야 하고, 우연은 조심스럽게 통제되어야 한다. 선택은 무엇보다 합리적이어야 한다. 투명한 합리성, 이를 위해 불투명한 요소는 모두 제거되어야 한다. 낭만적이고 열정적인 사랑은 이 구도에 어울리지 않는다. 1900년대의 '자유혼인'이란 오히려 냉정한 계약의 정신에 더 가까워서, 교회와 관(官)의 공인이라는 절차와 썩 어울려 보인다. 사랑이란 합리적 선택의 과정에 조심스럽게 덧붙여진 감정일 뿐 투명한 합리성의 보장을 위해서라면 언제든지 부정될 수 있다. 1900년대 한국의 자유결혼은 투명한 관계와 투명한 감정을 요구한다.

---

7   금화산인, 「남녀동등」, 『대한매일신보』, 1907.7.4.

국가라는 명분, 멸사(滅私)에의 지향

『혈의누』에 나오는 약혼 장면은 이 투명성에의 지향을 잘 보여주고 있다. 옥련과 구완서는 먼 이국땅에서 서로 의지하며 5년을 보낸 사이지만, 결혼 문제가 논의되는 자리에 설레임은 전혀 없다. 옥련 아버지 김관일이 결혼을 제의하자 구완서는 "우리는 혼인을 하여도 (…중략…) 부모의 명령을 좇을 것이 아니라 우리가 서로 부부될 마음이 있으면 서로 직접하여 말하는 것이 옳은 일이다"라고 한 후 "몇 해든지 공부를 더 힘써하여 학문이 유여한 후에 고국에 돌아가서 결혼하고 옥련이는 조선 부인 교육을 맡아" 할 것을 청한다. 옥련 역시 "조선 부인 교육할 마음이 간절하여" 구완서의 제의에 응한다.[8] 결혼 결정이라기보다 사업 제휴에 가까운 이 '계약'의 장면은 "서양사람 같이" 사고하고 행동하자는 결의와 "영어로 말을 하"는 능력에 의해 지지되고 있다. 서양 문명을 모방하여 자유결혼을 실천하는 이 대목에서, '자유'는 "부모의 명령을 좇을 것이 아니"라는 선언으로 구현되며 합리적이고 투명한 계약의 성립으로 완성된다. 옥련과 구완서는 부모의 영향력에서 벗어나 있다는 점에서 자유를 누리지만, 그 자리를 대신하는 것은 뚜렷한 명분과 절차이다. 서로에 대한 애정 대신 국가를 계몽하겠다는 열의가 혼약의 기반으로서, 명분에 기초한 투명한 관계는 어떤 불순물도 허용하지 않는다.

남녀 사이에서만 그런 것도 아니다. 합리적이고 투명한 관계란 다른 경우에도 중요하다. 예컨대『현미경』의 경우, 자생적인 관계는 합리적인 '명분' 앞에서 맥없이 물러나고 있다.『현미경』은 16세기 처녀 빙주가 아

---

8   이인직, 『혈의 누』, 광학서포, 1908, 84~85쪽.

버지의 원수인 세도가를 살해한 후 간난신고(艱難辛苦)를 겪다가, 결국 세도가의 비호 세력이 처단되고 아버지가 살아 돌아오는 기쁨을 맛본다는 서사를 골격으로 하고 있는데, 권력의 포위망에 쫓기는 빙주를 보호하는 것은 진위대 군인 박참위와 법부의 이협판이다. 그러나 이들은 빙주와는 일면식도 없고, 그저 신문 기사로 본 효성과 결기를 경애할 뿐이다. 충북 보은에서 벌어진 사건이 멀리 서울에까지 전해지는 이 '전국적'인 공유 속에서 박참위와 이협판은 빙주를 적극적으로 옹호하고, 나아가 모르는 사이 빙주의 은신까지 돕게 된다. 빙주가 이협판의 조카로 가장한 다음 박참위의 도움을 얻어 서울 이협판의 집에 머무르게 되기 때문이다.

조카딸을 한 번도 보지 못한 이협판은 빙주를 마냥 총애하다가 뜻밖에 진짜 조카 옥희를 만난다. 빙주는 불안에 떨며 대죄(待罪)하지만 이협판은 혈연이라는 자생적 관계 쪽으로 쉽게 기울어지지 않는다. 빙주를 대해서는 "평일에 내가 너를 사랑하기는 비단 질녀라고 사랑할 뿐이 아니오 실상은 네 작인을 사랑한 것이니"[9]라 위안하고, 정작 옥희를 겪으면서는 "우리 형님의 자식으로 너 같은 것이 생겨날 줄을 몰랐구나. 글쎄 빙주를 본받아라"(122)는 훈계를 시시때때로 퍼붓는다. 마침내는 빙주를 유기(遺棄)할 흉계를 꾸민 옥희를 뒷방에 가두어 버리기도 한다. "그렇게 부모 욕 먹이는 자식을 살려두어 무엇하겠느냐 그런 년은 죽어야 옳은데"(262)라는 매몰찬 단죄가 있을 뿐, 옥희는 뒷방 밖으로 나오지 못하고, 숙부와 조카 사이의 관계는 부정되어 버린다.

박 참위의 경우도 별로 다르지 않다. 박 참위는 "빙주의 얼굴은 일색이든가 박색이든가 다만 그 특이한 효성과 출중한 인격을 흠양하여 비록

---

9   김교제, 『현미경』, 동양서원, 1912, 114쪽.

일면지분은 없을지라도 기특하게 여기고 사랑하는 마음은 샘솟듯 해서"(66) 홀로 빙주와의 혼인을 결심한다. 이 협판이 빙주를 조카딸로 믿고 혼삿말을 꺼냈을 때도 박 참위의 대답은 빙주에의 일심(一心)을 지켜야 한다는 것이었다. 한번도 본 적 없는 상대지만, 상대와 합의를 이룬 적도 없지만, 스스로 다짐한 충실성은 이미 자기증식의 궤도 위에 있다.

이 궤도는 일단 성립된 '명분'을 이념화하는 데 집착하여, 상상 속의 빙주를 위해 실제 빙주를 희생시킬 정도이다. 빙주를 직접 보고 혼사 제의를 받으면서도 박 참위의 시선은 상상 속의 빙주에게 굳게 고정되어 있다. 『화세계』의 수정 역시 마찬가지이다. 수정은 부모가 구참령과 맺어준 혼약을 지키기 위해 집을 나오는데, 고달픈 마음에 강물에 몸을 던진 수정을 구원한 사람은 바로 구참령이다. 그렇지만 이들 역시 얼굴 한번 본 적 없는 처지이기 때문에 몇 번을 마주칠 때까지 서로의 인연을 눈치채지 못한다. 이들 사이가 부부라는 끈으로 연결될 수 있게 되는 것은 서로 신분을 확인했을 때, 과거의 정혼을 상기했을 때이다. 『현미경』과 『화세계』에서 중요한 것은 '명분'이지 자생적인 관계나 감정이 아니다. 인물의 실제가 아니라 인물이 상징하는 '기호'가 중요한 것이며, 헌신의 자세는 '명분'과 '기호'를 지키기 위해서만 성립하는 것이다. 개인적 열정의 자리는 없다.

3. 열혈(熱血)의 애국주의와 개인의 영역

사회와 국가의 화기(和氣)

"국가에 유익한 일이면 비록 몸이 죽고 집이 망할지라도" 실천해야 한다는 헌신의 자세는 1900년대에 당연한 전제였다.[10] "좌와기거에도 나라를 위하여 앉고 눕는 줄로 알고 언양굴신에도 나라를 위하여 굽히고 펴는 줄로 알며 먹으나 입으나 자나 깨나 나라를 사랑하는 마음이 잠시라도 없지 못할" 것이라고 했고[11] "그 창자에는 피바퀴가 항상 돌아다니며 그 눈에는 피눈물을 항상 흘리며, 그 몸은 피로 목욕을 하며, 그 마음은 피로 갈아서 그 백성은 피로 갈아서 그 백성은 피백성이 되고, 그 나라는 피나라가 되어야" 한다고도 했다.[12] 좌와기거(坐臥起居)·언양굴신(偃揚屈伸)의 모든 자세에서 항상 나라를 생각하고, 피를 토할 것 같은 열혈(熱血)의 기운을 나라를 위해 간직해야 하다는 말이다. 어떤 사소한 동작이라도, 아무리 소소한 감정이라도 놓칠 수 없다. 국가는 몸 안의 피 마지막 한 방울까지 요구했다. 더욱이 '피'라는 단어는 단순한 비유에 불과한 것이 아니었다. 애국의 열혈주의는 순국(殉國)과 단지(斷指)를 후원할 정도로 기세 높았던 것이라, 1905년 민영환·조병세 등의 자결, 1908년 일진회 유학생의 단지 사건 등은 열렬한 칭송을 받았다. 학비 송달이 끊기자 집단 단지를 단행한 현장이 상세하게 보도되었고, 민영환 순국 1주기에는 단식을 불사하는 울분이 나타나기도 했다. 일본 아이를 업고 어르는 소

---

10   「경고동포」, 『대한매일신보』, 1908.3.10.
11   「서호문답」, 『대한매일신보』, 1908.3.13.
12   「학계의 꽃」, 『대한매일신보』, 1908.5.16.

녀를 보고 "원수를 보고 죽이지 아니하고 등에 짊어졌으니 그 아이가 장성하면 우리의 생명 죽일 줄을 모르느냐"고 꾸짖는 이도 있었고, 신문은 이 사실을 보고하면서 태연자약 '업은 아이 죽여라'라는 제목을 붙이고 있었다.[13] 바야흐로 열혈주의의 시대였다.

국가를 위한 열혈주의는 개인의 영역에서 강조된 투명성이나 합리성과 좋은 대조를 이룬다. 개인 사이의 관계가 명분과 합리성에 기초한 투명한 것인 반면, 국가는 이 투명성을 구석구석 꿰뚫는 자발적인 권위이다. 개인의 영역이 투명해질수록 국가의 권위는 분명해진다. 어떤 지체(肢體), 어떤 순간이라도 국가를 위해 바칠 수 있어야 하고, 개인의 삶을 살다가도 언제든 국가의 요청에 응할 수 있어야 한다. 개인의 영역이 두껍고 혼탁해진다면 이런 일은 불가능하다. '사랑'은 "공부를 마치"는 것이 먼저라는 말에 결혼을 5년 늦출 수 있을 만큼 임의로운 감정이어야 하며[14] 애국의 "일종 거룩하고 엄숙한 기운"(611)에 고무되는 공적 감정이기도 해야 한다. 『무정』에까지 이런 기운이 남아 있었으니 1900년대는 말할 것도 없다. 자발적인 열정은 오직 국가를 위한 것일 뿐, 다른 영역은 명분과 합리에 좌우되는 투명한 것이 되어 국가의 침투를 용이하게 할 수 있어야 했다. 어떤 문제를 논하든 간에 국가는 가치의 최종 규준이었다.

또 제일 악하고 괴패한 풍속은 혼인을 일직이 하는 것이로다 (…중략…) 어린 아이는 이로 인하여 두뇌가 자라지 못하며 혜두가 막혀 평생에 어리석은 사람이 되고 또한 장성치 못한 어린 아이들이 남녀 간 정욕을 먼저 쓰는 고로 혈기가 활발치 못하고 정신이 감손한즉 학문은 자연 진취치 못하고 수한은 자연 요촉하는

---

13   「업은 아해 죽여라」, 『대한매일신보』, 1909.4.17.
14   이광수, 앞의 책, 1918, 415쪽.

지라. 하물며 그 속에서 난 자녀들이야 어찌 충실하고 장수하기를 바라리오 (…
중략…) 지금 이후로는 일찍 혼인하는 악습을 버리고 자녀를 생산하거든 (…중
략…) 극진히 교육하고 연기가 차서 기혈이 왕성한 후에 혼인을 하여 아이를 낳
으매 충실하고 기르매 교육함을 법도로 하여 아무쪼록 우리 이천만 동포가 멸종
이 되지 아니하고 삼천리 강토가 타국 영토 되지 아니하기를 바라노라.[15]

나라가 잘 되려면 백성의 집들이 화목하여야 할 터인데 조선 서울은 안만 보
더라도 여편네들이 은근히 눈물을 흘리는 이가 많이 있으니 열 번에 여덟 번은
남편이 박대를 한다든지 남편이 다른 계집을 상관하는 까닭이라 (…중략…) 집
안을 다스리는데 그른 일을 행하는 사람은 다른 일을 맡겨도 또 그른 일을 할 터
이요 (…중략…) 우리 생각에는 계집이 되어 남의 첩이 된다든지 남의 사나이를
음행에 범하게 하는 인생들은 다만 이 세상에만 천할 뿐 아니라 후생에 그 사나
이와 같이 지옥에 갈 터이오.[16]

일체 수절하는 풍속을 벗어나지 못하여 적막한 공방에 자나 깨나 설움이오
새 짐승의 쌍쌍이 노는 것을 보아도 한탄이며 (…중략…) 긴 한숨 짧은 탄식으로
어서 죽지 않음을 한할 따름이니 (…중략…) 사회와 국가의 화기를 감손함이 이
에서 더 큰 것이 어디 있으리오.[17]

조혼(早婚)과 축첩(蓄妾)이 문제되고 개가(改嫁)의 필요가 논의되는 것도
국가라는 지평 위에서이다. 조혼은 당사자의 건강과 지력(智力)을 해치며

---

15   「한국에서 여자 교육의 필요」, 『대한매일신보』, 1907.12.11.

16   「논설」, 『독립신문』, 1896.6.16.

17   이해조, 『홍도화』, 동양서원, 1912, 31~32쪽.

자손을 허약하게 하여 국가의 힘을 감손시킨다는 점에서, 축첩은 가정의 화목을 깨뜨리고 사회적·국가적으로도 여파를 미친다는 점에서, 수절 강요는 국가의 화기(和氣)를 저해한다는 점에서 각각 비판의 대상이 된다. "남의 첩이 된다든지 남의 사나이를 음행에 범하게 하는 인생들은 다만 이 세상에만 천할 뿐 아니라 후생에 그 사나이와 같이 지옥에 갈 터이오 이런 사람의 자식들도 이 세상에 천지를 받을 터"라는 위협이나, 개가를 허용하여 "當今 유신 세계에 天賜한 身權을 유지하며 自賦한 행복을 향유 케"[18] 해야 한다는 개인적 행복에의 고려 또한 중요했지만, 결혼 같은 사적인 사건을 논할 때조차 국가는 예외 없이 개입하고 있었다. 부가(附加) 가치라는 선에서 그런 것도 아니었다. 국가는 결혼의 연령과 형식을 결정하는 궁극의 원천이었고 그 밖의 요소는 국가를 중심으로 배치되어야 했다. 사회의 전부문을 장악한 조직화의 원리, 이것이 곧 국가였다.

1900년대에 국가는 독점적 권위로서 군림하였다. 국가는 피와 땀과 심장을 낱낱이 요구했으며 다른 대상을 향한 열정을 금지시켰다. 열정은 오로지 국가를 위해 비축해 두어야 할 공물(公物)이었다. 개인의 가치란 "만일 내가 없으면 나라에 일개인이 없어서 나라의 일분 힘이 감하느니 그러한즉 내가 곧 나라를 맡은 자라 어찌 귀중치 아니하리오까"[19]라는 측면에서 조명되었을 따름이다. 지식과 덕의와 신체가 강조된 것도 이 세 가지를 고루 계발해야 어엿한 국민이 될 수 있다고 여겼기 때문이었다. 지·덕·체의 단련은 국가의 힘을 키우는 데 핵심적인 관건이었다. 반면 감정이나 정서의 영역은 거의 주목을 받지 못해서, "歡呼, 紛糾, 凄涼哀泣, 呻吟狂啼 등의 情態"[20]는 국가를 위한 것인 한에서만 인정받을 수 있었다.

18 유원표, 「민속의 대관건」, 『서북학회월보』 1권 4호, 1908.9, 24쪽.
19 현채, 『유년필독』, 휘문관, 1907, 1~2쪽.

인간이 저마다의 내면을 가진 존재로 인정받고 감정·정서를 중심으로 인지되기 위해서는 1910년대를 기다려야 했다. 이때 접어들어 인간은 지·덕·체라는 교육론의 구도 대신 지·정·의라는 심리학의 구도로 이해되기 시작했으며, 내면의 두께를 갖춘 존재가 되었다. 그렇지만 1900년대에는 개인의 내면, 즉 정(情)이 아직 발견되지 않았다. 정이 논의될 때조차, 1910년대 이후 정의 가치를 앞장서 주장한 이광수에 있어서조차 정은 "제 의무의 원동력이 되며 각 활동의 근거지"[21]였을 정도였다. 정은 처음에 효(孝)·제(悌)·충(忠)·신(信) 같은 덕목의 자발적 근거가 될 수 있다는 점에서 긍정되고 있었던 것이다. "人을 위하여 조직한 사회 국가가 도리어 人에게 고통을 與하는 기계를 作하며, 人을 위하여 성립한 법률·도덕이 도리어 人을 誤하는 網과 窀을 作"했다는 판단이 한쪽에 있었으면서도 그러하였다.

『추월색』의 어린 연인들

1900년대라고 개인의 내면이나 감정이 없었을 리 없다. 빈도를 문제삼을 수는 있겠지만, 명분과 합리에 구애받지 않는 열정은 언제 어디서나 존재한다. 다만 한편으로는 남녀분리에 대한 옛 도덕이 엄존하고 다른 한편으로는 국가가 모든 열정을 독점한 시대, 개인적 열정은 우회로를 찾아야만 했다. 『혈의누』의 옥련과 완서라면 여러 해 동안 단 둘이 의지해 지내면서 어떤 농도로든 연정(戀情)을 품기 십상이었겠지만 그것은

20   「천희당시화」, 『대한매일신보』, 1909.11.23.
21   이광수, 「김일 아한 청년과 정육」, 『전집』 1, 475쪽.

있는 그대로 발설될 수 없다. 애국과 계몽이라는 명분만이 이들의 연정을 구출할 수 있을 것이다. 국가 상실 후인 1910년대에도 개인적 열정을 우회하는 전략은 그대로 남는다. 18판까지 거듭했다는 신소설의 베스트셀러, 최찬식의『추월색』은 바로 이 우회의 길을 잘 보여 주고 있다.

『추월색』의 두 주인공 정임과 영창은 어린 시절 소꿉친구로 자라난 사이다. "놀기도 함께 놀고 장난도 서로 하여 친형제도 같이 정다우며 쌍둥이도 같이 자라는데 자라갈수록 더욱 심지가 상합하여 글도 같이 읽고 좋은 음식을 보아도 나눠먹으며 영창이가 아니 오면 정임이가 가고 정임이가 아니 가면 영창이가 와서 잠시도 서로 떠나지 아니"[22]한다는 이들의 모습은 오순도순 정답다. 엇비슷하게 인물이 출중하고 태도 의젓하며, 더욱이 두 집안은 문벌로 비슷한데다 아버지들끼리 절친한 사이라 둘의 결합은 그야말로 '이상적인' 결합에 가까울 터였다. 옛 가치와 새로운 가치, 어떤 가치와도 충돌하지 않고 순조롭게 이어질 수 있는 드문 인연이었던 셈이다. 기대대로, 두 아이가 일곱 살 나던 해 집안끼리 혼약이 성사된다. 아이들은 "나는 너한테로 장가 가고 너는 나한테로 시집 온다더라", "장가는 내가 너하고 절하는 것이오 시집은 네가 우리 집에 와서 사는 것이라더라"(15)고 하고 응수하면서 그저 재잘재잘 즐거울 뿐이지만, 혼약은 엄연히 무르익어 가던 중, 영창의 아버지 김승지가 초산 군수로 부임함으로써 둘은 이별을 맛보게 된다. 열 살 나던 해의 일이다. 그렇지만 서로 유일한 친구였던 정임과 영창 사이의 정은 변치 않는다.

정임이는 어린 아이라 어찌 부처 될 사람의 인정을 알아 그러하오리마는 같

---

22   최찬식,『추월색』, 회동서관, 1912, 12~13쪽.

이 자라던 정리로 영창의 생각을 한시도 잊지 못하여 제 눈에 좋은 것만 보면 영창이에게 보내준다고 꼭꼭 싸 두었다가 인편 있을 적마다 보내기도 하고 영창의 편지를 어제 보았어도 오늘 또 오기를 기다리며 꽃 피고 새 울 때와 달 밝고 눈 흴 적마다 시름없이 서천을 바라고 눈썹을 찡기더라. (18)

　비록 열한 살 어린아이에 불과하지만 정임이 보여주는 모습은 연애의 숙성한 형태에 가깝다. 영창이 떠나는 남대문 정거장에 나와 자기 사진을 쥐어주고, 뒷등에 교동 33번지라는 주소를 적으면서 "만일 이 사진을 잃든지 통호수를 잊어버리거든 삼삼구만 생각하여라"(17)고 다짐하는 모습도 그렇다. 사진을 선사하고 주소를 외워 주면서 기억을 다짐하고, 일상의 순간 순간 계속 상대를 떠올리며, 편지로 공백을 메우지만 시시때때로 부재를 절감한다. "정임이는 어린 아이라 어찌 부처 될 사람의 인정을 알아 그러하리오마는"이라는 변명이 앞서 있기는 하지만, 어린 정임은 실상 연애의 공식을 그대로 따르고 있다. 민요(民擾) 와중에 영창 일가가 행방불명된 후 "그 부친에게 소학을 배워 공부하며 깊고 깊은 규정에서 적적히 지내"면서 "영창이 생각은 때때로 암암하여 (…중략…) 철이 차차 나 갈수록 비감한 마음이 더욱 결연하여 여편을 읽을 때마다 소리 없는 눈물"(26)을 흘린다는 서술도 이 어린 애정의 연장선상에서 읽힌다.

　개인의 감정을 모두 국가가 독점해야 했던 당시, 어떻게 이렇듯 애틋한 애정이 가능했던 것일까? 『추월색』이 출판된 것이 1913년, 신문 연재는 1912년이었다 하니, 이미 국가의 절대 우위가 소별되기 시작한 뒤라고 진단할 수 있을 법도 하다. 1910년 한일 강제 병합 이후 국가의 권위는 사실상 유지될 수 없었고, 일상적인 감각에서도 그 사실은 점차 추인되어 나가고 있었다. 일찍이 이해조의 『홍도화』에서 제시된 바 있었던 등·하교길에서의 만남과 애정이라는 새로운 모티프가 1910년대 이후 점차 확산되고 있는 참이기도 했다. 그렇지만 『추월색』처럼 자세하게 그려진 애정은 없었다고 해도 좋다. 『홍도화』나 『안의성』, 『능라도』에서 묘사된 등하교길의 인연도 남학생 쪽의 적극성에 주도되었던 것이고, 여학생은 그저 수줍은 호감을 느끼고 있었을 뿐이다. 『추월색』이 보여주는 절절한 애정, 그것도 여성이 적극적인 주체로 등장하는 애정은 그만큼 예외적이었다고 할 수 있다.

이런 예외성은 '어린아이'라는 설정을 통해 달성된다. "정임이는 어린아이라" 어찌 부처(夫妻) 간 인정을 알았겠느냐는 말이 정임의 애정을 마음껏 표현할 수 있게 해준 알리바이였던 셈이다. "남자는 십칠 세 이상과 여자는 십오 세 이상으로 혼인하기를 허락"[23]한다는 조칙이 내려 15세 미만의 결혼이 금지되고 "칠세어든 소학교 (…중략…) 십세어든 중학교 (…중략…) 십삼세어든 대학교"[24]에 들어가 15세까지 전 과정을 마치는 교육이 기획되었던 1900년대에, 이 나이에 미치지 못하는 이들은 미성숙한 예비력으로 평가되기 시작했다. 가족 내 의무에서 자유롭고 남녀관계도 알지 못하는, 그저 학업에 열중해야 할 시기로 재평가된 것이다. 정임과 영창은 이 '미성숙'의 단계에 배치됨으로써 서로간의 애정을 거침없이 표현할 수 있었다. 그러나 나이 든 후라면 사정이 다르다. 정임은 15세라는 경계를 넘어가면서 "부모가 나를 이왕 영창에게 허락하셨으니 나는 죽어 백골이 되어도 영창의 아내이라"(30)는 식으로 자기 감정을 재배치하기에 이른다.

시시때때로 영창을 떠올리며 눈물짓는 정임의 모습은 열(烈)보다는 정

---

23   「혼인조칙」, 『대한매일신보』, 1907.8.17.
24   「서호문답」, 『대한매일신보』, 1908.3.7.

(情)으로 설명해야 하겠지만, 정임의 명분은 "아버지께서 열녀는 불경이부라는 글 가르쳐 주셨지요. 나를 이왕 영창이와 결혼하시고 지금 또 시집 보낸다 하시니 부모가 한 자식을 두 사람에게 허락하시는 법이 있습니까"(32)라는 것이다. 반면 아버지 이시종은 유교적 도덕률에 덜 엄격한 입장에서 "네가 영창이 예단을 받았단 말이냐 네가 영창이와 초례를 지냈단 말이냐"(32)라는 말로 정임의 항변을 누르려 한다. 여기서 사실 문제는 『소학(小學)』 여편(女篇)의 규범을 어떻게 따르느냐에 있지 않다. 『소학』의 '열녀불경이부(烈女不更二夫)'를 명분으로 삼고 있기는 하지만, 정임의 애정은 훨씬 뿌리 깊으며 자생적이다.

불경이부(不更二夫)라는 명분이 자생적인 애정의 우회로였다면, 정임이 억지로 결혼을 시키려는 아버지에 맞서 집을 나오는 것은 '자유결혼'의 또 다른 조건을 충족시키는 행동이다. 부모 뜻에만 맡기지 말고 자기 의지를 발휘해야 한다는 것이 자유결혼의 중요한 조건이었기 때문이다. 애정이 아닌 '명분'과 자기 의지의 결합 ─ 『추월색』의 정임이 이른바 고전소설에 등장하는, 결혼 강요를 거부하는 여주인공들과 다른 점도 이 결합의 독특성이 있다. 정임과 비슷한 행동 양태를 보이는 고전소설의 주인공들은 명백하게 자발적 애정에 기초해 있다. 강압적 혼인과 자발적 애정 욕구 사이의 갈등은 고전소설의 기본 갈등 중 하나이고[25] 대개의 혼사 장애는 이 갈등 구조에서 벗어나지 않는다. 그러나 정임은 부모의 권위를 빌어 부모에게 저항한다는 독특한 방식을 취한다. 자생적인 애정이 문제가 아니라 한번 정해진 인연을 지킨다는 '명분'이 문제이고, 관계를 최대한 투명하게 만드는 일이 문제이다. 자기 의지란 이 투명한 관계를

---

25   송성욱, 「혼사장애형 대하소설의 서사문법 연구─單位談의 전개방식과 결합방식을 중심으로」, 서울대 박사논문, 1997, 50~62쪽.

지켜나가기 위해서 필요한 것이다. 개인의 열정을 허락하지 않으면서도 자기 의지를 촉구하는, 1900년대의 역설적인 '자유결혼'이 『추월색』에서도 역설적인 구조를 만들어 냈던 셈이다.

그러나 역설의 모순이 언제까지고 팽팽하게 이어질 수는 없다. 영창에 대한 기억으로 살던 정임이 막상 영창을 다시 만났을 때, 자생적인 감정만이 문제라면 이때 관계는 새삼 반성의 대상이 되어야 한다. 기억과 현재가 맹렬하게 충돌하는 순간, 어떤 식으로든 위기가 발생할 수밖에 없고 재조정이 시도될 수밖에 없다. 그러나 정임과 영창은 이 모든 회의를 뛰어넘어 순조롭게 재결합한다. 이 지점에서 『소학』의 이념은 자생적인 애정에 궁극적 승리를 거둔다. 애정의 보존을 위해, 열정을 투명한 관계로 전환시키기 위해 동원되었던 명분이 점점 자라나, 마침내 열(烈)이라는 오래된 명분 자체로 회귀하기에 이른 형국이다. 『추월색』의 자유결혼은 결국 애정이 간접화된 상태에서 완성되고 있다.

4. 열정의 두 가지 길과 이처(二妻)

아황(娥皇)과 여영(女英)의 대우혼(對偶婚)

『추월색』은 『무정』과 마찬가지로 일부일처제를 당연하게 받아들이고 있다. 다만 『무정』이 '사랑'이 지고(至高)의 가치라고 주장하기 시작한 반면 『추월색』은 개인적 열정을 용납하지 못하고 있을 뿐이다. 그러나 개인적 열정을 긍정하지 못하는 상황에서 일부일처제의 근거는 허약할 수밖에 없다. 『무정』의 형식은 "영채를 대하면 영채를 사랑하는 것 같고 선형을 대하면 선형을 사랑하는 것 같다", "자기는 선형과 영채를 둘 다 사랑하는가"(564)라며 혼란스러워하다가도 "동시에 두 사람을 다 같이 사랑할 수가 있을까. 남들이 하는 말을 듣거나 자기가 지금껏 생각하여 온 바로 보건대 참된 사랑은 결코 동시에 두 사람 이상에 향할 수 없는 것이 어늘"이라고 생각하면서 결혼을 1대 1의 애정 관계로 정리해 나간다. 자발적인 애정은 한 번에 한 사람만을 향할 수 있다는 사고가 일부일처제의 근거가 되고, 이것이 다시 자유결혼의 이념과 결합하면서 자유연애라는 현상을 낳는다. 『무정』을 거쳐 『개척자』(1918)에 이르면 "그 모든 것을 다 모아 놓은 '민'이라는 사람을 사랑한다. 그 얼굴, 그 성질, 그 재주가 오직 민의 것인지라 사랑한다. 그것을 하나씩 하나씩 떼어 놓으면 성순의 사랑을 끌 만하지 못하되 그것을 모아 놓은 민은 성순의 사랑을 끈다"[26]는 구절에서 목격할 수 있듯 대상의 유일성에 기초한 열정은 꽤 탄탄한 것이 된다. 이로써 1900년대 자유결혼론에서 강조한 자기 의지는 1910년대 들어 자유연애의 이상과 결합하게 된다.

자유결혼의 다른 한 측면이었던 '명분'과 '합리성'의 경우는 어떤가? 1910년대에 나온 신소설 몇몇은 이 문제를 생각하는 데 흥미로운 사례가 된다. 예를 들어 『추월색』의 작가 최찬식이 1년여 후에 낸 『금강문』을 살펴보자. 교원의 딸 경원이 부모가 정해 준 혼약을 지키려고 억지 결혼을 시키려는 외숙 내외를 피해 가출, 천신만고 끝에 본래의 인연인 정진과 맺어진다는 『금강문』의 서사는 『추월색』과 별 차이가 없다. 경원과 정진이 『추월색』의 정임과 영창처럼 가깝게 애정을 나눈 사이는 아니지만 정진으로서는 경원의 매서운 질책 한마디에 인생을 바꾼 경험이 있

26　이광수, 「개척자」, 『전집』 1, 402쪽.

다. 『추월색』에서는 부모의 결혼 강요가 문제되었던 데 비해 『금강문』에서 경원의 부모는 일찍 죽고 대신 욕심 사나운 외숙 내외가 등장하지만, 여성 주인공이 결혼 강요에 맞서 가출한다는 사건 자체에는 변화가 없다. 기왕의 대가족 제도가 부부를 중심으로 하는 가족 관계로 재편되어 가는 과정을 보여 준다는 점도 마찬가지이다.[27]

그렇지만 재회 이후의 문제가 있음에도 낭만적 사랑의 성취라는 시각에서 읽을 수 있었던 『추월색』과는 달리, 『금강문』은 뜻밖에 이처(二妻)라는 결론으로 낙착된다. 경원과 정진은 재회 후 주변의 오해를 극복하고 결혼을 성사시키지만, 그 사이 정진 어머니가 따로 정해 두었던 혼사가 문제되었기 때문이다. 정진 어머니가 구한 혼처는 송현 윤국장의 딸인데, "한번 정혼한 이상에는 다른 혼처를 구하는 것은 결코 부정당한 일인즉 저는 처녀로 늙을지언정 마음을 변할 수가 없다고"[28] 고집하는 이 처녀는 이름마저 장원이다. 머리부터 발끝까지 경원을 빼닮은 형상이다.

분간하기 어려운 두 사람이 등장한 것만 해도 곤란한데, 경원은 더 나아가 장원과 더불어 정진을 섬기겠노라고 청한다. 오히려 주위 사람들이 난감해하는데도 경원은 "옛적 성인 요임금 딸 아황 여영은 형제의 몸으로 한 순임금을 섬겼거든 저의 두 사람이 한 남편을 섬기지 못할 것 무엇 있습니까"(181)라는 논리로 이처(二妻)의 공존을 주장한다. 아황과 여영은 『열녀전』제일 첫머리에 나오는 인물이니, 한편에서 『개척자』류의 자유연애가 준비되던 시기, 최찬식은 엉뚱하게 『열녀전』의 세계를 거론하고 나선 것이다. 이렇게 되면 정진이 어린 시절 자기를 깨우친 경원에 대해

---

27   신소설에 나타난 부부 중심의 새로운 가족 윤리에 대해서는 이영아, 「신소설의 개화기 여성상 연구」, 서울대 석사논문, 2000, 56쪽 참조.
28   최찬식, 『금강문』, 박문서관, 1914, 178쪽.

특별한 기억을 갖고 있었다거나, 경원 역시 아버지가 총애한 제자 정진에게 범연치 않았으리라는 짐작은 쓸모없는 것이 된다. 세계는 오로지 오래된 명분에 따라 굴러가는 것, 여기 비하면 혈연의 권위에 맞서 자기 의지를 시험한다는 자유결혼의 형식마저 무가치할 따름이다.

이토록 많은 '이처(二妻)'들

더구나 이처라는 결론은 『금강문』 하나로 그치지 않는다. 『절처봉생』이나 『추천명월』, 『안의성』처럼 처첩(妻妾) 제도의 구축이라는 결론을 마련한 소설까지 간간이 눈에 띄는 가운데, 이해조의 『탄금대』와 최찬식의 『능라도』, 뒤늦게 유재익의 『고목화』 등은 명백하게 이처라는 결론을 보여 주며, 미완으로 끝난 김우진의 『유화우』나 노인규의 『운외운』역시 마찬가지 결론을 강하게 암시하고 있다.[29] 『능라도』나 『고목화』의 경우 주인공이 단순히 '명분'만을 따르는 것이 아니라 뜨거운 열정에 이끌리고 있다는 점에서 이처라는 귀결이 갖는 문제는 더욱 커진다.[30] 자생적으로 표현되기 시작한 '열정'은 다분히 독점적인 욕망일 터인데, 어찌 이처라는 구도가 출현할 수 있었는가? 서사의 줄기에는 전혀 관여하지 못하는 사건이 모두 해결된 후 덧붙여지는 에피소드에 가까운 이처라는

---

29   직접 텍스트를 확인하지 못했으나 김교제의 『난봉기합』 역시 후기를 참조컨대 '조선 초엽'을 배경으로 '좌우 부인'이라는 결말을 채택하고 있는 것으로 보인다. 『난봉기합』 후기에 대해서는 박진영, 『책의 탄생과 이야기의 운명』, 2013, 307쪽 참조.

30   『능라도』의 경우 여러 차례에 걸쳐 개작·재출간되는데 『금수강산 능라도 총성(銃聲)』이라는 1936년도판 개작본에 와서부터는 일부이처라는 결말 대신 일부일처가 취택되고 있다고 한다. 조경덕, 「최찬식 『능라도』의 변모양상과 그 의미」, 『국제어문』 46호, 2009, 308~310쪽 참조.

틀이 이토록 많은 소설에 등장하고 있는 이유는 무엇인가? "우리들이 형제같이 지내어 아황(娥皇)·여영(女英)이 한 남편 섬기듯 하는 것이 좋을 듯하오"[31]라든가 "내가 당신 말씀을 듣고 어찌하면 서로 만나서 아황·여영같이 친형제처럼 지내볼까 하였더니"[32]라는 고대적 사고는 다시금 불가사의한 설득력을 얻고 있는 것처럼 보인다.

> 이는 나를 일개 투기하는 계집으로 여기심이라. 조선 습관에 일처(一妻) 일첩(一妾)을 둠은 남자의 흔한 일이온데, 이 사람 있기로 평양집과 인연을 맺지 못할 곡절이 무엇이오니까? 지금 이와 같이 재삼 말씀하옵는 것이 일호도 식사가 아니오라, 순전히 중심(中心)에서 나옴이어늘, 이 사람을 가벼이 여기어 그 말까지 채용을 아니하옵시니, 이같은 인생이 살아 무엇하오리까! 차라리 진시 죽어 세상사를 잊음이 옳은 줄로 생각하나이다.(260)

『탄금대』의 해강은 남편에게 첩을 둘 것을 권하면서 죽음까지 불사하겠다는 완강한 태도를 보여 준다. "일개 투기하는 계집"이 아니라는 증거는 이렇듯 엄격해야 한다. 그러나 이런 결의가 옛 부덕(婦德)으로의 회귀, 말 그대로 『열녀전』으로의 회귀만을 보여 주는 것은 아니다. "조선 습관"을 들고 있기는 하지만, 1910년대 신소설에 등장하는 이처나 처첩은 단순히 근대 이전으로의 복귀 정도를 뜻하지 않는다. 처첩제는 조선시대에 일반화된 제도였지만 다처(多妻)는 일찍이 태종 13년(1413년)부터 금지된 바 있다. 그렇다면 이처라는 결론은 조선 시대를 거슬러 수 세기 전에 호소하고 있는 셈이다. "그 당시는 곧 조선 초엽인 고로 고려의 유풍이 오히려 남

---

31 이해조, 「탄금대」, 『한국신소설전집』 5, 을유문화사, 1968, 261쪽.
32 최찬식, 「능라도」, 위의 책, 195쪽.

아 있"었으니 이처라는 결말을 양해해 달라는『난봉기합』의 후기는 이 사실을 적절하게 알려주고 있다.[33] 헌데 아예 배경 자체를 수 세기 전으로 옮겨놓은『난봉기합』식 설정이 일반적인 것도 아니다. 도덕적 감수성이 수백 년 전으로 퇴행하는 가운데서도 신문물의 흔적은 또 그대로 남아 있다.

이들 소설에 등장하는 인물은 대개 신교육을 받은 인물이고, 때로는 간호사나 기자 같은 전문직 여성이기도 하며, 새로운 문명을 향한 열망 또한 뚜렷하다. 신랑은 문관대례복을, 신부 둘은 양복을 입히자는『금강문』의 결혼식 준비나 "신랑 정린이는 후록고투에 고모(高帽)를 쓰고, 신부 도영이와 화자는 신식 양복에 면사포를 쓰고 정숙한 태도로 단정히"(195) 서서 신식 결혼식을 올리는『능라도』의 마지막 장면이 보여 주듯 신문물은 이들에게도 익숙하다. 다만『무정』이나『개척자』가 1900년대의 자유결혼론에서 '자기 의지'라는 축을 이었고 이를 낭만적 사랑의 관념과 결부시켰다면,『탄금대』『금강문』『능라도』같은 신소설은 '명분'이라는 또 하나의 축을 중시함으로써 자발적 감정의 분출을 통제하고자 한다. 그러나 이때 '명분'이란 이미 최종심급을 잃은 것이었다. 국가의 상실이 점점 절감되어 갔던 1910년대에 모든 열정을 공적 명분에 양보해야 한다는 것은 때늦은 명령일 수밖에 없었다. 1900년대에 열정의 공공화가 새로운 가치를 구축하고 옹호하기 위해 필요했다면, 1910년대에 사적 열정의 금지는 보수적 도덕률에 포획되었을 따름이다.[34] 시대 정신은『무

---

33 중혼금지법이 내린 후에도 현실에서나 소설에서나 다처(多妻) 현상이 다 사라지진 않은 듯하다.『창선감의록』등의 소설에는 일부다처 속 처와 처가 갈등하는 양상이 다뤄지고 있다. 이원수,『가정소설 작품세계의 시대적 변모』, 경남대 출판부, 1997, 77~88쪽 참조.

34 1910년대, 특히 이해조 소설에 있어서의 '유교 재무장'을『매일신보』를 축으로 한 식민지 문화전략으로 이해해야 한다는 의견도 제출되어 있다. 구장률,「식민지 문화전략과 복고의 식민성」,『민족문학사연구』49호, 2012, 148~149쪽 참조.

정』과 『개척자』 쪽으로 점점 확고하게 정해지는 가운데, 1910년대의 신소설은 다만 1900년대가 남긴 허울을 지시하고 있다.

5. 필연성의 신화, 그 외부

1900년대의 자유결혼이 선택 자체의 자유를 강조하고 있었던 만큼, 이는 때로 분별없는 제도로 평가되기도 했다. "아라사국에서는 신랑 신부가 사십여 일 동안 미국에서는 일년 동안 지내보고야 아주 부부가 된다고 하였데. 그 따위 짐승의 법이야 말할 것 있나"[35] 같은 반응이 여기 속한다. 그러나 1910년대 들어 낭만적 사랑의 이념이 자유결혼의 주장과 결합하게 되자, 문제는 한결 복잡해졌다. 정을, 자기만의 독특한 내면을 갖고 있는 인간은 세계와의 불화를 체험할 수밖에 없다. 인간이 정적 존재로 규정된 이래 세계의 투명성 또한 흐려지기 시작하였고, 내면의 두께를 발견한 인간은 역설적으로 이 두께를 꿰뚫을 수 있는 시선을 요구하게 되었다. 각기 다른 정이라는 불투명한 두께, 이를 뚫을 수 있는 힘은 오직 완전한 이해와 공감뿐이다. '사랑'이란 이 완전한 이해, 완전한 공감이라는 환상에 붙여진 이름이다.

환상의 실현이 쉬울 리 없다. 환상은 계속 유보되며, 유일무이한 순간과 유일무이한 상대를 꿈꾸는 행위로 전이된다. 남녀 사이에 적절한 인연을 찾는 일은 바로 이 유일무이한 상대를 찾는 일이 되고, 운명의 필연성을 구현해 가는 과정이 된다. 내면의 경로를 완전히 이해하는 일이 필

---

35 노인규, 『운외운』, 광문사, 1914, 39~40쪽.

요해지고 세계의 인과적 필연성을 찾는 일이 필요해졌듯, 남녀 사이에서는 '유일하고도 적절한 인연'을 찾아야 할 필요가 절실해졌다. 세계의 불가해성이 증대될수록 소설에서는 '필연성'이라는 신화가 중요해진 셈이다. 혼돈 속에서 필연성을 찾으려는 시도가 소설의 조직 원리가 되면서, 운명을 찾아낼 수 있는 에너지로서의 열정 또한 요구된다. 그러나 다른 한편 근대는 냉정한 조직화의 논리이며, 개인의 전 부면을 관통하려는 권력이기도 하다. 1900년대 및 1910년대 소설에서 문제된 남녀 사이의 결연이라는 형식은 이 두 가지 근대를 체현해 나가고 있는 중이었다. 먼저 자유결혼이 공통의 전제로 마련된 위에, 주류는 이를 자유연애의 사상과 결부시켜 개인적 열정을 전파하는 쪽이었지만, 개인적 열정을 엄격히 통제하려는 시도 또한 문제적 무게를 잃지 않고 있었다. 1910년대에 신문학의 기초로 낭만적 사랑이라는 신화가 도입된 반면, 한편에서는 신소설을 통해 일부이처라는 구도로써 이를 제어하려는 시도도 있었던 터이다. 신소설이 새로운 문제 제기의 능력을 잃어가고 있던 때였다.

참고문헌

1. 1차 문헌

1-1. 신소설 자료

『한국신소설전집』 1~10(을유문화사, 1968), 『한국개화기문학총서 1 - 신소설·번안(역)소설』 1~10(아세아문화사, 1978), 『한국개화기문학총서 2 - 역사·전기소설』 1~10(아세아문화사, 1979), 『신소설전집』 1~21(계명문화사, 1987)

1-2. 기타 자료

『가정잡지』, 『대한매일신보』, 『대한민보』, 『대한자강회월보』, 『대한협회회보』, 『독립신문』, 『매일신문』, 『매일신보』, 『明六雜誌』, 『문장』, 『삼천리』, 『서우』, 『소년』, 『여자지남』, 『제국신문』, 『조선일보』, 『청춘』, 『태극학보』, 『학지광』, 『황성신문』, 『협성회회보』

2. 논문

강현조, 「이인직 소설 연구 - 텍스트 및 작품세계의 변화양상 분석을 중심으로」, 연세대 박사논문, 2010.
_____, 「『목단화』의 개작양상 연구」, 『현대소설연구』 45호, 2010.
고병권·오선민, 「내셔널리즘 이전의 인터내셔널 - 『월남망국사』의 한국어 번역에 대하여」, 『한국근대문학연구』, 2010.
구인모, 「『무정』과 우생학적 연애론」, 『비교문학』 28호, 2002.
구장률, 「신소설 출현의 역사적 배경」, 『동방학지』 135호, 2006.
_____, 「식민지 문화전략과 복고의 식민성 - 이해조를 중심으로」, 『민족문학사연구』 49호, 2012.
권용선, 「번안과 번역 사이 혹은 이야기에서 소설로 가는 길 - 이상협의 『뎡부원』을 중심으로」, 『한국근대문학연구』 5권 1호, 2004.
권철호, 「1920년대 딱지본 신소설 연구」, 서울대 석사논문, 2012.

김경애, 「신소설의 '여성 수난 이야기' 연구」, 『여성문학연구』 6호, 2001.

김동식, 「신소설에 등장하는 죽음의 양상 – 소문과 꿈을 중심으로」, 『한국현대문학연구』 11호, 2002.

김월회, 「20세기 초 중국의 문화민족주의 연구」, 서울대 박사논문, 2001.

김종욱, 「『혈의루』 연구」, 『한국학보』 23호, 1999.

김청강, 「근대 체험과 남성 판타지」, 이영미 외, 『딱지본 대중소설의 발견』, 민속원, 2009.

노연숙, 「20세기 초 한국문학에서의 정치서사 연구」, 서울대 박사논문, 2012.

도면회, 「1894~1905년간 형사재판제도 연구」, 서울대 박사논문, 1998.

문준영, 「대한제국기 '형법대전' 제정에 관한 연구」, 서울대 석사논문, 1998.

반병률, 「이범진의 자결순국과 러시아와 미주 한인사회의 동향」, 『한국학연구』 26호, 2012.

방민호, 「청일전쟁과 러일전쟁 혹은 합방 전후의 소설적 거리」, 『한국현대문학회 학술대회 발표자료집』, 2010.

배정상, 「이해조 문학 연구 – 근대 출판 인쇄매체와의 관련양상을 중심으로」, 연세대 박사논문, 2012.

배주영, 「신소설의 여성 담론구조 연구」, 서울대 석사논문, 2000.

백종석, 「맹자 철학에서 權道의 철학적 해석」, 『철학논집』 16호, 2008.

서재길, 「『금수회의록』의 번안에 관한 연구」, 『국어국문학』 157호, 2011.

손성준, 「영웅서사의 동아시아 수용과 중역의 원본성 – 서구 텍스트의 한국적 재맥락화를 중심으로」, 성균관대 박사논문, 2012.

송민호, 「동농 이해조 문학 연구 – 전대 소설의 계승과 사상적 배경을 중심으로」, 서울대 박사논문, 2012.

신경원, 「『클라리사』에 나타난 로맨스, 사실주의, 반-로맨스 서술의 공존과 충돌」, 『근대영미소설』 19권 3호, 2012.

신지영, 「『대한민보』 연재소설의 담론적 특성과 수사학적 배치」, 연세대 석사논문, 2003.

안수진, 「18·19세기 미국 소설에 나타난 '유혹의 주제'」, 서울대 박사논문, 2004.

안호룡, 「조선시대 가족형태의 변화」, 한국사회사학회, 『한국의 사회제도와 사회변동』, 문학과지성사, 1996.

엄새린, 「한국 군진 정신의학 운영주체에 관한 역사적 고찰 및 정신의료복지제도 도입시의 고려사항」, 『한국군사회복지학』 1권 1호, 2008.

여인석, 「세브란스 정신과의 설립과정과 인도주의적 치료전통의 형성」, 『의사학』 17권 1호, 2008.

오영섭, 「안중근의 정치체제 구상」, 『한국독립운동사연구』 31호, 2008.

우남숙, 「신채호의 국가론 연구」, 『한국정치학회보』 32권 4호, 1999.

유수진, 「대한제국기 『태서신사』 편찬과정과 영향 연구」, 고려대 석사논문, 2012.

유영렬, 「한국에 있어서의 근대적 정체론과 변화과정」, 『국사관논총』 103호, 2003.

윤명구, 「안국선 연구」, 서울대 석사논문, 1973.

윤영실, 「동아시아 정치소설의 한 양상－『서사건국지』 번역을 중심으로」, 『상허학
　　　보』 31호, 2011.

이광린, 「대한매일신보 간행에 대한 일고찰」, 『대한매일신보 연구』, 서강대 출판부,
　　　1986.

이민희, 「1900년 전후 한국 내 폴란드 역사인식 태도 및 양국관련 소재 문학작품 고
　　　찰」, 『비교문학』 26호, 2001.

이방현, 「식민지 조선에서의 정신병자에 대한 근대적 접근」, 『의사학』 22권 2호, 2013.

이승원, 「근대 계몽기 서사물에 나타난 '신체' 인식과 그 형상화에 관한 연구」, 인천대
　　　석사논문, 2001.

이영아, 「신소설의 개화기 여성상 연구」, 서울대 석사논문, 2000.

이인경, 「여성 영웅 소설의 유형성에 대한 반성적 고찰」, 사재동 편, 『한국 서사문학
　　　사의 연구』 4호, 1995.

이인경, 「'개가열녀담'에 나타난 烈과 정절의 문제」, 『구비문학연구』 6호, 1998.

이재선, 「신소설에 있어서의 갑오개혁」, 『새국어생활』 4권 4호, 1994.

이정덕 외, 「한국 가족윤리 변천에 관한 연구」, 『대한가정학회지』 37권 6호, 1997.

이종국, 「개화기 출판활동의 한 징험」, 『한국출판학연구』 49호, 2005.

이종필, 「'행복한 결말'의 출현과 17세기 소설사 전환의 일양상」, 민족문학사연구소
　　　고전소설사연구반, 『서사문학의 시대와 그 여정』, 소명출판, 2013.

이진숙, 「트라우마에 대한 소고」, 『여성연구논집』 23호, 2013.

이태훈, 「일제하 친일정치운동 연구－참정권 청원운동을 중심으로」, 연세대 박사논
　　　문, 2010.

이희정, 「1910년대 매일신보 소재 소설 연구－근대소설 형성과의 관련양상을 중심으
　　　로」, 경북대 박사논문, 2006.

장시광, 「여성 소설의 여주인공과 여화위남」, 『한국 고전소설과 여성인물』, 보고사,
　　　2006.

전미경, 「개화기 가족윤리의식의 변화와 가족갈등에 관한 연구－신문과 신소설을 중
　　　심으로」, 동국대 박사논문, 1999.

정동보, 「'원앙호접' 용어 사용에 대한 검토」, 『중국인문과학』 20호, 2000.

정정영, 「고영근 연구」, 연세대 석사논문, 1986.

조경덕, 「최찬식 『능라도』의 변모양상과 그 의미」, 『국제어문』 46호, 2009.

조경란, 「진화론의 중국적 수용과 역사의식의 전환」, 성균관대 박사논문, 1995.

조재곤, 「대한제국의 개혁이념과 보부상」, 『한국독립운동사연구』 20호, 2003.

조준희, 「박은식의 서간도 망명기 저술 소고」, 『선도문화』 4호, 2013.

최기영, 「국역 『월남망국사』에 대한 일 고찰」, 『동아연구』 6호, 1985.

최애도, 「개화기의 기독교가 신소설에 미친 영향」, 이화여대 석사논문, 1982.

최태원, 「번안소설·미디어·대중성-1910년대 소설 독자의 문제를 중심으로」, 『한국 근대문학과 일본』, 소명출판, 2003.

_____, 「일재 조중환의 번안소설 연구」, 서울대 박사논문, 2010.

한기형, 「한문단편의 서사전통과 신소설-「少侍從偸新香,老參領泣舊緣」과 「薄情花」의 비교분석」, 『민족문학사연구』 4권, 1993.

한철호, 「『매천야록』에 나타난 황현의 역사인식」, 『한국근현대사연구』 55호, 2010.

허근배, 「張恨水와 그의 소설」, 『교육연구』 5호, 1988.

현광호, 「대한제국기 망명자 문제의 정치·외교적 성격」, 『사학연구』 58·59호 합본호, 1999.

홍순권, 「의병학살의 참상과 '남한대토벌'」, 『역사비평』 45호, 1998.

황선희, 「신소설에 투영된 기독교 윤리의식의 고찰」, 이화여대 석사논문, 1984.

梁啓超, 「소설과 대중사회와의 관계를 논함」, 최완식·이병한 편역, 『중국사상대계 9 -康有爲·梁啓超』, 신화사, 1983.

周作人, 「인간의 문학」, 김수연 편역, 『신청년의 문학사론』, 2012.

Todorov, T., 「제유」, 김현 편, 『수사학』, 문학과지성사, 1985.

金子明雄, 「家庭小說と讀むことの帝國 : 『己が罪』という 問題領域」, 小森陽一 外 編, 『メディア·表象·イデオロギ』, 東京 : 小澤書店, 1997.

魯迅, 「科學史敎篇」, 『魯迅全集』, 北京 : 人民大學出版社, 1981.

嚴復, 「譯天演論自序」, 『中國近代文學大系』 2, 上海 : 上海書店.

Bullard, A., "The truth in Madness", *South Atlantic Review* vol.66 no.2, Spring 2001.

3. 단행본

강명관, 『열녀의 탄생-가부장제와 조선 여성의 잔혹한 역사』, 돌베개, 2009.

고은지, 『전근대 문학의 근대적 변모 양상』, 보고사, 2012.

국사편찬위원회 편, 『고종시대사』 4·5, 탐구당, 1970.

_____ 편, 『윤치호 일기』 7, 탐구당, 1971.

권보드래, 『한국 근대소설의 기원』, 소명출판, 2000.

권영민, 『한국 민족문학론 연구』, 민음사, 1988.

권정희, 『호토토기스의 변용』, 소명출판, 2011.

김 구, 도진순 주해, 『백범일지』, 돌베개, 1998.

김미정, 『차이와 윤리-개화 주체성의 형성』, 소명출판, 2014.

김복순, 『1910년대 한국문학과 근대성』, 1999.

김봉희, 『한국 개화기 서적문화연구』, 이화여대 출판부, 1999.

김석봉, 『신소설의 대중성 연구』, 역락, 2005.

김성연, 『영웅에서 위인으로-번역 위인전기 전집의 기원』, 소명출판, 2013.

김순전, 『한일 근대소설의 비교문학적 연구』, 태학사, 1998.

김영민, 『문학제도 및 문학어의 형성과 한국 근대문학(1890~1945)』, 소명출판, 2012.

김윤식, 『한국근대소설사연구』, 을유문화사, 1986.

_____ · 정호웅, 『한국소설사』, 예하, 1994.

김종준, 『일진회의 문명화론과 친일활동』, 신구문화사, 2010.

김춘진, 『스페인 피카레스크 소설』, 아르케, 1999.

김현실, 『한국근대단편소설론』, 공동체, 1991.

김현주, 『사회의 발견』, 소명출판, 2013.

다지리 히로유끼[田尻浩行], 『이인직 연구』, 국학자료원, 2006.

박진영, 『번역과 번안의 시대』, 소명출판, 2011.

_____, 『책의 탄생과 이야기의 운명』, 소명출판, 2013.

손유경, 『고통과 동정-한국 근대소설과 감정의 발견』, 역사비평사, 2008.

송명진, 『역사 전기소설의 수사학』, 서강대 출판부, 2013.

송민호, 『한국 개화기 소설의 사적 연구』, 일지사, 1975.

신근재, 『한일 근대문학의 비교연구』, 일조각, 1994.

양문규, 『한국근대소설사연구』, 국학자료원, 1994.

유민영, 『한국근대연극사』, 단국대 출판부, 2000.

이광린, 『한국 개화사상 연구』, 일조각, 1979.

_____, 『개화기의 인물』, 연세대 출판부, 1993.

이만열, 『한국 기독교 수용사 연구』, 두레시대, 1998.

이영아, 『육체의 탄생』, 민음사, 2008.

이원수, 『가정소설 작품세계의 시대적 변모』, 경남대 출판부, 1997.

이재선, 『한국현대소설사』, 홍성사, 1979.

_____,『한국 개화기 소설연구』, 일조각, 1982.

_____ 편,『한말의 신문소설』, 한국일보사, 1975.

이화여대백년사 편찬위원회 편,『이화백년사』, 이화여대 출판부, 1994.

임지현,『그대들의 자유, 우리들의 자유-폴란드 민족해방운동사』, 아카넷, 2000.

전광용,『신소설 연구』, 새문사, 1986.

전복희,『사회진화론과 국가사상』, 한울, 1996

전봉덕,『한국근대법사상사』, 박영사, 1980.

전택부,『한국 기독교청년회 운동사』, 정음사, 1994.

정선태,『개화기 신문논설의 서사수용양상』, 소명출판, 1999.

정재정,『일제침략과 한국 철도』, 서울대 출판부, 1999.

조남현,『한국현대소설연구』, 민음사, 1987.

조동일,『신소설의 문학사적 성격』, 서울대 출판부, 1990.

조소앙,『소앙선생문집』상, 횃불사, 1979.

최기영,『대한제국시기 신문 연구』, 일조각, 1991.

최원식,『한국근대소설사론』, 창작사, 1986.

_____,『한국계몽주의문학사론』, 소명출판, 2002.

최정운,『한국인의 탄생』, 미지북스, 2013.

한기형,『한국 근대소설사의 시각』, 소명출판, 1999.

柄谷行人, 박유하 역,『일본 근대문학의 기원』, 민음사, 1996.

小森陽一, 정선태 역,『일본어의 근대』, 소명출판, 2003.

阿英, 전인초 역,『중국근대소설사』, 정음사, 1987.

王暉, 송인재 역,『절망에 반항하라』, 글항아리, 2014.

柳父章, 서혜영 역,『번역어성립사정』, 일빛, 2003,

張競, 임수빈 역,『근대 중국과 연애의 발견』, 소나무, 2007.

鄭喬, 조광 편, 김우철 역,『대한계년사』3, 소명출판, 2004.

中村光夫, 고재석·김환기 역,『일본 메이지문학사』, 동국대 출판부, 2001.

丸山眞男·加藤周一, 임성모 역,『번역과 일본의 근대』, 이산, 2000.

Adorno, T.W., 김유동 역,『계몽의 변증법』, 문예출판사, 1996.

Butler, J., 김윤상 역,『의미를 체현하는 육체-'성'의 담론적 한계들에 대하여』, 인간
　　사랑, 2003.

Carlyle, T., 박상익 역,『영웅숭배론』, 한길사, 2003.

Chatman, S., 김경수 역,『영화와 소설의 서사구조』, 민음사, 1995.

Djuara, P., 문명기·손승회 역,『민족으로부터 역사를 구출하기-근대 중국의 새로

운 해석』, 삼인, 2004.

Freud, S., 김미리혜 역,『히스테리 연구』, 열린책들, 2003.

Frye, N., 임철규 역,『비평의 해부』, 한길사, 1986.

Girard, R., 김진식·박무호 역,『폭력과 성스러움』, 민음사, 1993.

Houser, A., 염무웅·심성완 역,『문학과 예술의 사회사』3, 창작과비평사, 1989.

Hunt, L., 조한욱 역,『프랑스 혁명의 가족 로망스』, 새물결, 1999.

Jacobson, R., 신문수 편역,『문학 속의 언어학』, 문학과지성사, 1989.

MaLaren, A., 임진영 역,『20세기 성의 역사』, 현실문화연구, 2003.

Reboul, O., 박인철 역,『수사학』, 한길사, 1999.

Ricoeur, P., 양명수 역,『악의 상징』, 문학과지성사, 1994.

Simmel, G., 윤덕영·김미애 역,『짐멜의 모더니티 읽기』, 새물결, 2005.

大原信一,『中國近代のことばと文字』, 東京：東方書店, 1994.

石田昇,『新撰精神病學』, 東京：南江堂書店, 1906.

薛綏之·張俊才 編,『林紓研究資料』, 福州：福建人民大版社, 1982.

林聲 主編,『甲午戰爭圖志』, 沈陽：遙寧人民出版社, 1994.

前田河廣一郎,『蘆花傳』, 東京：岩波書店, 1938.

佐藤善也, 佐藤勝 注釋,『德富蘆花·北村透谷集』, 東京：角川書店, 1972.

中村吉藏,『歷史·家庭小說集』, 東京：改造社, 1928.

海野福壽,『日淸·日露戰爭』, 東京：集英社, 1992.

丸山眞男·加藤周一 編著,『飜譯の思想』, 岩波書店, 1991.

『朝鮮鐵道史』卷1, 朝鮮總督府 鐵道局, 1929.

Brooks, P., *The Melodramatic Imagination*, New York：Columbia Univ. Press, 1984.

Donzelot, J., R.Hurley trans., *The Policing of the Families*, Baltimore：The Johns Hopkins Univ. Press, 1997.

Eaglton, T., *The Rape of Clarissa*, Minneapolis：Univ. of Minnesota Press, 1982.

Showalter, E., *The Women's Malady : Women, Madness, and English Culture, 1830~1980*, London : Virago Press, 1987.

부록 : 인용 신소설 목록(가나다 순)

1. 본문에서 인용한 신소설 서지를 통일하지 못해 초판본을 기준으로 따로 서지사항을 정리해 둔다. 서지는 별도의 검토 작업 없이 앞선 연구에 의지했다. 김영민, 『문학제도 및 민족어의 형성과 한국 근대문학(1890~1945)−제도, 언어, 양식의 지형도 연구』, 소명출판, 2012, 288~299쪽에 1890~1929년의 단행본 목록이 꼼꼼하게 정리되어 있어 그것을 골간으로 삼았으며, 그밖에 최원식, 『한국계몽주의문학사론』, 소명출판, 2002; 최태원, 「일재 조중환의 번안소설 연구」, 서울대 박사논문, 2012; 박진영, 『책의 탄생과 이야기의 운명』, 소명출판, 2013 등을 참고했다.
2. 저작자는 앞선 연구에서 논증된 바가 있을 경우 그대로 따랐고, 그밖의 경우는 판권지에 명기된 바를 기준으로 하되 실제 저작자인지 여부가 회의적일 경우 괄호를 쳐 표시했다. 번역 혹은 번안작은 별표 두 개(**)를 달아 표시했다. 확증되진 않았으나 번역 혹은 번안작일 가능성이 명백하거나 논증이 거의 진행된 상태라고 판단될 경우는 별표 하나(*)를 달았다. 출판 당시 번역임을 명기한 경우는 작자명 뒤에 '역(譯)'임을 밝혔으나, 번안·번역임이 증명된 경우라도 당시 그 사실을 밝히지 않았을 경우에는 다른 표시 없이 작자명을 달았다.
3. 연재본과 단행본이 모두 있을 경우에는 단행본 기준으로 서지를 밝히고 연재 관련 사항은 각주에 제시했다. 표제에 한자 표기가 밝혀져 있을 경우 괄호 안에 병기했다.

(ㄱ)

강상기우(江上奇遇), 이해조, 동양서원, 1912.

검중화(劍中花), (작자 미상), 신구서림, 1912.

경세종, 김필수, 광학서포, 1908.

경중화(鏡中花), 김교제, 보문관, 1923.

고목화(枯木花), 이해조, 동양서원, 1912.[1]

광악산, 박건병, 박문서관, 1912.

구마검(驅魔劍), 이해조, 대한서림, 1908.[2]

1 　『제국신문』, 1907.6.5~10.4. 1908년 현공렴가 발행 판본 선행(박진영, 318쪽).

구의산(九疑山)(상·하), 이해조, 신구서림, 1912.[3]
국(菊)의향(香)(상·하), 조중환, 유일서관, 1914.[4]**
귀(鬼)의성(聲)(상), 이인직, 광학서포, 1907.[5]
귀의성(하), 이인직, 중앙서관, 1908.
금강문(金剛門), 최찬식, 동미서시, 1914.[6]
금국화(金菊花)(상), (김용준), 보급서관, 1913.
금국화(하), (김용준), 보급서관, 1914.
금수회의록(禽獸會議錄), 안국선, 황성서적업조합, 1908.**
금옥연(金玉緣), 이광하, 동미서시, 1914.
금(金)의쟁성(錚聲), (남궁준), 유일서관, 1913.

(ㄴ)
나파륜사(拿破崙史), 박문관 편집부 역, 박문서관, 1909.**
나파륜전사(拿破崙戰史), 유문상 역, 의진사, 1908.**
난봉기합(鸞鳳奇合), 김교제, 동양서원, 1912.
눈물(상·하), 이상협, 동아서관, 1917.[7]*
능라도(綾羅島), 최찬식, 조선도서주식회사, 1919.[8]

(ㄷ)
단산봉황(丹山鳳凰), 안경호, 신구서림, 1913.
단장록(斷腸錄)(하), 조중환, 유일서관, 1916.[9]**
두견성(杜鵑聲), 선우일, 보급서관, 1912.**

---

2   『제국신문』, 1908.4.25~7.23 연재.
3   『매일신보』, 1911.6.22~9.28 연재.
4   『매일신보』, 1913.10.2~12.28 연재.
5   『만세보』, 1906.10.14~1907.5.31 연재.
6   박문서관에서도 동시 발행(김영민, 293쪽).
7   『매일신보』, 1913.7.16~1914.1.21.
8   박문서관에서도 동시 발행(김영민, 295쪽).
9   『매일신보』, 1914.1.1~6.10. 한성서관에서도 동시 발행. 중권은 유일서관 및 청송당
     1917년도 발행본 확인(김영민, 294쪽).

（ㄹ）

라란부인전, (작자 미상), 대한매일신보사, 1907.[10*]

（ㅁ）

마상루(馬上淚), (민준호), 동양서원, 1912.
만인산(萬人傘), (민준호), 동양서원, 1912.
명월정(明月亭), 박이양, 유일서관, 1912.
모란병(牧丹屛), 이해조, 박문서관, 1911.[11]
모란봉(牧丹峰), 이인직, 매일신보 1913.2.5～6.3.
목단화(牧丹花), 김교제, 광학서포, 1911.
무궁화(無窮花)(상), 이상협, 신문관, 1918.[12]
미인도(美人圖), (고유상), 회동서관, 1913.

（ㅂ）

박연폭포(朴淵瀑布), 이상춘, 유일서관, 1913.
법국혁신전사(法國革新戰史), (저작자 미상), 황성신문사, 1900.[**]
법란서신사(法蘭西新史), 현채 역, 홍학사, 1906.[**]
보환연(寶環緣), (구승회), 박학서원, 1913.[**]
봉선화(鳳仙花), 이해조, 신구서림, 1912.
부벽루(浮碧樓), (김용준), 보급서관, 1914.
불여귀(不如歸)(상·하), 도쿠토미 로카[德富蘆花] 원작, 조중환 역, 경성사서점, 1912.[**]
비봉담(飛鳳潭), 조중환, 『매일신보』, 1914.7.11～10.28.[**]
비율빈전사(比律賓戰史), 안국선 역, 보성관, 1907.[**]
비파성(琵琶聲), 이해조, 신구서림, 1913.[13]
빈상설(鬢上雪), 이해조, 광학서포, 1908.[14]

---

[10] 『대한매일신보』, 1907.5.23～7.6.
[11] 『제국신문』, 1909.2.13～? 1909년 2월 28일자 이후 확인 불가.
[12] 『매일신보』, 1918.1.25～7.27.
[13] 『매일신보』, 1912.11.30～1913.2.23.
[14] 『제국신문』, 1907.10.15～1908.2.12.

（ㅅ）

산천초목(山川草木), 이해조, 유일서관, 1912.[15]

삼각산(三角山), (이종정), 광동서국, 1912.

쌍옥루(雙玉淚), 조중환, 보급서관, 1913.[16]**

서사건국지(瑞士建國誌), 량치차오[梁啓超] 원작, 박은식 역, 대한매일신보사, 1907.**

서해풍파(西海風波), 이상춘, 유일서관, 1914.

성산명경(聖山明鏡), 최병헌, 황화서재, 1909.

설중매화(雪中梅花), 김익수, 창문사, 1913.

세검정(洗劍亭), (지송욱), 신구서림, 1913.

소금강(小金剛), 빙허자, 대한민보 1910.1.5〜3.6.

소양정(昭陽亭), 이해조, 신구서림, 1912.[17]

소학령(巢鶴領), 이해조, 신구서림, 1913.[18]

속편(續篇) 장한몽(長恨夢), 조중환, 매일신보 1915.5.25〜12.26.

송뢰금(松賴琴), 육정수, 박문서관, 1908.

신출귀몰, 황갑수, 광학서포, 1912.

（ㅇ）

안(雁)의성(聲), 최찬식, 박문서관, 1914.

애국부인전, 장지연, 광학서포, 1907.*

애급근세사(埃及近世史), 장지연 역, 황성신문사, 1905.

연광정(燃光亭), 김익수, 신구서림, 1913.

옥호기연(玉壺奇緣), 이해조, 동양서원, 1912.[19]

우중행인(雨中行人), 이해조, 신구서림, 1913.[20]

운외운(雲外雲), 박영운, 춘포약방, 1914.[21]

유화우(榴花雨), 김우진, 동양서원, 1912.

원앙도(鴛鴦圖), 이해조, 동양서원, 1911.[22]

---

15 『대한민보』, 1910.3.10〜5.31.

16 『매일신보』, 1912.7.17〜1913.2.24.

17 『매일신보』, 1911.9.30〜12.17.

18 『매일신보』, 1912.5.2〜7.6.

19 보급서관 및 광학서포에서도 동시 발행(김영민, 290쪽).

20 『매일신보』, 1913.2.25〜5.11.

21 야소교책사, 광문책사 등에서도 동시 발행(박진영, 324쪽).

월남망국사(越南亡國史), 량치차오[梁啓超] 원작, 현채 역, 보성관, 1906.**
월남망국사, 량치차오 원작, 주시경 역, 노익형책사, 1907.**
월하가인(月下佳人), 이해조, 보급서관, 1911.[23]
은세계(銀世界), 이인직, 동문사, 1908.
을지문덕(乙支文德), 신채호, 광학서포, 1908.
이순신전(수군의 제일 거룩한 위인 이순신전), 신채호, 대한매일신보, 1908.6.11~
  10.24.
이태리건국삼걸전(伊太利建國三傑傳), 량치차오 원작, 신채호 역, 광학서포, 1906.**

(ㅈ)
자유종(自由鍾), 이해조, 광학서포, 1910.
장한몽(長恨夢), 조중환, 유일서관, 1913.[24]**
재봉춘(再逢春), 이상협, 동양서원, 1912.
절처봉생(絶處逢生), 박영원, 박문서관, 1914.
정부원(貞婦怨), 이상협, 매일신보 1914.10.29~1915.5.19.**

(ㅊ)
천중가절(天中佳節), (남궁준), 유일서관, 1913.
철세계(鐵世界), 이해조, 회동서관, 1908.**
최도통전(동국에 제일영걸 최도통전), 신채호, 대한매일신보 1910.3.6~5.26.
추야월(秋夜月), 수석청년, 광덕서관, 1913.
추월색(秋月色), 최찬식, 회동서관, 1912.[25]
추천명월(秋天明月), (지송욱), 신구서림, 1914.
춘몽(春夢), 최찬식, 박문서관, 1924.
춘외춘(春外春), 이해조, 신구서림, 1912.[26]
치악산(雉岳山)(상), 이인직, 유일서관, 1908.
치악산(雉岳山)(하), 김교제, 동양서원, 1911.

---

22 『제국신문』, 1908.2.13~4.24.
23 『매일신보』, 1911.1.18~4.5.
24 『매일신보』, 1913.5.13~10.1.
25 1911년 『朝鮮日日新聞』에 연재(최원식, 34쪽).
26 『매일신보』, 1912.1.1~3.14.

(ㅌ)

탄금대(彈琴臺), 이해조, 신구서림, 1912.[27]

태서신사언역(泰西新史諺譯) (1)~(4), (작자 미상), 학부편집국, 1897.

(ㅍ)

파란말년전사(波蘭末年戰史), 현채, 탑인사, 1899.

(ㅎ)

해안(海岸), 최찬식, 우리의가정 1914.1(2호)~11(12호).

행락도(行樂圖), (민준호), 동양서원, 1912.

현미경(顯微鏡), 김교제, 동양서원, 1912.

형제(兄弟), 심우섭, 영창서관, 1918.[28]

혈(血)의누(淚), 이인직, 광학서포, 1907.[29]

홍도화(紅桃花)(상), 이해조, 유일서관, 1908.[30]

홍도화(하), 이해조, 유일서관, 1910.

화상설(花上雪), 김우진, 동양서원, 1912.

화세계(花世界), 이해조, 동양서원, 1911.[31]

화(花)의혈(血), 이해조, 보급서관, 1912.[32]

황금탑(黃金塔), (김용준), 보급서관, 1912.

---

27 『매일신보』, 1912.3.15~5.1.

28 『매일신보』, 1914.6.10~7.19.

29 『만세보』, 1906.7.22~10.10. 1912년 『牧丹峰』으로 改題해 동양서원에서 출간(김영민, 291쪽).

30 『제국신문』, 1908.7.24~9.17.

31 『매일신보』, 1910.10.12~1911.1.17.

32 『매일신보』, 1911.4.6~6.21.

초출일람

제1부

1장. 「가족과 국가의 새로운 상상력 – 신소설의 여성 주인공을 중심으로」, 『한국현대문학연구』 10호, 한국현대문학회, 2001. (소폭 개고)

2장. 「신소설의 성, 계급, 국가 – 여성 주인공에 있어 젠더와 정치성의 문제」, 『여성문학연구』 20호, 한국여성문학학회, 2008. (중폭 개고)

3장. 「신소설의 전쟁 체험과 기록」, 『동아시아 문화와 예술』 2호, 동아시아문화학회, 2005. (대폭 개고)

보론. 「한국·중국·일본의 근대적 문학 개념 및 문학어 형성 – 소설 『불여귀』의 창작 및 번역·번안 양상을 중심으로」, 『대동문화연구』 42호, 성균관대 대동문화연구원, 2003. (소폭 개고)

제2부

1장. 「양가성의 수사학 – 이해조의 『빈상설』을 중심으로」, 이용남 외, 『한국개화기소설연구』, 태학사, 2000. (소폭 개고)

2장. 「신소설에 나타난 기독교의 의미 – 『금수회의록』 『경세종』을 중심으로」, 『한국현대문학연구』 6호, 한국현대문학회, 1998. (소폭 개고)

3장. 「신소설의 근대와 전근대 – 『귀의성』을 중심으로」, 『한국문화』 28호, 서울대 한국문화연구소, 2001. (중폭 개고)

제3부

2장. 신소설의 여성성과 광기의 수사학, 『한국문학연구』 4호, 고려대 민족문화연구원 한국문학연구소, 2003. (대폭 개고)

제4부

2장. 「죄, 눈물, 회개 – 1910년대 번안소설의 서사구조와 감성형식」, 『한국근대문학연구』 16호, 한국근대문학회, 2007. (중폭 개고)

3장. 「공공성과 개인성 – 신소설에 나타난 '일부일처'와 '이처'의 문제」, 『한국학보』 99호, 일지사, 2000. (소폭 개고)

찾아보기